Tanja Langer

Meine kleine Großmutter &
Mr. Thursday

TANJA LANGER, geb. 1962 in Wiesbaden, studierte Vergleichende Literaturwissenschaften, Politologie, Kunstgeschichte und Philosophie in München, Paris und Berlin. Sie inszenierte zahlreiche Theaterstücke, publizierte in großen Tageszeitungen und veröffentlichte Erzählungen, Hörspiele und Romane, zuletzt »Der Tag ist hell, ich schreibe dir« (2012, als Hörbuch mit Eva Mattes 2019) und »Der Maler Munch« (2013). Sie schreibt für bildende Künstler und Neue Musik, u.a. das Libretto für die Oper »Kleist« von Rainer Rubbert (2008). 2016 gründete sie den Bübül Verlag Berlin. Sie lebt in Berlin.

»... eine aufregende und avancierte Autorin mit Gespür
für politisch-gesellschaftliche Umbrüche,
die sie immer auch aus privater Sicht zu spiegeln weiß ...«
VOLKER HEIGENMOOSER, LITERATURKRITIK.DE

Tanja Langer

Meine kleine Großmutter & Mr. Thursday oder Die Erfindung der Erinnerung

ROMAN

mitteldeutscher verlag

*Für Noam, mein erstes Enkelkind,
Tante Jutta, die mir ihre Erinnerungen schenkte,
und Cornelia Sailer, meine Freundin,
die dieses Buch unbedingt lesen wollte*

Groß ist die Kraft der Erinnerung, die Orten innewohnt.
CICERO

Nichts ist so groß wie die Energie der Träume.
KARL VALENTIN

Der Mensch kam auf die Welt, man hat ihn nicht gefragt,
man wird ihn auch nicht fragen, wenn man ihn verjagt.
OMAR-I-CHAYYAM

I

Es war einmal

1
WER SPRICHT?

Es war einmal und es war einmal nicht, so beginnen viele persische Märchen.

Es war einmal ein uneheliches Kind und es war keines, so beginnt diese Geschichte. Es war in einer Ehe aufgewachsen und in einer Ehe gezeugt und zugleich wiederum nicht, genau genommen in einer ehelichen Wohnung auf einem ehelichen Teppich, einem Perserteppich, wie man damals stolz sagte, dunkelblau mit langschnäbeligen Vögeln und einem phantastisch verschlungenen Blumenmuster. Auch wenn er vielleicht kein außerordentlich kostbares Exemplar aus Isfahan war, dafür aber umso geeigneter für jenes sorglose Schweben, wie auf einer Insel aus Tausendundeiner Nacht, das Schweben einer jungen, verheirateten, schönen Frau und eines der ehelichen Wohnung benachbarten, stürmischen jungen Mannes, der dann nicht der dem Kind offiziell zuerkannte eheliche Vater wurde, sondern der fortgeschickte, geheime, vermutlich weiterhin geliebte, wenn auch umso heftiger verdrängte; so lange verborgen, bis der andere, von der Ehe aus dem Kind zugewiesene und durchaus liebevoll zugewandte, Vater starb. Als hätte er, der Vater, der das Kind großzog, sich davongemacht, um dem anderen, zum Perserteppich gehörenden Vater zu ermöglichen, noch einmal für ein kleines, absehbares, irdisches Momentchen den Platz an der Seite der nunmehr aus der Ehe verwitweten, von ihm schon immer geliebten und niemals vergessenen Frau zu finden, was er denn auch tat.

Oh, der Perserteppich!

Oh, dieses Schnäbeln, Turteln, Schwänzeln auf dem weichen, blauen Teppich!

Oh, diese langen Schwanzfedern all der zauberhaften, eleganten, unbekannten Vögelchen und Blumenranken aus Fars und Kashan, aus Täbris und aus Isfahan! Wie sie dufteten, in dieser Liebesstunde, wie sie ihre Kelche bogen und schwangen!

Das Kind dieser drei Liebenden bin ich. Und ich bin die Erzählerin.

2
ZYPERN

Ich habe meine Großmutter gekannt, aber ich wusste nicht, dass sie es war. Heute Nacht habe ich von ihr geträumt, und zwar genau diesen Satz.

Mit dem Träumen und mir ist das so eine Sache. Ich habe schon immer viel geträumt, und als Kind konnte ich nicht unterscheiden, ob ich etwas nun geträumt hatte oder nicht. Das Träumen war ganz nah am Sich-Ausdenken, so dass ich es in der Erinnerung natürlich auch noch durcheinander bringe. So behauptete ich im Kindergarten, wir hätten die ersten drei Jahre meines Lebens in New York gelebt. In New York spielte meine Lieblingsserie, *Lieber Onkel Bill* und dort lebte besagte Mrs. Beasley. Mrs. Beasley war die Puppe des kleinen Mädchens Buffy, das die Heldin der Serie war. Sie wohnte mit ihrem alleinerziehenden Onkel-Papa, dessen Schwester samt Mann verunglückt war, in einem Hochhaus mit Müllschlucker. Da ich das alles so plastisch wiedergeben konnte, zweifelte die Kindergärtnerin keine Sekunde daran, dass es stimmte, und sprach meinen Vater eines Tages an, das ist ja toll, dass Sie mal in Amerika gelebt haben, sagte sie, das müssen Sie mir mal erzählen! Mein Vater stutzte, wollte schon ansetzen, ich habe nur bei den Amerikanern gearbeitet, da fiel sein Blick auf mich. Ich sah ihn mit großen, unschuldigen Augen an und wartete, was geschah. How do you do, sagte ich freundlich, und morning, Ma'm, das hatte ich bei einem der besten Freunde meines Vaters aufgeschnappt, und mein Vater verabschiedete sich ohne Umstände und zog mich zu unserem Auto, mit dem er mich immer vom Kindergarten abholte. Das nächste Mal gibt's eins auf die Löffel, sagte er, aber musste dabei so grinsen, dass klar war, dass das mit den Löffeln wieder nur ein Wortspiel war. Mein Papa und ich liebten solche Wortspiele.

Ich war ein lebhaftes, aber durchweg freundliches Kind, so dass man mir leicht verzieh. Meine Mutter sah mir nur etwas prüfend in die großen wasserblauen Augen und schüttelte den Kopf, wenn ich mal wieder ein bisschen was verwechselt hatte, mein Vater strich mir über das dünne, leicht rötlich schimmernde blonde Haar und mein Großvater tätschelte mir die helle Haut mit den vielen Sommersprossen, und alles war in Ordnung. Als ich in die Schule ging, träumte ich einmal, meine Lehrerin hätte einen Autounfall, und als Frau Hasseldorf in der ersten Stunde nicht kam, sondern der Direktor, hob ich nur kurz den Kopf und sagte, bevor er überhaupt dazu ansetzen konnte: Ich hoffe, der Aufprall war nicht zu schlimm. Von einer Freundin später träumte ich, dass sie Krebs hätte, zwei Wochen, bevor sie diese Diagnose bekam, aber inzwischen hatte ich gelernt, die Klappe zu halten.

Heute Nacht aber träumte ich von der Großmutter, die ich kannte und nicht hatte, und ich weiß ganz genau, sie wird mir jetzt keine Ruhe lassen, solange sie es will, oder diese Person in mir, die das befiehlt, und die dieses verdammte Eigenleben führt, mit dem sie sich immer wieder einmal in meines einmischt. Genau genommen war der Satz im Traum etwas länger, es waren sogar zwei Sätze, in schönster, geschwungener Schreibschrift sah ich die Buchstaben vor mir: *Ich habe meine Großmutter nicht gekannt. Das heißt, ich habe sie schon gekannt, aber ich wusste nicht, dass sie meine Großmutter war.*

Ich habe ein absolut erotisches Verhältnis zu Buchstaben. Ich habe mich sehr früh in alles verliebt, was mit Buchstaben zu tun hat, Bleistifte, Buntstifte, Kugelschreiber, und erst recht Füllfederhalter. Mein erster Schulfüllfederhalter, wie liebte ich ihn! Ich schrieb wie eine Besessene immer wieder das Wort *Brombeeren* in mein liniertes Heft und merkte vor Eifer gar nicht, dass ich statt einer halben Seite zehn Seiten damit gefüllt hatte und das Heft damit halb voll war. Eine halbe *Seite*, sagte meine Mutter, nicht das halbe Heft! Was machen wir nur mit dem Kind? Mein Vater sagte: Wir fahren in die Stadt und kaufen ein neues. Was wir dann auch umgehend taten. Dafür liebte ich meinen Vater. Er tauschte auch immer die Comichefte um, die ich an einem Nachmittag schon ausgelesen hatte, und da er bei der Schreibwarendame jeden Tag nicht nur seine Zeitung, sondern alles Papier, das wir brauchten, und ich weiß nicht was noch kaufte, tauschte sie es ihm auch einfach um. Aber das nächste behältst du, sagte sie zu mir und grinste.

Wenn ich nun etwas träume, das mir als Schriftbild entgegentritt, bedeutet es in der Regel, dass ich nichts mehr dagegen tun kann, als dem nachzugehen. In diesem Fall also meiner kleinen Großmutter. Um ehrlich zu sein, weiß ich noch gar nicht, wohin das führen soll. Ich weiß auch, genauso ehrlich gesagt, der Umstände halber, die sich dem Schweben auf einem gewissen Perserteppich zu verdanken haben, gar nicht richtig viel über diese Großmutter. Doch ein paar wichtige Dinge weiß ich schon, und Sie wissen ja jetzt, dass ich mir die entscheidenden Details im Zweifelsfall dazuträumen oder ausdenken kann. Halten Sie davon, was Sie wollen.

Meine Großmutter war klein, so klein, dass die meisten Erwachsenen zwei Köpfe größer waren als sie. Sie war so klein, dass sie zum Essen immer zwei dicke Kissen auf ihren Stuhl am Tisch legte. Und sie war so klein, dass sie auf einen Stuhl klettern musste, um die riesigen Filmspulen einzulegen, im *Astra Cinema* in Lüneburg, wo sie kurz nach dem Krieg beim Direktor des englischen Kinos arbeitete. (Wie sie dort gelandet war, und was es damit auf sich hatte, kann ich Ihnen jetzt noch nicht sagen, obwohl ich es selber kaum erwarten kann, also weiter.) Sie war so klein, dass sie als junge Frau wie ein Mädchen wirkte, das eine zu große Puppe trug, wenn sie eines ihrer Kinder auf dem Arm hatte, so wie die kleine Buffy mit Mrs. Beasley in *Lieber Onkel Bill*. Bei vielen afrikanischen Skulpturen sind die Füße riesig, denn man sagt: In der Erde ruhen unsere Eltern und Großeltern, und mit den riesigen Füßen zeigen wir, dass wir einen guten Kontakt zu ihnen haben. Die echten Füße meiner kleinen Großmutter aber waren ebenfalls sehr klein. Lange Zeit musste sie ihre Schuhe in der Kinderabteilung kaufen, was sie sehr ärgerte. Als sie älter wurde und die Füße wie die Beine anschwollen und ihr Körper überhaupt runder wurde, konnte sie immerhin zu Größe 36 wechseln. Es war weiterhin schwierig mit den Schuhen, denn sie mochte damenhafte Pumps, und lieber quetschte sie ihre armen geschwollenen Füße dort hinein als hässliche Gesundheitslatschen zu tragen. Früher waren die Menschen ja generell kleiner als wir heute, das erkennt man, wenn man in Museen ihre Betten sieht. Ganz schön kurz. Die Afrikaner ... meine kleine Großmutter ist jetzt schon dreißig Jahre tot, doch dass sie mir im Traum erscheint, verstehe ich, auch ohne dass ich eine Afrikanerin wäre.

Meine kleine Großmutter liebte das Mittelmeer. Auf einem Foto, es hängt an meiner Wand, über meinem Schreibtisch, ist sie ungefähr siebzig und braun gebrannt. An ihrer Hand geht ein blonder Junge, der so aussieht wie ich auf meinen Kinderfotos. Natürlich denke ich jedes Mal, wenn ich dieses Foto sehe: Das bin ich. Aber ich weiß ja, dass es nicht so ist. Doch manchmal schließe ich die Augen und stelle es mir eben vor. Ich gehe dann mit meiner kleinen Großmutter, der ich an die Hüfte reiche, zum Strand. Hinter uns wuchern üppige Aloepflanzen und rosarote Geranien, sie wuchern wie meine Phantasie, nein, sie wachsen auf der Insel Zypern, auf der die Familie ein Haus in den Bergen besitzt, mit einem grandiosen Blick auf das blaue, weite Meer. Nach dem Baden fahren wir dorthin, zum Haus, in engen Serpentinen geht es hoch, und wenn wir ankommen, muss ich mich übergeben, weil ich die blöde Kurverei nicht vertrage. Meine Omi trägt wie auf dem Foto ein geblümtes Sommerkleid und lächelt. Sie erzählt mir bestimmt gerade eine der vielen Geschichten von den vielen, vielen Familienmitgliedern, von denen sie alles wusste. Meine kleine Großmutter kam nämlich aus einer riesigen Familie, sie war das sechzehnte Kind von achtzehn, man stelle sich das vor! Sie selbst hatte fünf Kinder, und sie verbrachte die Ferien der Familie mit ihren vielen Enkelkindern dort, nur leider nicht mit mir. Sie haben natürlich schon verstanden, dass es sich um die Familie meines anderen Vaters handelte, nicht um den Papa, der mir die Comics umtauschte und neue Schulhefte kaufte, wenn ich sie vor lauter Begeisterung zu voll geschrieben hatte.

Je älter meine kleine Großmutter wurde, desto lieber und länger blieb sie auf der schönen Mittelmeerinsel Zypern, länger als alle anderen, die zurück in die Schule und zur Arbeit mussten. Sie verbrachte mehrere Wochen und Monate allein in diesem Haus, das man nur über diese verdammt steile Straße mit dem Auto erreichen konnte. Wenn ich mal alt bin, möchte ich das auch gern. Nur mit den Serpentinen, das spricht dagegen. Meine kleine Großmutter hatte keinen Führerschein. Wenn sie hinunter wollte, um im Meer zu baden, hängte sie ihr olles, zerschlissenes rosafarbenes Lieblingshandtuch über den Zaun, und wollte sie ins Dorf oder nach Kyrenia, die nächste größere Stadt samt Hafen, zum Einkaufen, war es ihre rot-schwarz karierte, ausgebeulte Einkaufstasche. Ein bisschen erinnert sie mich an Miss Marple, mit dieser Tasche, fehlt nur noch der Marple'sche Umhang. So wussten die Nachbarn Bescheid, und fast immer fand sich jemand, der sie mitnahm. Fast jeden Tag, möchte man sagen, denn sie hatte eine große Leidenschaft für das Schwimmen im Meer. Sie bedankte sich mit ihrem harten oberschlesischen Akzent auf Deutsch, Englisch oder Türkisch, und es klang ein bisschen lustig, wenn sie *tescherkül ederim* rollte oder *sänk ju*, aber sie gab sich Mühe und die Leute schätzten es.

Ja, sie hatte eine große Leidenschaft für das Schwimmen im Meer. Die habe ich wohl von ihr geerbt. Ob Meer oder See oder Schwimmbad, ohne Wasser bin ich nichts. Das ist, neben der fließenden Tinte, meine nächste Obsession. Nein, eine Trinkerin bin ich nicht, obwohl das bei diesem Hang zum Fließen durchaus nicht ganz auszuschließen wäre. Ich vertrage nur leider nichts.

Sie starb auch dort am Meer, auf Zypern, nicht im Haus in den Bergen, sondern unten, im Foyer des Hotels *Aphrodite* am Strand, in ihrem letzten Sommer. Ihr Sohn, der zugleich mein Vater ist, der Mann auf dem Teppich, mein *Perserteppichvater* also, wollte sie eines Abends zum Essen einladen. Sie war heruntergekommen vom Berg und wartete dort auf ihn. Sie saß in einem der bequemen Sessel mit Blick durch das große Fenster in den Garten, auf Azaleen und Palmen. Sie war siebenundachtzig Jahre alt und hatte ein ereignisreiches Leben hinter sich, eines, das voller Kinder, Kindeskinder, Erlebnisse, Hoffen, Wünschen, Krieg und Frieden und Geschichten war. Und nun hatte ihr mein Vater eine Geschichte erzählt, die sie echt umgeworfen hatte. Darüber musste sie unbedingt mit ihm reden, dazu hatte sie ihm einiges mitzuteilen, und das hatte sie sich am Nachmittag beim Schwimmen im türkisblauen Wasser schon fein zurechtgelegt. Beim Schwimmen im Wasser, das weiß ich selber, kann man nämlich wunderbar die Gedanken ordnen, so wie mit den Worten, fein säuberlich wie die Wellen sich wellen. Man muss dazu sagen, meine kleine Großmutter war so etwas wie ein Generalfeldmarschall, der immer alles im Blick hatte. Ihre Neugier auf das Menschliche war groß, und nichts bereitete ihr mehr Vergnügen als alles, was um sie herum geschah, in Erfahrung zu bringen. Es zu sammeln, zu sortieren, so wie Schmetterlingssammler ihre Prachtexemplare jagen, aufspießen und mit Freude betrachten. Das größte Vergnügen aber hatte sie, wenn sie von anderen Menschen Geheimnisse erfuhr, und sie hatte ein außerordentliches Talent, diese aufzuspüren. Ihre knubbelige Nase nahm die Witterung auf, ihre lebhaften, dunkelblauen Augen leuchteten, sie stellte es geschickt und unauffällig an, und da sie schweigen konnte wie ein Grab, vertrauten sich viele ihr an, Nachbarn, Freunde, Familie. Nur einem Geheimnis war sie nicht auf die Spur gekommen, obwohl es viele Jahre lang Tag für Tag direkt vor ihrer Nase war, saß, stand, lief, spielte, lachte, weinte: mir. Und darum sollte es jetzt in diesem Gespräch gehen, denn mein Perserteppichvater hatte es ihr am Tag zuvor gesagt. Wer ich war. Wer ich bin. Vollkommen sprachlos war sie gewesen, aber das sollte sich heute Abend ändern. Gehörig die Leviten würde sie ihm lesen: Das werde ich dir nie verzeihen, ausgerechnet mein allererstes Enkelkind! Du hast mich seinen Popo putzen und es in den Schlaf wiegen lassen und hast es mir nicht gesagt. Na, warte! Und ihre Mama, die ...

Das alles wollte sie ihm sagen. Doch während sie ihm in Gedanken schon mal übungshalber alles sagte und sich an alles erinnerte, was sie mit dem kleinen Perserteppichkind verband,

nahm der liebe Gott sie zu sich, einfach so, und tschüss.

3
ZEDERN

So war meine eheliche und nicht-eheliche Möglichkeit in diese Welt zu kommen, von Anbeginn mit dem Persischen verknüpft, und man beachte das Wort *verknüpfen*, das eine Herstellungstechnik für Teppiche bezeichnet. Das Persische also, das ich, scheinbar ohne rechten Grund, eines Tages zu lernen begann, und in dem es wie in meiner Muttersprache, der deutschen, von der Geburt eines Menschen heißt: Dort und da ist er *donia amade*, in die Welt gekommen. Und jetzt bereue ich es aufrichtig, jenem Untergrund, jener im Liebesrausch dem jungen, nicht ehelich verbundenen Paar in der ehelichen Wohnung wie ein fliegender Teppich vorgekommenen Insel nicht mehr Aufmerksamkeit geschenkt zu haben, als es ihn noch gegeben hat und auf dem ich immer so gern gespielt habe. Dass ich mir nicht all die Vögel mit den langen, außerordentlichen Schwanzfedern und jenen duftend anmutenden Blumenkelchen eingeprägt habe, die die beiden Erhitzten, sich in leidenschaftlichem, vom Verbot vermutlich noch gesteigerten Verlangen ineinander verschlungenen, ja, verkrallten und zum Höhenflug gebrachten jungen Körper getragen und ihre Haut gekost hatten. Sie mitten im Winter, als sie einander fanden, gewärmt hatten, nicht wie das glänzende kühle Parkett, das diese Insel umgab, und auf das vielleicht einmal ganz kurz nur eine heiße Wange oder Hand abgelegt worden sein mag.

Oh, Zedern und Zypressen, Blütenampeln, Tulpenkelche! Zedern, Zypern –

4
ZEIT

Ich habe eine kleine silberne Armbanduhr von meiner Großmutter geerbt. Sie hat ein winziges Ziffernblatt, und ich frage mich, wie sie die Uhrzeit jemals hat lesen können, vor allem im Alter; ich brauche eine Brille dazu, und selbst dann sind die Zeiger so zart, dass ich oft denke, ihr und mir schlägt keine Stunde, oder jede. Ein paar ebenfalls winzige Brillanten glitzern rund um das Ziffernblatt, ein Glied, das es mit dem Armband verbindet, ist abgebrochen, aber es hält.

Ich trage die Uhr gern, obwohl sie mehr Schmuck ist als von Nutzen. Ich habe auch noch eine Halskette von ihr, aus böhmischen Granaten, dunkelrot und schimmernd im Licht, und das Seltsame ist, dass ich sie zu ihren Lebzeiten erhalten habe, das heißt nein, es muss kurz nach ihrem Tod gewesen sein, denn ich weiß noch, ich konnte mich nicht mehr bei ihr bedanken. Doch tatsächlich kam es mir so vor, als hätte sie noch gelebt. Du sollst diese Kette von ihr haben, hatte meine Mutter gesagt, Tante Ida wollte es so. Eigentümlich, dass sie es war, die sie mir überreichte, es verwirrte mich etwas, aber nicht zu sehr. Ich hatte Tante Ida lange nicht gesehen, doch ich hatte sie immer in guter Erinnerung behalten, meine Zuneigung zu ihr, ihre zu mir, ihre kleine, energische Person.

Tante Ida: Ich habe meine Großmutter gekannt, und ich habe sie nicht gekannt, wie es in den persischen Märchen heißt: Es war einmal, und es war einmal nicht. Ob persisch, türkisch, libanesisch, arabisch – überall in diesem Sprachraum beginnen die Märchen so. Manche übersetzen auch: Es war einmal, es war keinmal. Doch dieses *nicht*, das gefällt mir. Etwas war nicht, da ist es gesagt und schon irgendwie da. Und im *nicht* steckt doch auch ein bisschen *ich*.

Meine kleine Großmutter wohnte im selben Haus wie meine Eltern am Heineplatz 3, ein renovierter Altbau mit zwanzig Wohnungen, fast alle voller Flüchtlingsfamilien, die sich etwas Neues aufbauen wollten und es auch taten und die nach außen vermieden zu sagen, woher sie kamen, aus Oberschlesien nämlich und Pommern vor allem. Es gab sogar einen Bestattungsunternehmer unter ihnen, Herr Egon, er hatte das Geschäft an der Ecke der Straße, und alle kannten ihn, und alle, die hier einmal gelebt haben würden, auch wenn sie vielleicht in eine andere Wohnung in der Stadt ziehen mochten, würden, im Fall eines Todes in ihren Familien, zu ihm zurückkehren, zu ihrem Bestattungsunternehmer, der sie kannte.

Unten im Haus gab es ein Friseurgeschäft, das heißt, es waren eigentlich zwei Fris*eusen*, Frau Hanne und Frau Anne. Sie kamen mir als Kind vor wie ältere Damen, wahrscheinlich waren sie keine vierzig. Aber sie trugen ihre Haare hoch aufgetürmt und dazu so komische taubenblaue Kittel, dass sie mir wie das vorkamen, was die Erwachsenen alte Jungfern nannten. Obwohl ich selbstverständlich keine Ahnung hatte, was sich mit diesem Begriff verband. Frau Hanne und Frau Anne sprachen hochdeutsch mit den fremden Kundinnen, und oberschlesisch mit den Leuten aus dem Haus. Meine Mutter antwortete immer hochdeutsch, und wenn ich interessiert ein paar Wörter aufschnappte und auf dem Heimweg nachplapperte wie ein kleiner Papagei, fuhr sie mich an: Untersteh dich!

Ich sage, wir gingen heim, denn wir zogen bald, nachdem ich auf die Welt gekommen war, in die Heinestraße, gleich um die Ecke, und der Vater meiner Mutter mit, mein Opa. Tante Ida kam aber oft zu Besuch zu uns, zumindest, als ich noch klein war. Obwohl, so genau kann ich mich gar nicht erinnern, wer wen wo besuchte, ich weiß nur, sie war da. Tante Ida sprach mit meinem Opa oberschlesisch, sie sprachen beide eigentlich immer oberschlesisch, aber wenn sie miteinander sprachen und kein anderer da war, dann knallten die Konsonanten eben mehr als sonst und die Us wurden Üs und die Ös wurden Ees. Und es wurde *Poschundeck* gemacht und ich weiß nicht, was, *Bosche moi*. *Poschundeck* machen war ihr Spezialwort für aufräumen; es war ein Wort, das meine Mutter auch gern benutzte, Hochdeutsch hin, Hochdeutsch her.

Meine kleine Großmutter – Tante Ida – kam aus einem andern Ort in Oberschlesien als mein Opa und meine Mutter. Die kamen aus Oppeln, sie aber kam, nicht weit davon entfernt, aus Hindenburg. Dort hat sie in der Glückaufstraße gewohnt. *Glück auf!*, sagen die Männer, die in den Schacht eines Bergwerks fahren. *Glück auf!* Sie war, wie gesagt, das sechzehnte Kind von achtzehn, der zweitälteste Bruder wurde Geistlicher und taufte die drei jüngsten. Meine Tante war es, ihre Tochter, die mir diese Adresse gab, und noch ein paar weitere, als mein Perserteppichvater starb.

5
DIEB

Meine Mutter liebte mich als das Kind des Mannes, der nicht derjenige war, dem sie sich auf dem Teppich mit den blauen persischen Vögelchen hingegeben hatte, voller unhaltbarer Sehnsucht und Verlangen, vielleicht sogar mit einer großen Sehnsucht nach diesem Wesen, das bis dahin nicht in diese Welt hatte kommen wollen, nach immerhin bald zehn Jahren ehelichen Seins, und nach dem sie sich mit jeder Zelle ihres Körpers auf den vielen Fädchen des geknüpften persischen Blaus gesehnt hatte. Dieses Wesen, das ich wurde, gezeugt auf und bezeugt von einem großen blauen Perserteppich.

Daher womöglich meine unerklärliche Liebe zu allem Persischen, wenn nicht gar Orientalischen, das mir zwar schwerfällig in Kopf und Zunge geriet, nur nicht in die Hand, in die Hand geriet es mir wie von selbst, als hätte ich mein Leben lang nichts anderes getan als diese runden, verschnörkelten und federleichten Buchstaben von der rechten Seite der Zeile zur linken zu zeichnen. Denn das Persische zu schreiben ist wie das Zeichnen der Linie eines Vögelchens am Himmel, nur rückwärts, und trotzdem federleicht. Die Brücken über den einzelnen Buchstaben, die die Punkte über ihnen bilden oder sie darunter stützen, die hochwachsenden Kräne, in denen das »Kaaf«, also k, des Vogels Anka wohnt oder der *Kelim*, den der arme Dieb dem noch ärmeren Derwisch in der Nacht stiehlt, in jenem Märchen, das immer zweimal zu erzählen ist, in der *sabon-e-darwisch*, der »Zunge« des Derwischs, und in der *sabon-e-dodsch*, der Version des Diebs nämlich. Wer aber in unserer Geschichte ist der Dieb? Und welcher der Derwisch?

6
LÜNEBURG

Alles begann in Lüneburg. In Lüneburg hatte mein Perserteppichvater als Kind gelebt. Und meine kleine Großmutter. Und die anderen vier Kinder von ihr auch. Und dort hatte sie beim Direktor des englischen Kinos gearbeitet. Wie geheimnisvoll das klang: englisches Kino. Und wie vielversprechend: der Direktor!

Obwohl ich nicht an die Magie von Orten glaube, zieht es mich doch immer hin; Schauplätze, Landschaften, in denen sich etwas ereignete, in denen etwas geschah, aus denen jemand kam. Gegen meine eigene Vernunft will ich hin, sie sehen, Dinge riechen, die Straßen unter meinen Sohlen fühlen, das Kopfsteinpflaster, einen sandigen Pfad, einen rutschigen Weg auf einem Hügel. Sie haben es ja schon gemerkt, mit der Vernunft habe ich es nicht wirklich. Ich habe eine zu große Schwäche für Geschichten, je verrückter, desto besser, ob von Leuten oder aus Büchern und Filmen, und wenn sie zu einfach sind, erzähle ich sie mir einfach (!) um. Es liegt sicherlich daran, dass ich noch dazu mein halbes Leben damit verbracht habe, Romane zu übersetzen. Meine Kinder haben oft zu mir gesagt, du lügst, Mama, aber ich habe immer geantwortet: Ach was, ich versuche nur, die Geschichte lustiger zu machen. Und, na klar, dann haben sie gelacht. Schon immer haben mich fremde Leute angesprochen, als Schulkind, wenn ich an der Bushaltestelle stand und wartete oder später, an einem Bahnhof oder wo man halt so wartet im Leben, und immer erzählten sie mir die dollsten Sachen. Na gut, manchmal war es auch nicht so spannend. Du kannst in einem Zelt ebenso wohnen wie in einem Hotelzimmer, hat mein Freund Jimmy mal zu mir gesagt, oder einem großen Haus mit sieben Zimmern, es wird in dir immer zugehen wie in einer Bahnhofshalle. Ich bin nicht sicher, ob ich das verstanden habe, aber ich habe so eine Idee.

Fremde Städte und Landschaften beschäftigen auch immer meine Phantasie, ich will oft dort bleiben und meinen Aufenthalt nach meiner Abreise verlängern, indem ich mir Geschichten ausdenke, die an diesen Orten spielen. Ich fahre viel rum, ich handle nebenbei, wie Sie sich vielleicht schon gedacht haben, mit schönen alten Schreibwaren und Büchern. Von der Übersetzerei allein lässt sich nicht leben, doch immerhin, ein Symposion zur persischen Literatur hat mich überhaupt zum ersten Mal nach Lüneburg geführt.

Andererseits – um das Fädchen nicht zu verlieren – treiben mich die Geschichten auch zu Orten hin, wenn ich wissen will, wo ein Schriftsteller herkommt, den ich gerade lese oder übersetze, und dessen Städte, Flüsse, Hügel ich in seinen Büchern kennenlerne. Oder eine Malerin, die mich gerade begeistert, wie Paula Modersohn-Becker, die ich auf dem Weg nach Lüneburg in Bremen bewundern durfte, die nicht müde geworden war, auf hundertfache Weise die Farbe des Himmels zu malen. Sie malte den grauen Himmel in Paris, den sie von dem in Worpswede sehr unterschied, diese feinen, zarten taubenblauen, pflaumenblauen Grautöne über den regennassen Dächern, auf die sie wohl aus ihrer Atelierwohnung – genau genommen war es nur ein Zimmer unterm Dach – schaute und vor denen sie sich porträtierte, mit hochgerecktem, selbstbewusstem Kinn. Wobei es allerdings so ist, dass ich den Pariser Himmel selber kenne, ich habe dort studiert, ich fand ihn nur in ihren Bildern wieder, es handelte sich also um mein persönliches Echo: Mein echter Pariser Himmel, von meiner *chambre de bonne* aus über den regennassen Dächern, fand sich für mich in Paulas gemaltem wieder, der sich wiederum auf ihren eigenen, anderen Himmel bezog, dem über dem Worpsweder Moor, der vielfältig und zart, zugleich dunkler, schwerer und samtiger war, womit also der Pariser und der Moorhimmel eine sonderbare Form von Geschwisternheit eingingen. Der gemalte Himmel war so echt wie der echte, den sie gemalt hatte, so wie das Geschriebene manchmal echter zu sein scheint als das Erlebte, wenn echter intensiver meint. *Es war einmal und es war einmal nicht* ... jetzt haben Sie miterlebt, was mit mir passieren kann, wir fangen in einer Ecke an und landen sonst wo, aber vielleicht hat die Faszination für dieses sonderbare Verhältnis von Wahrheit und Erfindung, Wirklichkeit und Traum, wie immer Sie das nennen möchten, einfach mit dieser Geschichte auf dem Perserteppich zu tun, dieser ganzen Verwirrung, die mein Leben von Anbeginn begleitet hat, und deren Resultat doch trotzdem *echt* ist und das ich bin.

Meine kleine Großmutter bewegte sich vermutlich fern von Gedanken über graue Himmel in Gemälden durch die Straßen von Lüneburg. Ich bin mir nicht einmal sicher, ob sie wusste, dass Heinrich Heine hier einige Jahre lang immer wieder seine Eltern besuchte, die, aus Düsseldorf vertrieben, hier lebten. Oder dass Johann Sebastian Bach in der Michaeliskirche gesungen hat, was ich meinem Minireiseführer entnahm, nachdem ich zuerst den Stadtplan, in dem alle Stationen der Soap Opera *Rote Rosen* abgebildet waren, in die Hände bekommen hatte. Eine Soap oder auch Seifenoper, die ich noch nie gesehen habe, weshalb ich erst mal einigermaßen rätselte, was es mit all diesen Dingen auf sich hatte, bis ich begriff: Die Fiktion dominiert hier die ganze Stadt!

Aber zurück zu meiner Großmutter und der Frage, ob sie überhaupt wusste, ob es ein berühmtes Kind dieser Stadt gab, wie man das so nett nennt, ein Kind dieser Stadt, ganz gleichgültig, ob einer dann auch seine Kindheit dort verbracht hat oder nur durch Zufall gerade dort in die Welt hineingefallen ist. Vielleicht würde ich eines Tages und vor lauter Mich-Hineingraben in dieses großmütterliche Lüneburg ein Enkelkind dieser Stadt genannt werden, ein zugereistes, das wäre doch spaßig, das wäre etwas Neues, so wie ich mir ja auch eine Stadt zum Leben ausgesucht habe. Man spricht von Wahlberlinern, seltener von Wahlverwandtschaften, obwohl Goethe seinen allerdings ganz schön pessimistischen Roman genau darüber geschrieben hat, so dass dieser Begriff zunächst salonfähig und dann wieder vergessen worden ist. Mit den Verwandtschaften hatte ich es früher gar nicht so, aber neuerdings fällt mir so ein Kraut, klingend wie das Englische *crowd, my crowd*, meine Leute, durch den Kopf.

Meine kleine Großmutter hatte ganz sicher keine Zeit, über all diese komplizierten Sachen nachzudenken so wie ich, denn als sie hier durch die Straßen lief, war es kurz nach dem Krieg, und am Anfang auch noch Winter, und sie war gerade erst aus Oberschlesien hier gelandet, mit vier und bald fünf kleinen Kindern an der Backe und ganz allein. Und Lüneburg war noch dazu von den Tommys besetzt, oder genauer wurde es, bald nach ihrer Ankunft, Tommys, wie man die Engländer nannte, die gestern noch Feinde und heute Befreier und Besatzer waren, sozusagen *three in one*.

Jedenfalls lief ich jetzt durch dieses Lüneburg, überrascht von den hübschen alten Fachwerkgebäuden und der jungen, frischen Atmosphäre – vermutlich wegen der Studenten –, mit der ich nicht gerechnet hatte, mit hippen Läden neben etwas spießigeren Cafés und Lokalen mit Braten und Rotkraut, und suchte nach der Adresse, der Straße, dem Haus, in dem meine kleine Großmutter gelebt hatte, mit ihren fünf Kindern, meinem Vater auch. Und dann, als ich schließlich vor dem Haus ankam, passierte etwas, was ich nie für möglich gehalten hätte, schon gar nicht, dass es mir widerfahren könnte. Im Grunde kann einer oder eine sich glücklich schätzen, wenn ihm oder ihr so etwas zustößt. Das Leben läuft ja sonst einfach immer so weiter.

Die Straße gehört zu den Attraktionen der Stadt, nicht

weit vom Marktplatz und vom Senkungsgebiet; hier wie dort stehen die ältesten Fachwerkhäuschen. Alles picobello renoviert, der Backstein leuchtet, die Schilder blitzen, der weiße und grüne Lack an den Türen glänzt, die Fenster sehen neu aus, außer an der Nummer 4, die sieht leider etwas verwahrloster aus als die anderen. Als wäre das Geld ausgegangen. Kurz nach dem Krieg wird hier alles grau und brüchig gewesen sein, nicht die erste Adresse zum Wohnen. Und plötzlich stand da meine Tante als junges Mädchen vor der Tür. Im karierten Rock bis übers Knie, in einem artigen Wollpullover, das Haar zum Zopf nach hinten gebunden, freundlich lächelnd an der Seite einer zarten, schmalen Frau im altmodischen Mantel, die ich nicht kannte, vor der grün lackierten Tür des Hauses Reitende-Diener-Straße 4. Und dann sah ich meine eigene Großmutter, in schwarzem Mantel, mit Hut und schwarzer Handtasche, elegant über den Arm gehängt, so eine Art kleiner lackierter Koffer, wie man ihn in den Siebzigern todschick fand, und schwarzen Lackpumps. Sie war vielleicht so um die siebzig Jahre. Die Sonne schien, ich sah das Haus an, ich sah meine Großmutter an, machte einen Schritt auf sie zu. Das Pflaster unter meinen Füßen war uneben, der Untergrund schwankte. Und schon war sie wieder weg, meine kleine Großmutter, in der Tür verschwunden. Ein Mann kam aus dem Nachbarhaus; ohne nachzudenken hielt ich ihm meine Kamera hin und bat ihn, eine Aufnahme von mir zu machen. Scheu, ob ein Besitzer sich daran stören würde, doch zugleich entschlossen stellte ich mich vor die Tür. Ich hielt meine Tasche wie meine Großmutter sie gerade eben gehalten hatte, was so unnatürlich war, dass ich meine Füße auch noch irgendwie schräg voreinander setzte, und noch schräger lächelte ich in die Kamera.

Ich sah die Straße hinauf, Richtung Stadtmauer, von wildem Wein oder anderen Rankpflanzen bewachsen, ich sah die Straße hinunter, Richtung Ochsenmarkt und Marienplatz, zum Zentrum hin. Ich blinzelte ins Gegenlicht, dann wurde es dunkel, ich hörte klack-klack-klack, die dunkle Straße, eine schwache Laterne, ganz da hinten, etwas Mond, noch ein Fenster erhellt ... es war ja schon nachts, sie kam die leere Straße vom Kino nach Hause geklappert, zu uns Kindern, zwischen diesen niedrigen Häuschen, ich war das kleinste der Kinder, das vor der Tür stand und auf sie wartete, die dunkle Straße hinaufschauend, eine schwache Laterne vielleicht, ganz da hinten, etwas Mond, noch ein Fenster erhellt ...

Und dann hörte ich eine Stimme, hallo, hallo, ist alles in Ordnung? Soll ich den Notarzt rufen? Ein fremder Mann hatte sich über mich gebeugt und sah mich fragend an. Mühsam kam ich zu mir. Nein, murmelte ich, er klapste meine Wange, nanu. Nach einer Minute drehte ich mich auf die Seite, rollte auf alle Viere, und der fremde Mann half mir auf.

Die Hitze, sagte er, ist sicher die ungewohnte Hitze heute. Haben Sie genug getrunken?

Ich nickte benommen, alles gut, sagte ich, vielen Dank. Er drückte mir die Kamera in die Hand.

Laufen Sie mal ein paar Schritte, sagte er. Soll ich Sie begleiten?

Nee, danke, geht schon, sagte ich, und lief tapfer los; ich wollte mich nicht unterhalten, ich war zu sehr in meinen Gedanken.

Auf wackligen Beinen ging ich die Straße hoch, um die Ecke und wieder runter, sah das federleichte Septemberlicht auf den Plätzen, in den alten Bäumen vor der Sankt-Michaelis-Kirche, die warmen Rottöne der Backsteine, die Fachwerkhäuschen mit den dunkel gebeizten Holzbalken und den weiß und bunt getünchten Fassaden, die Blumenkästen mit den letzten sommerlichen Geranien, die glänzend geputzten Fenster. Ich las die Schilder, die zu den Ateliers von Künstlern, Goldschmieden, Handwerkern und Physiotherapeuten gehörten, und stellte mir in einem Winkel meines Kopfes vor, wie es sich wohl hier leben ließe, ob es schön und leicht wäre, in so einer Überschaubarkeit, ob ich konzentrierter wäre oder zugehöriger oder genau im Gegenteil, eher außenseiterisch und beengt, ob ich die lauten, vollen Straßen der Großstadt mit ihren vielen Sprachen vermissen würde, das Geschubse in der U-Bahn, die Vielfalt der Gesichter und Körper und Kleidungs- und Bewegungsweisen, Gangarten, Schubsarten, Verweilarten. Ob ich Projekte finden würde, bei denen ich etwas Sinnvolles tun würde, ohne jedes Mal ewige Distanzen zurücklegen zu müssen, währenddessen ich allerdings endlos viel Zeit mit Büchern verbrachte, die ich auf den Fahrten gelesen hatte oder las, oder im Gegenteil, ob es schwierig wäre für mich, als neu Hinzugezogene –

Meine kleine Großmutter fand sich ohne Führerschein in einem hochgelegenen Bergdorf im türkischen Teil Zyperns offenbar ebenso zurecht wie in Lüneburg oder Wiesbaden, so wie mein Vater sich durch Aserbaidschan, das frühere Jugoslawien, Rumänien oder den Libanon so selbstverständlich bewegte wie durch den Rheingau. Wobei er die Mittelmeerstädte allen anderen vorzog, sich dort wohler fühlte, was schon einigermaßen überraschend ist, wenn man an seine Kindheit in Lüneburg denkt, wo ich jetzt an einem wirklich schönen Septembertag herumtaperte und nicht wusste, wie ich mir vorkommen sollte, ich, die ich sonst auch ganz selbstverständlich in den verschiedensten Städten zurechtkam. Irgendetwas scheint von dieser kleinen Großmutter und meinem Vater auf mich übergegangen zu sein, etwas Heimliches, Stilles in mir. Wer hätte auch sagen sollen, das hast du von ihr, wie meine Mutter eines Tages immerhin über meine Unordnung und meine Vorliebe für kalte Milch sagte: *Jetzt können wir es ja sagen, das hast du nicht von mir, jetzt können wir ja sagen, von wem du das hast.*

Von wem man etwas hat – ist es eine dieser Selbstvergewisserungen und Grundsätzlichkeiten, die wir Menschen angeblich oder bekanntlich brauchen? Was ist mit all den Geflüchteten? Den Kindern, die nicht einmal mehr wissen, wer ihre Eltern waren, von wem sie also etwas haben, oder spüren sie es? Denken sie es sich aus?

In all diesen Gedanken und dem mit einem Mal ganz leichten, geradezu unerklärlich vergnügten Schlendern und Schauen durch die kleinen Gassen gelangte ich zu der nächsten Adresse, die meine Tante mir gegeben hatte, in die ihre Großeltern väterlicherseits bei ihrer Tochter, der Schwägerin meiner kleinen Großmutter also, und ihrem Mann während des Kriegs eingezogen waren – die verwunderliche, staunenswert klingende Adresse AUF DEM MEERE. Ich tat so, als wäre eben nichts gewesen, und es war ja auch nichts, und näherte mich freundlich. Ich würde ja wohl nicht gleich noch mal aus den Latschen kippen.

Meine Familie väterlicherseits, die ich nicht kannte, hatte also mitten in Lüneburg *am Meer* oder *auf dem Meere* gewohnt. So außergewöhnlich erschien mir dieser Name, es hätte mich nicht gewundert, wenn plötzlich Wellen aus Salzwasser durch die leicht abschüssige, schmale Straße oder Gasse über das Kopfsteinpflaster geströmt wären. Des Meeres und der Liebe Wellen, dachte ich, wie in der Legende von Hero und Leander, die vom Meere und ihren sich hassenden Familien getrennt sind, wie meine Eltern es lange waren, und das Meer aber eine böse Rolle am Ende spielt, weil der noch bösere Onkel die Lampe aus dem Fenster nimmt, die Leander Orientierung hätte geben sollen, um nächtens über das dunkle Meer zu schwimmen, hin zu seiner Hero, die auf der anderen Seite eingesperrt ist, in einem hohen Turm.

Für einen Augenblick wurde ich ganz aufgeregt, denn neben der angegebenen Hausnummer befand sich eine Werkstatt. Eine Schreinerei, wie die Familie meiner Großtante, das war sie nämlich, eine hatte, und ich dachte, das gibt es doch nicht, hier wohnen sie, ihre Nachkommen, ich habe Verwandte in Lüneburg am Meer! Ich finde ihren Namen nicht, aber sie könnten ja geheiratet und einen neuen Namen angenommen haben, egal, ich könnte anklopfen und stünde vor einem Cousin oder einer Cousine zweiten oder dritten Grades oder einem Kind, dessen Tante wievielten Grades auch immer ich wäre –

die Phantasie oder Einbildungskraft, um dieses hübsche alte Wort einmal zu verwenden, galoppierte erneut mit mir davon, und ich rannte ein paar Häuser weiter, um mich zu beruhigen und vor lauter Angst, jemand könnte aus dem Haus treten und *wirklich* vor mir stehen.

Dann ging ich langsam zurück und schaute neugierig schüchtern in die Fenster der Werkstatt, die geschlossen war, hinein. Sie sah aus wie lange nicht benutzt; eine staubige Werkbank, Hobel, vertrocknete Blumen, vergilbte Zettel. Wie in einer Erzählung von E. T. A. Hoffmann, dachte ich. Gleich würde ein Zwerg mit Namen Zach oder Zinnober heraustreten und mir drei Wünsche gewähren, was er in der Erzählung gar nicht tut. Die Fassade sah renoviert aus, wie alle anderen in der Straße. Ich sah an ihr hoch und fragte mich, wo genau sie in einem winzigen Zimmer geschlafen hatte, und wo die Kinder: unten oder oben in der Dachluke, auf einem improvisierten, wahrscheinlich von siebenundzwanzigtausend Flöhen besiedelten Lager aus Stroh, am ganzen Körper zerstochen, so dass meine kleine Großmutter, die zunächst gar keine Idee hatte, woher dieser Zustand rührte, in helle Angst geriet, die Kinder könnten sich wegen der Mangelerscheinungen die Krätze geholt haben oder irgendeine andere gemeine Krankheit, während sich die armen Kinder kratzten und kratzten.

Zum Glück schwamm ich nicht auf den Salzwasserwellen davon! Ich prägte mir das Haus ein und fotografierte es. Es kamen ja täglich genügend Touristen hier vorbei, die das Gleiche taten, es wäre niemandem aufgefallen, auch sie fotografierten die alten Fachwerkfassaden. Plötzlich schoss mir die Frage durch den Kopf, ob denn der Mann meiner Großtante tatsächlich ein Schreiner gewesen war. Hatte meine Tante nicht vielmehr von einem Schuhmacher gesprochen?

Schuhmacher, Schreiner, da hatte mir mein Wünschen wohl gerade einen Streich gespielt, als ich vor der Werkstatt mit dem Hobel stand.

Etwas abgelenkt von diesem Gedanken suchte ich gegenüber nach der dritten Adresse, ein weiteres Haus, in dem meine kleine Großmutter mit ihren Kindern eine kurze Zeit gewohnt hatte, nachdem sie bei ihrer Schwägerin ausgezogen war. Dieses Haus war recht groß, so wie alle Häuser auf dieser Straßenseite größer, höher und kompakter waren. Es war neu hergerichtet, die hohen Fenster hatten Stahlrahmen, dahinter sah man eine ultramoderne Küchenzeile. Dieses Haus löste nichts in mir aus, es rührte nichts in mir an. Vielleicht war mein Spiel mit der Phantasie vorerst gesättigt, so wie ein Kind urplötzlich von den Klötzchen oder Steinchen ablässt, die es eben noch in tiefster Versenkung beschäftigt haben, nicht aus Langeweile, sondern vielmehr einer Art Zufriedenheit: So, jetzt ist das Spiel zu Ende. Ich fotografierte das Haus trotzdem, der Ordnung halber, man kann ja nie wissen, dann besah ich noch einmal nachdenklich den gesamten Gassenabschnitt mit der Werkstatt und trollte mich.

Ich schwebe über einem Kissen aus Salz, ich hebe ab, ein Meter, zwei Meter, fliege hoch wie die Figuren auf den Bildern Chagalls, steh nicht mit den Füßen auf dem Boden, das Salz wird zu einer hauchdünnen Linie, hoch, das Seil unter der Zirkuskuppel, und unten ist kein Netz. Ich träume. Ich wache.

Den Marktplatz mit dem Rathaus konnte ich mir gar nicht in Ruhe anschauen, zu vieles hatte sich *auf dem Meere* in mir versammelt, und um meinen Aufruhr zu beruhigen, nahm ich, wie hundert Male zuvor im Leben, Zuflucht in einer Buchhandlung. Es war eine alte Buchhandlung, eigentlich ein Antiquariat, das hätte ich selbst im Schlaf erkannt. Der Anblick der Bücher versetzte mich in eine Art konzentrierter Trance, meine Augen überflogen Schriftzüge, ich betrachtete besondere Typografien, ungewöhnliche Umschlagsgestaltungen, die mich sofort neugierig machten, in welchem Jahr sie wohl entstanden sein mochten. Ich griff nach dem einen oder anderen, während *das Meer* in mir herabsackte, in mich hineinsinterte, in ich weiß nicht genau welche Regionen, nicht in den Kopf jedenfalls, zumindest fühlte es sich mehr so nach unten hin an. Ich entschloss mich, ein sehr günstiges Büchlein über afrikanische Plastik zu kaufen und eines über iranische Teppichkunst, das mit dem betörenden Namen *Isfahan* versehen war, mit Blumenranken und exotischen Vögeln. Dann entdeckte ich noch den Roman *Der stille Amerikaner* von Graham Greene, den ich schon immer hatte lesen wollen und dessen Titel in geschwungenen schwarzen Buchstaben auf zitronengelbem Grund geschrieben stand.

Ich unterhielt mich für einen Moment mit der Buchhändlerin, einer kleinen Dame undefinierbaren Alters, deren graues Haar sehr kurz geschnitten war. Ich fühlte mich schon deutlich weniger derangiert als beim Betreten des Ladens, und als ich ihn verließ, kehrte die heitere Grundstimmung des früheren Nachmittags zurück. Ich schlenderte ohne Ziel in die nächste Straße hinein, eine Fußgängerzone mit vielen Geschäften, doch schlug ich gleich wieder einen Haken in eine ruhigere Seitengasse. Vielleicht würde ich ein nettes Café finden. Ich hatte Lust auf einen starken Kaffee, ich wollte mich irgendwo hinsetzen und alles nachklingen lassen, was immer tiefer in mich hineingurgelte. Ich wollte irgendwie fühlen, dass ich wach war und nicht am Ende die ganze Zeit träumte. Vor einem Seifenladen blieb ich stehen, schaute, roch, nahm ein Stück in die Hand, und hier, angesichts der eckigen, runden, rosa-weiß gestreiften, violetten und cremefarbenen Stücke handgemachter Seife, die einen fast betäubenden Geruch verströmten, muss irgendetwas geschehen sein, das ich im Moment des Erlebens nicht erfassen konnte, das mir aber ganz deutlich als der Augenblick des Umschwungs erschien, immer wieder, im Nachhinein, am nächsten Tag, in den folgenden Wochen, Monaten sogar, bis ich schließlich von der kleinen Großmutter träumte. Als würde ein Schalter umgelegt, wie man sagt, eine Weiche umgestellt, der Zug in eine andere Richtung gelenkt oder sollte ich sagen: Etwas, das völlig ungenutzt in mir herumgelegen hatte, nutzlos herumgelungert geradezu, wachte auf, schüttelte die Federn und stand auf, um loszulaufen.

7
SEHNSUCHT

All die wunderbar verschlungenen Ornamente auf der begrenzten Fläche eines persischen Teppichs verweisen auf die Ewigkeit Allahs und des Universums, als dessen Schöpfer er gilt, so wie zahlreiche uralte Gärten es tun, deren Kanäle, Wege, Bepflanzungen und Brünnlein in die vier Himmelsrichtungen zeigen, als Zeichen der Vollkommenheit, und somit auf das Paradies, das Allah eingerichtet hat, in seiner unendlichen Weisheit und Güte. Damit der Mensch, wenn er sich denn durch die Wirren und Freuden und Qualen des Lebens gekämpft, sich auf etwas freuen kann, etwas so Schönes und Vollkommenes, wie man es sich kaum vorstellen kann, außer man vögelte in jungen Jahren auf einem solchen Teppich mit zierlichen Rosen und Palmettblüten und feingliedrigen Kranichen, voller Sehnsucht nach einem winzigen, absolut unschuldigen Wesen, das später in genau dieser staunenswerten Unschuld lateinische Buchstaben vorwärts und persische Buchstaben rückwärts auf die Linien eines Blattes zeichnen, malen, formen, kurz gesagt schreiben würde, um dann, eines Tages, in fortgeschrittenem Alter, die Fädchen des eigenen Entstehens und des Lebens all derer, die damit verbunden waren, zu verweben oder zu verknüpfen, als würde daraus ein einzigartiger, hinreißend schöner Teppich, von allen bestaunt und geliebt, voller singender und klingender Wörter und Muster.

II

Wie meine kleine Großmutter nach Lüneburg kam

1
DAS GIPSBEIN

Meine kleine Großmutter Ida Sklorz, sechsunddreißig Jahre jung, mit widerspenstigen dunklen Locken auf dem Kopf und von Natur her recht fidel, lag auf dem Kanapee in ihrem einfachen, doch hübschen Wohnzimmer in Beuthen. Der Weihnachtsbaum war noch nicht abgeschmückt, er stand leicht rieselnd auf seinem Platz, neben ihm hing der Herr Hitler, nachlässig eingerahmt, an seinem. Idas Gipsbein ruhte auf zwei dicken Kissen. Denn als sie, noch am Briefkasten stehend, die Nachricht erhielt, ihr Mann dürfe nur einen einzigen Tag zu Weihnachten nach Hause, einen jämmerlichen einzigen Tag!, war sie so aufgebracht zum Haus gestapft, dass sie ausrutschte und fiel. Das Bein war gebrochen. Das würde ja ein schönes Weihnachten. Und dann musste das Hanneschen vor Schreck auch noch Fieber kriegen, den hatten sie gleich im Spital behalten, mit Verdacht auf Diphterie. Zum Glück hatten sich Kaspar (der nach seinem Großvater hieß) und Nanne nicht angesteckt, ein Wunder eigentlich; sie konnten weiter zur Schule und in den Kindergarten gehen, obwohl Nanne doch ein wenig über Halsschmerzen klagte. Sie brachten auch auf dem Heimweg Milch und Brot mit. Frau Herrmann, ihre Nachbarin, half ihr mit dem Nötigsten. Kochen konnte sie auch humpelnd, und der Staub, der würde auf sie warten.

Ida hatte die Augen geschlossen, Karlchen, mit seinen gerade mal drei Jahren das kleinste Kind, schlief friedlich an ihrer Seite. Im Ofen flackerte das Feuer, die Teetasse auf dem Tisch war halb leer, da klingelte es an der Tür. Sie schrak hoch, es klingelte noch einmal, dann hörte sie den Schlüssel im Schloss.

Frau Herrmann, mit Schnee auf Pelzkappe und Kragen, schob sich herein, an ihrer Hand Hannes, mit hochrotem Gesicht, in Pyjama und Stiefeln, in eine Krankenhausdecke gewickelt. Was ist passiert?, rief Ida, da wachte Karlchen quengelnd auf und wäre fast von der Couch geplumpst.

Alle Kranken müssen raus, brachte Frau Herrmann hervor, bleich unter der vor Kälte gereizten Haut, in zwei Stunden muss das Krankenhaus geräumt sein, und in zwei Tagen die ganze Stadt!

Ida sprang auf, soweit es ihr Gipsbein zuließ.

Der Kriech, jammerte Frau Herrmann, der Kriech kimmt jetzt zu uns! Sie brach in Tränen aus.

Oh nein, sagte Ida und ließ sich wieder auf das Kanapee fallen. Hannes stürzte in ihre Arme. Was nun?, riefen die beiden Frauen wie aus einem Mund, was tun?

Nach einer halben Stunde stand Frau Sarapetta im Zimmer, mit ihrem Säugling auf dem Arm, und Frau Cibulla, und sie berieten sich. Wenn wir bleiben und der Russe kommt … wenn wir gehen und der Russe kommt … wenn wir bleiben … gehen … vor lauter Aufregung rollten sie das R noch wilder als sonst … der Russe klang wie ein Gebirge aus Frost … oh lieber Gott, gib uns mal einen Schnaps, Frau Ida, sagte schließlich Frau Herrmann; sie war die Ältere und durfte das.

In der Nacht saßen dann alle bei Sarapettas und berieten sich, die Kinder schliefen mehr schlecht als recht; schon stand ein alter Amtsmann der Stadtverwaltung vor der Tür und überreichte ihnen die Evakuierungsanträge.

Was hört man?, fragten die Frauen.

Nichts Gutes, sagte der alte Mann.

Kommt der Russe?

Das weiß man nicht, doch wohl eher nicht.

Wozu die Anträge?, fragte Ida. Sie hatte wieder einen glasklaren Kopf.

Dass wer Kriechsjebiet wern, das ist jewiss, brummte der Amtsmann.

Am 18. Januar, einen Tag später, gab Ida ihren Antrag ab, das heißt, der Amtsmann klopfte um halb neun und sammelte ihn ein. Dann setzte sie sich aufs Sofa, nahm ihre Handarbeitsschere aus der Kiste mit dem Nähzeug und fing an, den Gips aufzuschneiden. Ich muss laufen üben ohne, erklärte sie Karlchen, der ihr assistierte und die weißen Gipskrümel über den ganzen Boden verteilte. Hannes lag zitternd auf dem Sofa. Trink den heißen Tee, befahl ihm seine Mutter, trink!

Nicht viele gaben den Antrag ab; manche, dachte Ida, freuen sich wohl auf die Russen, und manche haben wohl recht viel Vertrauen. Frau Schmidt von nebenan knurrte, sie könne doch nichts dafür, dass sie nun sechs Jahre deutsch gewesen wäre, und Ida schüttelte nur den Kopf. Sie vertraute dem Rat ihres Mannes, man erwarte ihren baldigen Besuch. Er saß in Kiel, er wusste sicher mehr als alle hier, halb in Polen.

Um halb zwölf klingelte es erneut, der Ortsbeauftragte Heinrich stand vor der Tür und knallte mit den Hacken: In zwei Stunden am Marktplatz, in zweieinhalb Stunden geht ein Zug vom Bahnhof Radzionkan.

So schnell, schrie meine kleine Großmutter, wie soll ich das nur schaffen?

Das ist nicht mein Problem, sehn Se zu, dass Se fertig wern, schallte er zurück. Wer weiß, wann der nächste kimmt!

Du Id..., dachte Ida.

In der Nacht hatte sie schon angefangen zu packen; sie rief nach den Kindern, eins, zwei, drei, später sagte sie zu Elschen, ihrer Schwiegermutter, ich habe keine Erinnerung, ich stand wohl unter Schock, ich weiß nicht, wie ich das geschafft habe, vier Kinder, eines krank, eines noch so klein, ich weiß es einfach nicht.

Mit einem Mal blieb die kleine Großmutter stehen und drehte sich zu den Kindern um, die sich im Flur hinter ihr drängten, mit ihren kleinen Rucksäcken in der Hand und Furcht in den Augen. Nehmt etwas mit, das ihr lieb habt, sagte sie, für die Reise. Hannes, Nanne und Kaspar rannten in ihr Kinderzimmer, Nanne schnappte sich die Puppe Rita, Hannes seinen Karl May, und Kaspar, der doch der älteste war, fing an zu weinen, ich weiß nicht, was ich nehmen soll!

Die Bibel, rief Nanne, sie kannte ihren Bruder, er liebte die Kinderbibel, die der Vater ihm zum achten Geburtstag geschenkt hatte. Sie standen schon im Flur, da fiel ihrer Mutter noch etwas ein: Nanne, die Silbersachen im Esszimmer, ich hab sie vergessen, und das Kind rannte zurück ins Wohnzimmer und griff nach dem winzigen Salzstreuer aus Kristall, dessen Glitzern im Licht es immer so schön fand, dann sah sie sich um und nahm noch den Silberleuchter und das Väschen, sie hatten ja nicht viel von silbernem Zeug.

Hannes war acht, Kaspar neun, Nanne fünf und Karlchen gerade mal drei. So zogen sie los, in den Winter. Fünfzehn Grad Minus, die Straßen vereist. Meine kleine Großmutter musste das Karlchen immer wieder ein Stück tragen, so sehr wehrte er sich zu gehen, und in der anderen Hand schleppte sie den schweren Koffer, und auf dem Buckel den Rucksack, vollgestopft bis oben hin. Man stelle sich vor, diese winzige Person. Der Schnee stürmte, es war bitterkalt. Es ist ja alles ein rechter Irrsinn, dachte sie, nicht nachdenken, hängte sie hintendran.

Sie kamen bis zur Bahnhofstraße, dort warteten sie auf das Gespann; Frau Sarapetta hatte es bestellt, Frau Sarapetta kam auch schon angelaufen. Von Gespann keine Spur, stattdessen tauchte der Ortsparteivorsitzende Hutsch auf und erklärte, man bräuchte die Pferde, sie müssten nun leider zu Fuß. Ein Alarm ging los, ein Heulen und Krachen, was sollten sie zögern, sie kämpften sich die Straße entlang, in der sich immer mehr Menschen drängten. Ida kochte vor Zorn. Diese Herren von der Partei! Kümmerten sich nur um ihre kinderlosen Frauen, dass die schön bequem fortkamen, und ließen sie hier so allein!

An der nächsten Kreuzung tauchten plötzlich ein paar

bekannte Gesichter vor ihr auf; Frauen, deren Männer an der Front waren, Freundinnen, Bekannte, alle aufgeschreckt wie sie. Wo habt ihr euer Gepäck?, fragte Ida.

Wir werden nicht gehen, sagten sie, der Weg ist zu weit, es ist zu kalt, es wird sicher bessere Möglichkeiten geben.

Ich kehre nicht um, sagte Ida. Wenn sie zurück ins warme Haus gehen würden, das wusste sie, verließe sie der Mut. Sie fasste nach ihrer Tasche, darin steckte der Brief von ihrem Kurt. Die Kinder quengelten, ihnen wurde kalt. Nur mein kleiner Vater hatte einen heißen Kopf, vom Fieber.

Eine fremde Frau kam gelaufen, am Bahnhof herrscht Panik, rief sie, geht nach Hause, es gab einen Beschuss! Tiefflieger, schrie sie und rannte weiter.

Mutti, fing Nanne an zu weinen, Mutti, zog Kaspar an ihrem Ärmel. Wie wollen wir denn fort, wenn gar keine Züge fahren?

In der Nacht schliefen sie, wieder zu Hause, in ihren Kleidern, sie packten die Koffer dreimal um, sie rannten fünfmal in den Keller, die Sirenen hörten nicht mehr auf. Frauen, die schon losgezogen waren, kehrten zurück und erzählten, überall Tote, am Bahnhof keine Züge, sie berichteten von den Märschen der Gefangenen, Russen, Engländer, und aus den Lagern Juden. Wo sollen all diese Männer hin, fragten sie, was soll jetzt aus uns werden? Sie hätten allen Grund, uns fertigzumachen, sagte eine mit lockigem Haar und weinte.

Im Keller dachte Ida noch einmal nach. Sie zog den Brief ihres Mannes aus der Tasche und las im funzeligen Licht, was sie im Grunde schon auswendig kannte.

Mit den Klängen des Radios habe ich meine Gedanken zu euch geschickt, ich bin zu euch gekommen, die Treppe hinaufgestiegen, habe an der Tür gewartet, bis mir aufgemacht wurde. Ich bin an den Betten der Kinder vorbei, wo sie schlafend lagen, und zu dir, in die Küche, und wir haben uns geherzt ... Ach, es war so schön, dich wieder einmal so nahe zu haben,

Idachen, auch wenn es nur mit der Kraft meiner Seele war, so war es für mich doch körperlich wahr ... Als die Glocken des neuen Jahres erklangen, war ich wieder in Kiel in meinem Sessel und habe zwei Becher mit dem Wein erhoben und auf euer aller Wohl getrunken: zwei Schluck für dich und jedes Kind, zwei Schluck für die Mutti, und mit jedem Schluck ging ein Wunsch auf die Reise, und ich war wieder mit euch vereint.

An dieser Stelle, die sie doch schon zwanzigmal gelesen hatte, tropften zwei Tränchen aus Idas Augen auf das Papier; geräuschvoll zog sie die Nase hoch. Er hatte so eine schöne Phantasie! Im Hafen von Kiel liefen die Kriegsschiffe ein und aus; sie hatten ihn vor einem Jahr dorthin eingezogen, als Fernmelder, das hatte er bei der Post gelernt. Er hatte nicht ganz verstanden, weshalb er dort nützlicher sein sollte als zu Hause, doch bei der Post in Beuthen, so sagte man ihm, könne auch ein alter Mann seinen Dienst versehen. Mein Großvater, der leidenschaftlich gern Motorrad fuhr, hatte seine Maschine gegen ein Sümmchen Geld bei einem Bauern unterm Stroh versteckt und den Zug nach Kiel genommen.

Das neue Jahr, so schrieb er weiter, *soll, das ist nun unser aller feste Überzeugung, die Entscheidung bringen. Es soll das Jahr* ▓▓▓ *wenn wir alle glauben und hoffen* ▓▓▓ *was ja auch der Führer in seiner Neujahrsansprache sagte: wir werden siegen, weil wir siegen müssen* ▓▓▓ Noch dickere Tränen quollen Ida über. Noch mehr Stellen waren geschwärzt. *Und daher wird das Jahr 1945 uns für immer zusammenführen zur neuen Gestaltung unseres Lebens in dem schönen alten Verhältnis unserer Liebe und unseres Vertrauens, das nun schon durch elf Jahre unser Leben so reich ...*

Sie hielt mit feuchten Augen noch seinen Neujahrsbrief in Händen und küsste seine postalischen heißen Küsse, die er an das Ende, vom Wein und den Wünschen übermannt, mit wackliger Hand aufs Papier geschrieben und mit seinen Lippen darauf gedrückt hatte. Und dann dachte sie an den nächsten Brief, der kaum zwei Tage später eingetroffen war und in dem er ihr zu ihrer Überraschung mitgeteilt hatte, seine Schwester Dorothea und seine Eltern erwarteten sie und die Kinder zu baldigem Besuche in Lüneburg. Wann immer sie es einrichten könnten, sollten sie kommen, unbedingt.

Jetzt, im Keller, brannte Ida der Gedanke im ganzen Körper, dass ihr Kurt es längst begriffen hatte und sie warnte, und jetzt, mit dem blöden gebrochenen Bein und in dieser Hektik, blieb ihr ja gar keine andere Wahl. Hätte sie nur auf ihn gehört und sich früher darauf vorbereitet! In diesem Moment, es war schon tief in der Nacht und die Kinder schliefen fest aneinander gedrängt, tauchte wieder so ein Politischer auf und sagte, ab fünf Uhr fahren neue Züge, macht mal besser ab ins Reich, nur fort, wenn die Russen erst mal kommen, die kennen kein Pardon. Er schlug die Hacken aneinander und Ida kriegte wieder so eine Wut, du hilfst mir auch nicht tragen. Dann ein Gerenne nach oben, ein Hin und ein Her, die Koffer nochmals umgepackt, und alles Essen in den Rucksack.

Ich will jetzt nur noch fort, sagte sie, und ihre Kinder schwiegen.

Im Gips hatte es nicht wehgetan, doch nun tobte im Bein der Schmerz, sie nahm es hin, er lenkte sie ab, von einem anderen, schlimmeren, der sich ganz tief unten in ihrer Magenhöhle eingrub. Sie schickte die Nachbarin, einen Wagen zu suchen, und sie schickte Kaspar zu ihren eigenen Eltern, sie sollten mitkommen, sie würden schon jemanden finden, der sie mit auf ihren Wagen nähme. Omi Marie, ihre Mutter, bat den Jungen zu warten, schrieb ihrer Tochter einen Zettel, umarmte Kaspar, der noch ganz außer Atem war. *Kind, geh, geh mit Gott, aber geh. Ich komme später nach. Ich schaffe es nicht in der Kälte, und mir tun sie nichts, ich bin zu alt.*

Weißt du, was einer gesagt hat, auf dem Platz?, fragte Kaspar, als er die Nachricht überbrachte.

Na, was denn?, sagte Ida.

Mit dem Wagen hat es keinen Sinn, sie nehmen ihn weg und die Pferde auch. Der Kommunismus ist schon da! Keinem gehört mehr keinem!

Ida musste ein bisschen lachen, Kaspar hatte es wohl nur halb verstanden, genug aber begriffen, was da los war. Was meins ist, ist auch deins.

Die kleine Großmutter floh mit ihren vier Kindern, Frau Cibulla und Frau Sarapetta mit ihrem Baby. Im Zug war es übervoll und bitterkalt. Sie humpelte durch die Gänge und suchte ein Abteil mit Ofen, sie bat und sie drohte, für die Kinder und den Säugling, bitte!, sagte sie schließlich erschöpft zu einer Gruppe von Soldaten, die sich denn auch erbarmten.

An mehr würde sie sich nicht erinnern, und ihre Kinder auch nicht. Nicht an die kurze Zwischenstation in Kiel, wo Ida und Kurt sich heftig umarmten, nicht an die Ankunft in Lüneburg am Bahnhof, am 26. Januar 1945, und nicht an den Weg vom Bahnhof durch die Stadt, vorbei an den kleinen Fachwerkhäusern und dem großen Platz mit dem alten Rathaus, bis sie vor dem Haus standen, Auf dem Meere Nr. 12. Nur daran, dass sie im Stehen hätten einschlafen mögen, alle fünf, und dass sie so hungrig waren, dass sie nichts herunterbrachten, was Dorothea, Idas Schwägerin, ihnen auftischte, an ihrem allerersten Abend in Lüneburg.

2
AUF DEM MEERE

Mein Großvater fuhr gern Motorrad. Er trug dazu eine verwegene Ledermütze, deren seitliche Klappen ihm um die Ohren flatterten. Als er jung war, hatte er lustige kleine Bäckchen und ein Bärtchen und seine Augen blitzten voller Schalk. Im Krieg wurde er klapperdünn und ein zarter Zug trat in sein Gesicht, das weniger verschmitzt als nachdenklich wirkte – als wäre er ein ganz anderer Mann. Er musste nicht an die Front; er versah als Funker oder Wache seinen Dienst, und sobald er konnte, saß er in der Stube und las. Er liebte seine Bücher, und er hatte den Rucksack damit vollgestopft, lieber die als die Gläser mit der Leberwurst, hatte er zu Ida gesagt, als er packte, vor allem die chinesischen Philosophen, die er eines Tages in der Volksbücherei entdeckt und sich nach und nach selbst gekauft hatte. Er vergrub sich in den bedruckten Seiten. Er las, wenn die anderen Männer in der Stube Karten spielten, er saß gern in ihrer Nähe, dann kam es ihm so vor, als wäre er zu Hause und die Kinder spielten um ihn herum. Er las jede freie Minute, wenn die anderen nicht gerade das Radio lauter stellten und hörten, was der Krieg und der Herr Hitler machten. Ein Kamerad fotografierte ihn, mit einem aufgeschlagenen Buch vor sich auf dem Tisch, wie beim Lesen angesprochen, aus der Lektüre herausgeholt. Ein freundliches, aber trauriges Lächeln. Das Foto schickte er seiner Ida nach Lüneburg, die ein wenig erschrak, *mit den innigsten Grüßen*. Er schrieb, seit er nach Kiel geholt worden war, lange Briefe und Postkarten. Er vermisste sie und die Kinder so sehr, dass er seinen Appetit verlor, und jetzt, wo Ida in Lüneburg angekommen war, schrieb er noch mehr. Seine Schrift war nach rechts geneigt, manchmal zeigte sie ein leichtes Zittern oder etwas wie eine winzig ausrutschende Quetschung. Die Post wurde kontrolliert, das wusste er, doch es gelang ihm, persönliche Wendungen unterzubringen, es gelang ihm, zärtlich zu sein. Er zeigte sich geduldig, er ermunterte meine kleine Großmutter immer wieder zum Leben, als ihr das Leben gerade um die Ohren flog, und war froh, dass es überhaupt mit der Post klappte, wo doch schon ganz Hamburg in Schutt und Asche lag und immer mehr Eisenbahnlinien beschossen wurden.

Kaum war meine kleine Großmutter an ihrem ersten Morgen aufgewacht, drängte Dorothea sie zur Meldestelle, es muss alles korrekt zugehen, sagte sie, die Kinder können solange hier warten. Und kaum konnte Ida einen Schluck Zichorienkaffee herunterspülen, den Muckefuck, da stand Dorothea schon in Hut und Mantel vor ihr. Zwei Stunden später, am 27. Januar 1945, wurde ihr und meiner kleinen Großmutter der Umzug amtlich bestätigt: Von der Hermann-Göring-Straße 9 in Beuthen, Oberschlesien, in der sie nach ihrer Heirat gewohnt und ihre Kinder bekommen hatte und in die sie bald zurückkehren würde, nunmehr in die Wohnung der Familie Justus Abendrot, Auf dem Meere 12 in Lüneburg, Niedersachsen, mit dem Vermerk: »vorübergehend«. In die Spalte zum religiösen Bekenntnis ließ Ida katholisch eintragen, in die Extraspalte für die Staatsangehörigkeit natürlich deutsch, was fragte der Kerl sie überhaupt, und dann musste sie doch tatsächlich ihre Papiere vorlegen, damit in die Extraspalte b »Angabe, ob Jude oder Mischling« kein Eintrag erfolgte. Ida war zu müde, um sich aufzuregen. Die beiden Frauen unterschrieben, der Mann vom Amt versah das Formular mit seinem Stempel und dann gingen sie zurück nach Hause. Ihr Zuhause, dachte Ida, die ihre Schwägerin von der Seite beäugte, während sie ihren Magen knurren hörte. Das wehe Bein zog sie angestrengt nach.

Die Schwägerin Dorothea war anderthalb Köpfe größer als Ida und hielt sich sehr gerade. Sie trug einen braunen Wintermantel und eine Kappe aus Pelz, die ihr hübsches Gesicht betonte, auch wenn die Lippen etwas schmal waren. Ihr dunkles Haar lag in sanften Wellen um den Kopf und ihre braunen Augen waren lebhaft, auch wenn die kleine Großmutter ein bisschen an die Knopfaugen eines alten Teddys denken musste. Sie waren einander ja nie zuvor begegnet. Dorothea und Kurt waren in Magdeburg geboren und aufgewachsen; Kurt war wegen der Stelle bei der Post nach Beuthen gezogen und Dorothea fortgegangen, bevor Ida und Kurt sich verlobt hatten und er sie zu Hause seinen Eltern vorstellte. Dorothea hatte einen Ausflug mit der Sekretärinnenschule an die Weser unternommen und dort Justus Abendrot kennengelernt und sich Knall auf Fall verliebt. Seine Schusterwerkstatt, die er von seinem Vater übernommen hatte, lief gut. Kinder kamen erst mal keine. Nach Hause zu den Eltern waren sie nie zu Besuch gefahren, doch als der Krieg drei Jahre gedauert hatte, hatte sie ihnen geschrieben, sie sollten zu ihnen kommen, nach Lüneburg.

Du siehst deinem Bruder gar nicht so ähnlich, versuchte Ida ein Gespräch anzufangen. Sie nahm die Straßen mit den alten Fachwerkhäusern nur am Rande wahr, sie schlidderte mehr als dass sie ging, über das unebene Kopfsteinpflaster unter dem Schnee. Dorothea machte ausholende Schritte, es fiel Ida schwer mitzuhalten. Ihre Schritte waren klein, weil sie es war, und noch dazu tat ihr das gebrochene Bein höllisch weh. Doch sie biss die Zähne zusammen.

So? Findest du?, fragte Dorothea zurück, ohne Ida anzusehen. Man musste ihr die Worte offenbar einzeln aus der Nase ziehen. Sie bogen in die Straße ein, Auf dem Meere, die ein wenig krumm in sich und abschüssig war. Ida rutschte auf dem Schneematsch aus und griff nach Dorotheas Arm. Dorothea machte sich ganz steif, half ihr dann aber doch. Seltsames Mädchen, dachte Ida, sie ähnelt Kurt wirklich in gar nichts.

Der Vater hat sich gut eingelebt, sagte Dorothea. Solange er seine Ordnung hat, wirst du mit ihm auskommen. Nach dem Frühstück seine Zeitung, nach dem Mittagessen eine halbe Zigarre, und nach dem Kaffee ein kleiner Spaziergang.

Aha, sagte Ida.

Dann waren sie im Haus. Das Haus war schmal und innen eher dunkel. Ida hörte die Kinder in der Küche.

Ihr bekommt die Gesellenkammer neben der Werkstatt, sagte Dorothea und wies ihr den Weg. Justus, ihr Mann, war in der Werkstatt zugange, er sah nur kurz auf, als sie an seiner Schusterbank vorbei mussten. In der ungeheizten Kammer war gerade Platz genug für ein schmales Bett und einen Stuhl.

Ida sah Dorothea entsetzt an, und die Kinder?

Dorothea zeigte nach oben: da.

Da war ein Verhau, nicht mehr als eine offene Koje, in der Heu lag und ein paar Bretter angebracht waren. Die erste Nacht hatten sie einfach in der guten Stube, ihrem Wohnzimmer, geschlafen, allesamt in ihren Kleidern. Vor lauter Müdigkeit hatte Ida auf nichts geachtet. Jetzt machte sie ein kleines Mündchen.

Die Küche könnt ihr mitbenutzen, sagte die Schwägerin, dafür hilfst du uns im Haushalt.

So hab ich mir das aber nicht vorgestellt, antwortete Ida.

So wird es aber sein, sagte Dorothea.

Ida sah sich das Haus an. Es war schmal und schief, die Fenster von außen größer als von drinnen, die Möbel einfach, aber solide, die Dielen feste gescheuert. Die Großeltern, also Vater und Mutter von ihrem Kurt, wohnten oben, zwei winzige Zimmer mit einer noch winzigeren Küche; dort wurde für alle gekocht. Ein Bad wie in ihrer Wohnung in Beuthen gab es nicht, nur das Waschbecken in der Küche. Zur Toilette mussten alle aufs Plumpsklo im Hof. Unten gab es die Stube, den Schlafraum von Justus und Dorothea. Alles war denkbar einfach, und Ida wunderte sich, Dorothea war ja ganz offensichtlich eine ehrgeizige Person.

Die Kinder standen nebeneinander aufgereiht in der Küche oben und starrten auf den nicht vorhandenen rechten Arm ihres Großvaters, den sie noch nie gesehen hatten, so wenig wie er seine Enkel, die er nun anschaute, als wären sie bei ihm zur Musterung. Ernst Sklorz war in Magdeburg Buchhalter gewesen. Er hatte im Ersten Weltkrieg als Offizier gedient und dabei seinen Arm verloren, aber nicht meine Würde!, wie er gerade verkündete. Von der Statur her nicht groß, hatte er doch etwas Ehrfurcht einflößendes, mit seinem kantigen Gesicht und den buschigen Augenbrauen. Jetzt tätschelte er der kleinen Nanne das Bäckchen, kniff hinein, lachte herb und fügte hinzu: Gab's nichts mehr zu essen im schönen Schlesierland? Na gut, dass ihr jetzt da fort seid!

Mein Tantchen Nanne drückte die Tränen herunter; sie verstand nichts, und sie verstand alles.

Opa Ernst, wie die Kinder ihn nannten, um ihn von ihrem anderen Opa in Hindenburg zu unterscheiden, war so streng wie seine Frau, Omi Else, gutmütig war. Sie hielt meistens ein etwas zerknülltes Taschentuch in der Hand, denn an ihrer Nase bildete sich gern ein Tröpfchen.

Wie kann eine Schwester so anders sein als ihr Bruder, schrieb Ida an Kurt, *ich begreife das nicht. Sie schlägt nach deinem Vater, man sagt ja, die erste Tochter kommt auf den Vater raus. Dein Vater bellt die Kinder an, nichts ist ihm recht, was denkt er? Dass wir hier auf Urlaub sind? Begreift er denn nicht, was die Kinder in den letzten Wochen und Tagen erlebt haben? Was sie erleben?*

Die Schwägerin Dorothea hatte eine freundliche Stimme, doch sie beobachtete alles. Sie kontrollierte, wann Ida morgens aufstand, sie kontrollierte, wie lange sie brauchte, um sich zu waschen. Wie viel Margarine sie auf die von ihr abgesäbelten Scheiben Brot schmierte. Sie kontrollierte, wann sich welches Kind wo durch das Haus bewegte. Sie verlangte von Ida, ihre Essensmarken zu sehen. Sie ging mit ihr zum Bäcker, zum Lebensmittelhändler, zum Fleischer, zum Milchladen, stellte sie vor und bestimmte, wie viel Marken sie wofür ausgeben sollte. Dabei waren die Marken pro Kopf festgeschrieben und standen Ida doch zu. Und das Geld, das Ida aus Beuthen mitgebracht hatte, hielt sie so gut es ging zusammen.

Die Knopfaugen sahen meiner kleinen Großmutter und ihren Kindern auf den Mund, wenn sie am Tisch saßen, als zählten sie die Happen, die darin verschwanden. Die kleine Großmutter, Ida, senkte den Blick. Der Bissen blieb ihr im Halse stecken; nach vierzehn Tagen hatte sie keinen Appetit mehr, wo es doch ohnehin so wenig zu essen gab. Sie spürte eine unbekannte Empfindung in sich aufsteigen, als wäre mit ihr etwas nicht in Ordnung.

Kindchen, musst essen, sagte ihre Schwiegermutter, iss, um deiner Kinder willen.

Ihre Schwiegermutter, die Mutter meines Großvaters, Else, war eine sanfte Frau mit einem feinen Gesichtchen; sie hatte etwas Durchscheinendes, wie eine Elfe, sagte Nanne. Ida konnte sich nicht erklären, wie sie mit dem strengen Mann zusammengekommen war und noch weniger, wie sie mit ihm auskam. Ihre Augen hatten starke Ringe, sie schaute immer ein wenig erstaunt. Sie zuckte bedauernd die Schultern, wenn sie bemerkte, wie Dorothea mit ihrer Schwiegertochter umging, und steckte den Kindern heimlich etwas zu, ein Scheibchen Wurst, ein Stückchen trockenen Kuchen. Sie legte manchmal tröstend die Hand auf den Arm meiner kleinen Großmutter. Der Großvater meint es nicht so, sagte sie zu den Kindern, doch der Großvater meinte es genau so, schon nach drei Wochen: Ihr seid zu laut, ihr seid zu frech, ungezogen seid ihr alle, nicht mal in Ruhe die Zeitung kann man lesen. Ist doch selber nur zu Gast im Haus, brummte er etwas leiser hinterher.

Meine kleine Großmutter hatte ihren Haushalt in Beuthen allein geführt, vielleicht nicht perfekt, aber doch in Ordnung. Sie ließ gern mal alle Fünfe gerade sein. Es muss nicht jeder Krümel vom Tisch gefegt werden, sagte sie immer, um daran glücklich zu sein.

Zweimal muckte sie auf, zweimal wurde sie von der Schwägerin zurückgewiesen: Du kannst dir gern einen anderen Platz suchen, wir halten dich nicht.

3
HIMMELSSTREIFEN

Kinder nehmen die Dinge, wie sie sind. Während sie ihren Aufenthalt bei den anderen Großeltern wie ein Abenteuer betrachteten, das irgendwann zu Ende war, versuchte meine kleine Großmutter, sich ihrer Schwägerin Dorothea zu nähern. Immerhin war sie die Schwester ihres Mannes, und ein kleines bisschen Ähnlichkeit musste die beiden doch verbinden. Ida verstand es auch nicht: Kurt hatte es mit seiner Schwester abgesprochen, dass sie zu ihnen fliehen sollten, und nun zeigte sie sich hart und unzugänglich. Kein Lachen, kein Schwätzchen, kein Fragen, wie es denn ihren Eltern gehe, die sie in Oberschlesien zurückgelassen hatte, keine Frage nach dem Leben dort. Wie gern hätte meine kleine Großmutter ihr von ihrer Mutter, Muttel, Omi Marie, erzählt, sich das Herz erleichtert. Sicher, das Haus war nicht groß, doch es wäre leichter miteinander, wenn man es wirklich teilte. Dorothea verhielt sich ihr gegenüber wie einer Fremden. Ida fragte in einem stillen Moment ihre Schwiegermutter, ob es denn Schwierigkeiten oder Sorgen gebe, doch Elschen tätschelte ihr nur den Arm und sagte: Ach, Kindchen, das Leben.

Ida fragte Dorothea nach allem Möglichen. Wie früher ihre Arbeit in der Firma für Damenbekleidung gewesen war, was sie bisher vom Krieg mitbekommen hatten, welche Filme sie mochte und wie ihr das Leben in Lüneburg überhaupt gefiel. Dorothea antwortete knapp oder gar nicht, sie wich ihr aus. Es war, als hätte sie etwas vor ihr zu verbergen. Ihr schmallippiger Mund blieb fest geschlossen. An Justus, ihren Mann, war auch kein rechtes Herankommen; er war freundlich wie die Norddeutschen es wohl auf ihre Weise waren, trocken, aber herzlich. Ein Handwerker eben, ordentlich, konzentriert, still. Meine kleine Großmutter war es gewohnt, mit ihrem Mann und den Kindern zu reden, ja, zu plappern, über alles Mögliche, was am Tag geschah, was ihnen durch den Kopf ging. Sie sangen manchmal und alberten alle zusammen herum. Obwohl auch meine kleine Großmutter manchmal streng sein konnte und schimpfen wie ein Dachdecker. Dann lachten die Leute, genau wie ihre Kinder, denn es wollte so gar nicht zu ihrer winzigen Gestalt passen. So eine kleine Person, sagte Frau Sarapetta dann gern und schüttelte den Kopf, und so eine Flucherei!

Die Nachbarinnen fehlten ihr, Frau Sarapetta und Frau Cibulla ganz besonders. Von Frau Sarapetta hatte sie keine Nachricht, seit sie sich am Bahnhof getrennt hatten; sie hatte sie nicht mitnehmen können zu Dorothea, also musste sie in eines der Lager, die die Stadt bereitstellte, die kleine Großmutter hatte keine Ahnung, wo. Frau Cibulla hatte sich in Kiel abgesetzt, Richtung Süden, wo sie im Allgäu eine Cousine hatte. Hoffentlich ist die freundlich, dachte meine kleine Großmutter und begab sich zum Wirtschaftsamt, wo sich auch die Lüneburger meldeten, um ihre Essenskarten zu erhalten. Sie wollte sich erkundigen, wie hier ganz allgemein so die Lage war. Die Rationierungen waren knapp, aber sie hatte wie alle ein Anrecht auf die Scheine. Eierscheine gibt es extra, murmelte sie, dran denken, und wegen der Kohlen zum Heizen muss ich fragen.

Das Bein tat ihr weh, doch wenn sie langsam lief, ging es, und sie hatte das Gefühl, dass es durch die Bewegung besser würde. Bei ihren Erledigungen nahm sie mehr so am Rande wahr, wo sie hier gelandet war. Die Fachwerkhäuser, die verschiedenfarbigen Fassaden, und wie die hübschen Häuser sich aneinanderlehnten, etwas schief und krumm. Der Marktplatz mit dem Brunnen und dem Rathaus gefiel ihr. Ida war, was die Jahrhunderte und die Architekturen anging, nicht so firm, doch einiges wusste sie aus Beuthen, und auch ohne jedes Wissen hätte sie erkannt, dass das Rathaus etwas Besonderes war. Sie las die Straßenschilder, Ochsenmarkt, Waagestraße, und prägte sich die Namen ein. So anders als

Beuthen ist es eigentlich nicht, dachte sie, der Bergbau ist hier dem Salz gewidmet, in Beuthen der Kohle. Beuthen ist etwas größer als Lüneburg und Krakau ist nicht weit weg, so wie hier Hamburg, und bei uns gibt es auch alte Baubestände, vom Mittelalter bis zum Barock, und gotische Kirchen – sie musste sich korrigieren, *gab es*, gab es, es ist ja so vieles futsch. Plötzlich schlug ihr Herz schneller, sie hatte ja noch keinerlei Nachricht von ihren Eltern! Ob ihnen etwas zugestoßen war? Nicht auszudenken! Sie hatte ohnehin ein ganz schlechtes Gewissen, sie zurückgelassen zu haben. Sie wusste auch gar nicht, was inzwischen noch alles zerstört war, nur so viel, dass einen Tag, nachdem sie in Lüneburg angekommen waren, das Rathaus zerbombt und die Stadt von der Roten Armee eingenommen worden war.

Die Menschen in Lüneburg haben Glück, dachte Ida, sie haben den Krieg bis jetzt kaum am eigenen Leib zu spüren bekommen. Ein paar Bombenabwürfe hatte es wohl gegeben, der Schwiegervater, der das Kriegsgeschehen genau verfolgte, hatte es ihr erzählt. Sie hatten im Forst Einemhof eingeschlagen, einem Wald in der Nähe. Weißt du, über den Heidedörfern hört man die Flugzeuge, Wellingtons und Blenheims, die Richtung Berlin und Hamburg fliegen, hatte er fachkundig erklärt. Und über Fallingbostel oder Verden – die Namen fand sie drollig, wie überhaupt den Tonfall der Leute hier – haben die Engländer schon mal Spreng- und Brandbomben abgeworfen. Ein paar Bauernhöfe haben sie getroffen, und dann gab es noch das große Unglück am Bahnhof. Darüber darf aber nicht geredet werden, die Leute sollen keine Angst bekommen.

Es war ihm peinlich, über diese Verluste zu sprechen, und Ida war klug genug, nicht viel dazu zu sagen; sie saß auf der Küchenbank und hörte einfach zu. Der alte Mann, der vor nicht allzu langer Zeit eine gute Stellung bekleidet hatte, war oft genug so grummelig. Nach Magdeburg gab es kein Zurück, sie hatten dort alles aufgegeben, und er schien es zu bereuen. Ida war froh, wenn er das Wort an sie richtete. Verzweifelt suchte sie irgendeine Ähnlichkeit mit ihrem Mann, der ein heiterer, manchmal sogar schalkhafter Mensch war. Es war überhaupt so eine Eigenheit von ihr, Ähnlichkeiten festzustellen, als würden Dinge, die einander glichen, ihr helfen, die Welt zu sortieren und sich darin zurechtzufinden. Und im Moment fand sie sich nicht besonders gut zurecht.

Die Angriffe auf Bremen und Hamburg, erklärte der Schwiegervater und zog dabei an seinem Zigarrenstummel, waren bisher der größte Schrecken. Vor allem der schwere Luftangriff auf Hamburg, im Sommer 43. Es ist ja schon eineinhalb Jahre her, aber der ist hier allen in die Glieder gefahren, und viele Hamburger haben hier in Lüneburg Zuflucht genommen. Die standen mit einemmal hier auf dem Marktplatz, sagte er, mit nichts als der Angst im Gesicht und ohne Hab und Gut. Die Lüneburger haben ihnen etwas zu trinken und zu essen gebracht.

Die Lüneburcher, sprach er es aus. Ganz leicht hörte man seinen Magdeburger Zungenschlag heraus.

Dorothea auch?, fragte Ida.

Dorothea auch, sagte er. Dann versank er in seinen Gedanken, und Ida machte sich an den Abwasch.

Und jetzt? Ida sah zum Himmel. Es war nicht so, dass man vom Krieg überhaupt nichts merkte. Über Lüneburg kreuzten sich die Kondensstreifen der Kriegsflugzeuge, die Bomber der Alliierten und der deutschen Abwehrflieger; das Dröhnen, manchmal gefolgt von Abschüssen, hallte durch die Luft. Himmelsschreiber nannten die Leute sie, wenn sie nach oben schauten und ihnen nachsahen wie sonst den Graugänsen im Frühjahr oder Herbst. Doch die Häuser in der Stadt standen unversehrt.

Kurz bevor ihr gekommen seid, erzählte der Schwiegervater seinen Enkelkindern, die mit offenen Mündern zuhörten, da haben sie die alten Veteranen und die Milchgesichter eingezogen.

Milchgesichter?, fragte Hannes. Was ist das denn?

Das sind die Jungs, die sind gerade mal fünfzehn.

Fünfzehn?

Mein kleiner Vater, Hannes, war acht Jahre alt, sein Bruder Kaspar neun. Er sah seinen Großvater erstaunt an. Der erzählte es zwischen Anerkennung und Verachtung, die Kinder wussten nicht genau, wie er das alles fand. Er selber darf ja nicht mehr in den Krieg, dachte Hannes, er ist zu alt, und dann nur ein Arm!

Gauleiter Telschow hat eine flammende Rede gehalten, sagte der Großvater und sah Hannes in die Augen, als hätte er seinen Gedanken gelesen, am Westbahnhof, über Mut und Ehre und Vaterland.

Und die Frauen und Mütter haben sich wahrscheinlich laut geschnäuzt, dachte Ida laut.

Was half es, die Hakenkreuze flatterten in der Bäckerstraße, und eine Wahl hatte keiner mehr. Der Volkssturm-Bataillon Luhmann war ausgerückt, benannt nach der großen Brauerei Lüneburgs, denn die deutsche Heimat war in Gefahr. Die Alarme häuften sich, auch die Lüneburger hatten Luftschutzkeller, und verdunkeln mussten sie auch.

Die deutsche Heimat ... Die kleine Großmutter lief durch die verschneite Stadt. Sie tröstete sich, es ist nicht für lange, es kann nicht sein, der ganze Irrsinn wird noch in diesem Jahr ein Ende haben. Alle sagen das. Und dann können wir wieder zurück, nach Hause. Hoffentlich wird unsere Wohnung nicht aufgebrochen sein; zum Plündern gibt es ohnehin nicht viel. Was hilft es, dachte sie, und dann fragte sie, wo es einen Kindergarten gab und wo eine Schule. Für die Kinder musste das Leben weitergehen, auch wenn es nur für ein paar Wochen oder – sie mochte es nicht denken, aber realistisch war sie – Monate war. Gelernt werden musste und zu

Hause konnten sie nicht den ganzen Tag herumhocken, die Stimmung war nicht dazu angetan. Nach ein paar Tagen des Herumirrens und Fragens auf verschiedenen Ämtern sagte man ihr in der Volksschule in der Wallstraße zwei Plätze zu, für die Jungen. So sind sie wenigstens den halben Tag beschäftigt, dachte Ida.

Sie behandelt mich wie eine Magd, was sage ich, so würde ich auch keine Magd behandeln, und schon gar nicht meine eigene Familie. Überhaupt, wie konnte deine liebe, feine, weiche Mutter nur diesen Hagestolz heiraten? Nicht zu fassen, es war vermutlich arrangiert.

Sie konnte nicht alles schreiben, was sie auf dem Herzen hatte, sie wollte auch ihren Mann nicht kränken. Es blieben ihr weder die Minuten dafür noch das Papier, sie musste sich auf das Wichtigste beschränken, doch all das ging ihr durch den Kopf. Dennoch, sie schrieb so oft wie möglich an ihren Mann, der mit ebenso großem Schwung antwortete, mit aufmunternden Worten, Tröstungen, Zärtlichkeiten, Anteilnahme an den täglichen Unbilden, Auseinandersetzungen, Ärgernissen. Er versuchte, dabei zu sein, alles über die Kinder zu erfahren, die Gedanken und Empfindungen seiner Frau, er versuchte, die Entfernung mit Worten zu überbrücken. Von heute aus gesehen war er gar nicht weit fort, zwischen Kiel und Lüneburg liegen hundertfünfzig, hundertsechzig Kilometer. Doch damals waren dort Gefechtszonen, Bomben fielen, zerstörte Wege, Züge, die nur eine kurze Strecke fuhren oder gar nicht, und dazwischen lagen Befehle, die Unmöglichkeit, das Leben nach eigenem Dafürhalten oder Willen zu gestalten.

Es ist eine Zeit des Wartens, sie muss mit Geduld überstanden werden.

Das mit der Geduld fiel ihr schwer, also ging die kleine Großmutter am Sonntag in die Kirche, um für mehr Geduld in ihrem Herzen zu beten. Sie wusch den Kindern die Gesichtchen, zog sie so adrett an, wie es eben ging, und setzte sich mit ihnen in Bewegung. Dorothea, die auch katholisch war, blieb zu Hause wie die Schwiegereltern, obwohl Omi Else morgens und abends still betete, sie trauten sich nicht, in die Kirche zu gehen. Die Nationalsozialisten hatten jeden auf dem Kieker, der sich Gott zuwandte, die Katholischen waren hier nicht nur in der Minderheit, sondern von Hitler verboten, und in so einer kleinen Stadt sah fast jeder alles. Dachten sie jedenfalls. Nur Dorotheas Mann ging unbeirrt zur Frühmesse in die evangelische Michaeliskirche am Ende der Straße. Bin so groß geworden, brummte er, geb ich nicht auf. Die kleine Großmutter fand heraus, dass es eine Handvoll Katholiken gab, die sich heimlich trafen, doch das war ihr dann doch zu riskant. Lieber ging sie unauffällig zu den Protestanten. Die Nicolaikirche im Wasserviertel gefiel ihr besser als die Michaeliskirche, also gingen sie dorthin, und kennen tat sie ohnehin keiner. Meinem kleinen Vater waren diese Feinheiten egal, gebetet wurde überall und gesungen auch. Er bewunderte die lang gestreckten Fenster, die Strenge des Raums, die unfassbar hohen Wände, die Sterne über dem Mittelschiff, den goldgeschmückten Altar. Unterhalb des Altars waren Männer dargestellt, in kostbaren Gewändern, mit Gold behängt. Hannes saß im Kirchenschiff und staunte. Sein Bruder Kaspar neben ihm betete und betete, Nanne versuchte es und Karlchen quengelte leise und schlief schließlich ein.

Warum schlagen sie kein Kreuz am Eingang?, fragte Hannes mitten in einem Lied. Und warum gibt es hier keinen Weihrauch?

Das ist hier nicht so üblich, antwortete die kleine Großmutter. Sie sind nämlich Evangelische.

Warum sind wir dann hier?, fragte Kaspar.

Warum, warum, zischte die kleine Großmutter, sei jetzt artig und halt deine Schnüss.

Sind das Heilige?, fragte er seine Mutter und zeigte auf die Männer, die rund um den Altar dargestellt waren.

Nein, sagte sie, ich glaube nicht.

Das sind reiche Lüneburger Kaufleute, erklärte ein älterer Mann, der neben ihnen in der Bankreihe stand. Er trug einen lichten rötlichen Bart und eine einfache, aber ordentliche grüne Jacke; um den Hals hatte er ein Tuch gebunden, seine Mütze hielt er in den Händen.

Warum sind sie dann hier in der Kirche?, fragte mein kleiner Vater und betrachtete ihn neugierig von der Seite. Sind es Leute aus der Bibel? Er wandte sich seiner Mutter fragend zu.

Nein, sagte seine Mutter und schaute angestrengt in das Gesangbuch. Was fragte der Junge, was sollte sie sagen? Warum waren sie hier? Es könnte ihr die Tränen in die Augen treiben, sie musste sich auf die Lieder konzentrieren.

Das sind also die Kaufleute von Lüneburg, dachte mein kleiner Vater zufrieden. Er sah sie sich noch einmal genauer an. Sie trugen prächtige Gewänder und Mützen, die aus feinem, weichem Stoff zu sein schienen, in dunklem Grün und edlem Rot, und machten gewichtige Mienen. Sie gefielen ihm.

Es ist eine Kirche für Schiffer und Fischer gewesen, murmelte der Mann, der die Blicke des Jungen sah. Er fragte sich, ob die wirklich ziemlich kleine Frau mit den vier Kindern wohl alleinstehend war. Wie eine Witwe war sie nicht gekleidet, aber heute war das nicht leicht zu sagen, die Frauen konnten sich nicht immer schwarze Trauermäntel leisten. Und nicht jede legte sich die Trauerbinde um den Arm.

Hier haben sie für eine glückliche Fahrt auf See gebetet, sagte er zu meinem kleinen Vater.

Mein kleiner Vater nickte. Das gefiel ihm nun noch mehr. Der Pastor sprach vom Paradies und die kleine Großmutter schniefte. Mein kleiner Vater legte seine Hand auf ihre.

Da kommen wir am Ende doch auch hin, oder?

Der alte Mann nickte, die kleine Großmutter hielt sich

am Gesangbuch fest und dann sangen sie ganz laut, alle zusammen, *Großer Gott, wir loben dich.*

4
GEDULD LERNEN MIT LAOTSE

Idas Geduld wurde auf viele harte Proben gestellt. In allem musste sie sich nach der Familie richten. Nach den ersten zwei, drei Wochen wollte Dorothea nicht mehr, dass sie gemeinsam kochten und aßen, sie musste warten, bis Dorothea die Ihren versorgt hatte, dann durfte sie an den Herd. Das war nicht schön, doch andererseits erleichterte es sie, dass die Knopfaugen nun nicht mehr die Bissen zählten. Abgesehen davon hatten Justus und Dorothea so eine Art, bei Tisch zu sitzen, die ihr missfiel; sie predigte den Kindern immer, ganz aufrecht zu sitzen und die Gabel zum Mund zu führen und nicht, wie sie sagte, den Mund zum Teller. Dorothea zwang sie weiterhin, ihre Bezugsscheine vorzuzeigen und das Brot zu teilen, doch Dorothea teilte nichts mit ihr. Dafür wohnst du hier, sagte sie. Wir haben nicht viele Einnahmen, wer kann sich schon Schuhe leisten. Und von den Reparaturen werden wir nicht satt.

Stell dir vor, Nanne bat sie um ein winziges Scheibchen Wurst, sie stand eben in der Küche, sie hat kein Wort gesagt, sie stand nur eben da. Da hat deine Schwester das Zentimetermaß rausgeholt und die Wurst exakt abgemessen: Nicht, dass mir hier jemand auf falsche Gedanken kommt! Dabei hatte ich ihnen von unserem Käse abgegeben, ein ganz dickes Stück, und von unserem einzigen Kuchen auch! Sag mal, war sie früher auch schon so?

Auf dem Papier sah mein lesender, liebender Großvater getrocknete Tränentropfen. Er saß in der Soldatenstube, im Radio lief Aufmunterungsmusik, irgendein dummer Schlager, er hatte seinen Laotse auf dem Tisch liegen, die Schriften des *Tao Te King*, und dachte nach. Er wusste nicht, was mit seiner Schwester geschehen war. Vielleicht war es ihr zu viel geworden, mit den Eltern im Haus, und jetzt noch Ida mit den vier Kindern. Sie hatte keine Kinder, sie wusste nicht, wie zerfressen vor Sorge man um sie sein konnte. Und sein Vater, der alte Hagestolz? Piesackte er seine Tochter vielleicht gerade darum, weil sie keine Kinder hatte? Eigentlich war sie doch immer sein Liebling gewesen! War Dorothea schon länger unzufrieden? War ihr Leben mit Justus nicht so geworden, wie sie es sich gedacht hatte? Oder war es einfach nur der Krieg?

Mein Großvater Kurt nahm Blatt und Füller und schrieb meiner kleinen Großmutter, dass sie der Boshaftigkeit seiner eigenen Schwester mit ihrer Freundlichkeit begegnen sollte. *Ich bin dir dankbar, wie gut du dich um meine Mutter kümmerst, als wäre es deine eigene. Sie wird es dir auch danken,* schrieb er, *und Gott wird es dir vergelten,* aber das durfte er nicht schreiben, Gott gehörte in die Abteilung der problematischen Wörter bei der Zensurstelle, ein bisschen allgemein gehalten ja, aber als Lebensmaxime lieber nein, es waren doch Abtrünnige dabei, die sich im Zweifelsfall mehr an den lieben Gott als an Hitler hielten, das weichte die Moral auf. Aber sie dachte es auch, sie wusste, dass er so dachte. Also zerriss er das Papier und schrieb es ohne den lieben Gott noch einmal. Und er fügte hinzu, dass sie sich ein dickes Fell zulegen sollte, um es besser auszuhalten, *aber, liebste Ida, bleibe die, die du bist. Und wenn der Wind sich einmal dreht, wenn wir einmal die Karten in der Hand haben, dann werden wir es auf unsere Weise machen. Gib ihnen nichts mehr ab, schenke ihnen nichts, solange sie geizen, du musst zuallererst an die Kinder denken und an dich, bevor du etwas zu verteilen hast, und sie, sie geben ja noch nicht einmal, wenn sie doch genügend für sich selber haben.*

Und denke an die Worte eines weisen Mannes, er hieß Laotse und lebte vor vielen Jahrhunderten im fernen China:
»Weiches bezwingt Hartes,
Starkes muss dem Schwachen unterliegen.«

An dem Nachmittag, an dem Nanne ihrer Mutter die Sache mit der Wurst erzählt hatte, war Ida das Herz in die Knie gerutscht; als sie ihr Kind tröstete, spürte sie, wie ihr selbst die Tränen in die Augen schossen. So aber durfte das Kind sie nicht sehen! Hannes kam gerade nach Hause, sie schob Nanne zu ihm hin, murmelte, sie müsse noch etwas besorgen, und rannte aus dem Haus. Alles schwankte, ganz Lüneburg, ein ungekanntes Gefühl schien ihr den Boden unter den Füßen fortzureißen; als wollte sie der Boden verschlucken; es ließ sich nicht benennen. Ida überquerte den Marktplatz und fragte sich, ob sie sich dem nächstbesten Kerl an den Hals werfen sollte, um dafür Geld zu bekommen, um dem Kind eine Wurst kaufen zu können. Doch es gab keine Kerle, und Geld gab es auch nicht, also auch keine Kerle mit Geld, und überhaupt, ein solches Unterfangen würde sie noch weiter in die Scham treiben. Denn das war es, was sie fühlte, jetzt wusste sie es: Es war eine grenzenlose, entsetzliche, sie wie von innen auslöschende Scham!

Nach einer Stunde des Herumirrens stand sie bei Frau Meierhoff, der Nachbarin, vor der Tür und bat, mit ihrem Mann telefonieren zu dürfen. Frau Meierhoff nickte, ließ sie im Flur allein und hörte von der Küche aus, wie Ida den Hörer abnahm, wählte und wartete. Dann hörte sie nur, wie Ida nach ihrem Mann fragte. Nicht da, wiederholte sie, ach, nein, nichts Besonderes. Sagen Sie ihm nur, dass ich – Sie legte auf, bevor sie zu Ende gesprochen hatte, und Frau Meierhoff hörte, wie sie leise weinte. Es war ein ganz feines, leichtes Geräusch. Ihr liefen selbst die Tränen vor Mitleid über die Wangen, die arme kleine Frau! Was war da wohl geschehen? Nach einigen Minuten ging sie in der Flur, in dem sich nichts regte. Ida saß zusammengesunken auf dem Stuhl neben der Kommode, über der der Telefonapparat angebracht war. Frau Meierhoff legte die Hand auf Idas Schulter, und Ida erzählte ihr alles. Von der Wurst und dem Zentimetermaß und den Kerlen ohne Geld. Frau Meierhoff hörte still zu, reichte Ida ein Taschentuch und ging in die Küche. Ida rappelte sich hoch, schnäuzte sich laut die Nase, zog den Mantel feste zusammen und ging zur Küche. Als sie Frau Meierhoff Geld für das Telefonat geben wollte, schob diese ihre Hand zurück.

Nein, nein, sagte sie, bitte nicht. Sie nahm ein Päckchen, in das dicke rosa Papier eingeschlagen, das Ida vom Schlachter kannte, und nun schob Ida ihre Hand zurück. Nein, nein, wehrte sie ab und trat einen Schritt zurück, es ging nicht um die Wurst.

Das weiß ich doch, sagte Frau Meierhoff, aber trotzdem, ich habe genug für mich. Ich bin keine große Esserin. Nehmen Sie es für Ihre Kinder, und essen Sie auch etwas davon, Sie brauchen auch mal was auf die Rippen.

Ida wollten die Tränen schon wieder hochschießen, aber sie riss sich zusammen. Die beiden Frauen standen einen Augenblick beieinander. Frau Meierhoff hatte ihren Mann im Krieg verloren. Ihr Sohn war mit Rommel in Afrika gewesen und in amerikanische Gefangenschaft geraten, wer wusste schon, ob er wiederkommen würde.

Such a shame, darling, such a shame.

Danach war alles anders in Ida. Sie trat innerlich drei Schritte zurück, wenn sie Dorothea begegnete. Sie registrierte ihr Verhalten, und sie wusste, es würde nicht mehr lange dauern, bis der Wind sich drehte, und wenn sie selbst sämtliche Windmühlen der Lüneburger Heide würde in Betrieb setzen müssen. Sie half den beiden Jungen mit den Hausaufgaben und fing an, Nannchen das Alphabet beizubringen. Sie sang mit Karlchen Lieder und abends betete sie mit allen. Lieber

Gott, betete sie im Stillen, bevor sie einschlief, ich bin weiß Gott, also du, kein böser Mensch, doch hilf du mir, mit dieser Bösheit fertig zu werden. Sie mag ihre Gründe haben, doch rette mich vor ihren Auswüchsen.

Im unteren Teil des Hauses wurde nicht geheizt; und als die kleine Großmutter auf dem Wirtschaftsamt vorsprach, sagte der Mann, der dort saß und sie kaum eines Blickes würdigte: Wenn Sie doch bei Verwandten wohnen, dann brauchen Sie keine eigenen Kohlen. Sie sah ihm ins Gesicht und machte einen Mund wie sauer Zitrone. Als sie es der Schwiegermutter erzählte, sah diese von ihrem Strumpf auf, den sie gerade strickte, und sagte: Was für eine Ungerechtigkeit! Das können sie doch nicht machen!, und strickte seelenruhig weiter.

Ja, Hauptsache, ihr A. sitzt im Warmen. Am liebsten hätte ich dich angerufen, aber da hätte ich schon wieder Frau Meierhoff bitten müssen, und es soll ja nur für den Notfall sein, doch dann hab ich mich wieder eingekriegt, was soll ich denn auch tun? Gestern hatte ich Wäsche, der Tag fing schon gut an: Kaspar kam aus dem Verhau geklettert, schon um sechs, mit heftigen Schmerzen unter der Rippe. Er hat kaum Luft gekriegt, und noch viel schlimmer ist sein Durchfall. Ich habe es geschafft, mit ihm zu einem Arzt zu gehen. Es soll eine Nervenschwäche sein, stell dir das mal vor. Sobald er sich aufregt, bekommt er Durchfall. Ich brachte ihn nach Hause, wickelte ihn in die Decken, damit er nicht auch noch friert, und setzte unsere Kartoffeln auf. Ich bat deine Mutter, auf die Kinder aufzupassen, und auf die Kartoffeln auch, und rannte schnell noch einmal in die Apotheke. Nur zwanzig Minuten war ich fort, da hat sie die Kartoffeln anbrennen lassen! Kaspar erzählte mir hinterher, dass Dorothea gekommen war um zu schimpfen. Ich sollte mir doch eine andere Zeit aussuchen, nicht über Mittag, und auch noch Omi das Essen kochen zu lassen und die Kinder zu hüten, das wäre weiß Gott zu viel. Aber nachmittags haben doch die Apotheken zu! Was hätte ich denn machen sollen? Ja, stell dir vor. Ich renne und mache und keine Hilfe, dabei wollte ich doch die Wäsche anfangen, ich muss doch auch einmal unsere Sachen waschen, wir haben ja nicht so viel, und den Ausschlag der Kinder behandeln. Die ganze Nacht wimmern die Kinder, was weiß die Schachtel, Zwillinge müsste sie kriegen! Nach dem Essen habe ich schön aufgewaschen, und um halb zwei fing ich endlich mit der Wäsche an. Ich bat Justus um ein paar Stücke Holz zu meinen acht Briketts, die ich aufgetrieben habe und mit denen ich die Wäsche in der Waschküche waschen wollte. Das machen sie hier so, sie ist in einem Anbau zum Hof. Er sagte, er bräuchte das Holz selber, für die Werkstatt, und Späne hätte er auch keine mehr. – Wie ich das denn machen sollte, fragte ich ihn. – Was weiß denn ich, war die Antwort. Du verstehst, warum ich dich anrufen wollte, mir war so elend zumute.

Dann hatte ich eine Idee. Ich nahm die Späne und meine Briketts wieder raus aus dem Ofen und warf sie in der Küche in den Herd. Im Herd glimmte noch das Feuer vom Mittag. Ich bekam es wieder in Gang und das Wasser zum Kochen. Da hab ich erst die weiße und dann noch sogar die bunte Wäsche reingehauen, damit alles brüht, und nur einmal alles durchgerieben und alles zweimal geschweift, und in vier Stunden war meine Wäsche auf dem Boden. Dorothea war zum Glück aus dem Haus. So werde ich es nächste Woche wieder machen, ich hab es Mutti auch gesagt. Sie war ganz erschrocken: Und wie willst du dann kochen, Kind? – Mit Gas!, sagte ich, da wurde sie ganz bleich. – Dann nehmen sie uns das Gas weg! – Jammer nicht, hätte ich am liebsten geschrien, was weißt du denn schon?

Aber ich habe an deinen weisen alten Mann aus China gedacht und meine Klappe gehalten.

Mein Großvater staunte nicht schlecht, wie viel Zorn ihm aus den Briefen seiner Liebsten entgegentrat. So kannte er sie gar nicht! Er wusste nicht, ob er weinen oder lachen sollte.

Die Tage wurden etwas ruhiger, alles fand sich mehr schlecht als recht, doch im Grunde war die kleine Großmutter froh, dass sie mit ihren Kindern in Sicherheit war. Wenn sie im Radio hörten, was in Schlesien alles geschah, was für grausame Kämpfe, und in Pommern, und wenn sie von den Leuten hörte, die wie sie in Lüneburg Zuflucht nahmen, wie viele auf der Flucht erfroren und starben, dann sprach sie drei *Gesegnet seist du, Maria*. Und abends mit den Kindern ein doppeltes *Vaterunser*. Als sie sah, dass für die Menschen, die, wie es hieß, halb verhungert »heim ins Reich« kamen, aus den Ostgebieten, in die die Russen im Februar immer weiter vordrangen, notdürftig Zelte aufgebaut wurden und klapprige Baracken, war sie dankbar für ihre Bleibe Auf dem Meere und ging ohne zu murren der Schwägerin zur Hand.

Vielleicht ist ihr Herz gebrochen, dachte sie, und sie kann keinem sagen, warum. Sie sah sie manchmal in der Küche sitzen, mit ganz leerem Gesicht, und einer Hand auf dem Bauch. Hatte sie ein Kind verloren? Grämte sie sich so? Vor den Kindern und ihrem Mann Justus zeigte sie es nicht; dort gab sie sich gefasst, doch immer ein bisschen unnahbar. Dabei konnte sie so hübsch sein! Die kleine Großmutter verstand es nicht.

5
PORTRÄT

Ohne all das zu wissen, die abgemessene Wurst, das verweigerte Holz, die Habgier und die Demütigungen, hatte ich diese (Groß-)Tante einmal gezeichnet – so wie ich immer mal kleine Skizzen mache, nur so für mich, wenn sich die Dinge den Worten so entziehen, aber meine Hand unruhig ist –, als Erste von all den unbekannten Verwandten, als ich ihr Foto sah und dachte, was für eine hübsche junge Frau. Und ohne all die Geschichten zu kennen, zeichnete ich sie mit zwei verschiedenen Augen, einem neutralen und einem, das seltsam zerstört war, verwischt, misslungen, und das ihrem Gesicht einen unheimlichen Zug verlieh, der mich verwirrte und den ich als Ausdruck meines eigenen Nichtwissens deutete, dass ich so lange gelebt hatte und zur Hälfte gar nicht wusste, wer ich war.

Kaspar und Hannes wurden in die Schule in der Wallstraße aufgenommen, und die kleine Nanne würde auch bald einen Platz im Kindergarten bekommen. Es ist nur vorübergehend, sagte die kleine Großmutter immer wieder, und die Kinder fügten sich drein. Nur Karlchen weinte oft, er spürte die Unruhe ohne zu begreifen, was geschah. Die ersten drei Tage brachte die kleine Großmutter die beiden Jungen in die Schule, Karlchen schob sie, damit es schneller ging, im Kinderwagen, den Frau Meierhoff auf dem Dachboden aufgehoben und ihr gegeben hatte. Nanne ging an ihrer Hand. So kommt ihr auch ein bisschen an die frische Luft, sagte die kleine Großmutter und gab den beiden Kleineren einen aufmunternden Klaps. Doch am vierten Tag wollten Kaspar und Hannes allein gehen, was sollen denn die andern Kinder denken?

Also ließ die kleine Großmutter sie ziehen, doch auch sie ging aus dem Haus, um einfach nicht dort sein zu müssen und um sich umzusehen. Vielleicht würde sie auf diese Weise mehr erfahren, wie es weitergehen sollte, mit dem Krieg, wie lange sie dort bleiben müssten, ob es eine andere Wohnung geben könnte. Sie entdeckte die Lager in der Turnhalle und in der Schrangenstraße, in der man »Flüchter«, wie man sie nannte, unterbrachte, von Frau Sarapetta jedoch keine Spur. Sie ignorierte das Wort, sie betrachtete sich selbst als einen Gast, nicht als Flüchtling, und schon gar nicht als Flüchter. Einmal hörte sie sogar das Wort Pollacken, es war ja unerhört. Alarme hin, Alarme her, sie ging die Neue Sülze hinunter bis zur Oberen Schrangenstraße, folgte ihrem Verlauf in die Untere, nahm die Bäckerstraße ein Stück und staunte erneut über den schönen, langgestreckten Platz Am Sande. Um sie nicht zu lange bei der Omi Else und im Haus zu lassen, nahm sie Nanne und Karlchen, der auch mal etwas laufen sollte, an die Hand und mit. Wobei sie Karlchen häufig tragen musste, was dann so aussah, als trüge ein kleines Mädchen seine zu große Puppe. Zusammen erkundeten sie den Hafen mit dem Alten Kran und sie erzählte den Kindern von den Männern, die zur See fuhren. Oder sie liefen durch die Apothekenstraße und fragten auch gleich nach einem Kinderarzt. Sie besuchten die verschiedenen Kirchen aus rotem Backstein, Sankt Nicolai, Sankt Johannis, Sankt Lamberti, mit ihren hohen Türmen. Ich muss mich ja auskennen, sagte sie, wer weiß, was noch kommt. Sankt Michaelis lag am oberen Ende ihrer Straße Auf dem Meere, wohin Justus immer allein zur Messe ging. Sie fand heraus, wo Geschäfte waren, in die Dorothea sie nicht mitgenommen hatte, wo das Vergnügungsviertel, wo die Kinos, die *Schaubühne*, das *Tonelli* und das *Altstadt*. In Beuthen war sie gern ins Kino gegangen. Lüneburg gefiel ihr nicht schlecht, unter anderen Umständen hätte sie sich gefreut.

Denn obwohl die Stadt nicht angegriffen wurde, fand der Luftkrieg allmählich immer deutlicher über ihren Köpfen statt: Die Himmelsschreiber, die aufschienen und weiß geflockt zerfielen, schrieben immer dichtere, verrücktere Muster in den Himmel. Manchmal schrieben sie sogar Worte, deutlich konnte man ein SOS erkennen, doch die Lüneburger hielten es für ihre Einbildung. So sehr setzte ihnen die Angst zu, dass sie glaubten, Zeichen zu lesen, Menetekel an der Wand. Viele holten die verbotenen Rosenkränze aus den Schubladen und ließen sie durch die Finger gleiten, während aus dem Volksempfänger die Durchhalteparolen dröhnten. Mehrmals am Tag ging der Alarm los. Sie mussten in den

Keller, entweder dort, wo sie gerade waren, oder im Haus, sie und die Kinder zusammen mit Dorothea, Justus, Omi Else und Opa Ernst. Es war eng im Keller und eisig und alle waren sehr still. Denn allmählich rückten die Bombeneinschläge näher. Ein Wettlauf hatte begonnen, zwischen den Russen, die von der Ostfront gen Westen vordrangen, und den westlichen Alliierten, den Engländern und Amerikanern vor allem, die befürchteten, die Rote Armee würde über die Elbe und über die Ostseeausgänge Richtung Nordsee ziehen und ihre Einflussgebiete in Europa in ihre Richtung ausdehnen. Churchill, der dicke Brite mit der Zigarre, Churchill vor allem befürchtete das.

Und so rückten die kleineren Städte zwischen Hamburg bis in die Lüneburger Heide hinunter Richtung Hannover in die Ziellinie. Manchmal warfen die Briten Flugblätter ab: *Winsen, Lüneburg, Uelzen, Celle, die nehmen wir in einer Welle.*

6
LIEBE

Es war schön, Idachen, dich einmal wieder so nah zu haben, und war es auch nur mit den Kräften meiner Seele, so war es doch für mich körperlich wahr ...

Es waren ihre liebsten Zeilen, immer wieder holte sie den Brief heraus und las ihn, den Neujahrsbrief mit halber Hoffnung. Sie bangte um Kurt, in Kiel lag die Kriegsmarine, Kiel wurde angegriffen. Dabei musste sie doch dankbar sein, überhaupt mit ihm in so engem Kontakt zu stehen. In ihrer Kammer war es so kalt, dass ihre Finger zu steif zum Schreiben waren. Und unten in Dorotheas Stube auch. Dorothea und Justus saßen deshalb jetzt meistens oben. Dort fühlte Ida sich beobachtet, Blicke von links, Blicke von rechts, die Schwiegermutter, die strickte, der Schwiegervater, der Zeitung las, Dorothea, die einen Strumpf stopfte, Justus, der seinen Tee trank. Sie alle schienen erpicht darauf zu erfahren, was sie ihrem Mann wohl alles zu erzählen hatte und er ihr.

Es geht doch bald auf den Frühling zu, schrieb Kurt, *dann hat es mit der Heizerei ein Ende. Auch nach dem schlimmsten Winter kommt der Frühling, und auch auf unsere schwere Zeit muss ja mal eine bessere folgen. Wenn man die Scheußlichkeiten der Russen in den von ihnen besetzten Gebieten hört, dann muss ich wirklich glücklich sein, dass es mit uns so gut gegangen ist. Ein Kamerad erzählte mir von seinem Freunde, dessen Familie auf der »Gustloff« abtransportiert werden sollte und nun ist die Frau mitsamt den vier Kindern ertrunken. Der Mann steht an der Front und nun wagt es keiner, ihm das mitzuteilen.*

Ida hielt im Lesen inne und fing an zu weinen, weil er so mitfühlend und ermunternd in einem war. Dann las sie weiter.

Mein anderer Freund, Hofrichter, von dem ich dir berichtet habe, ist ganz teilnahmslos geworden. Nachdem er die Meldungen über die Schandtaten der Russen im Radio gehört hat, hat er an nichts mehr Interesse. Mir würde es auch so gehen. Er hat sehr an seiner Familie gehangen und hatte ein schön eingerichtetes Heim in Kreisenburg. Und das Tragische ist, er hatte seine Frau ja hier in Kiel, bei ihren Eltern, und hat sie erst Anfang Januar wieder zurückgeschickt nach Oberschlesien, stelle dir das einmal vor! Ich hätte ▬▬ *ich dachte* ▬▬ *Ich dachte antun* ▬▬ *ihm damals gesagt* ▬▬ *aber er, der sonst so ein gutes Urteil hat, wollte nichts davon wissen.* ▬▬.

Die Zensurstelle hatte dieses Mal viele Worte, fast ganze Sätze, geschwärzt, aber die kleine Großmutter konnte sich schon denken, was er ihr sagen wollte. So wie er ihr gesagt hatte, sie sollte zu Dorothea, so wird er Hofrichter gewarnt haben, und leider, leider musste man sagen, hatte Kurt den richtigen Riecher. Er mochte vielleicht ein Bücherwurm sein, aber blind für die Wirklichkeit war er nicht, dachte sie und fing schon wieder an zu zittern.

Viele andere Kameraden wissen nichts von ihren Familien, nichts darüber, wie es ihnen geht. Ich mache mir Gedanken über unsere Nachbarn, Frau Scholz und Frau Walther. Die Russen fragen doch nicht, wer Herr Scholz ist, die nehmen seine Frau und ihn lassen sie schuften, und da kann er sich nicht so gut drücken wie immer bei uns in der Poststelle. In den großen Städten wird es nicht so schlimm sein, doch in den kleinen Orten?

Man darf nicht ungerecht sein, Idachen, du bist in Sicherheit, hast eine Verbindung zu mir, und ich mit dir, und ich komme dich auch recht bald besuchen, und es ist gut, dass dir eure Nachbarin angeboten hat, dass ich dich dort hin und wieder antelefonieren kann. Du musst halt denken: auch das geht vorüber. Selbst die Kohlenknappheit, du wirst sehn. Frag mal Omi, wie wir im Weltkrieg (den 1. Weltkrieg meine ich) haben frieren müssen. In der ganzen Wohnung war ein Zimmerchen, da stand ein kleiner Kanonenofen drin und abends wurde ein bisschen geheizt. Der Rest der Wohnung war wie ein Eiskeller. Und der Winter war streng und er hat lange Monate gedauert ...

Wir haben ja jetzt den Frühling vor der Tür, also zu lange kann es nicht mehr dauern und es wird wärmer.

Der kleinen Großmutter schoss ein befremdlicher Gedanke durch den Kopf. Warum nur schrieb er immerfort vom Frühling, der bald käme? Draußen waren es zehn Grad Minus, es war Februar, da stimmte doch was nicht. Wollte er ihr etwas mitteilen, was er nicht durfte? Wusste er etwas, etwas vom Ende des Kriegs? Sie erschrak. Was würde es bedeuten? Es konnte doch nichts Gutes heißen, wenn die Feinde siegen würden, und Hitler ... Auch wenn Opa Ernst ständig davon faselte, dass es nur eine Volte wäre, eine undurchsichtige Finte gewissermaßen, als würden die Deutschen so tun, als wären sie geschwächt, um dann noch einmal kräftig auszuholen? Die kleine Großmutter fing an zu lachen, ein böses, unhörbares Lachen. Als ob! Die Engländer und die Amerikaner und die Russen, alle standen sie da, und da dachte er ... dass diese alten Männer so verbohrt sein konnten! Aber noch mal im Ernst. Wenn Kurt schrieb, der Frühling komme bald, was dachte er? Glaubte er an ein gutes Ende? Würde er nicht auch gefangen genommen? Die kleine Großmutter wollte es sich gar nicht ausmalen; sie verbot sich die Gedanken zu denken und las den Brief zu Ende.

Und wenn dir auch dein Heim fehlt und das selbstständige Schalten und Walten und all die Freude, die nun einmal damit zusammenhängt, dann musst du dir Freude an anderen Dingen suchen, die du hast, die du sonst antriffst. Denn wie sagt Laotse: »Ich habe drei Schätze, die ich hüte und hege. Der eine ist die Liebe, der zweite die Genügsamkeit, der dritte die Demut.«

Nimm es dir zu Herzen, Idachen. Ich umarme dich, wie immer und für immer.

Idachen, murmelte die kleine Großmutter, als spräche sie sich selbst an. Und Sanftmut ist wohl nicht so mein Fach. Aber in einem hat er recht. Das Grübeln hilft nicht. Wie wäre es mit dem Kino Tonelli, sprach sie weiter mit sich selbst. *Tonelli*, das klingt so hübsch italienisch.

Sie bat Elschen, die Omi, auf die Kinder aufzupassen, und verließ das Haus. Ihr wehes Bein beachtete sie kaum, so freute sie sich. Im Tonelli lief der Film *Zwischen Hamburg und Haiti*, mit Gustav Knuth und Gisela Uhlen, gedreht 1940. Das war schon ein bisschen her, aber sie hatte ihn noch nicht gesehen. Sie hatte ein schlechtes Gewissen, die Kinder zu Hause allein zu lassen, aber sie musste einfach mal raus. Sobald sie den dunklen Vorführsaal betrat, befiel sie die gleiche Aufregung wie immer, wenn sie ins Kino ging. Die Musik setzte melodramatisch ein, während Meerwasserwellen zu sehen waren, über die der Vorspann lief. Grete Weiser spielte auch mit, die mochte Ida sehr; kein Wunder, sie war so klein wie sie selbst. Schauspieler waren in echt ja oft viel kleiner als man dachte, das wusste Ida aus den Zeitungen, die sie las, egal, wie groß und elegant sie auf der Leinwand wirkten. Grete Weiser stellte im Film oft eine freche Person dar, mit Kodderschnauze und dem Herzen auf dem rechten Fleck. Wie lachte Ida auf, als sie sich jetzt im Vergnügungslokal *Hippodrom* auf das Pferd schwang! Spätestens an dieser Stelle hatte sie ihre Sorgen vergessen. Anders als die feine, geheimnisumwitterte Gisela Uhlen, die wie eine verloren gegangene Prinzessin etwas verschämt auf dem Pferd schwebte. Gustav Knuth spielte den Geschäftsmann Henrik Brinkmann, der auf Haiti sein Glück mit Baumwolle machte. Er war groß, gut aussehend, trug weiße Hosen und ein gebügeltes, legeres Hemd dazu; mit seinem kleinen Bärtchen und so einem gewissen Etwas in der Stimme ließ er selbst Ida, die ihren Mann Kurt heiß und innig liebte, dahinschmelzen. Henri Brinkmann, der einfallsreiche Kaufmann, ließ die dunkelhäutigen Einwohner Haitis zu den lauten Rhythmen deutscher Schlager die schweren Packen Baumwolle zum Schiff schleppen, in einer Choreographie, als tanzten sie auf einer Bühne auf der Reeperbahn. Die kleine Großmutter sank noch tiefer in den Sessel, als Brinkmann in Hamburg eine schöne junge Frau kennenlernte, sie genoss, wie die beiden in dem schicken Café an der Alster saßen, mit einem Silberkännchen vor sich auf dem Tisch, sie genoss den Anblick ihrer eleganten Kleidung. Doch dann wurde sie ein bisschen gereizt, als er sie am nächsten Morgen mit dem Wagen abholte, um in die Heide zu fahren. In die Heide?! In der sie hier saß, während draußen die Bomben näher rückten? Die Heide, in die sie der Krieg katapultiert hatte, mit nichts als ihren paar Habseligkeiten? Neben ihr schluchzte eine junge Frau auf, weil sie gerade noch die verheißungsvollen Lichter der Lokale, Tanzcafés und Lichtspielhäuser an der Reeperbahn hatte glitzern sehen, und ihr aufging: Die sind doch jetzt alle nicht mehr, schniefte sie, alles kaputt, und Ida wünschte, die

Dame wäre zu Hause geblieben mit ihrer Erkenntnis, in ihrer Flüchterbaracke, doch sie biss sich gedanklich auf die Lippe, für ihre eigene Boshaftigkeit, und reichte der jungen Frau ihr Taschentuch.

7
DICKE LIPPE

22. Februar 1945

Idachen,

ich denke immerzu an unser Wiedersehen in Lüneburg, die Stunden, die uns so unerwartet geschenkt wurden. Wie auch die Zeit sein mag, wollen wir doch immer weiter hoffen, dass uns das Schicksal auch das Wiedersehen für immer schenken möge. Noch ist ja Aussicht vorhanden, wenn es auch nicht so aussehen mag. Ich wenigstens kann und will die Hoffnung nicht aufgeben.

Ich denke auch, dass du wieder beruhigt bist, wegen des Abschieds. Ich wollte doch nur eine vermittelnde Stimme sein, damit Dorothea dich nicht so behandelt. Ich muss immer wieder daran denken, und es tut mir so leid, dass ich dir unbewusst wehgetan habe. Aber du sagtest ja dann selbst, dass deine Zweifel in die Echtheit meiner Liebe unbegründet sind. Und das sind sie auch wirklich, mein Geliebtes. Ich habe keinerlei Grund und keine Veranlassung, heute irgendwie anders zu denken als früher. Im Gegenteil, in dieser schweren Zeit habe ich dich noch mehr lieb und halte noch fester zu dir. Es ist sicher nur, weil du dich im Stich gelassen fühlst, doch was soll ich nur tun? Es wird nicht auf Dauer so sein, das wissen wir doch beide.

Heute nur ein kleiner Gruß,

dein Kurt

Ida heulte wie ein Schlosshund, als sie diesen Brief, zwei oder drei Tage, nachdem Kurt ihn geschrieben hatte, in den

Händen hielt. Sie zitterte am ganzen Leib vor Erleichterung, Traurigkeit und Angst. An dem Tag, an dem er ihn geschrieben hatte, hatte sie eine Katastrophe erlebt, von der sie sich noch nicht erholt hatte. Bis dahin hatte sie gedacht, das Schlimmste wäre die Flucht gewesen.

An diesem einen Tag schickte sie gegen Mittag Nanne und Kaspar los, um eine Flasche Essig zu holen. Zweimal geht es um die Ecke, es ist nicht weit, die Kinder kennen sich inzwischen aus. Auf dem Rückweg geht der Alarm los, die beiden Kinder rennen. Doch das Pflaster spielt Nanne einen Streich, sie bleibt an einer Kante hängen, die aus dem Schnee herausragt, und sie knallt mitsamt der Flasche hin. Die Flasche zerbirst in hundert Scherben, und die arme kleine Nanne stürzt mitten hinein. So laut schreit sie, dass Kaspar fast in Ohnmacht fällt, doch das kann er sich nicht leisten, er reißt sich zusammen und hebt seine Schwester hoch. Die Scherben, schreit sie, was wird die Mutti sagen?! Kaspar setzt sie wieder ab, die Kinder heben alle Scherben auf, sie wird uns schimpfen, bibbert Nanne, und die Sirenen heulen und die Lippe vom Nannchen blutet wie verrückt und ist schon ganz dick.

Die kleine Großmutter schimpfte nicht, sie schnappte das Kind und befahl Omi, auf Karlchen aufzupassen und Kaspar, mit ihnen zu kommen. Nanne presste sie das nächstbeste Tuch auf die Lippe und zu dritt rannten sie zum Kinderarzt. Ida zögerte auf dem Marktplatz, ob sie zu Dorotheas Hausarzt gehen sollte, doch dann lenkt sie die Schritte zu Dr. Klein, dem Kinderarzt, den ihr der Apotheker genannt hatte, in Richtung Bahnhof. Ein ganzes Stück zu laufen war das. Doch schon an der Ecke vom Marktplatz fing der Alarm wieder an, und sie rannten so schnell sie konnten zur Apotheke in der Großen Bäckerstraße, Ida bezwang den Schmerz in ihrem gebrochenen Bein, der plötzlich wieder da war, und Nanne presste sich das blutige Tuch an die Lippe. Die Lippe fühlte sich an, als wäre sie herausgerissen, und die halbe Nase auch. Alle ab in den Luftschutzkeller, schrie der Apotheker, also alle ab in den Keller unter der Apotheke. Plötzlich kam ein Arzt dazu, keiner wusste hinterher mehr, woher. Nannchen weinte, alle möglichen Hände hielten sie fest am Kopf, ihr Bruder warf sich auf sie, damit sie stille hielt, und der Arzt nähte mit einer viel zu großen, gebogenen Nadel ihre Lippe fest. Dann war Nanne weg, alles war ihr schwarz vor Augen.

Wäre ich zu Dorotheas Arzt gegangen, bei dem wir das andere Mal waren, dann wären wir heute beerdigt worden. Drei Kinder mit ihren Müttern und das Kind, das gerade bei der Untersuchung war, das der Arzt in den Armen hielt, wurden gerade noch lebend herausgetragen, schwer verletzt, aus den Trümmern. Die anderen waren alle mausemausetot.

Nicht genug, auch heute hatten wir einen grauenhaften Morgen. Seit früh um vier fuhren die Wagen mit den Särgen auf den Markt, wo sie zur Feier um halb neun aufgebahrt wurden. Die ganze Woche haben sie die Toten von den vielen Angriffen in die Michaeliskirche am Ende unserer Straße gekarrt. In der Bahnhofskirche hat der Tod das Personal beim Mittag überrascht. Verschiedene Volltreffer alle in der Bahnhofsgegend und am Bahnhof selbst. Kein Verkehr und kein Güterverkehr.

Die Finger sind so steif, ich kann kaum schreiben, doch ich will dich nicht länger ohne Nachricht lassen. Seit du weg bist, haben wir nur noch zweimal eine warme Stube gehabt. Einen Zentner Kohlen hab ich bewilligt bekommen, doch der Händler kann nichts rankriegen. Jetzt wohl erst recht nicht mehr. Heute morgen also, als zweihundert Tote auf dem Marktplatz aufgebahrt waren, kam schon wieder Alarm. Die Rede konnte gerade noch beendet werden, dann rannten alle fort. Gestern schon habe ich die Zerstörung gesehen. Weißt du, kurz vorm Bahnhof, links und rechts die Häuser. Ein Porzellanlager in lauter Scherben. Jetzt haben die Lüneburger auch Angst.

So, mein Lieber, Schluss für heute. Ängstige dich nur nicht immer so sehr, wenn etwas passiert, erfährst du es sofort. Ich habe nicht mehr so ein schönes Leben wie zu Hause, nächsten Sonntag kann ich erst wieder schreiben. Bis dahin leb wohl, Kurt, denk an uns, wie wir auch an dich viel, viel denken, da wird uns das Schicksal vor einem traurigem Ende wahren. Wenn man aber mit uns so viel vorhat, dann kann man ja bald gar nichts mehr glauben. Wenn erst die Hungersnot eintreten wird, ja, dann werden wir noch verzweifelter werden. Wir fangen jetzt auch schon an zu sparen, bei mir ist es jetzt noch schlimmer mit dem Brot. Kochen soll man nicht wegen dem Gas, und Brot sparen kann man nicht, weil das nicht langt. Wie soll man da was aufheben? Ich muss jetzt schließen,

dein Idachen.

Nannes Lippe wurde noch dicker und begann zu eitern. Es blieb ihr nur ein kleines Eckchen vom Mund, in das sie aufgeweichtes Essen hineinschubsen oder etwas trinken konnte, mit einem Strohhalm. Dorothea gab ihr ein Glasrohr, es zerbrach ihr vor Zittrigkeit, die Tante war empört, das Kind lässt ja alles fallen! Sie hatte eine Schnabeltasse, sie stand schön deutlich im Büffet, da brauchst du nicht mal dran zu denken, sagte sie. Die Tante hatte halt keine Kinder. Nu sei doch nicht so strenge, bat Omi Else, doch Dorothea war schon aus der Küche. Ida krampfte es das Herz zusammen. Am Abend hätte sie sich am liebsten in den Schlaf geweint, doch die Kinder über ihr, in ihrem engen Verhau, hätten sie gehört, und dann – nicht auszudenken. Also drückte sie Karlchen, der neben ihr schlief, enger an sich und versuchte an etwas anderes zu denken.

Das Pflaster durfte nicht schmieren, ganz vorsichtig musste Nanne das aufgeweichte Brot in den Mund schieben; überhaupt hielt Ida jedes Mal die Luft an, als sie die stinkende Flüssigkeit abtupfte, wenn das mal keine Blutvergiftung gab! Das Kind hatte Glück, mehr als man denkt; der Eiter blieb nicht drin, er quoll zwischen den groben Stichen der Naht heraus, wurde dünnflüssiger und schließlich war es nur noch Wundnässe. Nanne wimmerte in der Nacht, doch am Tag traute sie sich kaum, einen Pieps von sich zu geben, damit die Tante sich nicht wieder aufregte. Nach einer Woche schien sich die Wunde zu schließen. Die Lippe wird sicher heilen, tröstete die kleine Großmutter das Kind. Nur eine Narbe wird sie wohl für immer behalten, dachte sie für sich allein.

Drei Tage nach dem Vorfall, drei Tage nach dem heftigen Angriff und der dicken Lippe, wurde Elschen, die Omi, krank. Sie erbrach alles, was sie zu sich nahm. Nach einer Woche fieberte sie, und die kleine Großmutter mit. Ohne Omi Else würde alles noch schlimmer hier, was sollte sie nur tun. Die Schwiegermutter bekam so einen Appetit auf Speck. Speck mit Eiern und Butterbrot und Kaffee. Brot war schon knapp. Die kleine Großmutter hatte noch eine Schwarte Speck aus Beuthen mitgebracht, die hütete sie wie einen Schatz. Ein winziges Stückchen Speck in der Pfanne ersetzte ein ganzes Pfund Butter! Doch was soll es, dachte sie, und schnitt eine ordentliche Scheibe ab. Die Kinder opferten ihre Eier. Drei Tage hintereinander aß Elschen Eier, Brot und Speck nach Herzenslust und schlürfte dazu heißen Kaffee, halb Zichorie, halb ein paar Böhnchen. Danach stand sie auf und war gesund. Und alle erleichtert. Nur eine nicht. Die kleine Großmutter schnaufte förmlich auf das Papier.

Nein, verstehst du, ich bin das sechzehnte Kind einer achtzehnköpfigen Familie, so etwas habe ich noch nie erlebt! In der Familie wurde alles geteilt, und da gebe ich deiner Mutter meinen heiß gehüteten Speck, so macht man das in der Familie, einer für alle, alle für einen, und deine Schwester? Zieht mich zur Rechenschaft, wie kannst du nur?! Es ist doch für deine Mutter, sage ich zu ihr. Wie kann eine Tochter so brutal sein? Für wen sollte es denn sein? Will sie den Speck mit in ihr Grab nehmen? Grüß deinen Herrn Laotse von mir, aber alle Duldsamkeit hat ihre Grenzen! Ida.

8
WARTEN

Was würde ich nur machen ohne die Kostbarkeiten, die du mir geschickt hast, mein lieber Kurt. Immer wieder muss ich dir dafür danken, das söhnt mich dann wieder aus, dann sage ich mir, nein, das kann ja jetzt nicht sein, wenn er so für dich sorgt. Wenn ich dir das jetzt geschrieben habe, weißt du, dass ich dir auch gar nicht mehr böse bin. Ich habe verstanden, dass du bei deiner Schwester eine bessere Stimmung für uns machen wolltest, sie strengt sich auch ein kleines bisschen an. Ich muss dir etwas sagen: sie ist nicht nur zu mir so verhalten, sie geht selbst ihrem Mann aus dem Weg. Justus ist manchmal ganz brüskiert, weil sie ihn so anfährt, ohne jeden Grund, und auch die Kinder kuschen. Dabei hat sie so ein liebes Gesicht, wenn sie will. Oder nein, wenn sie nichts will, wenn sie sich unbeobachtet glaubt. Ich bringe es noch immer nicht zusammen, doch ich werde es eines Tages schon noch verstehen. Zum Glück merken es die Kinder nicht so, sie sind mit sich beschäftigt, mit ihren kleinen Sorgen. Kaspar wird mir noch ganz mager, er hat noch immer jeden zweiten Tag Durchfall. Und Nannes Lippe, sie lispelt ein wenig, hoffentlich wächst sich das aus. Dass es ausgerechnet dem Mädelchen passieren muss! Hoffentlich behält sie keine dicke Narbe zurück. Von Karlchen ganz zu schweigen, er ist ganz durcheinander. Hannes wiegt ihn oft in den Schlaf, er tröstet auch Kaspar und erzählt ihm Geschichten. Nur dass in den Geschichten die Straßen unserer Nachbarschaft in Beuthen vorkommen, und dann, dann werden die Kinder ganz still. So neu in der Schule, so ungewohnt hier alle Wege! Die Alarme, das Verstecken im

Keller, ich brauche es dir nicht zu sagen. Weißt du, was das Schlimmste ist?

Ich schäme mich dafür, aber so ist es: Ich kann mich so schlecht dreinschicken, so arm zu sein.

Die Familie ist angestrengt. Neun Personen unter einem Dach, Groß und Klein. Ein Waschbecken für alle, um sich daran zu säubern. Nie das Gefühl, allein sein zu können, wenigstens für die Körperpflege einen Augenblick für sich zu haben. Dorothea und Ida leiden besonders darunter; der Schwiegervater ist nicht zimperlich, spaziert in die Küche, wie es ihm gefällt, wenn eine der beiden Frauen gerade mit Waschlappen und Seife da steht. Ist doch Evas Kostüm, antwortet er, als Dorothea ihn einmal anfährt.

Der Krieg rückt näher, die Lebensmittelrationen werden weiter eingeschränkt, hundertfünfundzwanzig Gramm Fett für zehn Tage. Zweiundsechzig Gramm Käse für drei Wochen, hundertfünfundzwanzig Gramm Quark. Auf dem Papier. In Wirklichkeit ist es gar nicht alles aufzutreiben. Wir haben ja selbst so wenig, sagt Dorothea, und jetzt noch ihr.

Sie ist ja selbst nur eine Zugezogene, und obwohl sie jetzt schon so viele Jahre hier lebt und als Frau des Schusters bekannt ist und viele kennt, fühlt sie sich nicht so recht dazu gehörend. Und nun schämt sie sich für ihre oberschlesische Familie, unübersehbar auch Fremde. Manche Leute redeten sie auf der Straße an, mit diesem freundlich hinterhältigen Ausdruck in den Augen, ach, ihr habt Flüchter im Haus? Verwandte? So?

Die Angst, was danach kommen mag, kriecht allen in die Knochen wie die Kälte. Wann wird dieses Danach sein? Was wird dieses Danach bedeuten? Mein Großvater in Kiel hält sich an seiner Lektüre fest, auf einen Zettel hat er sich seinen Leitspruch von Konfuzius geschrieben, es ist sein Gute-Nacht-Gebet: *Es ist besser, ein einziges kleines Licht anzuzünden, als die Dunkelheit zu verfluchen.*

Doch die Dunkelheit ist ganz schön groß. Im Kieler Hafen befindet sich ein Teil der Kriegsmarine. Die Angriffe mehren sich. Die Großwerften Howaldt, Germania, Deutsche Werke bauen unter den zunehmend erschwerten Bedingungen Schiffe, als gäbe es kein Gestern und nur Morgen, es werden U-Boote und Lokomotiven im Akkord hergestellt, die Rüstungsindustrie arbeitet auf Hochtouren. Die kleine Großmutter betet morgens und abends, dass ihr Mann verschont bleibt. Der Endsieg ist ihr egal, sie hat den ganzen Hitler satt; warum haben sie das alle nicht früher begriffen? Dieses Unheil, das er über die Menschen bringt? Und in Lüneburg laufen noch immer die meisten herum, recken die Hand zum Gruß, Heil Hitler, und reden schlecht vom Rest der Welt. Doch die Einschläge kommen näher. Der Rest der Welt wehrt sich. Manchmal hören sie das Wort Zusammenbruch. Man darf es nicht sagen, doch es soll Generäle geben, die aufgeben wollen, damit die Russen nicht weiter vorrücken. Besser Engländer und Amerikaner als die Roten, sagen sie. Sie nennen das, was mit den Russen käme, eine bolschewistische Hölle. Von Herrn Hitler hört man weniger.

Schuhe werden die Leute immer brauchen, sagt Justus, der Schwager.

Die kleine Großmutter schlägt ihre Verzweiflung in die Wäsche, einmal die Woche. Sie schrubbt und scheuert, bis die Seife schäumt; die siedenden Dämpfe steigen auf, reizen die Augen, die ganze Küche versetzt sie in ein Dampfbad, in dem sie sich selber auflöst, bis die Wäsche blitzt. Karlchen sitzt im letzten Winkel auf dem Boden und seine Augen tränen.

Ach du, mein Liebster, ich mache mir solche Gedanken, wenn ich höre, dass an der Küste die Städte beschossen werden! Jeden Abend spüre ich dich ganz deutlich neben mir und ich freue mich jeden Abend aufs Bett, denn ich weiß, du wartest auf mich und ich kann dir viel Liebes sagen und dich drücken und bei dir meinen Kummer ausweinen. Manchmal hab ich

mich gedrückt und hab im Erwachen geglaubt, das bist ja du. In diesem Sinne schließe ich nun diese Zeilen und küsse dich, dein Idachen.
Einen Gruß von den Kindern.

Sie macht sich nichts vor, es wird so bald kein Zurück geben. Sie will weinen, doch sie kann nicht. Die Russen haben Oberschlesien eingenommen, sie rücken vor gen Westen, von Westen kommen die anderen. Gerüchte werden lauter, man munkelt, Lüneburg und Niedersachsen sollen britisch werden. Jeden Tag drei- bis viermal in den Keller, aber nur bei Stufe 6, denn oft hält der Alarm drei Stunden an. Da kann man nicht jedes Mal das Leben unterbrechen.

Omi Else strickt wie um ihr Leben; sie ribbelt alte Pullover auf und strickt neue Strümpfe daraus. Opa Ernst schnieft seinen Priem, liest die Zeitung und wird mit jedem Tag stiller, vor allem, wenn er den Volksempfänger hört. Kaspar und Hannes gehen in die Schule, die kaum noch stattfindet, wegen der ständigen Alarme, die Hausaufgaben machen sie unten bei der Mutter, in der ungeheizten Stube. Lieber sind sie bei ihr als oben, wo es warm ist, aber man sie nicht wirklich leiden kann. Wir müssen Kohlen sparen, sagt sie, wer weiß, was kommt. Doch sie hört, wie Hannes in der Nacht einen Husten unterdrückt, sie sieht, wie schwer die Händchen ihrer Kinder den Stift halten vor Kälte oder das kleine Spielzeug, und eines Tages treibt sie Kohlen auf, kein Mensch weiß genau, wie und wovon. Sie leiht sich einen Handkarren und zusammen mit meinem kleinen Vater zerren sie zwei Zentner Briketts vom Güterbahnhof zum Meere, ihr Bein hat sie wieder vergessen. Sie entfacht ein Feuer im Ofen in der Stube und sie sitzen endlich, endlich einmal im Warmen. Die Wärme weicht sie auf, innerlich wie äußerlich. Sie denkt an ihre schöne kleine Wohnung in Beuthen. Sie kocht Tee und Brei aus Hafer auf dem bollernden Ofen, mit einem halben Löffelchen Zucker. Die Kleinen schlafen nach dem Essen sofort ein, die Großen spielen auf dem Boden Traktor. *Ach, es ist bald nicht zu leben,* schreibt sie. Zerreißt das Blatt sofort und wirft es in das Feuer.

Kaspar verschlechtert sich in der Schule. Es ist, als ob das Einmaleins, das er sonst aus dem Effeff konnte, in seinem armen Kopf keinen Platz mehr finden kann. Hannes hält sich, Nanne spielt zu Hause, mit ihrer Puppe Rita und mit Karlchen, der viel weint.

Einmal essen alle zusammen, es ist Omis Geburtstag und Wunsch. Es gibt Roulade, Kartoffeln und Rotkohl, die kleine Großmutter schreibt es ihrem Mann. *Ein Stück Kuchen zur Krönung hätte ich mir noch zum Nachtisch gewünscht, es wäre einfach zu schön gewesen. Aber wir waren alle satt.* Sonst gibt es Steckrüben und Kartoffeln, Haferbrei und ausgekochte Kartoffelschalen, Mehlsuppe und Kohl. Die kleine Großmutter überlegt, wie sie an Hefe kommen kann, bald ist Ostern, und sie würde ihrem Mann zu gern einen Kuchen schicken. Einen klitzekleinen wenigstens.

Die Schwägerin verlangt von ihr, einen Teil der Lebensmittelkarten abzugeben, als Miete. Die Schwägerin hortet Lebensmittel, nein, sie ist nicht müde vom Leben, das kann man wirklich nicht sagen, so zäh, wie sie alles zusammentreibt. Die kleine Großmutter hat nichts zum Horten übrig. Die kleine Großmutter denkt an die Weisen aus China und wehrt sich nicht, es hat ja keinen Sinn. Stattdessen fängt sie an, sich nach einer anderen Bleibe umzuhören. Sie geht in die Geschäfte und sperrt die Ohren auf, was die Lüneburgerinnen beim Einkauf so reden; sie wandert durch die Straßen und hält Ausschau nach leer stehenden Häusern. Inzwischen sind Hunderte neue Flüchtlinge aus dem Osten eingetroffen; sie werden in der Lüner Kaserne untergebracht, die Stadtverwaltung hat angefangen, Baracken zu bauen, am Rande der Stadt. Die Bevölkerung wird aufgefordert, sie privat unterzubringen. Niemand soll hungern, alle sollen versorgt werden. Wir hungern ja selber, sagen die Lüneburger, und jetzt noch die. Die kleine Großmutter sagt sich, wenn wir überleben, dann werden wir Lüneburg danken. An manchen Tagen geht der Großvater mit seinen Enkeln spazieren, sofern es keinen Alarm gibt. Immerhin. Und Omi liest ihnen vor, oder sie spielen Karten. Dann atmet die kleine Großmutter auf und schreibt ein paar Zeilen an ihren Mann.

Gestern hat es so geregnet, dass niemand aus dem Haus ging. Es ist eben halb fünf, ich komme aus dem Kino Tonelli. Bald ist der Tag rum, bald geht es ins Bett. Heute Nacht um drei Alarm. Sonst geht es uns zeitgemäß. Schluss, Gruß und Kuss, auch an deinen Chinesen, Ida

Am 31. März ist Ostersamstag. Sie stehen in langen Schlangen an, die Lüneburger, ob alteingesessen oder neu, auf dem Wochenmarkt, für ein kleines bisschen Gemüse. Anfang April fallen Strom und Wasser aus, Anfang April sind noch mehr Flüchtlinge angekommen, Frauen, Kinder, Säuglinge, man weiß schon nicht mehr, wohin mit ihnen. Anfang April werden Brücken über die Elbe gesprengt, und Anfang April tauchen vereinzelt abgemagerte Männer und Frauen in gestreiften Anzügen wie Pyjamas auf. Öffentliche Anschläge und die *Lüneburger Zeitung* fordern die Lüneburger auf, diese »entlaufenen KZ-Häftlinge einzufangen, die bekanntermaßen zu Raub und Plünderungen neigten«, man solle sie unverzüglich der Gestapo melden. Halb verhungert, den Gaskammern knapp entronnen, der Grausamkeit der nimmermüden Schergen der SS, die sich an ihrer Macht berauschen. Dann geschieht ein Unglück, das Fragen aufwirft, nach menschlicher Gerechtigkeit und Gottes Güte. Am 7. April treffen bei einem schweren Angriff am Güterbahnhof mehrere Bomben dort wartende Waggons, in denen Hunderte Menschen aus dem Konzentrationslager Neuengamme bei Wilhelmshaven eingeschlossen sind. Sie sollen fortgebracht werden, nach Neustadt an der Ostsee, wozu? Man will nicht, dass sie von den Alliierten entdeckt werden, *man*, das sind die Immer-noch-an-den-Endsieg-Glaubenden, die Männer in den Uniformen ihres weißglühenden Überlegenheitsirrsinns. Der Bahnhofsplatz gleicht einem Schlachtfeld. Die wenigen Überlebenden des Angriffs werden noch am selben Tag von SS-Männern erschossen. Fast alle. Nur wenige Menschen können sich retten; sie irren noch Tage, Wochen durch die Lüneburger Heide, frierend, hungernd, um ihr Leben ringend, ihr Leben. Man kann gar nicht so viel beten wie man müsste.

Liebster, bester Kurt,
wenn ich dich nur anrede, schiebt sich gleich der Gedanke vor, dass du vielleicht gar nicht mehr da bist. Vatichen, mir ist so schwer ums Herz. Was habe ich wieder alles die Tage durch. Aber es ist nichts gegen das, was du vielleicht durchmachen musstest. Immerzu hatte ich dich auf der Fähre vor Augen und Tiefflieger beschießen euch. In bin auch in einer furchtbar schwermütigen Verfassung. Erstens steckt mir noch der gestrige Angriff in den Knochen und zweitens habe ich schon zweimal dieselbe Fuhre mit denselben toten Soldaten gesehen. Aus der einen guckte nur eine schwarze steife Hand raus. Nein, wie grausam. Wir haben hier sehr viel Schäden, kein Wasser, kein Strom. In den Straßen sind viele, viele Schaufenster kaputt. Bei uns im Haus sind nur drei kleine herausgefallen. Wir waren alle im Keller. Wie soll es nur weitergehen. Man rechnet ununterbrochen mit Alarm. Aber wo sollen wir denn hin? Lüneburg soll zur freien Stadt erklärt werden, also keine Verteidigung mehr. Auch bloß gut. Sonst sind wir Mansche. Goldenes, wirst du noch meine Post lesen können? Oh, hoffentlich ja. Zuerst, als ich deine Karte bekam, dass du unterwegs bist, da dachte ich, das war dein Glück, dass du bei dem letzten schlimmen Angriff nicht da warst, aber dann dachte ich an deine Erzählungen von den Schwierigkeiten der Fahrt, und da bekam ich Angst, und die habe ich, bis ich dich, mein geliebter, bester Kurt, glücklich zurück weiß. Solltest du es schaffen zu uns zu gelangen und

wieder etwas zu essen mitzubringen, würde ich kein Gramm mehr nach oben geben. Ich habe wieder zu viel Herzlosigkeit erlebt. Ich kann dir nur eines erzählen, und das war wohl das Schlimmste. Dorothea und Omi kauften und kauften den ganzen Tag, weil es hieß, wir kriegen morgen Besatzung. Mit einemmal hatten sie Marken noch und nöcher. Vorher jammerten sie um jede Scheibe Wurst und auch das Brot. Ach, wie schön es wäre wenn, undsoweiter. Und nun brachten sie fünfeinhalb Brote, einen Tag, bevor die neuen Marken ausgegeben werden! Da blieb mir aber der Verstand stehen. Ich bat Dorothea, dann schenk mir doch ein Brot, du weißt, ich habe keines, da sagt sie: So siehst du aus. Was will sie überhaupt mit so viel Broten?

Ich frage mich immerzu, sollen wir hier wirklich zum Sterben gekommen sein, nein, das kann und darf nicht sein. Wir haben doch noch so viel vor. Der Feind kann uns doch nicht alle vernichten oder doch? Kurt, schreib mir wieder einen ganz kleinen Aufmunterungsbrief. Wenn ich wieder etwas von dir weiß, dann ist ja auch alles leichter. Gestern vor sieben Wochen warst du bei mir? Ich habe auch gestern wieder die halbe Nacht wach gelegen und habe geglaubt, du müsstest wieder ans Fenster klopfen und auf einer Durchreise sein. Könnte man sich dieses unfassbare Glück vorstellen. Aber unterwegs sein: da kommt wieder die Gefahr mit den Zügen. Das Schicksal soll uns bewahren, und dafür beten auch die Kinder täglich bei ihrem Abendgebet. Sie sind gerade draußen, der Kleine isst Klacke aus Rüben mit Zucker. Nun leb wohl, mein Liebster, ich hoffe, der Brief trifft dich bei vollster Gesundheit, das ist zur Zeit mein größter Kummer. In diesem Augenblick drücke ich dich mit allen schönen Gedanken der Zukunft an mein Herz und küsse dich inniglich. Deine dich liebende Ida.

Mein liebes Idachen,
nach unserem Telefongespräch habe ich die ganze Nacht von dir geträumt. Ich war mit dir allein in einem eleganten Hotel in Kopenhagen, wir sind in der Stadt herumgefahren und

du konntest einkaufen, was du nur wolltest. Es ist doch etwas anderes, ob man sich nur schreibt oder ob man die Stimme des anderen hört. Wir können Frau Meierhoff nur dankbar sein. Am besten sprichst du nicht darüber, mit Dorothea und Omi, meine ich, sage bestenfalls, ich habe angerufen und alles ist gut. Halte deinen Koffer gepackt bereit.

Heute soll es nur ein kleiner Gruß sein, es ist ja immer so knapp mit der Zeit,

dein Kurt

III

Die alte Schenke Welt

Wenige Wochen nach dem Schweben auf dem Perserteppich kletterte Lindas hübsche junge Mutter in Malaga mit ihrem Mann auf ein Schiff, das sie zur Insel Teneriffa trug. Der Himmel war postkartenblau, die Möwen schrien, der jungen Frau war *bleu mourant*, blümerant auf Deutsch gesagt, mit anderen Worten, schwummerig. Schon nach den ersten Stunden auf See verkrümelte sie sich mit ihrem schwankenden Elend in die Kajüte in den Tiefen des Schiffsbauchs. Ihr Mann musste allein die Freuden des Dinners mit dem Kapitän und die wunderbar frische Seebrise genießen, während sie sich bei Zwieback und Tee dem Schunkeln auf dem Ozean hingab. Die Ferien auf der Insel waren schön, doch das schwankende Gefühl in Lindas Mutter blieb bestehen. Es verließ sie auch nicht, als sie, nun eigens wegen der Seekrankheit zurückgeflogen, wieder zu Hause in der ehelichen Wohnung ankam.

Am Abend jenes denkwürdigen Tags in Lüneburg entdeckte ich ein persisches Lokal in der Nähe des Hafens. Was man so Hafen nennt in Lüneburg, dieses Wasser mit der Mühle, dem Hotel, das die Leute wegen ihrer Lieblings-Soap besuchen, die den gesamten Stadtplan strukturiert, nach den Begebenheiten ihrer Figuren: Hier traf Dr. Sowieso auf Fräulein Y, und hier küsste Frau X ihren Liebhaber Z.

Noch immer beschäftigte mich, was ich in der Reitenden-Diener-Straße erlebt hatte, überhaupt an diesem Ort, und mich vergnügte der Gedanke dieses *auf dem Meere* mitten in Lüneburg, ein Straßenname, von dessen geologischer Ursache ich erst später erfuhr. Hier ist doch kein Meer weit und breit, dachte ich, die Lüneburger Heide liegt zwar in Norddeutschland, aber so weit nördlich nun auch wieder nicht, und keinesfalls an der Nordsee. Es ist nur ein Fluss, der diese alte Stadt durchquert, sie umrundet und begleitet, die Ilmenau, eine Namensvetterin des thüringischen Städtchens Ilmenau, in dem ich auch einmal bei einer Tagung war. Wegen Goethe natürlich, dem großen Verehrer der persischen Welt, der sich als einer der Ersten hierzulande dem Dichter Hafis zuwandte, nachdem dessen Gedichte zuvor von einem überaus fleißigen Herrn namens Joseph von Hammer-Purgstall ins Deutsche übersetzt worden waren, an den sich aber heute natürlich keiner mehr erinnert, sondern eben an den dicken Herrn von Goethe, diesen Platzhirschen der deutschen Literatur, der in seinem *West-Östlichen Diwan* Hafis in unserem Sprachraum freilich ein großes Denkmal gesetzt hat. Goethe, der vor lauter Begeisterung über den persischen Kollegen seine heimliche Geliebte, Marianne von Willemer, die eine rechte Frankfurterin war, *Suleika* nannte und nach orientalischem Vorbild besang. Und der vom hübschen Städtchen Ilmenau aus, in dem er als Bergbauminister und Forstmeister tätig war, auf den Kickelhahn stieg, einen hohen Berg, um dort am 6. September 1780 in einsamer Hütte ein knappes Gedicht an die Bretterwand zu kritzeln, das später weltberühmt geworden ist:

> *Über allen Gipfeln ist Ruh,*
> *in allen Wipfeln spürest du*
> *kaum einen Hauch;*
> *die Vögelein schweigen im Walde.*
> *Warte nur – balde*
> *ruhest du auch.*

Mit der Ruhe war es bei mir an diesem Tage hin. Mein Symposion am nächsten Tag hatte ich fast vergessen. Viele Stunden war ich kreuz und quer durch die Stadt gelaufen, bis jetzt am frühen Abend. Das letzte Sonnenlicht war schön und warm, und als ich an der Brücke am großen Kran im Hafen stand, das friedliche Tun der Menschen beobachtete und in den schäumenden Wasserfall schaute, kam eine verrückte, ungekannte Gelassenheit über mich, und ich wünschte mir so sehr, ich könnte meiner kleinen Großmutter von diesem Tag berichten und ihr viele Fragen stellen. Oder ihr von meiner Obsession für Namen und Straßennamen und Ortsnamen erzählen und meiner Leidenschaft für Schöpfungsgeschichten, wer was wann schuf, und wie einmal alles begann. Vielleicht ist diese Leidenschaft für Anfänge ja völlig normal für eine Person, die mitten im Leben erfährt, dass sie zwei Väter hat. Und in der schon immer eine gewisse Ratlosigkeit rumorte, die sie dazu brachte, sich mit solchen Fragen zu befassen, ohne so recht zu wissen, warum.

Ich schlenderte weiter, über die Brücke weg, mit Blick auf renovierte Häuser und Restaurants zur Linken, und zur Rechten an einer Kneipe vorbei, deren Name *mons fons pons* auf die wichtigsten Besonderheiten der Stadt verwies, den Hügel, die Quelle, die Brücke. Wie gut ich es doch hatte, hier spazieren zu gehen und die Zeit zu haben, über alles nachzudenken! Du, kleine Großmutter, hattest die sicher nicht, als du hier warst. Dankbarkeit erfüllte mich, und als ich noch ein paar Meter weiter das persische Restaurant *Soraya* entdeckte, öffnete ich kurz entschlossen die Tür und ging hinein.

Die Tische waren mit gestärkten weißen Leintüchern gedeckt, in den hohen Regalen an der Wand gab es Weinflaschen, silberne Tee- und Kaffeekännchen, auf Augenhöhe auch persische Süßigkeiten und ein paar Bücher. Ich war entzückt. Leider hatte ich in all meinen Jahren als Übersetzerin aus dem Persischen nur ein einziges Mal nach Iran reisen können, wegen der politischen Lage, wegen des Geldes, wegen der vielen Arbeit. Umso mehr genoss ich jede Berührung mit dieser mir aus den Büchern so lieb gewordenen Kultur.

Die Bedienung sprach mich an, eine hübsche, hochschwangere Frau mit heller Haut und dunklen Haaren, und sie setzte mich an einen Tisch am Fenster. Was besonders angenehm war, war das Halbdunkel in diesem Teil des Lokals. Draußen fing es gerade erst an zu dämmern, die Tage wurden ja allmählich länger, obwohl es genau genommen eigentlich die Abende waren, die länger hell blieben. So oder so, man verzichtete noch für einen letzten Moment auf elektrisches Licht. Es gab nur Kerzen und Windlichte in blauem Glas, und so wurde ich in ein bläuliches Licht eingetaucht, in helle Tinte, dachte ich, eingetaucht in helle Tinte. Tinte floss durch das Licht, war der Raum, füllte ihn wie die Buchstaben in dem Gedichtband, den ich neugierig aus der Reihe zog, um darin zu blättern, während ich an meinem Glas Wein nippte und auf das Essen wartete und dann noch einen Schluck trank und noch einen. Ohne es zu merken, war das Glas leer und ein neues stand vor mir, während ich in den Gedichten verschwand, Gedichten, die wiederum selbst von der Trunkenheit erzählten, der Trunkenheit der Liebe und des Weines und des Glaubens. Vielleicht nicht gerade den Glauben an Gott, vielleicht einfach nur den an die Schönheit und Schrecklichkeit der Welt. *Die ganze Welt ist eine magische Laterne, / in der wir schwindend leben. / Die Sonne hängt darin als Lampe, / an der wir als Bilder und Gestalten vorüberziehen.*

Es war ein altes Buch mit Vignetten, schön aufgemacht, leicht vergilbt das Papier, mit einer Auswahl von Gedichten von Omar-i-Chayyam, dem »Zeltmacher«, dem Dichter, der mir von allen persischen Dichtern, die ich kenne, der liebste ist. Diese Übersetzung aber kannte ich nicht. *Der Mensch kam auf die Welt und wurde nicht gefragt / man wird ihn auch nicht fragen, wenn man ihn verjagt. / Deshalb gab ihm der Himmel die Traube zum Geschenk, / damit er, vom Wein berauscht, nicht daran denkt.* Ja, dachte ich, mich hat auch keiner gefragt, und was für ein Glück, dass ich auf diese Welt hatte kommen dürfen und mich so an schönen Gedichten erfreuen konnte! Und nun wurde ich selber ganz betrunken von diesem Augenblick, von diesen Versen und dem tintigen Licht, in dem ich saß, nachdem ich mir die Füße platt gelaufen hatte, an diesem Tag am Meer, mit meinem imaginären Palast in der Reitenden-Diener-Straße und meinen Gedanken an meinen Perserteppichvater, als er ein kleiner Junge war. Er, der später den schönen Libanon so liebte und in Beirut Handel trieb. Und nicht zuletzt wurde ich angesteckt vom salvenartigen Gelächter eines Grüppchens von sehr munteren Frauen am Nebentisch, die sich offenbar zu einer kleinen Geburtstagsfeier in diesem Lokal verabredet hatten. All das trug mich fort, dann die frischen Kräuter, die in einem geflochtenen Körbchen serviert wurden, der Geschmack der geschmorten Auberginen mit dem einzigartigen Gemisch von Kardamom, Koriander und kühlem Joghurt.

Omar-i-Chayyam, der Zeltmacher, kam aus Nischapur, einer Stadt im heutigen Indien, er wurde dort im 11. Jahrhundert geboren, Sohn einer wohlhabenden Familie, vor allem aber ein Gelehrter. An den legendären Seldschukenhof gerufen, befasste er sich mit der Bewegung der Sterne, der Sonne und des Mondes, denn er war Mathematiker und Astronom. Er erfand den Kalender neu, er war mit der Zeit auf du und du, mit dem Zählen von Tagen und Nächten, Wochen, Monaten und Jahren. Er zählte, rechnete, richtete Schalttage ein. Das Zählen führte bei ihm zum Er-Zählen, mehr noch zum Ver-Dichten. Vielleicht betrübte ihn, dass die Zeit des Lebens sich nicht zähmen ließ, vielleicht langweilte ihn das Leben am Hofe, ich weiß es nicht, doch seine Gedichte sprechen für sich, der Wein zog ihn an und er wieder zurück in seine Heimat Naschipur. *Ich bin der Häuptling aller Wirtshausgänger, / bin der Rebell, der auf die Gesetze flucht, / und vor den Sorgen, die grimmig mein Herz bedrängen, / die ganze Nacht beim Weine Rettung sucht.*

Ich fragte mich, welches persische Wort wohl mit Häuptling übersetzt worden war, es kam mir sonderbar vor, ein persischer Häuptling. War es nicht viel mehr ein Fürst, ein König, ein *Khan* oder *Herr*, ein *Schah*? Der Häuptling, der diese Zeilen verursacht hatte, hatte immerhin Mathematik und Philosophie gelehrt und ein Handbuch über Kubikwurzeln und irrationale Zahlen geschrieben. Ich bestellte ein weiteres Viertel Rotwein und eine Kerze dazu, um noch länger am Tisch zu sitzen und mich über die Zeilen dieses Mannes zu beugen, den ich mir hager und mit spärlichem Bartwuchs vorstellte, keinesfalls schön, doch durchaus erotisch. Ein Mann, der offenbar an allem zweifelte, nur daran nicht, den Zweifel in Worte zu fassen: *Würde unser Geist das Leben wirklich begreifen, / könnte er auch die Geheimnisse des Todes erkunden. / Doch wenn du heute bei Sinnen nichts weißt, was wirst / du morgen wissen, wenn dir die Sinne entschwunden sind?*

Die Frauenrunde zwei Tische weiter erreichte den Höhepunkt in der Frequenz ihrer Lachsalven; ihr Lachen war so ausgelassen und herzlich, ich musste wider Willen mitlachen. Ich saß allein am weißen Tischtuch, tintigblau gefärbt, und kicherte, gebeugt über die Sinnlosigkeit des Lebens, die ein Mann beinahe tausend Jahre vor mir empfunden hatte, und der seinem Gott in Versen kundtat, dass er lieber mit einer hübschen Frau in einem Wirtshaus saß und trank als in die Moschee zu gehen. Einer Prostituierten sicherlich, denn welche Frau saß damals in einer Schenke und trank Rotwein mit einem Philosophen? Die Schenke, wir würden heute sagen, Kneipe, wird in der persischen Dichtung oft als Sinnbild für die ganze Welt benutzt, in ihr spielt sich so vieles ab an Menschlichem, allzu Menschlichem, die kleinen und großen Händel, die Begegnungen, Zwistigkeiten und Freuden. Dort saßen die einsamen Dichter, aber auch die Geschichtenerzähler, die den Männern lange Zeit die einzige Unterhaltung boten (wenn man von gewissen Damen einmal absieht), während die Frauen zu Hause kochten und putzten und wuschen und die Kinder großzogen. Geschichtenerzähler, die von Derwischen sprachen, verwunschenen Sultanen und sich nacheinander verzehrenden Liebespaaren wie Leila und Madschnun, die einander nicht haben durften, woraufhin der arme Madschnun verrückt wurde, was das Wörtchen *madschnun* im Persischen eben auch bedeutet. Und dann und wann feuchteten sie sich, die Geschichtenerzähler, die Kehle mit einem Schlückchen Tee an. Und wenn sie keine Lust mehr hatten, hörten sie an einer spannenden Stelle auf und sagten: *Davon aber werde ich euch morgen berichten.*

Als ich den Heimweg antrat, merkte ich, wie wund ich mir die Füße gelaufen hatte. Ich setzte langsam einen Schritt vor den andern auf das krumme und schiefe Kopfsteinpflaster. Ein fetter, knallgelber Mond hing zwischen den Fachwerkhäusern, und ich winkte ihm wie Häwelmann; *mehr* rief ich, *mehr!* Ich kam am Haus des Braumeisters Luhmann vorbei, dessen Sohn wie Chayyam ein Gelehrter und Philosoph geworden war, ein berühmter Soziologe, der sich den Kopf über Liebe und Vertrauen zerbrochen hatte und wie unsere Gesellschaft funktioniert, das heißt, nein, zerbrochen hatte eher ich ihn mir, als ich einmal versucht hatte, seine Schriften zu lesen. Ihm war das offenbar alles leicht durch den Kopf und in die Schreibmaschine gegangen, Niklas Luhmann. Er war ein sehr strukturierter Mann, und doch trieben ihn die Dinge um, immerhin, und seine Gedanken hatten ihn weit gebracht, anders als das ganze struppige Kraut, das mir immer durch mein Köpfchen wandert und mich rastlos suchen lässt, nach alten Füllfederhaltern und Schreibheften und noch älteren Übersetzungen persischer Gedichte, die ich dann so gern in eigene, neue Worte bringen möchte. Vielleicht ist es so, wenn man dazugehört, von Anfang an, wie er; hier in Lüneburg war er groß geworden, ein paar Straßen weiter von der Straße, in der mein kleiner Vater und seine Brüder Fußball spielten oder Unsinn machten oder in der Nacht auf ihre Mutter warteten, bis sie klackklackklack aus dem englischen Kino nach Hause kam. Oder hatten sie sich mal auf einem Fußballfeld getroffen und zusammen gekickt? Eher nicht. Niklas Luhmann war doch älter. Und er gehörte eben zu den eingesessenen, angesehenen Familien der Stadt, sein Vater war ein bekannter Braumeister, und meiner war ein kleiner Flüchter. Vor dem Haus der Familie Luhmann humpelte ich hier gerade vorbei und sah das Schild, das an sie erinnerte, und ich musste an all das denken, an die kleine Großmutter und ihre blöde Schwägerin und die abgemessene Wurst, und es durchfuhr mich, wie sehr sie sich geschämt haben musste, und ich wäre am liebsten in die spanische Tapasbar rein, an deren erleuchteten Fenstern ich jetzt vorbeikam, um mich noch mehr zu betrinken, um das alles fortzuspülen, diese ganze Pein und Sehnsucht, die in mir mit jedem Schritt größer wurde, nach dieser kleinen Großmutter und ihren Gören. Aber ich riss mich zusammen, ich war immer noch klar genug, um zu wissen, wie mies es mir am nächsten Tag gehen würde, würde ich den Wein in mich hineinlaufen lassen wie andere die Buchstaben aus Tinte auf das Papier.

Oh, tintiges Licht! Oh, Tintenfische aller Ozeane, vereinigt euch! Nehmt mich in eure langen, langen Arme, wiegt mich und schleudert mich und zieht mich in die Tiefen des Meeres! Ins Meer, auf dem sich in einem großen Schiffsbauch einst meine Mutter mit mir in ihrem kleinen gewölbten Bäuchlein in den Schlaf schunkeln ließ, zerrissen vor Liebe zu zwei Männern und der gewaltigen Aufgabe, als Flüchtlingsmädchen das Leben zu bewältigen, ihm eine Form abzutrotzen, etwas zu schaffen, anzukommen und dazuzugehören! Und ich dachte, wenn ich länger bliebe, würde ich der schwangeren jungen Frau im persischen Lokal ein kleines Hemdchen für ihr Baby kaufen und es ihr vorbeitragen und es willkommen heißen und sie umarmen und herzen, egal, was sie dann von mir denken würde.

Ich stand jetzt vor der Nicolaikirche und musste mich an der riesigen Mauer festhalten, alles schwankte, meine Knie waren weich und die Blasen an den Füßen taten mir von den wenigen Metern so weh, dass ich überlegte, ob ich nicht besser die Schuhe ausziehen und auf Strümpfen zu meiner

Pension zurücklaufen sollte. In diesem Moment hörte ich Töne, eine Melodie, jemand spielte – es war schon gegen Mitternacht – auf der Orgel. Ich blieb eine Weile stehen und lauschte und versuchte zu erkennen, welche Melodie es sein könnte, doch sie kam mir nicht bekannt vor. Der Mensch da drinnen spielte nicht sehr laut, eher fein und differenziert, ich wurde neugierig, wer es sein könnte, der da mitten in der Nacht so unverdrossen für sich selber spielte und spielte. Ich ging weiter an der Kirche entlang, herum, zum Eingang, zur riesigen Holztür und drückte die Klinke herunter. Ohne Erfolg. Ich umrundete die Kirche, drückte eine zweite Klinke, ebenfalls vergeblich. Träumte ich oder spielte dort drinnen wirklich jemand ganz allein für sich? Es war schon spät, es war die Stunde, in der die Geister in den Geschichten kommen. Ich sah am hohen Turm empor und beschloss, die Kirche am nächsten Tag zu bewundern.

Als Lindas Mutter all ihren Mut zusammennahm und ihrem Mann den Grund für die Seekrankheit an Land, die sich nun nicht mehr verbergen ließ, gestand, verblüffte er sie mit einem Ansturm der Liebe, als wollte er, wie sie bei sich dachte, dem Kindchen in ihrem Bauch eben noch die Ohren säumen. Kaum wartete er die übliche Zeit der Unsicherheit ab, die ein solches Ereignis zu Anfang in sich trägt, sondern lud die Nachbarn und seinen engsten Freund ein, füllte Gläser mit Sekt und verkündete die frohe Nachricht, sie würden glückliche Eltern. Alle applaudierten und freuten sich. Zu den Nachbarn gehörten der stürmische junge Mann, dem sich das freudige Ereignis verdankte, seine Mutter und Geschwister. Wie staunten auch sie, wie freuten sie sich, wie gern erhoben sie das Glas auf die beiden jungen Eltern! Nur der junge Mann, dem die Urheberschaft dieses Anlasses in diesem Moment vor aller Augen entwendet wurde, äußerte sich nicht ganz so lebhaft, doch dank seiner großen Leidenschaft für englische Filme hatte er gelernt, gefasst zu bleiben wie ein Gentleman, und stieß, etwas blass um die Augen, mit den anderen an. Er wusste, es würde das letzte Mal sein, in diesem Wohnzimmer zu sitzen, in dessen Mitte der schöne dunkelblaue elegante Perserteppich prangte, von dem er den Blick kaum wenden konnte. Denn bevor das kleine Fest begangen wurde, hatte der seiner ersten großen Liebe angetraute Ehemann ihn in eben dieses eheliche Wohnzimmer gebeten und ihm das Gelöbnis ewigen Schweigens abgenommen. Der jungen Frau in der Mitte zwischen den beiden Männern, denen sie auf je verschiedene Weise äußerst zugetan war, zerriss es schier das Herz, doch die Dankbarkeit, der Ring an ihrem Finger, die jahrelange Verbundenheit in einem gemeinsam aufgebauten Geschäft und das Ansehen, das sie genoss, wogen schwerer als die tiefe, unlogische, beglückende Leidenschaft für den anderen, jüngeren Mann, der mit nichts als seiner Liebe und Entschlossenheit vor ihr stand, lediglich Besitzer einer Vespa und noch in der Ausbildung befindlich. Etwas in ihr befand, dass das Wesen in ihrem Bauch und sie bei ihrem angetrauten Manne gut aufgehoben sein würden, und die Angst, sich ihrem eigenen Vater anzuvertrauen – die Mutter war im Jahr zuvor gestorben –, um womöglich einen anderen Weg zu gehen, war größer als die vor ihrem Mann, dem sie sich zitternd offenbarte.

In der Pension, die in der Reitenden-Diener-Straße neben dem Haus lag, in dem meine kleine Großmutter gelebt hatte, und in die ich mich deshalb unbedingt hatte einmieten wollen, lag ich in meinem Zimmer, das *Sahara* hieß. Das Bett war mit einem hellen Baldachin bespannt, der mich an Afrika erinnern sollte und es, besoffen, wie ich war, auch tat, und an alles Mögliche andere ebenso, von Mückennetzen in Griechenland angefangen über zerstochene Nächte auf einem Zeltplatz auf dem Lido vor Venedig bis zu einem Dorf auf Zypern, in dem Ziegen das Blattwerk der durchs Mauerwerk wuchernden Büsche fraßen, bis sich mein durch den Wein leicht zu lenkender Assoziationsapparat festhakte, an Afrika eben, genau genommen an Meryl Streep, wie sie im Film *Out of Africa* am Feuer sitzt und den Männern Geschichten erzählt, eine Scheherazade, weil sie will, dass der eine der beiden Kerle, unwiderstehlich gespielt von Robert Redford, bei ihr bleibt, weil sie ihn so sehr will, dass sie später immerzu auf ihn wartet, obwohl sie es nicht will, und sie wartet immer noch auf diesen einen, als er längst mit seinem Doppeldecker abgestürzt und in der Savanne begraben ist und sie eine alte Dame, die wieder in ihre alte Heimat Dänemark zurückgekehrt ist und an langen dunklen Winterabenden mit der Feder in der Hand über das Papier kratzt und sein Gesicht nachzeichnet, seine hellblauen Augen hinschreibt und betrachtet, die Falten um seinen Mund berührt, berührt mit ihrer Seele, den Worten, die sie selber auf das Papier schreibt, als könnte sie sich dann endlich zu ihm beugen und ihn küssen und er würde nie wieder gehen, bis sie sich zu ihm legt ins Grab.

Warum fiel mir das alles ein, allein in meinem Baldachinbett in Lüneburg am Meer? Weil ich das alles nicht mehr aushielt, stand ich auf und wanderte durch das dunkle Haus in die Küche der Pension, in der es am nächsten Morgen das Frühstück geben sollte, in der Hoffnung, im Kühlschrank einen Schluck Milch zu finden, der mich in der Regel bei solchen Anfällen von Schlaflosigkeit immer etwas beruhigt. Ich brauchte kein Licht, ich bewege mich im Dunkeln wie eine Katze, obwohl ich niemanden störte, denn ich wusste von der Besitzerin der Pension, dass außer mir nur ein Mensch eins der Zimmer in der oberen Etage gebucht hatte. Ich fand, was ich suchte, verkniff es mir gerade noch, wie zu Hause direkt aus der Packung zu trinken, sondern goss mir im bläulichen Schein des Kühlschranks ein Glas ein. Ich trank es in einem Zug aus und dann noch eins und hoffte, die Milch würde beim Frühstück nicht fehlen, und dann stand ich im Nachthemd in der fremden Küche und sah aus dem Fenster. Ich erinnerte mich daran, dass meine Tante mir erzählt hatte, dass es dort einen Hof mit Gefangenen gegeben hatte, hinter dem Haus, hatte sie gesagt. Dort hinaus hatte also auch meine kleine Großmutter geschaut, vor siebzig Jahren.

Einem sonderbaren Impuls folgend, ich weiß nicht, was mich ritt, zog ich die Schubladen auf und fand, was ich suchte: eine Schere. Ich wanderte damit zurück in mein Zimmer, in dem ich ein eigenes Waschbecken hatte, stellte mich vor den Spiegel und schnitt mir kurz entschlossen die Haarsträhne ab, die mir immer so lästig ins Gesicht fiel. Ich sah mich im Spiegel an und schnitt beherzt weiter, bis sich ein lustiger dicker Pony bildete, den ich direkt über den Augenbrauen enden ließ. Dann noch eine Strähne hier und eine da, fertig. Ich wuschelte das Haar durch, war erleichtert und zufrieden und trug die Schere, nachdem ich sie abgewaschen und abgetrocknet hatte, wieder an ihren Platz in der Küchenschublade zurück.

In was für einen merkwürdigen Traum fiel ich dann! In dem Männer mit Kapuzen Feuer legten, wie in einem halben Zug, der vorüber fuhr, immer saß da ein Kapuzenmann, der Feuer legte, und noch einer und noch einer, wie in einer zeitgenössischen, absurden Oper. Dabei hatten die Soldaten, vermutlich eher Offiziere, die etwas mehr Geld hatten, im Haus meiner kleinen Großmutter weiße Hemden ins Fenster geworfen und keine Brandsätze. Da ging mir doch etwas durcheinander in meinem Traum. Hatte ich denn am Tag etwas aufgeschnappt? Für Waldbrände war es noch zu früh in diesem Jahr, auch hatte es kürzlich keinen terroristischen Anschlag gegeben, woher also kam das Feuer?

Mein Herz, du wirst das große Rätsel nicht durchdringen! / So hoch wie andre Weise, hoffe nicht, dich aufzuschwingen! /

Darum schaffe dir mit Wein und Bechern ein Paradies auf Erden, / denn du weißt nicht, ob du das im Jenseits jemals findest.

Nun waren die Ohren des Kindchens gesäumt, und der junge Vater dieses Geschöpfs, das von all dem lange Zeit nichts ahnen würde, musste sehen, wo er blieb. Noch wohnte er im selben Haus wie seine Geliebte, noch trafen sie einander immer wieder im Treppenhaus oder auf dem Absatz vor ihren Türen, auch wenn sie beide suchten es zu vermeiden und zugleich natürlich nicht, denn die Leidenschaft war nichts, was in einem Gelöbnis zum Schweigen gebracht werden konnte. Die junge Frau, wenn sie den Mann, dem sie sich hingegeben hatte, im Treppenhaus antraf, wusste nicht recht, wohin mit sich. Ihr Körper vibrierte, wenn sie ihm begegnete, ihr Wille setzte für Sekunden aus, dann fing sie sich und schüttelte bedauernd den Kopf. Krank vor Liebeskummer kurvte er Stunden, Tage, Wochen lang durch die Straßen der Stadt, wobei sich seine von jugendlicher Unruhe getriebenen Blicke auf der elegantesten Straße der Stadt immer wieder in einem Geschäft verfingen, das Orient-, genau genommen Perserteppiche führte, und dann, nach Wochen, vielleicht Monaten des Kurvens, eines Tages auf eine junge brünette Dame fielen, die einem Geschäft für Porzellan, ein paar Häuser weiter, das Fenster dekorierte. An einem sonnigen Samstagvormittag, an dem er im Flur seiner ihm nun deutlicher aus dem Weg gehenden schönen Nachbarin über den Weg lief und sah, wie sehr sich ihr hübsches Bäuchlein unübersehbar unter dem weiter genähten Sommerkleid wölbte, fasste er einen Entschluss.

Hier aber endet dieser Faden der Geschichte an der Webkante unseres Perserteppichs, auch wenn die brünette junge Frau alsbald von einer Seekrankheit an Land befallen wurde, die nicht so schnell mehr weichen wollte. Denn auch ein

Teppich hat seine Grenzen, und er bietet so viele verschlungene Muster in sich, die zuerst einmal ergründet werden müssen, bevor man sich auf einen anderen begibt.

IV

Wäsche vorn, Wäsche hinten oder Die Briten sind da

1
PFEIFEN

Meine kleine Großmutter konnte gut pfeifen. Sie pfiff Lieder, wie sie in der *Mundorgel* zu finden sind, *Bolle reiste jüngst zu Pfingsten, Als die Römer frech geworden*, sie pfiff deutsche Schlager vor dem Krieg und englische Schlager nach dem Krieg, *Veronika, der Lenz ist da, Wochenend und Sonnenschein* oder *La Paloma, ade, wie die tobende See-he …* Sie pfiff selbst *Großer Gott, wir loben dich*, wenn sie nicht aufpasste, und andere Kirchenlieder, was nicht eben schicklich war. Sie pfiff, wenn sie vergnügt war und noch häufiger, wenn nicht. Manchmal pfiff sie, bevor sie von der nächsten Katastrophe überhaupt erfuhr, aber es stellte sich meistens heraus, dass ihr Pfeifen es wusste, ihr Pfeifen wusste es vor ihr. Es war eine Art siebtes Pfeifen, so wie man von einem siebten Sinn spricht, nur dass der siebte Sinn ja gerade in seiner Nicht-Sinnlichkeit besteht oder seiner Nicht-sinnlichen-Wahrnehmbarkeit oder noch genauer gesagt im Wahrnehmen von etwas Nicht-Sinnlichem, während Idas lautes Liedchen unüberhörbar durch die Wohnung schallte, den Weg oder die Straße erfüllte, traurig langsam oder munter trällernd.

Der Krieg war vorbei, ein anderer Krieg begann.

Die kleine Großmutter ließ das schwere Plätteisen auf das weiße Hemd des britischen Offiziers donnern, dem sie seit ein paar Tagen die Wäsche machte, hoffend, dass die Schwägerin es nicht bemerkte. Er hatte sie auf dem Marktplatz angesprochen, seinen Stapel schmutziger Wäsche auf dem Arm, auf Deutsch, sie hatte nicht lange überlegt. Zigaretten zum Tauschen, Zucker, Lebensmittelraten, was immer er ihr geben mochte, sie brauchte es. Denn wohin sollte es noch führen, dass sie dort, wo sie wohnte, kein Zuhause hatte?

Dass sie sich fürchtete, vor Dorothea? Wo sie gemeinsam doch viel mehr erreichen könnten?

Das Plätteisen zischte auf, meine kleine Großmutter zuckte zusammen. Hatte sie doch eine Träne aus den Augen fallen lassen, bloß nicht, bloß nicht der Schwägerin auch noch eine Träne zugestehen, bloß keine blöde Blöße, sich verletzt zu zeigen, vor wem denn, wer war sie denn, nein, an etwas anderes besser denken.

Meine tägliche Demütigung gib mir heute, betete sie im Stillen zum Herrn, der gar nicht lieb war, wenn sie für die Familie der Schwägerin kochte, was sie neuerdings tat, weil die Schwägerin ihrem Mann Justus helfen musste, Bestellungen für Schuhe anzuleiern, die die britischen Besatzer bei ihm in Auftrag geben sollten, das Geschäft musste ja wieder in Gang kommen. Und Dorothea hatte schnell herausgefunden, dass die Briten für ihre eigenen Leute eine Menge brauchten und auch das Geld hatten, sie zu beschaffen. Also warf sie sich in Schale, ging zur Handwerkskammer und stellte das Geschäft, wie sie die Schusterei ihres Mannes nannte, vor.

Das sind doch unsere Feinde, sagte ihr Schwiegervater empört, wie kannst du nur?

Du hast leicht reden, sagte Dorothea, du sitzt hier und wartest, dass wir das Essen für dich kochen. Wir müssen sehen, wo es her kommt!

Kind, du vergisst dich, schaltete sich Omi Else ein und versenkte die wässrigen Augen in ihrem Schnupftuch. Doch Dorothea ließ sich nicht abbringen; Dorothea entwickelte einen nie gesehenen Elan, und so wurde Ida dazu verdonnert, den Haushalt zu führen.

Wenn sie alles auf den Tisch gestellt hatte und ihre eigenen Kinder warten mussten, auf die Reste, die sie selten einmal aufessen durften, oder die mit den einfachsten Dinge zufrieden sein mussten und kaum satt wurden davon, den Steckrüben, der Mehlsuppe, den Kartoffel-mit-Mehl-gestreckten-Reibepuffern, den aufgebratenen Kartoffeln und den Eierkuchen, die Tropfen Milch dafür verlängert mit Wasser, die zwei Eier gestreckt mit einer Handvoll Mehl, während sie für die Verwandtschaft zu den Kartoffeln richtiges Gemüse und ab und zu sogar Fleisch zubereitete oder Würste briet und sich fragte, weshalb und woher sie so viele Lebensmittel bekamen und sie nicht. Es gab doch nichts! Von wegen. Die Lüneburger hatten alle gehamstert; die Keller hatten sie voll, wie sie selbst ja auch in Beuthen ihre Einmachgläser hatte, ihre Würste und den Honig. Hier hatte sie nichts, und bei Dorothea gab es neuerdings sogar Pudding zum Nachtisch. Was hätte sie, Ida, einmal um ein Stück Kuchen gegeben!

Kein Wunder, dass ihr Sohn, mein kleiner Vater, als sie den Kopf ein wenig hängen ließ, den Arm um die Schulter legte und flüsterte, später, Mutti, du wirst sehen, werde ich so viel Geld verdienen, dass ich dir und uns einen Palast bauen kann, mit richtigen Palmen und schönem Geschirr, so wie zu Hause, mit den Blümchen, und gerührt hatte sie ihren dünnen kleinen Kerl angeschaut und sich ein Lachen über das Bild verkniffen, unter Palmen zu sitzen mit dem Blümchengeschirr. Doch Hannes hatte sich an sie geschmiegt und gesagt, irgendwo am Meer, wirst sehen, wo die Sonne immer scheint. Und sie hatte ihn feste an sich gedrückt und ihm über den Kopf gestrichen.

Die Engländer oder auch *Tommys*, wie die Lüneburger sie bald nannten, waren von einem Tag auf den anderen in der ganzen Stadt zu sehen, mit ihren roten Käppis und den khakifarbenen Uniformen. Sie waren da, wie ein Platzregen, mit dem keiner gerechnet hatte und der sich zum Dauerregen auswuchs. Hin und wieder sah man sogar einen Offizier im Schottenrock. Das waren nun die neuen Herren, und die Lüneburger, die, so schnell es ging, ihre Hitlerutensilien und Fahnen verbrannt hatten, nahmen es mit steinernen Gesichtern hin. Andere waren erleichtert, dass der Krieg vorbei war, endlich vorbei. Die Briten waren zuerst mit ihren Panzern in die Stadt gerollt, dann hatten sie einen Haufen Soldaten, die noch bis zuletzt die Stadt zu verteidigen gedachten, festgenommen und eingesperrt, anschließend hatten sie in allen Häusern nach den restlichen Soldaten gesucht, die sich vielleicht versteckten, und sie ebenfalls in Haft genommen.

Am 8. Mai, einem strahlend hellen Tag, hatten sie vom Balkon des Rathauses herunter die Kapitulation Deutschlands erklärt und den Menschen, die unten still stehend die Nachricht hörten, gesagt, was alles nun geschehen würde. Bleich waren sie gewesen, die Lüneburgerinnen und Lüneburger, die Frauen und Männer, die es als Fremde hierher verschlagen hatte, obwohl die Sonne vom Himmel knallte und sich manch einer den Schweiß von der Stirn wischen musste. Wir kommen als siegreiches Heer, hatten die Engländer verkündet, jedoch nicht als Unterdrücker. Die Unterdrücker wurden erst mal rausgeworfen, aus den Ämtern, Schulen, Krankenhäusern, überall; sämtliche Nazis flogen vor die Tür und wurden darauf aufmerksam gemacht, dass sie demnächst überprüft würden und man dann über ihr Schicksal befände. Dann hatten die Briten sich erkundigt, welche Leute ihnen helfen könnten, die Stadt wieder einigermaßen in den Griff zu bekommen, und sie hatten Listen erstellen lassen über sämtliche Schulen, Krankenhäuser, Fabriken, Gewerke. Ihre Logik und Logistik. Welche Betriebe wie und wann und möglichst sofort wieder anfangen könnten. Zum Beispiel die Knäckebrotfabrik. Und dass Wasser und Strom wieder zugänglich würden. Und die Salinen ihre Chemieproduktion wieder aufnehmen könnten. Salz, Waschpulver, Seife, Leim. Die Schlachtereien, die Milchverarbeitung, das Transportwesen. Die Briten brauchten Leute. Oh, wie schnell auch das allerletzte Parteibuch verschwand und oh, wie viele mit unschuldigen Augen vorsprachen, um sich den neuen Machthabern anzudienen! Die alten Macht- und Befehlshaber wurden im Security Headquarter of the

British Army of Occupation in der Uelzenerstraße 31 verhört, darunter Außenminister Joachim von Ribbentrop und – nach seinem misslungenen Versuch abzutauchen – Heinrich Himmler, Reichsführer der SS. Doch Himmler, der mächtigste Mann nach Hitler, entzog sich der Verantwortung mit dem Schlucken einer Zyankalikapsel.

Die britische Militärregierung arbeitete mit der deutschen Verwaltung zusammen. Ihre Anweisungen erschallten im Radio und vor allem überall in den Straßen über Lautsprecher, jeden Tag um fünf Uhr am Nachmittag. Die Leute hörten nicht richtig hin, sie waren alle so in Gedanken oder sie plünderten gerade ein Geschäft. Das ganze Tabaklager am alten Hafen wurde ausgeräumt, riesige Ballen flogen durch die Luft. Also wurden Anschläge an Hauswänden angebracht und alles noch einmal über das Radio verkündet. Wer sich wann und wo zu melden hatte; wer was wie zu tun hatte. Dass Männer keinen Ausgang hatten, und Frauen und Kinder nicht am Abend ab halb acht; was hätten sie da auch gesollt? Eine männerlose Stadt war es nicht, aber fast, die Männer fielen auf, so wenige gab es; die meisten saßen hinter Gittern oder waren in Lagern außerhalb der Stadt untergebracht.

Die kleine Großmutter erwischte sich immer öfter beim Pfeifen, es war ein wütendes Pfeifen und zugleich eines, von dem man immer sagt, dass es einer im finsteren Walde tut, um sich selber Mut zu machen. Sie suchte nach einer Möglichkeit, sie musste der Schwägerin entkommen, musste auf eigenen Füßen stehen, eine neue Bleibe für sich und die Kinder finden. Also musste sie Geld verdienen, und was sollte sie tun, mit nichts? Als sie den großen, hageren Tommy auf dem Marktplatz hatte stehen sehen, mit seinem Ungetüm von einem Wäschepaket, war ihr die Idee gekommen, und als hätte der Mensch ihre Gedanken gelesen, hatte er sich zu der sehr, sehr kleinen deutschen Frau, die sich ganz zufällig an ihm vorbeibewegte, heruntergebeugt und gefragt, wo es denn eine Wäscherei für ihn gebe.

Alle geschlossen, Sir, sagte die kleine Großmutter entschieden und streckte sich ein bisschen auf die Zehen und sah ihn gespielt bedauernd an.

Mh, machte der Officer und betrachtete sie, offenbar von ihrer Größe beeindruckt.

Mit einem Ruck hatte ihm Ida sein Paket aus den Händen genommen: Ich kann das machen, bis wann brauchen Sie die Sachen zurück? Gebügelt und geschniegelt!

Der Mann, der sich als Officer John Smith vorstellte, nickte, die Tüchtigkeit des Krieges wich der Erleichterung eines Mannes, dem die Dinge des Alltags von freundlichen Frauenhänden abgenommen wurden. Göschniegelt und geibögelt, wiederholte er in seinem erstaunlichen Deutsch.

Eines Tages nehme ich ihr blödes Wurschtmesser und hau es ihr in die Rippen, sagte Ida zu ihrem Mann, der gar nicht da war, der nun selber auch in Kriegsgefangenschaft war, zum Glück nur in Flensburg und nicht im fernen England irgendwo. Der Zorn über Dorothea schoss in ihr hoch wie die heißen Dämpfe der Siede, während sie die Hemden des Officers schrubbte, rücksichtslos gegen sich und erbarmungslos gegen sämtliche Flecken. Karlchen, der sonst immer bei ihr in der Küche auf der Erde saß und die ungesunden Dämpfe einatmete, hatte sie den größeren Kindern anvertraut. Die Schule war geschlossen worden; so lange die alten Nazilehrer dort unterrichteten, hatten die Tommys ein Verbot verhängt, sie zu öffnen, und so hingen die Kinder zu Hause oder auf der Straße herum. Immerhin war das Wetter freundlich, und Ida hatte sie beauftragt, alle miteinander spazieren zu gehen, im Liebesgrund, dem kleinen Park hinter der Bardowicker Stadtmauer, wo alles grünte und blühte.

Die Kinder litten unter ihrer Anspannung, die Kinder litten am Mangel, die Kinder litten unter dem strengen Großvater, dem sie zu lebhaft waren und zu laut. Ihre Haut wurde gereizt wie sie selber und gerötet; vor lauter Hunger und Unwohlsein, und weil sie so wenig Anziehsachen zum Wechseln hatten und nur einmal in der Woche alle in denselben Waschbottich klettern durften, hatten sie einen schlimmen Ausschlag bekommen, alle vier.

Hört auf zu kratzen, sagte meine kleine Großmutter und haute ihnen abwechselnd auf die Pfötchen. Doch es wurde nur schlimmer.

Nachdem sie die Hemden von Officer Smith in die Sonne gehängt hatte, bangend, sie mögen getrocknet sein, bevor Dorothea von ihrem Auftragsbeschaffungsrundgang wieder zurück wäre – Justus hatte sich in der Werkstatt vergraben und kam ohnehin nie dort heraus – zerrte sie die kleinen Bettdecken und mürben Laken der Kinder aus dem Verschlag in ihrem Zimmer und trug alles zum Ausschütteln auf die Straße. Die Maisonne warf ihr helles Licht darauf. Frau Meierhoff, die freundliche Nachbarin von schräg gegenüber, die sie manchmal telefonieren ließ, sah ihr mitleidig zu. Dann schüttelte sie den Kopf zum Schütteln der Großmutter, schloss das Fenster und kam, um mit anzupacken, die Laken, die Deckchen, und energisch die mit Stroh gestopfte dünne Matratze zu klopfen. Ihre ganzen Ärgernisse klopften die zwei Damen dort hinein oder wenn man will, hinaus. Plötzlich hielt Frau Meierhoff inne, wiegte den Kopf und zeigte still auf eins der Laken.

Was ist?, fragte Ida.

Sehen Sie das nicht?

Die kleine Großmutter beugte sich über das Laken. Sie machte winzige schwarze Flecken aus und versuchte, sie mit der Hand wegzufegen.

Die kriegen Sie so nicht weg, sagte die Nachbarin, das sind Flöhe. Und die schwarzen Pünktchen sind ihre – sie zögerte etwas – Kacke.

Flöhe?, schrie die kleine Großmutter auf. Flöhe haben

doch nur ganz arme Leute! Sie schlug die Hand vor den Mund, so verdammt arm sind wir jetzt, dass wir Flöhe haben!, polterte es aus ihr heraus, und im nächsten Moment brach sie in Tränen aus und schämte sich zu Tode.

Sch, sch, macht die Nachbarin, die ihren Sohn nach ihrem Mann am Ende auch noch im Krieg verloren hatte, es gibt Schlimmeres, liebe Frau Ida. Obwohl die Stiche einen ganz schön ärgern können! Sie lachte.

Wie sehen die Stiche aus?, fragte Ida und sah sich nach den Kindern um, die waren aber doch spazieren im Park.

Kleine fiese rote Punkte, immer zwei nebeneinander, aber seien Sie froh, dass es keine Masern sind, an Flöhen ist noch keiner gestorben, sagte Frau Meierhoff und nickte. Kommen Sie, ich mach uns einen Muckefuck.

Jetzt ist es genug, sagte die kleine Großmutter an diesem Tag ungefähr einhundert Mal zu sich selbst. Immer wieder sagte sie es, den lieben langen Tag, jetzt ist es aber wirklich genug. Ich kann mich einfach nicht dreinschicken, dass ich so arm bin.

Noch am Nachmittag fasste sie ihren Entschluss, als sie das fünfte Hemd des britischen Offiziers zuknöpfte, faltete, gerade zupfte und es auf den Stapel zu den anderen Hemden legte, den Stapel säuberlich in Papier einschlug und mit der Kordel verschnürte, beides sparsam und zum vierten Male benutzt. Der Officer trug seine Hemden immer nur einen Tag lang; gut für Ida. Sie legte den Stapel zurecht, fuhr sich mit dem Kamm durchs Haar, schlüpfte in ihre Schuhe, die sie mit Spucke und Zeitungspapier irgendwie in Ordnung zu halten versuchte. Sie nahm das Paket, entschlossen, eine neue Bleibe zu finden, und wenn es nur ein Zimmer wäre, ein neues Leben, für sich und ihre Kinder.

Unvermittelt fing sie zu pfeifen an, erst auf der Straße merkte sie es, als ein herabgerissen aussehender Mann, der ihr entgegenkam, sie frech angrinste. Als wäre sie ein Luderchen, das da so pfiff!

Officer Smith überlegte. Officer Smith kam aus Manchester, sein Vater war ein einfacher Fabrikarbeiter gewesen, und er selbst hatte sich bei der Army gemeldet, um eine Ausbildung zu machen, die ihm ein besseres Leben bescheren würde als die Plackerei der Eltern und Bekannten zu Hause. Dass der Krieg ihn so bald fordern würde, hatte er nicht gedacht. Er hatte in die Abwehrverwaltung gehen wollen und angefangen, etwas Deutsch zu lernen. Er hatte wählen können: Deutsch oder Französisch. Der Zufall, oder weil er einmal ein deutsches Lied gehört hatte, hatte seine Wahl bestimmt. Doch dann musste er im Schnelldurchlauf lernen, kleine, wendige Bristol Blenheims zu fliegen, und er hatte es gehasst. Sein Magen rebellierte. Er wollte nicht dazu eingesetzt werden, Streubomben auf Städte oder gar fliehende deutsche Frauen und Kinder zu werfen, doch unerbittlich wurde er als *pathfinder* eingesetzt. *Pathfinder* hatten die Ziele zu orten, die die nachfolgenden Flieger zu beschießen hatten. Einzig der Gedanke, Hitler ein Ende zu setzen, hatte ihn die Nächte durchstehen lassen, in denen er die Feuerwerke setzte, wie die Soldaten das Markieren von Zielen nannten. Er hatte dunkelbraunes Haar und grüne Augen, seine Hose schlackerte leicht an seinen langen Beinen, es war, als hielte seine Uniform ihn zusammen. Leicht abgeknickt in der Hüfte, stand er da, mit seinen frisch gebügelten Hemden in den Händen, und dachte nach.

Da gibt es ein Gebäude für Flüchtlinge, sagte er mit seinem seltsamen Akzent in grammatikalisch einwandfreiem Deutsch. Es klang so, als hätte er etwas im Mund, das ihn beim Sprechen störte. Er sprach bedächtig; Ida sah ihn ungeduldig an. In die Baracken wollen Sie ja sicher nicht?

Um Himmels willen, nein!

Die Baracken vor der Stadt waren ein Schrecken; dicht

gedrängt saßen Hunderte von Flüchtlingen aus den Ostgebieten mit ihren Habseligkeiten aufeinander, und täglich kamen neue dazu. Die Lüneburger wurden schon aufgefordert, sie bei sich aufzunehmen, weil die Baracken aus den Nähten zu platzen drohten. Außerdem wurden sie aufgefordert, Kleider, Schuhe und Hausrat für die Ankommenden abzugeben, woher sollten die armen Menschen es auch nehmen? Natürlich war Dorothea als Erstes zum Amt gerannt, um zu erklären, dass sie ja den gesamten Haushalt mit ihren armen Verwandten aus Oberschlesien teilten und nicht noch mehr geben konnten. *Arme Verwandte* hatte sie auch gegenüber Ida gesagt, und Ida hätte sie am liebsten erwürgt.

Ich glaube, da gibt es etwas, nicht weit von hier, sagte der bedächtige Officer Smith, in der Reitenden-Diener-Straße. Kennen Sie die Straße? Es wird gerade erst eingerichtet. Sie sind doch ein Flüchtling?

Meine kleine Großmutter nickte und sah ihn entsetzt zugleich an. Das Wort stand in riesigen Buchstaben vor ihr, und nein, wollte sie sagen, ich bin nur vorübergehend *zu Gast*, als sie Officer Smith's hochgezogene buschige Brauen sah, einen halben Meter über ihr, und sich besann und nickte. Dass ihr die Tränen in die Augen traten, musste sie ihm noch nicht einmal vorgaukeln. Flüchtling! Sie war doch nur hierhergekommen, wegen des Krieges, zur Familie. Sie war doch keine dieser bedauernswerten Kreaturen, die mit einem Bündel Hab und Seligkeiten seit Tagen durch die Stadt irrten oder in langen Schlangen irgendwo herumstanden, die über den Markt liefen und die Bäckerstraße, um sich am eilig eingerichteten Amt der Engländer erfassen zu lassen und dann nicht zu wissen, wohin?

Madam?, fragte Officer Smith.

Entschuldigung, sagte meine kleine Großmutter, ich habe nicht richtig verstanden –

Ich habe gefragt, wie viel Kinder Sie haben.

Vier, sagte sie.

Und der Mann?

Der Mann, mein Mann, also, er ist –

Nazi?, fragte Officer Smith.

Nein, nein, kein Nazi! Ida wurde knallrot, auch dass noch, ihr Laotse und Konfuzius lesender Mann ein Nazi! Er ist, fing sie an zu stottern, in –

– in Gefangenschaft, beendete Officer Smith den Satz.

Wenn ich jetzt was Falsches sage, wird er mir nicht helfen, dachte Ida. Er war nur in der Poststelle, sagte sie, er liebt Bücher. Bei sich dachte sie: Wenn überhaupt jemand mal ein Nazi war, dann war ich es selber, doch das war jetzt schon über zwei Jahre her, dass sie aufgehört hatte, das Abzeichen zu tragen, außer es ließ sich nicht vermeiden; seit dem Tag nämlich, an dem sie Kurt eingezogen hatten, kurz vor Weihnachten 1943.

Officer Smith grinste, Ida ärgerte sich. Was gab es da zu grinsen? Sie sagte nichts, sondern blickte zu Boden, auf Officer Smiths riesige Schuhe und ihre eigenen, winzigen.

Never mind, Lady, sagte er. Warum bleiben Sie nicht bei Ihrer Familie?

Jetzt lief Ida etwas aus dem Ruder. Sie wurde noch einmal rot bis unter die Haarspitzen, der ganze Laotse konnte sie mal, es war, als ob ihre Scham sich allmählich in eine riesige Wut verwandelte, die sich genau in diesem Augenblick nicht mehr halten ließ.

Sie hasst mich, sagte sie böse und hätte fast mit dem Fuß aufgestampft, ich weiß nicht mal, warum, und sie ist eine böse Nazischlampe, die jetzt so tut, als wär nix und niemals was gewesen!

Officer Smith fing an zu lachen. Er lachte ungestüm und laut. Die kleine Großmutter sah entsetzt sein Gebiss blitzen, seine großen gelblich weißen Zähne, im weit aufgerissenen Mund über ihr, und fuhr mit der Hand über ihren eigenen. Oh, Gott oh Gott, stammelte sie, das wird er mir nie verzeihen, dass ich so gehässig bin!

Hören Sie, Madam, sagt Officer Smith, als er sich wieder gefangen hatte, wir dürfen nicht fraternisieren. Das wissen Sie. Ich habe Ihnen nichts gesagt. Meine Schwester war mit einem Deutschen verheiratet, er ist 1940 gefallen. Sie kam zurück nach England, sie hatte verdammt viel Glück. Sie gehen jetzt in die Reitende-Diener-Straße, in das alte Mütterheim der Nazis, und sehen zu, dass Sie ein Zimmer besetzen. Alles andere wird sich finden.

Die Tommys mit den roten Käppis wussten in kürzester Zeit alles über die Lüneburger, schien es. So schnell erfassten sie, wer hier was wann ausgefressen oder verteidigt hatte; welche Häuser wem gehört hatten, welche Funktionen welche Männer gehabt hatten und welche die Frauen. Sie hatten eigene Sergeants, die vorher im kriminalistischen Bereich tätig gewesen waren oder in Geheimabteilungen, die sich mit den deutschen Militärbewegungen befassten, und die nun ihre gesamte Energie auf die Entfernung der Nazis aus allen wichtigen Positionen vorantrieben, als hätten sie auf nichts anderes gewartet, in diesem langen Krieg. Sie hatten Listen über Listen, die sie lange vorher angelegt hatten, Weiße Listen hießen die. Lüneburg war in einem elenden Zustand, man musste der Bevölkerung wieder auf die Beine helfen, sonst würden viele verhungern und Chaos, Mord und Totschlag ausbrechen, was vereinzelt schon geschah, wenn die zermürbten Menschen sich um Brennmaterial oder Essbares stritten. Andere wieder standen artig an, so wie sie es die letzten Jahre getan hatten; sie fügten sich in das Leben, egal, wer nun regierte oder nicht, ob Tiefflieger über ihren Köpfen dröhnten oder nicht, ob es Bohnen gab oder nicht, Kartoffeln oder nur ein paar dürre Handvoll Steckrüben.

Tu, was du nicht lassen kannst, sagte Dorothea, die Ida natürlich gern weiter als kostenlose Zugehfrau behalten hätte, aber dann geh sofort.

Justus sagte nichts, er war nicht da. Seit der Krieg zu Ende war, wurde sein Schweigen noch größer als zuvor, er verschanzte sich in seiner Werkstatt und nähte die letzten Reste Leder, die er hatte, zusammen, um daraus kleine Kinderschuhe anzufertigen. Der Schwiegervater schlief, der hielt sich sowieso raus. Und Omi Else drückte sich wie immer, wenn es Schwierigkeiten gab, das zerknüllte Schnupftuch an die Augen. Ida fackelte nicht lange, sie lief hinüber zu Frau Meierhoff, ich habe da etwas, sagte sie halb unter Tränen, die dann doch hochschießen wollten, nicht weit von hier, aber ich muss es noch klären, mit dem Amt. Frau Meierhoff schüttelte stumm den Kopf, wie kann die Schwägerin nur so sein, und half ihr, ihre Sachen aus dem ungastlichen Haus zu holen.

Kaum hatte Ida unordentlich vollgestopfte Rucksäcke, Koffer, rasch zusammengeschnürte Pakete und die Kinder, die nicht wussten, wie ihnen geschah, bei Frau Meierhoff im Flur abgestellt, rannte sie zum Rathaus. Sie musste jemanden finden, der ihr das Zimmer bewilligte, in der Reitenden-Diener-Straße, sie war schon dort gewesen, ein Zimmer für sie und die Kinder war gerade noch frei. Ein alter Eisenbahner, ein kriegsuntauglicher Lagerist und eine Witwe mit zwei Kindern hatten sich schon eingerichtet. Kein Fremder kann so quälend sein wie die eigene Schwägerin, dachte die kleine Großmutter, wenn er dich ärgert. Alles andere war ihr egal. Als der frisch ins Amt gesetzte Verwaltungsassistent, der vorher für die Milchauslieferung einer Molkerei zuständig gewesen war, ihr in die Augen schaute und sie fragte, ob sie denn jetzt bei Verwandten wohne, sagte sie ohne zu zögern: Leider nein, wir haben ein Kämmerchen bei Fremden.

Es stimmte doch! Jetzt wohnten sie ja bei Frau Meierhoff.

Sie haben ein solches Glück, sagte der Mann, Sie bekommen ein Zimmer und ein halbes, die große Küche wird von allen gemeinsam benutzt. Schließlich heißt es Mütterheim, und Sie haben vier Kinder. Und Flüchtlinge sollen dort auf jeden Fall rein.

Die kleine Großmutter zuckte wieder, bei diesem hässlichen Wort, dann war ihr auch das egal, jubelnd lief sie zurück zur Straße auf dem Meere, den Zettel mit der Mietbescheinigung schwenkte sie in der Hand.

2
EIN TEPPICH IN TEHERAN

Sir Winston Churchill, das erste Staatsoberhaupt der Briten, wenn man von King George V. einmal absah, beging seinen neunundsechzigsten Geburtstag an einem außergewöhnlichen Ort auf außergewöhnliche Weise. Es war der 30. November 1943 und die Sonne schien. Im von herrlichen Blumen und Büschen duftenden Garten der sowjetischen Botschaft in Teheran spielte die sowjetische Militärkapelle mit großem Schwung *God save the King* und anschließend mit noch größerem *Die Internationale*. In Anwesenheit des sowjetischen Staatschefs, Joseph Stalin, und des Präsidenten der Vereinigten Staaten von Amerika, Franklin D. Roosevelt, erhielt der Jubilar, strahlend wie der Himmel über der iranischen Hauptstadt, drei persönliche Geschenke: Der Vertreter der britischen PI Force überreichte ihm eine silberne Zigarrendose, der Repräsentant der Buffs mit schräg sitzendem Käppi ein rundes Silbertablett, gefertigt im legendären Isfahan, und der Truppenleiter der Sikhs, die den Engländern als Common-Wealth-Untergebene selbstverständlich zur Seite standen, neigte seinen Kopf mit dem eng geschlungenen Turban besonders tief, als er ihm die kostbare Miniatur aus Elfenbein entgegenhielt.

Die Anwesenden applaudierten, und als Churchill sich umwandte, um auch den Offizieren und Soldaten zu danken und, tief gerührt und bestens gelaunt, *come closer!*, kommt näher! zu rufen, rannten sie ihn vor Begeisterung fast um.

Der junge persische Schah Mohammad Reza Pahlavi,

gertenschlank und bildschön mit seinen buschigen Augenbrauen im blassen, etwas eckigen Gesicht und seiner tadellos auf Taille geschnittenen weißen Militäruniform, lächelte nicht, gratulierte jedoch und überreichte beim Verlassen der Botschaft, praktisch erst, als sie die Schwelle überschritten hatten, also vor der Tür, dem korpulenten Mr. Churchill, dessen Leidenschaft für originelle Kopfbedeckungen ihm bekannt war, eine sehr elegante, schwarz glänzende persische Pelzmütze. Churchill, sichtbar entzückt, setzte sie lachend auf, um sie dann gleich wieder durch seine militärische Kappe zu ersetzen, die er an diesem Tag passend zu seiner Honorary Air Commander Uniform gewählt hatte. Auch der eher zurückhaltende, ebenfalls blutjunge Premierminister Irans, Ali Soheli, gratulierte, und man begab sich zu den wichtigen Besprechungen. Denn:

Es war der dritte Tag des ersten hochoffiziellen Treffens der drei Großmächte England, Amerika und der Sowjetunion in Gestalt von Winston Churchill, Franklin D. Roosevelt und Joseph Stalin, bei dem man sich über einige gezielte wie effiziente Maßnahmen verständigen wollte, um diesem Herrn Hitler aus Deutschland endlich einmal zu zeigen, was sie von ihm hielten, und dass sie seiner Idee »heute Deutschland und morgen die ganze Welt« jetzt mal den Wind aus den Segeln nehmen und dem bösen Spiel ein Ende setzen wollten. Jeder dieser Herren hatte Interessen, und jeder der drei Herren wusste von den anderen, dass sie ihre eigenen ebenso verfolgen würden wie er selbst. Und so überreichte man nach alter Stammessitte zunächst einmal Geschenke, um einander wohl zu stimmen. Am Abend vor Mr. Churchills Geburtstag kam erst einmal Joseph Stalin dran. Im Prunksaal der britischen Gesandtschaft, ein eher nüchterner Saal mit allerdings mächtigem Kronleuchter, überreichte Churchill ihm ein eigens für ihn in Sheffield gefertigtes, fast mannshohes Zeremonialschwert, um den Bürgern Stalingrads Ehre zu zollen, die einen ersten Angriff der deutschen Truppen erfolgreich abgewehrt, dabei aber viele Männer verloren hatten. Stalin küsste kurz die Klinge und gab es dann dem obersten General der Stalingradtruppen weiter, Warschinow, der es dann beinahe fallen gelassen hätte.

Franklin D. Roosevelt bekam leider nichts. Vielleicht, weil man es nicht für nötig hielt, bei ihm gute Stimmung zu machen? Großbritannien und die Sowjetunion hatten ja in den letzten beiden Jahren schon einiges gemeinsam zu bewältigen gehabt, nämlich die Besetzung Irans, seit dem Sommer 1941, weshalb der schöne junge Schah auch leider nichts zu lächeln hatte. Sein Vater nämlich, Reza Schah Pahlavi, hatte einfach nicht einsehen wollen, dass man sein Land als Durchgangszone brauchte, um Waffen von England (und später auch den Vereinigten Staaten) nach Russland zu schaffen, um sie dort gegen Hitlers Armeen zum Einsatz zu bringen. Der Schah, wie viele Iraner, mochte die Deutschen, die viel zum Aufbau der blühenden Hauptstadt Teheran in den letzten beiden Jahrzehnten beigetragen hatten, als Ingenieure, Eisenbahnbauer, Investoren. Die Menschen in Teheran hatten sogar eine Massenkundgebung vor dem Palast abgehalten, um ihre Zuneigung zu den Deutschen zum Ausdruck zu bringen. Es fällt den Menschen ja generell schwer, das Bild von einem zu ändern, wenn sie es erst einmal haben, und so wollten die Iraner aus der Ferne vielleicht einfach nicht an sich heranlassen, was mit den lieben Deutschen in den letzten zehn Jahren an Veränderungen sich ereignet hatte. Als der alte Schah, also der Vater des jungen Schahs und bis vor Kurzem auch das iranische Oberhaupt, sich weigerte zu erkennen, was den Engländern und Russen allergrößte Probleme bereitete, und ihr Ultimatum am 16. August 1941, sämtliche Deutsche aus dem Land zu verweisen, ignorierte, hatte man eben durchgreifen müssen. So war Stalin im Norden in das Land einmarschiert und die Engländer vom Süden her, wo sie vor allem die heiß begehrten Ölfelder sicherten, und in Null Komma Nix war Iran am 30. August 1941 besetzt. Reza Schah Pahlavi, außer sich vor Wut, wandte sich an die Weltgemeinschaft, allen voran, und hier kommen nun die Vereinigten Staaten ins Spiel, an Franklin D. Roosevelt. Roosevelt, ein durchaus ruhiger, besonnener Staatsmann, gab zu bedenken, dass Iran das Interesse der Weltgemeinschaft, den Aggressor Hitler, der seine Fühler nach Afrika, Asien und auch noch Amerika ausstreckte, zu stoppen, uneindeutig unterstützen müsse. Niemand wolle Iran die Hoheit über das eigene Territorium streitig machen, und wenn der Krieg zu Ende sei, mithilfe des Korridors, der nun durch Iran für die Waffenlieferungen – es wurden am Ende etwa fünf Millionen Tonnen Kriegsgerät! – eingerichtet werden könnte, zögen die Briten wie die Sowjets wieder ab. Vielleicht bekam Roosevelt nichts, weil er eben so besonnen auftrat und keiner sich den Kopf über ihn zerbrach.

Schah Reza Pahlavi jedenfalls sah seine Bemühungen, das Land in Schwung zu bringen, die er seit zwanzig Jahren verfolgte, im August 1941 zerstört, zu Recht, wie man später sehen konnte, und dankte ab. Er dankte ab und setzte unumwunden seinen Sohn ein, Mohammad Reza Pahlavi, der nun, gerade mal einundzwanzig Jahre alt, sehen konnte, wie er den Karren aus der Scheiße zog. Wie er damit zurechtkam, dass er die Kontrolle über das Land verlor, in das noch dazu Tausende jüdische, armenische und polnische Exilanten aus der Sowjetunion strömten, in das Land, das unter der Besatzung zuerst das Gesicht und dann die Orientierung verlor. Und erst im September 1943, also nur zwei Monate vor dieser Konferenz »der Großen«, hatte Iran Deutschland den Krieg erklärt. Aus Freunden wurden Feinde.

Und nun stand der vierundzwanzigjährige Reza Pahlavi II., machtloses, womöglich ratloses Oberhaupt, im erstklassig dekorierten Garten der sowjetischen Botschaft und musste Geburtstag feiern, denn das gebot die Gastfreundschaft und die Aufgabe, sich das von Roosevelt gegebene Versprechen, die Briten und Sowjets verließen am Ende des Kriegs, das man gemeinsam herbeiführen wollte, schriftlich geben zu lassen. Nur deshalb also, wegen des später als »Dreimächteabkommen« genannten Papiers, und wohl doch nicht so sehr wegen der Gastfreundschaft, saß Mohammad Reza Pahlavi also auch am Abend des 30. Novembers, um wieder auf den Geburtstag von Mr. Churchill zurückzukommen, mit am langen, mit Blumen und Silber geschmückten Tisch zum Diner, englisch natürlich eher Dinner, im Victorian Drawing Room der britischen Gesandtschaft. Es war, im Unterschied zur sowjetischen Botschaft, nur eine Gesandtschaft, und deshalb ... *Oh, well, that's Persia*, wie später Billie Holiday singen sollte. Nicht mehr und nicht weniger als der geografische Teppich der Nachkriegszeit wurde hier entworfen, denn den hatten die »Großen Drei« schon im Kopf, jeder für sich, und jeder gegen den andern. Kein Wunder, dass es beim Essen einen kurzen, heftigen Streit zwischen Joseph Stalin und Mr. Churchill gab, woraufhin das Geburtstagskind schon den Saal verlassen wollte und Stalin die Situation nur retten konnte, indem er behauptete, es wäre doch bloß ein Witz gewesen.

So oder so: Bei diesem Treffen der drei Großen im November 1943 wurden die ersten Beschlüsse gefasst und Schritte gemacht, die später dazu führten, dass der Krieg endlich, endlich ein Ende fand und Deutschland von Hitler und den Nationalsozialisten befreit wurde. Dass es in Zonen aufgeteilt wurde und eben die Briten nach Lüneburg kamen.

3
WÄSCHE HINTEN, WÄSCHE VORN

Liebster Kurt,
mir träumte, ich trug mein dunkelblaues Kleid, das mit den Pünktchen, und wir beide gingen tanzen.

Meine kleine Großmutter hatte, bevor sie heiratete und ihr erstes Kind, Kaspar, bekam, als Kontoristin in einer Besen-

und Bürstenfabrik in Hindenburg gearbeitet. Zuvor hatte sie das Lyzeum und die Handelsschule besucht und nebenbei noch einem ihrer vielen Brüder in seinem Zeitschriftenladen ausgeholfen. Ida war tüchtig, doch als auf den kleinen Kaspar gleich mein kleiner Vater Hannes folgte, blieb sie zuerst einmal zu Hause und kümmerte sich um die Kinder. Kurt verdiente bei der Post genug, und sie hatten die Zeit genutzt, sich am Leben und miteinander zu freuen, das ja so schnell verging. Nanne, eigentlich Marianne, kam drei Jahre später zur Welt, und Karlchen, als sie keine zwei war. Ida war nicht verwöhnt, sie machte im Haushalt alles selbst, und nun, nach den Wochen als Gast, war sie so glücklich, endlich wieder allein schalten und walten zu können, dass sie zuerst einmal ihre beiden Zimmerchen in der Reitenden-Diener-Straße schrubbte, ausräumte und mit den wenigen Mitteln, die sie hatte, einrichtete.

Frau Meierhoff hatte ihr zwei Stühle und einen alten Tisch vom Dachboden geschenkt, Omi Else rückte Bettwäsche heraus, ohne dass Dorothea etwas davon mitbekam, und in der Küche des alten Mütterheims gab es so viel Geschirr und Töpfe, dass es nicht nur für alle Bewohner ausreichte, sondern Ida mit einem Teil des Hausrats zum Tauschkaufhaus rannte, das man recht bald am Markt gegenüber vom Rathaus eingerichtet hatte. Für die Kinder gab es keine Betten; Ida baute mit den Jungs einen Stapel Bretter übereinander und legte eine dreiteilige Matratze darauf, die sie in einer Ecke des Hauses gefunden, ausgeklopft und für gut befunden hatte. Sie schnallten sie mit einer Schnur drum herum zusammen. Das muss reichen, sagte sie. Für Nanne wurde eine Hängematte aufgespannt, die der kriegsuntaugliche Lagerist übrig hatte, und Karlchen schlief bei seiner Mutter mit im Bett. Ihre Mitbewohner, die auch gerade erst vor drei Tagen eingezogen waren, staunten nicht schlecht. Frau Pistor, die Witwe aus Ostpreußen, stand mit offenem Mund und ihrem Jüngsten auf dem Arm in der großen Gemeinschaftsküche und sah zu, wie Ida systematisch sämtliche Schränke öffnete, ausräumte, auswischte und alles neu sortiert einpackte. Ida war nicht in der Lage, irgendjemanden um seine Meinung zu fragen. Dorotheas Knute, das heißt die Befreiung davon, versetzte sie in einen Wirbelsturm der Entschlossenheit.

Hut ab, Frau Ida, sagte der kriegsuntaugliche Lagerist, Herr Mehrstedt, und nickte anerkennend, Sie hätten mal direkt bei uns anfangen können!

Er und der Eisenbahner Willi Bender fanden es prima; sie erhofften sich, dass Ida für sie die Küchenfee machen würde, doch als sie am ersten Abend nach getaner Arbeit einen Haferbrei für sich und die Kinder zubereitete, mussten sie begreifen: Das läuft getrennt, jeder für sich, alle für keinen. Frau Pistor verkniff sich eine Bemerkung und klapperte stattdessen mit einem eigenen Topf, während ihre Anni lange Augen machte.

Der Neid wohnte in ihrer aller Herzen, ob sie es wollten oder nicht. Die Lage war zu kritisch, und auch die Gerüche der Fremden mussten erst einmal bewältigt werden. Ida schlug vor, das zweite Waschbecken, das es immerhin gab, nur für die Körperpflege zu nutzen, und bat die Männer um Verständnis, dass diese nur in zugeteilten Zeiten stattfinden sollte, so dass vor allem die Frauen mit ihren Kindern eine winzige Zone der Intimität bewahren könnten. Ida sagte tatsächlich Zone, denn *Zone* war das Wort der Stunde. Wo würde die Grenze zur sowjetischen Zone gezogen werden? Es hieß, Bleckede würde den Sowjets zugeschlagen. Bleckede war nur paarundzwanzig Kilometer von Lüneburg entfernt! Andere sagten, Amt Neuhaus käme zu den Russen. Würden sie die Elbe als Grenze nehmen oder womöglich die Ilmenau? Um die Elbdörfer war zuallerletzt erbittert gekämpft worden, bis die Deutschen gesagt hatten: Lassen wir sie besser den Engländern als den Russen. Würde Lüneburch, wie Opa Ernst, Idas mürrischer Schwiegervater, sagte, englisch bleiben oder müssten sie ihre Koffer nehmen und weiter in den Westen abhauen? *Wenn ihr russisch werdet,* hatte Kurt in seinem letzten Brief geschrieben, *dann halte deinen Koffer bereit, egal, wohin. Welchen auch immer ...sozialismus hatten wir genug, wir wissen, was das bedeutet.*

Indes saß Ida mit den Kindern am Abend zusammen in ihrem Zimmer und sie beteten zu Gott, dass erstens ihr Vater bald wiederkommen sollte, zweitens sie wieder mehr zu essen bekämen und drittens bald wieder zurück nach Beuthen könnten. Ida ließ die Kinder dieses dritte Gebet sprechen, obwohl ihr Glaube daran mit jedem Tag bröckelnder wurde. Deutschland sollte von den alliierten Mächten aufgeteilt werden, deshalb kamen ja so viele Menschen aus den Ostgebieten hinter der Oder-Neiße-Linie, neben all den Kriegsgefangenen und Menschen, die ihr Zuhause verloren hatten, vor allem die von den Nazis Verschleppten und Zwangsarbeiter, die die Briten *Displaced Persons* nannten. Millionen Menschen waren unterwegs, und in Lüneburg kamen täglich mehr von ihnen an. Auf der Straße hörte Ida, dass die Engländer sich mit den Russen und die Franzosen mit den Amerikanern über die zugeteilten Gebiete stritten, dass die Franzosen den Norden Württembergs behalten wollten, obwohl nur der Süden verabredet gewesen war, und schließlich fragte sie Officer Smith, ob sie denn bei all diesem Hickhack in Lüneburg nun ganz sicher britisch blieben oder ob die Roten es bekämen.

Officer Smith rieb sich das Kinn. Was würde Ihnen besser gefallen, kleine Frau Ida?, fragte er glatt. Er hatte wirklich einen eigenen Sinn für Humor.

Ist das eine *question*?, fragte Ida, die dieses Wort als eins der ersten lernte. That's not the question, hörte sie immer wieder von den Tommys, wenn jemand etwas fragte.

Not really, antwortete Officer Smith und lachte. Ihm gefiel die tapfere kleine Frau mit den widerspenstigen Locken. Aber das behielt er streng für sich.

Ida überlegte, was sie machen könnte, um mehr Geld zu verdienen. Die Briten suchten zwar Leute für die Verwaltung, doch zum einen drängten die ansässigen Lüneburger in die Behörden, und zum anderen: So lange die Schulen geschlossen blieben, konnte sie nicht den ganzen oder halben Tag weg. Omi Else würde zwar mal eine Stunde oder zwei auf Karlchen aufpassen, aber trotzdem. Sie wäre überfordert, und Ida hielt es für keine gute Idee, die Kinder nach allem, was sie durchgemacht hatten, sich selbst zu überlassen. Am Ende verlottern sie mir, sagte sie sich.

Eines Morgens räumte Ida die Gemeinschaftsküche auf und ärgerte sich gerade über Herrn Mehrstedt, den Laageristen, der schon wieder das Essen im Topf hatte anbrennen lassen und weder Teller noch Tasse abgespült hatte, als sie draußen im Hof – die Küche ging nach hinten raus – laute Rufe, Befehle und Schritte hörte. Sie erschrak, doch neugierig wie sie war, ging sie zum Fenster und sah hinaus. Im Hof marschierten Männer im Kreis, während ein britischer Offizier das Kommando gab. Es waren Gefangene! Ida zuckte zurück, einer der Männer hatte sie gesehen, und schon flogen die Köpfe zu ihr herüber. Von nun an hatten die Männer regelmäßig einmal am Vor- und einmal am Nachmittag Auslauf im Hof, und Ida musste es hinnehmen, dass sie nach ihr Ausschau hielten.

Zwei Tage später fragte Officer Smith sie, ob sie für einen anderen Officer, Officer Jones, ebenfalls die Hemden waschen und bügeln könnte, und natürlich sagte Ida Ja. Wenn Officer Jones so zuverlässig ist wie Sie, fügte sie hinzu. Denn Officer Smith überreichte ihr Brote, Zigaretten und immer mal eine Lebensmittelkarte, sobald er seine Hemden in Empfang nahm. Mittlerweile war es Juni, und Ida riss nicht nur alle Fenster auf, um die Wärme in das alte, etwas muffig riechende Haus hineinzulassen, sondern sie hängte die Hemden in dem Handtuch großen Flecken Gärtchen auf, das sich auf der Seite des Innenhofs befand. Es dauerte nicht lange, dass einer der Gefangenen, die zwischendurch nicht im Kreis gehen mussten, sondern sich frei bewegen konnten, sich ihr vorsichtig näherte. Er war abgemagert und schlecht rasiert, hatte aber keine verschlagenen Augen, sondern hellblaue, mit denen er sie bittend ansah. Seine Kleider schlotterten ihm am Leib, die Schuhe waren kaputt, Ida sah es auf einen Blick.

Nicht erschrecken, gute Frau, sagte er, als er Ida zurückweichen sah. Ich habe eine liebe Frau wie Sie, sie weiß nicht, wo ich bin, wir dürfen noch keine Post verschicken, aber ich weiß, sie grämt sich zu Tode, und sie hat gerade erst ein kleines Mädchen zur Welt gebracht.

Kurzum, er wollte, dass Ida ihm eine Karte besorgte und sie zur Post brachte. Er bot ihr dafür zwei Zigaretten an. Zwei Zigaretten, so viel?, dachte Ida. Er muss seine Frau wirklich lieben. Aber klar, eine Zigarette brauchte sie, um Postkarte und Briefmarke zu organisieren, die andere blieb für sie.

Am nächsten Tag reichte sie ihm verstohlen die Karte und einen Stift; am Nachmittag brachte er ihr beides zurück, und am nächsten Tag standen zwei andere Kerle vor ihr und wünschten das Gleiche. Innerhalb kürzester Zeit entwickelte sich Idas Hinterhof zur Hauptpoststelle des Gefangenenlagers in der Reitenden-Diener-Straße. Sie wollte gar nicht wissen, woher die Gefangenen ihre Zigaretten hatten, sie nahm sie, legte sie in ein Kästchen und organisierte einen größere Menge Postkarten. Sie teilte Hannes dafür ein, die Briefmarken zu besorgen und die Karten zur Post zu bringen. Die Karten gingen in alle Himmelsrichtungen, und es dauerte nicht lange, dass die ersten Antwortbriefe bei Frau Ida Sklorz, Reitende-Diener-Straße 4, Lüneburg eingingen, gefolgt von kleineren Päckchen, die Ida zu öffnen die Erlaubnis erhielt, um die Inhalte aufzuteilen und peu à peu den freudigen Empfängern zukommen zu lassen. Natürlich konnte Ida nicht ständig in den Ausgangszeiten am Mäuerchen zum Hof herumstehen, ohne dass es den Officers auffiel, die keineswegs so kurzsichtig waren, wie alle dachten, sondern diese Vorgänge, solange es sich um Nahrung handelte, durchaus billigten, da die deutschen Gefangenen auf diese Weise von ihren Frauen mitversorgt wurden, bevor es vor lauter Hunger zu Meutereien kommen würde. Außerdem musste Ida ja auch noch die Hemden für Officer Smith und Officer Jones holen, einweichen, schrubben, waschen, trocknen, bügeln und, wenn sie sie nicht selber abholten, fortbringen; noch dazu die nötige Seife immer wieder auftreiben; ihre Zeit war begrenzt, von den Hausarbeiten und der Kinderbetreuung mal abgesehen. Also klopfte sie eines Tages ganz in der Früh einen Ziegel aus der Mauer heraus, so dass man ihn herausnehmen und wieder hineinlegen konnte, und dort schoben die Männer von ihrer Seite aus ihre Postkarten und Zigaretten hindurch und bald auch kleine Wünsche. Ob sie nicht ein paar Strümpfe besorgen könnte oder Schnürsenkel oder ein gebrauchtes Unterhemd. Manch einer legte auch seine durchlöcherten Strümpfe hin und bat sie, diese für zwei Zigaretten oder ein Stück Wurst zu stopfen. Und nicht lange, da waren es auch Sachen zum Waschen.

Wenn Ida die kleinen Gefälligkeiten für die Gefangenen erledigte, dachte sie an Kurt. Wie diese Männer saß er im Gefangenenlager, in Flensburg, doch er hatte keine Frau Ida, der er die Post anvertrauen konnte; das Lager war außerhalb der Stadt in einer schnell errichteten Baracke untergebracht. Eine einzige Postkarte hatte Ida erhalten, in der er ihr dies mitteilte, seither nichts mehr; sie hatte ihm geschrieben, doch keine Antwort erhalten. Er hatte auf seiner ersten Karte auch angedeutet, dass weder Post noch Besuch zu erhalten gestattet war. In Flensburg herrschte ein härteres Regiment als in Lüneburg, abgesehen von Captain Ferris und seiner Military Police, die sogar Trunkenbolde der eigenen Truppe so hart ran nahmen wie Schwarzmarkthändler oder Diebe. Überhaupt schien Ida mit ihren Briten Glück zu haben, denn was man so hörte, gingen andere Officers und Sergeants mit der Bevölkerung nicht eben zimperlich um.

Zu Officer Smith und Officer Jones kamen bald noch andere Officers hinzu. Die Männer liebten den Schwatz mit der kleinen Frau Ida, so wie sie die Gespräche suchte, um in Erfahrung zu bringen, was in der Stadt los war und im Land. Manche sprachen nicht viel Deutsch, es war eher eine Verständigung mit Händen und Füßen, aber die Sympathie ließ die Männer auch immer mal eine Zigarette mehr als Entlohnung in Idas Hände gleiten oder ein Päckchen Seife, die sie ja dringend zum Waschen der Hemden benötigte, auch wenn sie schnell gelernt hatte, wie man die letzten Reste Kernseife mit einer Prise Natron zu neuer Seife zusammenkochen konnte.

Bald aber florierte Idas Unternehmen auf eine Weise, dass sie die kleinen Schwätzchen knapp halten musste, eher noch musste sie sich etwas einfallen lassen, um ihren kleinen Waschsalon besser durchzuorganisieren. Eines Morgens riss sie alle Fenster im Erdgeschoss auf, die zur Reitenden-Diener-Straße und die beiden zur Hofseite. Zur Hofseite sprach sie in der nächsten Ausgangspause am Vormittag mit ihrem allerersten Kunden, Herrn Lehnert, der es übernehmen sollte, den Ablauf mit den Gefangenen zu koordinieren, und vermittelte ihm ihre neue Idee: In das eine Fenster warfen die Gefangenen nun ihre schmutzigen Hemden hinein, und auf das andere Fenster legte Ida die gewaschenen Hemden, dort konnten sie sie abholen. Beide Fenster waren neben ihrem Gärtchen und vom Gefangenenhof aus zu erreichen, was ihr zunächst Unbehagen verursacht hatte, sich jetzt jedoch als praktisch erwies. Der Hof war ja im Grunde gut bewacht.

Herr Lehnert nickte, rieb sich den Bart und murmelte, Sie sind wirklich eine pfiffige Person, liebe Frau Ida, was wärn wir hier nur ohne Sie.

Die Entlohnung in Form von Zigaretten wurde weiterhin, von ihm abgezählt und zugeordnet, an die Stelle mit dem entfernbaren Ziegel gelegt. Doch schon nach drei Tagen mit Frau Idas neuem System flogen mit der schmutzigen Wäsche schon die ersten Weißbrote zum Fenster hinein. Lieber sparten sich die Gefangenen eins vom Mund ab als ihre geliebten Zigaretten, und Frau Ida war es hin und wieder recht. Noch am selben Nachmittag und dann fast jeden Tag bereitete sie den Kindern Arme Ritter aus den Broten zu, außer sie nahm mal eins zum Tauschen. Sie tunkte die Scheiben in Milch und briet sie mit einem Hauch Fett in der Pfanne. Die Kinder strahlten: eine Köstlichkeit!

Doch auch auf der anderen Seite des Hauses blühte der Umlauf der schmutzigen mit der sauberen Wäsche: Auch hier warfen die Männer ihre Wäschepakte – im Unterschied zu denen der Gefangenen in Papier eingewickelt, mit Kordel und Namensschild versehen – zum einen Fenster hinein und holten die Hemden beim anderen Fenster wieder ab. Nur eines musste Ida beachten: dass die vordere Fensterreihe nicht zur selben Zeit geöffnet würde wie die hintere. Denn dann hätten die Tommys vorn womöglich spitz gekriegt, dass sie nicht die einzigen Kunden von Frau Ida waren. Officer Smith, der sich zu einer Art Schutzpatron der kleinen Großmutter entwickelt hatte, achtete peinlichst darauf, dass der kleine Waschsalon nicht der Steuerbehörde bekannt wurde; abgesehen davon, dass diese noch andere Sorgen hatte, wäre es ganz und gar nicht in seinem Interesse und dem der anderen Officers gewesen, dass die kleine Frau Ida Schwierigkeiten bekommen hätte.

Meine kleine Großmutter wusch nun und wusch. Sie fachte gleich am Morgen das Feuer im Herd an. Das sagt sich so leicht, doch dafür mussten erst einmal Holz und Briketts gefunden werden. Für diese Aufgabe teilte sie Hannes und Kaspar ein. Die beiden Jungen wurden losgeschickt, um erstens herauszufinden, wo es überhaupt etwas gab, zweitens, wie die Preise waren und drittens, wo es etwas umsonst gab. Natürlich war es nicht legal, es wurde sogar hart bestraft, doch solange man nicht erwischt wurde, machten es alle so, hier etwas mitgehen lassen, hier ein Brett irgendwo herausziehen, hier ein paar kleine Stöckchen im Park einsammeln und so weiter. Das Wasser musste Ida aus dem Hof holen; sie bat den Eisenbahner Willi Bender, ihr zu helfen. Willi Bender saß ja ohnehin den ganzen Tag zu Hause herum, da konnte er auch mal seine Muskeln ein bisschen betätigen. Willi Bender tat es, er machte es mit gleichmütigen Bewegungen, es sah mühsam aus, doch im Innern war er froh, dass wenigstens ein Mensch ihn brauchte.

Wenn Ida das heiße Wasser aus der großen Kanne in den Bottich goss und die Seife mit dem Kochlöffel schlug, bis sie die ersten Blasen warf, kamen die Hemden hinein, später dann die Unterhemden und Unterhosen, und zuallerletzt die Socken. Alles war genauestens durchgeplant, und Ida schrubbte und schrubbte, so dass sie jeden winzigen Seifenkrümel ins Unendliche verlängerte und ausnutzte. Frau Ida ließ die Seife schäumen, die Bläschen wurden groß und größer, der Schaum schäumte, und sie schäumte und schäumte ihre ganze Scham fort, die nur durch einen winzigen Buchstaben vom Schaum getrennt ist, sie rubbelte und rieb, sie schrubbte und schäumte, Schäume sind Träume, sie ließ den Schaum aufsteigen, als wollte sie die Schuld und Schande und Scham der ganzen Straße, ach was, der ganzen Stadt und des ganzen beschissenen Landes, das nun mal ihres war, fortwaschen, reinwaschen, fortschäumen, in den Ablauf laufen lassen den Dreck, der ihrer aller Herzen so viele Jahre durchspült und vergiftet und verätzt hatte, nur nicht die der großen Fische, nein, die wollte Frau Ida nicht reinwaschen, die sollten nicht geborgen sein in ihrem Schaume, auch nicht die Auf dem Meere vier Straßen weiter, die nicht, obwohl, sie wollte auch nicht kleinlich sein, so dachte sie gar nicht, sie schrubbte einfach und schrubbte und die Wäsche flog zum Fenster rein, und die Seifenblasen wurden groß und größer und der Schaum schaumiger und wilder, und alles schäumte und schäumte, der graue Dreck nach unten in die Rinne, doch der helle, schimmernd weiße Schaum nach oben, aus den geöffneten Fenstern der Reitenden-Diener-Straße 4 hinaus wie der Brei im Märchen, der nicht aufhört, aus dem Topf zu quellen, wie die Geister, die ich rief, und der Schaum füllte die ganze Straße, vom Kopfsteinpflaster stieg er auf, silbern, weiß, schimmernd und glänzend, die Häuser hoch, bis die ganze Straße roch und duftete, nach Kernseife und sauberem Gewissen und er stieg hoch und höher wie eine Wolke aus Silber und man sah von Ferne, wie über der Stadt Lüneburg diese prächtige Schaumwolke aufstieg in den Himmel, glänzend und glitzernd und schön.

Des leichten Glückes Gunst ist,
wie des Meeres Schaum,
der braust und zergeht;
ist wie ein süßer Traum.
MARTIN OPITZ (1597–1639),
BEGRÜNDER DER SCHLESISCHEN DICHTERSCHULE

4
WECHSEL

Die Mitbewohner der kleinen Großmutter hatten es nicht ganz leicht mit ihren aberwitzigen Aktivitäten. Die Männer nahmen es hin, was blieb ihnen auch übrig. Die Kinder fragten nicht, es war einfach so wie es war. Nur Frau Pistor war empört. Wie kann eine nur! Sie mied die kleine Großmutter, als ob sie eine Aussätzige wäre. Doch Frau Pistor zog mit den Kindern bald wieder aus, sie hatte Verwandte in Frankfurt gefunden, zu denen sie sich nun auf den Weg machten. Ida tat es nicht leid um sie, sie hatte einen starken Körpergeruch und eine große Erwartung, für die sie keinen Finger zu krümmen bereit war. Stattdessen zog der Schlosser Erwin Schünemann ein, und, zur Freude der kleinen Großmutter, der junge Friseur Eduard Winterstein. Eduard Winterstein war andersrum, den Braten roch sie gleich, und er war garantiert mit knapper Not den Lagern entkommen und natürlich weiterhin in Gefahr. Doch bei Friseuren schaute man nicht ganz so streng, sie mussten ja mit den Damen scharwenzeln, ohne etwas zu wollen, da schrieb man ihr Verhalten eben einfach diesem Umstand zu. Nennen Sie mich doch einfach Herr Eduard, liebe Frau Ida, sagte er zu meiner kleinen Großmutter und lächelte gewinnend.

Herr Eduard hatte eine Narbe unter dem linken Auge, das ständig zuckte, er hatte schwarz glänzendes Haar und erstaunliche muskulöse Unterarme, während er sonst eher zart wirkte, und er wurde Ida eine große Unterstützung. Er war von Berufs wegen sehr reinlich und trieb auf dem Schwarzmarkt kleine Dinge auf, die das Leben »für uns alle«, wie er sagte, verschönern sollten, ein Väschen, eine Tischdecke, ein kleines Regal. Völlig sinnloses Zeug, knurrte der Schlosser Schünemann, der braucht wohl nichts zu fressen. Doch Herr Eduard sagte, wenn der Mensch aufhört, sich mit Sinnlosem zu verschönern, wird er zum Barbaren.

Passen Se nur uff, sagte Schlosser Schünemann, dass die Tommys Se nicht erwischen! Auf Schwarzmarkt steht einmal Durchprügeln, aber gründlich.

Herrn Schünemann hatten sie gründlich erwischt, als er versuchte, ein altes Lederzeug, das er Hunderte von Kilometern durch Polen geschleppt hatte, anzubieten, um sich ein Paar Schuhe und ein Jackett zu kaufen, in dem er, wie er meinte, wieder wie ein Mensch aussehen würde. Das Ergebnis war ein blaues Auge, eine böse Schramme an der Wange, ein ausgerenkter Arm und eine tiefe Scham, die ihn zwei Tage nicht aus dem Zimmer kommen ließ, nachdem Ida ihn notdürftig verarztet hatte. Herr Schünemann war ein etwas derber Kerl, der zu allem eine Meinung hatte.

Mit den Tommys ist nicht zu spaßen, sagte er, als er wieder aus dem Zimmer kam und Ida gerade mit ihrer für sie recht großen Kanne vorsichtig heißes Wasser in den Wäschebottich schüttete. Und wenn Frau Ida meint, fuhr er fort, obwohl sie ihm doch geholfen hatte, den Herren Besatzern auch noch zu Diensten sein zu müssen, ist es ihre Sache. Gut finden wird ihr Ehemann das sicher nicht.

Ich brauche Ihre Zustimmung nicht, fertigte meine kleine Großmutter den Mann wütend ab, der sie wie die meisten Menschen um einiges überragte, und wenn Sie mir das Essen für meine Kinder besorgen, dann höre ich sofort auf damit!

Dann knallte sie die Kanne laut auf den Boden und schüttete das winzige Portiönchen Seifenpulver ins Wasser und schlug es mit dem Kochlöffel, bis es Bläschen warf und tüchtig schäumte. Bisschen anpacken könnten Sie ja auch mal, sagte sie, aber sie wollte es gar nicht, sie wollte jetzt alles allein machen, jeden einzelnen ihrer Handgriffe. Es war, als ob sie damit ihr eigenes Leben wiedergewann, nachdem sie sich wochenlang ohnmächtig gefühlt hatte. Ida entwickelte in diesen Monaten nach der Friedenserklärung völlig neue Seiten, die ihre Kinder erstaunten. Ihre Mutter, die zu Hause in Beuthen immer ein bisschen das Laissez-faire im Haushalt hatte walten lassen, die viel lachte und sang, organisierte ihren Alltag durch, als wäre sie ein Feldwebel, der seine Truppe bei der Stange halten musste, und sie pfiff jeden an, der ihr dabei in den Weg geriet.

Die Männer der kleinen Gemeinschaft gingen morgens immer gleich aus dem Haus, um auf den Behörden um Arbeit zu fragen oder sonst etwas zu treiben. Herr Schünemann fand nach wenigen Tagen eine Beschäftigung: Eine ganze Gruppe Schlesier wie er wurde von den Briten aufgefordert, die völlig zerstörten Bahngleise zu reparieren, und da er als Schlosser auch etwas von Schienen verstand, hatten sie ihn gleich da behalten. Zum Lohn erhielt er drei Lebensmittelkarten extra und zwei Zigaretten. Schlesier waren es auch, die die kaputten Wasserleitungen der Stadt wieder aufbauten.

Herr Eduard, den meine kleine Großmutter nach wenigen Tagen Eddie nannte, war noch sehr jung, Mitte zwanzig, und er hatte seine gesamte Familie verloren, das heißt, er wusste nicht, wo wer abgeblieben war; sein Vater war gefallen, doch er hoffte, seine Mutter und seine drei Schwestern wiederzufinden und lief deshalb jeden Tag zu den Anschlägen am Ostbahnhof. Dort stand er mit vielen anderen, die nach ihren Verwandten suchten, er hängte selbst seinen Zettel hin und las die vielen anderen, die dort hingen, denn genau genommen ging es fast allen Flüchtlingen, die nach Lüneburg strömten, so wie ihm. Doch im Unterschied zu anderen, die völlig verzweifelt waren, hatte Eddie etwas Unerschütterliches an sich, etwas, was man ein kindliches Gemüt nannte. Jedenfalls half es ihm. Friseure sind leider nicht das, was die Leute gerade brauchen, sagte er einmal, als er nach vergeblicher Arbeitssuche am Abend in der Küche zusah, wie Ida das schwere Plätteisen auf dem Ofen erhitzte. Er sprang auf und half ihr, dann rührte er mit dem Kochlöffel im bollernden Topf, um die Hemden im Seifenwasser in Bewegung zu bringen.

Warten Sie noch ein bisschen, dann kommen die Frauen von selbst zu Ihnen, tröstete Ida ihn. Schön sein wollen doch alle, oder?

Ich könnte den Kindern die Haare schneiden, schlug er vor.

Aber –

Nee, Frau Ida, da machen Sie sich keinen Kopf, von Ihnen nehme ich nichts.

Dann essen Sie mit uns zu Abend, sagte Ida bestimmt, und schon saßen alle Kinder auf einem Stuhl und Eddie legte los. Als Nanne dran war, drückte sie ihre Puppe Rita fest an sich. Die Puppe Rita sah etwas mitgenommen aus; ihr Kleidchen hatte zwei Risse, die die Großmutter nur nachlässig zugenäht hatte, und ein Strümpfchen fehlte ihr. Nanne ließ die Puppe nicht aus den Händen.

Hast du denn Angst, Kleine?, fragte Eddie mitfühlend.

Nanne nickte.

Weißt du was, sagte Eddie, dann lassen wir dir deine hübschen Locken einfach dran, und ich zeige dir, wie man deinem Püppchen einen Zopf flicht.

Es war genauso, wie Ida es sich gedacht hatte; als die Nachbarinnen sahen, wie gut die Haare der Jungs von Frau Ida saßen, schickten sie ihre Kinder zu ihnen ins Haus, und Eddie schnitt ihnen die Haare, zwei Köpfe für eine Zigarette. Es war nicht viel, doch es war besser als nichts, und besser als untätig zu sein, war es allemal.

Untätig saß nämlich der Eisenbahner Willi Bender in seinem Zimmer und rührte sich nicht, viele Stunden lang. Er sah an die Decke, er betrachtete den Fensterrahmen und die Dielen. Manchmal kam er in die Küche und sah Ida beim Wäschewaschen zu. Sie war so klein, ihre Arme verschwanden vollständig im Bottich, in dem sie die Hemden hin- und herschwang, und das Waschbrett, auf dem sie sie schrubbte, wirkte riesig. Gehen Sie weg, sagte Ida, rumstehen und anderen Leuten bei der Arbeit zugucken, kann ich nicht vertragen. Nachts hatte er die Kerze an, wenn sie manchmal zum Plumpsklo musste, sah sie es. Was für eine Verschwendung, murmelte sie. Sie spürte seine Unruhe, auch wenn er still saß. Es machte sie nervös, sie hatte Angst, ihn eines Tages am Gürtel seiner Hose aufgehängt im Zimmer zu finden, oder schlimmer noch, eines ihrer Kinder, die vielleicht arglos nach ihm schauen würden. Ida hatte Mitleid, sie vermutete, dass der Mann im Kern ein guter Kerl war, doch etwas lastete auf ihm. Er musste Schlimmes erlebt haben und fraß es nun in sich hinein. Sie sagte, er sollte sich doch wenigstens draußen hinsetzen. Doch auf der einen Seite waren die Gefangenen und auf der anderen die Straße, durch die die

Briten regelmäßig patrouillierten, da wollte er sich nicht so tatenlos zeigen. Wo soll ich denn hin, Frau Ida?, fragte er.

Machen Sie sich nützlich, hätte sie gern gesagt, doch sie wusste nicht, wie. Er hatte zwei linke Hände. Schließlich setzte sie ihn auf einen kleinen Schemel auf der Hinterseite des Hofs, und wenn die Gefangenen ihre Ausgangszeit hatten, kam er in die Küche und brachte ihr die kleinen Botschaften aus der Ziegelspalte. Frau Ida, sagte er einmal zu ihr, es hat doch keinen Sinn.

Ich kann darüber nicht nachdenken, gab sie zurück, ich habe vier Kinder. Dann überlegte sie, und nach einer Weile fügte sie hinzu: Es ist besser, ein einziges kleines Licht anzuzünden als die Dunkelheit zu verfluchen. Das hat ein weiser Mann in China gesagt, vor sehr, sehr langer Zeit.

Für die Kinder dehnte sich die Zeit in diesen Monaten. Sie konnten nicht in die Schule gehen, die Schulen waren geschlossen. Die Tommys planten ein Re-Education Programm, das nun in aller Munde war. Sie alle sollten erzogen werden, umerzogen, zu richtigen Demokraten. Die Tommys wollten, dass die ganze Hitlerei aus den Köpfen und Herzen der Menschen verschwand, und zwar ein für allemal. Sie hatten keine Lust, den Krieg, den sie geführt hatten, in den nächsten Jahren erneut beginnen zu müssen, wenn die Unverbesserlichen sich nicht beugten. Und mit den Kindern musste begonnen werden, die Kinder waren die Zukunft! Die alten Wehrmachtsformulare, auf deren Rückseiten die Kinder zuletzt das Schreiben geübt hatten, wurden verbrannt. Die Nazischulbücher, in denen jüdische Menschen mit riesigen Nasen, aufgequollenen Lippen und gierigen Augen in allen möglichen Zusammenhängen dargestellt wurden, beim Rechnen, in der Biologie, im Erdkundebuch, im Lesebuch, um den Kindern die Lehre vom höheren deutschen Wesen einzutrichtern, weit überlegen allen anderen Menschen dieser Erde, wurden verbrannt. Die Lehrerinnen und Lehrer, die den Kindern die Ideologie der Rassen eingebläut hatten und den Hitlergruß anstelle eines Guten Morgen, und die sie dazu angehalten hatten, ihre eigenen Eltern anzuzeigen, wenn sie zu Hause den Feindsender hörten oder sonst wie nicht vorbildlich dem Nationalsozialismus dienten, wurden entlassen.

Also trieben sich Hannes und Kaspar in der Stadt herum und lernten sie immer besser kennen. Sie suchten dabei immer nach Kippen auf dem Boden, selbst halb geraucht Zigaretten konnte man zum Tauschen benutzen. Und wenn die Briten vorbeikamen, um bei ihrer Mutter die Hemden abzuliefern oder abzuholen, baten sie um Erlaubnis, auf ihre Jeeps zu springen. Hannes war ein gewitzter Lausbub, und so freundeten sich die Jungen bald mit den fremden Männern an, schnappten englische Wörter auf und übten sie zu sagen. Das fanden die Officers lustig, sie fühlten sich von diesen Kindern willkommen geheißen, was man vom Rest der Bevölkerung nicht eben sagen konnte. Bald nahmen die Tommys Hannes und Kaspar auch mal mit in die Kaserne, und bald wuselten sie dort herum und schlichen den Köchinnen um die Schürze. Die konnten nicht anders und steckten den beiden charmanten Kerlen immer mal etwas zu. Die meisten Tommys waren freundlich zu den Kindern, nur manchmal wurden sie verscheucht. Ein Sergeant beauftragte sie, Stanniolpapier, Kronkorken, alte Münzen und anderes, was dort nicht hin gehörte, auf dem Gelände der Kaserne für ihn einzusammeln. Als Belohnung dafür durften sie mit einem Henkeltöpfchen ganz offiziell in die Küche und bekamen etwas Fett, das die Köchinnen dort von den umwerfend wohlriechenden Suppen abschöpften. Ida war begeistert; mit dem Fett konnte sie eine warme Suppe zaubern, mit etwas Haferflocken oder Möhren. Später, als Hannes herausfand, dass es für diese scheinbar wertlosen Dinge, die der Sergeant als *waste* bezeichnete, also Müll, auf dem Schwarzmarkt alles zu tauschen gab, behielt er immer einiges zurück und war bald nicht mehr bereit, es für ein bisschen Fett herzugeben.

Thank you, Mam, lernte mein kleiner Vater Hannes zu sagen, und yes, please, schob sein älterer, aber schüchterner Bruder Kaspar hinterher. Kaspar litt daran, nicht in die Schule gehen zu können; er war ein Bücherwurm, und die groben Kinder auf der Straße machten ihm Angst. Doch wenn er mit Hannes unterwegs war, vergaß er seine Scheu, denn Hannes fand immer etwas, das ihn ablenkte; und so ließ er sich auch zu manchem Unfug von ihm verleiten. Hannes war der Zweitälteste, der sich wie ein ältestes Kind verhielt und aufmerksam die Welt um sich herum danach anpeilte, ob es etwas Nützliches, Brauchbares oder Essbares für seine Familie gab. Er sammelte gewissenhaft Kippen ein, nahm einzelne Bretter zum Verfeuern mit und fand sogar neue Schühchen für die Puppe Rita, und Nanne lachte zum ersten Mal seit Wochen, als er sie ihr schenkte.

Sie war verstört, dass sie nun mit fremden Menschen zusammenwohnen mussten. Außerdem gruselte sie sich vor dem Plumpsklo im Hof, wo doch die Gefangenen immer wieder auftauchen konnten, auch wenn ihre Häuschen mit Herz von einer halbhohen Mauer von deren Hof getrennt waren. Überhaupt die fürchterlichen Plumpsklos! In Beuthen hatten sie ein richtiges Badezimmer gehabt, und hier? Ein Waschbecken in der Küche und die Klos im Freien! Der Geruch war so schlimm, dass Nanne es sich manchmal verkniff hinzugehen. Es gab auch wegen der Salinen unter der Stadt keine Kanalisation: Die Kübel mussten abgeholt und vor der Tür geleert werden. Wenn Ida ihr Töchterchen aufforderte, auf die Straße zu gehen und zu schauen, ob sie nicht eine Freundin fand, schüttelte sie den Kopf. Sie spielte lieber mit Karlchen, während die Mutter Hemden einweichte und schrubbte und schäumte, aufhing und abhing und bügelte und faltete.

Hamburg war wie Berlin grundlegend zerstört, und damit sich nicht noch mehr Flüchtlinge in Richtung Heide aufmachten, gaben die Briten Order, dass die Menschen dort versorgt werden sollten. So musste der größte Teil des Gemüses, das die Bauern in Bardowick angebaut hatten und nun im Sommer zu ernten begannen, und das sonst die Lüneburger auf dem Markt erhielten, nach Hamburg gebracht werden. Bardowick war von jeher im Handel auf Hamburg ausgerichtet gewesen. Der sandige Boden war ausgezeichnet für die Kartoffeln, wegen der Kalkhaltigkeit gediehen auch Roggen und Hafer, während im Norden Lüneburgs eher Viehzucht und Milchwirtschaft betrieben wurden. Doch jetzt ging es nicht um den Handel, es sollte kein Geld verdient werden, die Hamburger sollten vor dem Verhungern bewahrt werden! Die Bauern knurrten. Die Tommys fanden, die Deutschen hätten so viel Schandtaten begangen, dass man ihnen auch etwas abverlangen konnte, und schließlich ging es ja um ihre eigenen Leute.

Außer den eigenen Leuten hatten in der Versorgung sonst nämlich die Displaced Persons oberste Priorität: Tausende von Zwangsverschleppten, Zwangsarbeitern, Kriegsgefangenen, Männer, Frauen und Kinder, die durch die Nazis zu allergrößtem Schaden gekommen waren. Zwischen zwanzigtausend und dreißigtausend Menschen waren es mittlerweile, die in Lüneburg angekommen waren. Die Stadt war eine Art Verteilerstation geworden, und die Einheimischen wurden teilweise aus ihren eigenen Häusern umgesetzt zu Verwandten oder in Notunterkünfte, um diese Menschen aufzunehmen. Die UNNRA, die Hilfsorganisation der Vereinten Nationen, hatte es sich zur Aufgabe gemacht, die Displaced Persons in ihre Heimatländer zurückzuführen, und darüber hinaus verfügt, dass ihnen die höchste Zahl an Kalorien pro Tag zustand. An ihnen hatten die Deutschen wieder etwas gutzumachen. So war die Idee. Die Idee war gut, doch ihre Umsetzung brachte Probleme; denn es gab – egal nun, für wen – von allem zu wenig. Und als viele von ihnen in Bardowick einquartiert wurden und die fremden Menschen nicht wussten, wie sie die Ackerfelder und Gartenflächen zu bewirtschaften hatten, lagen diese bald brach. Unmut kam auf, und es sollte nicht besser werden: Schließlich wurde im Juni die Grenze zur sowjetischen Besatzungszone endgültig festgelegt, die »Zonengrenze« verlief in Amt Neuhaus, zwanzig Kilometer von der Stadt entfernt. Bleckede wurde tatsächlich sowjetisch, Lüneburg verlor im Umland weitere landwirtschaftliche Flächen und zugleich den Handel mit Leipzig, überhaupt mit Sachsen und Mecklenburg-Vorpommern, und das Gemüse, wenn es überhaupt angebaut wurde, nahm ja fortan nur noch Kurs auf Hamburg.

Als es wärmer wurde, saß der Eisenbahner Willi Bender oft tief bis in die Nacht draußen im Hof und sah in den Sternenhimmel. Niemand wusste sicher, ob er jemals schlief. Am Morgen stand er spät auf, trank seinen zum dritten Mal aufgebrühten Tee und saß dann auf seinem Schemel am Vormittag im Innenhof. Kaspar beobachtete ihn heimlich, wenn er seiner Mutter die Klammern anreichte, mit der sie die Hemden auf die Leine hängte. Irgendwann war die Neugier im Jungen so groß, dass er sich neben den traurigen Mann setzte und mit den Steinchen spielte. Eines Tages hörte Ida seine ruhige Stimme, als sie bei geöffnetem Fenster in der Küche Kohl und Möhren schnitt. Er erzählte dem Jungen Geschichten, sie spitzte die Ohren, was erzählte er? Aus der Bibel, Märchen, alles Mögliche, jeden Tag ging das nun so, und Kaspar freute sich schon auf die Zeit im Hof. Ida ließ ihn gewähren, wenigstens lernte er etwas und tobte nicht mit anderen verwahrlosten Kerlen auf der Straße herum wie sein Bruder Hannes, der das Toben und Draußensein brauchte, um nicht durchzudrehen.

Irgendwann hörte Ida, wie Willi Bender Kaspar von einem Mann erzählte, der von seinem Herrn gezwungen wurde, eine Horde Gänse zu töten, die er lange gehütet hatte, darunter auch seine Lieblingsgans Bertha.

Warum sollte er sie töten?, fragte Kaspar.

Er wollte sie essen, antwortete Willi Bender.

Alle auf einmal?

Der Eisenbahner Willi fiel in ein tiefes Schweigen, der Junge saß vor ihm und starrte auf den Boden und wartete. Nach einer ewig langen Pause sagte Willi Bender: Er wollte, dass er sie tötete, weil sie so lebendig schnatterten. Er wollte den Hirten zwingen, sie zu töten, um seine Macht zu beweisen.

Ida schnitt sich in den Finger, doch sie achtete nicht darauf. Sie begriff. Der Eisenbahner Willi Bender hatte zu den Erschießungskommandos gehört, von denen sie an den Anschlägen der Briten erfahren hatte. Erschießungskommandos, die jüdische Familien, Frauen, Kinder, Alte umgebracht und in Massengräber gestoßen hatten.

Ida setzte sich und fing an zu schluchzen. Sie heulte Rotz und Wasser, alles aus ihr heraus, was für schreckliche Menschen sie alle geworden waren. Dass Gott sie alle bestrafen würde für ihre große, große Schuld. Sie schluchzte und schluchzte, es schüttelte sie, bis sie nicht mehr konnte, sie rutschte vom Stuhl und legte sich auf den Boden, bis es aufhörte. Dann stand sie auf, wusch sich das Gesicht und arbeitete weiter.

5
SHAME, SHAME, SHAME

Frau Ida schäumte tief im Innern vor Wut und Scham, die Scham einer Frau, die ständig die Blicke der anderen fühlte, die der Männer, die der Einheimischen, die der Fremden; sie schützte sich und ihre Kinder mit dem wilden Schaum, der sie umgab und in den niemand hineingeraten wollte. Doch als sie da so am Boden lag und ganz still und ruhig war, zerfiel etwas in ihr und etwas anderes, wogegen sie sich gewehrt hatte, stieg auf und öffnete Ida die Augen. Die Augen, die ganz innen liegen und ganz anders sehen als die Augen, derer sie sich im Alltag bediente, und sie sah die Stadt, die Stadt voller Scham und Schande, nach der Hitlerei, als wäre alle Farbe aus ihr gewichen, noch dazu roch sie, wie sie roch, kein schöner Geruch, einer, den fortzukriegen sie tonnenweise Seife bräuchte, und plötzlich sah sie ein großes, mythisches Bild der Stadt. Das Salz, von dem die Stadt viele Jahrhunderte gelebt hatte, von der sie ihren Reichtum bezogen hatte, stieg hoch wie ihre Tränen, die Salztropfen der Nordsee, die einst hier gewesen war; hier war ein Meer gewesen, das Meer aber war eingetrocknet und hatte das Salz gelassen, und es musste abgetragen werden, mühsam, vielleicht kam daher dieser seltsam faulige Geruch, von den Siededämpfen, Schritt um Schritt, in den Schacht, und aus dem Schacht, und Glück auf, Glück auf sagten die Männer, wenn sie hinab fuhren in den Berg.

Und wie in einem Brennglas sah Ida die Stadt, die Städte, das Land, den Krieg, den Frieden, ihr eigenes Leben und das ihrer Kinder, und sie sah es, wie es sein würde und könnte, welche Möglichkeiten und welche Grenzen es haben würde. Und sie fühlte, wie Lüneburg da lag, ganz still, wie im hundertjährigen Schlaf, die Straßen, die Gebäude, die zerstörten wie die unversehrten, während doch die Menschen wuselten und wurschtelten und machten und taten. Etwas in der Stadt schlief diesen Schlaf, in dem sie auf Erlösung wartete, so wie das Dornröschen auf den Prinzen. Ein Schlaf, der äußerlich gar nicht zu sehen war. Doch wenn man nachts durch die Straßen ging, konnte man ihn riechen: diesen Schweiß, diesen nicht auszuwaschenden Schweiß des Unglücks.

Auch das alte Mütterheim, in dem Ida mit ihren Kindern lebte und in dessen Küche sie nun auf dem Boden lag, in diesem riesenhaft vergrößerten Augenblick ihres Lebens, barg einen fiesen Geruch, den von Angst und Pein, denn hier hatten junge Frauen gelebt, die schwanger geworden waren, ohne verheiratet zu sein, die sich einer Liebschaft überlassen hatten, was noch der menschlichste Beweggrund war, sich ins Kindermachen hineinzubringen, oder die sich, und hier wurde es prekär, den Allmachtsphantasien eines sich selbst anderen Menschen überlegen glaubenden Machtapparates, der Kinder einer eigenen Art züchten wollte, »Arierkinder«, so wie man Milchkühe züchtet oder besonders resistente Schweinearten. Die jungen Frauen hatten hier, in diesem Gemäuer, auf ihre Kinder gewartet, die sie, kaum zur Welt gebracht, abgaben, an *unbekannt*, zu unbekanntem Zwecke, und die die anderen beneideten, die ihre Kinder behielten, hier mit ihnen wohnten und zur Arbeit gingen, bis die Arbeit ausging und der Krieg herein. Ja und nun, nun wusste niemand mehr davon, niemand sprach davon, wohin diese Frauen und Kinder verschwunden waren, nur Ida, die auf dem kalten Küchenboden lag, spürte sie, hörte ihre Stimmen, roch ihren Schweiß, den keine Seife je aus den Dielen oder Steinen würde wegputzen können, sie spürte sie für einen aberwitzigen Moment, den sie für immer in sich hineinversenkte und abkapselte wie das Salz unter der Stadt.

Die Erzählerin verschwindet in der Geschichte, der Geschichte der kleinen Großmutter. Auch sie schämt sich, es fällt ihr schwer, von sich selbst zu sprechen, dort, wo es weh tut, und manchmal einfach so. Sie ist auch ein bisschen unzuverlässig, doch nicht mit böser Absicht, sondern eher so, wie es Menschen manchmal sind, deren Anfang märchenhaft ist. Ein geheimnisvoller, immer neue Vermutungen hervorbringender, umzudeutender Ursprung. Menschen also, deren Identität durchaus gewachsen und auch klar ist, und die dann doch im Innersten erschüttert wird. Vielleicht wurde Linda sich fremd, oder vielleicht war es etwas, das sie lange nicht wusste und kannte, etwas, das ihr selbst immer wieder entglitt, das sich nun ganz zart in ihr einen Platz suchte, sich zurecht ruckelte, sich eine eigene Beständigkeit erst herstellen musste.

So wie Lindas Lieblingsbuch von Kindesbeinen an, die *Geschichten aus Tausendundeiner Nacht* über viele Jahrhunderte weitergesponnen und geschrieben worden waren, und in denen dabei hin und wieder ein Erzähler, Autor oder Verfasser sprach, von dem man weder wusste, wer er war, noch woher er manchmal ganz unvermittelt auftauchte. Ein Buch, das in seiner allerfrühesten und erwiesenen Fassung tatsächlich auf Persisch geschrieben worden war, dann im 8. Jahrhundert – einer bewegten Zeit – ins Arabische übersetzt und fortan von dieser Sprache aus gewandert und erweitert worden war, sogar im 18. Jahrhundert bis nach Frankreich und wieder zurück in den Orient. Als Linda erfuhr, dass die Version, die sie auf ihrem Teppich als Kind hatte kennen und lieben lernen dürfen, aus dem Arabischen übersetzt worden war und nicht aus dem Persischen, das sie doch tief im Innern damit verband, erschrak sie kurz; dann aber zuckte sie die Achseln, hob die Augenbrauen und dachte: Ich habe eben das Persische darunter gespürt.

Und wer weiß, welcher Grund der tiefere war: War es, weil Linda, geliebt von Vater und Mutter, in ihren Knochen oder ihrer Seele die unbewusste Sehnsucht nach dem fernen ungestümen Perserteppichvater spürte oder weil sie als Kindchen auf eben jenem Teppich spielte, den die Mutter hingebungsvoll pflegte und hegte? In jedem Fall entdeckte sie eines Tages im Bücherschrank der Eltern, der eigentlich der ihrer Mutter war – sie war es, die leidenschaftlich gern las –, ein großes, schweres, kostbar in bedrucktes Leder gebundenes Exemplar der *Geschichten aus Tausendundeiner Nacht*. Sie schleppte das Buch, das im Verhältnis zu ihrer kleinen Person riesig anmutete, auf den Teppich, schlug mit unbeholfenen, doch vorsichtigen Fingerchen die Seiten auf und versank darin. Sie studierte, bevor sie es lesen konnte, die Zeichnungen der wunderschönen Prinzessinnen in ihren extravaganten weiten Pumphosen und den umso knapperen, ihre Bäuche freigebenden kurzen Jäckchen. Sie bestaunte die Zwerge und Kalifen mit ihren vorn nach oben gebogenen Pantöffelchen und den umso größeren Turbanen auf den Köpfen, und sie betrachtete aufmerksam fragend die zarten Kraniche mit ihren langen Hälsen, die runden Öllampen, aus denen seltsame Gestalten aufstiegen, die mit rollenden Augen ihr Gegenüber bedrohten, und sie zeichnete mit ihrem Zeigefingerchen die runden Kuppeln nach, auf den unendlichen Reihen von schlanken Türmen einer fernen, fernen Stadt ...

Die Leuphana Universität lag dort, wo früher ein Teil der Kasernen der Briten gestanden hatte, und ein Teil ihrer Wohnhäuser auch. Ein grandioser, silbern schimmernder Bau des Architekten Daniel Libeskind stand heute davor. Linda besuchte dort an ihrem zweiten Tag in Lüneburg das Symposion, zu dem sie eingeladen worden war, was der Zweck ihrer Reise gewesen war und das am Institut für Iranistik abgehalten wurde, um sich über Probleme bei Übersetzungen der zeitgenössischen persischen Literatur auszutauschen. Der iranischen Literatur, hatte der Moderator und Leiter des Symposions gesagt, er wurde vom iranischen Institut bezahlt; er hatte fettige, strähnige Haare und eine fiepende, nasale Stimme und hieß Schöppke. Er vertrat einen anderen Standpunkt als Lindas frühere Persischprofessorin, die immer gesagt hatte: Das Land heißt *Iran*, und es hieß früher auch schon mal so, doch die Kultur ist *persisch*, und die Sprache ist Persisch, *Farsi*. Es ist die Sprache, die von den meisten, aber eben nicht allen Iranern gesprochen wird, weil es ja auch Kurden gibt im Land und Aserbaidschaner. Wobei Farsi die Amtssprache war, was nun auch nicht jedem recht war, und auf der anderen Seite Persisch auch in Tadschikistan gesprochen wurde. Das Ganze war geografisch wie ideologisch höchst problematisch. Schah Reza Pahlavi I. hatte Persisch einerseits als einzige Sprache durchsetzen wollen, andererseits den offiziellen Namen Iran für das Land, mit dem Hinweis, dass es den Rückbezug auf das alte Wort Iran sei, mit dem die Bevölkerung sich selbst bezeichnete, in dem aber auch das Land der »Arier« stecke, Iranschar.

Linda hätte lieber über die vorliegenden Texte gesprochen, und irgendwie ärgerte es sie, dass immer überall der blöde Hitler raus kam, aber das schob sie beiseite. Auch wenn es sicherlich in Ordnung war, von der zeitgenössischen iranischen Literatur zu sprechen, denn sie kam ja nun mal aus diesem Land, nannte der junge Iranist einfach alles und jeden, egal aus welchem Jahrhundert, ob Rumi oder Hafis oder Ferdausi oder Hedayat, iranisch, und es kam Linda vor wie eine billige Vereinnahmung. Und von Forugh Farrochzad oder Zoya Pirzad und ein paar anderen, um die es doch eigentlich gehen sollte, wurde erstmal überhaupt nicht gesprochen. Der Symposionsleiter war mindestens fünfzehn Jahre jünger als Linda und hatte sicherlich nicht so viele persische Bücher gelesen wie sie, aber sich mit seinem Dünnbrettbachelor und Minimalmaster und einem gewissen Geschick im Umgang mit Professoren in seine Position gebracht, und er hielt sich jetzt für allen und jedem überlegen, vor allem einer freien Übersetzerin, die vor ihm saß und nicht aufhörte, von der persischen Grammatik und Syntax zu sprechen, während er nicht aufhörte, von der iranischen zu reden. Persisch wird auch noch in anderen Ländern geschrieben und gesprochen als in oder im Iran, knurrte sie. Es führte dazu, dass eine hitzige Diskussion entbrannte, zwischen Linda und ihm, die anderen Teilnehmerinnen und

Teilnehmer schien es weniger zu interessieren, über die Implikationen dieser Wörter, die natürlich hochpolitische waren, zu sprechen. Und mit einemmal hatte Linda gedacht, ich bin doch nicht von allen guten Geistern verlassen, und sie hatte mitten im Satz ihre Bücher und Zettel in die Tasche gestopft, war aufgestanden und hatte den Raum verlassen.

Das Land Iran hatte schwere Zeiten durchgemacht. Immer wieder war es von Fremden beherrscht worden, und kaum hatte Reza Schah Pahlavi I. in den Zwanzigerjahren versucht, dem Land durch Reformen auf die Beine zu helfen, was von vielen ja auch kritisch gesehen wurde, mit neuen Schulen, Transportwegen, einer neuen Gesetzgebung, Banken, war der Zweite Weltkrieg ausgebrochen und die Russen und die Briten hatten sich zusammengetan und das Land besetzt. Da war es aus mit dem *Nation Building*, zu dem die Künstlerinnen und Künstler ihren patriotischen Beitrag hatten leisten sollen, um so etwas wie eine neue iranische Identität herzustellen. Seltsamerweise hatte dieser Schöppke das verteidigt, und Linda ahnte Schlimmes. Der ist ja ein rechter Hund, hatte sie gedacht und erklärt, dass diese Nationalidee ganz schön groteske Seiten gehabt habe, wenn man es genau betrachtete. Zwei, drei Teilnehmerinnen hatten immerhin genickt. Denn 1934 hatte man in Teheran eine große Feier ausgerichtet, bei der das Werk der persischen Dichtkunst, Ferdausis *Schahname – Das Buch der Könige*, aus dem 10. Jahrhundert nach Christi, zum Nationalepos dieses neuen Iran erklärt werden sollte. Fünf Gelehrte aus Nazideutschland waren geladen, um Abu'l Qasem Mansur, genannt Ferdausi, und das tausendjährige Bestehen dieses Buchs mitzufeiern. Mit dem Tausendjährigen hatten sie es ja. Doch der jüdische Kollege Fritz Wolff, der das wichtigste Nachschlagewerk zum *Schahname* verfasst hatte, das diese Herren nun auch noch als Geschenk mitbrachten, durfte nicht mitfahren, sondern, zynisch gesprochen, nur nach Auschwitz. Der junge Iranist namens Schöppke unterschlug den Namen

Fritz Wolff ganz und gar und warf so vieles durcheinander, dass die Verwirrung immer größer wurde. Es war erstens vieles falsch und zweitens ging es wirklich zu weit. Linda hatte Verständnis für die Scham eines anderen Landes, nicht jedoch für Geschichtsklitterei. Zeugenschaft und Deutungshoheit, das waren ihre neuen Themen, und die hatte sie dem jungen Iranisten auch an den Kopf geschleudert.

So wie in diesem Seminar hatte sich Linda immer wieder einmal alle möglichen Chancen auf eine Karriere vermasselt, indem sie ihre Meinung auf lebhafte Weise kundgetan hatte. Haste mal wieder ne dicke Lippe riskiert, hätte ihr Vater gesagt, der Comic-Heftchen-Vater. Doch dass sie mittendrin aufgestanden und fortgegangen wäre, das hatte es noch nie gegeben.

Auf einer bestimmten Ebene war sie vielen Skrupeln und Unsicherheiten zum Trotz eine beständige und zuverlässige Person, man könnte sagen, sie war es geworden, seit sie Kinder bekommen hatte, drei hintereinander, mit einem Mann, den sie liebte und der sie liebte, doch sich immer gern ein Hintertürchen offen ließ, was Linda aber erst nach einer ganzen Weile bemerkte, ihrer diversen blinden Flecken wegen. Pierre, halb Franzose, halb Deutscher, den sie in einem Nachtzug von Berlin nach Paris kennengelernt hatte, hatte in ihr den Wunsch geweckt, dem Leben eine neue Form zu geben, nachdem sie durch selbiges getigert und mäandert war, mit vielen leidenschaftlichen wie losen Beziehungen. Und da auch ihm dieser Gedanke und Lindas unruhiges Wesen und ihre vielen Sommersprossen offenbar gut gefielen, waren sie, kaum hatten sie sich getroffen, zusammengezogen und hatten sich frohen Herzens und auf verrückte Weise vollkommen unbekümmert vermehrt. Nach mehreren Kindern und Jahren und übersetzten persischen und französischen Romanen hatte die Liebe sie dann verlassen wie ein Zugvogel, der vergessen hat, wohin er wieder zurück muss und sie hatten bitterlich geweint und den Vogel gerufen und gesucht, doch dann mussten sie zu einer Entscheidung kommen. Das heißt vor allem Linda, die das Unglück nicht ertrug, ohne diesen Vogel leben zu müssen, eine Entscheidung, die für sie – gegenüber der Beherztheit im Kinderkriegen – keine leichte Übung war.

Die Erzählerin überspringt viele Jahre, die Trennung, das Heranwachsen der Kinder, die Reisen und die übersetzten Bücher, bald immer mehr aus dem Französischen, da es besser bezahlt und häufiger gewünscht wurde. Sie merkt nur an, dass Linda eines Tages eine neue Liebe fand und anfing, mit allen möglichen Dingen auf dem Flohmarkt zu handeln, wobei sie feststellte, dass sie nicht nur immer wieder die schönsten alten Schreibhefte und besonderen Bücher, mit denen man das Schreiben oder eine andere Sprache lernen konnte, auf denselben fand, sondern auch ein Händchen dafür hatte, sie an geneigte Kundinnen mit kapriziösen Wünschen gewinnbringend wieder loszuwerden. Die Erzählerin macht noch darauf aufmerksam, dass Linda in ihrer geliebten Arbeit eben nicht so gut ihre Klappe halten konnte, was sie ja in Hinblick auf ihre weissagenden Träume in jungen Jahren gelernt hatte. Denn kam es auf die Wahrheit von Geschichten an, auf die richtigen Wörter in den Sätzen, kannte Linda kein Pardon.

Was allerdings die Wahrheit ihres eigenen Lebens, dieses hehre Wort, betraf, hatte Linda, zwischen Männern, Kindern und Träumen verfangen, immer wieder das Gefühl, nicht am rechten Platz zu sein. Es war ein Gefühl, das sie vor sich selbst verbarg, das sich ihr in Momenten zeigte oder besser sie traf wie ein Nerv, der sich verklemmte und daran erinnerte, wie wunderbar der Körper normalerweise funktionierte. Ein Gefühl, das in der letzten Zeit immer deutlicher geworden war und Linda vieles in Frage stellen ließ. Noch dazu verging das Leben so schnell, und plötzlich rückten überall Jüngere nach, die sich so viel besser zu verkaufen wussten und überhaupt besser wussten, wie das alles ging, mit den Aufträgen und den Auftraggebern, und Linda sah sich gedrängt, sich immer wieder etwas Neues einfallen zu lassen, sich womöglich neu zu erfinden. Nur eines wurde niemals anders: Sie suchte und fand ihren Trost, ihre Liebe, ihre Leidenschaft in Büchern. Und so einen Trost brauchte sie jetzt ganz dringend.

Sie lief von der Universität ins Stadtzentrum und suchte das Antiquariat, in dem sie an ihrem ersten Tag in der Stadt Beruhigung gefunden hatte, rund um den Marktplatz, doch es war wie vom Erdboden verschluckt. Sie lief durch die Straßen, sie lief Am Sande hinauf und hinunter, es war wie verhext. Sie fragte nach dem kleinen Antiquariat mit der kleinen grauhaarigen Frau, doch die Leute schüttelten den Kopf und der Laden blieb verschwunden.

Linda gab auf, vom Laufen war ihr warm geworden. Sie fühlte sich etwas besser, und nun fing sie an, nach etwas anderem zu suchen. Sie wanderte durch die Straßen und suchte nach dem Kino auf der Neuen Sülze, in dem ihre kleine Großmutter gearbeitet hatte. Dieser Straßenname war ihr wieder eingefallen. Sie fand davon keine Spur, nur in der Reichenbachstraße entdeckte sie das *Capitol*, dessen Name auf ein Kino verwies, obwohl sich jetzt eine Kneipe darin befand, kein Lichtspielhaus. Sie fragte Passanten, doch sie schüttelten den Kopf. Sie suchte das Kaufhaus der Engländer, das irgendwo am Markt gewesen sein musste, doch nirgends gab es ein Hinweisschild, genauso wenig wie irgendwo eine Tafel: Hier haben einmal die Briten ihr Headquarter gehabt oder hier spielten sie abends Karten, wenn sie Heimweh nach Manchester, Leicester, Liverpool oder Leeds hatten, oder hier tranken sie ihr Bier, in den Kneipen, in denen nur Briten verkehrten, oder im Rotlichtviertel, das nur für sie eingerichtet war. Und Linda wusste, sie suchte zugleich nach etwas, das sie nicht benennen konnte, und das in ihr eine tiefe Schwermut hinterließ. Sie mied das persische Lokal, aß nur appetitlos Spinat mit Reis in einem indischen Imbiss und ging früh zu Bett, unter ihren hellen Baldachin.

In der Nacht dann träumte sie, sie stand oben auf einem Berg, sie sah sich selbst, als wäre sie doppelt oder zumindest eine fliegende Filmkamera, die sie umkreiste. Sie stand aufrecht wie eine Turnerin, graziös, gestreckt, in einem Badeanzug, doch dann sah sie selbst oder sah die Kamera, die sie war: Sie hatte nur einen Arm. Sie hatte den Arm, den sie besaß, gehoben, sich gestreckt und war im eleganten Kopfsprung, anmutig gedehnt bis in die Zehenspitzen, in den tiefen Bergsee unter ihr gesprungen. Sie war untergetaucht, tief in das klare Wasser, und sie war geschwommen und geschwommen, mit dem einen Arm. Ganz still, irgendwo in einem Winkel dieses Traums, hatte sie gedacht: Es geht besser als vermutet. Doch vielleicht wäre es schöner mit zwei Armen.

Als sie erwachte, schmeckten ihre Lippen salzig. Ihr ganzes Gesicht fühlte sich trocken an und salzig.

Viele Jahre gingen ins Land, in denen der junge stürmische Mann und seine erste große Liebe sich nicht sahen. Die Unruhe, um nicht zu sagen Rastlosigkeit des jungen Mannes, der sie und die Folge ihres gemeinsamen Flugs auf dem Perserteppich nicht sehen durfte, sie jedoch nicht eine Minute lang vergessen konnte, trieb ihn fort aus ihrer Nähe, und zog ihn schließlich in die weite, weite Welt. Der Perserteppich aber, der ihm die Pforten zum Paradies der Liebe geöffnet hatte, blieb sein Kompass fürs Leben. Und so wurde der junge Kindsvater ohne Kind, nach einer nützlichen technischen Ausbildung, nach der Neugründung einer Familie sogar, was man leicht vermuten kann: ein Teppichhändler. Doch nur für die kostbarsten Stücke! Immer weiter führten ihn seine Reisen, dorthin, wo diese Wunderwerke hergestellt wurden, nach Teheran und Isfahan, Täbris und Kashan. Dann erweiterte er seine Kreise und Waren; Parfüms, Öle, Schmuck und exotische Früchte kamen hinzu, und diese fand er in allen Himmelsrichtungen, doch vornehmlich in denen des Nahen Ostens, bis er eines Tages eine ganz eigene Liebe zu einem Land und seinen Leuten entdeckte, das ihm Trost und Leichtigkeit und für eine Weile fast ein wenig Vergessen schenkte: das Land der Zedern und Zypressen, das geheimnisvolle Land der Händler und der Lebensfreude, den schönen Libanon.

6
ANGEWANDTE THEORIE

Wer Vertrauen erweist,
nimmt Zukunft vorweg.
NIKLAS LUHMANN

Die Schwiegermutter Elschen kam jetzt oft zu Ida und den Kindern in die Reitende-Diener-Straße. Das lass' ich mir nicht verbieten, sagte sie.

Sie hütete die Kinder, las ihnen vor, stopfte die Strümpfe für die Gefangenen, während meine kleine Großmutter die Hemden plättete; sie ließ bei den Hosen der Jungen den Saum heraus, denn die Jungen wuchsen trotz mieser Ernährung wie rasses Gras und schossen in die Höhe. Omi Else fand auch immer noch irgendwo einen Knopf, wenn einer abgerissen war, und hielt Ida auf dem Laufenden, was bei Dorothea und Justus so los war. Denn Ida mied es nach wie vor, die Schwägerin zu besuchen; die schlimme Zeit bei ihr saß ihr noch in den Knochen. Es war auch nicht gerade so, dass Dorothea sie dazu aufgefordert hätte. Das Geschäft mit den Schuhen für die Briten war angelaufen, schleppender als Dorothea es sich wünschte, aber Justus hatte ja auch nur eine kleine Schusterei und arbeitete den ganzen Tag und auch hin und wieder nachts, so gut er konnte. Das Problem war die Materialbeschaffung. Es gab einfach zu wenig Leder.

Manchmal, wenn sie so beisammen waren und Karlchen nicht gerade auf dem Schoß seiner Großmutter saß, kletterte Nanne hinauf und bat die Omi zu erzählen oder vorzulesen. Und einmal sagte sie: Erzähl mir was von Vati, als er klein war!

Ida wurde schwer ums Herz, Omi Else schluckte dreimal und zögerte, doch dann begann sie, der Kleinen von ihrem Vater zu erzählen. Wie er als Kind Rollschuh fuhr, eigentlich ja wie ein Mädchen, und dann Fahrrad, wie ein geölter Blitz! Und wie er unbedingt ein Motorrad hatte haben wollen. Wie er dann, als er etwas älter wurde, die Welt der Bücher entdeckte und sehr viel las, obwohl er doch immer so einen Bewegungsdrang hatte. Nanne hörte genau zu, es war ihr kleiner Augenblick mit der Großmutter, ihr eigenes persönliches Momentchen. Wenn die Jungen hereintobten, die draußen herumgestrolcht waren, legte sie den Finger an die Lippen und schmiegte sich an die Großmutter. Auch Ida hörte gern, was die Schwiegermutter aus Magdeburg erzählte, es brachte sie ihrem Mann näher, auch wenn es ihr noch immer schwer fiel, seine seltsame Familie zu verstehen.

Menschen zerstören, Menschen bauen wieder auf, es ist ein altes Lied.

Die Briten waren schon einmal als Besatzer in Deutschland gewesen, mit den Franzosen, Amerikanern und Belgiern, ihr Gebiet war das Rheinland gewesen, von Aachen über Trier und Köln bis nach Mainz und Wiesbaden: Daher hatten sie sich *BAOR – British Army of the Rhine* genannt und hießen noch immer so. Sie waren damals angetreten, um die Wiederbewaffnung Deutschlands zu verhindern, was ihnen letzten Endes misslang. Jetzt, nach dem Desaster des Zweiten Weltkriegs, gestand sich mancher hochgestellte Commander ein, dass sie damals die demokratischen Kräfte im Land nicht genügend unterstützt hatten, so dass schließlich Hitler hatte an die Macht kommen können. Sie waren entschlossen, es dieses Mal besser zu machen. Neben den Officers der niederen Ränge, die den meisten Kontakt zur Bevölkerung hatten, waren es diese leitenden Militärs, höchst unterschiedliche Charaktere, die die Geschicke des Landes auf der offiziellen Ebene zu gestalten hatten.

Field Marshal Bernard Law Montgomery etwa, erster Viscount Montgomery of Alamein, der nicht nur am 4. Mai 1945 die Kapitulation Deutschlands in Lüneburg für die Seite der Alliierten unterzeichnet hatte, sondern auch als Erster Commander für Deutschland eingesetzt blieb, hatte selbst im Ersten Weltkrieg gekämpft und war verwundet worden. Er hatte nach der Zeit der Besatzung im Rheinland in Irland, Ägypten, Indien und Palästina als Major die britischen Truppen geleitet und war einer der bekanntesten britischen Generäle. Natürlich immer im Glauben, das britische Empire bringe, wohin es auch gehe, Ordnung ins Chaos, Bildung und Wohlergehen, demokratische Prinzipien. Um das schlechte Image der Kolonialherren loszuwerden oder auch, anders gesagt, diese guten Absichten nach vorn zu stellen, wurde dann ja auch lieber vom Common Wealth of Nations gesprochen. Der Glaube an das Empire war in den Köpfen vieler Kommandeure so tief verankert wie der Glaube an Gott, und das, obwohl etliche von ihnen schon als Kinder gar nicht lange Zeit in England gelebt hatten. Im Zweiten Weltkrieg, als es vor allem darum ging, die deutschen Truppen zurückzudrängen, die rechts und links, südlich und nördlich die Welt zu erobern gedachten, waren die Schlachten von Dünkirchen, in Nordafrika El-Alamein und schließlich die Invasion der Normandie mit dem Namen Montgomery verbunden. Ein schmaler, ruhiger Mann, den manche als Asketen beschrieben. Ihm zugeordnet waren Männer, die zwar in Kriegen, jedoch weniger im zivilen Bereich erfahren waren:

der Marshall of the Royal Air Force Sholto Douglas, General Brian Robertson sowie General Alec Bishop.

Im Frühling 1945 hatte Bernard Law Montgomery seine Männer an die selbst miterlebte Besatzung Deutschlands nach dem Ersten Weltkrieg erinnert. Bald, so hatte er erklärt, hätten sich die Soldaten mit den Deutschen angefreundet. Sie wären in ihren Häusern ein- und ausgegangen – manche Briten hätten später dann geradezu von einer Art Urlaubszeit gesprochen – und hätten dadurch verhindert, das Ziel der Besatzung zu erreichen: die Bestrafung, Kontrolle und Umerziehung der Deutschen nach dem Krieg. Daher verschärfte er, Montgomery, das Gebot, sich auf keinen Fall zu »fraternisieren«. Kein Händeschütteln, keine Geschenke, keine gemeinsamen *social events*, wie er es in seiner Instruktion formulierte.

Doch nach wenigen Wochen in Deutschland, angesichts der Misere, die er und seine Männer vorfanden, bröckelte diese Vorstellung. Dieses Land wäre ja gar nicht in der Lage, irgendetwas anzustellen. Dieses Land lag am Boden und musste vor dem Hungertod geschützt werden. Das Menetekel sah Montgomery schon drastisch an der Wand und bearbeitete nun die Regierung in London. Er schrieb an Churchill persönlich. Statt Restriktionen sollten sie die Orientierung ändern: *Hope for the Future*, Hoffnung für die Zukunft, sollte nun die Devise lauten. Statt negativer Direktiven sollten nun gemeinsame positive Ziele formuliert werden: Aufbau, Ernährung, Demokratie. Denn Armut, so wusste Marshal Montgomery aus Erfahrung, auch in England, führte früher oder später zu sozialen Unruhen. Aber daran war noch gar nicht zu denken, *first things first*, sagte er, es ging ganz einfach darum, die Menschen vor dem Verhungern zu bewahren. Tausend Kalorien am Tag waren in der aktuellen Situation kaum zu erreichen, dabei sollte ein erwachsener Mensch mindestens zweitausend am Tag bekommen, genau diese Menge galt bereits als Notration! Es gibt keine Abkürzung zurück zum Wohlstand, sagte Montgomery, und unser langfristiges Ziel ist nichts weniger als der Wiederaufbau der europäischen Zivilisation.

∽

Eines Tages lief Ida durch die Heilig-Geist-Straße und kam bei einem Café vorbei, das einige der Lüneburger, die ein Gefühl für ihre Schuld hatten, eigens für ehemalige Gefangene des Konzentrationslagers Bergen-Belsen eingerichtet hatten. Ida warf nur einen flüchtigen Blick hinein, sie wollte nicht neugierig erscheinen, und entdeckte zu ihrer großen Überraschung Dorothea. Wie angewurzelt blieb sie stehen. Dorothea saß an einem der Tische, mit einem Mann, der ausgemergelt aussah, sich ihr aber lebhaft zuwandte. Das gab es doch nicht! Ida sah noch einmal hin, doch, ohne Zweifel, es war Dorothea. Dorothea sah den Mann an, sie lachte, und dann, Ida rieb sich die Augen, nahm sie seine Hand, legte sie an ihre Wange und sah ihm lange in die Augen.

Ida rannte fort, als wäre sie ertappt worden, was ja halb wahr und halb unwahr war, beim heimlichen Zuschauen. Sie lief verwirrt durch die Bäckerstraße und die Untere Schrangenstraße und noch einmal zurück in Richtung des Cafés, dem sie sich ganz langsam näherte, für den Fall, dass Dorothea herauskommen oder herausschauen würde. Als sie am Fenster des Cafés ankam und hineinsah, war Dorothea verschwunden, und auch der Mann, mit dem sie dort gesessen hatte. Hatte sie sich getäuscht? Hatte sie wirklich ihre Schwägerin gesehen, im trauten Gespräch mit diesem fremden Mann?

Hatte sie ihn nicht erst jetzt kennengelernt, sondern schon früher? War das ihr Geheimnis? War sie deshalb so verschlossen? Was war das? Ida verstand vieles, doch das wollte alles nicht zusammenpassen! Hatte Dorothea die hundertprozentige Nazitante gegeben, um ihre Liebe zu einem

Juden zu verbergen? Oder war sie jetzt hingegangen, um zu helfen, und hatte ihn neu kennengelernt? Warum wollte sie plötzlich den Juden helfen? War es Berechnung, um bei den Engländern gut dazustehen? Ida konnte sich alles vorstellen, und doch nicht. Hatte sie ihn wirklich schon vor dem Krieg gekannt? Wo hatte sie ihn getroffen? War er nicht weggegangen, bevor die Nazis die Juden geholt hatten, um in ihrer Nähe zu bleiben? Was war das nur für eine Geschichte? Ida schüttelte den Kopf, sie lief langsam nach Hause, sehr langsam.

Im August wurde eine neue Zeitung von der Militärregierung herausgegeben, die *Lüneburger Landeszeitung*, im August schwappte eine neue Welle Flüchtlinge aus Ostpreußen, Posen und Pommern nach Lüneburg, und im August fuhr meine kleine Großmutter wie viele andere Frauen mit dem Fahrrad zum Hamstern nach Hamburg, siebzig Kilometer weit.

Sie trat in die Pedale des Fahrrads, das sie sich von Frau Meierhoff ausgeliehen hatte und das sich zum Glück für ihre Größe einstellen ließ, als hätte sie niemals ein anderes Fortbewegungsmittel genutzt. Sie legte sich in die Kurven, schnaufte die sanften Anstiege der Heide hoch und ließ sich beherzt wieder hinunterrollen. Wie viel Fahrrad fuhren die Frauen doch in dieser Zeit! Der Himmel war blau, hier und da ein Wolkenfetzchen; es blühte der rote Mohn, die Kornblumen kamen auch schon in Gang. Sie übernachtete in einem winzigen grünen Zelt, das sie ebenfalls von Frau Meierhoff geliehen hatte, die es wiederum in den Sachen ihres im Krieg gefallenen Sohns entdeckt hatte. Ida sah Kühe, die sie reichlich dünn fand, und ein paar Schafe, die blökten, als sie mit dem Rad anhielt und ihnen beim Rupfen und Malmen zuschaute. Drei hatten schwarze Ohren und sprangen um die Pflöcke herum, an denen sie mit einem Seil festgebunden waren. Ihr habt ja gute Laune, sagte meine kleine

Großmutter. Fresst nur, fresst, bald werdet ihr gefressen. Das ist das Lied der Welt. Sie wusste nicht, ob sie sich darüber freuen sollte, die Schafe sahen sie so freundlich an, das eine wackelte mit den Ohren. Sie sagte Ade, fuhr weiter, die Weiden waren grün, die Bäume waren grün, es gab ein helles Grün, ein zartes, ein bläuliches, das dunklere Schatten warf, es gab weißes Wiesenschaumkraut und gelbe Butterblumen, und sie blühten und wuchsen, als wäre nie etwas geschehen. Die Sonne stach, die kleine Großmutter achtete nicht auf die Hitze, sie achtete nicht auf die Blasen an ihren Füßen, so sehr genoss sie es, durch Fluren und Wiesen und Wälder zu radeln, ohne Angst vor Soldaten oder Bomben. Nur vor ein paar marodierenden Gefangenen, die entfliehen konnten, hatte man sie gewarnt, und vor Männern, die desertiert waren und sich noch immer in den Wäldern versteckten. Doch bis hierher sah sie nur dünne Kühe und vergnügte Schafe.

Sie fand den Schwarzmarkt am Hafen, der Geruch wies ihr den Weg. Salz, Arbeit, Fisch, in der zertrümmerten Stadt. Sie schob ihr Fahrrad, ließ es nicht eine Minute los. Tauschte Zigaretten gegen ein Stück Käse und Zucker, die alte Uhr gegen Mehl, Einmachzucker und eine Schwarte Speck. Ein Seebär von einem bärtigen Mann mit blitzenden Augen bot ihr ein Fischbrötchen an, sie wollte es schon annehmen, da fiel sein Blick ein bisschen zu frech auf ihren Unterleib. Nein, Freundchen, rief sie, so nicht!, und schwang sich auf ihr Rad.

Hamburg war so kaputt wie heute Aleppo und Damaskus.

Einige Male fuhr sie hin, und auf dem Weg zurück nach Lüneburg hielt sie immer wieder an. Sie taxierte die Höfe, betrachtete Stallungen. Waren die Holzstapel sorgfältig gestapelt? War der Bauer überhaupt da? Oder gefallen? Hielt der Bauer die Dinge in Ordnung? Dann würde er einen Sinn für Abmachungen haben. Wer seinen Hof verlottern ließ, kam nicht in Frage; er wäre vermutlich habgierig oder unzuverlässig. So dachte die kleine Großmutter. Sie suchte einen Bauern, einen ganz bestimmten. Das Silberbesteck hatte sie aufgehoben; es lag zu Hause, sicher versteckt. Sie suchte einen Bauern, dem sie vertraute.

Denn die liebe Schwiegermutter, Elschen, schwächelte wieder. Seit dem späten Winter hüstelte sie, der Husten wurde immer schlimmer, obwohl es doch Sommer war und warm, und sie, die schon recht dünn war, verlor erneut an Gewicht, ihre Augen sanken tiefer in die Höhlen. Sie brauchte etwas zu essen, etwas, das ihr Kraft gab. Die kleine Großmutter wusste ja, was sie liebte. Eier und Speck. Vielleicht ein bisschen mehr. Und die Kinder brauchten auch so etwas, das ihnen Kraft gab. Die kleine Großmutter, Frau Ida, wie die Nachbarn sie nannten, suchte einen Bauern, der ihr ein Schwein verkaufte. Das Schwein musste jedoch bei ihm bleiben; auch wenn es geschlachtet wurde. Sie durfte nur peu à peu ein Stück Fleisch mitbringen, eine halbe Wurst oder ein Stück Schinken, sonst würden die Mitbewohner missgünstig und auch Dorothea, wenn sie es der Schwiegermutter brachte; womöglich würde sie ihr das Fleisch wegnehmen, man wusste ja nicht. Die kleine Großmutter wollte ein Schwein kaufen, für die Schwiegermutter, die schwächelte. Für ihre Kinder, die ihre Omi brauchten. Für ihren Mann, der an ihr hing. *Liebes,* hatte Kurt geschrieben, im ersten Brief, den sie nach der Postkarte aus seiner Gefangenschaft erhielt, *Liebes, mir geht es gut. Doch ich sorge mich um euch und um meine Mutter. Mein Vater ist zäh, und Dorothea kommt gut zurecht. Kümmere du dich um sie, ich möchte sie noch einmal sehen!* Fünf Mäuler hatte Ida zu stopfen, wie man sagte, doch wie sollte sie ihm seinen Wunsch abschlagen? Wenn ein Mann seine Mutter liebt, liebt er auch seine Frau, sagte sie sich und sah sich um: Wem konnte sie vertrauen?

Nun begann der schwierigste Teil. Sie sprach drei, vier, fünf Bauern an, auf dem Weg. Kaufte hier ein paar Eier, dort zwei Köpfe Kohl, obwohl der noch vom Winter war, dort sogar ein halbes Huhn. In Lüneburg und in der unmittelbaren Umgebung gab es so wenig, und das Wenige wurde ja auch noch nach Hamburg gekarrt, auf Anweisung der Briten. Sie wechselte ein paar Worte mit den Bauern, hörte heraus, ob sie etwas gegen Flüchter hatten oder das Herz auf dem rechten Fleck. Schließlich zog sie zwei in die engere Auswahl; nach einem Kauf von Eiern entschied sie sich für den, dessen Hof mittelgroß, aber am freundlichsten gehalten war. Der Hühnerhof war sauber gekalkt, der Stall duftete frisch nach gewendetem Heu, vor dem Küchenfenster standen Blumen, seine Frau war schwanger.

Wie viel im Leben beruhte auf Vertrauen? Woher wusste sie beim Blick in diese etwas wässrig blauen Augen, ob er das Schwein, für das sie ihm jetzt ihr Silber hergab, nicht am Ende selber fraß? An welcher Einzelheit in seinem Gesicht oder am Zusammenspiel von mehreren? Wegen welcher Geste, welchem Blick entschied sie: Er wird es nicht tun? Sie betrachtete die Hände des Mannes, schwielig waren sie, wie bei jedem Bauern, die Fingernägel voller Erde, obwohl er sie geschrubbt hatte, das sah sie, ganz rot war die Haut. Sie sah in die Augen seiner Frau, die mit der Schürze einen Meter von ihnen entfernt stand, mit einem Kindchen auf dem Arm und dem dicken Bauch. Womit erweckten gerade sie ihr Vertrauen?

Man kann mit dem Silber eine neue Egge kaufen, sagte die Frau in diesem Augenblick, als könnte sie die Gedanken der kleinen Großmutter lesen. Mit einem Schwein kann man das nicht.

Die kleine Großmutter nickte.

Schweine haben wir genug, sagte der Bauer, die Alte hat vier geworfen, und alle taugen was, alle haben wir groß gekriegt. Er sagte es ruhig, sachlich.

Die kleine Großmutter hatte entschieden, sie nickte, sie brauchte jetzt kein Wort mehr, sie schlug ein, der Bauer schlug ein, die Frau schlug ein. Der Bauer holte eine Flasche selbst gebrannten Korn, sie stießen an. Beredeten, wann die kleine Großmutter wiederkommen konnte, in welchen Abständen, was sie als Erstes mitnehmen wollte. Sie reichte dem Bauern Heiner Fries das Silberbesteck, in ein Leinentuch gewickelt, komplett für zwölf Personen, ihren größten Besitz aus der Heimat.

Und plötzlich, unter dem strahlend blauen Himmel der Heide, sah sie sich selbst, wie sie humpelnd, wegen des abgenommenen Gipses, mit Karlchen auf dem Arm, in der freien Hand den schweren Koffer, die anderen Kinder um sie herum, ihr Haus verließ, bei Eis und Schnee. Das Silber kam immer nur an Feiertagen auf den Tisch.

Wer Vertrauen erweist, nimmt Zukunft vorweg, würde Niklas Luhmann zwanzig Jahre später schreiben, der Sohn des Lüneburger Brauereibesitzers, der in der Verwaltung begann und ein berühmter Soziologe wurde, ein paar entscheidende Jahre älter als mein kleiner Vater, er hätte sein Fußballtrainer sein können, wäre er denn ein Fußballtrainer für Jungs gewesen. Ihre Wege nahmen verschiedene Verläufe, der eine liebte meine Mutter und der andere schrieb ein Buch über *Liebe*.

Der Bauer schenkte Ida noch einen Schnaps ein. Die kleine Großmutter lachte sogar kurz auf. Er war ein guter Mann, und er kapierte.

Schwein gehabt, kleine Großmutter!

Irgendwann in dieser Zeit, als es Hochsommer war und sehr, sehr heiß, und Ida verschwitzt, aber zufrieden von einer ihrer Hamsterfahrten zurückkam, erzählte der Eisenbahner Willi Bender gerade den Kindern das Märchen von der Mäuseprinzessin, und die Kinder saßen mit großen Ohren da und lauschten, und Karlchen schlief selig auf dem Boden auf seinem Deckchen, das die Kinder aus seinem Bett geholt hatten.

Nachdem Willi Bender geendet hatte, strich er allen über die Köpfe, verließ das Haus, lief über die Felder in die Heide hinein, immer an der Ilmenau entlang, und ward nicht mehr gesehen. Zwei Wochen später fand man seinen leblosen Körper, in den Taschen schwere Steine. Eddie, der Friseur, Hugo Schikorra, der Weichensteller, Ida und die Kinder gingen zur Beisetzung auf den Friedhof oberhalb der Stadt, hinter der Michaeliskirche und dem Mönchsgarten. Man begrub ihn am Rande der Friedhofsmauer, wo die Menschen hinkamen, die selbst über den Tod entschieden hatten und nicht der liebe Gott.

Auf Wiedersehen, Willi Bender, sagten die Kinder.

Auf Wicdersehen, Willi Bender, sagte Ida.

7
UND DANN

Und dann war er wieder da, ihr Mann.

Der Mann meiner kleinen Großmutter, mein Großvater also, den ich nicht kannte, kam nach vier Monaten Gefangenschaft zur Familie nach Lüneburg. Von Heimkehr ließ sich ja nicht sprechen, denn in die Heimat ging es ja, wie es aussah, gar nicht mehr zurück. An einem schönen Tag Ende September stand er plötzlich in der schaumgekrönten Küche in der Reitenden-Diener-Straße und Ida hätte beinahe die Kanne mit dem brühend heißen Wasser vor lauter Freude fallen gelassen. Kurt, schrie sie, Kurt, und dann lagen sie sich in den Armen. Man kann sich leicht vorstellen, was in den folgenden Tagen los war in diesem Haus, nicht umsonst heißt die Göttin der Liebe, Venus, auch die Schaumgeborene, oder anders gesagt, mit einem Vers des deutschen Dichters Rückert: *der liebe füllet mit seligem behagen / der erde tiefen und der meere schaum.*

Kurt war noch schmaler geworden, seine Wangenknochen standen markant hervor und gaben seinem Gesicht einen Ausdruck, den Ida bis dahin an ihrem Mann noch nie gesehen hatte. Hoffentlich wirste mir jetzt nicht ganz vergeistigt, sagte sie und sah ihn mit großer Zärtlichkeit an. Seine braunen Augen, die jetzt tiefer lagen, blitzten versuchsweise, doch es war eher ein melancholisches Lächeln, das er zustande brachte. Er wirkte müde, die Haut war trocken und faltig geworden, die Hände hatten Schwielen und Risse von der Arbeit im Gefangenenlager. Seine Haltung aber war gerade und gespannt wie eh und je, und nach ein paar Tagen und Nächten mit seinen Liebsten strahlte er, ganz von innen, sagte Ida. Und dann umarmte und herzte sie ihn. Die Kinder sahen es und staunten und freuten sich mit ihren Eltern und für sich selber auch.

Nanne, die den Vater so schmerzlich vermisst hatte, kam immer wieder zu ihm gelaufen und fragte, Vati, bleibst du denn jetzt wirklich bei uns? Und auch Hannes und Kaspar suchten, wie Jungen es eben so tun, mit ruppiger Herzlichkeit seine Nähe. Nur Karlchen fremdelte ein wenig, doch bald saß auch er auf des Vaters Schoß und lachte, wenn der ihn manchmal hochwarf.

Wie schön es war, wenn sie alle zusammen bei Tisch saßen! Eddie und selbst der Schlosser Schünemann freuten sich; die tüchtige Frau Ida war nach Willi Benders Tod doch etwas bedrückt gewesen. Schon nach ein paar Tagen fragten die Männer Kurt, ob er nicht mal den dritten Mann beim Skat geben würde. Aber nicht so lang!, rief Ida, die ihren Kurt am liebsten für sich allein gehabt hätte.

Der September war ein ereignisreicher Monat, nicht nur für die Familie. Im September begann in der Turnhalle der Lindenstraße der erste Prozess gegen deutsche Kriegsverbrecher, gegen SS-Leute, aber vor allem gegen die »Kapos«, die Aufseher und Aufseherinnen des Konzentrationslagers

Bergen-Belsen, und andere Mitarbeiter des Lagers. Auch Angehörige der Lagerverwaltung von Auschwitz–Birkenau kamen vor Gericht. Einige der achtundvierzig Angeklagten entzogen sich durch Selbstmord, viele leugneten, manche versuchten, die Vorwürfe abzuschwächen und einige blieben beim »Stolz auf das Vaterland«, für das sie alles getan hätten, was man ihnen nun anlastete. Journalisten aus der ganzen Welt waren nach Lüneburg gekommen, um den Prozess zu verfolgen, und die Öffentlichkeit erfuhr nun im Detail, was Wörter wie »Selektion« bedeuteten und was in den Gaskammern geschehen war. Dieser Prozess fand vor dem britischen Militärgericht statt und wurde auf der Grundlage britischen Rechts geführt.

Kurt verfolgte die Berichterstattung mit großem Interesse. Die Engländer, sagte er zu Ida, haben Grundsätze. Wir können von Glück reden, dass wir in ihrer Zone gelandet sind.

Für die Kinder brachte der September etwas Normalität mit sich: Hannes, Kaspar und auch Nanne gingen nun alle drei in die Marien-Schule in der Wallstraße, zusammen mit Lüneburger Kindern und anderen Flüchtlingskindern, alles bunt gemischt, und Karlchen fand einen Platz im Marien-Kindergarten. Die Briten hatten die Schulen neu eröffnet. Die Lehrerinnen und Lehrer waren in den langen Ferien auf ihre neuen Aufgaben vorbereitet worden und mussten weitere Fortbildungen besuchen. Das Nazizeug musste raus aus ihren Köpfen, der schlimme Antisemitismus. Die Briten takteten sie seit der ersten Minute auf Demokratie und gegen Rassismus ein. Auch wenn manch ein Bewohner des Common Wealth sicherlich gedacht haben mochte, dass sie darin auch noch etwas Fortbildung bräuchten. Nichtsdestotrotz: Die Befreier und Besatzer hatten die allergrößte Sorge, dass die Kinder in Deutschland so würden wie ihre Väter. Doch wenn man in den Klassen in der Wallstraße fragte, hatten überhaupt nur zwei von vierzig Kindern einen Vater. Einen Vater, der da war. Ein Teil der Väter war gefallen, ein anderer in Kriegsgefangenschaft und lange, lange fort.

Umso glücklicher war die kleine Rasselbande von Frau Ida, dass sie jetzt wieder einen Vater hatten! Einen Vater, der sogar arbeiten durfte und kein Nazi gewesen war, sondern die Weisheiten von chinesischen Männern kannte. Ein Vater, der Geld nach Hause brachte. Denn schon zwei Wochen nach seiner Ankunft wurde er als Mitarbeiter bei der britischen Behörde angestellt, die für die Registrierung der Kriegsheimkehrer zuständig war. Er nahm die Personalien der Männer auf, die nach und nach aus der Gefangenschaft kamen und, bevor sie ein neues Leben beginnen konnten, auf ihre Tätigkeit und Haltung im Dritten Reich überprüft wurden. Die Behörde, für die Kurt jetzt arbeitete, stellte nämlich die berühmten Persilscheine aus. Persil, wie das Waschmittel hieß, das sich Ida leider nicht für ihren wunderbaren Waschsalon leisten konnte. Weiße Weste, weiß gewaschen, wie auch immer: Diesen Schein erhielt nur, wer glaubhaft kein Nazi gewesen war und sich nichts zuschulden hatte kommen lassen. Wobei natürlich auch einiges erfunden und die Wahrheit reichlich umgedeutet wurde.

Meine kleine Großmutter und ihr Mann, mein Konfuzius und Laotse lesender Großvater, waren erleichtert. Dass sie nun gemeinsam genug verdienten, um sich und die Kinder halbwegs ernähren zu können. Erleichtert, dass Frieden war; erleichtert, dass sie alle unversehrt zusammen waren. Auch wenn jetzt nicht mehr so viel Zeit fürs Lesen blieb. Die Kinder liefen vergnügter in den Tag, ihre Mutter lachte wieder öfter, sie mussten sich nicht so viele Sorgen machen, weil sie sich Sorgen machte, denn dafür war ja jetzt der Vater wieder da.

8
... NICHTS LOGISCHES

Es gibt kein perfektes Leben, dachte die kleine Großmutter, als sie an einem eisigen Tag Ende Februar durch ein heftiges Schneetreiben nach Hause lief. Sie kam von Dr. Martens zurück, dem einzigen Frauenarzt in Lüneburg, und stapfte und rutschte durch die weiß bedeckten Gassen und schlidderte am Ochsenmarkt entlang. Es gibt kein perfektes Leben, dachte sie noch einmal, wir haben kaum genug, die vorhandenen Mäulchen zu stopfen, da meldet sich noch eins an. Und dann fing sie an zu pfeifen, und als sie in die Reitende-Diener-Straße bog, stellte sie fest, dass es *Mein lieber Schatz, bist du aus Spanien* war, eine ausgesprochen heitere, um nicht zu sagen überschäumend vergnügte Melodie mit einem nachgerade unsinnigen Text.

Wir nennen es Benjamin, sagte ihr Mann und umarmte sie wie verrückt, es wird unser jüngstes Kind, unser Nesthäkchen, unsere Hoffnung.

Niemand zog in Zweifel, wie unvernünftig es war, ein Kind zu bekommen. Abgesehen davon, dass meine kleine Großmutter und ihr Mann katholisch waren, wäre es ihnen niemals eingefallen, dieses Kind anders als ein vom Schicksal verfügtes Ereignis zu sehen. Sie wussten von Engelmacherinnen, und sie wussten von Frauen, die sich nicht anders zu helfen wussten. Am schlimmsten war es im Krieg gewesen, wenn eine Frau durch eine Vergewaltigung schwanger geworden war und sich nicht einmal traute, es zu sagen. Dann, nach dem Krieg, gab es schon die ersten verbotenen Liebschaften zwischen den Tommys und den deutschen Frauen, mit denen Umgang zu haben ihnen eigentlich verboten war. Und es gab Frauen, die das Engelmachen nicht überlebt hatten.

Wie würde meine kleine Großmutter den Kopf schütteln, wenn sie von diesem bitterkalten Februar 1946 aus sehen könnte, wie schnell heute eine Situation als untragbar für eine Schwangerschaft betrachtet wird. Wie überhaupt so viel Leben und Sterben ins Entscheidungsfeld von uns armen Menschen fällt.

Sie pfiff, sie übergab sich am Morgen, sie hatte ständig Hunger, und manchmal wurde sie wütend, und natürlich, manchmal war auch sie verzweifelt, wie denn das alles gehen sollte, doch das Glück, ihren Mann Nacht um Nacht in den Armen zu halten, dass sie alle, die Kinder, ihre eigenen Eltern, seine Eltern, wie durch ein Wunder den Krieg heil überstanden hatten, gipfelte für sie in diesem kleinen Wesen, als hätte der liebe Gott ein Zeichen für die Zukunft geschickt. Es war ihre fünfte Schwangerschaft, sie kannte den Koller der ersten Monate, sie wusste auch, dass sie bald darüber hinaus sein würde und dann in diesen herrlich unbekümmerten Zustand fallen würde, in der ihr alles am Sonstwo vorbeigehen würde, ein weiser Schutz, den die Natur eingerichtet hatte, dieses Schweben der Schwangeren in den mittleren Monaten, in denen sie unerklärlich viel Kraft haben würde. Man muss das Leben manchmal machen lassen, sagte sie zu ihrem Mann, der lachte, ich hätte gar nicht gedacht, antwortete er, dass dir das Leben das Kindchen gemacht hat.

Tatsächlich wunderte er sich, dass er zu einer Zeugung überhaupt fähig war, abgemagert und ausgemergelt wie er war. Doch seit dem Tag, an dem er aus der Gefangenschaft entlassen worden war, als er mit dem Zug nach Lüneburg gefahren und sich quer durch die Stadt nach Auf dem Meere und dann zur Reitenden-Diener-Straße durchgefragt hatte, seit er in die Gasse mit den immerhin noch halbwegs vollständigen Häusern eingebogen war, war eine unbändige Freude in ihm hochgeschossen, endlich wieder mit Ida zusammen zu sein, mit den Kindern, und ein neues Leben, egal wie, anzufangen, und das Glück und die Dankbarkeit hatten ihn seither nicht wieder verlassen. Das Leben zu planen, davon waren sie weit entfernt. Sie lebten von Tag zu Tag.

Meine kleine Großmutter war bald achtunddreißig Jahre alt und er dreiundvierzig.

∼

Es wurde ein hartes Jahr, 1946. Die britischen Besatzer etablierten sich in Lüneburg, in Niedersachsen, in Nord-Rhein-Westfalen, sie richteten sich darauf ein, lange zu bleiben, um den Fehler, den sie nach dem Ersten Weltkrieg mit einem zu frühen Abzug gemacht hatten, nicht zu wiederholen. Im Winter hatten viele Werke, die gerade erst ihre Arbeit aufgenommen hatten, schließen müssen, Hunger und Materialmangel waren die Gründe, vor allem aber der Hunger. Die Menschen waren so entkräftet, dass sie nicht arbeiten konnten. Die Briten in Deutschland baten ihre Leute zu Hause um Unterstützung.

Deshalb wurde im März 1946 in allen Städten und Dörfern Englands ein erschütternder Film vorgeführt, *A Defeated People*, *Ein besiegtes Volk*, der die bittere Armut der Menschen in Deutschland zeigte, das Ausmaß der Zerstörung, die Verzweiflung der Überlebenden in den Ruinen der Städte, die verwaisten, verwahrlosten und verwilderten Kinder in den Trümmern. Der junge Dokumentarist Humphrey Jennings hatte den Film in Deutschland im September und Oktober 1945 gedreht, selbst vollkommen überrascht von dem, was er dabei erlebte. Den Film anzusehen war Pflicht, um auch der Bevölkerung klarzumachen, dass man im eigenen Interesse dem Nachbarn Deutschland helfen müsse, wieder auf die Beine zu kommen. Millionen sahen diesen Film. Von diesen Millionen mussten viele selbst den Gürtel eng schnallen, und zwar sehr eng.

Im Mai wurde Marshal Montgomery nach England zurückberufen und von General Brian Hubert Robertson als erstem Commander der britischen Zone abgelöst, der bis dahin Sholto Douglas unterstellt gewesen war. Sholto Douglas war ein eher nüchterner Mann, der, wie er später sagte, in Deutschland sehr unglücklich war. Er hatte zu viele Gespräche mit zu vielen hochgestellten Nazis führen müssen.

Brian Robertson war um einiges jünger als Montgomery, dafür hatte schon sein Vater William Robertson im Ersten Weltkrieg britische Armeen am Rhein kommandiert und er selbst als junger Officer daran teilgenommen. Robertson hatte anschließend längere Zeit in Indien gedient und dann zwölf Jahre in Südafrika als Zivilist gelebt, als Manager einer englischen Reifenfirma, bevor er aus Überzeugung wieder in die Armee eintrat, um gegen Hitler zu kämpfen. Er galt als freundlicher Mensch, der Latein und Griechisch gelernt hatte und Horaz zitierte. Er war nun für die gesamte britische Besatzungszone verantwortlich, zusammen mit Sir »Alec« Bishop. Bishop, der praktisch mit dem British Empire verheiratet war. Er hatte im Ersten Weltkrieg in Mesopotamien, dem heutigen Irak, gekämpft. Danach erlebte er, wie er im Officers' Club gern erzählte, *good times* in Indien, wo er Jagd auf wilde Tiger und den prachtvollen Prinz-Alfred-Hirsch gemacht hatte. Die Jagd war bei den Herren sehr angesehen. Bishop kannte die Hitze, das Durcheinander, den Monsun von Indien, er kannte die Melancholie Afrikas, aber von der Kultur und Sprache seines neuen Wirkungskreises Deutschland wusste er rein gar nichts. Allerdings begriff er schnell, dass Montgomery recht hatte: Sein *change of heart*, der Umschwung, wurde in den fünf Jahren, in denen Robertson in Deutschland blieb, für ihn zu einem entschlossenen *save their souls*: Rettet die Seelen der Deutschen, sonst verlieren wir alle.

Egal, wie schwierig das Leben war, Ida war glücklich. Sie war unsinnig glücklich, so wie sie unsinnig schwanger war. Sie lag nachts auf dem engen Bett neben Kurt, es konnte ihr gar nicht eng genug sein, und sie flüsterten lange miteinander, um die Kinder nicht zu wecken, die sie nun alle ins Zimmerchen nach nebenan verfrachtet hatten. Ganz leise sprachen sie, doch immer sehr lang, um sich alles zu sagen, was sie erlebt und empfunden hatten. Was Kurt gelesen hatte, erzählte er Ida auch, aber nicht so viel, was er an Grausamkeiten mitbekommen hatte, denn Ida trug ein Kind im Bauch und das Kind hörte schließlich mit.

Der zweite Sommer nach dem Krieg wurde unglaublich heiß. Doch für die Kinder war es ein herrlicher Sommer. Der Vater war da, die Mutter gut gelaunt, und daran, dass der Magen oft knurrte, hatten sie sich fast gewöhnt. Sie spielten auf der Straße mit Stöckchen und Bindfäden Kippelkappel und stöhnten, weil die alten Pflastersteine von der Hitze so aufgeladen waren. Dann entdeckten sie das Schwimmbad an der Ilmenau und zogen in ihrer kleinen Karawane so oft wie möglich dorthin. Der Weg durch die Stadt war eine Strapaze, vor allem, weil sie Karlchen auch noch im Schlepptau hatten. Doch wenn sie ins frische kalte Wasser eintauchten, brüllten sie vor Vergnügen. Keiner wusste genau wie, doch bald konnten sie alle schwimmen, und selbst Karlchen, der jetzt viereinhalb war, nahmen sie mit ins Wasser und hielten ihn fest beim Planschen.

Frau Idas kleiner Waschsalon brodelte und dampfte, das ganze Haus stöhnte. Vor allem die neuen Mitbewohnerinnen, zwei Schwestern aus Pommern, Frau Lemcke und Frau Burmester, dabei waren sie fast den ganzen Tag unterwegs. Ida heizte unverdrossen ein, die Wäsche flog rein und wieder raus. Das Plätteisen glühte, und sie stand da, winzig klein, mit hochrotem Kopf, aber selig, bis irgendwann ihr Bauch sehr dick und ihre Beine sehr schwer wurden und es allmählich doch ein bisschen anstrengend wurde. Sie merkte es noch nicht einmal, denn wenn meine kleine Großmutter erstmal in Fahrt gekommen war, war sie nicht zu bremsen.

Deshalb musste Kurt irgendwann ein energisches Wort sprechen und sie auffordern, ihre Dampfsiedeschaumbottiche Bottiche sein zu lassen. Nach einigem Murren und Vorrechnen, welche dramatischen Einbußen es für die Familienkasse bedeuten würde und der grandiosen, aber leider nicht mit Enthusiasmus begrüßten Idee, Kurt und Eddie könnten doch vorübergehend die Wäscherei weiterführen, halbtags und unter ihrer Anleitung natürlich, gab sie nach. Sie bedauerte es und versprach vor allem ihren britischen Kunden, dass sie es im kommenden Jahr in jedem Fall wieder aufnehmen würde, ihr kleines Geschäft, was jene zu hören bedauerten und freute. Nur für Officer Smith wusch und bügelte sie weiterhin die Hemden. Das geht nicht, sagte sie zu Kurt, das musst du akzeptieren. Kurt, der den Eigensinn seiner Frau nicht nur kannte, sondern auch liebte, seufzte tief und nickte. Es hatte ja ohnehin keinen Sinn, sich ihr zu widersetzen. Aber nur einmal die Woche, sagte er, und nicht mehr als vier Hemden. Fünf, sagte Ida, wenigstens fünf.

Willi, nun doch nicht Benjamin, sondern benannt nach Willi Bender, der den Kindern immer so schöne Geschichten erzählt hatte – ach weißt du, Kurtchen, er hat ihnen und mir sehr geholfen, als wir ganz ohne dich sein mussten –, wurde am 28. August 1946 geboren. Es war jetzt immer schon am Morgen eine irrsinnige Hitze, die Wehen hatten glücklicherweise in der Früh um vier Uhr eingesetzt. Und da es das fünfte Kind meiner kleinen Großmutter war und sie sozusagen geübt, kam Willi um zehn vor sechs auf die Welt, und nicht in der Gluthitze am Mittag.

Goethes Geburtstag!, rief Opa Ernst, Kurts Vater, Idas Schwiegervater, am Nachmittag begeistert aus und klatschte in die Hände. Omi Else schluchzte und freute sich. Die komplette Familie war angerückt, die Kinder gekämmt und gebürstet, so gut sie es allein vermochten, der stolze Vater völlig aufgelöst, aber strahlend.

Ein hübsches Kerlchen, ergänzte der gerührte Großvater und tätschelte Idas leicht verschwitzte Stirn.

Die Kinder standen am Bett ihrer Mutter und bewunderten das winzige Wesen, das ihr neues Geschwisterchen war. Wie fein die Fingerchen, wie zart der Flaum auf dem Kopf, wie unfassbar das alles war! Ihr Vater, mein Großvater, drückte immer wieder Idas Hand, ein Wunder, stammelte er, ein Wunder, bis sein eigener Vater knurrte, nu ist aber jenuch mit den Rührseligkeiten!

Sogar Justus und Dorothea, die sich eine spöttische Bemerkung angesichts von Idas dickem Bauch nicht hatte verkneifen können, machten ihren Antrittsbesuch noch am selben Tag in der ehemaligen Heil- und Pflegeanstalt, am Wienebütteler Weg, etwas außerhalb der Stadt, am Kalkberg vorbei. Genauer gesagt, war es eine ehemalige *Nerven*heil- und Pflegeanstalt, und noch genauer gesagt, konnte es für die wegen der Unterernährung geschwächten werdenden Mütter und ihre Säuglinge zum Aufpäppeln genutzt werden, weil es keine Patienten mehr gab, denn, das erfuhr meine kleine Großmutter – zum Glück! – erst etliche Jahre später, waren hier unter Hitler bis zuletzt alle »Patienten« – umgebracht worden. Alle Kinder, um noch genauer zu sein, Kinder, die nach der Verordnung *T4*, benannt nach der Tiergartenstraße in Berlin, wo dieser Beschluss festgelegt worden war, nicht den Vorstellungen eines kräftigen, gesunden, blonden und blauäugigen Arierkindes entsprachen, das mit makellosen Gliedmaßen, festgelegter Kopf- und Nasenform und also sichtbarer Erbanlage die Zukunft des Dritten Reichs sichern sollte. Ob schwerhörig, einarmig, krummbeinig, etwas langsam im Kopf oder von einer jüdischen Mutter oder einem Roma- oder Sintovater gezeugt: Nach der Verordnung T4 war ein solches Kind laut nationalsozialistischer Vorstellung nicht würdig zu leben und musste weg.

Herr, ich bin nicht würdig, dass du eintrittst unter mein Dach, aber sprich nur ein Wort, und so wird meine Seele ge-

sund. Niemals hätte meine kleine Großmutter sich angemaßt, darüber zu befinden, wer des Lebens würdig wäre und wer nicht. Niemals. Alle waren Geschöpfe Gottes und Punkt. Die Ärzte, die ja den hippokratischen Eid geschworen hatten, und auch die Krankenschwestern, die hier gearbeitet hatten, hatten keinen Gott und kein Maß. Tausenden von Kindern hatten sie das Leben genommen, statt sie nach diesem Eid zu erhalten und zu pflegen. Hätte meine kleine Großmutter geahnt, dass dieselben Hände, die jetzt ihren kleinen Willi wuschen und straff wickelten, vor wenigen Monaten noch Kindern die Todesspritze versetzt hatten, wenn es mit dem Verhungernlassen oder dem Trick mit dem offenen Fenster zur Erzeugung einer tödlichen Lungenentzündung nicht geklappt hatte ... nicht auszudenken. So war es aber: Etliche der Krankenschwestern waren noch immer im Dienst, obwohl sie als nationalsozialistisch hatten eingestuft werden müssen. Es gab zu wenig Nachwuchs. Die Briten hatten zwar die Ärzte entfernt, und sie beeilten sich, neue Schwesternschulen aufzubauen, doch zunächst war man auf die fachliche Kompetenz der vorhandenen angewiesen. *Kompetenz. Würdig.* Allerdings gab es doch auch Krankenschwestern, die in anderen Bereichen und eben nicht in dieser Klinik gearbeitet hatten; dennoch: Irgendwie lag hier ein blinder Fleck des Systems vor, dass man dieses *hochkompetente* Personal nicht ausgewechselt hatte oder noch nicht dazu gekommen war.

Die kleine Großmutter, Ida, wusste, wie gesagt, nichts von alledem. Vielleicht träumte sie nachts davon, im gelb gekachelten Saal mit den Betten, in denen andere ebenfalls recht dünne Frauen ihre ebenfalls eher zarten Kinder im Arm halten und nach der Uhr stillen durften, bevor sie von den Schwestern in einem eigenen, von den Müttern entfernt liegenden Schlafsaal weggepackt wurden. Ida, die in Beuthen alle ihre Kinder mithilfe der Hebamme Erna Mikulski zu Hause zur Welt gebracht hatte, wehrte sich empört, als man ihr Willi für die Nacht fortnahm. Doch die Schwester war rigoros und Ida erschöpft. Allerdings nicht lange; am dritten Tag, nachdem sie sich ein bisschen ausgeschlafen hatte, schnappte sie Willi und ließ sich, von Kurt gestützt, umgehend in die Reitende-Diener-Straße bringen.

Die nochmals neu gewordene »junge« Mutter musste sehen, dass sie genug zu essen bekam, um den kleinen Willi zu stillen, doch alle in der Familie, die nun noch mit einem neuen Familienmitglied beschenkt war, gaben ihr gern etwas ab. Der Herbst kam und dann der Winter, der als einer der härtesten der ersten Nachkriegsjahre in die Annalen einging. Die Temperaturen sanken auf minus 20 Grad, die Ilmenau war wochenlang zugefroren, und die Menschen sehr schwach.

Ida war froh, dass die Kinder jeden Morgen in die Schule gehen konnten. Sie mussten zwar hin und wieder ein Brikett mitbringen, was Ida und Kurt dank seines Lohns und ihres Zigarettenvorrats wie manches andere auch organisieren konnten, dafür bekamen die Kinder aber auch eine Schulspeisung. Bevor sie losgingen, kochte Ida ihnen einen Mehlschleim, verbessert mit einem Schuss Milch, in den jedes Kind nach Belieben eine Prise Salz oder eine Prise Zucker geben durfte, so dass sie erst einmal etwas Wärmendes im Bauch hatten. Dann gab es mittags in der Schule aus Blechschüsseln eine richtige kleine Mahlzeit, mit Kartoffeln und Rüben und Soße, und manchmal einem winzigen Stückchen Fleisch. Die Kinder wussten nichts von den Sorgen der Alliierten, die Deutschen könnten verhungern. Sie wussten nichts von den Sondersammlungen, die die britische Bevölkerung, auch wenn sie selbst es nicht gerade üppig hatten, für die armen Kinder in Deutschland zusammentrugen, die Frauen in Manchester, Leicester, Leeds und Liverpool, die getragene warme Pullover, Socken, Jacken und Schuhe einsammelten, um sie nach Germany zu schicken. Die Kinder froren, die Kinder nahmen es hin, die Kinder freuten sich über jede kleine warme Mahlzeit. Noch Jahrzehnte später, wenn sie zusammenkamen, aßen sie manchmal Nudeln mit Zucker, weil es eine der schönsten Mahlzeiten ihrer Kindheit gewesen war.

Eines Tages im Dezember kam Kurt von der Arbeit und brachte eine Überraschung mit.

Ein Schlitten!, brüllten die Kinder, ein Schlitten!, und Ida staunte: Wo hast du den denn her?

Dann zogen Vater und Kinder zusammen los, zum Liebesgrund. Es war schon etwas dämmrig, doch es war ihnen egal. Er stapfte mit ihnen in der Kälte den Hang hinauf und raste mit ihnen wieder hinunter, so dass sie quietschten und johlten. Er zeigte Hannes und Kaspar, wie man den Schlitten lenkte, und Karlchen und Nanne, wie man bremste. Er legte sich längs über den Schlitten und alle vier Kinder setzten sich auf ihn drauf. Der Schnee flog ihnen um die Ohren, sie mussten bei den Bäumen aufpassen, dass sie nicht dagegen donnerten und dass sie keine andern umfuhren, sie rasten und schrien und unten angekommen, ließen sie sich herunterfallen und kullerten durch den Schnee. Kurt hatte bald rote Ohren, und Eistropfen hingen an seinen Bartstoppeln, die Backen der Kinder gingen Richtung violett, aber was kümmerte sie die Kälte! Die Sonne ging knallrot unter und sie stapften hoch und düsten hinunter, zwischen all den Lüneburger Kindern, und waren genauso glücklich wie sie.

Kurt konnte sogar für seine Schwester Dorothea etwas tun: Er vermittelte Justus einen größeren Auftrag für Schuhe; zwanzig Paar Winterlederstiefel in den Größen 43 bis 47 sollte er anfertigen. Das Leder dafür wurde von polnischen Arbeitern, die in den Baracken, in denen sie auf ihre Zukunft warteten und dabei kleine Arbeiten für die Briten verrichteten, aus alten Nazischuhen entfernt und ihm zur Verfügung gestellt. Die Sohlen besorgte Justus sich bei der Arbeiterwohlfahrt, dort wurde Gummi aus alten Wehrmachtsreifen herausgeschnitten. Es war eine große Zeit für das Wiederverwenden, und niemand schämte sich dafür. Jeder war erfinderisch, und jede auch.

Und so erfand mein Großvater Kurt den Späneofen.

Er trieb ein großes leeres Ölfass auf und schnitt auf der einen Seite des Gefäßes eine viereckige Öffnung hinein, wobei er die vierte Seite nicht einschnitt, sondern sie als Verbindung zum Fass beließ: Dies wurde die kleine Tür des Ofens. Auf der anderen Seite stellte er die Verbindung zu einem Heizungsrohr her, das wurde der Abzug. Oben brachte er einen Deckel an, den er ebenfalls irgendwo gefunden hatte. Zwei Holzstöcke wurden eingeführt und dann eimerweise Holzspäne eingestampft. Danach wurden die Holzstöcke vorsichtig herausgedreht, um eine Luftzufuhr zu gewähren, und dann unten im Türchen das Feuer entzündet. Hannes und Kaspar wurden nun immer wieder losgeschickt, um bei einer Tischlerei Holzspäne einzutauschen – natürlich nicht bei Justus, der rückte ihnen nichts raus, nicht einmal gegen Zigaretten. Ida wollte ihn auch gar nicht erst fragen.

Dabei gab sich Kurt alle Mühe, zwischen Dorothea und Ida zu vermitteln. Das heißt, er tat eigentlich gar nichts, er war nur da, ging immer mal bei seiner Schwester vorbei, und bei seinen Eltern, die ja im selben Haus mit ihr wohnten. Schließlich konnte Dorothea nicht mehr anders, als ihn und die ganze Bagage zu sich nach Hause einzuladen, an einem Sonntagnachmittag, auf einen Kaffee, es gab sogar Kuchen, wenn auch einen trockenen. Kurts Eltern freuten sich, dass der Sohn nun in ihrer Nähe war; es stimmte sogar den alten Hagestolz etwas weicher, der ob der neuen Zeiten und seiner beengten Lebenssituation doch recht bitter geworden war. Er konnte sich einfach nicht drein schicken, arm zu sein, wie Ida einmal zu ihrem Mann sagte, so, als hätte es diesen

Satz niemals für sie selbst gegeben. Tatsächlich hatte der alte Herr in Magdeburg in so viel besseren Verhältnissen gelebt, dass es ihn eben auch schmerzte zu sehen, wie es seiner Tochter erging. Doch was sollte man tun? Der Kriech war eben der Kriech, sagte er manchmal, wenn er seine Zigarrenstummel vermisste und an der einzigen Havanna roch, die ihm noch geblieben war, bis Ida es schaffte, ihm zu Weihnachten zwei brandneue englische Zigarren zu besorgen, wofür er sie beinahe umarmte.

Am Heiligabend saß die kleine Familie Sklorz zunächst einmal ganz für sich in der Reitenden-Diener-Straße in ihrem eigenen Wohnzimmer und freute sich, dass es tatsächlich geheizt war. Sie gingen immer noch in die Nicolaikirche, weil sie sich nun einmal daran gewöhnt hatten, auch wenn sie hauptamtlich zur katholischen Sankt-Marien-Kirche gehörten, die wieder hochoffiziell in Betrieb war. Dort hatten sie auch den kleinen Willi taufen lassen. Aber jetzt zu Weihnachten beteten sie mit allen Evangelischen, um so auf ihre Weise den Lüneburgern zu danken, die ja überwiegend evangelisch waren, und sangen lauthals alle Weihnachtslieder. Kaspar dankte dem Herrn ganz besonders und überlegte, wie er diesen Dank noch stärker zum Ausdruck bringen könnte, wobei sein Blick auf die schwarzweißen Gewänder der jungen Messdiener fiel. Mein kleiner Vater Hannes hingegen dankte den Lüneburger Kaufleuten, die in ihm den Wunsch weckten, es später im Leben auch zu Wohlstand und Ehren zu bringen und dann ins Paradies zu kommen, in Form eines gemalten Bildes in einer Kirche. Nanne betete einfach so, Karlchen schaute nach seinem Brüderchen, das auf dem Arm der Mutter sein durfte und er nicht; und die beiden Eltern hielten sich fest an den Händen, wann immer das Beten und Singen es erlaubte.

Sie waren glücklich, am Leben zu sein, sie waren glücklich, miteinander leben zu dürfen, sie waren glücklich, dass sie ein Dach über dem Kopf und zu essen hatten. Ida hielt den kleinen Willi und ihren Mann Kurt abwechselnd im Arm, sie lachte und scherzte mit den anderen Kindern wie schon lange nicht mehr,

9
UND DANN –

Und dann stirbt er einfach.

Das Leben überrennt dich solange, bis du dich selber kennst.

Erfindet man etwas, an das man sich so erinnert wie der Philosoph Ernst Bloch von der Utopie spricht, also die Erinnerung an etwas, das man niemals hatte? Ist das nicht ein seltsamer Kreis? Wozu macht der Mensch so etwas?

Kindchen, wozu? Was ist das für eine Frage? Wozu atmet man, wieso singt ein Vogel, warum pfeifst du, wenn du Angst hast, im Wald?

Ist das Erzählen nicht doch mehr als ein Festhalten von etwas, das du erlebt hast? Entwickelt es nicht immer ein Eigenleben und du landest, wo du gar nicht hin wolltest? Niemand weiß ja mit Sicherheit, nicht einmal du selbst, was dich im Inneren alles bewegt hat, als du dieses oder jenes erlebt hast. Niemand kennt deine Gefühle und Empfindungen und an welcher Stelle deine Erfindungen beginnen. Wann du erfindest, um dir selbst diese Empfindungen klarzumachen oder sie abzuändern oder etwas ganz Neues zu entdecken, auf das du im Leben nicht gekommen wärst.

Was ist denn überhaupt dieses komische Leben? Wie schnell es rauscht, ein Satz fällt, eine Geste wird gemacht, und zack, ein Gefühlssturm wird ausgelöst, ein Mann ins Meer gestoßen, eine Frau schwanger, was ist das nur?

Und welcher Schriftsteller, welche Schriftstellerin erfindet in einem vollkommenen Sinn, eine »reine« Erfindung? Lassen sich in der absurdesten Geschichte eines Danil Charms etwa nicht Partikel von etwas finden, das er erlebt hat, im Sinne von gefühlt und empfunden und gedacht? Das Denken wird dabei oft unterschätzt, dabei sind das Erfinden und Erzählen ja unbedingt auch eine Form des Denkens. Das Re-Flektieren, Nach-Denken, Wieder- und Rückspiegeln, aber nicht vor einem toten Spiegel, sondern vor einem echten, lebendigen Gegenüber. Kein Denken ohne Not, hat mal jemand gesagt –

Ach, Kindchen, was bekümmert dich so? Dass du all das denken musst?

Was ...?

Erzähl es mir!

Nein, kleine Großmutter, erzähl du mir! Erzähl mir, damit ich es mir nicht *aus*denken muss!

(*Sie schweigt.*)

Wenn du etwas erzählst, gewinnt es dann eine andere Wirklichkeit? Vor allem, wenn dir jemand zuhört? Jemand, den du dir wünschst, der, sonst bliebe es ja ein Selbstgespräch, wirklich existiert? Wird dir dann das Ersehnte im Erzählten wie ein anderes Erleben geschenkt? So wie man in einem Roman mitfühlt, lacht und weint – und alle Gefühle, die dabei entstehen, *echt* sind?

Wird mir meine kleine Großmutter geschenkt, wenn ich dir hier von ihr erzähle, und wenn ich weiß, du hörst mir zu? Fast alles ist erfunden und erdacht und doch bin ich da. Und plötzlich fange ich an zu weinen.

Mein Großvater, den ich nicht kannte, stirbt am 21. Februar 1947 an einer Entzündung in der Nase, einem Furunkel, heißt es, kein Mensch weiß, woher es kam. Es bildet sich eine Blutvergiftung, kein Penicillin ist da, kein Tetanus, eine blaue Linie läuft von der Nase zur Stirn hinauf und zum Herzen hinunter und meine kleine Großmutter wird panisch und weiß nicht, was sie machen soll. Die Engländer haben Penicillin, aber nur für ihre Soldaten, das Penicillin auf dem Schwarzmarkt ist rar, überteuert und oft nicht echt, doch die blaue Linie wartet nicht, sie läuft und läuft und alle können es sehen. Das Baby ist ein halbes Jahr alt.

Der Mann der kleinen Großmutter weint, er zieht sie an sich, er klammert sich an sie, ich kann nichts machen, sagt er, es wäre so schön geworden, ich liebe dich, vergiss mich nicht, und dann fällt er in ein tödliches Fieber
und stirbt.

Heut' Nacht hab ich geträumt von dir,
du heiß geliebte Frau,
du warst im Traum so lieb zu mir,
du heiß geliebte Frau.

Ich sah dein Bild ganz unverhüllt,
so wie ich nie dich sah,
küsste dich so inniglich,
und du sagtest ja.

Unter blühenden Bäumen
Möcht' ich immer so träumen ...

HEUT' NACHT HAB ICH GETRÄUMT' VON DIR
COMEDIAN HARMONISTS, 1931

V

Kintopp oder
Das Salz des Lebens

*Salz verhindert Fäulnis bei jedwedem Ding,
lebendig oder tot.*

PARACELSUS

1
LISTEN

Im ersten Sommer nach dem Krieg war es sehr heiß, im zweiten Ida hochschwanger und im dritten Witwe. Es waren die berühmten Hungerjahre.

Zunächst einmal, im Frühjahr nach Kurts Tod, war Ida erschöpft. Sehr erschöpft. Ihre Beine schmerzten vom Stehen, ihre Augen brannten von den Dämpfen der aufsteigenden Siede, sie fühlte sich verloren zwischen allem und wollte nur eines. Dass alles aufhörte. Dass sie die Augen öffnete, erwachte aus einem bösen Traum, und sie in ihrem Zuhause in Beuthen wäre und ihr Mann sie freundlich ansähe.

Am frühen Morgen kochen die Ärgernisse hoch und hindern sie am Schlafen. Ab vier Uhr liegt sie wach und wälzt Gedanken, der kleine Willi eng an sie geschmiegt. Wenn das Licht heller wird und der Tag kommt, wartet sie auf den Augenblick, wenn sie aufstehen und die anderen Kinder in ihren Betten wecken und ihren Geruch einatmen kann wie ein lebensrettendes Elixier. Denn bis dahin, in diesen Stunden der Dämmerung, zählt sie ihre Unglücke und Ärgernisse, eine ganze Liste entsteht vor ihren Augen. Die Briten haben Listen, sie hat ihre; sie versucht sie fortzuschieben, sie versucht, sie mit einer anderen Liste zu verdrängen, mit der Liste dessen, was sie zu tun hat. Die Wäsche einweichen, die Hemden sprengen, die Hemden plätten, die Rechnung beim Kaufmann bezahlen, die Schuhe der Kleinen zum Schuster bringen, die Officers um die Bezahlung bitten und bei manchen sogar das Geld eintreiben. Nicht alle ihre Kunden sind so zuverlässig wie Officer Smith und Officer Jones; vielleicht sollte sie mal mit Officer Smith ein Wort des Vertrauens wechseln, über die Zahlungsmentalität seiner Kollegen, aber eine Petze ist sie nicht, und eigentlich müsste sie mit diesen Schwierigkeiten schon selbst zurechtkommen. Sie mag es nicht, das Geld einzutreiben, es ermüdet sie, es demütigt sie, sie muss etwas daran ändern, wieso muss sie den Kerlen hinterherlaufen? (Später im Leben würde niemand es mehr wagen, sich ihr zu widersetzen oder eine Rechnung nicht umgehend zu begleichen!)

Die kleine Großmutter merkt an einem Morgen im Mai, oder ist es schon Juni, wie sich ihr Magen zusammenballt, ganz hart wird die Stelle unterhalb des Zwerchfells, sie legt die Hand darauf, und dann, es lässt sich nicht mehr verhindern, dräut der Schmerz heran, unaufhaltsam, er überwältigt sie, der Schmerz, ach was, der Zorn, über diese Ungerechtigkeit, dass Gott sie mit all dem allein lässt, ohne ihren Mann, dass Gott ihn ihr fortgenommen hat, wegen dieser Nichtigkeit, einem Furunkel, was hat er getan? Er hat keinen umgebracht, er hat keine Transporte von Juden organisiert, er war ein stiller Funker, der hinter der Front saß, in den Pausen Bücher las, Bücher, die ihm von Sanftmut erzählten, der ihr Briefe schrieb, der betete, dass dieser Irrsinn bald enden sollte,

und jetzt hadert die kleine Großmutter mit Gott, in dieser entsetzlichen Stunde zwischen Dämmerung und Licht, wie Hiob in der Bibel, der so lange geduldet hatte, bis er nicht mehr konnte und sein Wille brach.

Alles ist wieder da, der schreckliche Sonntag, nachdem Kurt gestorben war, wie sie in der Kirche saßen und sie nichts verstand, nach der absurden Beerdigung, mit dem billigen Sarg, für den der vereiste Boden aufgesprengt werden musste, um ihn in die Erde zu lassen, so hart war der Boden vom eisigen Winter. Und dann, wie der Pfarrer all diese sonderbaren, sinnlosen Worte sagte, Ihr seid das Salz dieser Erde, sprach Jesus zu seinen Jüngern, sagte er, geht hin und verkündet es, und die Erde wird gereinigt von allem Bösen. Wieso sagte er ihr das? Sollte sie das trösten? Sie war aufgestanden und hinausgegangen, da trugen die Männer schon den Sarg heraus.

Sie war nach Hause gegangen und hatte sofort angefangen zu arbeiten. Sie musste arbeiten; nur wenn sie schuftete, hörten die entsetzlichen Löcher in ihren Gedanken auf. Schwarze Löcher waren es mehr als Gedanken, und Denken, das wäre ja etwas mit Verstand gewesen, Vernunft, etwas, das sich fassen ließe, aber diese Löcher, die sie befielen, in die sie fiel, die ließen sich nicht greifen, und begreifen ging schon gar nicht, so drängten sich die Gedanken auf, Gedanken, was wäre, was würde, warum nur, wie und wozu, sie belagerten sie, Fragesätze, Vorwurfssätze, ganze Sätze, umzingelten sie,

sie werden vergehen, sagte sie sich, sie müssen vergehen, ich muss die Kinder großziehen, das hättest du von mir verlangt, wie ich von dir in umgekehrtem Fall, sagte sie zu ihrem verstorbenen Mann, als würde sie auf einen seiner langen Briefe antworten, als würde er ihr darauf antworten können, wenn er ihn erhalten würde, wie zuvor, ein wenig zeitversetzt, wie all die Monate im Jahr zuvor, als er nicht da war, aber Nein, sagte sie sich, du darfst dir nicht einbilden, dass er wiederkommt, dann wirst du verrückt, dann kannst du dich nicht um die Kinder kümmern, und sie nennt sie beim Namen, eins nach dem anderen, doch es hilft nichts, es hilft alles nichts.

Ich sehe das Wachstuch, das meine kleine Großmutter sieht, ich rieche es, ich spüre es, wie sie die Hand darauflegt, darüber streicht, nicht weiß, wohin mit ihrer schwitzenden Hand, auch im Nacken spürt sie, dass sie schwitzt, es ist die Anstrengung der Gedanken, sie steht auf, geht zum winzigen Verhau, in dem ihre Kinder schlafen, betrachtet ihre Gesichter im Schlaf, weint, weil sie solche Sehnsucht hat nach ihrem Mann, wo sie doch froh sein muss und dankbar, dass sie alle da sind und lebendig,

der Magen der kleinen Großmutter wird ein böser harter Ball, ich darf das nicht zulassen, denkt sie, am Ende bekomme ich noch ein Geschwür, und was dann? Wie groß ist das Maß, das ein Mensch erdulden kann? Wie groß ist es bei der kleinen Großmutter? Halte durch, möchte ich ihr zurufen, halte durch. Wozu, fragt sie, du weißt es, sage ich, du hast dir die Antwort längst gegeben ...

und sie legt sich zum Schlaf, so denkt sie es, ich lege mich zum Schlaf, als wäre er dort und würde auf sie warten, ihr Mann, und sie schließt die Augen, schlaf jetzt, eine knappe Stunde noch, dann geht es weiter, weiter.

Die Kleine, Nanne, regt sich im Schlaf. Ihre Lippen bewegen sich. Sie träumt von einer riesigen Milchkanne. Sie soll die Milchkanne nach Hause bringen, doch die Milchkanne ist zu groß und zu schwer, sie passt nicht in den Puppenwagen, mit dem sie alles von hier nach da schieben kann, sie will die Milchkanne hochhieven, die Kanne will sich nicht halten lassen, gleich wird sie ihr entgleiten –

da wacht sie auf, sieht den Balken des Zimmers über sich.

Die kleine Großmutter hört, dass das Kind sich regt. Sie schmeckt Salz, schließt die Augen, überlässt sich, lässt sich forttragen. Wehr dich nicht, sagt eine Stimme in ihr, wehr dich nicht, tauche hindurch und wieder auf, es ist die Stimme ihres Mannes, sie fühlt sie fast, als Hauch an ihrem Ohr. Sie weint noch mehr, so sehr sehnt sie sich nach seiner Zärtlichkeit, der Wärme seines Körpers, die Schwere seines Arms, der sich manchmal im Schlaf über ihre Brust legte, tauche hindurch,

nimm die Welle, Lüneburg liegt am Meer,

das Meer hat die kleine Großmutter geliebt,

später, auf Zypern, das Mittelmeer, sie schwamm hinaus, lachte, wenn die Wellen sie hoch und hinunter trugen und all das Leid mit sich nahmen und all die Kümmernisse, bis nur noch sie übrig blieb, ihr etwas fülliger, schwerer Körper des Alters federleicht im Wasser, wegen des Salzgehalts, bis nur noch das helle Blau des Himmels blieb, das dunklere des Meeres und sie, und sie es genoss, im Wasser zu treiben und in den Himmel zu schauen wie ein Tier –

comme une bête,
   wie ein Tier, schrieb der Philosoph Theodor W. Adorno, auf dem Wasser zu treiben und in den blauen Himmel zu schauen, das wäre der eigentlich ideale Zustand, wenn der Mensch einmal nicht mehr denken muss, was auch Ingeborg Bachmann dachte, die Dichterin, die sich nun wirklich den Kopf zerbrach, bevor sie sich ein Feuer legte. Muss einer immer denken, fragte sie, wird er nicht vermisst? Als ob das Denken zu einer Abwesenheit führte, einer Abwesenheit von den nahen, geliebten Menschen, vom Leben überhaupt, weil das Denken in der idealistischen Tradition so oft im Gegensatz zum Leben gesehen wird, vielleicht nicht immer so strikte gemeint, und doch, als Ab-Straktion, Abzug. Obwohl das vielleicht gar nicht richtig gedacht ist, vielleicht ist die Abstraktion ja selbst etwas höchst Lebendiges, ein Vorgang, der, aus dem Leben entwickelt, am Leben hält, wie zum Beispiel das Zählen bei der aufsteigenden Flut der Ägypter, als sie erkannten, mit welcher schönen Regelmäßigkeit das Wasser sonst ihre Ernte zerstören würde, und sie außerdem den Mond beobachteten und festhielten, wann das Wasser kam und ihre ganze Arbeit danach ausrichteten und begannen, Notizen zu machen und und und, und dann war sie da, die Mathematik.
   Oder nehmen wir die Sole, das Salzbergwerk, wie sinnvoll und logisch ist es organisiert, so vorbildlich in allen Abläufen unter der Erde!

Die Abstraktion hilft also nicht nur dem Leben, sie ist ein Teil davon, ein vitaler sozusagen, sie hilft beim Leben, Überleben, natürlich, wie alles kann sie übertrieben, vom Lebendigen fortgetragen, pervertiert werden, und dann, dann wird sie gefährlich, feindlich, und dann zählt sie Menschen und nicht Bewegungen und tötet sie, wie im Krieg, sechs Millionen Juden,

das hatte mein kleiner Vater eines Tages am Aushang der Zeitung gelesen, in seinem ersten Sommer nach dem Krieg, noch bevor die Schule wieder begann, er war noch so jung, keine neun, doch er hatte es gesehen, beim *Lüneburger Tagesanzeiger*, zu dem er immer hinrannte, auch später dann, als die Schule begann, immer am frühen Morgen, weil er sich doch für alles interessierte, was in der Welt so vor sich ging, und da las er es, und da sah er die Fotos der abgemagerten ermordeten Juden und der abgemagerten Überlebenden, die sah er auch, und er wurde ganz still und wusste nicht, was er denken sollte.

Die Scham über Auschwitz, so schrieb Primo Levi, ist die Scham, weil wir zu dieser Gruppe oder Spezies Mensch gehören, die den anderen etwas antut. Es quält den Gerechten, sagt er, das ist schon fast zu viel gesagt, es quält den Menschen. Doch nicht jeden. In einer der Ausgaben der Wochenschau der Engländer, *Welt im Film*, vom Frühsommer 1945, hatte Ida gesehen, wie Leute aus der Heide zu einem Innenhof geführt wurden, in dem ermordete, abgemagerte, aus dem Lager Bergen-Belsen geborgene jüdische Menschen aufgebahrt lagen. Die Bewohner und Bewohnerinnen der Lüneburger Heide defilierten an den Toten vorbei. Einige konnten es kaum ertragen, sie hielten sich Taschentücher vor das Gesicht, sie weinten, wendeten das Gesicht ab, während ein paar Frauen in Lodenkostüm mit Hut daran vorüber schritten, aufrecht und mit verschlossener Miene, als wären diese Menschen ein Nichts. Als wäre das alles nichts.

Sky is embarrassed, singt Joan Baez in ihrem Lied *Farewell, Angelina,* das Bob Dylan geschrieben hat, der Himmel schämt sich. Der Himmel schämte sich, angesichts der Listen von toten Menschen, von ermordeten Menschen, von gefallenen Menschen, von vermissten Menschen, von displaced Menschen, von geflohenen Menschen, von ausgebombten Menschen, und es blieb den kleinen wie großen Menschen der Zeit nicht in den Kleidern hängen, diese Scham, sie drang ein in jede Pore, jede Zelle, jeden Gedanken und jedes Gebet, nur bei denen, die keine Gebete kannten und keine Gedanken, da perlte sie ab wie der Schaum von einer wasserfesten Jacke.

Die kleine Großmutter stand auf und machte das Frühstück, an diesem Morgen im Mai oder Juni, nach all den schwierigen Gedanken. Sie kratzte die Margarine auf die Brotscheiben, für die Stullen der Kinder. Ihr Blick fiel auf den kleinen Drahtkorb mit den frischen Eiern. Es waren fünf Eier. Normalerweise hob sie die Eier auf, für ein Omelett, wenn sie nichts anderes mehr hatte, oder für das Frühstück am Sonntag. Sie nahm eins der Eier in die Hand, wog es und träumte einen Augenblick vor sich hin. Niemand wusste, dass sie manchmal träumte. Alle hielten sie für die resolute Frau Ida, immer praktisch, immer sachlich, immer nüchtern. Niemand außer Kurt, dachte sie, und jetzt war Kurt nicht mehr da. Dass man sich nie so zeigen kann, wie man eigentlich ist! Aber eigentlich, was hieß schon eigentlich? Sie war ja praktisch, sachlich, nüchtern. Als Kurt noch da war, brauchte sie nicht zu träumen, aber jetzt sehnte sie sich manchmal danach, ins Kino zu gehen und sich wegzuträumen, so wie in der Zeit, als er noch im Krieg war und sie darauf wartete, dass er wiederkäme.

Sie gab sich einen Ruck und setzte den kleinen Topf mit Wasser auf: Nein, heute wollte sie nicht warten! Sie wollte einfach einmal ausruhen von der strengen Ordnung und

Sparsamkeit und Einteilerei, sie wollte sich einfach mal nicht darum kümmern müssen! Und beherzt legte sie fünf frische herrliche Eier, jedes ein wenig anders geformt, in das sprudelnde Wasser hinein, sah auf die Uhr und freute sich auf die Augen, die die Kinder machen würden. Denn die Kinder liebten ein Ei zum Frühstück, ein Ei war wie Sonntag, dem Ei haftete etwas Königliches an, ein Ei versprach einen Spaziergang und eine Mutter, die mit ihnen redete und lachte und nicht vor Anstrengung die Stirn kraus zog.

↻

Ich kannte meine Großmutter, als ich ein Kind war, aber nicht sehr gut, nicht sehr lang, der Faden riss ab, warum hätte er auch halten sollen, war sie doch nur Tante Ida und eben nicht meine liebe kleine Großmutter. Eine Großmutter hätte ich selbstverständlich besucht und sie mich, doch niemand wollte es mir sagen, alle schwiegen wie ein Grab, wie man so schön sagt, sie begruben meine Möglichkeit, eine kleine Großmutter zu haben. Alle schwiegen, denn alle lebten ihr Leben und niemand wäre auf die Idee gekommen, mir könnte etwas fehlen, mir könnte sie fehlen, meine kleine Großmutter. Doch wie sie mir fehlt! So sehr, dass ich jetzt, wo ich selber schon bald eine Großmutter werden könnte, durch eine fremde Stadt turne und an sie denke und alles andere vergesse!

Wir sprachen selten von ihr, es gab keine Kontinuität. Eine Kontinuität, in der man Erinnerungen gemeinsam wach halten kann, weißt du noch, weißt du noch, mir fällt da noch ein, wie wir sie besucht haben, wie streng sie immer war, bei Tisch, und wie sie die schöne Wiese mit Kirschbäumen, auf der ihre Enkelkinder früher immer gespielt hatten, aufgeben musste, weil sie es vorzog, die langen, langen Sommer auf der Insel im Mittelmeer zu verbringen und die Kinder ja mittlerweile Halbwüchsige und fast junge Erwachsene waren. Was sollte ihr da die Kirschblüte im Frühling auf der Wiese, wenn sie doch das riesige blaue Meer vor Augen hatte und die Palmen und die Azaleen! Weißt du noch ... wie man es eben so spricht, wenn man zusammenkommt und plaudert in Familien, oder bei Freundinnen und Bekannten. Weißt du noch, weißt du noch, es ist doch verblüffend, wie viele Gespräche solcher Art es gibt.

Ich wanderte noch einmal am Hafen von Lüneburg entlang, am zweiten Tag meines Aufenthalts, eine Fremdenführerin, die die Orientierung verloren hat. Ein dummer August ohne Maske. Ich sah die alten, nutzlosen Kähne vor dem Hotel, das berühmt ist wegen einer Seifenoper. Ich beobachtete die Leute, die sich davor fotografierten, Menschen, die hierher kamen, weil sie die Erfindung so sehr liebten, dass sie ihre Schauplätze aufsuchten, geführt von einem Stadtplan durch ganz reale Straßen. Die Erinnerung an ein Ereignis, habe ich gelesen, kann dieselben Gefühle auslösen wie das Erlebnis selbst –

Erinnern, erfinden, wenn es gar nichts zu erinnern gibt, geht das denn?

Ich bin eine Fischerin, die ihr Netz wie eine Schleppe hinter sich herzieht, alles verfängt sich darin, Gedanken, Bilder, Lieder, Zeitungsfetzen, Stimmfetzen, und es geht mir wie den alten ägyptischen Fischern, von denen man in biblischen Zeiten erzählte, sie hätten Ingwer, Rhabarber, Aloe und Zimt in ihren Netzen gefunden, die der Wind von den Bäumen des Paradieses in den Fluss geweht habe ... und ich summe, denn ich denke an dich, kleine Großmutter, meine Ida. Vielleicht geht es ja nur um dieses Spazierengehen? Ich hänge den Gedanken nach, denn seit einiger Zeit träume ich mich selbst,

wie ich oben auf einem Felsen stehe, unter mir ein tiefer See, und ich besitze nur einen Arm. Ich strecke den einen, den ich habe, aus, hoch über meinen Kopf, und ich springe, ich springe von weit oben hinunter in den See, tauche tief hinein und schwimme, es geht gut, mit nur einem Arm, es fühlt sich schön an, doch wie viel leichter und schöner wäre es wohl mit einem zweiten ...

Mein kleiner Vater antwortete auf all das mit Unruhe. *All das.* Das plötzliche Aufbrechen von Zuhause, als er acht Jahre alt war, aus dem Krankenhaus direkt heraus, mit seiner Diphterie, den Weg durch den Krieg, die Bombennächte in Lüneburg, die Kelleraufenthalte, das Fieber, die Flöhe, den Hunger, die Angst, die Ängste seiner Mutter, das Weinen seiner Geschwister, den Tod seines Vaters. Den kleinsten Bruder nahm er oft an die Hand, er hatte ja keinen Papa mehr. Der Papa, mein Großvater, den ich nicht kannte, war nur ganz kurz da gewesen, gerade lang genug, um Hoffnung zu schöpfen, um noch ein Kind zu machen, um es auf die Welt kommen zu sehen, um ein neues Leben zu beginnen, vielleicht war es nicht nur das Furunkel, vielleicht war er einfach im Ganzen zu schwach, sein Herz, und schon sprang er aus dem Leben, im Galopp, wie sein zweitältester Sohn es später tun würde, mein Vater, kaum hatte ich ihn gekannt. Doch das ist eine andere Geschichte.

Wenn sie am Sonntag in der Nicolaikirche sitzen, in die die kleine Großmutter nach wie vor am liebsten geht, obwohl sie evangelisch ist und sie doch alle katholisch sind, alle Kinder gekämmt und geschniegelt mit Spucke, sitzt mein kleiner Vater auf der harten Bank und betrachtet die Männer, die auf den Bildern am Altar dargestellt sind. Die Tommys sehen es gern, wenn die Deutschen in die Kirche gehen, das ist doch unsere gemeinsame Grundlage, sagen sie, wir sind doch alle Christen, wir glauben an denselben Gott und an die Barmherzigkeit, und die Deutschen hatten doch nur zwölf Jahre keinen Kirchgang, da muss doch was zu machen sein. Die Tommys sind Christen nach Bedarf, machen wir uns nichts vor, hat Dorothea gesagt, die haben auch ihren Dreck am Stecken. Die kleine Großmutter interessiert das alles nicht. Sie ist katholisch aufgewachsen, das sechzehnte von achtzehn Kindern, alle gezeugt im Glauben an die Menschheit, an das Gute, an den lieben Gott. Sie betet, dass all das am Ende siegt, ob sie nun in der katholischen oder evangelischen Kirche sitzt, das ist ihr im Grunde egal.

Ohne Tadel war dein Verhalten seit dem Tag, an dem ich dich schuf, bis zu dem Tag, an dem du Böses getan hast. Durch deinen ausgedehnten Handel warst du erfüllt von Gewalttat, in Sünde bist du gefallen. Hochmütig warst du geworden, weil du so schön warst. Was redet der Pfarrer da, fragt sich mein kleiner Vater, aus dem Buch Hesekiel, warum erzählt er das und hebt die Stimme? Dein ausgedehnter Handel ... aber der Handel mit dem Salz hat doch die Stadt so reich gemacht? Was klagt er? Die Händler sind doch keine bösen Menschen? Die Lüneburger Kaufleute auf dem Altarbild hören zu und verziehen keine Miene.

Seit mein kleiner Vater weiß, dass diese Männer Kaufleute sind, steht sein Berufswunsch fest. Er möchte auch so ein Kaufmann werden, verehrt und geachtet von den Bürgern. Nicht scheel angesehen von den Einheimischen, weil er ein Flüchtlingskind ist, sondern bewundert. In prachtvollen Kleidern aus Samt, mit großen, schräg aufgesetzten Kappen, grün, braun, rot, schöner und größer als die roten Käppchen von den Tommys.

2
FALLEN

Vielleicht liegen die Entscheidungen über Leben und Tod ganz woanders als man denkt. Vielleicht ist es manchmal nötig, das Leben einfach machen zu lassen. Es lässt sich nicht planen. Wie viele Menschen sind einfach so auf die Erde gekommen und sind trotzdem glücklich, lieben, leiden, werden geliebt.

Der kleine Willi war der Ausdruck der Liebe, der Hoffnung, des Lebenselans, des Glaubens, dass das Leben selber gut würde. Und nun war der Vater des kleinen Willi gestorben, und das Kind brüllte in der Nacht, weil es Hunger hatte oder Durst, weil es sich nach der Mutter sehnte, weil es spürte, dass da der Glaube, mit dem es selber in die Welt gekommen war, gebrochen war, dass da etwas zerschellt war in ihr. Und Ida stand auf, nahm ihn hoch oder zu sich ins Bett, und tags arbeitete sie und versuchte alles hinzukriegen.

Eines Tages traf sie Frau Sarapetta, durch einen Zufall, sie liefen sich in der Großen Bäckerstraße regelrecht in die Arme, lachten und redeten und waren voller Freude, sich zu sehen. Ida fragte Frau Sarapetta Löcher in den Bauch und Frau Sarapetta musste ihr gestehen, dass sie mit ihrer kleinen Emmy in einer der Baracken am Rande der Stadt wohnte. Im Lager, sagte sie leise und sah beschämt auf das Pflaster. Doch Ida packte ihr Kinn und sah Frau Sarapetta an und sagte: Ich komme Sie besuchen, noch diese Woche, als wäre es ein ganz normales Haus.

Die großen Baracken aus Wellblech, die halbrund gebaut waren, ein bisschen wie Hangars für Flugzeuge, Nissenhütten genannt, nach ihrem Erfinder, lagen im Nordosten der Stadt. Ida musste eine dreiviertel Stunde laufen, um dorthin zu gelangen und eine weitere halbe Stunde brauchte sie, um in einer der überfüllten Hallen Frau Sarapetta ausfindig zu machen.

Wie viele Menschen leben denn hier?

Ich weiß es nicht, ich weiß nicht, aber Sie sehen ja –

Sie sah. Sicher hatte etwas in der Zeitung gestanden. Von Zigtausenden war die Rede. Doch es war nur eine Zahl. Bis sie hier in die Baracke gekommen war, wo diese Menschen keine Zahlen waren, sondern lebten, dicht an dicht, zwischen den Feldbetten, den aufgehängten Decken, die eine Ahnung von eigenem Bereich vermitteln sollten, vor den Blicken schützen, doch sie schützten weder vor den Geräuschen noch vor den Gerüchen. Den fahlen, klebrigen Gerüchen der zu lange getragenen Kleidung, der Angst, der schmutzigen Windeln, des Tabakqualms, des Kohls, des aufgewärmten Essens, des Winters, der schlechten Belüftung. Ida riss sich zusammen, sich nicht zu kratzen, sie riss sich zusammen, nicht würgen zu müssen. Kein Wunder, dass so viel über die Angst gesprochen wurde, dass die Flüchtlinge Läuse hätten, und dass die Läuse Typhus übertrügen, oder dass andere schlimme Krankheiten ausbrächen wie eine Epidemie. Die Leute taten, was sie konnten, alles reinlich zu halten, das konnte Ida sehen. Sie räumten auf, sie fegten, sie hängten ihre Wäsche auf, sie saßen an langen Holztischen, an denen sie sich die Suppe teilten oder Karten spielten, um sich die Zeit zu vertreiben.

Was haben Sie denn jetzt vor?, fragte Ida Frau Sarapetta.

Frau Sarapetta hantierte mit zwei Tassen und einer Blechkanne, in der sie etwas Muckefuck aufgewärmt hatte. Sie bot Ida von dem Kuchen an, den sie ihr mitgebracht hatte; Ida wehrte ab.

Essen Sie, er ist für Sie, ich habe schon. Und hier, warten Sie, sie kramte in ihrer Handtasche, ich habe etwas für Ihre Kleine mitgebracht.

Sie überreichte ihr ein Päckchen Puddingpulver und zwei Äpfel. Das Kindchen Emmy war gewachsen, aber nur in die Höhe, wie alle Kinder, ganz dünn waren die Beinchen, auf denen Emmy herumstakste und immer wieder zu Frau Sarapetta kam. Ida dachte nur, wie gut hab ich es doch, wie gut hab ich es, verzeih oh Herr, mein Klagen!

Ich warte auf die Erlaubnis zur Umsiedlung, sagte Frau Sarapetta und biss in den Kuchen. Mh, köstlich, sagte sie, und Ida spürte, wie ihr die Tränen hochschossen.

Umsiedlung?, fragte sie. Wohin denn?

Nach Bayern, sagte Frau Sarapetta. Ich habe Ihnen doch erzählt, dass ich dort eine Cousine habe.

Stimmt, sagte Ida, das hab ich vergessen, entschuldigen Sie.

Nein, nein, sagte Frau Sarapetta, ist ja alles kein Wunder, und biss wieder in den Kuchen. Er schmeckt wirklich prima, sagte sie, fast wie früher bei Ihnen zu Hause!

Ida nickte und trank einen Schluck. Aus den Augenwinkeln beobachtete sie ihre Umgebung. Es wurde auch gelacht, es war keineswegs so, dass alle bedrückt herumsaßen. Aber sie hatte im Vorübergehen auch ein oder zwei Männer gesehen, die reglos auf dem Rücken lagen und in die Luft starrten.

Aber wieso müssen Sie warten?

Na, weil wir hier bei den Briten sind, und die Bayern sind amerikanisch. Und wenn man von einer Zone in die andere will, muss man das begründen. Und das wird jetzt gerade geprüft. Ob es die Cousine wirklich gibt. Und ob sie mich auch aufnimmt.

Und Ihr Mann?, fragte Ida.

Sibirien, sagte Frau Sarapetta und drehte den Kopf beiseite.

Oh nein, sagte Ida.

Oh doch. Und da denken die Briten, wir könnten sowjetisch sein wollen! Was für ein Unsinn!

Ja, was für ein Unsinn, sagte Ida. Sibirien! Da würde er garantiert nicht wiederkommen. Sie wollte Frau Sarapetta die Hand drücken, tat es aber nicht. Sie wusste nur zu gut, was das auslösen würde.

Ist das sicher?, fragte sie stattdessen.

Nicht ganz.

Dann warten Sie, bevor Sie es denken, liebe Frau Sarapetta!

Die gehen alle drauf in den Lagern, am Typhus! Frau Sarapetta flüsterte jetzt, hatte sich zu Ida vorgebeugt. Aber nicht nur dort! Sie sah sich ängstlich um. Die Verhältnisse! Ich habe einen Horror, stellen Se sich vor, in den alten Matratzen hocken Läuse, und die Läuse bringen den Typhus, das weiß man doch.

Ida sah sich um, wieder hatte sie so einen schrecklichen Juckreiz.

Aber keine Panik, sagte Frau Sarapetta plötzlich laut und lachte, als hätte sie Ida nur ein bisschen foppen wollen, sie lachte, bis ihr die Augen tränten und die anderen Leute sich umdrehten nach ihr. Die spritzen alles hier mit DDD ab, schrie sie zwischen zwei Lachsalven, das schafft die wildeste Laus! Sie lachte und es schüttelte sie und Ida bekam es mit der Angst zu tun, bis die kleine Emmy am Kleid ihrer Mutter zerrte und Mama, Mama schrie und Frau Sarapetta prompt aufhörte damit.

Auf dem Weg nach Hause ging Ida so vieles durch den Kopf. Sie dachte an Beuthen, an ihr Zuhause, sie dachte an alle, die ihr Zuhause verloren hatten und nun auf wenigen Quadratmetern in den Baracken am Rande der Stadt lebten und warteten und hofften, und keiner wusste so recht, worauf. Dass das Leben besser würde eben.

Man darf diese Menschen nicht verachten, dachte sie und erschrak. Denn überall, wo die Leute diesen Satz sagten, wusste sie, dass sie es taten, und sie, sie wollte weder verachtet werden noch es selber tun. Sie dachte an ihr schönes Leben in Hindenburg, als sie in der Bürstenfabrik ihr erstes richtiges Geld verdiente, als man ihr als Kontoristin vertraute, als sie Kurt kennenlernte und sie heirateten und zusammen nach Beuthen zogen, und wie glücklich sie gewesen waren, als ihr erstes Kind auf die Welt gekommen war, Kaspar! Die Bilder dieser Zeit standen ihr mit einemmal so deutlich vor Augen, dass sie es kaum aushielt, ich darf gar nicht daran denken, sagte sie sich, ich ertrage es nicht, dass ich all das verloren haben soll, und es niemals niemals wiederkehrt.

Ihre Schritte waren klein, sie musste immer sehr schnell laufen, um voranzukommen, es verlieh ihr immer etwas Eiliges. So eilte sie am Bahnhof vorbei, sie nahm den Stintmarkt und die Rosenstraße, lief An den Brodbänken entlang und Am Ochsenmarkt hinauf, all die Jahrhunderte, all die Gewerke, die hier einst waren, dem Salz dienend, dem Handel, sie wollte noch nicht nach Hause, schlug einen Haken, lief über den Markt und dann An der Münze weiter, die Katzenstraße hinein, und am liebsten hätte sie noch einmal kehrt gemacht, bevor sie die Neue Sülze hoch lief. Sie eilte ihren eigenen Gedanken und Gefühlen davon; sie eilte fort von allem, was sie nicht als schöne Erinnerung an gute Zeiten begreifen konnte, sondern nur als ein Verloren, Verloren, Verloren. Ida rannte geradezu, sie lief im Zickzack durch die Stadt, die wohl ihre neue Heimat werden würde, und das Geeile und Gerenne machte es nicht besser. Sie musste an ihre Eltern denken, ihre Muttel, die sie zurückgelassen hatte, die sich geweigert hatte, Hindenburg zu verlassen, und ihren Vati, der nun ohne Kinder und Zuspruch und Arbeit dort festsaß, drangsaliert von den russischen Besatzern, und sie konnte ihnen noch nicht einmal etwas zu essen schicken, weil sie selbst zu wenig hatten, oder ihnen irgendetwas anderes Gutes tun. Konnten sie denn einfach so bleiben? Würden sie nicht vertrieben werden wie all die anderen? Ida fiel und fiel und fiel, es war, als würde sie von einer übermächtigen Kraft immer weiter fallen gelassen, in einen unbekannten Schacht, tiefer als die Soleschachte unter ihren Füßen, einen engen, dumpfen Schacht, der ihr die Luft zum Atmen nahm und sie durchschüttelte und sie von einer Wand an die andere knallte, und plötzlich hörte sie eine Stimme, hallo, hallo, gute Frau, wachen Sie auf!

Jemand tätschelte ihre Wange, sie kam zu Bewusstsein, Bewusstsein, was für ein Wort, ein Mann und eine Frau hatten sich über sie gebeugt, richteten sie langsam auf, sie hat bestimmt zu wenig gegessen, sagte der Mann besorgt, vielleicht ist sie ja schwanger, die Frau, und Ida sah die beiden verwundert an.

Es half alles nichts, sie musste einige Tage das Bett hüten. Sie war vollständig entkräftet, und ihr Wille hatte seine Grenze erreicht. Dorothea kam und flößte ihr Suppe ein, nicht die Schwiegermutter. Omi Else kümmerte sich um die Kinder. Es war Dorothea, und auch gegen sie konnte Ida sich nicht wehren. Dorothea wusch sie mit einem Lappen, im Bett, sie stellte ihr einen Nachttopf unter das Bett und half ihr, damit sie nicht auf das Plumpsklo im Hof gehen musste. Sie sagte kein Wort. Doch ihre Hände waren freundlich. Ida hätte es fast lieber gehabt, dass sie grob wären, sachlich; die Freundlichkeit von Dorotheas Händen weichte sie auf, sie fiel noch weiter, sie fiel und fiel, doch jetzt hatte sie das Gefühl, jemand hielte sie, jemand hielte sie im Fallen, eine paradoxe Empfindung, doch genau so war es.

Ida schossen in diesen Tagen des gehaltenen Fallens tausend Gedankensplitter durch den Kopf; es war, als müsste sie alles endlich und auf einmal verdauen, was sie in den letzten Wochen und Monaten beiseite geschoben hatte. Es waren schlimme Splitter, vielleicht sogar unverdaulich, Fragen, Zweifel, Ruhlosigkeiten. Sie sah Kurt auf seinem Marineschiff, sie sah einen gebeugten chinesischen Mann, der einen Berg empor klomm und sich immer wieder umdrehte und winkte und dabei ein Gipsbein nachzog, sie sah Kinder im Schnee stecken bleiben und Seifenschaum aus dem Berg hervorquellen wie Lava aus einem Vulkan. Alle Pein, alles Grauen, alle Angst und alle Scham rasten wie Glassplitter durch ihren Körper, sie schwitzte das Bettzeug durch in der Nacht, sie fieberte und fror und immer war Dorothea da, und manchmal legte eines ihrer Kinder ihr das kühle Händchen auf die Stirn und flüsterte leise: Mama. Ida sah die Angst in ihren Augen, die Sorge, kreidebleich, doch sie konnte nichts machen, sie hatte sich nicht in ihrer Gewalt.

Während Dorothea sie in diesen Tagen fütterte und versorgte, war ihr Gesicht so hübsch wie Ida es zu Anfang empfunden hatte. Ihre Züge entspannten sich, ihre Augen waren klar, nicht wie die leblosen Knopfaugen eines Teddys, und die kleinen Härchen, die sich um ihre Stirn kräuselten, wenn sie bei ihren Bewegungen schwitzte, gaben ihr etwas sehr Junges. Sie sah – wie nie zuvor – ihrem Bruder Kurt ähnlich, ihrem Bruder, den sie vielleicht genauso geliebt hatte wie Ida, nur als Schwester. So hatte Ida sie noch nie gesehen, und in einem sonderbaren Augenblick, als Ida Dorothea wie einen Menschen aus großem Abstand betrachtete, ganz losgelöst von sich selbst, begriff sie: Dorothea verbarg etwas, und zwar vor allen. Es war ihr nicht möglich, sich auch nur einer einzigen Seele zu öffnen. Ida war sich vollkommen sicher.

Am fünften Tag schließlich wachte Ida auf, es war überstanden. Dorothea lächelte, als sie es sah, doch als Ida Anstalten machte, sie zu umarmen, machte sie sich steif und wich zurück. Ida nahm ihre Hand und drückte sie fest, ist schon gut, knurrte Dorothea, und mit einem Mal sah ihr Gesicht so aus wie von einem Kerl.

Sobald Ida sich wieder halbwegs hochgerappelt hatte, blieb Dorothea fort. Es war wie eine Abbitte gewesen, in einem stillen Zwischenreich, zwischen ihnen beiden. Und dann? Ida blieb schwach, sie brauchte Wochen, um wieder richtig auf die Beine zu kommen, jeder Handgriff fiel ihr schwer. Sie musste sich oft hinsetzen. In der Zwischenzeit hatten die Nachbarn sich zusammengetan, um ihr zu helfen. Der kleine Willi, der ja noch kein Jahr alt war, wurde an den Tagen, an denen es warm und trocken war, in seinem Kinderwagen vor das Haus geschoben und alle schauten mal nach ihm.

Willi, in einem Alter, in dem man das Gesicht der Mutter braucht und die Nähe ihres Körpers, streckte sich hoch und schaukelte in seinem Wagen. Er schaukelte sich selbst, wenn keine da war, um ihn zu wiegen, und er krähte sich selbst Mut zu, mit einem heiseren Lalala, das sich früher als Gesang anhörte als man es bei so winzigen Kindern gewohnt war. Er hatte einen großen Kopf auf dem zarten Körperchen und wenig Haare darauf, er hatte kleine, aber offenbar sehr feine Ohren, und sein Stimmchen hatte nichts Unangenehmes, selbst wenn er brüllte, klang es freundlich und klagend und nicht etwa schrill und durchdringend. Sobald Nanne, Hannes oder Kaspar aus der Schule kamen, nahmen sie ihn auf den Arm und schleppten ihn herum, sangen ihm Lieder und fütterten ihn. Er liebte es, wenn sie ihm etwas vorsangen, es würde nur wenige Monate dauern und er würde mitsummen oder sie ansummen, damit sie ihm die Lieder vorsangen. Er hatte dann so eine Art, ihnen aufmunternd zuzunicken, damit sie für ihn sangen. *Maikäfer, flieg, Guten Abend, gute Nacht, Zieh aus mein Herz und suche Freud*, sie sangen alle Lieder, die sie kannten.

Doch jetzt, wo er noch so klein war, nachts, wenn sie fest schliefen und die Gespenster kamen, stemmte sich der kleine Willi im Bettchen, das irgendjemand ihnen geschenkt hatte, auf alle seine Viere hoch und schaukelte hin und her und machte lalala, wäwäwä, lala wäwä und weinte sich in seine Träume. Ida hörte es nicht, Ida schlief den Schlaf, den ein Mensch braucht, der am Rande seiner selbst steht.

3

BEZAUBERNDE JEANNIE

Ohne Salz kein Leben, der Mensch besteht selbst aus Wasser und Salz, kommt gewissermaßen direkt aus dem Meer, las ich nach etwas planlosem Lauf durch die Stadt im Salzbergwerkmuseum. Die Stadt, die ihren Reichtum einst mit dem Bergen des Salzes begründet hatte, oben die reichen Kaufleute, und unter Tage, wegen der Hitze und der Feuchtigkeit wortwörtlich, nicht nur unter Tage, sondern tatsächlich in der Nacht, die schuftenden Männer in den Schächten, die den Salzstock abtrugen, fiese Dämpfe beim Sieden einatmen mussten beim Sülten, in der Sole. Jetzt verstand ich auch den Straßennamen *Auf dem Meere*! Überall wiesen die Namen noch daraufhin, was mir allmählich ins Unbewusste kroch, dieses ganze unterirdische Leben, wahrscheinlich würde ich anfangen davon zu träumen, wie das Salz durch einen Filter aus Heidekraut gejagt wurde und die Hasen dazu sangen, *La Paloma Ade*. Es gab sogar ein *Tor zur Unterwelt*, was ein wenig poetisches, nur durch die Absenkung immer schiefer gewordenes Gartentor war, an dem man diesen Vorgang gut beobachten konnte. Einen Dante aber hatten die Lüneburger nicht, für ihre Unterwelt, nur einen Heinrich Heine auf Stippvisite.

Ich hatte das Bedürfnis, die Stadt besser kennenzulernen, aber innerlich war ich zu aufgebracht, um eine ordentliche Stadtführung mitzumachen oder mir das Rathaus anzuschauen. Es waren die Spuren der Briten, die mich brennend interessierten, das Kino, in dem meine kleine Großmutter gearbeitet hatte. Doch wo suchen? Ich entdeckte Stolpersteine, die an die jüdischen Bewohnerinnen und Bewohner Lüneburgs erinnerten. Die meisten waren ermordet worden, in Bergen-Belsen oder Auschwitz. Es gab eine Menge Steine, wenn man erstmal darauf achtete. Nur zwei Familien hatten überlebt, weil sie in sogenannten »Mischehen« verheiratet waren, und weil sie offenbar Glück gehabt hatten. Ich fand auch einen Stolperstein für drei Kinder, darunter ein Roma-Junge, der in der Euthanasieklinik in der ehemaligen Nervenheilanstalt getötet worden war. Die Familie Jacobson, die das Kaufhaus *Gubi* – gut & billig – am Markt aufgebaut und geführt hatte, hatte man derart drangsaliert, dass sie 1936 nach Hamburg gezogen und dann nach Amerika ausgewandert war. Die Synagoge war 1938 abgerissen worden, es gab eine Gedenkstätte in der Reichenbachstraße an der Ecke zum Schifferwall; gar nicht weit vom Filmpalast.

Die Geschichte machte mich müde. Ich trank einen Kaffee gegenüber eines studentischen Veranstaltungsortes; der Kaffee war so stark und die jungen Leute, die ihn zubereiteten, so entspannt, dass ich davon ganz nervös wurde. Ich lief wieder los, ließ mich mehr oder weniger treiben, wobei ich so gereizt war, dass von Treibenlassen eigentlich keine Rede sein konnte, eher von einem Getriebensein. Die alten Gebäude faszinierten mich; jedes war verschieden vom anderen; die ungewöhnlichen Farben, hellblau, rostrot, ein altes Rosa, die kleinen Verzierungen wie weiße Sahnekringel. Die Art, wie die Fenster eingesetzt waren, etwas schief; die Holzbalken, in die die ehemaligen Handwerkszünfte ihre Embleme eingeschnitzt hatten, die Gerber, die Tonnenmacher, die Seiler. Ganze Häuser waren schief, sie schienen sich gegenseitig zu stützen; vermutlich würde Lüneburg nach und nach in der Erde versacken, wegen der ausgebeuteten Salzbergwerke unter der Stadt. Die Häuser bekämen Risse wie in Essen und Wuppertal und anderen Bergwerkstädten, und dann würde es einen Krach tun und alles wäre vom Boden verschluckt wie in einem bösen alten Traum ... alles würde dem salzigen Meere zurückgegeben, aus dem es einst gewachsen war ...

So wie die Spuren der Briten getilgt waren, nichts zu sehen vom NAAFI Kaufhaus, dem Officers' Club, dem Astra Cinema; Lüneburg war eine Stadt mit der Neigung zum Verschwinden, und ich, ich hatte eine Neigung zum Verschwundenen. Außer meiner blühenden Phantasie, der die Welt natürlich mit den Jahren strikte Begrenzungen verpasst hatte, so dass ich lernen musste, das Erfinden, Behaupten und naja, Flunkern, auf das Umerzählen von kleinen Vorkommnissen zu einer schönen Geschichte zurechtzustutzen – Mama, du lügst! –, entwickelte ich die Neigung, mich in etwas zu verbeißen. Vielleicht gerade weil da etwas anderes zurechtgestutzt wurde. So richtig schön verbeißen, bloß nicht locker lassen, wie ein fieser kleiner Terrier, der das Hosenbein, das er geschnappt hat, nicht mehr freigibt. Und jetzt wollte ich unbedingt den Mönchsgarten finden. Meine Tante hatte etwas von diesem Mönchsgarten erzählt, eine kurze Bemerkung, die sich in meinem Kopf festgesetzt hatte, und nun suchte ich ihn. Ein Gartenlokal in der Nähe des Friedhofs, auf dem mein unbekannter Großvater lag, Idas Mann und Vater von fünf Kindern, eines davon mein kleiner Perserteppichvater. Etwas nachlaufen, das es mal gab, welchen Sinn hatte das überhaupt? Egal. Auf dem Plan sah es ganz einfach aus; ich würde die Stadt durchqueren und einen Spaziergang am Kalkberg vorbei unternehmen, um dann ein wenig außerhalb des engeren Stadtrings den Mönchsgarten zu finden. *Bei Mönchsgarten* hieß die entsprechende Straße, eine grammatikalisch etwas ulkige Form. Ich machte mich auf den Weg.

Am Sande, dem großen Platz – überall, auch hier, Sand am Meer! –, an dem sich das historische Gebäude der IHK befindet und den ich noch nicht gesehen hatte, schlenderte ich an den vielen Stühlen vorbei, die zum Platz hin vor den Cafés aufgestellt waren, und kam bei einer Gruppe junger Afghanen an, die sich an einer Bushaltestelle drängten. Sie waren alle schlank und ein bisschen schlaksig, drei hatten Bärte und alle die typischen großen braunen Augen mit enorm langen Wimpern, kurz und gut, etwas blass, etwas angestrengt, aber bildschön. Es gab viele Afghanen in der Stadt, sie waren mir gleich am ersten Tag aufgefallen, auch Pakistani sah ich einige und junge syrische Frauen. Die jungen Männer sprachen aufgeregt auf Dari, einer hatte ein Problem mit dem Amt, weil er sein genaues Geburtsdatum nicht hatte sagen können und das Amt ihn nun nicht richtig zuzuordnen wusste, in welche Art Heim, in welche Art Beschäftigung und überhaupt. Ich verstand ihr Dari, auch wenn ich es nicht selbst sprechen kann; Dari ist dem alten Persisch ähnlich, es war ja auch einmal ein großes Reich, Dari verhält sich zu Persisch ungefähr wie Österreichisch zu Deutsch, da verstehe ich ja auch nicht alles. Paschtu hingegen, die zweite große Sprache Afghanistans, kann ich gerade nur so identifizieren, mehr durch Erraten, aber nicht verstehen. Ich schnappte ein paar Fetzen der Unterhaltung auf und ohne nachzudenken, gab ich die Antwort auf Persisch: Ihr müsst den Leuten auf dem Amt sagen, dass es in Afghanistan nicht üblich ist, einen exakten Geburtstag festzuhalten. Dass man es nur so ungefähr sagt, in Hinblick auf wichtige Festtage oder die Jahreszeit, dass es viel wichtiger ist, festzuhalten, wer der Vater ist, zu welcher Familie man gehört und zu welcher Großfamilie. Dann werden sie es vielleicht besser verstehen!

Überrascht sahen sie mich an, dann prasselten ihre Freudenrufe und Fragen auf mich ein, und am liebsten hätten sie mich sofort auf einen Tee eingeladen oder mit aufs Amt geschleppt. Das hatte ich in Berlin oft genug getan, auf den Ämtern zu helfen, danach stand mir jetzt gerade nicht der Sinn. Ich wehrte mich mit allen mir zu Gebote stehenden Höflichkeitsformeln, denn eins hatte ich gelernt, man musste immer sehr höflich sein, wenn dich jemand einlud oder freundlich zu dir war, wobei ich als Frau eine gewisse Sonderposition hatte und sie sofort akzeptieren würden, dass ich, auch wenn ich ihre Mutter hätte sein können, nicht mit einem ganzen Pulk junger Männer zum Teetrinken gehen konnte. Ich erklärte, dass ich zur Arbeit müsse, sie lachten und nickten, jaja, die Arbeit, du bist eine Deutsche, dann schüttelten sie mir die Hände und wünschten mir Glück. Ich drehte mich schon zum Gehen um, als ein älterer kahlköpfiger Mann, der dabeigestanden hatte, mich ansprach. Warten Sie, sagte er auf Deutsch und hielt mir sein Kärtchen hin. Sind Sie von hier? Ich hörte, Sie sprechen Dari. – Nein, antwortete ich, ich spreche Persisch. – Das ist noch besser, sagte er, ich habe einen Geschäftskunden aus Iran, er kommt hierher und ich suche händeringend einen Übersetzer. Ich dachte, ich könnte die jungen Männer fragen, aber ich fürchte, mein Partner wird es nicht mögen, dass es Afghanen sind und keine Iraner. Aber auch den Iranern, die hier sind, misstraut er. Nun treffe ich Sie hier ... Könnten Sie vielleicht?

Ich schüttelte energisch den Kopf, nein, es tut mir leid, ich bin nur heute hier!

Überlegen Sie es sich!, sagte er, rufen Sie mich an. Essen Sie gern Persisch?

Natürlich, nickte ich automatisch.

Ich lade Sie ein, ins Soraya, ich schreibe Ihnen die Adresse, wenn Sie mir Ihre Nummer geben.

Nicht nötig, sagte ich, halb im Losrennen, ich kenne es, Auf Wiedersehen!

Ich zahle gut, schrie er hinter mir her. Ich bin heute Abend dort!

Auch das noch, dachte ich. Dafür hatte ich gerade überhaupt keinen Kopf. Ich hatte mein Symposion geschmissen, das Zimmer war schon für die Dauer der Tagung bezahlt worden, wenn überhaupt, müsste ich dorthin, mein Vortrag war für den nächsten Tag angesetzt. Wahrscheinlich würde man mir das Zimmer noch in Rechnung stellen, wenn ich dort nicht wieder auftauchte, aber irgendwie war es mir, ganz gegen meine Art, völlig egal. Sollten sie ruhig! Ich war jetzt hier und sah mich um. Ich sollte vielleicht lieber mal über meine berufliche Zukunft nachdenken, sagte ich mir, aber was mich viel mehr beschäftigte, war die Frage, wo der Mönchsgarten lag, von dem mir meine Tante bei der Beerdigung erzählt hatte.

Der Weg durch die Stadt war schön, ich lief zum zweiten Mal an der Sankt-Johannis-Kirche vorbei, dann an den Pfarrhäusern und der Ratsmühle, strolchte über eine Grünfläche, auf deren Bänken sich wie in anderen Städten Junkies und Obdachlose versammelt hatten, folgte der Friedensstraße und gelangte auf die Lindenstraße. Von da sollte es nicht weit sein, doch die Strecke um den Stadtring herum zog sich wie Kaugummi. Der Stadtplan hatte im Altstadtbereich offensichtlich ein anderes Verhältnis zur Realität als der Bereich außerhalb des Stadtrings. Na gut, das war auch auf Stadtplänen von Venedig oder Rom oder Paris so, aber dort war es wenigstens gekennzeichnet. Inzwischen war es recht warm geworden und meine Füße fingen an zu jucken. Als Nächstes würden sie anschwellen, ich kannte das schon, ich hasse es, wenn ich zu dicke Strümpfe oder zu warme Schuhe anhabe. Meine Schritte wurden immer schwerer, gleichzeitig bekam ich höllischen Durst und pinkeln musste ich auch. Das gab es doch nicht! Wieso war dieser Weg so verdammt lang? Und wieso gab es keinen Hinweis auf den Friedhof, nur auf die Nervenheilanstalt? Ich merkte schon, wie mein Katastrophenhumor durchschlug und ich anfing, mich über mich lustig zu machen und mit mir selber zu reden. Als Nächstes würde ich anfangen zu kichern, und dann, Blase ade. Weit und breit kein Café, kein Kiosk, nichts. Die Lindenstraße wurde zur Soltaerstraße, und als ich ein paar Büsche wie zu Schrebergärten hin entdeckte, schlug ich mich da erst mal rein. Ich kam an der Soletherme vorbei und fragte jemanden, der entsetzt den Kopf schüttelte, das ist aber noch ein ganzes Stück zu Fuß, und mich dann weiterschickte, Richtung Sültenweg. Da fragte ich den nächsten, der mich zum Grasweg schickte, aber keine Ahnung von einem Mönchsgarten hatte. Ich hatte kein Handy, ich besaß auch gar kein Smartphone, ich hatte nur den kleinen unsinnigen Stadtplan. Ich kam zur Kreuzung Neuetorstraße und war einen Augenblick versucht, das Ganze abzublasen und in die Stadt zurückzukehren, gemütlich irgendwo einen Tee zu trinken und die Sucherei auf morgen zu verlegen. Aber, wie gesagt, ich neige dazu, mich festzubeißen, und jetzt war ich in dem Zustand, in dem rationales Denken nicht mehr hilft. Ich musste den Mönchsgarten finden, und wenn ich barfuß hinlaufen müsste. Inzwischen war es nachmittags um halb fünf, fünf und die Septembersonne stand so schräg, dass sie noch mal so eine richtig schöne Zusatzwärme entwickelte. Inzwischen hatte ich meine Jacke und Strickjacke ausgezogen und mir umgebunden. Die Füße waren geschwollen, die Knie taten mir weh, ich aber setzte einen Schritt vor den anderen und keuchte etwas, denn es ging jetzt auch noch Hügel rauf und runter und rauf. Hätte ich gewusst, dass die eigentliche Katastrophe mir noch bevorstand, hätte ich der Versuchung nachgegeben, in die Stadt zu laufen. Die Lüneburger wissen garantiert nicht, wie groß ihre verrückte Stadt ist!, dachte ich. Wieder entlang der Neuetorstraße, am Kalkberg vorbei, dann endlich in der Straße mit dem sonderbaren Namen Bei Mönchsgarten, und dann das Resultat: Weder dort noch sonst irgendwo gab es ein Ausflugslokal oder ein Überbleibsel eines solchen. Nichts, nada, niente. Bei Mönchsgarten war eine hübsche, leicht krumm verlaufende Straße mit Kopfsteinpflaster und alten Häusern und Büschen, doch nichts, kein Plätzchen, keine Fläche verwies auf einen ehemaligen Biergarten. Das Café *Mönchsgarten* in der Nähe des Friedhofs gab es nicht. Ich suchte überall, lief durch die Straßen auf der westlichen Seite des Friedhofs, dann auf der südlichen und wieder zurück. Ich hatte diesen Garten genau vor Augen, es gab ihn einfach nicht mehr, Punkt.

Völlig erledigt schleppte ich mich auf den riesigen Friedhof. Ein kleines Häuschen mit einem Übersichtsplan, wer wo lag, und sogar wunderbaren Toiletten und funktionierenden Wasserhähnen, zu denen ich erstmal stürzte, stand hinter dem Eingang. Gießkannen hingen davor aufgereiht, und der Weg führte auf ein großes Gelände mit vielen alten Bäumen, noch älteren Grabsteinen und Steinbänken. Nach dem Namen meines Großvaters brauchte ich gar nicht zu suchen, das Grab war irgendwann aufgelöst worden, so viel wusste ich. Der Friedhof mit den friedlichen Büschen, den seltsamen Namen, den dicken Steinen und zwitschernden Vögeln hatte etwas ungemein Beruhigendes. Ich ließ mich auf eins der von der Sonne gewärmten Steinbänkchen fallen, erschöpft von meinem langen Weg, von dem ich nur einen Augenblick in der Nachmittagssonne ausruhen wollte, und schlief sofort ein.

Kein Mensch weiß, warum, aber ich träumte von Major Healey. Major Healey setzte sich zu mir auf die steinerne Bank und erzählte mir etwas, das ich nicht richtig verstehen konnte. Es war, als fehlten in seiner Rede im Wechsel die Konsonanten oder die Vokale. Er trug seine grüne Uniformjacke mit den Abzeichen der US Army. Das ist nicht britisch, sagte ich zu ihm, und no, sagte er und sah mich verwundert an, ich bin ja auch ein Amerikaner! Major Healey war der beste Freund von Major Nelson, der in der amerikanischen Serie *Bezaubernde Jeannie*, die mein Comic-Heftchen-Vater und ich, als ich vielleicht fünf war, regelmäßig und mit großer Begeisterung sahen. Am liebsten, während wir vor dem Fernseher sitzend einen heißen Toast Hawaii mit köstlichem billigem Schmelzkäse von meiner Mutter serviert bekamen.

Major Toni Nelson war ein junger Astronaut, der für die NASA arbeitete und bei einem missglückten Raumfahrtflug auf einer Insel im Pazifik notlanden musste. Dort fand er eine seltsame lilafarbene Flasche, die mir von den Abbildungen aus meinem Lieblingsbuch, den *Geschichten aus Tausendundeiner Nacht*, vertraut vorkam und die sich von selbst bewegte. Als Major Nelson die Flasche öffnete, kam eine schmale Wolke aus Nebel herausgesirrt und – Jeannie. Jeannie, ein bezaubernd hübscher Geist, der zweihundert Jahre lang in dieser Flasche eingesperrt gewesen war und dem dienen sollte, der sie eines Tages daraus befreite. Das war nun der arme Major Nelson, dem sie auch sofort freudig um den Hals fiel. Jeannie kam überall hin mit, wohin Major Nelson ging. Jeannie hatte die Fähigkeit zu zaubern: Dazu verschränkte sie die Arme vor der Brust und zwinkerte heftig mit den Augen. Manchmal schob sie dann noch kokett den Kopf seitlich hin und her. Wenn Jeannie keine Lust hatte zu bügeln, blinkerte sie, und der Stapel Hemden lag gebügelt vor ihr. Wenn Major Nelson und sie eingeladen waren und etwas spät dran, blinkerte sie, und sie waren am Ziel. Jeannie war ein liebenswürdiger Geist und meinte es gut mit

Major Nelson, doch leider brachte sie ihn auch häufig in die Bredouille, vor allem vor seinen Kollegen mit ihren wohlsortierten Gattinnen.

Mein Vater und ich liebten Jeannie, ihren Witz und ihren Ungehorsam; wir waren schon glücklich, wenn wir den lustig gezeichneten Vorspann sahen und die Titelmelodie hörten. Mein Vater sah außer den Comicserien, die er mit mir anschaute, wie *Die Feuersteins* oder *Tom und Jerry*, am liebsten Western. Sein Favorit war *Spiel mir das Lied vom Tod* von Sergio Leone, und manchmal sagte er, wenn ich mal sterbe, dann spielt dieses Lied an meinem Grab. Meine frühkindliche Erziehung hatte viel mit Filmen zu tun, so wie später mein Bild von England durch die deutschen Fernsehadaptionen von Edgar Wallace geprägt wurde. Ach, überall wird doch geschummelt! Das Schummeln macht das Leben schön!

Major Healey war der einzige Mensch, der wusste, dass Jeannie ein echter Dschinn war. Er musste Major Nelson auch immer wieder mal beistehen, wenn Jeannie für Trouble gesorgt hatte. Übrigens sprach Jeannie hin und wieder Persisch. Es war aber kein echtes, mehr so ein Phantasiepersisch. Das klingt ja wie Amerikanisch rückwärts!, sagte mein Vater und lachte. Von heute aus gesehen wäre es kulturgeschichtlich sicher eine Untersuchung wert, wieso in den Sechzigerjahren die Idee aufkam, einen verführerischen persischen Flaschengeist in Pluderhosen und mit bauchfreiem Oberteil und rosa Schleier ums Köpfchen mit der jungen amerikanischen Raumfahrt in einer Komödienserie zusammen zu bringen.

Wie dem auch sei, Major Healey hielt jetzt eine Tasse Tee in den Händen und erzählte mir von einem neuartigen Flugkörper, den er gern mit mir ausprobieren wollte. Seine Zähne sahen sehr groß aus. Es handelte sich um eine Konzentration aus Salz, der man eine geheimnisvolle Substanz zugefügt hatte, die den so gebildeten Körper in der Luft fliegen lassen konnte, so wie man im Toten Meer an der Wasseroberfläche liegen konnte ohne unterzugehen. Ich war zu müde zum Fragen, wohin er damit fliegen wolle, ich nickte nur träge mit dem Kopf. Sofort – als wäre ich jetzt Jeannie, die blinkert – saßen wir beide auf einem Ungetüm von einer solchen Salzwolke, die die Form eines Motorrads hatte, und flogen über den Friedhof. Es war mir außerordentlich peinlich, ich wollte die Ruhe der Toten nicht stören, denn auch wenn ich eine Atheistin bin, bin ich doch eine katholische, und das war irgendwie Blasphemie. Major Healey, rief ich, Major Healey, wir müssen den Iranisten erledigen! Holen Sie die CIA! Da stieß er ein dämonenhaftes Lachen aus, ein grässliches, laut und lauter dröhnendes Lachen, und dann sirrte er zu einer Nebelwolke zusammen, aber keiner schmalen, die in eine Flasche passte, sondern einer riesigen, die immer größer und größer wurde und in den Himmel verschwand und ich fiel herunter und fiel und fiel, bis ich auf der Erde aufschlug. In Wirklichkeit war ich soeben von der Bank gerutscht und hatte mich am Kopf gestoßen.

Mir war etwas schwindelig, als ich aufstand, ich musste mich wieder hinsetzen. Das war jetzt schon das zweite Mal in dieser Stadt, dass ich so hinknallte, und als ich wieder saß, fing ich an zu weinen. Ich weinte über meine beiden Väter und den Großvater, den ich nicht kannte, und überhaupt einfach, weil ich so erschöpft von allem war. Ich fühlte mich nicht echt und echt zugleich, ich fühlte mich wie eine riesige Schlafende, überdimensional wie die Wolke von Major Healey, eine große Schlafende wie diese Frauen auf Malta, die in Höhlen schliefen und mit ihren Träumen den Menschen halfen, ihnen Tipps fürs schwierige Zusammenleben gaben oder so taten, als könnten sie mit ihren Träumen etwas vorhersagen, was sich letztlich aus ihrer unendlich genauen Beobachtungsgabe und Erfahrung speiste. Nur dass ich keine hilfreiche Mitarbeiterin eines frühmedizinischen Instituts war, sondern eine Schlafende, aus der lauter absurde Träume aufstiegen, in denen meine kleine Großmutter und ihre Kinder und die Tommys und der Direktor des englischen Kinos auftauchten. Eine Person, die einen Geist aus der Flasche befreit hatte, eine Person, die bis vor Kurzem Hegels Ökonomie des Umwegs favorisiert hatte, nicht mehr aber seit dem mörderischen Spaziergang um die Stadt, eine Person, die überall Dinge suchte, die nicht mehr da waren.

Auch die Liebe meiner Eltern wurde mir verborgen, aus Liebe zu meinem Comic-Heftchen-Vater, vielleicht aus Scham, aus Furcht und Rücksicht. Ich kann es nicht wissen. Ich weiß nur, dass ich verwirrt bin, und an manchen Tagen in unterirdische Löcher falle und dort herumtappe wie ein Maulwurf; blind, blindwütig, traurig. Tage, an denen mich die Existenz der Menschen in Erstaunen versetzt, ihre bloße Existenz, wie die der Bäume, der Pflanzen und der Tiere; die Tatsache, dass da etwas IST. Tage, an denen meine Augen müde sind vom Schauen und mein Kopf vom Denken und ich nur in der Hängematte liegen mag und hin- und herschwingen wie mein kleiner Onkel, der davon träumte, eines Tages zur See zu fahren.

Das Weinen hatte mich beruhigt. Ich rappelte mich wieder hoch. Als ich langsam, aber seltsam zufrieden – weil ich nicht aufgegeben hatte, obwohl es ja komplett umsonst war und ich nur feststellen konnte, dass es das Café Mönchsgarten nicht gab – vom Friedhof in Richtung Innenstadt lief, fiel mir wieder die Dichterin Ingeborg Bachmann ein, die furchtbar viel gedacht hatte, bevor sie aus Versehen in ihrem eigenen Bett verbrannt war. Sie hatte ein langes, wunderschönes Gedicht geschrieben, über dieses vertrackte Verhältnis von Wahrheit und Erfinden und der Wahrheit des Erfindens, *Böhmen liegt am Meer*, in dem es ganz zu Anfang hieß:

Sind hierorts Häuser grün, tret ich noch in ein Haus.
Sind hier die Brücken heil, geh ich auf gutem Grund.
Ist Liebesmüh in alle Zeit verloren, verlier ich sie hier gern.

Ja, so war es. Ich lief die Straße hinunter und kam an der Kirche Sankt Michaelis heraus, von der der Weg mehr oder weniger direkt zu meiner Pension in der Reitenden-Diener-Straße führte. Ich konnte es nicht fassen, ich dachte an meinen riesigen Umweg, während mir die Füße so weh taten, dass ich dachte, ich schaffe es nicht mehr, während ich an Ingeborg Bachmann dachte, die ihrerseits an Shakespeare dachte, diesen Engländer, der in seinen Stücken manchmal Behauptungen aufstellte und damit spielte, wo doch jeder wusste, dass Böhmen nicht am Meere lag.

Bin ich's nicht, so ist's ein jeder, der ist soviel wie ich.
Ich will nichts mehr für mich. Ich will zugrunde gehn.

Zugrund, das heißt zum Meer, dort find ich Böhmen wieder.
Zugrund gerichtet, wach ich ruhig auf.
Von Grund auf weiß ich jetzt, und ich bin unverloren.

Ich sah, wusste und fühlte, dass ich mich in einem imaginären Lüneburg bewegte. Auf dem Meere, auf dem Salz. Doch diese Fiktion war jetzt meine Realität. Sie war so stark, jeder Winkel der Stadt, jedes Haus, jede Straßenecke war aufgeladen von Ida, von den Kindern, von damals, und auch ich selbst fühlte mich gar nicht mehr existent außerhalb dieser Geschichte.

Ich kam in meiner Pension mit dem Baldachinbett an. Meine Füße waren nicht nur geschwollen, als ich die Strümpfe auszog, sah ich die Blasen, die Beine taten mir so weh, dass ich sie waschen und kühlen und hochlegen musste. Niemand war da, zum Glück. Lange saß ich in der Küche und trank Tee und sah in den Hinterhof hinaus.

Ich hatte fast ein wenig Angst einzuschlafen, Angst vor meinen eigenen Träumen, doch was konnte ich gegen sie tun? Nichts, rein gar nichts, und so kam es: Im Traum fuhren viele Lkws und Jeeps und Transporter über eine staubige

Landstraße, ich lief ganz an die Seite gedrängt von ihnen; plötzlich war da ein Schaf und ich hielt mich an dem dicken wuscheligen weißen Schaf fest, um nicht von der Straße zu fallen, ich krallte mich in sein Fell und es trug mich seitlich, so wie Odysseus sich in das Fell einer Ziege gekrallt hatte, um aus der Höhle des Ungeheuers Polyphem – dessen Name übersetzt *Niemand* bedeutete – zu fliehen. Das Schaf fühlte sich warm an und gut und lebendig, und plötzlich drehte es den Kopf zu mir um und sagte:

4

BIST DU GOTTES SOHN, DANN HILF
DIR SELBST

Vielleicht drei Monate waren vergangen, als eines Tages Idas Arme anfingen zu jucken, zu brennen und schließlich feuerrot anzulaufen. Entsetzt starrte sie auf die Arme. Sie kühlte sie mit Wasser, umsonst. Sie tupfte sie ab, vergebens. Sie blieben feuerrot und brannten. Und sobald sie nur in die Nähe des Bottichs mit der Waschlauge kam, tränten ihr die Augen. Sie stand mitten in der Küche, alles war vorbereitet, die Hemden flogen zu den Fenstern herein, das Wasser kochte, und sie konnte nichts machen.

Andertags teilte sie allen Männern mit, ob englisch oder deutsch, ob Gefangene oder Officers, dass sie leider, leider ihr kleines Geschäft mit der Wäsche aufgeben müsste. Sie können die Hemden doch wenigstens bügeln, schlug Officer Smith vor. Die kleine Großmutter schüttelte den Kopf. Sorry, Sir, sagte sie, das wird nichts. Sie könnten die Strümpfe doch wenigstens stopfen, sagte Herr Könemann, der Gewährsmann auf der Seite der Gefangenen, Nachfolger von Herrn Lehnert, der inzwischen aus der Haft entlassen worden war.

Ich kriege das nicht mehr hin, sagte Ida zu Mr. Smith, der an ihrem Fenster zur Reitenden-Diener-Straße hin stand, wo sie regelmäßig ihren Plausch hielten. Die kleine Großmutter wäre nie und nimmer auf die Idee gekommen, Officer Smith hereinzubitten.

Well, sagte Officer Smith, I understand. Dann kam wieder eine Officer-Smith-Pause im Gespräch und Ida sah ihn abwartend an. *Donnou*, sagte er, was in seinem Akzent *I don't know* bedeutete, donnou, sagten auch die anderen Officers manchmal und ihre Jungs sagten es auch. Donnou war so eine Allerweltsformel, wenn man erst einmal nachdenken musste.

Was soll ich nur machen?, fragte Ida schließlich, mehr sich selbst als Officer Smith.

Donnou, sagte Officer Smith und rieb sich das Kinn. Vielleicht kann ich in der Verwaltung für Sie fragen. Die Küche kommt ja wohl nicht in Frage. Er sah auf ihre roten Hände. Ida schüttelte traurig den Kopf.

Ich muss etwas finden, sagte sie. Könnte ich nicht in einem NAAFI Shop in der Kaserne verkaufen? Oder im Casino bei der Wäschevergabe helfen? Aber was mache ich dann mit dem Kind? Ida dachte laut nach.

Listen, sagte Officer Smith, hör mal, Frau Ida, ich komme morgen wieder. Im NAAFI dürfen nur Briten arbeiten.

Er sagte auch oft »hör mal«, wenn er etwas Zeit zum Nachdenken brauchte.

Hör mal, Frau Ida, wiederholte er, ich gebe Ihnen trotzdem das Geld für die Hemden, bis Sie etwas anderes gefunden haben.

Nein, nein, sagte Ida, das kann ich auf keinen Fall annehmen.

That's not up to you, sagte Officer Smith, das ist ein Befehl!

Und bevor Ida protestieren konnte, drehte er sich einfach um und ging mit seinen langen ausholenden Schritten die Straße hinunter Richtung Markt. Drinnen brüllte Willi, so dass Ida auch keine Zeit hatte, ihm grübelnd hinterher zu sehen. Sie lief zu ihrem Kleinsten, nahm ihn in die Arme, und nachdem sie ihm ein Breichen gekocht hatte, beschloss sie, mit ihm spazieren zu gehen. Bis die Kinder nach Hause kamen, war noch eine Stunde Zeit. Vielleicht würde ihr unterwegs etwas in die Augen springen.

Ida schob Willi im Kinderwagen die Reitende-Diener-Straße hinunter und zögerte kurz, ob sie Richtung Markt laufen sollte oder lieber Richtung Neue Sülze, aber auf dem Weg dahin hätte sie Auf dem Meere passieren müssen, dazu hatte sie wenig Lust. Also nach links zum Markt und weiter. Ohne nachzudenken trugen sie ihre Füße zum Kino Tonelli, wo sie in ihrer ersten Zeit in Lüneburg immer wieder einmal Trost gefunden hatte. So lange war sie nicht mehr im Kino gewesen! Eigentlich, seit Kurt – sie wollte den Satz nicht zu Ende denken, aber da war er –, eigentlich, seit Kurt wieder da war. Denn als Kurt im September zurückgekommen war, waren sie erstens miteinander zu beschäftigt, um ins Kino zu gehen, und zweitens war sie ja schwanger geworden und dann war drittens Willi da gewesen. Irgendwo hatte sie mitbekommen, dass die Briten einige Kinos beschlagnahmt und geschlossen hatten, aber doch wohl nicht alle. Wie herrlich wäre es, sich wieder einmal in den Sessel rutschen zu lassen und sich in der schützenden Dunkelheit von den Geschichten anderer ablenken zu lassen! Sie musste an den Schauspieler Gustav Knut denken, was war überhaupt aus ihm geworden? Hatte er einen Persilschein bekommen? Sie hatte gar nichts mehr gehört, sie wusste überhaupt nicht mehr, was irgendwo los war! Nur Wäsche und Kinder und Sorgen.

Ida war vor dem Tonelli angekommen und blieb verdutzt stehen. Nanu? Das Tonelli war weg! Sie war doch an der richtigen Stelle? Sie sah die Katzenstraße hinauf und hinunter; ohne Zweifel, dies waren die Häuser neben dem Kino, und das war das Gebäude, in dem das Tonelli gewesen war, sie irrte sich nicht, doch es war weg. Kein großes Schild mit Leuchtschrift über dem Eingang. Kein Zettel, kein Hinweis.

Ida quetschte ihre Nase am Fensterglas der Eingangstür platt um hineinzuspähen. Ja, es war das Foyer, mit dem Kassenkabuff, keine Frage, aber es war alles tot. Es gab auch keine Plakate, weder eines, das darauf schließen ließ, dass sich nun ein englisches Kino im Saal befand, noch eines, in dem die Deutschen die englische Wochenschau *Die Welt im Film* ansehen mussten, was zum Re-Education-Programm gehörte, zu ihrer aller Umerziehung. Ida stand ratlos auf der Straße. Sie überlegte. Gab es überhaupt noch deutsche Kinos in der Stadt?

Sie schaute auf die Uhr; es blieb nicht viel Zeit, sie musste nach Hause. Sie drängte sich mit dem Kinderwagen die Kleine Bäckerstraße hoch, in der wie immer viele Leute unterwegs waren, dann die Bardowicker entlang, bis sie vor dem *Union Theater* stand. Aha, dachte sie, aus eins mach zwei! Das große Kino, das an die sechshundert Plätze fasste, hieß jetzt *Chevalier Cinema*, und es gab zwei Eingänge: Links davon hingen zwei Filmplakate, eins mit einem riesigen Adler, *The Valley of Eagles*, das verstand Ida nicht, und auf dem anderen sah man eine Frau im Badeanzug, *Bird of Paradise*, das Wort Paradise jedenfalls verstand sie. Auf der rechten Seite des Eingangs war *Verrat im Dschungel* angekündigt, mit Gary Cooper, offenbar ein amerikanischer Film, aber in deutscher Fassung. Ein paar halbwüchsige Jungs standen vor dem Aushang und sahen sich die Fotos der Stars an, drei Männer warteten vor einem Kassiererfenster auf Karten. Dass die Zeit hatten! Ida konnte nun wirklich nicht länger hier mit ihrem Willi im Kinderwagen herumstehen; hastig schob sie ihn mit ihren kleinen tippelnden Schritten über das Pflaster und dachte dabei angestrengt nach.

Am nächsten Morgen, nachdem die Kinder zur Schule gegangen waren und sie Karlchen in Begleitung von Willi in den Kindergarten gebracht hatte, unternahm sie einen systematischen Gang durch die Stadt. Zu sämtlichen Kinos, die sie kannte, zum *Altstadt-Theater*, zu den *Hansa-Lichtspielen* und noch einmal zur *Schaubühne*, doch fast alle waren geschlossen oder tatsächlich nur für die Briten erlaubt und trugen neue Namen. Als sie am Kassenschalter des *Heidekinos* nachsehen wollte, um wie viel Uhr am Nachmittag der Film *Zugvögel* laufen würde, sah sie den Eintrittspreis: eine Mark fünfzig! Wer sollte das bezahlen? Da brauchte sie Omi Else gar nicht erst zu bitten, auf Willi aufzupassen, das konnte sie sich nicht leisten. Ganz und gar nicht.

In den nächsten Tagen lief sie mit Willi im Kinderwagen durch die Straßen und suchte weiter nach Arbeit. Sie fragte überall, beim Bäcker, im Gemüseladen, bei der Schneiderin, beim Tante-Emma-Laden und beim Milchmann. Sie fragte in der Nähstube der Arbeiterwohlfahrt, in der Frauen aus allen möglichen kaputten Dingen wie zerrissenen Uniformen, Zeltbahnen, Schnallen und Gummireifen versuchten, Kleidung oder Schuhe herzustellen. Zur Verwaltung der britischen Besatzung wollte sie nicht gehen, da wäre sie womöglich Officer Smith in die Quere gekommen, der sich ja auch nach etwas für sie umschaute.

Zum ersten Mal sah Ida bei ihren Gängen durch die Stadt, was sich alles verändert hatte. Sie gehörten jetzt seit Anfang des Jahres offiziell zur amerikanisch-englischen Bizone, aber hier in Lüneburg war alles britisch. Sie entdeckte das Army Education Centre in der Großen Bäckerstraße neben der Zigarrenhandlung und neben der Wäscherei den NAAFI Club für Officers. NAAFI war der Sammelbegriff für Einrichtungen für die Militärs und ihre Angehörigen, *Navy, Army and Air Force Institutions*, zur See, zu Land und in der Luft. Erstaunt stand sie vor dem NAAFI *British Family Shop*, dem neu eingerichteten Kaufhaus am Markt. Es war da, wo früher Karstadt gewesen war, und davor – woran sich nur keiner mehr erinnern wollte, was aber Eddie herausgefunden und ihr erzählt hatte – das Warenhaus Gubi. Es gehörte der jüdischen Familie Jacobson, die man aus der Stadt vergrault hatte, perverserweise, wie Eddie gesagt hatte, so früh, dass sie nach Amerika fliehen konnten, bevor man sie hier umgebracht hätte. Eddie kriegte beim Frisieren der Damen ja einiges mit, worüber sonst keiner sprach.

Ida hatte zum NAAFI Kaufhaus ebenso wenig Zutritt wie deutsche Männer zu Kneipen, an denen der Verweis stand: »Nicht für Deutsche« oder umgekehrt »out of bounce«, was wiederum bedeutete: nicht für Briten, selbst das Rotlichtmilieu war aufgeteilt. Ida hörte, dass Ehefrauen und Familien der Officers, Sergeants, Colonels und Corporals allmählich nachgezogen kamen. Die Besatzer werden bleiben, dachte sie, so wie wir. Sie erfuhr auf ihren Rundgängen, dass die englischen Kinder sogar eine eigene Schule bekommen sollten. Es gab die einfachen Soldaten in den Kasernen, und die höher gestellten mit ihren Familien, für die Häuser von Lüneburgern frei gemacht worden waren. So war es nun also: Die Engländer hatten am Markt ein Kaufhaus eingerichtet, nur für ihre Leute, die Engländer hatten ihre Tanzlokale und Kinos, in denen die Deutschen nicht verkehren durften, zugleich waren die Engländer überall und versuchten, die Deutschen zu erziehen. Doch Besatzer und Besetzte lebten parallel, es waren zwei Gesellschaften in dieser Stadt, oder drei, wenn man die Einheimischen auch noch von den Dazugekommenen trennte, die jedoch eins waren in Sachen Schuld und Schande. Es war alles recht so, die meisten wussten es, und doch wollten die nicht-englischen Menschen den Grund dafür vergessen und begraben und diesen Geruch loswerden, diesen seltsam fauligen Geruch der Scham.

Ida kam es vor, als hätte sie die letzten Monate einfach verpasst, und als würde sie jetzt zu einem anderen Bewusstsein erwachen. So sehr war sie mit ihren Angelegenheiten beschäftigt gewesen! Während sie den Kinderwagen durch die Straßen schob, wurde ihr immer beklommener zumute. Was könnte sie nur tun, zwecks Überleben? Sollte sie in ihren Hinterhof vielleicht doch etwas Gemüse anbauen, wie andere? Aber dafür war es zu spät, es war Ende Oktober, und wer weiß, wie ihre geschundene Haut auf das Graben in der Erde reagieren würde. Sie überlegte, ob sie sich ein Huhn auf Pump besorgen sollte, so dass sie die Eier verkaufen könnte. Die Leute sammelten mittlerweile außer Bucheckern und Eicheln auch Taubnesseln und Huflattich, alles Grünzeug, aus dem man halbwegs etwas Essbares machen konnte. Das Wenige, das es gab, war unerschwinglich. In einem Laden kostete ein Kilo Margarine 140 Reichsmark, das verdiente ein Arbeiter gerade mal so in einem Monat! Zum Glück hatten Hannes und Kaspar noch ihre guten Beziehungen zu den englischen Köchinnen in der Kaserne und brachten immer wieder einmal ein bisschen Fett mit nach Hause. Für die Schulspeisung der Kinder musste sie pro Nase fast fünfzehn Mark im Monat bezahlen, woher sollte sie die nehmen? Und Briketts sollten sie auch mitbringen. Der Winter, der ihnen bevorstand, sollte genauso kalt werden wie der letzte. Irgendwann würde sie zur CARE gehen müssen, einer Organisation in der Wallstraße, die Hilfspakete aus aller Welt für Kinder empfing und verteilte, ein paar Päckchen Mehl, ein paar Gramm Hülsenfrüchte, etwas Puddingpulver, aber selbst dafür musste man einen Betrag bezahlen. Oder sie würden sich – entsetzliche Vorstellung – in die langen Schlangen der Feldküchen des Roten Kreuzes einreihen müssen oder bei der städtischen Speisung, neuntausend sollten es dort am Tag schon sein. Müssen, müssen, müssen, so dröhnte es in ihrem Kopf.

Ida sackte der Mut zusammen. Willi im Wagen meldete sich. Er hatte fest geschlafen, kein Wunder bei den unruhigen Nächten. Er zahnte und die Schmerzen und der Schnupfen, die damit einhergingen, hatten sie beide immer wieder geweckt. Ihre eigene Müdigkeit überging sie, wie sie überhaupt vieles zurückstellte, was sie selbst betraf und nicht unmittelbar dem Erhalt der Familie diente, auch und gerade in diesen Tagen des Suchens.

Nur eines ließ ihr keine Ruhe, fast etwas verschämt vor sich selbst: das Kino. Obwohl sie versuchte, es beiseite zu schieben. Zu einladend hatten sie die Filmplakate angelacht, zu groß war ihre Sehnsucht nach ein bisschen Zerstreuung. Zumal sie immer wieder daran vorbeikam, in der Neuen Sülze, und aus den Augenwinkeln die farbigen Filmplakate mit der großen, oft wie handgemalten, hingeworfenen Schrift anschaute und die unverständlichen, aber verheißungsvollen Wörter las und sich ausdachte, worum es in den Filmen wohl ging. Auf die britisch-amerikanische Wochenschau *Welt im Film* hatte sie keine Lust, aber sie versuchte es, ein oder zweimal die Woche setzte sie sich mit Willi auf dem Arm in den dunklen Kinosaal, in dem die Erziehungs- und Dokumentarfilme für die Deutschen gezeigt wurden. Es kostete keinen Eintritt, und die Briten verlangten den Besuch. Solange sie immerzu nur gearbeitet hatte, war sie nicht dazu gekommen, nur in ihrer ersten Zeit, als die Briten die Menschen über die Konzentrationslager informiert hatten und die ersten Verurteilungen der Kriegsverbrecher. *Streiflichter aus Deutschland* hießen die Meldungen aus dem ganzen Land, *Aus aller Welt* die anderen. Eine grässliche Musik zwischen Ermunterung und Pathos unterlegte die Beiträge, und die Stimme des Sprechers wirkte wie übrig geblieben aus der Vorkriegszeit, überbetont und altbacken in der Wortwahl, und die Sprecherinnen klangen wie artige Fräuleins aus Süddeutschland. Sie berichteten über die zerstörte Brücke über den Rhein in Köln, Geburten in China, den Körungstag in Oldenburg, ein Radrennen und den Auftritt des jüdisch-amerikanischen Geigers Yehudi Menuhin in Berlin. General de Gaulle besuchte Algier, und in Ägypten war die Cholera ausgebrochen. Es gab einen Bericht über die endlosen Schlangen vor Geschäften und Ämtern, etwas, das Ida in- und auswendig kannte. »Das Paradies versank, und es blieb die Schlange – ein Haustier der Städte« – welches Paradies überhaupt? Was daran jetzt Erziehung war, wollte sich Ida nicht vermitteln. Sie wollte auch nicht sehen, wie die Menschen Läden stürmten oder andere Flüchtlinge im ganzen Land lebten und immer noch mehr dazukamen, legal und illegal über die grünen Grenzen, und deren Schicksal völlig ungeklärt war. Da fand sie es schon interessanter, dass die siebenundfünfzig Staaten der Vereinten Nationen über die »Unruhezentren der Welt« berieten, in Palästina, Ägypten und Indonesien, und was Schriftsteller bei ihrem ersten Kongress nach dem Krieg diskutierten. Sogar Frauen waren dabei, die Dichterin Ricarda Huch und Anna Seghers aus der Ostzone, die Ida aber nicht kannte. Es kam wohl zu einigen Unstimmigkeiten über die Aufgaben des Schriftstellers in der Gegenwart.

So oder so. Am Samstagnachmittag wurden alle Kinder in den Waschbottich gesteckt und gebadet, um am Sonntag frisch und sauber ihren Vater auf dem Friedhof zu besuchen. Ida selbst durfte sie nicht schrubben, sonst fingen ihre Arme wieder Feuer. Also leitete sie alle an, sich gegenseitig einzuseifen, zu bürsten und sich abzuspülen. Sie nahm sie dann mit dem Handtuch in Empfang. Sie liebte diese Zeit mit den Kindern, und sie hatte dafür gesorgt, dass sie mit ihnen allein blieb, in dieser einen Stunde am Samstagnachmittag war die Gemeinschaftsküche für die andern tabu. Sie hatte es auch mit den neuen Mitbewohnern ausgehandelt, denn inzwischen war noch die Familie Werner mit vier Kindern eingezogen, mit denen sie sonst wenig zu tun hatten, und Herr Kippka, einer von den oberschlesischen Kriegsgefangenen, die vorzeitig freigelassen wurden, um am Wiederaufbau der Wasserwerke mitzuarbeiten.

Am Sonntag nach der Kirche spazierte dann die kleine Familie an der Bardowicker Mauer entlang und am Graalwall vor, von wo aus sie manchmal einen Schlenker zur

Michaeliskirche machten, in die Justus noch immer am Sonntag ging, Idas Schwager. Von dort bogen sie ab und passierten Am Springintflut, und dann ging es leicht bergan den Weg hinauf zum Friedhof. Es war ein Spaziergang von einem Viertelstündchen. Je näher sie kamen, desto stiller wurden sie. Der Vater war ja noch nicht lange tot, und obwohl Monate für Kinder normalerweise weitaus länger sind als für Erwachsene, kam es selbst ihnen nicht so vor. Schließlich hatten die Älteren sich während des Kriegs an seine Abwesenheiten gewöhnt, und manchmal, wenn sie es vergaßen, dass es dieses Mal keine Rückkehr geben würde, rutschte ihnen hin und wieder ein Satz heraus wie »Wenn Vati kommt, dann ...« oder »Das erzähl ich dem Vati, wenn er kommt«. Zugleich lagen lange, schwierige Monate hinter ihnen, die sie am liebsten vergessen würden. Seit ihre Mutter nicht mehr wie eine Irre die Wäsche für die Tommys und die deutschen Männer im Hof wusch, waren sie irgendwie erleichtert. Sie las ihnen nun häufig etwas vor, kümmerte sich um ihre Hausaufgaben und redete viel mehr mit ihnen. Doch wenn sie am Sonntag das Törchen zum Friedhof öffnete, die Gießkanne mit Wasser füllte, sie Hannes oder Kaspar zum Tragen in die Hand drückte – sie selbst schob ja den Kinderwagen – und mit ihrem kleinen Trupp zur hinteren linken Ecke ging, wo die Gräber der letzten Monate lagen, mit einfachen Kreuzen aus Holz versehen, wurde es allen schwer ums Herz. Selbst Willi, der sonst fast ständig krähte und brabbelte, brummte nur ein wenig vor sich hin.

Sie drückten sich dann vor dem Haufen Erde, auf dem spärlich der erste Efeu wuchs, und die Mutter bat jedes Kind, dem Vater zu erzählen, was es in der vergangenen Woche erlebt hatte. Am Anfang lief es immer etwas zögerlich, dann drängelten sie sich geradezu darum, die älteren drei vor allem, lass mich erzählen, ich bin dran, ich bin noch nicht zu Ende!, riefen sie dann in chorischem Wechsel.

Nanne erzählte, wie sie das Nachbarmädchen Hilde von

gegenüber hatte besuchen dürfen, um mit ihr zu spielen. Sie fing ganz freudig an. Dabei stand sie sehr gerade, die dünnen Beinchen aneinandergestellt, als wollte sie ihrer Rede ein besondere Form verleihen, wo doch schon der etwas abgetragene und zu kurze blaue Mantel die seine etwas verlor.

Weißt du, Vati, sagte sie und legte ihr Lockenköpfchen ein wenig schräg, als sähe sie ihn an, Hilde hat drei Puppen, stell dir vor, Erna, Emma und Elfriede, zwei blonde und eine braunhaarige. Was sagst du? Nein, die Namen finde ich auch ein bisschen langweilig. Aber sie sind sehr hübsch, und sie haben viele Kleidchen, die man ihnen abwechselnd anziehen kann.

Nanne machte immer wieder kurze Pausen, als lauschte sie auf die Fragen, die der Vater stellte. Hannes rollte mit den Augen und Kaspar kickte Steinchen, aber Ida gab ihnen ein Zeichen, ruhig zu bleiben. Manchmal packte sie sie auch fest am Arm oder kniff ihnen in die Wange, wenn sie anfingen Quatsch zu machen.

Weißt du, erzählte Nanne weiter, es hat so viel Freude gemacht. Hilde hat dann gesagt, komm, wir gehen auf den Speicher, da zeige ich dir etwas.

Nanne machte wieder eine Kunstpause, dieses Mal aber, um die Spannung zu steigern. Ida seufzte etwas, die anderen mussten ja auch noch dran kommen.

Sie hat einen wirklich wunderschönen Puppenwagen, stell dir vor, Vati. Nanne beschrieb ihn ausführlich, den geflochtenen Korb, den aufgesetzten Baldachin, wie ein richtiger Kinderwagen, und dann – sie hob den Kopf und sah den Grabstein an –, dann durfte ich ihn auch schieben!

Sie wurde still, doch jetzt sahen alle Jungen sie fragend an und auch Ida fragte sich, was nun käme.

Ich durfte ihn einmal den Flur hochschieben, sagte Nanne mit fester Stimme, sah kurz zum Himmel, an dem ein paar Krähen aufflogen, bevor sie ganz leise hinzufügte: einmal den Flur entlang. Aber sie hat den Wagen dabei selber festgehalten – und an dieser Stelle zog sie deutlich die Nase hoch –, als würde sie es mir nicht zutrauen!

Nanne brach in Tränen aus und sah ihre Mutter Hilfe suchend an, das wollte ich doch gar nicht erzählen, platzte es aus ihr heraus, ich wollte Vati doch etwas Schönes erzählen!

Diese blöde Kuh, entfuhr es Kaspar, der geb ich eins aufs Maul, fügte Hannes hinzu, und auch Karlchen, der immerhin begriff, dass seiner Schwester Unrecht zugefügt worden war, bestätigte nickend, der sag ich aber nicht mehr guten Tag, und Ida nahm ihr weinendes Töchterchen in den Arm und alle anderen Kinder drängten sich an die winzige Frau, die da stand, fest wie ihr Fels in der Brandung, und umarmten sich alle miteinander.

Am Grab ihres Vaters vermochten die Kinder es nicht zu lügen. Ida hörte immer wieder mit Staunen, was sie ihm erzählten, Dinge, die sie ihr aus Rücksicht verschwiegen. Das betraf vor allem Dinge, die sie traurig oder ratlos machten. Sie verschwiegen allerdings auch gern, wenn sie etwas ausgefressen hatten, so wie Hannes es einmal rausrutschte, dass er beim Kicken eine Fensterscheibe eingeschlagen hatte und fortgerannt war. Ida rutschte daraufhin die Hand aus, und es folgte, noch am Grab, die Inquisition, woher er denn überhaupt den Ball gehabt hatte, und wo das geschehen war, und dann endete der fromme Besuch beim Vater mit einem hastig gesprochenen *Vaterunser*, das musste sein, da war Ida streng, und dann zerrte sie die kleine Truppe nicht nach Hause, sondern auf direktem Weg in die Grapengießergasse und ließ sich dort von Hannes das Haus zeigen. Sie klingelte Sturm und gab keine Ruhe, bis sie den Besitzer des Kellerfensters gefunden und ihm alles gestanden hatte, Hannes mit hochrotem Kopf daneben, und auch die anderen Kinder senkten beschämt den Blick. Gott, war ihre Mutter peinlich!

Der Mann, dem der Keller gehörte, betrachtete etwas erstaunt die kleine Gruppe. Von der winzigen Frau Ida aus der Reitenden-Diener-Straße hatte er schon gehört; so was sprach sich ja doch herum, zumindest in dieser Ecke der Stadt. Er kratzte sich am Hals. Er war nicht eben sonntäglich gekleidet, er war unrasiert und hatte die Hosenträger nachlässig über das gerippte Unterhemd gezogen, wahrscheinlich hatten sie ihn beim Mittagsschlaf überrascht, zu dem er offensichtlich gleich wieder zurück wollte.

Ich überleg mir da was, sagte er schließlich und sah Ida unverhohlen interessiert dabei an. Ida schnallte sofort, wie der Hase lief und spürte, wie ihr der Zorn hoch kroch, ein Zorn, der sie ja immer wieder befiel und den sie allmählich kennen und zu bezähmen lernte, der immerhin nicht einfach hoch *schoss*, was wäre sonst geschehen, dachte sie, was würde sonst geschehen.

Sie brauchen gar nicht zu überlegen, sagte sie entschieden, mein Sohn, sie zog Hannes überdeutlich am Ohr, wird Ihnen das Geld für die Glaserei morgen vorbeibringen!

Absatz kehrt Marsch. Abtritt Frau Ida samt Gören. So etwas lasse ich mir nicht gefallen, fluchte sie auf dem Weg durch die Neue Sülze Richtung nach Hause. Woher willst du denn das viele Geld nehmen, fragte Kaspar im Laufen besorgt, und Karlchen schrie, rennt nicht so schnell, ich komme nicht hinterher!

An der Ecke zu Auf dem Meere hielt Ida inne, dann bog sie kurz entschlossen in die Straße und steuerte auf das Haus ihrer Familie zu. Sie müssen mir jetzt eben einmal aushelfen, knurrte sie noch vor der Tür, dann drehte sie sich kurz um, ob bei allen Kindern die Kleidung ordentlich saß und fuhr den beiden großen Jungen gewohnheitsmäßig mit Spucke über den Scheitel. Sie verlangte den Schwiegervater allein zu sprechen, und während die Kinder in der Küche von Omi Else immerhin einen kleinen Keks und etwas Kamillentee bekamen, hörten sie und Dorothea gespannt auf die Stimmen der beiden nebenan. Ida erklärte ihrem Schwiegervater, dass es sich in diesem Fall um eine Sache der Ehre handelte, dass der Mann sie jedoch unehrenhaft behandelt habe, und sie hatte recht in ihrer Vermutung, dass der Schwiegervater das nicht auf der Familie sitzen lassen würde.

Ich gehe selbst morgen hin, sagte er, und dann machte er einen Schritt auf Ida zu, die unwillkürlich zurückwich.

Musst doch nicht erschrecken, Ida! Er sah sie entwaffnend freundlich an, seine grauen Augen unter den buschigen Brauen hellwach, doch ohne Arg; sie war es nicht gewohnt von ihm. Seit er beim Waschen hereinspaziert gekommen war, hatte sie immer etwas Misstrauen ihm gegenüber bewahrt.

Du bist ein tapferes Mädchen, sagte er und sah sie offen anerkennend an, der Kurt – er räusperte sich etwas –, der Kurt könnte stolz auf dich sein. Mein Sohn, er sah kurz beiseite, dann wieder sie an, der Kurt wäre stolz auf dich, und dann schlug er Ida auf die Schulter und schüttelte ihr die Hand.

Meine kleine Großmutter hatte in vielen Lebenssituationen einen eigenen, ungebrochenen Instinkt, den sie sich nicht nehmen ließ. Die Kinder, denen das Leben nicht gerade freundlich entgegentrat, nahmen sich an Idas Haltung ein Beispiel, doch es äußerte sich bei jedem von ihnen auf andere Weise. Gemeinsam aber entwickelten sie das, was man vielleicht eine erste ästhetische Distanznahme nennen könnte: einen ausgeprägten Sinn für Humor. Einen Krisen- und Katastrophenhumor, könnte man geradezu sagen. Je schlimmer es kam, desto mehr Witze machten sie, je schlimmer es kam, desto mehr gackerten sie und lachten, was Ida, hätte sie es mitbekommen, zweifelsohne mit Staunen oder Missbilligung quittiert hätte. Das war nun gar nicht ihre Art, die Dinge lächerlich zu machen. Die Kinder aber liebten es, und da sie sich miteinander hatten und nicht allein sein mussten, fiel ihnen auch immerzu etwas ein, wie man dem Hunger, den vielen unerfüllten Wünschen, die sich ja nur auf Notwendigkeiten bezogen wie ein paar warme Strümpfe, ein Schulheft oder eine passende Hose, mit Humor begegnen konnte, vor allem aber den Gehässigkeiten anderer Kinder. Sie hatten bei allen Schwierigkeiten große Freiräume, zum Toben im Haus, zum Spielen auf der Straße, zum Herumstreunern und Erkunden in der Stadt; sie waren sich selbst überlassen und neugierig, die Mutter arbeitete ja, und all das wirkte sich prächtig aus auf die Entwicklung ihrer Phantasie. So erfanden sie eines Tages ihr eigenes *Berliner Fenster*. Das Berliner Fenster war eine Radiosendung, in der Nachrichten aller Art verkündet wurden. Die ganze Familie hörte leidenschaftlich gern Radio, und der braune Volksempfänger, den Kurt noch getauscht hatte und der in ihrem »Wohnzimmer« am Fenster stand, wurde oft genutzt, um an der Welt teilzunehmen.

Hannes und Kaspar hatten irgendwo auf ihren Streunerzügen durch die Stadt, Ida fragte besser gar nicht, wo, einen festen Karton gefunden, den man auf einer Seite aufklappen konnte, so dass eine Art Guckkasten entstand, wie beim Kasperletheater, und hinter dem der Sprecher sich so hinsetzte, dass nur sein Kopf zu sehen war. Der Kasten kam auf die obere Etage des Stockbetts, das sie aufgetrieben hatten, und auf dem anderen Bett, das sich Nanne mit Karlchen teilte, saßen die Zuschauer, Kinder aus der Nachbarschaft, die sich gern zur Frau-Ida-Bande gesellten, aber manchmal auch nur Idas Kinder. Alles wurde im Berliner Fenster bekannt gegeben, aber zuallererst und vorneweg kamen die Suchmeldungen des Roten Kreuzes. Alle Namen von Tanten und Onkeln und Großeltern und Lehrern, vom Kaufmann, dem Kohlenhändler und der Bäckersfrau in Beuthen, an die sich zumindest Hannes und Kaspar erinnern konnten, wurden als vermisst vorgelesen. Dann kam eine Schweigeminute, die eher eine halbe war. Anschließend verkündete das Kind, das gerade die Sprecherrolle innehatte, die Temperaturen, den Niederschlag, kurz, das Wetter, dann, was es bei der Schulspeisung gegeben oder leider nicht gegeben hatte. Welches Kind gerügt worden war und welches von einem anderen angerempelt wurde, wer seine Hausaufgaben nicht gemacht und wer eine gute Note bekommen hatte. Dass sich bei einer Zählung in der Sankt-Marien-Schule, in die sie alle gingen, herausgestellt hatte, dass in der Klasse von Kaspar zur Zeit nur zwei Kinder von dreiunddreißig einen Vater hatten, in der von Nanne zwei von vierunddreißig und in Hannes Klasse drei von zweiundvierzig.

Sie gaben auch eines Tages bekannt, dass ihr Großvater, der Vater ihrer Mutter, Kaspar Karl Jacobs, von Beruf Postschaffner, aus dem Leben geschieden war, in Hindenburg, das in der Nähe von Beuthen lag und jetzt polnisch war und Zabrze hieß und das sie nicht kannten. Im Alter von immerhin neunundsiebzig Jahren sei er friedlich eingeschlafen, verkündete Kaspar, der nach diesem Großvater hieß, an den er zumindest ein paar Erinnerungen hatte, und dann folgte eine halbe Schweigeminute extra.

Hindenburg wie Beuthen, das mittlerweile Bytom hieß, waren jetzt also polnisch, und die Deutschen, die nicht geflohen waren, wurden vertrieben, in den Westen, weshalb es ja unter anderem in Städten wie Lüneburg nun so voll war. Idas Eltern schafften es irgendwie zu bleiben, sie lebten weiter in ihrer Wohnung, das hatte Ida zunächst gehofft und jetzt erfahren, in dem Brief, den sie endlich nach so langem Warten von ihrer Mutter erhalten hatte. Der allererste und bisher letzte Brief war nach Willis Geburt eingetroffen, das heißt, einige Wochen, nachdem Ida ihr geschrieben hatte, dass der Junge gesund auf die Welt gekommen war. Danach hatte sie nichts mehr gehört, trotz der Briefe, die sie geschickt hatte. Ida weinte bitterlich, als sie vom Tod ihres Vaters erfuhr, untröstlich war sie, ihm nicht die letzte Ehre erwiesen zu haben, und noch untröstlicher, dass sie ihre Mutter, Muttel, nun alleine wusste. Nicht auszudenken! Wie es ihr wohl gehen musste? Wer würde ihr beistehen? Hildchen, die einzige der Schwestern, die noch dort geblieben war? Hatte sie Arbeit? Ida wusste so vieles nichts, und sie konnte nichts machen, denn für sie führte kein Weg dorthin zurück.

Ida erfuhr neben den kleinen Reden am Grab durch das Berliner Fenster, wenn sie es denn einmal mitbekam, was die Kinder in der Schule beschäftigte, was sie auf der Straße erlebten und was sie so aufschnappten von der großen weiten Welt, sogar, dass die Arbeiter im Ruhrgebiet streikten, weil sie zu wenig zu essen hatten, oder eine Fabrik vorübergehend schließen musste, weil es zu Materialengpässen kam. Manchmal musste sie lachen, wenn Hannes den amerikanischen Präsidenten Harry S. Truman oder noch lieber den dicken Winston Churchill zitierte, so wie es die Radiosprecher machten, mit wichtiger Miene und dunkel verstellter Stimme, die drängte und knarrte und etwas Bedrohliches hatte: Wie heute Morgen der britische Premier verkündet hat, es gibt keine Abkürzung auf dem Weg zum Wohlstand! Und ein Volk wie die Deutschen mit der Nase im Staub liegen zu lassen, ist unmöglich.

Kaspar, Nanne, Karlchen und die anderen Kinder, die zu Besuch waren, ließen sich an dieser Stelle auf den Boden fallen, berührten ihn mit ihren Nasen, riefen in den Staub, in den Staub!, und dann kullerten sie über den Boden und hielten sich die Bäuche vor Lachen. Hannes setzte seine Rede ungerührt fort: Der Bolschewismus muss mit allen Mitteln bekämpft werden. Hungrige Menschen und Künstler sind besonders anfällig für diese Plage, die ersten, weil der Hunger sie erzürnt, die zweiten, weil sie naive Träumer sind. Die Russen – und nun erhob Hannes seine Stimme, reckte einen Zeigefinger in die Luft und sah die anderen Kinder mit drohendem Blick an –, die Russen sind nicht weit! Sie wohnen in Bleckede und Boitzenburg, gleich auf der anderen Seite der Elbe, und in den Lagern mit den Displaced Persons stecken sie auch, bolschewikische Aufrührer und Spione!

Karlchen, der noch nicht in der Schule war, hörte aufmerksam zu, und plötzlich sprang er auf dem Bett hoch und runter, was die anderen Kinder sofort mitmachten, und schrie, nieder mit den Bolschewiken, nieder mit den Bolschewiken! Die Kinder tobten und kreischten dermaßen, dass das Bett unter ihnen ein böses Geräusch machte, es krachte und splitterte, und dann war es entzwei und alles totenstill.

Auweia, sagte Nanne, wenn das die Mutti sieht!

Die Mutti sah es, allerdings erst am nächsten Tag, denn sie versuchten die Halterung des Eisenrahmens, die gebrochen war, mit einem Gürtel zusammenzubinden und legten die Matratze oben drauf.

There is no short cut to prosperity –

Tatsächlich wuchs unter den Briten die Furcht, dass sich die Ideologie der Sowjets wie ein Flächenbrand über Europa ausbreiten und sogar nach England herüberschwappen könnte. Immer wieder hörte Ida davon. Dass Winston Churchill sogar davon sprach, dass sich der Kommunismus zusammen mit der Hungersnot oder wie der Typhus nach dem Ersten Weltkrieg, als man ein ähnliches Elend in Deutschland erlebt hatte, sich also wie eine Epidemie rasend schnell verbreiten würde. Deshalb mussten die Deutschen aufgeklärt und umerzogen werden, damit sie nicht den nächsten wahnsinnigen Radikalen anheimfallen würden, die keine Demokratie wollten wie die Engländer. Auch wenn die Engländer ja in gewisser Weise selber Imperialisten waren, waren sie doch davon überzeugt, dass die Werte des Empire christliche, demokratische und menschenfreundliche waren und keine verachtenswürdigen Vorstellungen wie die der Bolschewiken, die den Leuten allen Besitz wegnahmen und wem auch immer die Köpfe abschlugen.

Die Bolschewiken waren ja schon von den Nazis als Feinde mit Karikaturen dargestellt worden, Ida fand es eigenartig, dass nun auch Mr. Churchill in dieses Horn tutete. Aber er würde schon seine Gründe haben, nur letztlich, was wusste sie schon von den Russen? Wenig. Und von allem, wovon Ida sich nicht selbst ein Bild machen konnte, nahm sie innerlich Abstand. Obwohl auch Kurt sie vor den Russen gewarnt hatte. Was sie viel mehr interessierte, war, wo Hannes das aufgeschnappt hatte, mit dem Mr. Churchill, aber Hannes lachte sie nur aus: Unsere Informanten geben wir nicht preis!

Ida erfuhr auch von den alltäglichen, vielleicht viel wichtigeren Sorgen. Nachdem Nanne am Grab wegen des Nachbarmädchens Hilde so geweint hatte, überlegte Ida, wie sie das Kind trösten könnte, dem es eben keinen Puppenwagen schenken konnte. Dann hatte sie eine Idee. Lebensmittelknappheit hin, Lebensmittelknappheit her, das Seelenheil ihres Töchterchens war ebenso wichtig wie ein Paar Schuhe oder Strümpfe. Nicht gerade leichten Herzens, – eher, weil sie die Armut so grämte, nicht wegen der Sache an sich –, tauschte sie im Tauschkaufhaus ein kleines Stück Rosenseife, ein Geschenk von Officer Smith, das sie aufbewahrt hatte, gegen ein paar Knäuel Wolle. Die Wolle war keinesfalls neu, sie war aufgeribbelt worden, vermutlich von einem Damenpullover. Dann suchte Ida in den Schubladen der Küche, in dem sich noch das eine oder andere vom ehemaligen Mütterheim befand, nach Nadeln und fand tatsächlich eine Häkelnadel. Sie ging mit Nanne zu Omi Else und bat sie, ihr das Häkeln beizubringen, und sie selbst zeigte ihr dann, wie man ein Röckchen oder eine kleine Jacke für die Puppe Rita machen konnte. Auf diese Weise war Nanne bald hochzufrieden, sie konnte ihren kleinen Freundinnen ihre Puppe vorführen wie bei einer Modenschau, und sie würde es sich auch später in ihrem Leben nicht nehmen lassen, für ihre Kinder Anziehsachen zu häkeln und zu stricken. Am wichtigsten aber war ihr das Lob der Mutter: Als sie ihr erstes eigenes grünes Pulloverchen ohne Hilfe fertig gemacht hatte, setzte sie Rita in der Küche auf den Tisch, damit ihre Mutter sie beim Nachhausekommen sofort sehen würde.

Nanne vertraute ihrer Puppe Rita, die sie über alles liebte, auch ihre Ängste und Sorgen an; weder wollte sie den Vater damit belasten noch die Mutter. Sie gewöhnte sich daran, Szenen nachzuspielen, in denen sie etwas verstört oder verletzt hatte. Aber sie spielte auch mit Puppe Rita, dass sie feine Damen wären und in einem Lüneburger Café saßen und aus Porzellantassen Tee tranken, obwohl es solche Tassen vermutlich in keinem einzigen Lüneburger Café gab. Als Ida sie bei diesem Spiel überraschte, schämte sich Nanne. Nun dachte die Mutti womöglich, sie bildete sich etwas ein, oder sie wäre mit ihrem Leben ganz unzufrieden, was sie doch gar nicht war. Ida aber dachte gar nicht so; sie nahm einfach an, dass sie das Kind im Spiel gestört hatte und Nanne deshalb so rot geworden war.

Eines Tages traf Ida, als sie gerade wieder ihre Runde auf der Suche nach Arbeit durch die Stadt gedreht hatte, auf dem Marienplatz, an dem Auf dem Meere, die Egersdorffstraße und die Neue Sülze zusammenliefen, Dorothea. Sie kam ihre Straße, die ja leicht schräg und ansteigend war, hochgerannt und rief schon von Weitem: Ida, Ida!

Sie hatten sich selten gesehen in der letzten Zeit, es hatte keinen besonderen Grund, Ida war mit ihrem Leben vollauf beschäftigt, und Dorothea mit ihrem ebenso. Außer Atem blieb Dorothea vor ihr stehen, völlig aufgelöst, ihr Mantel war offen, darunter trug sie ihre Haushaltsschürze, als ob sie von zu Hause völlig hektisch aufgebrochen wäre, und Ida rief erschrocken: Omi Else? Ist sie –?

Dorothea schüttelte den Kopf, sie schlug ihre Hand auf den Mund und wollte Ida in Richtung Auf dem Meere ziehen, doch Ida blieb wie angewurzelt stehen. Jetzt sag doch erst mal, Dorothea, was ist denn nur passiert?

Justus, keuchte Dorothea, Justus – er hat sich – er hat –

Sie brachte es nicht über die Lippen. Sie schüttelte sich, sie hielt sich den Mund, sie beugte sich urplötzlich zum Bordstein und erbrach sich.

Dorothea, was ist denn nur los, jetzt sag es doch endlich!

Ich hab ihn gefunden, schrie Dorothea, ich hab Justus gefunden, in der Werkstatt, er hat sich in der Werkstatt aufgehängt!

Mein Gott, sagte Ida. Sie erstarrte. Das kann nicht sein.

Dorothea musste sich erneut übergeben, die Haare hingen ihr ins Gesicht, Ida nahm ohne nachzudenken ihren Kopf und hielt ihn.

Dann begleitete sie Dorothea, die kaum aufrecht gehen konnte, zu ihrem Haus Auf dem Meere. Die Schwiegereltern waren ebenfalls völlig aufgelöst, Opa hatte schon einen Wachmann herbeigerufen, Nachbarn standen vor der Tür. Nachdem sie Justus mit dem Kutschwagen abtransportiert hatten, saßen alle zusammen in der Küche. Inzwischen hatte Ida die Kinder geholt.

Wie sollen wir nur die Werkstatt weiterführen, jammerte Dorothea. Sie fängt doch gerade an, ein bisschen zu laufen, wir haben doch einen großen Auftrag von den Briten bekommen!

Vom Feind, knurrte Opa.

Von den Briten, sagte Dorothea unter Tränen, und sie zahlen richtig, mit Geld! Und sie haben uns sogar schon das Material zugesagt!

Ida konnte schwer einschätzen, ob Dorothea darüber unglücklicher war als über den Tod ihres Mannes. Sie hatten ja nicht eben ein einfaches Verhältnis zueinander gehabt.

Die Kinder gaben die Beerdigung bekannt, in ihrem Berliner Fenster, mit sonorer Stimme und Gedenken an den Toten, der ihr Onkel war und von dem sie im Grunde gar nichts wussten. Es war jetzt schon ihre dritte Beerdigung.

Als Ida mehr aus natürlicher Neugier als aus Anteilnahme einige Tage später zum Haus ihrer Schwägerin ging, um vielleicht doch zu erfahren, warum geschehen war, was geschehen war, traf sie ihre Schwiegermutter, Omi Else, noch immer leise weinend in der Küche. Ihr Mann war gerade zu seinem Mittagsspaziergang aus dem Haus, und Dorothea machte sich in der Werkstatt zu schaffen.

Es ist ein solches Unglück in diesem Haus, schniefte Oma Else, ich weiß nicht, ob ich das alles länger ertrage.

Ich mache uns erst einmal einen Muckefuck, sagte Ida und setzte Wasser auf. Jetzt erzähl doch mal.

Omi Else schnüffelte in ihr feines Taschentuch und begann unter Tränen zu erzählen, wie hart ihr eigener Mann auf den Tod reagiert hatte, wie er Justus einen Faulpelz und Drückeberger genannt hatte, und wie er nicht aufhören konnte, seine eigene Tochter, Dorothea, zu quälen.

Er wird immer garstiger, sagte Omi Else und zuppelte an ihrer Schürze, er hat Gott vergessen oder Gott ihn, ich weiß mir nicht zu helfen. Er lässt alles liegen und faucht uns an, wir hätten es genommen. Er spuckt in die Suppe und behauptet, sie wäre schlecht. Und wenn er träumt, sie brachte die Worte kaum heraus, dann schlägt er um sich.

Ida stellte zwei Kaffeetassen auf den Tisch und goss den aufgebrühten Malzkaffee hinein. In der Tasche hatte sie noch ein wenig Zucker, sie wusste, dass Omi Else den Kaffee gern süßte, und schüttete ihn in ihre Tasse. Omi Else schlürfte dankbar, sah aber ängstlich zur Uhr. Er wird gleich zurück sein, Kind, was mach ich nur.

Ida überlegte. Sie musterte die enge Küche, das abgenutzte Tischtuch, das schmutzige Geschirr neben der Spüle. Sie konnte die Schwiegermutter nicht zu sich nehmen. Überhaupt tat ihr Dorothea plötzlich leid, wie sollte sie all die Schwierigkeiten lösen?

Es ist das Alter, sagte sie. Sein Geist ist verwirrt. Erst sein eigener Sohn und jetzt Justus. Er meint es nicht so. Es gibt so viele Männer, die das alles nicht verkraften. Du musst jetzt tapfer sein, Omi, sonst frisst dich der Kummer, und was haben wir davon? Gar nichts. Wir brauchen dich noch.

Omi Else sah ihre Schwiegertochter überrascht an. Aber ich, ich ...

Omi, wir haben keine Zeiten, um weinerlich zu sein! Du musst dich zusammenreißen, denk doch mal an dein Kind, Dorothea! Ihr sitzt hier beide unter ihrem Dach, ihr Mann ist ihr keine Unterstützung, und jetzt ist er auch noch tot! Wie soll sie sich und euch ernähren? Schick den Opa raus, wenn er böse wird, und hau ihm auf die Finger, wenn er in die Suppe spuckt! Erinnere ihn an seine Pflicht, dann wird er schon spuren! Soll er doch in der Werkstatt mit anpacken, statt immer nur herumzumeckern!

Ida erschrak über ihre eigenen Worte. Sie kamen einfach so aus ihr heraus, aber es war genau das, was sie dachte. Erschrocken sah sie Omi Else an.

Omi Else saß erstarrt auf dem Bänkchen hinter dem Tisch. Die Uhr schlug dreimal, es war dreiviertel Vier am Nachmittag. Man kann schwer sagen, welche der beiden Frauen schockierter war. Plötzlich fing Omi Else an zu kichern. Ihr kleines Gesicht bebte. Ich soll ihm auf die Finger hauen? Ich glaube, ich glaube, sie schlug sich mit der Hand auf den Mund, ich glaube, das würde ich schrecklich gern einmal tun!

Ida war erleichtert, Else war ihr nicht böse. Sie musste auch ein bisschen kichern, aber eigentlich war ihr überhaupt nicht zum Lachen zumute.

Was ist mit Dorothea, fragte sie.

Du hast recht, Ida, sagte Omi Else und stand auf. Sie braucht jetzt meine Hilfe.

Ein falsches Wort zur falschen Zeit gesprochen, / hat schon manches Herz gebrochen, / ein rechtes Wort zur rechten Zeit / hat schon verhüt viel Herzeleid. Ida grübelte. Das Leben hatte eine so unbarmherzige Geschwindigkeit bekommen. Immer, wenn man eine Katastrophe bewältigt hatte, stand die nächste vor der Tür. Immer, wenn sie dachte, jetzt geht es ein bisschen leichter, schlug ihr das Schicksal ein Schnippchen. Es war zum Auswachsen. Sie war zornig, sie kochte vor Zorn, über Justus, der sich einfach aus dem Staub gemacht hatte, und über ihren Schwiegervater, der sich hinter seiner griesgrämigen Fassade verschanzte, und über ihre Schwiegermutter, die sich nicht wehrte. Was war nur mit allen los? Sie hatte genug an der Backe, sie konnte sich nicht auch noch um sie kümmern. Auch wenn es Kurts Familie war. *First things first,* sagten die Tommys immer. Das Wichtigste waren ihre Kinder. Omi Else hatte keine Wahl. Sie konnte nicht weiter in der Küche sitzen und sticken oder in ihr Tüchlein weinen. Dorothea musste einen Schuster suchen, der ihr half, die Aufträge, die sie nun endlich hatte an Land ziehen können, auszuführen. Sollte sie doch in das Café gehen, in dem sie mit dem einen Herrn Händchen gehalten hatte, und einen der Kerle ansprechen! Oder einen der arbeitslosen Männer, die jeden Tag an den Anschlägen standen und warteten, dass etwas geschah. Oder sie würden alle das Dach über dem Kopf verlieren. Dorothea sagte kein Wort, aber als Ida ihr beim nächsten Mal über den Weg lief, kam sie zu ihr und drückte ihr die Hand. Ida war erstaunt, doch bevor sie etwas sagen konnte, nahm Dorothea plötzlich ihre Hand und legte sie auf ihren Bauch.

Nein, sagte Ida, jetzt ist es passiert? Auch das noch! Wusste Justus es?

Dorothea legte den Finger auf die Lippen und umarmte sie heftig. Ohne Antwort rannte sie fort.

In den ersten Jahren nach dem Krieg nahmen sich viele Menschen das Leben, vor allem Männer. Ida hörte immer wieder davon, obwohl die meisten Familien versuchten, es geheim zu halten. Es waren nicht die ehemaligen Nazis, die richtig viel Dreck am Stecken hatten, es waren eher stille Leute wie Willi Bender oder Justus, an denen das schlechte Gewissen so lange zerrte, bis sie es nicht mehr aushalten konnten. Justus hatte alles mit sich selbst ausmachen müssen, niemand sah in seine Seele hinein. Seit Ida angekommen war, hatte er sich immer weiter zurückgezogen, ganz selten hatten sie einmal ein Wort gewechselt oder gar ein Lächeln. Irgendetwas war vorgefallen, Ida würde es nie in Erfahrung bringen, es gab nur Andeutungen, irgendetwas hatten sie sich zuschulden kommen lassen, Dorothea und Justus, oder nur Justus oder nur Dorothea. Etwas, das mit den jüdischen Nachbarn in der Straße zusammenhing, oder mit den verirrten jüdischen Männern, die aus dem Konzentrationslager Bergen-Belsen am Ende des Kriegs geflohen waren und in der Heide und in Lüneburg aufgetaucht waren. Ida erinnerte sich an die seltsame Szene, als sie Dorothea im Café gesehen hatte, mit dem Fremden. Ida erinnerte sich auch daran, wie in Beuthen Hetzjagd auf Juden gemacht und die Synagoge angezündet worden war und weder sie noch Kurt etwas dagegen unternommen hatten. Allmählich begriff sie, weshalb die Briten sie umziehen wollten. Weshalb sie zu einigen Deutschen so brutal waren, und warum sie in den Wochenschauen immer wieder auf die Schuld der Deutschen zu sprechen kamen, und warum immer dann, wenn sie Bilder von ausgehungerten Deutschen zeigten, Bilder von einem KZ oder Berichte über einen Prozess gegen einen KZ-Aufseher folgten. Die Briten ließen Gefangene hungern, wenn sie erfuhren, dass sie Menschen verraten oder gefoltert oder nach Auschwitz oder in ein anderes Lager gebracht hatten. Es gab Briten, die sprachen kein Wort mit den Deutschen oder überhaupt kein Wort Deutsch. Sie hatte Glück gehabt, großes Glück, mit Officer Smith und seinen Kollegen. Ja, sie hatte Glück, und sie wollte es den alten Chinesen, die Kurt so verehrt hatte, gleich tun und es nicht vergessen, auch wenn das Herz ihr manchmal schwer war.

Bist du Gottes Sohn, dann hilf dir selbst, sagte sich die kleine Großmutter nun jeden Tag, sie nahm den Satz auf in ihre stillen Gebete, die sie parallel zu den direkten Gesprächen mit Gott führte, als wäre Gott zwei, der eine, zu dem sie betete, und der andere, mit dem sie über den ersten diskutierte. Gott Eins musste nichts davon wissen; nur Gott Zwei vertraute sie ihren Kummer, ihre Hoffnung und ihren Hader an und letztlich die Tatsache, dass sie im Zweifel eben sich doch auf sich selbst verlassen musste. Das musste Gott Eins nicht mitbekommen, er wäre sonst beleidigt, und wer weiß, womit er dann eines ihrer Kinder bestraft hätte, eine besonders fiese Retoure, die er durchaus manchmal zur Anwendung bringen konnte. Das hatte der Pfarrer in Beuthen oft genug bei seiner Predigt erklärt, und das Leben hatte es Ida auch schon ein paarmal verklickert und unter Beweis gestellt.

Obwohl sie es wusste und fürchtete, die Sachen mit dem Strafen der Nächsten, entschied sie, die kleine Nanne an den Wochentagen nach der Schule auf den Schwarzmarkt am Schrangenmarkt zu schicken. Sie zog dem Kind ein Röckchen an, knöpfte die Strickjacke ordentlich zu und striegelte die Locken. Dann wurde Nanne die Schultasche umgehängt und sie sollte so arglos durch die Stadt laufen wie ein Kind, das von der Schule nach Hause ging. Ida hatte ebenso große Angst wie Nanne, dass man sie erwischte, doch was blieb ihr übrig? Es war die beste Lösung. Die Preise waren enorm; ein zweites Bügeleisen, das Ida in einer Kammer des ehemaligen Mütterheims gefunden und versteckt hatte, brachte sechzig englische Zigaretten, echte Chesterfields. Sechzig Stück! Nanne strahlte, als sie damit nach Hause kam.

5

DER DIREKTOR DES ENGLISCHEN KINOS

Woran liegt es, dass man zu manchen Menschen sofort einen Draht bekommt, und zu anderen nicht?

Als Mr. Thursday der kleinen Großmutter zum ersten Mal gegenüberstand, wusste er es sofort. Sie brauchte einen kleinen Augenblick länger.

Sie mögen Kino, Madam?, waren seine ersten Worte. Es war mehr eine Feststellung. Sie standen vor dem Kino in der Neuen Sülze; Ida war wegen des Plakats hängen geblieben.

Und wie,! rief Ida und sah den Mann im Trenchcoat überrascht an. Ein Tommy, der sie ansprach? Er hatte ziemlich große Ohren und einen halb kahlen Kopf. Während sie ihn musterte, es waren ja nur einige Sekunden, setzte er die Unterhaltung einfach fort.

Welche Filme mögen Sie denn? Liebesgeschichten oder lieber Komödien?

Eigentlich beides, sagte sie, mal was fürs Herz und mal was zum Lachen!

Die Antwort brachte ihn zum Lachen. Seine blauen Augen hinter den großen, runden Brillengläsern sahen sie neugierig an. Diese kleine Frau, schien ihm, hatte einen klaren Verstand.

Aber ich war schon ewig nicht im Kino, sagte Ida bedauernd und schuckelte, wie zur Begründung, den Kinderwagen, in dem Willi vor sich hin brummelte.

Mr. Thursday, sagte er, und streckte ihr die Hand hin. Ich bin der Direktor des englischen Kinos. Und wie heißt der kleine Mann?

Oh, sagte Ida, von diesem hier? Sie meinte das Kino. Willi, sagte sie und schaute zu Willi.

Ja, von diesem hier, sagte Mr. Thursday, das Astra Cinema!

Er zeigte auf den Eingang mit den schwingenden Glastüren, das Plakat daneben und das Schild darüber in einer großen, ausladenden Geste. Über dem Namenszug *Astra Cinema* stand noch der alte Name *Schaubühne*. Als wollte er sagen, alles meins, dachte Ida und musste lächeln.

You don't believe me, sagte Mr. Thursday, Sie glauben mir wohl nicht?

Doch, doch, nickte Ida, und dann schüttelte sie den Kopf. Er hatte zwar eine Halbglatze, doch sein Gesicht sah recht jung aus. Während er sprach, stellte Ida fest, dass seine Lippen voll, der ganze Mund und seine Zähne aber ein bisschen schief waren. Die Mischung aus allem gab ihm etwas Nettes, Lustiges.

Dieser Film ist nicht ganz mein Geschmack, Mr. Thursday zeigte auf das giftgrüne Plakat, vor dem Ida stehen geblieben war. Es zeigte das Gesicht einer offenbar zu Tode erschrockenen Frau, die Mund und Augen gleichermaßen aufriss. Aber morgen kommt eine sehr nette Komödie. Vielleicht möchten Sie die gern sehen?

Ida lief rot an, straffte augenblicklich die Schultern und wollte schon einen Abgang machen, aber Mr. Thursday nahm genau in diesem Moment seine Brille ab und sah sie so jungenhaft freundlich an, dass sie stehen blieb.

Ich meine es doch nicht *so*, sagte Mr. Thursday, der ihren Gesichtsausdruck korrekt deutete. Er setzte seine Brille wieder auf. Sorry, Madam, das würde ich niemals – er zeigte mit dem Kopf zu Willi, der sich langsam in einen wacheren Zustand vorarbeitete und wahrscheinlich gleich anfangen würde zu brüllen.

Tut mir leid, sagte nun Ida, aber wissen Sie, Mr. Direktor des englischen Kinos –

Mr. Thursday, sagte er –

Well, Mr. Thursday, wiederholte sie den etwas zungenbrecherischen Namen. Um ehrlich zu sein: Ich habe fünf Kinder und keinen Mann und ich suche dringend eine Arbeit!

Ida war selbst verblüfft, wie direkt sie mit dem fremden Mann sprach, und Mr. Thursday sah sie an, als wollte er sagen, ganz schön energisch für so eine kleine Person! Aber das zu sagen unterstand er sich.

Ida beugte sich zu Willi in den Kinderwagen, der gerade Anstalten machte, sich hochzustemmen und sich dabei laut beschwerte. Mr. Thursday hatte ein paar Sekunden Zeit, sie zu betrachten. Ihr Mantel sah so aus, als müsste er diesen Winter genauso überstehen wie schon den letzten, aber er war wohl in besseren Zeiten gekauft und solide. Ihr dunkles Haar war widerspenstig, ihre Augen blau wie seine, nur dunkler, und ihr Gesicht sehr lebhaft. Mit ein paar Handgriffen organisierte sie die Deckchen im Kinderwagen um, so dass der Kleine gut sitzen konnte.

Normalerweise machen das Squaddies, sagte er, mehr zu sich selbst, aber die haben ja alle keine Zeit, die sind zu busy.

Skwäddies?, fragte Ida und richtete sich wieder auf. Willi wippte jetzt zufrieden im Wagen und schaute Mr. Thursday interessiert an, als wollte auch er der Unterhaltung folgen. Das Mützchen saß leicht verrutscht auf seinem großen Kopf.

Well, Squaddies, die niedrigen Ränge, Hilfssoldaten, erklärte Mr. Thursday, ohne sich von seinem Gedanken abbringen zu lassen. Wir haben ja so viel zu tun, hier in Deutschland. Und eigentlich sollten die Frauen der Sergeants oder Officers hier die Candy Bar betreuen –

Kändibar?, fragte Ida.

Sweets, sagt er, süße Sachen. Chocolate.

Ach so, Süßigkeiten, sagte Ida. Ihr lief bei dem Wort unmittelbar das Wasser im Mund zusammen, sie konnte nichts dagegen tun. So lange entbehrte sie schon süße Dinge!

Süßigkeiten, wiederholte Mr. Thursday und sah sie fragend an. Und die Kasse könnten Sie auch machen. Denn, – er machte eine ausholende Geste – sehen Sie hier englische Ladys? Er lachte.

Ida folgte seiner Geste: Selbst wenn sie zehn englische Ladys gesehen hätte, hätte sie das Gegenteil behauptet. Denn allmählich war klar, wohin das Gespräch führte. Zum Glück war Mr. Thursday nicht so ein langer Lulatsch wie Officer Smith, sie musste nicht dauernd den Kopf in den Nacken legen. Nur ein bisschen. Er war auch jünger als Idas Schutzpatron, und sein blondes Haar, das da begann, wo die Kahlheit endete, gab ihm etwas Ansprechendes.

Die Frauen der Officers, murmelte Mr. Thursday und rieb sich gerade das Kinn. Offenbar überlegte er etwas. Ida wartete. Mr. Thursday war der Direktor eines ganzen Kinos, so jemanden hatte sie noch nie kennengelernt. Sie nahm ihn blitzschnell auf. Seine Schuhe waren geputzt, er achtete auf seine Sachen. Sie kannte diese Gesprächsverzögerungen inzwischen, man durfte nicht ungeduldig werden. Willi hingegen fing an, ein bisschen wäwäwa zu machen und im Wagen zu schaukeln, Mr. Thursday bemerkte es.

Well, sagte er, oder fühlen Sie sich zu fein dafür?

Zu fein? Meine kleine Großmutter sah ihn erstaunt an. Du spinnst wohl, hätte sie am liebsten gesagt.

Für die Tommys das Kino machen, sagte er. Karten abreißen, Plätze anweisen, und später dann vielleicht den Ton regeln.

Zu fein wofür?, entfuhr es schließlich Ida, die jetzt so aufgeregt den Wagen schuckelte, dass Willi vergnügt lachte und die großen Räder quietschten. Im Warmen stehen zu dürfen? Und dann noch Filme sehen dürfen! Töne laut und leise stellen, das würde sie doch wohl hinkriegen!

Ich mache die Kasse und die Töne gleich mit, sagte sie entschieden.

No, no, Lady, lachte Mr. Thursday und schüttelte den Kopf, let's do it step by step.

S-tep bei S-tep, wiederholte Ida.

Er steppte mit den Füßen – if you do it like this, sagte Mr. Thursday breit grinsend, then it will be a great success! Wir fangen mal mit Kartenabreißen und Platzanweisen an, und dann sehen wir weiter, all right? Ich zahle Ihnen – er rechnete kurz – fünfunddreißig Mark, nein, sagen wir vierzig Mark im Monat.

Vierzig Mark, Ida blieb die Spucke weg, so viel? Gleich einen Monat! Oh, was hatte sie wieder für ein Glück, dachte sie, so ein verdammtes Glück. Willi machte freudig lala, als verstünde er, worum es hier ging.

All right, sagte sie, überrascht, wie leicht sich dieses Englisch sprach, S-tepp bei S-tepp. Gleich heute?

Idas Kopf ratterte schon los, wie sie das organisieren könnte.

Nein, nein, heute nicht. Aber morgen, könnten Sie sich das einrichten? Morgen ist Filmwechsel, da kommen viele.

Wie höflich er mit ihr sprach!

Das wäre mir sicher möglich, passte sie sich seiner Ausdrucksweise an.

Well, sagte Mr. Thursday, jetzt etwas förmlich, sie machten ja gerade einen Vertrag: I would like that very much. Es würde mir sehr gefallen.

Er streckte ihr noch einmal die Hand hin und schüttelte ihre kleine kräftig. Seine Hand fühlte sich weich an, aber der Händedruck war fest.

Morgen um halb drei, sagte er, bye-bye, Frau – oh, I didn't even ask your name.

Ida Sklorz, sagte meine kleine Großmutter, aber nennen Sie mich einfach Frau Ida.

Ida lief hüpfend und jubilierend die Neue Sülze hinauf nach Hause, vor sich den Kinderwagen mit dem kleinen Willi. Der Kinodirektor, sagte sie immer wieder zu Willi, der freudig lachte. Der Direktor des englischen Kinos! Ein fieser Regen fiel, Lüneburg hungerte, Lüneburg würde bald frieren, und sie, Ida Sklorz, sagte Wörter wie *all right* und *Kändie-Bar* und arbeitete mit sofortiger Wirkung im englischen Kino. Endlich wieder eine Hoffnung! Vierzig Mark? Das konnte gar nicht sein, selbst zwanzig hätten sie gefreut, es war ja kein ganzer Tag. Das Einzige, was ihr komisch vorkam, war, dass sie in Mr. Thursdays Terrain arbeiten würde. Bei ihrer Wäscherei war sie ja ihre eigene Herrin gewesen. Was für ein Unsinn, sagte sie sich, es ist ein Kino, Ida!

Passt mir schön auf die Kleinen auf, sagte sie zu Kaspar, Hannes und Nanne am nächsten Tag, die genauso aufgeregt waren wie sie, und heute Abend seid schön artig und geht ins Bett, ich muss zu meiner neuen Arbeit. Omi Else kommt und bleibt zum Abendbrot. Ehrfürchtig nickten die Kinder und winkten, Karlchen an der Hand und Willi auf dem Arm, ihrer tüchtigen Mutter hinterher.

Was für ein Triumph! Beschwingt lief sie die Neue Sülze hinunter zum Astra Cinema. Entzückt stand sie davor, buchstabierte sich das Wort *Astra*, das auf rotem Grund über dem Eingang prangte und auf dem Filmplakat für den Film *Dancing with Crime* und stellte sich darunter Wunder was vor. Sie hatte ihre Schuhe, so gut es ging, geputzt und ihr bestes Kleid angezogen, das dunkelblaue mit dem kleinen weißen Kragen. Das Foyer war sehr elegant, die Candy Bar eine schmale Theke, hinter der sie stehen sollte, und der Kinosaal war riesig, für fünfhundert Menschen. Die Sitze waren mit Samt ausgeschlagen und der Kronleuchter enorm. Die Balkone im oberen Teil hatten geschwungene Balustraden. Das war nicht nur ein Kino, dachte Ida, das war ein richtiger Filmpalast! Die Luft roch etwas trocken, und nach etwas, das sie mit jedem Kino in Verbindung brachte, aber nicht benennen konnte, etwas wie Staub, Pfefferminze und verbranntes Gummi. Mr. Thursday erklärte ihr als Erstes, dass es nun leider doch keine Komödie, sondern einen Thriller gebe.

Ich hoffe, Sie sind nicht zu enttäuscht, Frau Ida!

Ida lachte, wenn's weiter nichts ist!

Und dann – er sah sie etwas besorgt an – dann muss ich Sie doch bitten, den Ton gleich mit zu regeln und die Helligkeit, denn Officer Lockwood ist leider krank geworden und ich selbst muss die Aufsicht über das ganze Kino führen, aber wenn es nicht geht –

Ach herrjeh, nickte Ida, aber das macht mir gar nichts!, fügte sie schnell hinzu. Ihr Herz fing allerdings doch an etwas zu bumpern. Mr. Thursday zeigte ihr in Eile den Apparat, der hinter den Sitzreihen stand und an dem sie zwei Regler hoch- und runterschieben sollte, einen fürs Licht und einen für die Lautstärke. Es ist ein Telefunken, ganz modernes System, sagte Mr. Thursday aufmunternd, als er ihr konzentriertes Gesicht sah, ganz einfach zu bedienen.

Ein Kinderspiel, sagte Ida und schob die Regler hin und her, doch es gab ja gerade keinen Ton, den sie hören konnte, wie sollte sie also wissen, wann er richtig eingestellt war? Sie wurde so nervös, dass sie hektische Flecken bekam. Don't worry, sagte Mr. Thursday, machen Sie sich keine Sorgen, es klappt schon!

Mr. Thursday ging mit ihr zum Vorführraum, der am oberen Ende des Saals hinter der Wand lag, nur durch ein Fensterchen verbunden damit. Man musste aus dem Saal und durch einen schmalen, kurzen Gang, dann öffnete er die Tür und stellte sie dem Filmvorführer vor, Mr. Mills. Mr. Mills war ein dicklicher Mann, vielleicht fünfzig Jahre alt, mit rotem Haar und sehr weißer, mit rötlichen Sommersprossen übersäter Haut und grasgrünen Augen. Er trug keine Uniform, sondern braune Cordhosen, er hatte die Ärmel seines Hemdes hochgekrempelt und einen Pullunder in heftigen Farben an, mit lila und grünen Zacken. Im Mundwinkel klemmte eine Zigarette. Er sah sie misstrauisch an und öffnete die große Blechdose mit dem neuen Film. Hinter ihm standen zwei beeindruckende Projektoren, in die die Filmspulen eingelegt wurden, und auf dem Tisch eine weitere Doppelspule. An der Wand hing ein Plan mit den Filmen, die in diesem Monat gezeigt werden sollten.

Well, sagte Mr. Thursday und sah Mr. Mills streng an, das ist Frau Ida. Sie ist unsere neue Kartenabreißerin.

Mr. Mills tat so, als wäre er mit dem Einlegen der Spule beschäftigt und nickte nur kurz in Idas Richtung.

Say hello, Harry, sagte Mr. Thursday mit gleichbleibender Stimme und wartete. Ida wurde rot bis an die Haarwurzeln. Mr. Mills wandte sich langsam um, legte die Zigarette in einen Aschenbecher und streckte in Zeitlupentempo die Hand aus. Hello, Frau Ida, sagte er. Seine Hand war verschwitzt. Er drehte sich sofort wieder um. Ein Mistkerl, dachte Ida, doch sie war zutiefst verletzt.

Machen Sie sich nichts daraus, Frau Ida, sagte Mr. Thursday, als sie wieder im Foyer standen, er ist ein Filmvorführer, die denken manchmal, sie sind was Besseres.

Wenigstens ist das Kartenabreißen wirklich ein Kinderspiel, beruhigte sie sich. Dieser Harry hatte sie irgendwie aus dem Tritt gebracht. Sie sollte am Eingang zum Saal neben dem zur Seite gerafften Vorhang stehen.

Die Taschenlampe benutzen Sie, wenn jemand zu spät kommt, sagte Mr. Thursday und sah die kleine Frau vor ihm fragend an.

Alles okay, Frau Ida?

Alles okay, sagte sie und zählte innerlich die Schritte, die zu tun waren. Die ersten Tommys kamen, zehn, zwanzig, dreißig, sie trugen Uniformen, und sie waren sichtlich überrascht, eine winzige deutsche Frau vorzufinden. Sie grüßten sie, *Hello, Ma'm*, und sahen zu ihr hinunter und warteten artig, bis sie ihre Karte abgerissen hatte, dieses kleine Stück Papier.

Das ist der *Feind*, dachte Ida plötzlich, der Feind steht vor mir, in Uniform, und wartet brav, dass ich ihn reinlasse. Sie hatte sich noch nie so vielen Soldaten auf einmal gegenüber befunden. Der Feind hatte blaue, braune, grüne Augen, überwiegend ziemlich helle Haut und kurz geschorene Haare, rötliche, blonde, bräunliche, und eine gute Haltung. Der Feind sagte *Hello, Madam*, und *Thank you* und freute sich auf einen schönen Kinoabend, freute sich, dass der beschissene Krieg endlich vorbei war und er sich mal etwas davon erholen konnte, auch von den langen Tagen mit der deutschen Bevölkerung, deren neues Leben sie organisieren sollten, diese Leute, die, halb noch ihrem Hitler verfallen, halb froh, dass sie ihn endlich los waren, die hungrig, deprimiert und wütend waren. Von denen viele ihnen kaum in die Augen schauten, ihnen, den Besatzern und Siegern, die jetzt in ihrer Stadt das Sagen hatten. Sie mussten sich auch erholen, von allem, was sie gesehen hatten, in den letzten Wochen des Kriegs, und den letzten Tagen, die Kindersoldaten, die Greise, die ihnen entgegentraten, die ihre Großväter hätten sein können, die erbitterten Offiziere, die sich an den Endsieg klammerten, und die Konzentrationslager. Die Baracken, die Menschen, die kaum noch wie Menschen aussahen, sondern wie die Skelette, von denen sie viele fanden, übereinandergeworfen, gestorben ohne Beerdigung, ohne Segen, ohne einen Stein, ein Kreuz, ein Zeichen, dass sie einmal Menschen waren, Skelette, die sie gestapelt fanden.

Es wurde dunkel im Saal, über die Leinwand flimmerte der Anfang der britischen Wochenschau der British Pathé, mit Musik, und plötzlich standen sie alle auf, die Tommys, wie ein Mann, und Ida erschrak sich fast zu Tode. Sie standen auf und fingen aus voller Brust zu singen an. Sie streckten nicht den Arm aus wie die Deutschen bis vor Kurzem, sie legten die Hand aufs Herz und sangen lauthals alle zusammen:

> *God save our gracious King,*
> *Long live our noble King,*
> *God save the King!*
> *Send him victorious,*
> *Happy and glorious,*
> *Long to rein over us,*
> *God save the King!*

Und dann setzten sie sich und weiter ging's mit den Meldungen aus aller Welt. Ida stand stocksteif am Eingang mit dem Vorhang und musste hart daran arbeiten, nicht in Tränen auszubrechen oder laut zu schreien. War es, weil es so viele auf einmal waren? Ihr Herz war empört, sie gehörte jetzt zu den Besiegten, aber das wusste sie ja, was griff es sie plötzlich so an? Sie wusste, dass sie zu Recht besiegt worden waren, dass die Tommys Befreier waren und nicht bloß Besatzer, doch ihr Organismus brauchte in diesem Moment mehr Zeit als ihr Kopf, so geschockt sie jetzt war, brauchte *sie* etwas Zeit, aber niemand hatte Zeit, Musik setzte ein, ein Mann auf der Leinwand mit nacktem Oberkörper schlug einen riesigen Gong, der Hauptfilm begann, er lief jetzt los und sie musste sich schnell an das Schaltpult hinter der letzten Stuhlreihe setzen und den Ton hochfahren. So wie Mr. Thursday es ihr gezeigt hatte, so wie sie es ein einziges Mal geübt hatte. Die Wochenschau ist sehr laut, Sie müssen sofort den Ton hoch regeln, hatte er gesagt, sonst fängt der Film an und die Leute hören nichts. Und Ida dachte an ihre fünf Kinder und schob die tausendfach gebrochenen Gefühle beiseite und den kleinen Schalter hoch, langsam, und dann den für die Helligkeit, den musste sie ja auch bedienen, und dann, dann flimmerte schon der Titel über die Leinwand und ein Mann lief ins Bild hinein, im Trenchcoat am nebligen Ufer eines Flusses, der Themse vielleicht, die Themse, der größte Fluss von London. Ida ließ gar nicht an sich heran, was sie sah. Sie hörte Musik, sie hörte die Stimmen, die englisch sprachen, sie hörte sie wie den Regen oder den Wind, ohne Sinn und ohne Bedeutung. Sie musste sich konzentrieren, denn, wenn es sehr laut wird im Film oder sehr leise, hatte Mr. Thursday gesagt, müssen Sie den Ton korrigieren, nach unten, nach oben, je nachdem. Wie sollte sie da mitkriegen, was auf der Leinwand passierte? Noch dazu bei ihrem allerersten Mal?

Ida saß mit durchgedrücktem Rücken auf ihrem Platz, die Hände auf dem Mischpult wie festgewachsen. Vor ihr mindestens hundert britische Männerköpfe. Das schwarz-weiße Licht des Films, das sich in seinen Schattierungen hell und dunkel ständig bewegte, auf diesen Köpfen. Sie spürte die Anwesenheit der Männer, sie roch sie, sie hörte sie manchmal die Luft einziehen, weil es so spannend wurde, oder auflachen, wenn sich etwas löste. Es war etwas vollkommen anderes als das, was für sie bis zu diesem Tag Kino gewesen war.

Vom Feind hatte ihr Schwiegervater gesprochen, gehst du jetzt auch noch für sein Vergnügen sorgen, ja? Du tust ja geradezu, als würde Ida als leichtes Mädchen arbeiten gehen, hatte Dorothea ihn angezischt. Die Stimmung zwischen den beiden schien sich bei jedem Besuch, den Ida machte, wieder zu verschlechtern, man hätte meinen können, dass Dorotheas immer runder werdender Bauch ihren Schwiegervater in Panik versetzte. Der Feind, hatte er noch einmal wiederholt, erst macht sie ihm die Wäsche und jetzt! Und dann hatte er sich hinter seiner Zeitung vergraben.

Bei den ersten Vorstellungen, als Ida im Astra Cinema anfing, bestaunten die Briten sie nicht nur wegen ihrer Größe. Es gab immer wieder einen, der eine geringschätzige Bemerkung machte; der sie mit ungerührtem Gesicht fragte, ob die kleine deutsche Frau eine Nazifrau gewesen sei, oder so tat, als wäre sie gar nicht da. Ida, die sonst den Kopf immer hob, um den Menschen anzuschauen, den sie begrüßte, senkte dann schnell den Blick, als müsste sie sich auf das Abreißen der Karte konzentrieren. *Have fun*, murmelte sie, so wie Mr. Thursday es ihr gesagt hatte.

Wenn der Feind, den meine kleine Großmutter bis auf diesen einen Augenblick nie als Feind begriffen hatte und auch danach nicht mehr als Feind begreifen wollte und würde, zu spät kam und der Film schon angefangen hatte, stand sie von ihrem Platz am Pult auf, riss seine Eintrittskarte ab und führte ihn mit der großen Taschenlampe, die sie diskret nach unten hielt, zu einer Reihe, in der noch ein Platz frei war. Es geschah öfter als sie dachte: Nicht wenige Tommys ließen die Wochenschau und das Singen am Anfang auch gern mal aus.

Nach zwei Wochen stellte sich heraus, dass Officer Lockwood, der sonst den Ton und das Licht regelte, endgültig in die Heimat abberufen worden war, und Ida erklärte Mr. Thursday umgehend, dass sie nur bliebe, wenn sie diese Arbeit weiter mitmachen dürfte. Das war natürlich hoch gepokert, aber es überkam sie einfach so. Mr. Thursday kratzte sich am nicht vorhandenen Bart, runzelte die Stirn und sagte dann okay. Nicht all right wie sonst, er sagte okay. Es ist ein Telefunken, sagte er drolligerweise noch einmal, wie am ersten Tag, es ist ein deutsches Fabrikat, warum also sollten Sie es nicht bedienen können? Ida atmete auf.

Sie gewöhnte sich so schnell an die Abläufe, dass er ihr nach zwei weiteren Wochen anbot, am Vormittag eine Stunde die Vorkasse zu betreuen. Ida überlegte, es war eine Verlockung, doch vormittags hatte sie Willi. Sie müsste Eddie bitten oder Omi Else, sie konnte ihn nicht mitnehmen. Dann schüttelte sie bedauernd den Kopf. Der Kleine hatte schon zu viel durchgemacht, sie wollte sich wenigstens am Vormittag um ihn kümmern. Außerdem hatte sie doch etwas Sorge, dass sie noch einmal umkippen und ausfallen könnte. Später vielleicht, sagte sie, sorry, und all right, sagte Mr. Thursday.

Von den Worten in den ersten Filmen, die sie betreute, verstand Ida nichts. Sie sah sehr elegante, sehr schlanke Frauen, die zwar *Darling* sagten, aber ansonsten eher kühl und verhalten ihre Liebe zeigten, sie sah Filme, die in altehrwürdigen Gemäuern spielten, Internaten, und in denen freundlich wirkende Jungen aus nicht so wohlhabenden Verhältnissen von ihren Mitschülern gequält wurden, so dass Ida innerlich erschrak und an ihre Jungen dachte. Und manchmal sah sie fahrende Züge, rennende Männer, die sich in dunklen Gassen versteckten, Filme, die bei den Officers überaus beliebt waren, *Crime Stories*, in denen Morde auf höchst komplizierte Weise verübt und noch komplizierteren Weise aufgeklärt wurden. Einer davon hieß *The Upturned Glass*; darin verliebte sich ein etwas sonderbarer Kriminologe und Gehirnspezialist in eine verheiratete Frau, die auf rätselhafte Weise zu Tode kam. Natürlich ahnte er, dass es Mord war, und sann auf Rache. Er wurde von James Mason gespielt, der zwar gut, aber doch irgendwie unheimlich aussah.

Es gab zwei Vorstellungen am Tag, eine um fünf und eine um acht. Ida betreute beide und räumte zwischen ihnen und danach den Saal auf. Wenn das Kino aus war, war es draußen stockdunkel. Es gab kaum Straßenlaternen, denn die elektrischen Leitungen waren längst nicht alle wieder repariert, außerdem wäre es viel zu teuer gewesen, es war ohnehin nicht üblich in Lüneburg, nur am Markt und vor den Kirchen brannte schwach ein Licht. Sie brauchte nur fünf Minuten bis zur Reitenden-Diener-Straße. Die Männer, die das Kino besucht hatten – noch waren es fast ausschließlich Männer – verteilten sich rasch; Ida musste noch zusammen mit Mr. Thursday im Foyer ein paar Dinge forträumen und abschließen, dann huschte sie nach Hause.

Können Sie allein gehen?, fragte Mr. Thursday.
Um nichts in der Welt hätte Ida Nein gesagt.

6
KINTOPP

Klackklackklack
 hörten die Kinder ihre Mutter spät abends durch die Reitende-Diener-Straße nach Hause kommen. Klackklackklack hallten ihre Schritte auf dem dicken, unregelmäßigen, halb zerstörten Kopfsteinpflaster durch die nächtliche Stille, und

klackklackklack sprangen die vier in ihre Betten, der kleine Willi war schon eingeschlafen, kichernd und prustend und mit klopfenden Herzchen, dass sie es nicht merken würde, dass sie eben noch herumgesprungen waren oder Karten gespielt hatten oder ihrer Schwester gelauscht hatten, die ihnen eine Geschichte vorlas. Den kleinen Willi hatten sie in Nannes Hängematte so lange geschaukelt, bis ihm die Augen zugefallen waren, sie hatten ihn geschaukelt, weil er geweint hatte, gequengelt, weil die Mutter nicht da war, aber die Kinder konnten die Mutter nicht beunruhigen, die Mutter durfte sich nicht noch mehr sorgen, seit sie einmal fast gestorben wäre – so dachten die Kinder es –, war dies ihre allergrößte Sorge.

Klackklackklack, alles ruhig, Gott sei Dank, dachte die kleine Großmutter, die keine ganz junge Frau mehr war, endlich ein Augenblick nach diesem langen, langen Tag. Endlich die Schuhe aus, endlich fünf Minuten still und allein, die anderen Mitbewohner schliefen zum Glück auch schon. Am Tisch sitzen, die Beine ein bisschen hochlegen auf den zweiten Stuhl, und eine Tasse kalten Früchtetee oder Pfefferminztee, dreimal aufgegossen, aus der Kanne vom Morgen trinken.

Ihre Gören, wie sie sie manchmal nannte, lagen wach, erleichtert, dass sie endlich da war, erleichtert, dass sie nichts gemerkt hatte, und nach dreiminütiger, vielfach zusammengesetzter Erleichterung schliefen sie umstandslos ein.

Klackklackklack, ich wünschte, ich könnte nur einmal bei dir dort sitzen, meine liebe, kleine Großmutter, die ich nicht hatte und von der ich zu spät wusste, dir zusehen, deinen Geruch atmen oder sogar deine Hand ein bisschen streicheln und mit dir sprechen, wie geht es dir, wie war dein Tag, was hast du gedacht, wie war der Film, den ihr vorgeführt habt, wie viel Leute waren denn drin und wie sahen sie aus, diese britischen Offiziere und die ersten Fräuleins, die sie mitbrachten, die eigentlich gar nicht mit hinein durften ins Kino, was alle natürlich wussten. Ida musste es für sich behalten, und die ersten Ehefrauen, die bald aus England zu ihren Männern nachzogen und dann auch im Kino saßen, taten es auch, sie sahen einfach darüber hinweg, das war so ihre britische Art, einfach nicht immer wegen allem Aufhebens machen. Das gefiel Ida, diese Haltung. Nicht immer so ein Gewese um alles. Mal einen Tee trinken. Dorothea oder manche andere Frau, die Ida kannte, hätte es garantiert verpetzt; das war ein interessanter Unterschied. Die Besatzung würde ja nicht ewig dauern, und das mit den deutschen Frauen war zwar nicht erlaubt, doch die Vorgabe, bloß keine Verbrüderung mit den Deutschen, den Besetzten, wurde allmählich aufgeweicht. Es ließ sich auch gar nicht vermeiden, dass die Tommys ihre deutschen Fräuleins mitbrachten, und am Ende war die Liebe ja vielleicht eine viel bessere Umerziehungsmethode als die in den Kinos gezeigten langweiligen Wochenschauen oder anderen Lehrmaßnahmen für die deutsche Bevölkerung, die nun Anstand und *democracy* lernen sollten, und nicht mehr so viel Ehre für dein Vaterland. Obwohl das schon ein bisschen absurd war, wenn man bedachte, wie die Tommys vor dem Film alle aufstanden für ihr eigenes, moralisch zugegebenermaßen überlegenes Vaterland und aus voller Seele sangen: *Gott schütze den König*. Aber eins musste man sagen, die Zeilen, die sie sangen, waren schon sehr viel offener und menschenfreundlicher als die der deutschen Lieder, die sie unter Hitler gesungen hatten. In der Hymne der Tommys hieß es, dass alle Menschen Brüder seien und auch sein sollten und und …

Mr. Thursday hatte die Angewohnheit, bei jedem Filmwechsel Ida nach ihrer Meinung zu fragen. Ida fühlte sich leicht überfordert, sie hatte ja schon alle Konzentration auf ihre Arbeit zu lenken, nun sollte sie auch noch die Filme kommentieren, von denen sie doch kaum ein Wort verstand! Denn mit einem »schön!« oder »spannend!« ließ sich Mr. Thursday nicht abspeisen. Er nahm seine runde Brille ab und polierte sie mit seinem Taschentuch, gab Ida also einen Moment Zeit, dann setzte er sie wieder auf und sah sie fragend an: Nun, liebe Frau Ida, was denken Sie?

Ida stotterte.

Wissen Sie, sagte Mr. Thursday, als ich noch in England im Kino gearbeitet habe, waren die meisten Besucher Frauen. Es ist für mich eine riesige Umstellung, mit den ganzen Männern hier, und ich bin froh, wenn ich wenigstens die Ansicht einer Frau – noch dazu einer mit gesundem Menschenverstand! – teilen könnte.

Es waren Frauen?

Nicht, als ich angefangen habe, da kamen alle, aber sobald der Krieg anfing und die Männer nach und nach eingezogen wurden. Überhaupt, die Briten lieben das Kino! Wir haben in Großbritannien mehr Zuschauer als die Amerikaner, wenn man es flächenmäßig berechnet.

Ida hörte mit halbem Ohr zu; sie überlegte, ob die Kinder es wohl schaffen würden, Willi zu beruhigen. Er bekam gerade wieder einen Zahn und war in der letzten Nacht sehr weinerlich gewesen.

Well, fuhr Mr. Thursday fort, natürlich haben wir genau wie Deutschland eine Menge Durchhaltefilme gedreht, aber dann waren es schließlich die Ladys, die durchhalten mussten. Sie waren es, die arbeiteten, sie waren es, die auch ein bisschen Erholung brauchten.

Ihr Engländer habt wirklich ein besseres Verhältnis zu eurer freien Zeit als wir, murmelte Ida. Sie wurde ungeduldig, knöpfte mit Nachdruck ihren Mantel zu und zog ihr Tuch fest.

Aber Sie sind doch auch im Krieg ins Kino gegangen, oder nicht?

Naja, sagte Ida, wenn Omi Else auf die Kinder aufgepasst hat, oder noch in Oberschlesien meine Nachbarin, Frau Sarapetta, bevor sie selbst Mutter geworden ist. Am Ende des Kriegs wurden die Kinos alle geschlossen.

I see, sagte Mr. Thursday, ich verstehe, das war bei uns am Ende genauso. Trotzdem, also es ist jedenfalls so, dass die Frauen alle kamen, und dann mussten die Geschichten auch ein bisschen anders erzählt werden, wir brauchten Frauen, die tüchtig waren, als Heldinnen, sonst hätten sich die Ladys im Kino schnell gefragt, mit wem sie sich da identifizieren sollen.

Indenti – was?

Identifizieren.

Oh, okay.

Ida wurde etwas rappelig, sie sah auf ihre winzige Armbanduhr. Mr. Thursday entschuldigte sich sofort, sorry, Frau Ida, ich vergaß, Sie müssen ja zu Ihren Kindern.

Ja, nickte sie, ich muss. Leider.

Es ist immer schön mit Ihnen zu plaudern, sagte Mr. Thursday, und Ida schenkte ihm ein halbes Lächeln. Es war ein Satz, den sie schon des Öfteren bei den Tommys gehört hatte, und sie wusste nie so genau, wie er gemeint war. Rasch machte sie einen Schritt auf die große, gläserne Eingangstür zu, bevor er es sich noch anders überlegen würde, und verabschiedete sich, ja, mit Ihnen auch, Mr. Thursday! Thank you und goodbye.

See you tomorrow, rief er hinter ihr her, bis morgen!

Unsere Mutter arbeitet im Kintopp, sagten die Kinder jetzt stolz in der Schule. Unsere Mutti ist im Kintopp, sagten die Kinder zu den Nachbarn, wenn sie fragten. Kintopp war jetzt ihr Leben. Omi Else kam manchmal abends, aber nicht immer, ihr Mann wollte es nicht, und manchmal passte Eddie auf sie auf. Doch seit Eddie ausgezogen war, musste er extra vorbeikommen, und das wollte Ida ihm nicht zumuten. Frau

Ida, ich bitte Sie, sagte Eddie, nach allem, was Sie für mich getan haben! Ida sorgte sich ja auch nur wegen Willi, die anderen hätte sie sich selbst überlassen. Letztlich gewöhnten sich alle an die neue Situation, und so waren die Kinder öfter mal allein. Am nächsten Morgen oder wenn sie mittags aus der Schule kamen, drängten sie Ida, sie sollte erzählen, worum es denn in den Filmen ging, die sie sah, und sie musste sich anstrengen, die Geschichten zumindest so zusammenzufassen, dass sie eine gewisse Stimmigkeit hatten, nicht zu lang und nicht zu kurz. Denn wenn sie zu knapp erzählte, nervten sie Nanne, Kaspar und Hannes, erzähl richtig, oder sie glaubten ihr einfach nicht. Manchmal seufzte Ida unter dieser neuen Aufgabe. Das Kino war ihr Ort zur Erholung gewesen, zur Zerstreuung, ein Ort, an dem sie sich endlich einmal fallen lassen konnte. Und jetzt: Pustekuchen! Immer hohe Konzentration, und hinterher noch alles berichten! Nun saß sie Abend für Abend im Kino, außer montags, da war es geschlossen, und am Wochenende, darauf bestand Mr. Thursday gleich nach zwei Wochen, wegen der Kinder, sagte er. Das Kino, nach dem sie sich so gesehnt hatte! Jetzt war es vor allem der Ort, der ihr das Geld einbrachte, mit dem sie die Kinder und sich durchbrachte. Gut, dann war es eben so, dachte Ida; die Welt der Illusion ist mir wohl nicht mehr vergönnt.

Der Winter wurde brutal kalt, und die Ernährungslage verschlechterte sich noch einmal mehr. Immer mehr Engländer, vor allem die älteren Colonels in leitenden Funktionen, teilten Mr. Churchills Auffassung, dass der Hunger die Menschen den Russen in die Arme treiben würde, die ja wenige Kilometer entfernt die sowjetische Zone nach eigenen Regeln zu beherrschen begannen. Oder dass sie sich von den Bolschewiken, wie sie sagten, die in den Lagern saßen und nicht viel zu tun hatten, zu Aufruhr und Untaten aufwiegeln lassen würden. Die bolschewikische Idee wurde geradezu als Pest und Cholera betrachtet, die mit dem Hunger und den Läusen die Köpfe der Menschen befallen und sich dann rasend verbreiten würden. Epidemien brauchen keinen *Passport*!

Ein Garnisonspfarrer, Father Lister, sah es mehr von der menschlichen Seite. Er fand es herzzerreißend, vor allem die vielen Kinder, ob geflüchtete oder nicht, hungern zu sehen. Er schickte Flugblätter mit ergreifenden Bildern und der Aufschrift *Germany Calling* nach England und ließ sie in zahlreichen Städten und Gemeinden verteilen, die vom Krieg nicht so zerbombt worden waren wie London oder Coventry. Er bat seine Landsleute um Hilfe, er appellierte an ihr christliches Mitgefühl. Und wieder waren es einzelne Menschen, die Pakete schickten, Lehrerinnen, Pfarrersfrauen, Postbotinnen, mit warmen Mützen und Strümpfen, ausrangierten Schuhen, eingekochter Marmelade, einfacher Schokolade, Milchpulver und sogar manchmal einem Glas Honig. Das irische Rote Kreuz schickte eine besondere Milchsuppe für ganz kleine Kinder wie Willi, es war aus Milchpulver, Puddingpulver und Zucker und konnte mit Wasser aufgekocht werden. Darf ich auch ein Löffelchen von den irischen Kühen, fragte Nanne manchmal. Die Vorstellung einer irischen Kuh beeindruckte sie so tief, dass sie eine Reihe von Zeichnungen anfertigte, winzig klein natürlich, denn auch das Papier war knapp. Nannes irische Kuh hatte große Ohren und versank förmlich in unglaublich hohem, grünem Gras.

Mr. Thursday wohnte in der Wohnung direkt über dem Kino. Wenn er sich nicht um das Kino kümmerte, so hatte Ida herausgefunden, verschlang er Bücher, die sich mit Geschichte befassten, außerdem Romane, deren Verfilmungen sie sahen, wie die von Graham Greene und Somerset Maugham, und Biografien von Filmschauspielerinnen und Regisseuren, sofern er sie fand. Außerdem verfasste er ausführliche Artikel über die Filme, die sie zeigten, für eine britische Zeitschrift, die *Kinematographic Weekly*. Nicht ohne Stolz zeigte er ihr einen der Artikel, tatsächlich stand sein Name darunter: John Thursday. John wie Officer Smith. John Thursday, murmelte Ida, die ihn jedoch weiterhin Mr. Thursday nannte, auch in ihren Gedanken. Mr. Thursday las genauso gern wie ihr Kurt, nur eben andere Sachen.

Mr. Thursday hatte schon in England als Filmvorführer – *Operator* nannte er es oder *Projectionist* – gearbeitet, in einem Kino in seiner Heimatstadt Peacehaven, einem kleineren Küstenort in der Nähe von Brighton – ein sehr großes und sehr schönes Seebad, Frau Ida! –, bevor er hier als *Manager* oder *Director* des Kinos eingesetzt wurde. Er bereitete mit großer Sorgfalt die kleinen orange-beigen Programmzettel vor, die immer für einen ganzen Monat alle Vorstellungen und Titel anzeigten. Die Filme wurden entweder donnerstags oder dienstags ausgewechselt; Mr. Merryweather, ein älterer Mann, der in den Hüften etwas auseinanderging, kam in einem dunkelolivgrünen Mercedes mit der Kennung der Britischen Zone, BZ, vorgefahren und lieferte die neuen Filmrollen. Das Astra Cinema gehörte zu einer ganzen Kette von zwölf Kinos der Royal Air Force, die alle *Astra* als Namen trugen und ein Emblem mit einem roten Doppelflieger auf rotem Grund hatten. Diese Kinos waren etwas Besonderes, genau so wie die Royal Air Force, kurz RAF, als etwas Besonderes galt gegenüber der Marine oder der Bodenarmee. Die Kinos der anderen waren oft in vorgefundenen Gebäuden, sei es in einer alten Flugschalterhalle oder einem Depot, oder in eigens errichteten, einfachen Baracken auf den Kasernengeländen untergebracht, so wie die *Fliegerhorst-Lichtspiele* in den Alma-Barracks am östlichen Rand von Lüneburg. Diese Kasernenvorführsäle, die oft etwas mit *Globe* im Namen hatten, wurden auch für dokumentarische Lehrfilme für die Soldaten genutzt und später dann, als es mehr Familien gab, auch für Kindermatineen am Sonntag. So oder so, alle britischen Kinos waren an ein System angeschlossen, den *Circuit*, in dem die ausgeliehenen Filme gewissermaßen einen Kreis durchliefen, von einem Kinostandort zum nächsten, und Mr. Merryweather war einer der *Distributers*, die die Filme holten und mit dem Wagen von einem Standort zum nächsten brachten. Die Astra Cinemas waren meistens die ersten, die die ganz neuen Filme bekamen, und deshalb immer bestens besucht. Obwohl Ida das Kino liebte, wunderte sie sich doch, dass die Männer vom Militär so häufig ins Kino gingen. Eines Tages fragte sie Mr. Thursday, zu dem sie allmählich Vertrauen fasste.

Sie sitzen sonst in der Messe und langweilen sich, sagte er. Die Messe, fuhr er fort, als er Idas fragendes Gesicht sah, ist eine Art Casino, ein Aufenthaltsraum, der zum Speisesaal gehört. Da sitzen sie und trinken ein *Pint* Bier, lesen Zeitung, hören Radio oder schreiben Briefe nach Hause.

Haben sie denn so viel Freizeit?

Well, Madam, sagte Mr. Thursday und schmunzelte, mehr als Sie! Die meisten hatten eine harte Zeit im Krieg und auch hier haben sie ja eine Menge zu tun, Deutschland wieder in Ordnung zu bringen, da müssen sie sich auch manchmal richtig erholen. Entertainment in your off-hours, das ist für sie unser Kino.

Ida nickte. Innerlich schüttelte sie den Kopf. Wann hatte sie das letzte Mal freie Zeit gehabt? Sie musste auch Deutschland wieder in Ordnung bringen! Ach, das Leben war doch zu ungerecht. Aber im Grunde konnte sie dankbar sein. Nach kurzer Zeit beherrschte sie ihre Handgriffe aus dem Effeff, und somit konnte sie auch anfangen, die Filme – zu sehen. Wenn sie die Süßigkeiten verkauft, die Karten abgerissen, die Plätze angewiesen und den Grundton und das Licht geregelt hatte, lehnte sie sich auf ihrem Stuhl hinter dem Mischpult ein bisschen zurück. Manchmal schaffte sie es sogar, sich dabei ein wenig auszuruhen, von ihrem eigenen Leben, von all den Anstrengungen und Erinnerungen, die sie manchmal am Tag, wenn sie einen toten Punkt hatte, überfielen, ungefragt, ungebeten, mächtig. Sie saß da und verfolgte die Gestalten auf der Leinwand, hörte die englischen Worte. Sie verstand die Gesten, die Mimik, die Blicke, die Ängste und die Sehnsucht. Und für ein paar Momente saß meine kleine energische Großmutter ganz still und wurde ganz weich, in den harten Stuhl hinein, und überließ sich den fremden Geschichten. Und wenn sie wieder zu sich kam und wieder ruppig mit sich selber wurde, sagte sie sich: Zwei Fliegen mit einer Klatsche, ich habe bezahlte Freizeit. Aber so richtig fallen lassen, das ging nicht, sie musste schließlich aufpassen, ob alles richtig lief.

Nach drei oder vier Monaten fragte Mr. Thursday, ob sie vielleicht ein- oder zweimal in der Woche für ihn kochen könnte. Deutsche Küche, Frau Ida, fegte er ihren Widerspruch andeutenden Gesichtsausdruck fort, alles, was Sie selber auch gern essen! Er wusste inzwischen, wie alt ihre Kinder waren, wie sie hießen und wie sie sich so machten, in der Schule und überhaupt. Er selbst war alleinstehend und bewunderte Ida maßlos, wie sie das alles hinbekam. Wenn sie für ihn kochte, kaufte er zuvor ein, von allem ein bisschen zu viel, und er stellte immer ein paar Dinge bereit, die sie mit nach Hause nehmen sollte, Butterkäse, ein Stück Speck, eine Sonderration Kartoffeln oder ein Päckchen Tee, speziell für Sie, Frau Ida, damit Sie auch englischen Tee trinken können! Natürlich war ihm klar, dass Ida den Tee auf dem Schwarzmarkt verhökern würde, also sorgte er dafür, dass sie kurz vor der Filmvorführung um fünf am Nachmittag immer eine Tasse Tee zusammen tranken.

Die Wohnung von Mr. Thursday war einfach, aber hell. Ida sah, dass die Möbel nicht ausgesucht, sondern irgendwie zusammengesucht waren, und Ida sah, dass es ein Junggeselle war, der sich zwar bemühte sie in Ordnung zu halten, aber ein bisschen so, wie sie Deutschland in Ordnung hielten, es war eben nur das Nötigste, es fehlte der besondere Sinn. In der Vorratskammer fand sie eine Packung Haferflocken, ein paar Scheiben helles Brot und ein Ei. Auf dem Herd stand ein schwerer Wasserkessel, der offensichtlich noch aus dem Kaiserreich übrig war, daneben warteten eine Blechbüchse Tee, etwas Butter in Pergamentpapier und ein Glas Orangenmarmelade. Meistens aß Mr. Thursday in der Messe für die Officers, aber nicht bei den netten Köchinnen, die Hannes und Kaspar kannten.

Als sie zum ersten Mal für Mr. Thursday kochte, fragte Ida, ob sie ihm Rouladen machen dürfte. Sie wollte sich mit einem besonderen Gericht bei ihm vorstellen. Mr. Thursday war begeistert und gab ihr Geld und Lebensmittelkarten für vier. Ida dachte, er wollte sie auf Vorrat haben. In Wirklichkeit lief es darauf hinaus, dass er zwei Rouladen behielt und ihr zwei mitgab. Es war Ida peinlich, aber er bestand darauf. Mir müsste es peinlich sein, sagte er, dass ich Ihnen nicht fünf mitgebe, aber was würde die Metzgerei denken, ich esse den Leuten das Wenige weg! So viele Lebensmittelkarten bekam nicht einmal ein britischer Officer, ein alleinstehender schon gar nicht.

Bald stellte sich heraus, dass Mr. Thursday ein begeisterter Kloßesser war, in allen Variationen, und er liebte Idas schlesische Klöße, vor allem aufgebraten am nächsten Tag, mit schön durchgesupptem Rotkohl und Soße. Sein anderer Favorit waren ihre Königsberger Klopse. Wenn Ida kochte, räumte sie hinterher die Küche auf, und ohne es besonders zu registrieren, stellte sie hier etwas um, rückte dort eine Vase an einen anderen Platz, legte eine karierte Tischdecke aus dem Büffet auf den Tisch und fegte den Boden, und bevor es dazu kam, dass sie ihn auch noch gewischt hätte, bot Mr. Thursday ihr an, sich ein wenig im Ganzen um seinen Haushalt zu kümmern. Aber putzen sollen Sie nicht, Frau Ida, das macht eine andere Frau! Ida schüttelte den Kopf: Zwei Köchinnen verderben den Brei. Also erhöhte Mr. Thursday ihren Lohn, und Ida war hochzufrieden. Sie bekam jetzt fünfundachtzig Reichsmark im Monat, dazu kamen Mr. Thursdays kleine Sondergaben. Ein Arbeiter erhielt hundertvierzig, und der schuftete von früh bis spät.

Die Filme, die im Astra Cinema gezeigt wurden, waren durchweg schwarz-weiß, die Plakate hingegen fast immer bunt, in knalligen Farben. Nur hin und wieder gab es amerikanische Filme, die schon einige Jahre alt waren, aber bereits den Status von Klassikern innehatten, wie *Citizen Kane* von und mit Orson Welles aus dem Jahr 1941 oder *Gilda* mit Rita Hayworth von 1941 (ein Film, den Ida sofort liebte) oder die noch ältere Dashiell-Hammett-Verfilmung *The Maltese Falcon* von 1930. Hauptsächlich aber schickte die *Army Kinema Corporation* oder noch spezieller der Verbund der Astra Cinemas überwiegend britische Neuproduktionen, damit die Soldaten den Anschluss an die Kultur zu Hause nicht versäumten. Komödien, Thriller oder Filme, die schlicht als Drama bezeichnet wurden wie *An Ideal Husband*, *The Foxes of Harrow*, *Green Fingers* oder David Leans *Great Expectations* nach dem Roman von Charles Dickinson. Schauspieler wie Robert Attenbourough, James Mason, David Niven, Stewart Granger und bei den Damen Margaret Lockwood, Kim Carter und Anna Neigle waren die Stars.

Die Vierziger, pflegte Mr. Thursday zu sagen, werden einmal als die goldene Ära in die Geschichte des britischen Kinos eingehen! Was für großartige Regisseure haben wir, Laurence Olivier, David Lean, und was für Produzenten, J. Arthur Rank, Michael Powell und Emeric Pressburger und last, but not least, die Ealing Studios! Well, Frau Ida, Sie werden sie bald alle kennen!

Frau Ida schwirrte erst einmal der Kopf. Sie staunte. Für sie war Kino bisher einfach ein Vergnügen gewesen, das sie sich hin und wieder gönnte. Die Namen der Produzenten oder Regisseure waren ihr schnuppe, um die Geschichten ging es, und klar, die Schauspieler, die kannte sie!

Mr. Thursday liebte das Kino, seit er als Kind in Peacehaven die ersten Stummfilme gesehen hatte. Als Junge von zwölf, dreizehn Jahren hatte er als Kartenabreißer sein erstes Geld verdient, dann hatte er eine Ausbildung zum Elektrotechniker gemacht, die Voraussetzung dafür, Filmvorführer zu werden. Mr. Thursday hatte alles gesehen, Dokumentarfilme, Spielfilme, Propagandafilme, die vor allem während des Kriegs eine Rolle gespielt hatten, produziert unter der Ägide des neu gegründeten Ministry of Information: *Eating out With Tommy Trinder*, *Millions Like Us*, *The Lamp Still Burns*. Romanzen wie *A Matter of Life and Death* über einen Flieger, der den Absturz aus seinem Flugzeug überlebt und sich in eine amerikanische Telefonistin verliebt, aber auch das Shakespeare Drama *Henry V.* mit Laurence Olivier, bei dem mit einem riesigen Aufwand Heeres- und Kampfszenen dargestellt wurden. Unmengen Filme wurden gemacht und von Millionen gesehen, die den Briten verdeutlichen sollten, wofür sie kämpften, wenn sie gegen die Deutschen in den Krieg geschickt wurden. Tapfere Krankenschwestern, durchschnittliche Familien, die ihre Söhne verloren, aber nicht den Mut, Frauen, die sich und ihre Kinder durch schlechte Zeiten brachten. Am Ende des Kriegs waren viele Kinos vorübergehend geschlossen worden, weil sie als Zielscheiben für Flugangriffe galten, doch kaum war der Krieg zu Ende, wurden sie geöffnet und neue Filme produziert. Manche verarbeiteten die unmittelbare Gegenwart, thematisierten Unglück, Verlust, auch Selbstmorde, andere dienten der ablenkenden Unterhaltung. In vielen traten sehr junge Menschen auf, sie waren die Zukunft des Landes, mit ihnen sollte man sich identifizieren, und in vielen Filmen ging es um Fragen der Gerechtigkeit und Schuld, aber selbstverständlich handelten sie fast immer auch von der Liebe. Ida riss Karten ab, Ida schob die Regler rauf und runter, und Ida versuchte zu verstehen, was da auf der Leinwand geschah. Die Liebe verstand sich am leichtesten, die Liebe verstand sich von selbst.

Eines Tages gab es eine neue Komödie, *The Ghosts of Berkeley Square*, zu Deutsch *Die Geister vom Berkeley Square*, mit Felix Aylmer und Robert Morley in den Hauptrollen. Es war eine absolut kuriose Geschichte um zwei altgediente Gespenster – »zweihundert Jahre im Dienst!« –, die in einem Haus in London ihr Unwesen trieben und im Laufe von eben diesen zwei Jahrhunderten die sonderbarsten Besitzer kommen und gehen sahen oder sie genau genommen vertrieben. »Jumbo« und »Bulldog« trugen die Kleidung ihrer Epoche, d. h. anliegende Kniehosen und gerüschte Jacken zu aufgetürmten Perücken, und sie wohnten unterm Dach. Sie konnten sich nach Belieben »materialisieren« und bei den Gesellschaften unten im Haus kräftig mitmischen, egal, ob es ein vornehmer Puff des 18. Jahrhunderts war, eine Variétégruppe mit internationaler Besetzung des 19. Jahrhunderts, der Harem eines Maharadschas oder ein Officers' Club des Ersten Weltkriegs. Die englische Geschichte zog an ihnen vorüber, und zwar ohne Ausnahme von ihrer skurrilen Seite her. Nichts hatte man ausgelassen, alles wurde durch den Kakao gezogen, mit wilden Kostümen und Figuren. Es waren Persiflagen auf die Kolonien des British Empire, es gab indische Tänzerinnen, bengalische Feuerschlucker, arabische Scheichs wie aus Tausendundeiner Nacht, und immer fiel den beiden alten Herren, die sich auch manchmal stritten, um dann wieder zusammen zu kichern, etwas ein, was sie anstellen konnten, um die jeweiligen Bewohner aus dem Haus zu vergraulen. Die beiden und ihr Humor waren sehr britisch, fand Ida, und der ganze Film sehr albern. Umso erstaunter war sie, als der Saal voller seriöser, kriegsgesättigter Officers immer wieder in helles Gelächter ausbrach, ja, dass sie geradezu, um im Militärischen zu bleiben, heftige Lachsalven abfeuerten.

Das wäre doch etwas für Ihre Kinder, sagte Mr. Thursday am dritten Spieltag. Warum bringen Sie sie nicht morgen einfach mit? Dann lernen sie das spukigste Haus von London kennen!

Ida war platt. Darauf wäre sie nie gekommen. Wirklich, Mr. Thursday? Really?

Really, sagte Mr. Thursday und freute sich.

Als Ida es den Kindern am nächsten Morgen erzählte, waren sie fassungslos vor Freude und so aufgeregt, dass sie keinen Bissen herunterbrachten. Ida erklärte ihnen, dass sie auf keinen Fall im Kino den Mund aufmachen dürften, damit die Tommys nicht erkannten, dass sie deutsche Kinder waren. Deutsche Kinder hatten im englischen Kino nichts zu suchen! Und dass sie es auf keinen Fall in der Schule erzählen durften! Hannes, Kaspar und Nanne schüttelten den Kopf, Karlchen wusste nicht recht und Willi war natürlich noch zu klein.

Und wenn am Anfang alle aufstehen, sagte Ida streng, und die englische Nationalhymne singen, dann steht ihr einfach mit auf und klappt eure Mündchen auf und zu, als würdet ihr mitsingen! Alle Kinder nickten. Verstanden? Sie nickten wieder. Oder nein, das Risiko ist zu groß, sagte Ida plötzlich. Nein, schrien die Kinder, wir wollen mit! Ida hielt es für angebracht, Karlchen und Willi bei Omi Else zu lassen und zog mit den drei Großen los, Hannes und Kaspar mit Spucke gekämmt und Nanne in ihrem besten Kleid. Sie liefen los, und den ganzen Weg die Neue Sülze hinunter schärfte Ida ihnen ein, dass sie in der Vorstellung nicht sprechen sollten, schon gar nicht auf Deutsch, weil das Kino weder für Kinder und schon gar nicht für deutsche gedacht war. Und sie schärfte ihnen noch mal ein, dass sie aufstehen mussten, wenn die Tommys die Nationalhymne sangen, die sie, wie Kinder nun mal so sind, bald auswendig konnten und mitsingen würden.

Die Kinder hielten es vor Aufregung kaum aus, und natürlich peilten die Tommys, dass es sich bei den Dreien nicht um britische Besatzungskinder handelte. Aber sie grinsten nur, und einer steckte ihnen ein paar Süßigkeiten zu, die er bei Frau Ida an ihrer Candy Bar gekauft hatte. Kaspar, Hannes und Nanne sprangen auf, als die Nationalhymne begann und alle aufstanden. Danach saßen sie mit sperrangelweiten Mündern in der Dunkelheit des riesigen Saals, streichelten immer wieder die Samtbezüge der Sessel und bestaunten King Georg VI. und die gesamte Königsfamilie in den englischen Nachrichten. Sie sahen hochdekorierte britische Colonels in Indien und einen Bericht über die Aufbauarbeiten im zerstörten Berlin. So viel jedenfalls verstanden sie. Dann begann der Film, und Mr. Thursday, der vom Eingang aus nach ihnen schaute, stellte fest, dass seine Vermutung zutraf: Die Kinder hatten bald alles um sich herum vergessen und amüsierten sich köstlich über die beiden alten Herren Gespenster, obwohl sie nicht viel von den Worten verstanden. Aber sie würden ihr Englisch schnell verbessern, wenn er ihnen den Besuch hin und wieder erlaubte. Mr. Thursday hatte keine Kinder, aber er hatte Freude an ihnen, denn er konnte sich gut daran erinnern, wie er als Junge war, und wie sehr er es geliebt hatte, Filme zu sehen.

Von da an durften die Kinder immer wieder einmal ins Kino kommen, wenn Mr. Thursday und Ida die Filme für geeignet hielten. Zu Hause spielten sie die Filme auf ihre Weise minutiös nach. Bei den *Ghosts of Berkeley Square*, ihrem ersten, daher vielleicht am längsten nachhallenden Film, liebten sie ganz besonders die Szene, als die alten Herren nach einem heftigen Streit eine Trennschnur durch ihre Dachkammer zogen, um ihre Terrains abzuteilen. Wenn Jumbo und Bulldog sich etwas mitteilen wollten, schrieben sie eine Nachricht auf einen Zettel, dann schwangen sie eine Glocke. Daraufhin kam der andere, las den Zettel, schrieb seine Antwort und klingelte ebenfalls. Die Kinder lachten sich jedes Mal halb tot, wenn sie es nachspielten, vor allem auch, wenn die beiden sich an eine weiße Katze wandten, die ihre Nachricht überbringen sollte. *Würden Sie bitte ...* auch wenn sie die Worte nicht verstanden, sie begriffen, worum es ging. Sie imitierten das Englische auf so putzige Weise, dass die

Mitbewohner in der Reitenden-Diener-Straße nicht umhin konnten, mit ihnen zu lachen.

Mr. Thursday stellte nun neben den obligatorischen Five-O'Clock-Tea, der immer um halb eingenommen wurde, weil um fünf ja die Vorstellung begann, auch drei Gläser Limonade dazu und einen Teller Kekse, wenn er wusste, dass die kleine Rasselbande mitkam. Es war ein Fest für die drei, und damit die Kleinen auch etwas davon hatten, einigten sie sich immer darauf, zwei Kekse aufzuheben und ihnen mitzubringen. Unauffällig legte Mr. Thursday ein paar mehr Kekse hin. Wenn Ida sie so dasitzen sah, konnte sie es kaum fassen. Was hatte sie nur für ein Glück mit Mr. Thursday! Was hörte sie doch manchmal von anderen, weniger freundlichen Tommys, und was erzählten auch die Nachbarn ihr manchmal von der Härte und Strenge einiger Colonels. Und schließlich lernten die Kinder auch noch etwas, denn die Briten liebten anspruchsvolle Literaturverfilmungen, von Büchern, die Ida nicht gelesen hatte und vermutlich auch nie lesen würde. Im Laufe der Zeit würden sie *Oliver Twist* sehen, *Hamlet* mit dem beeindruckenden Orson Welles, sie würden *The Fallen Idol* sehen, eine Verfilmung von Graham Greene, in dem ein kleiner Junge einen Mord beobachtete oder auch nicht, und schließlich sogar, 1949 dann, den vielleicht legendärsten Film dieser Zeit: *Der dritte Mann* von Carol Reed, *The Third Man,* mit Orson Welles. Ja, es waren legendäre Filme von legendären Regisseuren. Kintopp wurde ein Teil ihres Lebens, Kintopp war der Glanz in ihrem Leben, während der berühmten Hungerjahre in Lüneburg, nach dem Krieg.

Als Ida eines Abends nach der Vorstellung nach Hause lief, bemerkte sie nach einigen Metern, dass ihr jemand folgte. Zuerst dachte sie, jemand müsse nur in dieselbe Richtung wie sie, doch als sie sich kurz umdrehte, sah sie, dass es ein

Soldat war, der ihr offenbar aus dem Kino gefolgt war. Sie erhöhte das Tempo, doch selbst wenn sie gerannt wäre – der langbeinige Kerl machte einen Satz und war bei ihr. Hey, Molly, rief er, und sie hörte an seiner Stimme, dass er nicht nüchtern war. Idas Herz pochte, sie wollte schneller laufen, doch da griff er ihren Ärmel und drehte sie um. Hey, Molly, always alone at home? So eine hübsche Frauchen und so allein! Er bleckte die schiefen Zähne und sah sie lüstern an. Ida ergriff Furcht, sie waren am Ende der Neuen Sülze, am Marienplatz, und es war verdammt dunkel. Lassen Sie mich, sagte Ida und versuchte sich loszumachen. Aber der Mann war viel stärker als sie. Du kleine deutsche Schlampe! Little whore! Er beugte sich zu ihr hinunter und kam mit seinem Gesicht bedrohlich näher. Er roch nach etwas Scharfem, nicht nach Bier, eher nach Gin, und Ida ekelte sich. Er zog sie fest an sich und war gerade im Begriff, sie hochzuheben, als sie einen gellenden Schrei ausstieß und ihm mit dem Knie zwischen die Beine stieß. Der Mann war so verdattert, dass er aufstöhnte und sie losließ, und Ida rannte so schnell sie konnte Richtung Reitende-Diener-Straße. Sie zitterte so heftig, dass sie kaum den Schlüssel aus ihrer Tasche bekam, um die Tür aufzusperren. Sie hörte in einiger Entfernung Schritte, sie wollte auf keinen Fall, dass der Mann wusste, wo sie wohnte, voller Panik verfehlte sie das Schlüsselloch, doch schließlich drehte der Schlüssel sich und sie konnte hinein. Sie schloss von innen ab und rannte in die dunkle Küche.

Am Fenster, sich seitlich verbergend, horchte sie, die Schritte waren nicht mehr zu hören, es kamen keine näher. Sie ging in die Küche hinein und starrte nach draußen. Wer weiß, wie lange sie dort gestanden hatte, unvermittelt erwachte sie aus ihrer Schreckstarre und fing an zu weinen. Sie fühlte sich so entsetzlich besudelt, der fiese Geruch des Mannes blieb in ihrer Nase, an ihrem Gesicht, als hätte er sich bei ihr festgefressen und sie wäre davon gebrandmarkt. Schließlich goss sie Wasser aus der großen Kanne ins Waschbecken, doch dann entschied sie es zu kochen und setzte den Kessel auf den Herd, alles im Dunkeln, als könnte der Mann sie von draußen sehen.

Alle Sicherheit war dahin. Sie hatten nie Vorhänge oder Läden in der Nacht vorgezogen, nach der ganzen Verdunkelung im Krieg waren sie alle froh, es nicht mehr zu müssen, und plötzlich hatte sie das Gefühl, sie müsse sich schützen. Sie hatte sich in diesem Haus, in den Straßen, im Kino sicher gefühlt. Sicher und – in diesem Moment wurde es ihr auf eine sie selbst überraschende Weise bewusst – zu Hause. Sie fühlte sich zu Hause hier. Es war ihr Terrain, aus eigener Kraft geschaffen und ausgefüllt. Und jetzt kam dieser blöde, besoffene Idiot und wollte es ihr vergällen? Nein. Das würde sie nicht zulassen! Sie nahm Seife, die sie seit Monaten nicht benutzt hatte, und schrubbte ihr Gesicht, bis es brannte. Als hätte er mit seinem A... darauf gesessen, es widerte sie an. Sie schrubbte und schrubbte, bis die Haut so weh tat, dass der Schmerz den anderen überdeckte. Sie spülte es nach, trocknete es. Sie schnüffelte. Sie roch ihn noch immer, er saß mitten in ihrer Nase! Es war entsetzlich. Aber sie roch nicht mehr nach ihm. Es war nur ihre Nase, die vor Schreck den Geruch gespeichert hatte, hoffentlich würde er bald fortgehen! Sie überlegte. Dann nahm sie die Kanne mit dem Kräutertee, den sie abends immer trank, schüttete etwas davon in ihre hohle Hand und zog den Tee durch die Nasenlöcher hoch, eines nach dem anderen. Ganz langsam ließ es nach. Sie stand immer noch im Dunkeln in der Küche. Sie brachte es nicht über sich, auch nur eine Kerze anzumachen.

Schließlich ließ sie sich auf den Stuhl fallen und dachte nach. Es war noch etwas von der blauen Schlieffenseide übrig, die sie zu Anfang in der Kammer gefunden hatten. Sie war nicht besonders schön, ein eher eintöniges, stumpfes Blau, aber am Tag konnte man sie ja zur Seite ziehen. Gleich morgen würde sie die Vorhänge nähen. Doch was sollte sie machen, mit dem Weg vom Kino nach Hause? Was, wenn der Typ im Kino wieder auftauchte? Sie würde im Boden versinken. Sie konnte es doch nicht Mr. Thursday erzählen! Ida hörte ein Geräusch. Sie schrak hoch. Dann ein Wimmern und Greinen; es war Willi, der nach ihr rief. Sie beruhigte ihn, und bevor sie mit Willi im Arm einschlief, ging ihr ein seltsamer Gedanke durch den Kopf. Es war mehr so eine Erkenntnis jenseits der Sprache: Heimat, so hatte sie an diesem Abend erfahren, war also weniger ein Ort als vielmehr ein Gefühl, ein Gefühl der Sicherheit.

Such a shame, darling, flüsterte es in ihr, *such a shame.*

In den Wochen danach stellte Ida hin und wieder Mr. Thursday eine Frage zum Film, den sie gerade vorgeführt hatten, oder nach einem der Schauspieler oder sie wollte etwas über seinen Heimatort Peacehaven am Meer wissen, und Mr. Thursday, der sich darüber mehr freute als er sagen mochte, löschte im Plaudern die Lichter, schloss die gläserne Tür des Kinos zu und begleitete Ida in die Reitende-Diener-Straße. Und da er ein echter Gentleman war und Ida eine geschickte Gesprächspartnerin, endete der Bogen ihres Themas gerade zur rechten Zeit, um sich kurz vor dem Haus passend und mühelos zu verabschieden. Tief in Gedanken wanderte Mr. Thursday zurück durch die Dunkelheit, und Ida schloss erleichtert die Tür hinter sich.

VI

Träumen, phantasieren, erinnern

Träume sind Schäume

1
VORSPANN

Man sagt, dass das Kino viel mit Träumen zu tun hat.

2
MÖNCHSGARTEN (1948)

Der Frühling war schön, die Tage wurden warm und hell, an der Bardowicker Mauer kam der Blauregen früher als sonst, und auch der Flieder im Liebesgrund, wo die Kinder ihr wie im vergangenen Jahr ein paar Zweige stibitzten und überreichten. Zu Ostern hatten sie eine Überraschung für Ida, eine Überraschung, die unter der Küchenbank in einem Karton piepste und fiepste und gelb und weich war, eine Handvoll Küken. Ida schlug die Hände über dem Kopf zusammen, was für eine Idee! Wo sollen die denn wohnen? Die Küken wohnten in ihrem Karton, dann im Hinterhof und schließlich brachte Ida sie mit dem Fahrrad zu dem Bauern, bei dem sie das Schwein gekauft hatte. Hühner, tröstete sie die enttäuschten Kinder, brauchen frische Landluft. Hier haben sie doch gar keinen Auslauf.

Die Kinder lebten selbst wie wilde Hühner, ihr Leben wurde nicht beaufsichtigt; der Schulweg war ein Abenteuer, am Nachmittag mussten sie selbst dafür sorgen, dass sie ihre Hausaufgaben machten und die Aufgaben ausführten, die ihnen Ida aufgetragen hatte, ansonsten konnten sie tun und lassen, was sie wollten, und sie spielten viele Stunden vergnügt auf der Straße, rannten in den Liebesgrund oder tummelten sich mit anderen Kindern in irgendwelchen Ecken der Stadt, die Ida nie zu sehen bekam. Nanne räumte die Küche auf und fegte das Zimmer, Kaspar übernahm Botengänge für Officer Smith oder Officer Jones oder wer immer ihn brauchen konnte, saß aber am liebsten in dem Zimmer, das sie ihr Wohnzimmer oder ihre Stube nannten, oder im Hof und las ein Buch. Karlchen und Willi waren bei Omi Else oder wurden von den älteren Geschwistern gehütet oder genauer gesagt mit herumgeschleift. Hannes sollte für alle kochen. Er konnte verschiedene Arten von Brei zubereiten, Rühreier und Kartoffeln braten oder Reste aufwärmen, von dem, was Ida am Vortag gekocht oder von Mr. Thursday mitgebracht hatte. Idas Strenge wirkte, auch wenn sie abwesend, das heißt im Kino war oder Mr. Thursday den Haushalt führte. Einmal, als Hannes den Reisbrei hatte ankochen lassen, zwang sie ihn zur Strafe, das verbrannte Zeug drei Tage lang zu essen, bis es aufgegessen war. Mit Essen wird nicht gespaßt, sagte sie. Hannes, der arme Kerl, verabscheute fortan jede Form von Reis. Aber Ida verteidigte ihren Standpunkt, das Leben brauchte Regeln, das Leben brauchte Ordnung, sonst war man verloren. Am Samstagnachmittag wurden alle fünf in den Bottich gesteckt und gebadet, komme, was wolle, um am Sonntag frisch und sauber in die Kirche zu gehen und ihren Vater auf dem Friedhof zu besuchen. Am Wochenende hatte Ida frei, darauf bestand Mr. Thursday weiterhin, wegen der Kinder, sagte er.

Auf dem Weg zum Friedhof kamen sie immer am großen Café im Mönchsgarten vorbei, einem Ausflugslokal, umgeben von herrlichen Bäumen, mit rot-weißen Decken auf den Tischen und weiß gestrichenen Klappstühlen, unter ebenso herrlichen alten Linden. Bei schönem Wetter war es voll, es summte und brummte von Menschen, die Kaffee tranken und Kuchen aßen oder sich eine kühle Limonade gönnten oder ein frisch gezapftes Bier. Man hörte das leise Lachen der Frauen und Männer, die sich unterhielten, und das laute von Kindern, die bald von den Stühlen rutschten und Fangen spielten oder Verstecken oder sonst etwasausheckten. Jedes Mal auf dem Rückweg vom Friedhof drängten Idas Kinder, dort auch einmal hinzugehen, so verlockend sah es aus, aber es dauerte noch drei Sonntage, bevor Ida sich einen Ruck gab und mit den Kindern dort einkehrte. Sie dachte, es wären nur Engländer oder sorglose deutsche junge Frauen dort, die sich amüsierten, aber dann sah sie, dass auch ältere Frauen dort saßen, ob Lüneburger Frauen oder Flüchtlingsfrauen, man erkannte es nicht immer gleich auf den ersten Blick, und mit ihren Freundinnen oder Kindern Kaffee tranken. Niemand konnte es sich leisten, und alle taten es. Und so gehörte der Besuch im Mönchsgarten bald zu ihrem Wochenablauf, und die Kinder freuten sich nicht weniger als Ida selbst. Wenn sie am Grab des Vaters gestanden und ihm die wichtigsten Ereignisse der Woche berichtet hatten, wurden sie schon ein bisschen ungeduldig, sie wollten Blechkuchen essen (es war der billigste) und spielen und lachen, während ihre Mutter in der Sonne saß und einen Kaffee trank, ohne alles, ganz schwarz, dafür aus echten Bohnen (ein Vermögen!), und mit anderen Frauen ins Gespräch kam. Das Sonnenlicht flirrte zwischen den Ästen, es duftete nach den großen alten Linden, und alle genossen diesen kleinen Augenblick der Unbeschwertheit.

Was die Kirche betraf, Nicolaikirche hin oder her, sie waren katholisch und die Kinder mussten zur Kommunion, so wie Willi auch getauft worden war. Also hatte Ida irgendwann die Schritte häufiger zur katholischen Kirche Sankt Marien in der Wallstraße gelenkt. Die Kinder erweiterten fortan ihre architekturhistorischen Kenntnisse – es war die jüngste Kirche von ganz Lüneburg, ein Bau aus dem 19. Jahrhundert – und ihr Gesangsrepertoire. So wie die Sankt-Bonifatius-Kirche zur Notunterkunft für Flüchtlinge geworden war, waren in einigen Räumen, die zur Marienkirche gehörten, britische Soldaten untergebracht. Der Kirchenbau war noch an etlichen Stellen zerstört, doch der Gottesdienst, der zur Zeit der Nazis verboten gewesen war, fand nun regelmäßig statt und allergrößten Anklang. Denn unter den Zigtausenden Flüchtlingen und Displaced Persons aus den östlicheren Gebieten waren viele Katholiken, viel mehr als die reformprotestantische Stadt es gewohnt war. Der Gemeindepfarrer sah seine Stunde gekommen. Er lud wöchentlich Jesuiten ein, die über die verschiedensten religiösen Themen wie die Sakramente der Taufe und des Todes, die Krankenölung, die Geschichten aus der Bibel und ihre Hintergründe, das Paradies und die Hölle Vorträge hielten, und er selbst führte Bibelstunden durch, um über das Wesen des Alten und Neuen Testaments in anschaulicher Weise zu sprechen. Die Kirchen übernahmen die Seelsorge für die Menschen in den Lagern, auch für die Gefangenen, sie kümmerten sich um Witwen und Waisen und versuchten, verlorene Schäfchen wieder in den Schoß der Kirche zurückzuholen. Die Briten unterstützten die Kirchen, sahen sie doch auch im Verlust des Glaubens einen Grund für den Sieg des Nationalsozialismus.

Idas kleine Familie gab ihre Zuneigung zur Nicolaikirche, ihrer ersten und liebsten Kirche in Lüneburg, keineswegs auf. Wie sagte Ida so schön, seht ihr, das ist katholisch, das eine tun, das andere nicht lassen, deshalb gibt's ja auch die Beichte! Vor allem Hannes bestand darauf, so dass sie auch dort immer wieder den Gottesdienst besuchten und er seine Zwiesprache mit den Kaufleuten am Altar halten konnte, die in Wirklichkeit Propheten waren. Karlchen fragte nach den Fischern, für die diese Kirche einmal eingerichtet worden war, und Nanne dachte, gewissenhaft wie sie war, über alles gründlich nach und betete inbrünstig alle Gebete mit. Manchmal zankte Hannes sich mit Kaspar, wo denn das Paradies liege, er behauptete ganz selbstverständlich, es liege im Libanon, wo die Zedern des Herrn wuchsen, die Zedern, aus denen alle Könige in der Bibel ihre Häuser bauen ließen und die so überirdisch gut riechen mussten, dass man es sich kaum vorstellen konnte, doch Kaspar korrigierte ihn energisch: Nein, das Land, wo Milch und Honig fließen, liegt in Palästina, wovon heute ein Teil Israel heißt, weil da die Juden jetzt wohnen dürfen, ohne dass ihnen einer ans Leben will. Kaspar interessierte sich für Politik wie Hannes, nur vielleicht für etwas anders gelagerte Themen. Er war als Einziger sofort Feuer und Flamme für die Marienkirche gewesen. Er begriff, dass alle Menschen ewig lebten und er den Vater also wiedersehen würde, und alle anderen Toten auch. Gleich nach dem ersten Besuch bestand er darauf, so bald wie möglich zur Ersten Heiligen Kommunion zu gehen, und dann überraschte er seine Mutter mit einer Erklärung: Mutti, sagte er ernst, ich möchte Messdiener werden!

Messdiener?, fragte sie. Wie kommst du denn darauf?

Ja, sagte Kaspar und fuhr sich mit der Hand durch sein unordentliches braunes Haar, ich möchte gern Messdiener werden.

Er war inzwischen dreizehn Jahre alt, aus allen Hosen herausgeschossen und kam allmählich in den Stimmbruch. Er klagte dem Vater am Grab oft die Ungerechtigkeiten, die ihm in der Schule widerfuhren. Er hatte ein feines Sensorium für alle Arten von Ungleichheit, denn auch wenn alle arm waren, manche waren ärmer. Viele Kinder, die in Lüneburg zur Welt gekommen waren, hatten zum Beispiel Schulbücher, und er hatte keins. Er musste sich eines ausleihen, und es war nicht gerade so, dass die anderen Kinder das einfach so getan und ihm eins gegeben hätten. Doch wenn vorn in der Kirche ein Messdiener stand, in der schönen langen Robe, fragte plötzlich keiner mehr, woher er denn kam. Dann war er wichtig und Gott nahe. Denn das war tatsächlich der andere Grund für Kaspars Wunsch; er war es schließlich gewesen, der als wichtigste Erinnerung an die Heimat seine Kinderbibel mitgenommen hatte. Die Kinderbibel mit den schlichten, aber schönen grafischen Bildern in den feinen Pastellfarben, die Moses im Körbchen oder Jakob und die Himmelsleiter darstellten, war zudem ein Geschenk seines Vaters gewesen. Und so wie er den Vater oft hatte lesen sehen, saß auch er am liebsten irgendwo in der Ecke und vergrub sich in Büchern und gelehrten Gedanken. Er besuchte sogar manchmal das Grab von Willi Bender, bei dem er so gern im Hof gehockt und seinen Geschichten gelauscht hatte. Nur wenn sein Bruder Hannes ihn arg drängte, zog er mit ihm los; dann vergaß er auch mal die Bücher und kickte mit ihm Dosen anstelle eines Fußballs oder sammelte alte Sachen, um von dem Geld wenigstens ein Schulheft kaufen zu können.

Die beiden Jungen waren fast schon ein bisschen alt für die Erste Heilige Kommunion, aber sie waren nicht die einzigen, schließlich war Krieg gewesen und Herr Hitler. Ida sparte sich das Geld vom Mund ab, um die Kinder einigermaßen anständig für diesen Tag einzukleiden. Aus einer weißen Gardine nähte sie für Nanne ein Kleid mit kleinen Rüschen, das sie stolz wie eine Prinzessin um ihre dünnen Beine schwingen ließ. Auf dem Kopf hatte sie einen geflochtenen Blumenkranz und am Hals sogar eine kleine Kette. Kaspar trug eine dunkle Jacke, die sie im Tauschhaus gegen acht kostbare, ungefilterte englische Zigaretten, *Capstans*, getauscht hatte, und Hannes eine hellgraue Jacke, die ihre alte Nachbarin vom Meere, Frau Meyerhoff, noch in einer Kiste mit Sachen von ihrem verstorbenen Sohn auf dem Speicher gefunden hatte. Am Revers befestigte Ida ein kleines Blumensträußchen. Hannes, mein kleiner Vater, fand es zwar etwas komisch, aber er hätte nie etwas gesagt. Seine Mutter war so stolz, selbst den Kleinen, Karlchen und Willi, hatte sie weiße Hemdchen besorgt und sie liebevoll gebügelt.

Zu diesem besonderen Anlass machte Omi Else ihrem Enkel, der mein kleiner Vater war, ein ganz besonderes Geschenk, mit dem sie eine große Leidenschaft in ihm wecken würde.

Zuerst gab es rheinischen Sauerbraten mit Soße und Heidekartoffeln und Kraut und zum Nachtisch Vanillepudding, alles gekocht von Dorothea, die Ida und die Kinder zu sich Auf dem Meere eingeladen hatte, nachdem sie alle mit in der Kirche gewesen waren. Familie ist Familie, nickte Opa Ernst, der sich zur Feier des Tages eine gehortete Zigarre der Marke *Nosegay* ansteckte. Omi Else überreichte Kaspar ein schweres, in altes Weihnachtspapier eingeschlagenes Paket, das er ungläubig staunend öffnete. Hannes guckte schon etwas bedröppelt, aber Omi Else sagte: Langsam, Junge, einer nach dem andern. Alle sahen zu, wie Kaspar *Die Legenden der Heiligen* in zwei Bänden auspackte und beglückt die Seiten umblätterte. Sogar mit Abbildungen, flüsterte er, dann umarmte er Omi Else und wollte Opa Ernst schon mit einem verlegenen Händedruck danken, als der ihn fest an die Brust zog. Mein kleiner Vater Hannes starb unterdessen fast vor Spannung, versuchte aber, die Klappe zu halten, sonst hätte es sicher was gesetzt.

Omi Else strahlte wie ein Honigkuchenpferd, als sie ihm sein Geschenk endlich aushändigte, und als Hannes das Papier abgerissen hatte und die Schachtel auspackte, überschlug er sich bald vor Freude, ein Fotoapparat, schrie er, ein richtiger, echter Fotoapparat! Du meine Güte, ich fass es nicht! Er schrie und tanzte durchs ganze Zimmer. In der Schachtel steckte eine Agfa-Box, *die Kamera für jedermann*. Tatsächlich redete Hannes, seit er mit seiner Mutter ins englische Kino ging, so begeistert von den Filmen, und er berichtete zu Hause ja auch immer ganz genau von den Fotos, die er am Anschlag der Zeitungen abgedruckt sah, und auch von den Wochenschauen, dass Omi Else auf diese Idee gekommen war. Vielleicht war es sogar ihr Gedanke, der ihn am glücklichsten von allem machte, dass sie einen so tiefen Wunsch von ihm erraten hatte, noch bevor er selbst etwas davon wusste.

Die Agfa-Box war einfach aufgebaut, ein Stahlblechgehäuse mit einem Hebel, der seitlich angebracht war, als

Auslöser, den tatsächlich jedermann zu bedienen wusste, das Ganze von einem stabilen, schwarzen, etwas glänzenden Kunststoff umgeben, wie ein Koffer mit einem Trageband. Innen steckte ein Rollfilm, den man mitsamt der Kamera in ein Geschäft brachte, wo er herausgenommen und zu einem Preis entwickelt wurde, der natürlich immer noch ein Vermögen war. Aber man machte ja auch nur ganz wenige, besondere Aufnahmen.

Für die Porträts brauchst du eine Extralinse, erklärte Omi Else, als wäre sie vom Fach, da musst du ein bisschen drauf sparen.

Das mach ich, das mach ich, rief Hannes außer sich vor Glück. Wenn die Mr. Thursday sieht! Ich will sie ihm gleich morgen zeigen!

Die überraschende Erwähnung des Namens führte zu einem Augenblick der Irritation. Ida, Dorothea und Omi Else wurden in verschiedenen Abstufungen rot, und Opa Ernst sah Ida mit offenem Entsetzen an. Ida, fing er an, gibt es da etwas –

Ida sprang polternd auf und rief im Befehlston: Wir machen jetzt sofort ein Foto, aber bei uns vor der Haustür, kommt Kinder, so lange es noch so hell ist!, was zu einem tumultartigen Aufbruch führte. Danke, vielen Dank, rief Ida, Kinder, bedankt euch, und ganz gegen ihre Art, ohne zu fragen, ob sie beim Abwasch helfen könnte, stürmte sie mit ihren aufgeregten Kindern aus dem Haus.

Dorothea, Omi Else und Opa Ernst blieben etwas ratlos zurück. Naja, sagte Opa Ernst, wer glaubt, sie würde sich ändern, weiß nun endgültig Bescheid.

Ida durfte sie ausnahmsweise bedienen, die Box, aber nur dieses eine Mal, denn Hannes sollte natürlich mit auf das Bild, Kaspar war schon längst verschwunden mit seinen Heiligen, und so stand die kleine Bande zu viert, geschniegelt und gebügelt, auf dem Foto, das Ida dann als Geschenk erhielt: Hannes, in seinem knappen Kommunionsjackett, Nanne in ihrem Kleidchen, lächelnd, Karlchen, dem der Schreck des Aufbruchs noch ins Gesicht geschrieben stand, und an seiner Hand Willi, der einen kleinen Ball festhielt und etwas skeptisch in den komischen Apparat schaute. Im Hintergrund der Blauregen an der Bardowicker Mauer. So wurde an einem warmen Tag im Mai das erste Foto der Familie in Lüneburg gemacht.

Mein kleiner Vater Hannes hütete die Agfa-Box wie einen Schatz. Das Fotografieren würde ihn sein Leben lang begleiten, und er hob alle seine Dias auf, in Pappschachteln, die er unordentlich mit krakeligen Kürzeln beschriftete, zusammen mit einem kleinen, aber praktischen Diabetrachter, einen ganzen Koffer voll, ich habe ihn geerbt.

3

EINE NEUE WÄHRUNG

Im Juni 1948 gab es die Währungsreform und Ida wurde vierzig. Vierzig!, dachte sie am Morgen ihres Geburtstages. Ich kann es nicht glauben.

Es war ihr vierter Sommer in Lüneburg. Wie es aussah, würden noch viele Lüneburger Sommer folgen, wie es aussah, war Lüneburg nun also ihr Zuhause. Die Kinder, die allesamt dünn waren und anfällig für allerlei Krankheiten, wurden mit der Kinderlandverschickung aufs Land verfrachtet, nur die Kleinen blieben zu Hause. Hannes kam auf die Nordseeinsel Langeoog, Kaspar nach Murnau in Bayern und Nanne nach Liebenau an den Bodensee. Obwohl sie sich sträubte wie noch nie, schrieb sie schon nach einer Woche eine glückliche Postkarte in ihrer sorgfältigen, ordentlichen Mädchenhandschrift. Sie hatte eine kleine Freundin gefunden, und Lotti war es völlig egal, ob Nanne ein Polackenkind oder Flüchterkind oder sonst was war, Hauptsache, sie spielten zusammen.

Doch zuerst nochmal zurück.

Am Tag der Währungsreform, am 20. Juni, standen die Menschen in langen Schlangen, um das neue Geld in Empfang zu nehmen. An alle wurde derselbe Betrag ausgezahlt, vierzig druckfrische Deutsche Mark, und dann einige Tage später noch einmal zwanzig Mark, und alles, was sie jemals gespart hatten, wurde im Verhältnis 10 : 1 abgewertet und umgetauscht. So fingen sozusagen alle noch einmal von vorn an, und doch nicht. Denn manche hatten Silber, Pelze, Teppiche und andere Gegenstände, die sie entweder schon vorher besessen hatten oder wohlweislich rechtzeitig getauscht, und andere eben nicht. Die Hauptwährung bis dahin, die Zigaretten, hatten einen Wert, der sich bis zu hundertsechzig Reichsmark für eine Schachtel belaufen konnte.

Ein Salat kostete jetzt zwölf Pfennig und ein Blumenkohl zwei Mark und fünfundvierzig Pfennig, das war enorm, aber immerhin gab es welchen. Die meisten hatten das Gefühl, dass es besser würde, obwohl die offizielle Nahrungsaufnahme weiterhin in winzigen Grammzahlen berechnet wurde und die Alliierten die Amerikaner bitten mussten, Getreide aus den USA einzufliegen, damit die Menschen wenigstens auf ihre täglichen Brotrationen von zwei Scheiben kämen. Der Schwarzmarkthandel wurde noch stärker kontrolliert, dabei drängten sich Leute aus Hamburg und aus dem Ruhrgebiet in überfüllten Zügen, um Würste, Butter, Kartoffeln und Marmelade aus der Heide zu holen. Ganze Kutschfahrten wurden organisiert, doch die Tommys griffen jetzt immer härter durch, sogar mit Gefängnisstrafen, auch gegen ihre eigenen Leute. Es gab stille Prozesse gegen Tommys, die Kunst, Teppiche, Porzellan und andere Wertgegenstände aus den Häusern, in denen sie wohnten, fortgeschafft oder sich illegal auf dem Schwarzmarkt besorgt hatten, um sie nach Merry Old England zu verschiffen oder in ihre Villen an die Riviera (ja, das gab es!); einige wurden sogar degradiert und nach England zurückgeschickt. Es gab laute Prozesse gegen deutsche Männer und Frauen, die in den KZs Menschen in den Tod getrieben hatten. Aber es gab auch Nazis, die, weil Fachpersonal fehlte, wieder in den Ämtern eingestellt wurden, den Krankenhäusern und leider auch Schulen und Gerichten. Zwar zeigte die Wochenschau, wie sie eingeschworen wurden, fortan nur den Werten der Menschlichkeit zu dienen, dem Volk und nicht der Regierung, aber genau das zu unterscheiden fiel nicht allen ganz leicht. Vor allem mit dem Begriff des Volkes hatten viele Schwierigkeiten, hatte Hitler ihnen ja viele Jahre lang auch immer gesagt, dass er und sie dem Volke dienten, dem grandiosen deutschen Volke.

Ida fiel es hingegen immer leichter, die Filme, die sie zeigten, zu verstehen. Sie konnte den Besuchern sogar Auskunft erteilen, dass etwa der Dichter Dylan Thomas, von dem sie sonst allerdings nicht viel wusste, außer dass er aus Wales kam und gern trank, das Drehbuch für die drei verrückten Schwestern, *Three Weird Sisters*, geschrieben hatte, oder dass es in *Charming Saxon* um einen jungen Dramatiker ging, der seine Seele einem erfolgreichen Produzenten verkaufte, der dann gar nicht so erfolgreich war. Oder dass in *London Belongs to Me* eine Witwe, die Zimmer in ihrem Haus vermietete, sich in einen dahergelaufenen Kerl verliebte, der ausgab, ein Medium zu sein. Die Engländer hatten eine Schwäche für solche Figuren, für halbseidene Hellseher, die in Séancen die Stimmen von Verstorbenen riefen, sie machten sich gern über sie lustig, aber Ida hatte den Eindruck, dass sie doch auch ein wenig an den ganzen Spuk und Plunder glaubten. Die Tommys hatten überhaupt einen eigenen Humor, aber Ida hatte sich bald an ihre Schlagfertigkeit und Ironie gewöhnt; in guten Augenblicken zog sie mit und brachte die Männer mit kleinen Bemerkungen, für die ihre Sprachfertigkeiten genügten, zum Lachen. Swell lady, sagten sie dann, small, but clever! Sie steckten ihr auch manchmal einen Schokoladenriegel zu oder eine Zigarette. Die meisten von ihnen hatten ja inzwischen mitbekommen, dass die taffe kleine Lady fünf Kinder hatte und keinen Mann.

Ida merkte sich mühelos die Namen von wichtigen Schauspielerinnen und Schauspielern, sie freute sich, wenn Richard Attenborough mitspielte oder Susan Hayward. Sie wusste, wenn im Vorspann der Mann mit dem nackten Oberkörper einen riesigen Gong schlug, dass es eine Arthur Rank Produktion war, und bei einer Dartscheibe mit Pfeilen eine der Archers. Sie verstand vielleicht nicht so viel von Schnitten oder Einstellungen oder *Voice Over*, über die Mr. Thursday gern sprach, aber sie empfand die Atmosphären sehr genau. In vielen Filmen ging es noch immer um Verrat, Schuld und Gerechtigkeit, es beschäftigte die Engländer offenbar genauso wie die Deutschen nach dem Krieg.

Es war die große Zeit der Trümmerfilme, die die Engländer *rubble films* nannten, und die in den zerstörten Städten Europas gedreht wurden, ob in Rom, Berlin oder London. Allmählich kamen auch immer mehr spannungsorientierte Kriminalgeschichten auf, die vor allem die Männer, die in England wieder in größerer Zahl ins Kino gingen, besonders mochten; doch auch sie dienten letztlich noch immer der Klärung moralischer Fragen und nicht der reinen Unterhaltung. Es gab Filme wie *So well Remembered*, in denen es um die Armut in England ging und die Entwicklung sozialer Bewegungen oder wie *The Guinea Pig*, *Das Meerschweinchen*, in dem ein junger Lehrer sich eines Schülers aus einer armen Familie annahm, der wegen seiner Begabung zwar in ein vornehmes Internat kam, aber dort von seinen Mitschülern gepiesackt wurde, weil er die Verhaltensweisen der reicheren Jungen weder teilte noch verstand, und in denen dann immer ein beherzter junger Lehrer sich seiner annahm und außerdem noch das ganze altertümliche Schulsystem in Frage stellte. Solche Internatsfilme gab es überraschend oft; nur als Ida die ersten davon gesehen hatte, hatte sie die Gespräche nicht so gut verfolgen können. Manche Filme erzählten auch noch von der Zeit im Krieg, wie der Agentenfilm *Against the Wind* mit einer sehr jungen französischen Schauspielerin namens Simone Signoret, die erstaunlich gut Englisch sprach und von der Mr. Thursday sagte: Die wird mal weltberühmt, Frau Ida, glauben Sie mir.

In solchen Filmen lernte Ida den Blick der Engländer auf den Krieg kennen, und nicht nur das. Bei einem der Filme war Ida sehr überrascht, einen konkreten Hinweis auf etwas zu finden, was sie ständig um sich hörte: Displaced Persons. Allerdings erzählte der Film *The Blind Goddess* nicht von den betroffenen Menschen, sondern von der Ebene der Verwaltung. Es ging um Gelder für Displaced Persons, die in Prag von einem höheren Beamten veruntreut worden waren und der einen anderen ermordet hatte, der ihm auf die Schliche gekommen war. Dessen Freund, der Held des Films, Derek Waterhouse, wollte herausfinden, was geschehen war und wurde plötzlich selbst verdächtigt, was noch dadurch verkompliziert wurde, dass er in Mary verliebt war, deren Vater ihm als ermittelnder Richter gegenüberstand. Ida mochte die Figur der Frau des Richters, vielleicht weil sie in ihrem eigenen Alter war, vielleicht weil sie von Anne Crawford gespielt wurde, einer sehr eleganten Schauspielerin mit einem sehr feinen Gesicht. Da Ida der Film tief beschäftigte, bat sie Mr. Thursday ihr zu erklären, was sie sprachlich nicht verstanden hatte. Dafür verbesserte sie einige der Wendungen, die er benutzte, und wie man diese im Deutschen besser ausdrücken würde. So machten sie es oft.

Was ich nicht verstehe, sagte Ida, während sie Mr. Thursday die Einnahmen der Candy Bar überreichte, ist der Titel.

Die blinde Göttin?

Ja, was heißt das? Warum ist sie blind?

Die blinde Göttin, sagte Mr. Thursday, der das Geld in ein grünes Kuvert steckte, ist ein Bild für die Gerechtigkeit, die Justitia. Sie wird nämlich immer mit einer Augenbinde dargestellt.

Das verstehe ich nicht, sagte Ida und wischte über die Theke der Candy Bar, sie soll doch hinsehen, bevor sie urteilt.

Ja, schon, sagte Mr. Thursday, aber sie soll ungeachtet des Aussehens, der Herkunft oder des Besitzes der Person urteilen, nach der Sachlage allein.

Haha, sagte Ida mit dem Lappen in der Hand, wie im richtigen Leben.

Frau Ida, don't get cynical! Mr. Thursday sah sie besorgt an und wollte ihr den Lappen abnehmen, den sie aber festhielt. Sie werden doch nicht etwa zynisch?

Ida schüttelte den Kopf. Das kann ich mir nicht leisten, sagte sie, plötzlich still und nachdenklich. Aber das kann doch manchmal auch ungerecht sein, oder?

Well, sagte Mr. Thursday und lächelte, maybe you are right.

Ida konnte nun dank ihrer Arbeit im englischen Kino im Tante-Emma-Laden und in der Bäckerei, die gegenüber vom Kino lag, und in denen man nicht mit Lebensmittelkarten, sondern mit »richtigem Geld« bezahlen musste, wie alle anderen Lüneburgerinnen anschreiben lassen und am Ende des Monats bezahlen. Im Milchladen, der sich wenige Meter entfernt von ihrer Familie Auf dem Meere befand, musste man das Geld immer sofort hinlegen, aber auch das konnte sie nun. Dort schickte sie Nanne hin, die am Nachmittag mit ihrer Blechmilchkanne hineilte und manchmal noch schnell bei Omi Else vorbeischaute. Beim Einkaufen im Käse-und-Butter-Laden, der ebenfalls schräg gegenüber vom Kino lag und in dem sie häufiger für Mr. Thursday als für sich einkaufen ging, lernte Ida eines Tages auch Erika Schodrowski kennen.

Sie sind die kleine Frau Ida, sagte eine brünette Fremde zu ihr, als sie an der Theke nebeneinander warteten. Ida sah sie fragend an.

Die kleine deutsche Frau, die im englischen Kino arbeitet. Ida nickte. Sie wusste nicht, ob das in den Augen der anderen gut oder schlecht war.

Meiner Familie hat die Schaubühne gehört, sagte die junge Frau, bevor sie von den Engländern beschlagnahmt wurde.

Oh, machte Ida, was würde jetzt kommen?

Ich heiße Erika, sagte die Frau und reichte ihr die Hand, Erika Schodrowski, geborene Greune, vom Greune-Theater, so hieß die nämlich ganz früher, die Schaubühne, da hatten wir auch noch Varieté dabei.

Sie war nicht unfreundlich, aber es war ihr wichtig, Ida ausführlich zu erklären, dass sie in der ersten Zeit noch für die Briten gearbeitet hatte. Ida bekam schon ein mulmiges Gefühl und hoffte, dass sie bald an der Reihe wäre, aber Erika Schodrowski fuhr ohne Vorwurf in der Stimme fort, eher mit einem leichten Seufzer.

Dann haben sie entschieden, dass die Deutschen auch wieder Kintopp kriegen dürfen und mir erlaubt, den zweiten Saal zu nutzen, ich kenne mich ja schließlich aus, ich weiß, wie man ein Kino führt – und als fügte sie mit ihrem Blick hinzu: anders als du, kleine Frau Ida, aber Ida beschloss, darüber hinwegzugehen –, es war natürlich in enger Absprache mit der Re-Education-Behörde. Deshalb gibt es natürlich nicht so viele deutsche Filme, mehr übersetzte, aber das wird sich auch bald ändern. Erika Schodrowski bestellte ein viertel Pfund Butter und vier Scheiben Edamer Käse, drehte sich dann wieder zu Ida um, die jetzt doch neugierig geworden war.

Daher die beiden Eingänge zum Kino, sagte Erika Schodrowski. Als ich ein Kind war, war mal Charlie Chaplin hier und auch die Comedian Harmonists.

Wirklich, sagte Ida, die sich das really der Engländer auch schon angewöhnt hatte, wirklich? Die haben mein – sie wollte sich unterbrechen, aber es rutschte schneller heraus als sie es halten konnte – Mann und ich immer so gern gehört. Mein verstorbener Mann, fügte sie hinzu.

Das waren noch Zeiten, sagte Erika Schodrowski und nickte, ob zu Idas Zeit mit Kurt oder der mit Charlie Chaplin, ließ sie dabei offen, aber nun muss ich los.

Wiedersehen, Frau Schodrowski, sagte Ida, und wiedersehen, Frau Ida, sagte Frau Schodrowski.

Die beiden Seiten des Kinos waren, wie so vieles in der Stadt, getrennte Welten, und so kam es, dass die beiden Frauen sich selten einmal begegneten, nur hin und wieder im Käse-und-Butter-Laden. Dabei hätten Ida ein paar Anekdoten aus der Zeit der alten Schaubühne durchaus interessiert, vor allem hätte sie die dann Mr. Thursday erzählen können, der sich gerade für solche Geschichten immer so schön begeistern konnte.

Idas Mitbewohner und Nachbarn in der Reitenden-Diener-Straße beobachteten ihr Tun hin und wieder mit Misstrauen oder auch einer gewissen Nichtachtung. Die arbeitet für den Direktor des englischen Kinos, sagten manche Neiderinnen in der Straße mit einem unangenehmen Unterton in der Stimme, als täte Ida etwas sehr Fragwürdiges, um nicht zu sagen, Unanständiges. Tja, bald wird sie noch selber eine Engländerin, sagten andere mit spitzen Lippen. Dabei arbeiteten inzwischen viele Lüneburgerinnen und Lüneburger für die Engländer, vor allem in der Verwaltung, man konnte sogar sagen, mindestens ein Drittel der Bevölkerung.

Die Schikorra hat mich wieder nicht mit dem A... angeschaut, schimpfte Ida manchmal. Aber was soll sie machen, bei dem Mann, sagte Eddie, der mittlerweile im Frisiersalon in der Unteren Schrangenstraße fest angestellt war, und klopfte Ida ein bisschen auf die Schulter, was wirklich nur er durfte, sonst keiner. Herr Schikorra aus Pommern, der zu den ehemaligen Kriegsgefangenen gehörte, die beim Aufbau der Gasleitungen herangezogen wurden, galt als geiziger Kauz, der seiner Frau regelmäßig blaue Flecken zufügte. Seine Kinder allerdings tanzten ihm auf der Nase herum, fünf Jungen zwischen vier und zehn, einer rauflustiger als der andere; Hannes und Kaspar hatten schon einiges von ihnen einstecken müssen. Sie hörten auf niemanden, nicht einmal, wenn der Vater sie zum Essen von der Straße herein rief. Eines Tages kam Herr Schikorra zu Hannes, Kaspar und Nanne, die vergnügt auf der Straße mit ihren selbst gebauten Stelzen aus Dosen und Schnüren herumstaksten, und fragte, ob sie Hunger hätten.

Alle drei nickten, na klar, mit großen Augen.

Na, dann kommt mal mit rein, sagte er. Sie sahen sich misstrauisch an, aber er war freundlich, kommt nur, ihr müsst keine Angst haben!

Sie marschierten hinter ihm her in das Haus, das drei Häuser neben ihrem lag. Es war recht dunkel darin, und Herr Schikorra führte sie in ein Esszimmer, in dem auf dem weiß gedeckten Tisch drei große dampfende Schüsseln standen, mit Kartoffeln, Kraut und Würsten.

Bitte nehmt Platz, sagte er, haut rein!

Das ließen sie sich nicht zweimal sagen, keine Sekunde zögerten die drei, hopsten auf die Stühle, vergaßen auch das Tischgebet und langten zu und freuten sich. Es schmeckte großartig, so unerwartet, noch dazu die Würste! Frau Schikorra saß am Tischende und sah sie mit einem schmerzlichen Lächeln an. Plötzlich trampelten die fünf Jungen herein. Entsetzt sahen sie die drei Kinder von Frau Ida am Tisch auf ihren Plätzen sitzen. Es war auch nur für die drei gedeckt. Es verschlug ihnen, die sonst eine freche Klappe hatten, sogar die Sprache.

Nanne legte ängstlich das Besteck zur Seite und wollte vom Stuhl rutschen, doch Herr Schikorra packte sie am mageren Handgelenk. Seine Augen unter den buschigen Brauen fixierten sie.

Du bleibst schön sitzen und isst in aller Ruhe auf, sagte er.

Nach diesem Vorfall zögerten die fünf Jungen keine Sekunde mehr, wenn ihr Vater nach ihnen rief. Und Nanne erzählte es ihrem Vater am Grab auf so putzige Weise, dass Ida sich ein Lachen kaum verkneifen konnte.

Die Reitende-Diener-Straße war benannt nach den »Garlopenwohnungen«, Häuser, die ein Bürgermeister im 16. Jahrhundert, Hinrik Garlop, hatte bauen lassen, für die »Stallbrüder« oder auch Reitenden Diener, die bewaffnete Schutztruppe des Lüneburger Rats. Sie begleiteten wichtige Sendboten oder wurden selbst zu wichtigen Botengängen ausgeschickt. Die hübschen Garlopenwohnungen wurden in den folgenden Jahrhunderten in der Regel an städtische Beamte vergeben. Auf der anderen Straßenseite waren da noch die Buden des Vogtes gewesen und auch eine »Tabaks-Fabrique« des Herrn Salomon hatte es früher einmal gegeben.

Jetzt aber waren die meisten Wohnungen auf der linken Scite (von der Bardowicker Mauer kommend) der Reitenden-Diener-Straße vollgestopft mit Flüchtlingen. In Lüneburg lebten mittlerweile über fünfzigtausend Menschen, ein Drittel von ihnen war in den letzten Jahren dazugekommen, und die Stadt platzte aus allen Nähten. Noch dazu hatten die Briten viele Wohnungen beschlagnahmt. Auf der rechten Seite der Straße, wo nur noch ein Gebäude der Regierung diente, wohnten eher alteingesessene Familien, so auch am Ende der Straße, zur Bardowicker Mauer hin, die Familie Köpper. Diese Familie gehörte zu den wenigen Lüneburgern, zu denen meine kleine Großmutter näheren Kontakt hatte. Sie waren freundlich zu ihr und den Kindern, und anteilnehmend. Frau Köpper lud Ida manchmal auf eine Tasse Muckefuck und ein Stückchen Butterkuchen ein, sie schenkte ihr Gemüse aus dem Garten hinter ihrem Haus oder auch mal ein Glas Eingemachtes. Sie kam manchmal sogar extra rüber, um Nanne zu fragen, ob sie mit ihrer Tochter Lise und der kleinen Rosie spielen mochte. Doch viele Lüneburger ließen Ida spüren, dass sie nicht gern gesehen waren; vielleicht lag es einfach daran, dass man zu wenig miteinander zu tun hatte. Die Lüneburger hatten ihre eigenen Sorgen. Displaced Persons und Flüchtlinge wurden in ihren Augen besser behandelt als sie selbst, die Einheimischen, die doch alles mit den neuen Leuten teilen mussten. Ida zuckte äußerlich die Achseln, doch inwendig schluckte sie ihren Kummer hinunter. Sie würden immer die Anderen bleiben, die Flüchter, da konnte sie sich anstrengen, wie sie wollte. Auch die Kinder kamen manchmal aufgelöst nach Hause, weil jemand sie ein Polackenkind genannt hatte. Dabei waren sie noch nicht einmal – Polen.

Auch wenn es mit der Nachbarschaft nicht so einfach war, teilte man doch viele Ereignisse, und einmal fühlte Ida sich auf sonderbare Weise getröstet. Herr Fehlhaber, der Mann der Nachbarin von gegenüber, mit deren Tochter Nanne seit dem Vorfall mit dem Puppenwagen nicht mehr oft spielte, und die sie meistens kaum eines Blickes würdigte, war gestorben. Alle, die gesamte Straße ohne Ausnahme, gingen zur Beerdigung auf den Friedhof, auf dem auch Idas Mann lag. Ida vergaß ihre Vorbehalte und fühlte Mitleid mit der Witwe, Agnes Fehlhaber.

Am Grab standen alle still ins Gebet des Pfarrers versunken da, und jeder hing so seinen Gedanken nach, als eine fremde Frau auftauchte, mitbetete und mitschluchzte, als der Sarg in die Grube gelassen wurde. Frau Fehlhaber schien sie nicht zu kennen, sie sah nur kurz auf, versank dann aber wieder im Gebet. Es gab ein komisches Geräusch, alle zuckten zusammen und die Witwe schluchzte einmal extra auf. Es war nämlich ein Sarg mit doppeltem Boden, genauer gesagt, mit einem ausklappbaren Boden. Sobald er in der Grube war, zogen die Sargträger mit einem Ruck an ihren Seilen, das Gehäuse des Sargs öffnete sich nach unten, und der Tote fiel ins Erdreich. Das Gehäuse wurde wieder hochgezogen und konnte so wiederverwendet werden.

Warum ist das so, Mami?, fragte Karlchen.

Weil es so wenig Holz gibt, sagte Ida und legte die Finger an die Lippen.

Die Trauernden traten nun an das Grab heran und mussten ihre drei Schaufelchen Erde direkt auf den Toten werfen.

Wir nicht, sagte Ida, und zog die Kinder ein wenig zur Seite.

Plötzlich standen Frau Fehlhaber und die fremde Frau nebeneinander und wollten nach der Schippe greifen. Die eine zerrte, die andere schubste, und es hätte nicht viel gefehlt, und sie wären beide auf Herrn Fehlhaber gestürzt, der seiner ewigen Ruhe mit besorgter Miene entgegensah. Alle schrien auf und stürzten ihrerseits zu den beiden Frauen, um ihnen aufzuhelfen. Ida musste sich das Taschentuch vor den Mund pressen, als würde sie weinen, denn sie fühlte einen riesigen Lachkoller nahen. Sie zerrte die Kinder, die gerade anfingen, die langweilige Beerdigung aufregend zu finden, vom Grab weg Richtung Ausgang. Sie rannte, die Kinder hinter sich herschleifend, den ganzen Weg hinunter zur Michaeliskirche und brach dabei in helles Gelächter aus. Sie konnte gar nicht mehr aufhören zu lachen, sie schämte sich auch kein bisschen dafür, es schüttelte sie einfach durch, es war alles so absurd und verrückt und sie fragte sich, ob sie im Kintopp war oder im richtigen Leben. Die Kinder waren mehr als irritiert. Am Abend, als Ida sich wieder gefasst hatte, aber immer noch ein bisschen lachen musste, sagte sie zu den Kindern, die ihre eigene Mutter mit großen Augen bestaunten: Na, jetzt wissen wir wenigstens, dass die Lüneburger auch ganz normale Leute sind. Und dass sie untereinander auch nicht gerade nett sind. Dass sie überhaupt wohl eher eine spröde Art im Miteinander haben. Da machen wir uns einfach keinen Kopf mehr, stimmt's oder hab ich recht? Die Kinder nickten und schüttelten den Kopf. Was interessierten sie die Lüneburger? Hauptsache, ihre Mutter verlor nicht den Verstand!

Wie sich herausstellte, hatte Herr Fehlhaber jahrelang eine Geliebte gehabt, Frau Keller. Frau Keller hatte sogar ein Kind von ihm bekommen, das sie jedoch bei ihren Eltern in Schneverdingen untergebracht, um nicht zu sagen, versteckt hatte. Und natürlich hatte Frau Keller es sich nicht nehmen lassen, ihrem Liebsten Adieu zu sagen. Frau Fehlhaber war noch am Grab in Ohnmacht gefallen, was Ida und die Kinder jedoch zu ihrem Leidwesen verpasst hatten. Ida musste noch drei Tage später über dieses Begräbnis lachen, obwohl sie sich nun doch ein wenig dafür genierte. Sie erzählte es Dorothea bei ihrem nächsten Besuch, du, das war ja besser als Kintopp, sagte sie, aber Dorothea fand die Geschichte gar nicht komisch.

Ihr Bauch wurde allmählich ziemlich rund, und als Schwangere fand sie Friedhöfe und Beerdigungen ohnehin unangenehm. Davon abgesehen hatte sie jedoch gute Laune und saß eine ganze Weile, wie schon lange nicht mehr, mit Ida und Omi Else in der Küche und schwatzte.

Sie hatte – dank Ida, dank Officer Smith und seinen Freunden – tatsächlich einen patenten Schuster aus Oberschlesien gefunden, Herrn Gallus, der die große Bestellung der Tommys bearbeiten konnte. Er war ein kräftiger, fast sogar ein bisschen charmanter Mann Mitte Vierzig und hatte noch einen sechzehnjährigen Jungen im Schlepptau, der mit anpackte, Wallek. Opa Ernst wurde dazu verdonnert, die Schnürsenkel in die fertigen Schuhe einzuziehen, was er tatsächlich auch mit nur einer Hand hinkriegte, und mit anderen Hilfsarbeiten die Produktion zu unterstützen. Omi Else und Dorothea packten die Schuhe ein und Wallek brachte sie zu den Alma-Barracks.

Hannes hätte diese Wege zu gern übernommen, aber an dieser Stelle war Dorothea stur, das wollte sie nicht, das wirkte nicht seriös. So lief Hannes zur Schule, mein kleiner

Vater, mit seinen knapp zwölf Jahren, die Socken rieben, so oft waren sie gestopft, ganz aufgeregt von all den Möglichkeiten, die das Leben ihm noch bieten würde, und hielt danach Ausschau, wie er zu etwas Geld kommen könnte. Erwachsene Männer hatten ja schon Probleme damit, aber bei den Tommys hatten er und Kaspar ja auch immer mal etwas gefunden. Nur fortgeworfene Sachen durften sie bei ihnen nicht mehr sammeln, das machten jetzt Männer aus den Lagern, um sie zu beschäftigen. Er rannte vorbei an den Geschäften, der Wäscherei, der Plätterei, dem Metzger, dem Käse-und-Butter-Laden, da las er etwas im Vorbeilaufen, bremste, rannte zurück, las den Zettel an der Tür des Bäckers, der einen Laufburschen suchte, und lief gleich nach der Schule wieder hin. Denkt die vier Stunden Rechnen, Geschichte, Deutsch und Geografie nur an diesen Zettel, und dass ihn hoffentlich noch keiner gesehen hat, und träumt mit offenen Augen. Die Leute schüttelten dann aber den Kopf, komm wieder, wenn du älter bist, doch er beschloss, nicht aufzuhören, hinzugehen und zu fragen, denn er wollte, er musste der Familie helfen und für die Filme für seine Agfa-Box brauchte er eben auch ein kleines Geld. Das mit dem Bäcker, das hat nicht geklappt, aber es hat ihn auf die Idee gebracht, er ist im Laufschritt nach der Schule zu etlichen Läden, hat gar nicht erst auf den Zettel gewartet, ist hineingegangen, hat gefragt, ob er nicht etwas austragen könnte, Brötchen, Kohlen, egal, was.

Zwei Wochen später zog er einen Karren mit Süßigkeiten hinter sich her. Er hatte eine Witwe entdeckt, die vor ihrem Haus in der Baumstraße saß und Waffeln verkaufte. Sofort hatte er Frau Baske erklärt, dass sie viel mehr Waffeln verkaufen würde, kämen die Waffeln zu den Leuten und nicht die Leute zu ihr. Frau Baske, die den Jungen zuerst verscheuchen wollte, so ein Knirps!, hörte dann aber immer wacher zu, wie er ihr die Chose erklärte. Wir könnten auch welche dem Kino anbieten, sagte Hannes, der zu großer Form auflief. Oder vor den Ämtern oder den Leuten am Samstag auf dem Markt, wenn sie so lange anstehen müssen, da kriegen sie bestimmt Appetit!

Frau Baske überlegte. Zu verlieren hab ich nichts, sagte sie schließlich. Sie betrachtete den Jungen. Er war nicht besonders groß, seine Hosen waren mit einem langen Männergürtel zusammengehalten, aber er sah nicht verlottert aus. Er hatte ein hübsches Gesicht mit Grübchen und seine Augen blitzten, trotz der Schatten unter ihnen. Immerhin hatte er sie um den Finger gewickelt, vielleicht hätte er die gleiche Wirkung auch auf andere.

Ich hab noch einen Leiterwagen hinten im Hof, sagte sie.

Sie holten ihn hervor, befreiten ihn von dem Gerümpel, das sich darin befand und machten ihn sauber.

Wie anstellig du bist, sagte Frau Baske zu Hannes. Sie zog ihr strenges Kopftuch aus und schüttelte ihre blonden Locken und lachte, sehr zur Freude meines kleinen Vaters. Sie bastelten ein Schild und malten darauf in schönster Schrift: *Lydias Waffeln*, und am nächsten Tag zog mein kleiner Vater los. Er verkaufte alles, was Frau Baske, die er heimlich Frau Lydia nannte, ihm auf den Karren gepackt hatte. Er lieferte alle Einnahmen korrekt bei ihr ab. Sie gab ihm eine Mark (bald würden es zwei), und er rannte überglücklich nach Hause.

Wie wunderbar war es, das erste richtige Geld zu verdienen! Eine echte Deutsche Mark! Mit dem Karren die süßen Waffeln unter die Leute zu bringen! Duftende, wohlriechende Süße, die das Leben verschönte! Bald überredete Hannes Frau Baske, auch noch andere Süßigkeiten anzubieten, und nach zwei Wochen winkte sie mit einem kleinen Gewerbeschein und nahm Lakritze, Milchbrötchen und Zuckerkringel in ihr Sortiment auf. Lydias Waffeln aber blieben der Hit.

Nanne wartete am Nachmittag schon immer auf Hannes und die Hälfte von dem, was Frau Baske Hannes nach seiner zweistündigen Tour in die Hand drückte, um sofort mit ihrer

Blechkanne samt Deckel loszurennen und noch zwei Liter Milch zu kaufen. Der Milchmann Auf dem Meere hatte einen Hundert-Liter-Behälter, aus dem er die Milch abfüllte. Nanne beobachtete mit Hingabe, ob er auch wirklich genau zwei Liter für sie abfüllte. Nanne mochte alles Exakte, sie mochte es, wenn die Buchstaben in ihrem Heft genau auf der Linie saßen, sie mochte es, mit ihrem Lineal Striche zu ziehen und überhaupt das Rechnen. Sie sah ihrer Mutter gern zu, wenn sie mit einem Bleistiftstummel in ein winziges Heftchen ihre Einnahmen und Ausgaben für den Haushalt notierte. Ida war sicherlich keine besonders verschmuste Mutter, doch sie war stolz auf ihre Kinder und zeigte es ihnen auch. Hannes zog nun täglich seinen Karren mit Süßigkeiten durch die Straßen, trug bald auch Zeitungen aus und ließ keine Gelegenheit aus, ein paar Groschen zu verdienen. Das Geld gab er seiner Mutter, er bat sie immer nur, ein klein wenig behalten zu dürfen, für seine Fotografiererei, für die Filme, die Entwicklung der Filme und die Herstellung der Dias.

Du hast es doch selbst verdient, sagte die kleine Großmutter und gab ihm einen Klaps, ihr besonderer Ausdruck für Anerkennung und Freude. Natürlich kannst du es behalten.

Und mein kleiner Vater freute sich.

Die Tage vergehen, man hat so seine Träume, welche Träume hat man?

Nanne perfektionierte ihre Schwarzmarktgänge: Sie stellte sich vor, ein Engländermädchen zu sein, in ihrem karierten Rock und der Strickjacke. Ida trieb irgendwo eine hübsche Kappe auf, die sie ihr schräg auf die Locken setzte. Kein Mensch wäre auf die Idee gekommen, dass sie schwarze Ware transportierte. Bald erweiterte sie ihre Einkaufsgänge für andere Leute, die sie darum baten, und brachte als Engländermädchen in der Schultasche hier eine Schwarte Speck hin und dort ein paar Hausmacherwürste, die sie gegen allerlei Hausrat eingetauscht hatte. Oder sie ging einfach nur einkaufen, wenn jemand nicht so gern aus dem Haus mochte, wie Frau Krutzke, die sie einmal wöchentlich zu einem Fleischgeschäft neben der Nicolaikirche schickte. Es hatte den seltsamen Namen *Freibank* und das Fleisch war sehr viel preiswerter als anderswo, denn es kam, wie Nanne erst viel später begriff, von alten Pferden, und dort zu kaufen war natürlich eine hochnotpeinliche Sache. Einen anderen traurigen Grund, nicht selber so gern einkaufen zu gehen, hatte die jüdische Familie Lustiger. Sie waren die eine von den beiden einzigen jüdischen Familien, die in Lüneburg die Vernichtung und Verschickung aller Juden überlebt hatten. Sie waren sich nicht so sicher, wie die alten Bekannten nun zu ihnen standen, Leute, vor denen sie sich ja auch hatten verstecken müssen. Sie baten Nanne manchmal, etwas auf dem Schwarzmarkt zu tauschen, aber auch, ganz gewöhnliche Lebensmittel zu holen. Wenn sie die Sachen brachte, wurde sie hereingebeten. Im Esszimmer saß der alte Großvater immer mit einem Hut am Tisch und sagte danke, Mädele zu ihr. Die kleine Nanne bekam so ihren eigenen Blick auf die Welt, in der sie lebte.

4
CARE PAKETE VOM AMAZONAS

Als meine kleine Großmutter geboren wurde, nahm Leo, ihr ältester Bruder, der Priester geworden war, die Taufe vor. Meine kleine Großmutter war das vorvorletzte Kind von achtzehn Kindern. Unfassbar, eine Ehe, in der Jahr um Jahr ein Kind zur Welt gebracht wurde. Drei überlebten das Säuglingsalter nicht, es blieben acht Mädchen und sieben Jungen. War das Irrsinn, Leidenschaft, Trieb oder ein biologisches Programm, das ablief?

Leo, der Älteste, ging in den missionarischen Dienst beim Steyler Orden, der ihn nach Brasilien aussandte, wo er blieb.

Nur 1937, zur Goldenen Hochzeit der Eltern, kam er einmal zurück, um danach sofort wieder zu verschwinden.

Onkel Leo hatte sich bemüht herauszufinden, was mit seinen Eltern und Geschwistern im Laufe des Kriegs geschehen war und hatte auch Idas Adresse erhalten. Er schrieb seiner kleinen Schwester und ihren Kindern nach Lüneburg eine Handvoll Briefe. Mein kleiner Onkel, Karlchen, liebte diese Briefe. Als der erste und der zweite ankamen, konnte er noch nicht lesen. Meine kleine Großmutter musste sie ihm wieder und wieder vorlesen, und wenn nicht sie, dann zerrte er so lange am Rock seiner Schwester Nanne oder an seinem Bruder Kaspar, bis sie sich erbarmten.

Onkel Leo erzählte in seinen Briefen von einem fernen Land, in dem es so heiß war, dass der Schweiß an den Menschen herunterrieselte wie eine Fontäne. In dem es phantastische Vögel wie knallbunte Papageien, winzige Kolibris und schwarze Tukane mit großen, gelben Schnäbeln gab, außerdem Jaguare und Pumas und Faultiere, Tiere, die die Kinder nicht kannten und die er ihnen genau beschrieb. *Ein unermesslich weitläufiges Land*, schrieb er, in dem es nicht nur Unmengen Bananen und Kokosnüsse gab, sondern Früchte in den verrücktesten Formen und Farben, deren Namen hier erst recht keiner kannte, nicht einmal die kleine Großmutter. Das Land liegt auf der anderen Seite des Ozeans, sagte sie, da fährt man sechs Wochen lang auf einem riesigen Schiff um hinzugelangen.

Und so begann mein kleiner Onkel vom Meer zu träumen, von den riesigen Schiffen, die höher waren als alle Häuser in Lüneburg, noch höher als der Kran im Hafen, der ja nun schon sehr hoch in den Himmel ragte; nein, diese Schiffe waren so hoch wie die Nicolaikirche. Karlchen war begeistert. Er riss die Augen auf, er legte die Fingerchen auf die Zeilen, er lernte die Briefe auswendig, bevor er sie selbst lesen konnte, und später bat er seine Mutter, ob er sie behalten dürfe. Sie schenkte ihm ein Holzkästchen, in die er sie hineinlegen konnte. Er malte lauter Wellen auf ein Blatt Papier und hängte es über sein Bett. Er baute Schiffchen aus Holz und spielte damit in den Pfützen. Er erzählte den Nachbarskindern, dass er bald in das ferne Land reisen würde, in dem sein Onkel fremden Kindern das Lesen und Schreiben beibrachte und das Beten. Er betete sogar abends mit der kleinen Großmutter, weil das auch die fremden Kinder in Brasilien taten, obwohl sie vor der Begegnung mit seinem Onkel, seinem ganz persönlichen Onkel Leo, noch rechte Heiden gewesen waren. Die Nachbarskinder hielten ihn für einen Spinner, aber manchmal lauschten sie auch gebannt, wenn er von den wilden Tieren erzählte und der Hitze und dem unfassbar riesigen Strom, der Amazonas hieß.

Die kleine Großmutter erzählte den Kindern hin und wieder von ihren zahlreichen Geschwistern, Marie, Heidel, Trudel, Rose, Richard, Jakob, Josef und wie sie alle hießen, und in ihrem Herzen bangte sie, ob sie sie jemals wiedersehen würde. Sie erzählte ihnen vom Großvater, der gestorben war und von der Großmutter, Muttel, die sie vielleicht doch eines Tages nach Lüneburg holen könnte. Sie erzählte von der großen Goldenen Hochzeit von Muttel und Vattel, wo sie zum letzten Mal alle zusammen gewesen waren, und zeigte den Kindern das Foto. So viele Geschwister, rief Nanne, und Karlchen sagte: Das sind doch gar keine Kinder! Die sind doch alle schon alt! Ida und die beiden Älteren lachten darüber. Natürlich stellte Karlchen sich unter Geschwistern etwas ganz anderes vor, mehr so etwas wie seine eigenen.

Wenn Ida die Briefe vorlas oder die Päckchen auspackte oder sie einfach miteinander ihre Zeit verbrachten, saßen sie alle in ihrer Stube in der Reitenden-Diener-Straße, auf dem grünen Sofa, das Officer Smith für Ida aufgetrieben hatte. Officer Smith wachte noch immer über Ida, und wenn er ins Astra Cinema kam, fragte er jedes Mal, wie es den Kindern ging und ob sie etwas brauchte. Meistens sagte Ida, danke gut, wir brauchen nichts, aber manchmal ließ er nicht locker und fand dann doch heraus, woran es fehlte. Die ganze Familie liebte das Sofa, die Kinder tobten darauf herum, und Ida legte sich manchmal darauf aufs Ohr, wenn sie spät nach dem Kino nach Hause kam und Karlchen quer über ihrem Bett lag.

Wenn Ida erzählte, saß Willi auf dem Schoß seiner Mutter und machte sie mit seinem drolligen Gesichtchen nach. Er brachte damit alle zum Lachen. Am schönsten aber fand er es, wenn die Mutter mit den Kindern sang oder ihnen Lieder vorpfiff, so wie sie auch beim Bügeln oder Kochen vor sich hin pfiff. Er versuchte es nachzuahmen, und schließlich zeigte Ida ihm, wie man die Lippen zuspitzte und blies. Er lernte von der Mutter das Pfeifen, und er pfiff alle Lieder nach, die er aufschnappte, ein winziges Kind, das alle verblüffte.

Als Onkel Leo das erste Weihnachtspaket schickte, versteckte Ida es ganz oben im Schrank. Nanne, die sonst immer so ordentlich und aufrichtig war, konnte es nicht erwarten. Eines Tages kletterte sie auf einen Stuhl, zog das geöffnete Paket hervor und entdeckte darin ein grünes Puppengeschirr. Sie freute sich unermesslich, doch zugleich plagte sie ein elend schlechtes Gewissen. Das Schlimmste aber war, dass sie es keinem sagen konnte, außer natürlich ihrer Puppe Rita, der sie es leise flüsternd anvertraute, und dass sie dann am Weihnachtsabend so tun musste, als sähe sie das Geschenk zum allerersten Mal. Nanne schwor sich, nie wieder zu lügen, und erlaubte sich fortan nicht einmal die winzigste Abweichung von der Wahrheit. Für Kummer oder Traurigkeit galt allerdings die Regel, dass man sie besser für sich behielt und eben nur der Puppe Rita anvertraute.

Es gab noch einen Bruder der kleinen Großmutter, den es ebenfalls in die weite Welt zog, und der es Hannes besonders angetan hatte, Onkel Jakob. Onkel Jakob hatte in Hindenburg einen Zeitungsladen betrieben, in dem auch Ida eine Zeit lang ausgeholfen hatte. Jetzt fuhr er mit dem Fahrrad, der Eisenbahn und mit Lastkraftwagen durch halb Europa; die Unruhe schien in dieser Familie einen eigenen Platz zu beanspruchen. Dieser Onkel Jakob war, was man gemeinhin ein Schlitzohr nannte. Er machte schon als Halbwüchsiger krumme Geschäfte und zockte seine Freunde beim Kartenspielen ab. Onkel Jakob handelte mit allerlei, in Holland kaufte er Käse und verkaufte ihn wieder in Dortmund; in Dortmund kaufte er Schuhe, die bot er an in Münster; in Frankreich fand er alte Gläser, die verhökerte er als Antiquität in Amsterdam, und so weiter und so weiter. Er kam auch irgendwann einmal nach Lüneburg zu Besuch, um zu sehen, ob es brauchbare Ware gab, die er anderswo mit Gewinn verkaufen konnte. Allerdings war nichts dabei, was ihm geeignet schien, außer vielleicht Altpapier und Salz; doch zum Salz fiel ihm nichts ein. Aber immerhin schickte auch er ab und zu für die Kinder kleine Päckchen mit Schokolade und für Ida Seife; Familie war eben Familie, und für meinen kleinen Onkel und meinen kleinen Vater waren die Päckchen Grund genug, ihn zu bewundern, als großen Reisenden und Kaufmann.

5
SCHLAMASSEL IN IRAN

Der ganze Schlamassel des Kalten Kriegs begann im Grunde dort, wo bereits die Vorentscheidungen für die Teilung der Welt, und damit die britische Besatzung Lüneburgs und Norddeutschlands und Teilen Berlins und überhaupt die Aufteilung Deutschlands in Zonen getroffen worden war: in Iran. Denn, wie man sich erinnern wird, hatten die Briten und die Sowjets, deren Schwäche fürs Teetrinken so ziemlich alles war, was sie als kulturelle Gemeinsamkeit feststellen konnten, vereinbart, sich nach dem Ende des Zweiten Weltkriegs, wenn man Hitler und die Deutschen besiegt haben würde, sich aus Iran, das man im Sommer 1941 in kürzester Zeit überrannt hatte, zurückzuziehen. Die Briten, die zwar große Freunde der Idee des Empires – und damit einer Neigung, andere zu okkupieren – waren, zeigten jedoch stets eine gewisse Zuverlässigkeit, wenn es darum ging, sich an Verabredungen zu halten. Sie zogen, wie mit dem jungen Schah Reza Pahlavi ausgemacht und auf der Potsdamer Konferenz am 21. Juli 1945 wiederholt bestätigt, ihre Truppen aus dem Süden Irans im März 1946 ab. In Potsdam hatte übrigens Harry S. Truman seinen Vorgänger Roosevelt, der im April 1945 gestorben war, als Präsident der Vereinigten Staaten von Amerika abgelöst. Truman hatte eine tief sitzende Abneigung gegen den Kommunismus und alles, was er darunter verstand; die Entspannung zwischen den Weltmächten wurde davon nicht gerade begünstigt. Generalissimus Stalin nämlich hatte gar keine Lust, sich an die Vereinbarung von Potsdam zu halten. Er fand es strategisch weitaus interessanter, die Besetzung im Norden Irans, der Provinz Aserbaidschan, beizubehalten und förderte unter der Hand aufrührerische Kräfte, die die Abspaltung der Provinz vorantreiben wollten. Sie gingen dabei seinen längerfristigen Plänen auf den Leim, sie keineswegs in die Unabhängigkeit zu führen, sondern sie dem riesigen sowjetischen Reich einzuverleiben, auch wenn sie interimsweise ihre eigene Republik gründen konnten. Das Öl, das wunderbare Schwarze Gold, hatte es Stalin – wie allen anderen Mächtigen – angetan, und so beschloss er, auch gleich noch die kurdische Provinz Mahabad einzuheimsen, deren Bewohner es ebenfalls zumindest vorübergehend so weit brachten, ihre Republik auszurufen. Das alles missfiel dem Schah genauso wie den anderen Alliierten, und so kam es zur sogenannten Iran- oder auch Aserbaidschankrise.

Man kann sagen, dass dies der Beginn des Kalten Kriegs war, denn die ganze Tendenz Stalins weckte großen Argwohn bei den anderen Großmächten, wie hätte es auch anders sein können. Amerika, Großbritannien und Frankreich, doch insbesondere Großbritannien fühlten sich düpiert und – bedroht. Koalitionen sind dazu da, verändert zu werden, diesen Eindruck gewinnt man bei der Betrachtung der Geschichte. Harry S. Truman setzte Stalin mit Atomwaffen unter Druck, die Amerika ja erst kürzlich auf Nagasaki und Hiroshima zum Einsatz gebracht hatte (ein Vorgang, den Truman als Erfolg, die normalen Menschen jedoch als verheerende Katastrophe erachteten). Der ganze Hickhack, der nun begann und mehrere Sitzungen des neu geschaffenen Sicherheitsrats der Vereinten Nationen auf den Plan rief, endete zwar zunächst mit dem Rückzug der sowjetischen Truppen im Mai 1946, allerdings zum Preis der Gründung einer iranisch-sowjetischen Ölgesellschaft, von der die Sowjetunion einundfünfzig Prozent, Iran neunundvierzig Prozent als Gesellschafter hielten. Doch langfristig war es der Auftakt zu einem Ringen um die Vormachtstellung in der Welt, das in den kommenden Jahrzehnten zwischen den Vereinigten Staaten von Amerika und der Sowjetunion ausgetragen wurde.

Großbritannien rückte ein wenig beiseite. Vielleicht war Clement Attlee, der seit den Unterhauswahlen im Juli 1945 der neue Premierminister des Landes war, nicht der Typ, sich mit Stalin und Truman zu messen; vielleicht hatte er auch zu viele Sorgen zu Hause in England. Sozialistischen Ideen zugeneigt, zugleich von demokratischen Grundregeln überzeugt, hing er auch etwas quer zwischen den Stühlen, auf denen die beiden anderen Großen mit breitem Popo saßen. Manche sagen, er hätte Truman in Potsdam besser unter die Arme greifen können, was die Verhandlungen über die neue Ordnung der Welt betraf. Seine Unerfahrenheit auf dem internationalen Parkett, so munkelte man, habe ihn dem Generalissimus gegenüber leider etwas kurzsichtig sein lassen.

6
PASSPORT TO PIMLICO (1949)

So oder so, eines der ersten Ereignisse des beginnenden Kalten Kriegs, wenn man so möchte, war die Verfestigung der Zonengrenzen zwischen Ost und West. 1949 wurde nicht nur ein grandioses Jahr für das europäische Kino, mit Carol Reeds *The Third Man* (*Der dritte Mann*) oder *Kind Hearts and Coronets* (*Adel verpflichtet*) mit Alec Guinness in neun Rollen in Großbritannien, Giuseppe Santis *Riso Amaro* (*Bitterer Reis*) in Italien, der zum Neorealismus gehörte, mit der bildschönen Silvana Mangano in der Hauptrolle, oder der absurden Komödie *Un Jour de Fête* (*Tatis Schützenfest*) von Jacques Tati in Frankreich. 1949 war vor allem das Jahr, in dem die Deutschen ihr Land gewissermaßen wieder in die eigene Hand bekamen, es ihnen anvertraut und überlassen wurde, wenn auch ganz anders und neu und selbstverständlich weiterhin unter Aufsicht der Alliierten. Nach intensiven Umerziehungslektionen und Vorbereitungen und Vorarbeiten und Diskussionen und Gesprächen und Zwistigkeiten und Formulierungen und Abstimmungen wurde am 23. Mai 1949 das Grundgesetz der Bundesrepublik Deutschland erlassen, deren Gründung somit beschlossen wurde, und das am 24. Mai 1949 in Kraft trat. *Die Würde des Menschen ist unantastbar* hieß der erste Paragraph, und alle bitteren Erfahrungen der Jahre unter den Nationalsozialisten fanden ihren Ausdruck in diesem ersten Paragraphen, der jedem Menschen, egal welcher Farbe, welchen Glaubens oder welchen Geschlechts die gleichen Rechte zugestand. Das neue Grundgesetz galt für die französische, amerikanische und die britische Zone, nicht jedoch für die sowjetische, denn mit dem Grundgesetz wurde die Aufteilung des Landes in eine westliche und eine östliche Zone besiegelt, die dann am 7. Oktober mit eigenen und etwas anders definierten Regeln die Deutsche Demokratische Republik gründete. Diese fing, von Lüneburg aus gesehen, in Bleckede an und bei Amt Neuhaus, keine zwanzig Kilometer entfernt, bei Lauenburg und Dömitz, und die Elbe wurde zum Grenzfluss.

Die Grenzen waren zunächst noch durchlässig. Doch im Frühsommer, also noch einige Monate vor der Gründung des anderen deutschen Staates, genau gesagt, am 24. Juni 1949, kam es zu einem Ereignis, das die Trennung der beiden deutschen Staaten vorantreiben würde: die Berlinblockade. Der Zugang zum westlichen Teil Berlins, der als Enklave mitten in der sowjetischen Besatzungszone lag, wurde von den Sowjets gesperrt und die Bevölkerung von allem und allen abgeschnitten.

Als hätten die Ealing Studios in London Spione oder einen absoluten Riecher, produzierten sie bereits im Winter 1948/49, also ein dreiviertel Jahr zuvor!, eine Komödie, die sie im April 1949 herausbrachten, und die diese Blockade vorwegnahm: *Passport to Pimlico*. Der Film wurde in England ein Riesenerfolg. Die Briten in Lüneburg konnten es kaum erwarten, dass er auch im Astra Cinema gezeigt wurde. Und als er schließlich im Herbst kam, konnten sie sich kaum halten vor Lachen. Bei Ida aber löste *Passport to Pimlico* einen Schock aus, als sie ihn sah.

In einem Stadtteil von London, Pimlico, treffen ein paar Jungen, die auf der Straße kicken, eine noch nicht detonierte Bombe, die daraufhin explodiert. Der Krater, der dabei entsteht, legt eine rätselhafte Höhle frei, in der sich alte Kunstgegenstände, Münzen, Schmuck und historische Dokumente befinden. Aus einer der alten Schriftrollen geht hervor, dass Pimlico zum Königreich Burgund gehört und eigentlich also gar nicht britisch ist. Bald meldet sich auch ein Thronnachfolger, der seine Ansprüche geltend macht. Die Bewohner von Pimlico sind zunächst berauscht davon, etwas anderes, nämlich *Burgundy* zu sein, und tatsächlich wird Pimlico zu einem nicht-britischen Territorium erklärt.

Sofort entsteht ein irrer Besucherstrom, um zollfrei Waren zu verhökern und Schwarzmarktverbote, die in England gelten, zu umgehen. Flugs wird eine provisorische Grenze gezogen, es werden Pässe verteilt und Kontrollpunkte geschaffen, und verärgert über den Starrsinn der Pimlicoer, die ihr Burgundy nicht aufgeben wollen, streicht die Londoner Stadtregierung die Rationierungen für Lebensmittel und Kleidung und sperrt Strom und Wasser ab, und das alles während einer extremen Hitzewelle. Um die Grenze zu sichern, werden Stacheldrahtrollen aufgerichtet, und so langsam machen die Pimlicoer doch etwas lange Gesichter. Sie schmuggeln ein paar Jungs auf die andere Seite, die Nahrungsmittel beschaffen sollen, und bald werfen ihnen Schaulustige Apfelsinen und Sandwichs über den Zaun. Burgundy!, Burgundy! rufen alle dabei und finden es offenbar wahnsinnig amüsant.

Der Film, der gleich am Anfang die Originallebensmittelrationierungsmarken in Großaufnahme zeigte, erinnerte an die Erlebnisse der Engländer im gerade vergangenen Krieg. Hunger und Mangel waren ja noch keineswegs überstanden, doch als sie diesen Film sahen, schütteten sie sich geradezu aus vor Lachen. Es war ja auch eine Komödie, und deshalb wurden am Ende Verhandlungen geführt und die Pimlicoer votierten dafür, wieder britisch zu sein. Einmal britisch, immer britisch, sagte eine der Bewohnerinnen, gespielt von Hermione Baddeley, die sogar eine gewisse Ähnlichkeit mit Ida hatte, genauer gesagt, die so aussah, wie Ida in zehn Jahren vielleicht aussehen würde.

Inspiriert hatte den Drehbuchautor T. E. B. Clarke eine kuriose Situation während des Zweiten Weltkriegs, als nämlich bei Prinzessin Juliana der Niederlande im kanadischen Ottawa, wo sie gerade zu Besuch war, die Wehen einsetzten und ihr Baby unbedingt dort auf die Welt wollte. Damit dieses Kind nicht sein Recht auf die Thronfolge verlor, musste es jedoch auf niederländischem Territorium geboren werden; also erklärte Kanada das Krankenhaus vorübergehend zu niederländischem Territorium.

Als Ida den Film im Herbst 1949 sah, konnte sie nicht darüber lachen. Als die Leute den Bewohnern von Pimlico Obst, Brot und anderes Essbares über den Stacheldraht warfen, wusste sie nicht, ob sie weinen oder aus der Haut fahren sollte, so entsetzt war sie. Sie sah die Bilder von Berlin vor sich, den Stacheldraht, die Hungernden, die Rosinenbomber. Das war absolut nicht komisch, fand sie. Das geht nicht, murmelte sie immerzu, das ist nicht in Ordnung. Die Grenzen zwischen der BRD und der DDR waren nun fixiert; Konrad Adenauer war zum ersten bundesdeutschen Kanzler gewählt worden und die DDR hatte sich zu einem eigenständigen Staat mit eigener Verfassung erklärt, mit Wilhelm Pieck als Staats- und Otto Grotewohl als Ministerpräsidenten an der Spitze. Man hatte zwar noch keine Mauer hochgezogen, jedoch Grenzmarken und Zäune verstärkt, die schon zur Zeit der Zonen gezogen worden waren. Idas Hoffnung, mit ihrer Familie zumindest in einem Land vereint zu leben, brach endgültig zusammen. Muttel, viele ihrer Geschwister, Tanten und Onkel würden fortan *auf der anderen Seite* leben.

Der Film führte dazu, dass Ida zu den Briten, mit deren Lebensweise sie sich doch so gut angefreundet hatte, innerlich wieder etwas auf Distanz ging. Offiziell galten sie nun als Schutzmacht, die die junge Bundesrepublik begleiten und darauf achten sollte, dass sie sich in den Bund der Völker mit demokratischer Ausrichtung eingliederte. Zugleich arbeiteten sie wieder stärker an ihrer militärischen Präsenz, machten Truppen- und Panzerübungen in der Heide und stockten die Zahl ihrer Flugzeuge auf. Denn, wie gesagt, der Kalte Krieg hatte begonnen, und sie verteidigten die westliche Hemisphäre der Welt gegen das riesige Reich der Sowjetunion. Auch in Lüneburg mussten Briten zur Verteidigung bereit sein, und sie waren es.

Doch noch einmal zurück in den Frühling, denn *Passport to Pimlico* wurde im Astra Cinema erst im Herbst gezeigt. Eine Anmerkung sei noch erlaubt: Margret Rutherford, die Ida und ihre Kinder später als Miss Marple lieben würden, hatte in dieser Komödie bereits einen für sie sehr typischen Auftritt. Sie spielte die Historikerin Professor Hatten-Jones, die, in strenger weißer Bluse und einer Art Herrenjackett, die Echtheit der Burgundy Dokumente feststellen sollte.

In Idas Alltag änderte sich nach der Währungsreform zunächst nicht viel. Sie betreute die Vorstellungen im Astra Cinema und führte Mr. Thursday den Haushalt wie gehabt. Abends erklärte sie ihm nach der Vorstellung, er müsse sie nicht nach Hause begleiten, es sei ja noch lange hell. Mr. Thursday verstand Idas Sinneswandel nicht recht, doch er kränkte ihn. Er mochte ihre Unterhaltungen, wenn sie die Neue Sülze hinauffliefen und manchmal, weil sie so ins Gespräch vertieft waren, noch eine Runde ums Rathaus drehten. Nun saß er nach der Vorstellung wieder allein in seinem Sessel, ohne sich so schön über den aktuellen Film, die Kinder, das Leben im Allgemeinen und Besonderen ausgetauscht zu haben. Wo er gerade erst angefangen hatte, Frau Ida ein wenig von seinem Zuhause zu erzählen, von Peacehaven und seiner ersten wunderbaren Zeit im Kino, von seiner Mutter, die eine einfache Fabrikarbeiterin gewesen war, und seinem Vater, einem Dreher. Doch Mr. Thursday war ein Gentleman, und so taten beide, als wäre gar nichts. Nur ihrem Umgang fehlte es etwas an der Herzlichkeit, die sie doch schon einmal miteinander entwickelt hatten.

Das Leben befand sich auf einer Art Plateau. Ob es nun einfach eine Art Alltag war, wie in einem ganz normalen Leben oder die Stille vor dem großen Sturm, ließ sich schwerlich sagen. Es gab so viele Arten zu träumen. Tagträumen. Es gab auch so viele Gründe. Sich aus der Not wegträumen. Aus Langeweile, aus Sehnsucht nach etwas Besonderem, aber auch einfach aus einem Überschuss an Phantasie. So wie Kinder spielen, sich etwas ausdenken und darüber lachen. Träumen, die Zeit vergessen und den Krieg. Sich in die Zukunft entwerfen, von einem künftigen Leben träumen.

Am Samstag nach dem Familienbad gab es jetzt hin und wieder Wurst aufs Brot. Die Kinder liebten das kleine Ritual, das sich ihre Mutter dabei ausgedacht hatte: Sie machte fünf gleich große Stapel mit fein geschnittener Wurst und legte sie auf ihre Teller. Dann spielten sie Tauschbörse, und es bereitete ihnen das allergrößte Vergnügen, die Scheiben untereinander zu tauschen, obwohl es doch meistens dieselbe Wurst war, außer manchmal, wenn Ida tatsächlich zwei Sorten gekauft hatte. Dazu kochte sie einen aus Milch und Wasser zubereiteten Kakao. Manchmal erlaubte sie den Kindern auch, ein Zuckerbrötchen zu machen. Sie bissen das obere Ende des Brötchens ab, pulten den weichen, weißen Teig aus dem Inneren heraus und dann streuten sie ein Löffelchen Zucker hinein, schüttelten das Ganze und verspeisten es wie die größte Köstlichkeit auf Erden. Zuckerbrötchen gehörten wie Nudeln mit Zucker zu ihren Lieblingsgerichten, die sie alle später im Leben – gesund oder nicht – immer wieder gern essen würden, in Erinnerung an die Zeit, als ein solches Essen ein Fest gewesen war.

Dorothea brachte ein kleines Mädchen zur Welt, dass sie Else-Marie nannte, nach den beiden Großmüttern, das jedoch zur besseren Unterscheidung alle Marieken riefen; Else war doch zu sehr mit Omi Else verbunden, und Marie, die Mutter von Justus, schon lange tot, so dass es keine Verwechslung geben konnte. So richtig wie Justus sieht das aber nicht aus, merkte Opa Ernst an, als er Dorothea und das neue Enkelchen im Krankenhaus besuchte. Nichtsdestotrotz erkor er das kleine Mädchen, das ihn an niemanden erinnerte, zu seinem stillen Liebling. Fortan war er auch freundlicher zu

Dorothea. Das Arbeiten in der Werkstatt tut ihm gut, kommentierte Ida nur knapp diese Entwicklung. Herr Gallus, der Schuster, kümmerte sich mittlerweile so selbstständig um die Werkstatt, dass Dorothea nach langen Jahren der Anstrengung endlich einmal etwas aufatmen und in ihrem Mutterglück ganz aufgehen konnte.

Eines Tages bestellte Karlchens Lehrerin die kleine Großmutter ein, weil der Junge aberwitzige Dinge erzählte, von Menschenfressern, gigantischen Bäumen und anderen wunderlichen Dingen und Kolumbus, der Amerika *erfunden* habe.

Nein, verbesserte die Lehrerin ihn, Kolumbus hat Amerika nicht erfunden, Amerika war schon da.

Aber niemand hat davon gewusst, sagte Karlchen, bevor er es erfunden hat.

Nein, sagte die Lehrerin, es war schon da und er hat es ge-funden, nicht er-funden, doch, sagte Karlchen, er hat es als Erster erfunden!, deshalb ist er ja so beriehmt geworden, das heißt nicht beriehmt, schrie die Lehrerin, sprich ordentlich, das heißt berühmt, jetzt war ihm doch glatt der Zungenschlag seiner Mutter durchgerutscht, aber so einfach geht das nicht, dachte er sich. Wir kommen auch von weither, sagte er und sah der Lehrerin herausfordernd ins Gesicht, und deshalb, so fügt er auch noch zu allem Überfluss hinzu, weiß ich solche Sachen eben, und jetzt wird sie langsam bleich und dennoch geht es noch eine Weile so hin und her, es verselbstständigt sich gewissermaßen, zur Freude der Klasse, die baff ist, was der kleine Flüchter sich da erlaubt, und am Ende schilt sie ihn und schlägt ihm mit dem Lineal kräftig auf die ausgestreckte Hand.

Die kleine Großmutter verzweifelt an der Engstirnigkeit der Lehrerin; sie sagt, in den Grimm'schen Märchen, die sie den Kindern von kleinst auf immer vorgelesen habe und ihrem jüngsten Kind noch immer vorlese, da heiße es manchmal *erfinden* statt *finden*, auch im Sinne von *entdecken*. Die Lehrerin sieht sie ungläubig an. In Grimms Märchen soll das stehen? Das könne doch nicht sein. Die kleine Großmutter macht ein ungerührtes Gesicht. Ich kann Ihnen unser Buch mitbringen, sagt sie. – Nicht nötig, sagt die Lehrerin. –

Zum Glück, denkt die kleine Großmutter, als sie die Schule verlässt. Sie ist sich nämlich gar nicht sicher, ob es stimmt, was sie da gerade behauptet hat. Dann fängt sie an zu kichern, als hätte sie der Lehrerin einen Streich gespielt, und schließlich beschleunigt sie den Schritt, rennt die Wallstraße runter zur Neuen Sülze und fängt, als sie um die Ecke gebogen ist, fröhlich an zu pfeifen.

Karlchen ist die Lehrerin egal, um Amerika geht es ihm ja sowieso nicht, um Brasilien ist es ihm zu tun. Brasilien wird für ihn zum Inbegriff für alles Phantastische, Bunte, Reiche, Wohlriechende, Verlockende. Brasilien wird sein Sehnsuchtsort.

Aber meine kleine Großmutter hatte in einem recht: Das Wort *erfinden* war einmal gleichbedeutend mit dem Wort *entdecken, finden*. Ich habe es nachgesehen, im Grimm'schen Wörterbuch der deutschen Sprache. Die Märchen aber, die die kleine Großmutter ihren Kindern vorgelesen hat, blieben für die Kinder immer ein Stück Zuhause, mitsamt dem rollenden *R* und dem *beriehmt*.

7
DIE PUPPE RITA UND OUM KHALTHUM (UMM KULTHUM)

Die Dinge erhalten ihre Wirklichkeit erst, wenn wir sie einem anderen Menschen erzählen, und so wie meine kleine Großmutter sich ihrem verstorbenen Mann anvertraute, erzählte meine kleine Tante ihrer Puppe Rita alles, was sie erlebte, alles, was in der Familie geschah, was sie beobachtete und mitbekam. Rita mit ihren blonden Zöpfen und den selbst gestrickten Jäckchen und Röckchen. Nanne sang der Puppe Lieder vor, sie betete mit ihr, sie kleidete sie ein und schimpfte sie aus, wenn sie sich nicht dafür bedankte. Sie schimpfte sie auch aus, wenn ihre Mutter nicht sah, dass sie Rita ein neues Kleidchen gemacht hatte, obwohl sie doch das Püppchen in dem neuen Kleid auf den Stuhl am Tisch gesetzt hatte. Wie konnte sie es nur übersehen! Nanne war ärgerlich, enttäuscht und wütend. Also schimpfte sie die Puppe aus, der Mutter würde sie niemals ihren Ärger zeigen, die Mutter musste so viel arbeiten und die Mutter war oft traurig, auch wenn sie versuchte, es nicht zu zeigen, dass sie alles allein bewältigen musste und der Vater nicht mehr da war, so dass meine kleine Tante ganz vergaß, selbst darüber traurig zu sein, dass sie keinen Vater mehr hatte.

Unser Seelenleben ist ein großer Verschiebebahnhof.

Deshalb, weil ihnen selbst so viel verborgen bleibt, weinen die Menschen manchmal, wenn sie große Musik hören und wenn eine Sängerin etwa alle Melancholie der Welt in ihre Lieder legt, wie Oum Kalthoum, die orientalische Diva (die in einer anderen Schreibweise auch Umm Kulthum buchstabiert wird), die nicht nur alles allein konnte, sondern darüber hinaus ein ganzes Orchester von Männern beherrschte, und deren Stimme so kraftvoll klang, so perfekt, und doch mit diesem Hauch von Brüchigkeit, die niemals brach, so wie man sagt, jemand bewegt sich auf dünnem Eis. Und wenn die Zuhörer und Zuhörerinnen diese fast brechende Brüchigkeit hörten, wussten sie, wie nahe Oum Kalthoum diesen verborgenen Gefühlen und Gedanken kam, die sie selbst so selten an die Oberfläche steigen ließen, aus Angst ins Taumeln zu geraten und zu stranden. Dieser Gesang, mit seinen Arabesken, Miniaturen, Ornamenten, umspielte alles, was wichtig war im Leben, die Liebe, die unerfüllte Sehnsucht, die Selbstbehauptung, die zugleich bedauert, sich nicht an einen geliebten Menschen zu verlieren ...

Oum Kalthoums Vater war auch schon ein Sänger gewesen, er sang bei Festtagen in der Moschee, bei Hochzeiten und bei Todestagen, und eines Tages hörte er, wie seine kleine Tochter ihrer Puppe die Lieder vorsang, die er zu Hause übte. Er nahm sie mit zum Imam, und sie erhielt eine Ausbildung in der Musik. Als Junge verkleidet, trat sie nun mit ihrem Bruder zusammen bei Hochzeiten auf und sang. Dann ging sie nach Kairo, und als man sie dort fragte, weshalb sie sich als Mann verkleide, legte sie die Hosen ab und trug fortan westliche Kleider. Ein Dichter, Ahmed Rami, entdeckte sie, er ließ eines seiner Gedichte für sie vertonen, und am Ende waren es einhundertsiebenunddreißig, die er schrieb und die sie sang. Er war verheiratet, und sie hat seine Liebe nie erwidert, doch seine Gedichte trug sie in die Welt. Wenn ihr jedoch ein Wort darin nicht gefiel, sang sie es nicht. So war sie.

Meine kleine Tante hatte keinen Vater, der hörte, wie sie ihrer Puppe alles erzählte, mit ihr betete und ihr Lieder vorsang, und vielleicht ist die Geschichte von Oum Kalthoum eben auch ein orientalisches Märchen, doch eines, das in der ganzen Welt gehört werden will.

Ich höre arabische Musik und denke an meine beiden Großeltern im Garten, Tante Ida und meinen Opa, den Vater meiner Mutter, in einem Garten zu einer späteren Zeit, als ich schon *donia amade*, zur Welt gekommen war, ein kleines Kind, nur ein bisschen älter vielleicht als der kleine Willi damals in Lüneburg. Das Paradies ist zitronengelb, denke ich plötzlich, dabei war das Paradies meiner Kindheit aus vielen Farben zusammengesetzt, das Paradies ist zitronengelb.

Ich schaue mir die alten Aufnahmen von Oum Kalthoum an, ich kann nicht aufhören, schwarz-weiß-grau, knisternd, rauschend, dann wieder klar. Eine Frau, die singt, ihre Geschichte, ihre Worte, ihre Melodien, in einer Zeit, in der Frauen wenig Rechte hatten. Wie sie den Instrumentalisten ihres Orchesters Zeit und Raum für ein ausgedehntes Vorspiel gibt, eine Geste, für die das Publikum applaudiert, auch dies ist ihre Musik – zwanzig Männer hocken beieinander, spielen Oud, die arabische Laute, führen die Bögen über die Geigen, zupfen den Kontrabass und lassen den Blick unverwandt auf ihr ruhen, dieser Frau, die im glitzernden Kleid vor ihnen steht und singt. Sie singt von Liebesweh, Erinnerung und Sehnsucht, sie hebt die Hände in die Höhe am Ende, verneigt sich, und die Männer im Publikum erheben sich und klatschen.

Eine Frau singt ihr Lied ... Meine kleine Großmutter, ich singe dein Lied, ganz ohne Orchester und Publikum, ich singe es für dich und mich, es ist unser Kennenlernlied, denn du wohnst in mir und ich kenne dich nicht, ich kenne so vieles nicht in mir, kommt daher immer wieder dieses Gefühl, neben mir zu stehen, halb zu sein und halb zu schweben, ein Abstand, der vielleicht das Schreiben hervorbringt, das Träumen zunächst, das von den Wellen der Farben, der Töne, der Worte, fortgezogen zu werden in andere Welten ...

Mein kleiner Vater träumt mit offenen Augen, wenn er über das halbzerstörte Kopfsteinpflaster von Lüneburg läuft, es träumt ihn weg von den Sorgen der Mutter, die an diesem Morgen etwas beschäftigt, etwas, das sie nicht sagen kann, das ihr die Tränen in die Augen treten lässt, die sie nicht zulässt, die ungefragt wiederkommen, die sie herabdrückt, in jedem Handgriff beim Aufräumen der Frühstücksteller, der Becher und der Löffel, was eigentlich die Aufgabe der kleinen Tochter ist, seiner Schwester, die Teller vom Tisch zu nehmen, sie am Waschbecken zu stapeln, sie sorgsam abzuspülen, mit möglichst wenig Wasser, und vorsichtig, damit kein einziger zu Bruch geht.

Madar-e-bozorg, das ist das persische Wort für Großmutter, große Mutter, so wie im Französischen *grande mère* oder im

Englischen *grandmother*, in wie vielen Sprachen wird sie die große, ja größere Mutter genannt, obwohl sie, die Großmütter, ja meistens schrumpfen, wenn sie älter werden, in jedem Fall kleiner werden, zumal ihnen so oft die nächste Generation über die Köpfe schießt.

Ich sehe die kleine Großmutter allein, ich sehe sie mit ihrem Mann, Kurt, meinem Großvater, den ich nicht kannte, so, als würde sie sich an ihn erinnern, die Sorglosigkeit mit ihm, das schöne Leben mit ihm, wenn sie abends ihre Minuten am Küchentisch für sich hatte und ihre Gedanken treiben ließ. Das ist mein Kintopp. Wie sie auf der Terrasse saßen und aus dem guten Geschirr den Tee tranken oder den Kaffee, frisch gebrüht, duftend, aus den Tassen mit den Moosröschen, den Streublümchen, wie man sie damals besonders gern hatte, das Kind, das mein Vater war, im großen Kinderwagen aus Strohgeflecht, das andere, sein älterer Bruder, auf dem Schoß, die beiden, junge Eltern, redend und lachend miteinander. Immer hatte er etwas zu erzählen und immer blitzten seine Augen sie an, als entdeckte er sie gerade eben neu, als fände er sie gerade jetzt besonders reizend, während sie manchmal so tat, als wehrte sie ihn ab, ganz mit den ernsten Dingen des Lebens beschäftigt, dem Aufschneiden des Kuchens, einem Sandkuchen, oder war es ein Mohnkuchen. Dann machte sie ein konzentriertes Gesicht, und er tat so, als interessierte er sich dafür, als wäre es die wichtigste Sache der Welt, diesen Kuchen aufzuschneiden, bis sie nicht mehr konnten und anfingen zu lachen und er sie einfach auf seinen Schoß zog und sie küsste. Sie waren närrisch miteinander, und sie blieben es lange, bis ins dritte oder vierte Kriegsjahr hinein, dann wurde es irgendwann schwerer, da ließ sich der Ernst der Lage nicht mehr fortschieben oder fortküssen, die Bomben, die näher einschlugen, die Feldzüge, die verloren wurden, die Nachbarn, die ums Leben kamen, und die Nachbarn, die abgeholt wurden, in der Nacht und auf Nimmerwiedersehen, und das unbestimmte Gefühl von Schuld, das wuchs.

Was soll nur werden, flüsterte meine kleine Großmutter, Wange an Wange mit ihrem Mann, der mein Großvater wurde, was er niemals würde erfahren können, es wird schon, flüsterte er zurück, was blieb ihm auch übrig, was hätte er auch sagen sollen, ohne die Familie wäre er längst desertiert, dabei versah er »nur« den Postdienst, den Funkdienst, den Dienst hinter der Front,

das alles geht der kleinen Großmutter durch den Kopf, als ihr Mann nicht mehr da ist, sondern im Grab außerhalb der Stadt liegt und sie nicht mehr umarmen kann,

sie dachte manchmal an den Tag, als der Brief kam aus der Gefangenschaft, endlich, nach etlichen Wochen, in denen sie nichts gehört hatte, wo er doch sonst immer geschrieben hatte, immerzu, und wenn es zwischen den langen Briefen nur eine Postkarte war, immer ließ er sie mit einem Lebenszeichen …

All das ging ihr durch den Kopf, bis es sich ordnete, ruhiger wurde, also los, sagte sie sich, Gesicht gewaschen, Haare gebürstet, Nachthemd an, Augen zu, und wenn der Wecker klingelt, weiter, weiter, weiter.

8
IDAS TRAUM

In den Sommerferien, die zum Glück für Karlchen bald begannen, denn nach dem Ereignis mit der Lehrerin hatte er wenig Lust hinzugehen, machte auch das Astra Cinema wieder seine jährliche Pause. Mr. Thursday fuhr wie viele Briten auf die Insel Sylt, und Hannes, Kaspar und Nanne kamen zwecks Aufpäppelung wieder mit der Kinderlandverschickung an die Ostsee, nach Bayern und ins Allgäu. Ida kümmerte sich um ihre beiden Jüngsten. Am Vormittag verrichtete sie Näharbeiten, während die beiden um sie herum spielten. Sie arbeitete für einige der Engländerinnen, die sie im Mönchsgarten kennengelernt hatte, Kleider um. Sie besserte Flicksachen für die Nachbarn aus oder nähte Knöpfe an die Jacken von einigen der Officers aus ihrer alten Kundschaft oder kürzte ihnen eine neue Hose. Ida konnte ohne Arbeit nicht leben, sie brauchte auch nach wie vor jeden Pfennig. Wenn es irgendwie ging, legte sie eine Mark oder zwei zurück, für die Ausbildung der Kinder. Am Nachmittag verbrachte sie mit Karlchen und Willi ein paar Stunden im Schwimmbad, und am Abend las sie ihnen vor.

Danach saß sie oft allein im Hof und dachte an ihr Leben. An Willi Bender, der hier immer gesessen hatte, an die Zeiten ihres kleinen Waschsalons, an Eddies erste Kunden. An Kurt versuchte sie nicht zu sehr zu denken, was ihr aber nicht wirklich gelang. Du musst doch irgendwie nach vorn sehen, hatte ihr Omi Else geraten, Kindchen, ich weiß ja, dass du ihn geliebt hast. Aber für dich muss es doch auch eine Zukunft geben.

Theoretisch hatte sie recht.

Das Nachkriegseuropa rappelte sich ganz langsam hoch, Indien wurde in die Unabhängigkeit entlassen, wie es hieß, entlassen von den Briten, die überall auf der Welt waren, auch im Nahen Osten, im Libanon und in Palästina. Das Heilige Land und die Stadt Jerusalem wurden aufgeteilt, der Staat Israel gegründet, während Palästina sich um sein Land betrogen sah. Es war ein Jahr, 1949, in dem sich die Welt neu zu ordnen versuchte und dabei doch so viele Kriege neu begann.

Als im August die Schule wieder anfing, wurde auch das Kino wieder eröffnet. Ida konnte es kaum erwarten und rannte die Neue Sülze hinunter. Als sie ins Foyer kam, stand Mr. Thursday mittendrin und sprach laut und aufgeregt mit sich selbst, während er die neuen Filmplakate auspackte. Er war hocherfreut und zugleich ganz nervös, sie wiederzusehen, denn er hatte in seinen Ferien am Meer jeden Tag an sie gedacht. Er sah gut erholt aus, braun gebrannt, und auch Ida freute sich ausgesprochen ihn wiederzusehen, viel mehr als sie vermutet hätte. Noch mehr aber freute sie sich, dass sie ihre Arbeit wieder aufnehmen konnte.

Listen, Frau Ida, hör mal, sagte Mr. Thursday, wir haben ein echtes Problem. Wir haben keinen Filmvorführer mehr. Harry Mills wird nicht wiederkommen, und man hat es mir erst heute morgen gesagt!

Was?, fragte Ida, really?

Mr. Thursday war so beunruhigt, dass er seine Brille ständig absetzte, polierte, aufsetzte und wieder von vorn, und dabei erst einmal Ida alles haarklein berichten musste, während sie beide im Foyer standen und die Arbeit liegen blieb. Mr. Mills hatte seine vorzeitige Pensionierung beantragt und war zurück nach Leicester, wo seine Frau auf ihn gewartet hatte, weil sie keinen Fuß jemals und nie ins Land der Deutschen setzen würde. Die Deutschen hatten ihr drei Söhne genommen, und das war mehr als genug.

Deshalb war er immer so schroff zu mir, sagte Ida mehr zu sich als zu Mr. Thursday, der weiter laut überlegte, wie er es nun organisieren sollte, selbst die Filme vorzuführen, während Frau Ida vielleicht die Aufsicht übernehmen und er irgendeinen Squaddy für die Regelung des Tons und des Lichts finden sollte. Ida hörte zu und überlegte. Während Mr. Thursday eins der Plakate an die Glasscheibe klebte, verschwand sie Richtung Vorführkabine, und gerade, als er sich zu ihr umdrehen wollte, hörte er ein lautes Krachen. Verwirrt und erschrocken sah er sich um, Frau Ida war nicht zu sehen! Er folgte dem Geräusch, und richtig, es kam aus dem Vorführraum, eindeutig! Er eilte hin und fand Ida auf dem Boden. Frau Ida!, rief Mr. Thursday und stürzte zu ihr.

Ida hing halb auf dem Stuhl, der neben dem riesigen Projektor stand, und halb auf dem Boden. Sie hatte dabei die Arme hochgereckt und hielt in den Händen eine der großen

Filmspulen, die sie offenbar davor bewahren wollte, ebenfalls auf den Boden zu knallen. Ihre Gliedmaßen sahen ganz durcheinander gebracht aus und ihr hübsches geblümtes Sommerkleid war völlig verrutscht.

Oh no, rief Mr. Thursday und beugte sich herunter, um ihr aufzuhelfen. Sie wehrte ihn mit hochrotem Kopf fauchend ab und drückte ihm zugleich die Spule in die Hände. Bevor er ihr aufhelfen konnte, war sie schon wieder auf den Füßen.

Mr. Thursday, sagte sie, ich möchte es lernen. Please, let me do it!

Do what?, fragte Mr. Thursday, der etwas ungelenk mit der Spule vor ihr stand.

Lassen Sie mich die Filme vorführen! Ich kann das! Ida war hochrot im Gesicht, ihre Augen blitzten, sie war, wie Mr. Thursday sie noch nie erlebt hatte, völlig außer sich.

Wie wollen Sie kleine Person die riesigen Spulen hochhieven?, fragte Mr. Thursday und hätte beinahe gelacht.

Ich habe schon ganz andere Dinge gewuppt, schrie Ida, ich habe vier Kinder bei zwanzig Grad Minus durch den Schnee geschleppt und einen schweren Koffer dazu und Karlchen auf dem Arm und das bei gebrochenem Bein, und was glauben Sie, wie verdammt schwer die Bottiche mit Waschwasser waren, die musste ich ja auch hochkriegen, nachdem der Willi Bender mich im Stich gelassen hat und einfach in die Ilmenau ist!

Zornesröte war es jetzt, die Ida ins Gesicht schoss, ein unbekannter großer Zorn, und sie funkelte Mr. Thursday so wild entschlossen an, dass er es mit der Angst zu tun bekam.

Aber Frau Ida, sagte er, calm down! Jetzt beruhigen Sie sich!

Ich will mich aber nicht beruhigen, brüllte Ida. Ihr gingen jetzt eindeutig die Gäule durch. Offenbar hat sie sich gut erholt im Sommer, dachte Mr. Thursday.

Please, Frau Ida, calm down, beruhigen Sie sich! Sie erschrecken mich. Mr. Thursday legte die Spule ab und machte einen Schritt auf Ida zu, die am ganzen Leib zitterte. Er zögerte noch eine Sekunde, dann packte er sie, er nahm sie einfach in den Arm, fest und entschieden, er packte sie wie ein Kind, das sich vergisst.

Ida zappelte, aber er hielt sie einfach fest, und dann, dann gab etwas in Ida nach. Es gab irgendetwas in ihr nach, das sie die ganze Zeit vermieden hatte, dem gegenüber sie sich aufrecht gehalten hatte, und sie zitterte und bebte und weinte, bis es weniger wurde und aufhörte.

Schließlich saßen sie in Mr. Thursdays heller Küche, er hatte sie dorthin und auf den Stuhl bugsiert und einen Tee gemacht, den er ihr jetzt eingoss. Wir trinken jetzt erst mal diesen Tee und dann besprechen wir es, hatte er gesagt, als sie versucht hatte, ihm Widerstand zu leisten.

Ich weiß nicht, überlegte Mr. Thursday laut. So eine Spule wiegt zehn Kilo und mehr! Sie brauchen mindestens einen Monat, alles zu lernen. Sie wissen, dass ich eine richtige Ausbildung dafür gemacht habe.

Sie wusste nicht, welcher Teufel sie ritt, sie wollte unbedingt diese Arbeit. Sie wollte keine Hilfsarbeit mehr machen, sie wollte endlich wieder einen richtigen Beruf, und hier war ihre Chance.

Lassen Sie es mich doch einmal wenigstens versuchen, bat meine kleine Großmutter und schob sich, ganz gegen ihre Art, eine nicht vorhandene Strähne aus dem Gesicht. Sie hatte diese Geste bei einer sehr verführerischen Frau in einem der Filme gesehen, sie wusste zwar nicht mehr, in welchem, hatte sich aber die Geste gemerkt. Prompt wurde Mr. Thursday verlegen – und meine kleine Großmutter eine richtige Filmvorführerin.

Mr. Thursday brachte ihr alles bei, was sie dazu brauchte. Nur die Wartung der Geräte behielt er bei, das Säubern mit einem Luftstrahl, das Reinigen der Linse, das hatte er auch zuvor schon gemacht, als Mr. Mills noch bei ihnen war. Es ist zu heikel, sagte er immer, ich muss das selber machen, ich trage die Verantwortung.

Meine kleine Großmutter lernte, die beiden 35-mm-Bauer-B8-Projektoren zu bedienen, mit denen alle Astra Cinemas ausgestattet waren. Die Projektoren wirkten so unverwüstlich wie ein Panzer, stabil, einfach, und vor allem groß. Die Aludosen, in denen die Filmspulen aufbewahrt wurden, glänzten, und Ida rieb sie noch blanker und fand sie wunderschön. Sie fand ohnehin alles wunderbar, ihre Entschlossenheit war ohne Grenzen.

Zuerst einmal kamen die Filmrollen ohne Spulen; sie mussten mit einem eigenen Gerät auf die Spulen aufgezogen werden, die dann in die Projektoren eingehängt wurden. Zu den meisten Filmen gehörten fünf Spulen, es sei denn, der Film hatte Überlänge. Alle zwanzig Minuten musste die Spule ausgewechselt werden. Es konnte passieren, dass die Schärfe bei den verschiedenen Spulen desselben Films unterschiedlich war, so dass Ida sie nachjustieren musste. Wenn eine Spule abgelaufen war, musste sie sie mit der nächsten, die auf dem anderen Projektor eingespannt war, überblenden – Koppeln nannte man das. Wann es so weit war, verriet ein kleines Zeichen in der rechten oberen Ecke des Films, ein Dreieck, ein Kreis oder ein durchgestrichenes Quadrat, winzig klein, für den normalen Zuschauer nicht wahrnehmbar. Ida lernte die Einzelteile der Projektoren kennen, das Malteserkreuz, die Umlenkspulen, den Schlitten. Eine Lampe konnte durchbrennen, eine Schraube sich vom Projektor lösen, der Film konnte reißen. Dann fiel zuerst das Licht des Projektors grell auf die Leinwand im Saal und alle stöhnten auf, dann wurde es schwarz, und die arme Vorführerin durfte nicht in Panik ausbrechen. Das war das Schlimmste. Nach der Vorstellung dann mussten die Bänder geklebt werden, für die nächste Vorstellung. Manchmal gab es Kratzer auf dem Celluloid, und manchmal gab es Probleme mit den Magnettonbändern.

Mr. Thursday erklärte Ida geduldig alles und er half ihr mit den Spulen, bis sie »Frau Idas System der drei Stufen« entwickelt hatte, mit dessen Hilfe sie die schweren Filmspulen Stück um Stück in die Höhe wuchtete. Zuerst vom Stuhl auf den Tisch. Dann kletterte sie auf der kleinen Leiter, die Mr. Thursday eigens für sie organisierte, die ersten drei Stufen noch, nahm die Spule, kletterte die letzte Stufe hoch, drehte sich um und legte den Film ein. Die Filmspulen mussten eingelegt und wieder abgenommen und nach der Vorstellung in einer eigens dafür vorgesehenen Spulmaschine auf Anfang gezogen werden, bevor sie wieder in die großen Aludosen gelegt wurden. Die Blende musste aufgezogen oder geschlossen werden, es gab viele genaue Handgriffe, die notwendig waren, um die Illusion, die im Saal entstand, zu ermöglichen.

Bald war der Vorführraum, der auch Bildwerferraum oder kurz *the cabin* hieß, ihr neues Zuhause. Sie mochte den Geruch, der beim Warmlaufen der Projektoren entstand, sie mochte das Geräusch der durchlaufenden Spule, sie mochte das Guckfenster zum Saal, und sie pflegte und hegte diesen kleinen Raum und ihr »Nähkästchen«, wie sie ihr neues Werkzeug nannte, zu dem nun Schere, Filmkitt und Klebepresse gehörten. Sie mochte den dritten, etwas kleineren Projektor, der nur für das Vorführen der Wochenschauen am Anfang gebraucht wurde, weil diese Filme schmaler waren als die Spielfilme.

Nach vielleicht zwei, drei Monaten entspannte Ida sich allmählich; sie kannte die Stellen, an denen sie sich für den Wechsel der Spulen vorbereiten musste, und sie begann, den Film durch ihr Fensterchen zumindest *zu sehen*. Richtig entspannt war sie nicht, sie war stets besorgt, dass der Ton zu laut oder zu leise ausfiel, denn ihre Aufgabe, die Karten abzureißen und den Ton zu regeln, hatte nun ein junger Squaddie übernommen, Arthur McKenzie, ein rührender Schotte mit Kindergesicht. Und doch war Ida glücklich: Sie war jetzt eine richtige Filmvorführerin, a projectionist.

9
TECHNICOLOR

Eines Tages hatte Mr. Thursday eine Überraschung für Ida. Als sie um zwölf Uhr kam, um ihm den Haushalt zu machen, bat er sie nach unten in den Kinosaal. Was ist los?, fragte Ida.

Sie setzen sich jetzt ganz gemütlich in eine Reihe in der Mitte, und ich führe Ihnen unseren neuen Film vor!

Ida wollte nicht, sie sträubte sich, wie es ihre Art war, doch Mr. Thursday bekam seine ungerührt neutrale Stimme, die er immer bekam, wenn er etwas durchsetzen wollte. Und so sah Ida den Film *The Red Shoes*, den allerersten Film in Farbe, in Technicolor, den sie im Astra Cinema zeigten, und die Farben, das kann man sagen, überwältigten sie. Sie saß in ihrem Sessel, was sie schon seit Ewigkeiten nicht getan hatte, und verschwand allmählich in der Geschichte. Sie sah junge Menschen, die in Covent Garden in London in ein Theater strömten und auf den billigen Plätzen, oben »im Olymp«, Platz nahmen, um ein großes Ballett zu sehen. Das Theater, die Zuschauer, alles sah in den Farben real und vollkommen irreal aus, es war für Ida ein Schock. Sie lernte den jungen Komponisten Julian kennen, der in der Musik Teile seiner eigenen Komposition erkannte, die ihm der ältere Kollege, sein Lehrer, offenbar geklaut hatte. Ida empörte sich. Dann war sie ganz gefangen genommen von der hübschen, stark geschminkten jungen Tänzerin Vicky Page, die nichts so sehr wollte als mit dem Tanzen berühmt zu werden und sich den erfolgreichen und natürlich außerordentlich gut aussehenden Balletterfinder, Produzenten und Impresario, Boris Lermontov, geradezu an den Hals schmiss. Ungerührt von ihren weiblichen Reizen erkannte er ihr Talent, engagierte sie, drillte, forderte und drillte, bis er sie schließlich für das Stück *Die Roten Schuhe* nach dem Märchen von Hans Christian Andersen als Primaballerina einsetzte. Für diese atemberaubende Aufführung, die viele, viele Minuten dauerte und sie durch unglaublich phantastische Kulissen schweben ließ, hatte natürlich der junge Komponist Julian Grasner die Musik geschrieben. Es kam, was kommen musste, Ida hatte genügend Filme gesehen, um es vorab zu wissen: Die beiden jungen Menschen verliebten sich heftig ineinander, was der ehrgeizige Lermontov gar nicht gern sah: Eine Tänzerin kann nur eines lieben, sagte er, ihren Tanz!

Ida verfolgte mit Spannung, wie sich der Knoten schnürte, der geschickt genutzt wurde, um ihr die Welt der Tänzer nahe zu bringen, die harten Proben, die Anstrengungen, die Reisen, die Begeisterung, den Zusammenhalt der Künstler untereinander. Die Tanzeinlagen waren beeindruckend, die Bühnenbauten grandios, die Kostüme wunderbar, die Menschen schön, aber ganz besonders gefielen Ida die kurzen Sequenzen, in denen man die Orte sah, in denen die Truppe auftrat: London, Paris, Monte Carlo ... Das leuchtende Mittelmeer, die eleganten Hotels, die prunkvollen Theater. Die roten Schuhe im Märchen waren verhext, es war ein Pakt mit dem Teufel: Denn einmal an den Füßen, konnten sie nicht mehr aufhören zu tanzen. Sie wurden von einer magischen Kraft bewegt, wohin diese es wollte, so dass die arme Karin, die Heldin des Märchens, sich am Ende zu Tode getanzt hatte. *Die Zeit rast, die Liebe rast, das Leben rast, doch die Schuhe tanzen weiter,* so hieß es, und auch Vicky, die Tänzerin, musste sich am Ende entscheiden, zwischen ihrer Liebe zu Julian und ihrer Kunst. Eine große Tänzerin, wiederholte Lermontov streng, kann sich nur einem hingeben, ihrer Kunst! Wozu tanzt du?, fragte er Vicky. Sie antwortete nicht. Wozu lebst du?, fragte er sie noch drängender. Um zu tanzen, antwortete sie, unter Tränen. Dann tanz!, befahl er, und bedenke: Ein großer Ausdruck der Einfachheit kann nur durch die absolute Hingabe von Körper und Geist entstehen!

Das Royal Philharmonic Orchestra spielte die expressive Musik mit Verve, die Geigenbogen flogen, die Tänzerinnen und Tänzer tanzten und spielten, die beiden Produzenten

Powell und Pressburger waren selber so ehrgeizig wie ihre Vicky, sie versetzten Ida wie alle anderen Zuschauerinnen und Zuschauer, die so etwas noch nie gesehen hatten, in einen Rausch.

Ida war fix und fertig. Am Ende waren ihr die Tränen nur so die Wangen heruntergeströmt, und sie schämte sich, als sie aus dem dunklen Saal ins helle Licht des Foyers treten musste. Zum Glück war Mr. Thursday noch mit den Filmspulen beschäftigt, so dass sie sich zuerst einmal in die Waschräume flüchten konnte.

Ein äußerst experimentierfreudiger Kameramann, sagte Mr. Thursday, als er nach draußen kam und ganz gespannt fragte, na, Frau Ida, wie hat es Ihnen gefallen?

Sehr gut, sehr gut, sagte Ida, ich muss es erst einmal verdauen, nur das Ende, mit dem Ende war ich überhaupt nicht einverstanden.

Jack Cardiff heißt er, fuhr Mr. Thursday fort, ohne weiter auf Ida einzugehen, ist das nicht toll, wie er mit der Kamera durch die Kulissen fuhr, das ist doch ein Traum!

Er redete und redete, doch Ida war viel zu aufgewühlt von der Geschichte, während er schon wieder mit seiner Analyse anfing. Wahrscheinlich wollte er einen Artikel schreiben, denn er formulierte schon vor sich hin, wie der ganze Film einen neuen Akzent auf das Phantastische setze, gegen den Realismus der meisten Filme, die seit dem Krieg gedreht worden seien, dabei hatte es in England sicherlich schon etliche Artikel gegeben, schließlich war der Film dort schon früher herausgekommen als im Astra Cinema in Lüneburg. Ein Märchen, rief er Ida noch am Abend nach, als sie sich trennten, in dem die Kunst selbst zum Thema wird, ein Märchen!

Noch Tage später regte Ida sich über *The Red Shoes* auf.

Wenn der Film nicht so ausginge, wie er ausgeht, sagte Mr. Thursday, dann wäre er kein Erfolg! Dann würde niemand darüber nachdenken, so wie Sie jetzt, alle wären zufrieden, aber nicht bewegt.

Trotzdem, knurrte Ida, das ist doch unmöglich! Wieso kann Vicky nicht tanzen, ohne die Liebe von Julian zu verlieren? Er macht schön seine Musik und sie –

Mr. Thursday lachte auf. Aber Frau Ida, es ist doch – Kintopp! Sie schüttelte den Kopf; nein, das fand sie nicht richtig.

Als an einem der nächsten Tage Eddie vorbeischaute, war sie noch immer empört. Sie erzählte ihm den ganzen Film, in knappen Worten, doch nicht ohne dramatische Spannung, und Eddie stiegen am Ende die Tränen in die Augen, als er ahnte, was geschehen würde – der Augenblick, in dem Vicky, von den roten Schuhen zu ihrem Schöpfer dirigiert, dem sie noch dazu ihren Weltruhm verdankte, aus dem Theater hinaus und die Treppen hinunter tippelte, in Richtung der Balustrade, unter der ein Zug von Weitem schon zu hören war –

Jeder, sagte Eddie, der noch nie im Kino war, denkt, sie läuft zu Julian, und jeder, der nur einmal einen guten Film gesehen hat, weiß, wie das jetzt ausgeht, es ist so ungerecht!

Ida nickte zufrieden. Genau, sagte sie, es ist zutiefst ungerecht. Wenn das jetzt so sein soll, zwischen Männern und Frauen, dann bleibt man besser allein.

Eddie, der sich gerade schnäuzte, sah sie überrascht an: Hab ich da was verpasst?, fragte er und sah sie neugierig an. Frau Ida!

Was? Nein! Spinnst du!

Ida stand brüsk auf, schnappte sich das Geschirr, das noch auf dem Tisch stand, und trug es zum Spülbecken. Sie wandte ihr Gesicht ab, das ganz sicher rot angelaufen war. Das nahm ja gar kein Ende mit den Farbwechseln bei ihr in letzter Zeit.

Aber Frau Ida!, lachte Eddie.

Sie drehte sich um und sah ihn böse an. Eddie, gleich fliegst du raus! Benimm dich!

Zum Glück polterten gerade die Jungen herein, Eddie, Eddie, riefen sie und fielen ihm um den Hals.

Ida musste den Film noch viermal vorführen. Er war so beliebt, dass die Ausleihe nur für zwei Tage geplant war, weil die anderen Kinos auf ihn warteten; Mr. Merryweather kam schon am Donnerstag, um ihn gegen den nächsten auszutauschen. Viermal konnte Ida nicht verhindern, dass ihr am Ende des Films die Tränen über die Wangen liefen, viermal musste sie heftig zwinkern, um die letzten Lochungen nicht zu verpassen, damit der Film nicht einfach aus der Spule sprang und die Zuschauer das hässlich schnarrende Geräusch hörten, wenn der letzte Meter Film um die Spule schlappte.

Well, es war all right, sagte Officer Smith, der bei diesem Film auch mal wieder im Kino aufkreuzte, but after all, a little boring.

Ein bisschen langweilig, wiederholte Ida ungläubig. Tatsächlich?

Ja, Frau Ida, denken Sie nicht so? Vielleicht ein bisschen zu melodramatisch.

Ida wusste nicht, was sie sagen sollte, aber Officer Smith wollte auch gar keine Antwort.

Nach diesem großen Erlebnis führte Mr. Thursday ihr hin und wieder einen Film vor, den er für besonders gut, spannend oder wichtig hielt, für Ida ganz allein, meistens an einem Montagmittag, wenn das Kino noch geschlossen hatte. Er stand dann an ihrem Platz im Vorführraum und sie saß allein in der Mitte des Saals und sah den Film. Zu Anfang war sie mehr als beklommen, doch dann zog sie die Geschichte jedes Mal so in den Bann, dass sie alles vergaß, in ihren Sessel rutschte und sich allem überließ. Nur auf die Tonregelung musste sie verzichten, das störte sie allerdings wenig, auch wenn sie immer mehr von dem verstand, was gesprochen wurde. Idas Englisch war eine Sammlung aus Wendungen, die die Figuren in den Filmen und die Tommys, die ins Kino kamen, benutzten, und aus Worten, die sie schon länger kannte, weil Officer Smith und natürlich Mr. Thursday sie immer wieder gebrauchten, und halben Sätzen, die sie sich aus dem Zusammenhang erschloss und abspeicherte. Mit der Zeit bekam sie immer mehr Feinheiten mit, um die es in den Filmen ging, und hatte ihre Freude daran. Kintopp, sagte sie einmal zu den Kindern, besteht eben nicht vor allem aus den Worten, sondern vor allem aus den Bildern! Deshalb hat es überhaupt mit dem Stummfilm geklappt, schloss sie ihre Überlegung.

Bald waren nicht mehr nur die Plakate schreiend bunt, sondern es wurden immer mehr Filme in Farbe produziert, und hin und wieder kamen sie auch ins Astra Cinema. Doch sie blieben die Ausnahme, die meisten Filme waren weiterhin schwarz-weiß, und irgendwie zog Ida sie vor. Man konzentrierte sich mehr auf die Geschichten, fand sie.

Die satten Technicolorfarben veränderten das Licht im Kinosaal, es ließ die Gesichter der Zuschauerinnen und Zuschauern seltsam grün und gelb aussehen, und es veränderte vollkommen den Eindruck, den der Film auf die Zusehenden machte. Wie rot knallten die Lippen der Frauen, die doch vorher so elegant und zurückhaltend wirkten! Wie anders mutete es an, wenn sie mit diesen bunten Mündern Darling hauchten! Vorher sahen ihre gezupften, in feinen Bögen hindekorierten Augenbrauen wie zarte Striche auf einer Zeichnung aus; jetzt plötzlich hatten sie etwas Übertriebenes, Unnatürliches. Trotzdem faszinierten die leuchtenden Farben Ida sehr, so dass sie das eine oder andere Mal ihre Augen nicht losreißen konnte und beinahe den Einsatz zum Wechseln der Filmspule verpasst hätte.

Die Amerikaner tun so, als hätten sie den Farbfilm erfun-

den, sagte Mr. Thursday, dabei war es ein Brite, George Albert Smith hieß er, aber gut, sie waren etwas schneller, was die Kopierfähigkeit des Materials angeht, fügte er hinzu.
Das ist ja wieder typisch, lachte Ida.

Der nächste Farbfilm, der die Gemüter erhitzte und beim Publikum für lang anhaltende Gespräche sorgte, war *Black Narcissus*, eine weitere Produktion des erfolgreichen Teams Powell und Pressburger. Der Film war in England im Jahr zuvor in die Kinos gekommen und hatte Furore gemacht. Es ging um eine Gruppe anglikanischer Nonnen, die in einem weit entlegenen Gebirgszug des Himalaya ein Kloster einrichten sollten. Allein das Aufgebot an Schauspielerinnen war ein Magnet, allen voran die junge Deborah Kerr als Oberschwester Clodagh. Aber auch die irrsinnigen Kulissen des Klosters, das zuvor eine Art Tempel für Liebesgötter gewesen war, sorgte mit offen erotischen Zeichnungen an den Wänden, weitläufigen Sälen, und das alles in einer atemberaubenden Landschaft für hohe Besucherzahlen. Sämtliche Vorstellungen waren ausgebucht, auch viele deutsche Zuschauer wollten unbedingt hinein, und Mr. Thursday überlegte sogar für einen Augenblick, ob er am Wochenende eine eigene Vorstellung für sie einplanen sollte.

Alle waren sprachlos ob der knalligen, übernatürlich wirkenden Farben, aber noch viel mehr von dem ungewöhnlichen Sujet: Nonnen! Durfte man denn das? In der dünnen Luft des Himalaya – gedreht im Tropischen Garten von West-Sussex und den Pinewood Studios in London – wurden die Nonnen auf sich selbst zurückgeworfen, auf ihre geheimen Ängste, Gefühle und Leidenschaften, die immer mehr von ihnen Besitz ergriffen. Eine von ihnen, Schwester Ruth, gespielt von einer dämonischen Kathleen Byron, wurde geradezu zur Besessenen, weil sie glaubte, einen der wenigen Männer weit und breit, Mr. Dean, zu lieben. Ihre Augen wurden immer blutrünstiger und irrer, eine regelrechte Psychose brach auf, in der sie zu allem bereit war. Ida fand sie übertrieben unheimlich, zum Fürchten. Überhaupt war ihr der Film suspekt. Mr. Dean ritt auf einem viel zu kleinen Esel herum, dabei in lächerlich kurzen Hosen und halb nackt, wirklich nicht gerade der Typ, dem sie verfallen würde. Und der indische Prinz, gespielt vom Inder Sabu, über den alle so redeten, als trauten sie einem indischen Schauspieler nicht zu, seinen Text auswendig zu lernen, war mit buntem Flitter behängt und wirkte nicht nur kindlich, sondern kindisch, und ein junges Mädchen, das aus der Reihe tanzte, rollte peinlich mit den Augen, wenn sie verführerisch wirken wollte. Die ganze Erotik war Ida seltsam, unangenehm und peinlich, und Schwester Clodagh hatte eine Art, die Nüstern zu schnauben, wenn sie streng war, die Ida eher komisch fand. Die einzige Stelle, der sie etwas abgewinnen konnte, war, als sich während der Weihnachtsmesse Schwester Clodagh an ihren Verlobten erinnerte, der sie dann allerdings sitzen gelassen hatte.

Mr. Thursday aber war, was Ida wenig überraschte, begeistert. Die Farben! Die Kritik an der Kirche! Dass ein Film sich so etwas traut!

Er war manchmal einfach so fern vom Leben! Einer der Colonels, die den Film besuchten, erboste sich. Ausgerechnet in diesem Jahr, wo wir Indien in die Freiheit entlassen, polterte er nach der Vorstellung. Der ganze Film verhöhnt uns und zeigt ja geradezu lustvoll den Untergang des britischen Empire!

Die Wogen im Foyer schlugen hoch. Die Erotik, die Politik, das Bild der Nonnen, alles wird durch den Kakao gezogen, riefen die einen, gerade das ist grandios, die anderen.

Die Vorlage hat eine Frau geschrieben, erklärte Mr. Thursday, eine englische Schriftstellerin, Rumer Godden, als ob damit alles erklärt würde.

Ich glaube, ich mag realistische Filme doch lieber, sagte Ida still. Sie wollte es sich nicht mit ihm verscherzen. Doch auch sie war aufgewühlt, und in der Nacht hatte sie einen Liebestraum. Einen Traum, in dem sie und Kurt ganz jung waren, und der Krieg noch weit fort.

Kurz nach dem riesigen Erfolg von *Black Narcissus* und überhaupt den Filmen in Technicolor, sicherlich angeregt von den lebhaften Gesprächen mit Ida und sicher auch von den heftigen Diskussionen über das Erotische hatte Mr. Thursday so gute Laune, dass er seine Schüchternheit über Bord warf und Ida, der es freilich vorkam wie aus dem Nichts, fragte, ob sie nicht mit ihm ausgehen wolle, in den Officers' Club, zu einem Tanzabend mit Damen, nach der Vorstellung am Samstag, an dem sie normalerweise ja frei hatte.

Ida sah ihn lange an. Sie war platt. In ihr arbeitete es. Mr. Thursday, der ja auch manchmal lange brauchte, um etwas zu sagen, wartete geduldig. Sie standen in seiner Küche, sie hatte ihm gerade gezeigt, dass sie ihm für das Abendessen eine Kartoffelsuppe mit Würstchen vorbereitet hatte. Mr. Thursday aß manchmal gern etwas Warmes nach der Vorstellung. Sie band sich die gestreifte Schürze ab und hängte sie an ihren Haken an der Küchentür.

Mr. Thursday sah sie erwartungsvoll an.

Nun, Frau Ida? Was sagen Sie?

Lieber Mr. Thursday, sagte sie ganz langsam, und durchaus mit freundlichem Bedauern in der Stimme, ich bin kein Fräulein mehr, und vielleicht noch nicht mal eine Dame, und vor allem: Was würden die englischen Ladys denken, wenn ich dort mit Ihnen auftauchen würde?

Doch, Frau Ida, Sie sind eine Dame, setzte Mr. Thursday energisch an, doch Ida schüttelte entschieden und so traurig den Kopf, dass er wusste, es war ihr ernst.

Es geht nicht, sagte sie, bitte bedenken Sie doch die Folgen.

Mr. Thursday sagte nichts. Er sah die Küchenuhr an, den Herd mit dem Topf, irgendetwas. Er seufzte schwer.

Sie sind so streng, Frau Ida, sagte er schließlich. Schade, fügte er leise hinzu.

10
MICH TRÄUMTE

Papier ist geduldig, man muss das Zwingende finden. Und wer erfindet eigentlich wen? So wie laut Karlchen Kolumbus Amerika erfand? Die Großmutter ihre Enkelin oder die Enkelin ihre Großmutter? Linda die Erzählerin oder die Erzählerin ihre eigene Geschichte? Sich selbst? Und was bedeutet die Zeit – in Träumen, Erinnerungen, im Erzählen?

Ich träume, ich erinnere mich.

Meine kleine Großmutter Ida und der Vater meiner Mutter, mein Opa, trinken Kaffee im Garten, den mein Großvater »hinter dem Haus«, auf der Rückseite des Restaurants meiner Eltern, etwas oberhalb und zum Wald hin, eingerichtet hat. Der Garten ist zehn Meter lang und vielleicht vier oder fünf breit; mein Opa hat ein Gemüsebeet angelegt, aber vor allem Blumen um einen Rasen herum gepflanzt, auf dem er am Wochenende zwei Tische mit Klappstühlen aufbaut und, was nicht ganz erlaubt ist, Spaziergängern, die auf dem Waldweg vorbeikommen, Kaffee und Kuchen anbietet. Mein Großvater ist ein tüchtiger Mensch, und ihm fällt immer wieder etwas ein, womit man ein Zubrot verdienen kann. Meine kleine Großmutter hilft am Wochenende im Restaurant meiner Eltern, aber jetzt hat sie Pause und besucht ihn oben im Garten, balanciert ein Tablett mit frischem Kaffee und Kirschkuchen hinauf. Die beiden älteren Leute reden untereinander mit dem leichten oberschlesischen Akzent, den sie behalten haben, der sich nicht wegerziehen lässt, erfinden wir ihnen ein Gespräch, das wahrscheinlicher ist als man denken mag, das Kind (ich) spielt, im Gras, vor den Bohnenranken und den hohen Dahlien, neben der Zinkbadewanne, in der es vorhin noch geplanscht hat, es spielt mit Stöckchen, seinem Hasen, dem bereits ein Ohr fehlt, und unsichtbaren Figuren, gerade ist es aufgestanden, und einen Moment fällt der Blick der beiden auf das Kind, einen Moment lang haben sie da eine Geste ausgemacht, winzig nur, eine Art, den linken Fuß auf den rechten zu stellen, den Kopf schräg zu legen und eine Haarsträhne aus dem Gesicht zu pusten, eine Geste, die ihnen auffällt, die kleine Großmutter denkt für den Bruchteil einer Sekunde, dass sie diese Geste kennt, von ihrem eigenen Sohn, als er noch klein war, ihrem zweitältesten, aber das dringt gar nicht in ihr Bewusstsein vor, es geschieht mehr irgendwo, am Rand, ach, eine Kindergeste, nichts Besonderes. Und dann lauscht das Kind auf irgendetwas, steht kerzengerade, beide Füße nebeneinander jetzt und murmelt, nicht lang, etwas Unverständliches, und lässt sich wieder ins Gras plumpsen, und schon ist die kleine Großmutter wieder im Gespräch mit dem Großvater des Kindes, der auf es aufpasst, es hütet. Schon teilt sie mit der Gabel ein Stück vom Kirsch-mit-Streusel-Kuchen, den die Mutter des Kindes (meine Mutter) nach dem alten Rezept ihrer Mutter backt, zwei Teile Mehl, ein Teil Zucker, ein Teil Butter oder Margarine, Eier wie Teile Butter, für den mürbe geschmeidigen Teig, und das Gleiche ohne Eier für die Streusel, dazu die Kirschen aus der Dose, schon entkernt und eingekocht, weil es weniger Arbeit macht zum einen, und sie besonders saftig sind zum anderen. Sie schiebt es freudig in den Mund, die kleine Großmutter, den Kuchen genießt sie nach wie vor ganz besonders, dazu einen Schluck heißen, starken Kaffee aus den breiten runden Tassen mit den Blumen und dem grünen Rand, Villeroy und Boch. Den Kuchen hat sie in der ersten Zeit nach dem Krieg oft vermisst, in Lüneburg, so sehr, dass sie es ihrem Mann schrieb, so ein Stück Kuchen hätte ich wohl gern gehabt. Der Kuchen erinnerte sie damals an die Sonntage in ihrem Zuhause in Oberschlesien, und wegen des Kuchens und dem kurzen

Augenblick der Abwesenheit beim Registrieren der kleinen Kindergeste, die eigentlich sogar ein ganzer Ablauf von Gesten, Körperhaltung und Dramaturgie war, wo habe ich sie nur gesehen, woher ist sie mir nur so vertraut, bemerkt sie nicht, dass auch der Großvater des Kindes, den sie Herrn Franz nennt, mit leichter Verwirrung sah wie sie, wie nämlich das Kind auf diese ungewöhnliche Weise das linke Bein hob, leicht schwenkte, den linken Fuß auf den rechten stellte, den Kopf schief legte und auf etwas zu lauschen schien, völlig versunken, unerklärlich. Der Großvater schaute, ob er etwas entdecken könnte, was das Kind irgendwo wahrnahm, im Garten, im Wald, auf dem Weg, in den hohen Bäumen, dann diese Irritation, als es zu murmeln anfing, und schon war er wieder hier, bei Frau Ida, seiner früheren Nachbarin, die seiner Tochter heute wieder im Restaurant aushalf und sich ganz offensichtlich über ihr gemeinsames Kaffeestündchen freute. Diesen Moment der Freizeit. Des Nicht-Arbeiten-Müssens. Das Mittagsgeschäft war bewältigt, das Kaffeegeschäft abgeflaut, der Abwasch währenddessen nebenbei erledigt, so dass sie die von meinem Großvater angelegten Stufen aus Holz, an deren Rändern Walderdbeeren wuchsen (mit denen sich das Kind beim Hochklettern manchmal unterhielt), hinaufsteigen konnte, mit dem Tablett, dem duftenden Kuchen und dem frisch in der Maschine gebrühten Kaffee. Der Großvater bediente oben in seinem Garten hinter dem Haus seine Gäste aus dem nahegelegenen Kurheim, er hielt den aufgeschnittenen Kuchen oben auf einer Platte bereit und den Kaffee in einer Kanne mit Wärmemantel, um nicht jedes Mal hinunterlaufen zu müssen, doch auch er freute sich, wenn es – nachdem die Spaziergänger zufrieden abgezogen waren – diese frische Tasse Kaffee gab, noch dazu mit Frau Ida, mit der zu plaudern immer eine schöne Abwechslung war.

Beide verwitwet, beide tüchtig, beide von den Kriegen geprägt, dem Verlieren und Wieder-von-vorn-Beginnen und einer die Schwermut immer wieder überwindenden Lebenslust: meine Großeltern. Sie hätten ein spätes Paar werden können.

Worüber sprachen sie?
Die Streusel sind perfekt gebacken.
War viel los, unten, oder?
Und hier?
Gut, sehr gut, bin zufrieden. Und die Leute waren es auch.

Würde sie ihm vom Mönchsgarten erzählen, in Lüneburg, wo sie mit den Kindern nach dem Besuch beim Grab ihres Mannes immer einen Kaffee getrunken hatten? Leichter Boden-seh-Kaffee, aber immerhin aus den ersten richtigen Kaffeebohnen. Dann müsste sie ihren Mann und das Grab erwähnen. Und würde er ihr von seiner verstorbenen Frau Martha erzählen, die im Jahr vor der Geburt des Enkelkindes gestorben war? Die neben ihm eingeschlafen war, zu früh, an gebrochenem Herzen und zu viel Wässerchen, die vielleicht nicht treu war, um die es immer ein Geheimnis gab, und in deren Kopf etwas all die Schrecken nicht bewältigen konnte, die er und meine andere, nun leibhaftig mit ihm zusammen sitzende Großmutter mit ihren fünf Kindern gewuppt hatten, aber sie, Martha, nicht?

Sie schwiegen. Hingen ihren Gedanken nach.
Wirklich gut, der Kuchen.

Wie hätten sie darüber sprechen können, dass meine kleine Großmutter es, ohne es zu ahnen, glücklicher und unglücklicher getroffen hatte, mit ihrem Mann, den sie liebte, der mit ihr närrisch war, sie noch in den schwierigsten Situationen umarmte, sie streichelte und herzte, mit dem sie übermütig genug war, um im ersten Jahr nach dem Krieg noch ein Kind zu zeugen, der ihr ellenlange Briefe schrieb und sie allein ließ, mit neununddreißig Jahren und fünf Kindern. Hatte sie deshalb nie wieder geheiratet, weil all dies zu schön gewesen war und eine neue Ehe ein Verrat an all den Erinnerungen wäre? Und hatte er es nie wieder getan aus Angst, all die Schrecken mit ihr, all die unberechenbaren Nächte mit Martha und ihren Phantomen noch einmal aus der langsam, zu langsam verblassenden Vergangenheit wieder auftauchen zu sehen?

Die Stühle gefallen mir, sagte meine kleine Großmutter schließlich.

Freut mich, sagte mein Großvater. Ich habe sie selbst lackiert. Ich finde, Rot ist eine freudige Farbe.

Stimmt, lachte sie. Heute war es ganz schön heiß in der Küche, aber hier ist es wunderbar schattig. Und die Dahlien leuchten, das haben Sie gut gemacht, sie hier zu pflanzen.

Ich schneide Ihnen nachher welche ab, für zu Hause.

Ach, wirklich? Das ist doch nicht –

Weiß ich doch. Macht mir eine große Freude.

Und dann plauderten sie doch, über den Tag, über die Gäste, über die Speisekarte. Meine kleine Großmutter half regelmäßig an den Wochenenden bei meinen Eltern, auch mein Großvater packte oft mit an, sie kannten alle Abläufe, die meine Mutter dirigierte. Vielleicht wussten sie auch viel mehr voneinander als ich mir es vorstellen kann. Es gibt Fotos, da feiern alle zusammen im Haus am Heineplatz 3, meine Eltern, mein Opa, der Bruder meiner Mutter und seine Frau, meine kleine Großmutter, genannt Tante Ida, und ihre erwachsenen Kinder. Man verstand zu feiern, man freute sich am Frieden, am Kuchen, am neuen Geschirr, am Cognac, an der guten Gesellschaft, man amüsierte sich, lachte und sang.

Vielleicht war es einfach nur so, eine freundschaftliche Zuneigung voller Respekt, ohne Erwartung, abgeschlossen mit diesen Dingen zwischen Männern und Frauen, sie war keine sechzig, er immerhin schon knapp siebzig, nein, da heiratete man nicht nochmal, auch wenn sie so munter wirkten, wie sie da am Tisch mit der rot-weiß karierten Tischdecke saßen, aber das genügte doch auch so.

Warum hatten sie später keinen Kontakt gehalten? Sich nicht auf einen Kaffee getroffen hin und wieder? Gelegentlich telefoniert? Oder weiß ich nur nichts davon? Und dann spülte das Leben sie weiter auseinander? Ich weiß es nicht, ich kann mich nicht daran erinnern, und wieso hätte ich auch fragen sollen? Ich war altersgemäß mit anderen Dingen beschäftigt. Ich möcht nur, dass sie diesen Augenblick am späten Nachmittag eines heißen Augusttages dort zusammensitzen, im kühlen Schatten der Bäume, diesen Kirschkuchen essen, den Kaffee trinken, die Dahlien bestaunen und das Kind, das ich bin, das ich war, und sich ein bisschen unterhalten.

Na, dann wollen wir mal wieder, sagt in diesem Augenblick mein Großvater und schlägt sich munter mit beiden Händen auf die Beine,

an die Arbeit, ergänzt meine kleine Großmutter und erhebt sich, stapelt die Kuchenteller, Kaffeetassen und Untertassen,

und zufrieden mit ihrem Päuschen widmen sich beide wieder ihren Aufgaben. Mein Großvater wird die Stühle zusammenklappen und in den halb offenen Schuppen stellen, der natürlich etwas Besseres ist als ein Schuppen, und die beiden Tische ebenso, und dann wird er sich dem Garten widmen, aber halt,

halt, Frau Ida, ich wollte Ihnen doch ein paar Dahlien mitgeben, warten Sie!

Meine kleine Großmutter errötet leicht, bleibt stehen, überlegt, da kommt das Kind (ich), Tante Ida, ruft es, sieh mal, was ich Schönes gemacht habe, und die Kleine zieht sie an ihrem Rock zu dem Fleckchen Gras, auf dem sie gespielt hat.

Wie hübsch, ruft meine kleine Großmutter, da hast du deinem Hasen ja ein kleines Haus gebaut!

Wie Opas Schuppen, ruft das Kind stolz. Aus Stöckchen und Blättern und einem Stück Rinde hat es ein winziges Haus gebaut, zu winzig, um dem Hasen darin Unterschlupf zu gewähren, aber die kleine Großmutter versteht sofort, worum es geht, und lobt das Kind.

Und hier kann er sein Essen hinlegen, zeigt es, und tatsächlich hat es ein paar Nacktschnecken gesammelt und auf die eine Seite des Hasenminischuppens gelegt. Leider machen sie sich gerade selbstständig und hinterlassen eine fiese Schleimspur.

Morgen gibt's neue, sagt das Kind und besteht darauf, an Tante Idas Hand genommen zu werden.

Hier sind sie, Madame, ich wünsche viel Vergnügen!

Mein Großvater, galant wie immer, macht eine angedeutete Verbeugung und überreicht meiner kleinen Großmutter ein farbiges Sortiment Dahlien.

So eine große Vase habe ich ja gar nicht, ruft sie, aber sie nimmt sie freudig entgegen.

Sie können ja eine bei meiner Tochter ausleihen, sagt er und lächelt verschmitzt.

Meine kleine Großmutter, Tante Ida von mir genannt, hat nun wirklich keine freie Hand mehr, also hält sich das Kind weiter an ihrem Rock fest und klettert neben ihr die Holzstufen mit den Erdbeeren hinunter, um in der Küche nach der Mutter zu sehen.

Aber stör deine Mami nicht, wenn Gäste da sind, ruft mein Großvater hinterher.

Diese Generation hatte noch ein schönes Gefühl für Pausen, für das, was wir Freizeit nennen. Bei meinen Eltern wurde es schon schwieriger. Als sie jung waren und noch im Kasino der Amerikaner arbeiteten, fuhren sie am Wochenende mit ihrem ersten VW Käfer aufs Land oder machten mit Freunden Ausflüge in andere Städte. Doch später, mit dem eigenen, wachsenden Geschäft, wurde es immer seltener. Urlaub gab es nur im Winter, wenn der Laden zu war. Und ich? Ich schwinge in der Hängematte und träume meine kleine Großmutter, wie sie sagt: Der Trick beim Kirschkuchen mit Streuseln ist, dass du den Teig lange knetest, nur so wird er mürb und bleibt doch geschmeidig und angenehm feucht zugleich;

genauso die Streusel, du lässt sie mit einer durchgehenden Bewegung, bei der die zur Handfläche gebogenen Finger die Hand zu streicheln scheinen, wieder und wieder durch die Finger gleiten, bis sie ihre unregelmäßige und genau darin perfekte Form finden, größere und kleinere im richtigen Verhältnis, so dass man auf einige, die dann knusprig braun gebacken sind, schön draufbeißen kann, während die kleineren die Zwischenräume füllen, das gibt dem Kuchen die ansprechende Oberfläche, regelmäßig unregelmäßig eben, wie das gelungene Leben der beiden Großeltern im Alter. Den Tag gut füllen, tätig sein, die Dinge in Ordnung halten, und die netten Unterbrechungen genießen, den Kaffeeplausch, die Einfälle des Kindes, die schönen Blumen.

Alles Salz kommt aus dem Meer, wie das Leben, deshalb vergiss nie, mein Kind, an den süßen Kuchenteig auch eine kleine Prise Salz zu geben.

11
THE FALLEN IDOL
(KLEINES HERZ IN NOT)

Es war keineswegs so, dass es Ida leicht gefallen wäre, Mr. Thursday abzuweisen. Nicht nur, dass sie Mr. Thursday schätzte und mochte und ihm täglich mehr Vertrauen schenkte; zu gern hätte sie auch wieder einmal ausgelassen getanzt, sich der Musik überlassen, gelacht und ihren Alltag vergessen. Auch im Mönchsgarten wurde viel getanzt; Swing, Jazz, der Big Band Sound kam auf, mit Glenn Miller und seinem unübertroffenen Hit *In the Mood*, Ella Fitzgerald und Louis Armstrong mit ihrem *I like Potatoes*, Tex Beneke mit seinem schmusigen *Ol' Butter Milk Sky;* lebhafte Lieder, die gute Laune machen sollten, oder schnulzige Lieder, die zum Träumen verführen wollten, von Geigen begleitet, und es taten. Es bildeten sich Bands, die mit großem Elan die Hits nachspielten, die über den großen Teich herübertönten, es gab kleine Sängerinnen, die ihre Chance gekommen sahen. Die Engländer schwoften, was das Zeug hielt, und es mischten sich mehr und mehr Lüneburgerinnen und Lüneburger unter die Tanzenden. Erst die jungen Frauen, die sich einen Engländer angeln wollten oder einen an der Angel hatten, die Fräuleins, von denen Ida gesprochen hatte, bald aber auch andere Männer und Frauen, die einfach ausgehungert waren nach Frohsinn, Unterhaltung, Sex.

Sogar der schüchterne Mr. Thursday liebte Tanzmusik; er hatte sich auf dem Schwarzmarkt einen Schallplattenspieler organisiert und hörte die Platten, die er nach und nach ergatterte, am Tag und auch am Abend nach der Vorstellung. Zu gern hätte Ida sie einmal richtig angehört, wenn sie die Musik aus Mr. Thursdays Wohnung im Treppenhaus hörte, und zu gern hätte Mr. Thursday Frau Ida einmal dazu eingeladen, mit ihm zusammen eine Schallplatte zu hören oder womöglich in seinen vier Wänden ein bisschen zu tanzen, wenn sie schon nicht mit ihm ausgehen wollte, doch er blieb so zurückhaltend wie sie diskret. Nach der Vorstellung hatte sie es ja auch immer eilig, zu ihren Kindern nach Hause zu kommen.

Inzwischen kannte sie zwar ein paar Engländerinnen, die durchaus nett zu ihr waren, ihr hin und wieder sogar etwas aus der *P-Ex* mitbrachten, wie sie die NAAFI Supermärkte und auch das Kaufhaus am Markt untereinander nannten, im Tausch für die Näharbeiten, aber manchmal einfach auch so. Doch das war etwas anderes; sie war diejenige, der man *half*. Was hätten die Frauen gesagt, wäre sie am Arm von Mr. Thursday in ihrem Club aufgetaucht? In ihrem, nur für Briten eingerichteten Club? Oder abends zur Tanzerei im Mönchsgarten? Wie wären sie ihr begegnet, am Sonntag darauf, wenn sie sich wie immer nach dem Besuch auf dem Friedhof mit den Kindern zum Kaffeetrinken im Mönchsgarten trafen? Das Fraternisierungsverbot wurde längst nicht mehr so streng gehandhabt. Es hatten sich schon die ersten englisch-deutschen Paare gefunden und sogar verheiratet, obwohl Ida sich fragte, wie das möglich war, man brauchte wahrscheinlich gute Beziehungen dafür, und natürlich gingen auch deutsche Frauen allein zum Tanzen in den Mönchsgarten. Frau Krüger, die seit ein paar Wochen bei ihnen wohnte, hatte es ihr berichtet. Sie ging regelmäßig zur Tanzerei, wie sie sagte, und schwärmte von der wunderbaren Musik, dem Swing, dem Jazz, dem Big-Band-Sound ...

Ida war seit zweieinhalb Jahren Witwe, sie kamen ihr manchmal vor wie zweieinhalb Monate, denn im Inneren hörte sie nicht auf, mit ihrem Kurt zu sprechen. Sie ging hin und wieder am Vormittag unter der Woche auf den Friedhof, ganz allein, ohne die Kinder, pflegte die Grabstätte, rupfte Unkraut, pflanzte Gladiolen, die er geliebt hatte, und sprach mit ihm. Sie erzählte ihm von den Filmen, die sie sah, kleinen Vorkommnissen bei der Arbeit. Sie fragte ihn um Rat, sie berichtete ihm von den Schwierigkeiten mit den Nachbarn oder den Sorgen, die ihr hin und wieder die Kinder machten. Die Jungen kamen in der Schule gut mit, Kaspar war sogar fleißig, doch in ihrer Freizeit machten sie viel Unsinn, wie alle Jungen es in diesem Alter taten, und sie zankten auch gern einmal mit ihr, Rotzlöffel, eben auch dem Alter entsprechend. Karlchen entwickelte ein großes Interesse an der Schifffahrt, und Willi pfiff, dass es allen eine Freude war. Doch als Hannes wieder einmal mit dem Fußball eine Fensterscheibe zerschoss, geriet sie gegen alle Vernunft in Panik, als würde man sie der Stadt verweisen, und sie suchte Trost bei Kurt. Mit Kurt hatte sie sich immer auf Augenhöhe gefühlt, sie hatten so vieles gemeinsam, wo sie herkamen, wie sie über die Dinge dachten, was ihnen wertvoll war. Vor ihm hatte sie sich niemals für etwas geschämt.

Über die Sache mit der Tanzerei aber wollte sie nicht so gern mit ihm sprechen, das wollte ihr nicht über die stummen Lippen. Sie schob den Gedanken daran auf, bis sie das Törchen des Friedhofs hinter sich geschlossen hatte und ganz gemächlich nach Hause lief, viel gemächlicher als sonst.

Inzwischen entwickelte Karlchen nicht nur Interesse an der Schifffahrt, sondern eine regelrechte Obsession. Vielleicht lag es ja nicht nur an den Briefen aus Brasilien, sondern auch am Namen der Straße *Auf dem Meere*, und weil er als Kind immer in der Waschküche seiner Mutter zwischen den großen Bottichen gespielt und das Wasser und den vielen Schaum erlebt hatte, wie Meereskronen, dass Karlchen irgendwann angefangen hatte, vom Meer zu träumen. Zu Anfang tauchten Wellen auf, die an einen Strand spülten, dann haushohe Wellen mit enormen Schaumkronen, schließlich rückte der Horizont in den Blick und bald kreuzten darauf Ozeanriesen, Frachtdampfer und Boote mit weißen Segeln. Karlchen marschierte in die Stadtbücherei, die allmählich wieder aufgebaut wurde, und suchte nach Büchern über Schiffe, Schifffahrt, Hafenstädte, Kreuzfahrer, Binnenschifferei, dann über Flüsse, die Teile Europas miteinander verbanden wie die Elbe oder die Donau, oder sich durch ferne Kontinente bewegten wie der Amazonas, der Mississippi oder der Nil, um sich dann in eines der Weltmeere zu ergießen. Seine Mutter, meine kleine Großmutter, war erstaunt über die Wissbegier des Jungen und schenkte ihm zu seinem neunten Geburtstag den Roman *Der Seewolf* von Jack London, den Karlchen innerhalb weniger Tage verschlang, obwohl er fast noch ein bisschen zu jung dafür war. Wieder marschierte er zur Stadtbibliothek und lieh sich nacheinander alles aus, was es gab. Er bestand darauf, in der Hängematte zu schlafen, wie zuvor seine kleine Schwester, eher aus Not, er hatte gelesen, dass die Matrosen in den Kajüten so schliefen, hin- und hergeschaukelt von den Wellen des Meeres. Nachts murmelte er im Halbschlaf die Namen der Frachter und der großen Städte in der ganzen Welt, von Hamburg aus nach Amsterdam,

Schanghai, Rio de Janeiro, New York, da wollte er überall hin, und dann schlief er ein.

Die Kinder sahen in Mr. Thursday so etwas wie einen Onkel. Außer Eddie hatten sie keine männliche Person in ihrer Umgebung, die ihnen in ähnlicher Weise zugetan war und der sie in ähnlicher Weise vertrauten. Opa Ernst war ja eher streng und ungeschickt, auch wenn er sie vielleicht sogar inzwischen ins Herz geschlossen hatte. Mr. Thursday hingegen war stets freundlich und kümmerte sich; er lud sie ins Kino ein, er erklärte den Jungen die technischen Apparate, an denen ihre Mutter in der *Cabin* arbeitete, er stellte ihnen Limonade und Kekse hin und fragte sie auch manchmal ihre Hausaufgaben ab. Kurz, die Kinder mochten ihn und er mochte sie.

Als Nanne und die Mädchen in ihrer Klasse in der Schule unter großem Kichern Aufklärungsunterricht erhielten, kam es zu einer delikaten Situation. Die Lehrerin, Fräulein Hanfnagel, die überaus fromm war, antwortete auf die Frage der Mädchen, warum manche Frauen so dicke Bäuche hatten: Sie seien in Erwartung auf ein Baby. Das war ein sonderbarer Ausdruck, grammatikalisch höchst eigenwillig, was auf die Kompetenz in der Sache schließen ließ, und der die Mädchen beschäftigte. Die Lehrerin bat die Mädchen, dass sie, wann immer sie einer schwangeren Frau begegneten, ein *Gegrüßet seist du, Maria, voller Gnaden* beten sollten. Nanne rannte nun durch die Straßen und sah den Wald vor lauter Bäumen nicht, oder anders gesagt, sie kam aus dem Beten gar nicht mehr heraus. Willi, der ja alles und jeden nachmachte, lief nun mit gesenktem Haupt durch die Straßen und tat es seiner Schwester nach und so, als würde er beten. Eines Tages, als Ida mit den Kindern auf den Friedhof ging, fing er damit an, kaum hatten sie das Törchen geschwungen, in lautem Singsang *Gegrüßet seist du, Maria, voller Gnaden* zu beten. Seine Mutter, die keine Ahnung hatte, freute sich darüber und lobte ihn, doch mit der Freude war es jäh vorbei, als Willi an die Reihe kam, am Grab des Vaters vorzutreten und ihm von seiner Woche zu erzählen.

Die Mami kriegt bald einen runden Bauch von Mr. Thursday, erklärte er, und deshalb muss ich jetzt ganz viel beten!

Die Kinder wollten gerade anfangen, in Prusten und Gelächter auszubrechen, als sie Idas Hand sahen, die sich blitzartig in Willis Gesicht wiederfand. Der Kleine und Ida brüllten beide wie am Spieß, Ida war außer sich vor Zorn und sah natürlich die Älteren an. Es folgte eine harte Inquisition, bei der am Ende das fromme Fräulein Hanfnagel eine gehörige Portion Fett weg kriegte, während der kleine Willi, der in seiner Verzweiflung zwischen seinen Schluchzern wieder mit dem *Gegrüßest seist du, Maria, voller Gnaden* anfangen wollte, energisch am Ohr gepackt und in die Luft gehoben wurde. Nicht noch mal, schrie Ida, nicht noch mal!

Selten hatten die Kinder ihre Mutter so wütend erlebt, bedrückt und mit gesenktem Blick verließen sie den Friedhof und liefen am Mönchsgarten vorbei, denn der fiel natürlich an diesem Tage aus.

Der kleine Willi hatte seinen Schock für immer weg. Das Beten hatte ihm kein Glück gebracht. Er verlegte sich ab sofort auf das Nachsingen von Liedern oder überhaupt das Pfeifen, beim Pfeifen ohne Worte, da konnte man praktisch keinen Fehler machen. Dabei hatte er doch nur seinem innigsten Herzenswunsch Ausdruck verliehen.

Ein Film, den die Kinder in dieser Zeit sahen und besonders liebten, war *The Fallen Idol*, der im Deutschen den ganz anderen Titel *Kleines Herz in Not* bekam. Es war eine Verfilmung von Graham Greene, einem englischen Schriftsteller, wie Mr. Thursday erklärte, der zu den am meisten verfilmten Autoren der Welt gehörte. In *The Fallen Idol* stand ein kleiner Junge im Mittelpunkt, Philippe, etwa fünf Jahre alt, das heißt, zwischen Willi und Karlchen. Er lebte in der französischen Botschaft in London, und da seine Eltern häufig keine Zeit für ihn hatten, kümmerte sich der Butler seines Vaters um ihn, Baines. Baines hatte eine Schreckschraube zur Frau, und es war kein Wunder, dass er sich in eine zauberhafte junge Dame namens Julie – gespielt von Michèle Morgan, die gerade äußerst gefragt werdende französische Schauspielerin – verliebte, die ebenfalls in der Botschaft tätig war. Natürlich bewegte sich diese Liebesgeschichte in schicklichem Rahmen, vor allem aber in aller Heimlichkeit, und natürlich verstand das Kind nicht so genau, was da vonstatten ging. Der kleine Philippe wurde jedoch durch sein enges Verhältnis zu Baines und weil er ein so neugieriger Steppke war, nicht nur Zeuge heimlicher Treffen, sondern auch eines dramatischen Streits mit Baines' Frau. Er mochte sie ohnehin nicht und ergriff – ungefragt und unausgesprochen – Partei für seinen Freund Baines. Der kleine Junge hatte als Gefährten eine sehr kleine und harmlose Blindschleiche, die er Grégoire nannte. Das Schlimmste und Empörendste für die Kinder am ganzen Film war die Szene, in der Mrs. Baines, die dafür keinerlei Verständnis hatte und überhaupt sehr garstig zu dem kleinen Jungen war, Grégoire in den Ofen warf und verbrannte. Sie schrien laut auf, als es geschah, und die Tommys im Kino zuckten erschrocken zusammen. Diese Grausamkeit nahm den Ausgang der Geschichte vorweg. Denn an einem Abend, an dem sie angeblich zu Besuch bei einer Tante auswärts war, lauerte Mrs. Baines dem Paar in der Botschaft auf, und es kam zu einer Tragödie.

Der Film war keineswegs ein Kinderfilm, doch die Kinder nahmen auf, was ihnen entsprach. Carol Reed, der noch im selben Jahr mit dem Thriller *Der dritte Mann* eines der bedeutendsten Filmkunstwerke des Jahrhunderts schaffen würde, wählte die Perspektive des kleinen Jungen, um eine doppelte Ebene des Beobachtens und Deutens in den Film zu bringen. *Was du siehst, ist nicht, was du siehst.*

Er denkt über den Film als Film nach, erklärte Mr. Thursday, aber Ida hatte es schon selber kapiert, schließlich hatte sie einige Vorführungen lang Zeit, um über alles gründlich nachzudenken. Carol Reed arbeitete mit Spannungselementen, die den Zuschauer in Atem hielten, er nutzte Lichteinstellungen und ungewöhnliche Kamerafahrten, die zum einen verwirrten, zum anderen jedoch dem Inhalt der Geschichte, die zunächst *The Lost Illusion* heißen sollte, die verlorene Illusion, gerecht wurden. Denn im Kern drehte sich der Film um das Bild, das der kleine Junge von seinem großen Freund Baines hatte. Er bewunderte ihn, glaubte ihm alles, was er sagte, alle Geschichten, die er erzählte, und Baines, um dem Jungen eine Freude zu machen, erfand sich selbst als einen anderen, viel aufregenderen Menschen. So erzählte er ihm einmal von Afrika, wo er angeblich einen Mann in Notwehr ermordet hatte. Doch die Geheimnisse, die Baines wegen Julie gegenüber seiner Frau hatte, und seine Frau, die den Jungen unter Druck setzte, sein Geheimnis zu lüften, dass er von den beiden wusste, brachten Philippe in schreckliche Bedrängnis. Nachdem Scotland Yard in der Botschaft auftauchte, um den Tod von Mrs. Baines zu klären, schnappte einer der Ermittler die Frage des Kindes auf, ob Baines es so gemacht habe wie in Afrika. Ab diesem Zeitpunkt spitzte sich alles zu, denn Baines und Julie baten den Jungen im Wechsel die Wahrheit zu sagen oder zu verschweigen. Unbedingt wollte Philippe das Richtige tun, unbedingt wollte er seinem Freund Baines helfen, doch zugleich hatte er Angst bekommen, dass Baines vielleicht doch etwas Böses getan haben könnte.

Was war nun die Wahrheit? Die Illusion des Kinos spiegelte eine moralische Frage der Wirklichkeit, die weder Ida noch die Kinder noch die Tommys im Astra Cinema unberührt ließ. Und Respektspersonen (wie Fräulein Hanfnagel) konnten einem Kind durchaus auch Schwierigkeiten bereiten.

12
VOM WINDE VERWEHT

Kinder wissen meistens ganz genau, was Spiel ist, Erfindung, und was nicht.

Mr. Thursday, der mitbekam, was die Kinder von Frau Ida so beschäftigte, lachte über die Geschichten, die Ida ihm von Karlchens Leidenschaft für die Seefahrt erzählte (von der Sache am Grab erfuhr er selbstverständlich nichts). Und als Mr. Thursday auf dem Plan für die Filme im kommenden Monat entdeckte, dass endlich der große amerikanische Film *Gone with the Wind* zu ihnen kommen würde, der ja schon 1939 in Amerika gezeigt worden war, hatte er einen grandiosen Einfall. Die Erfindung soll Wirklichkeit werden!, dachte er.

Er hatte davon gehört, dass der frühere Besitzer der Schaubühne, Herr Greune, der später wohl Erfindung und Wahrheit nicht mehr so gut auseinanderhalten konnte und deshalb leider in der Nervenheilanstalt gelandet war, das ganze Kino im Jahr 1929, als der erste deutsche Stummfilm bei ihm gezeigt wurde, wie einen Ozeandampfer hatte dekorieren lassen. Der Film hieß *Atlantik* und basierte auf dem wirklichen Untergang des Luxusschiffs *Titanic* im Jahr 1912 und spielte fast ausschließlich auf dem Schiff. Es war vielleicht ein wenig makaber, ausgerechnet im Jahr des Börsenkrachs ein ganzes Kino als Untergangsschiff zu gestalten, und vielleicht auch ein schlechtes Omen für das Haus, doch letzten Endes siegte Adam Greunes Traum und alle waren von der spektakulären Idee begeistert.

Das ist jetzt genau zwanzig Jahre her, sagte Mr. Thursday zu Ida, und ich finde, dass nun endlich der Film *Gone with the Wind* hier in Deutschland gezeigt werden darf, wenn auch nur bei uns, sollte ebenfalls ein großes Ereignis werden.

Aha, sagte Ida misstrauisch. Was meinen Sie damit?

Sie wissen doch, dass Hitler 1939 verboten hat, den Film in Deutschland zu zeigen?

Nein, sagte Ida, woher sollte ich das wissen? Wenn er verboten war, habe ich davon vermutlich nichts gehört!

Er war so neidisch auf diesen tollen Farbfilm, sagte Mr. Thursday, der sich von seinen Kenntnissen der Filmgeschichte wieder einmal hinreißen ließ, er war neidisch, weil er aus Amerika kam und nicht aus Deutschland! Und deshalb wollte er nicht, dass die Deutschen ihn sahen. So etwas – Mr. Thursday machte Hitler nach – machen wir selber!

Ida biss sich auf die Lippen. Jetzt kam er auch noch mit dem blöden Hitler an. Wohin führte dieses Gespräch?

Well, sagte Mr. Thursday und nahm seine Brille ab, um sie zu polieren. Ich dachte, wir könnten Karlchen eine Livree nähen lassen, im Stil der amerikanischen Südstaaten, und er könnte die Leute begrüßen. So ein kleines Kerlchen in Livree, das hat doch was. Außerdem hängen wir die Fähnchen der beiden Parteien auf, und wir bieten vielleicht Coca Cola an, oder eine Bowle nach amerikanischem Rezept!

Gott sei Dank will er ihn nicht als Tanzbären auftreten lassen, dachte Ida, oder als schwarzen Slavenjungen. Ihr war die Sache völlig suspekt. Es war schon heikel genug, dass die Kinder so oft mit im Kino saßen, sollten sie jetzt auch noch ganz prominent nach vorn geschoben werden? Ihr war nicht wohl bei der Sache.

Wieso Karlchen?, fragte sie. Er liebt die Seefahrt und nicht die Südstaaten!

Donnou, sagte Mr. Thursday und verschwand.

Als Ida sah, wie Karlchen strahlte, als sie ihm davon erzählte, hatte sie Mr. Thursday schon wieder verziehen. Zum Glück musste sie nicht gleich drei Livreen für alle drei Jungs nähen, sondern nur eine für Karlchen, und sich nicht selber verkleiden, in so einem engen Kleid mit festgezurrter Taille wie Vivien Leigh! Karlchen wäre natürlich noch viel lieber als Matrose der Titanic aufgetreten als einen Miniatursoldaten aus der Zeit des amerikanischen Bürgerkriegs darzustellen, aber was sollte es, er war begeistert. Die Livree bestand aus einer dunkelblauen Jacke mit vielen Knöpfen und etwas helleren, kobaltblauen Hosen; auf den Schultern saßen die gold-schwarzen Abzeichen der Südstaatler. Karlchen stand stolz wie ein Schneekönig im Foyer und begrüßte die Besucher, die es mit großer Heiterkeit aufnahmen. Kaspar, Hannes und Nanne waren fast ein bisschen neidisch, als sie ins Kino kamen und ihn da stehen sahen. Er verdiente damit sein erstes Taschengeld. Sorgsam legte er es in eine alte Zigarettenschachtel, die er unter sein Kopfkissen schob. Er hatte schon eine ziemlich genaue Idee, was er damit anfangen wollte.

Dieser Film, der schon jetzt zu den berühmtesten der Filmgeschichte gehörte, spielte zur Zeit der Sezessionskriege in Amerika. Scarlett O'Hara, die von Vivien Leigh wunderbar störrisch verkörpert wurde, begeisterte nicht weniger als Clark Gable als Marodeur und Frauenheld Rhett Butler, von dem alle schwärmten, ob Männer oder Frauen. Selbst Ida wurde etwas weich in den Knien, was sie aber nicht einmal vor sich selbst zugegeben hätte. Dieses Mal öffnete Mr. Thursday nach Rücksprache mit seinem Vorgesetzten das Kino bei zwei Sondervorstellungen für deutsche Besucher. Der Ansturm auf die Eintrittskarten nahm vorweg, was ein paar Jahre später geschehen würde, als der Film endlich in die deutschen Kinos kam: Ganze Busse würden angekarrt werden, die Zuschauer würden in Schlangen an den Kinokassen warten, so wie sie jetzt für Lebensmittel anstanden. Der Film traf einen Nerv, die Atmosphäre der brennenden Städte, der Überlebenskampf und die politischen Dramen, die sich mit den Liebesleidenschaften kreuzten, bewegten das Publikum. Als bei der großen Szene, in der Scarlett O'Hara, der nach zahlreichen Kämpfen und Verlusten nur noch die zerrissenen Kleider am Leib und der versengte und gefährdete Boden des Familiensitzes Tara (immerhin, ein Besitz) blieben, und sie vor bleiernem Himmel ihre kleine, aber energische Faust hob, um sich und Gott zu schwören:

Nie mehr will ich arm sein, nie wieder!, löste es ganze Sturzbäche von Tränen beim Publikum aus.

Auch bei Ida, als sie den Film im Astra Cinema vorführte und von ihrem Fensterchen des Vorführraums mitschaute. Selbst hartgesottene Officers hörte man im Saal die Nase hochziehen. Es war, als würde ihnen alle eine Szene ihres Lebens in vergrößerter Form dargeboten, erklärte Mr. Thursday, bigger than life! Und darum geht es letztlich ja auch im Kintopp, oder nicht? Dass wir die kleinen Dramen, die sich im Leben natürlich immer groß anfühlen, obwohl sie gar nicht so groß sind, wie unter dem Vergrößerungsglas sehen.

Lieber Mr. Thursday, wollte Ida schon ansetzen, aber sie ließ es. Mr. Thursday hatte sicher allerlei erlebt, aber keinen Hunger und auch nicht den Verlust von allem, der Heimat, des Mannes, aller Sicherheit. Ida wusste, dass es vielen Menschen schlechter ging als ihr, aber ihre Sorgen als »kleine Dramen« zu bezeichnen, fand sie nun doch ein wenig unangemessen, britisches Understatement her oder hin. Was Ida viel mehr beschäftigte, war die Tatsache, dass eine Frau einen so dicken Roman über den Bürgerkrieg geschrieben hatte, über den Kampf um die Befreiung der Sklaven, Margret Mitchell, und sie fragte sich, wie der amerikanische Regisseur David O'Selznik bei seiner Arbeit am Film 1938, also kurz vor dem Zweiten Weltkrieg, schon eine Ahnung hatte haben können von dem, was dann in den folgenden Jahren kommen würde. So wie Mr. Thursday ihr ja erklärt hatte, dass die Durchhaltefilme in England immer starke Frauen in den Mittelpunkt stellen sollten.

Nun stand sie, tüchtige kleine Großmutter, abgesehen von den beiden Vorstellungen mit ihren Landsleuten, hinter lauter englischen Männern und vereinzelten Damen im Saal in ihrer Cabin, achtete auf die Anschlüsse und stellte sich viele Fragen. Der Film zog alle Register der Spannung und drückte mächtig auf die Tränendrüsen. Ab und zu, doch immer noch eher selten, zeigten sie amerikanische Filme im Astra Cinema. Aber Ida fand die englischen irgendwie feinfühliger, zarter. Sie zeigten nicht alles, keine wilden Küsse wie die von Rhett Butler und Scarlett O'Hara, die dabei so den Rücken nach hinten umbog, dass Ida schon vom Zugucken das Kreuz wehtat. Die Briten setzten – außer natürlich bei *The Red Shoes* oder *Black Narcissus* – weniger auf Effekte, sie waren irgendwie – verhaltener. Und in einem musste sie Mr. Thursday ausnahmsweise recht geben: Dass es bei *Gone With the Wind* kein Happy End gab, war gut. Das konnte sie ihm sogar sagen, das gefiel ihr richtig gut.

In den Tagen nach diesem weiteren großen Erfolg im Astra Cinema schlich Mr. Thursday auf so eine Weise um Ida herum, dass sie schließlich sagte:
Well, Mr. Thursday, was haben Sie auf dem Herzen?

Dieses Mal sagte Ida nicht mehr Nein, und so gingen Mr. Thursday und meine kleine Großmutter am Samstag nach der Vorstellung zum Tanzen in den Mönchsgarten.
Eddie musste anrücken und ihre widerspenstigen Locken in eine, wie sie sich wünschte, dezente Form bringen. Außerdem musste er sie beraten, welches Kleid sie anziehen sollte. Ihr bestes Stück war ihr altes Kostüm, in der Taille zwar hübsch anliegend, aber so steif, dass sie darin kaum würde tanzen können. Das geblümte Kleid hatte sie schon zu oft im Kino zum Arbeiten getragen, ebenso das dunkelblaue mit den weißen Pünktchen. Blieb ein etwas schwingend geschnittener dunkelblauer Rock mit einer weißen Bluse.
Aber Frau Ida, da sehen Sie aus wie eine Lehrerin, und nicht wie eine Dame, die ausgeht, sagte Eddie und schleppte sie ins Tauschkaufhaus. Aber ein Tanzkleid für eine weibliche Person mit weiblichen Körperformen zu finden, die nur einen Meter siebenundvierzig groß war, war keine leichte

Sache. Auch wenn die Frauen dieser Zeit generell keine Riesinnen waren. Ein neues Kleid zu nähen blieb keine Zeit.

Dann gehe ich eben nicht, sagte Ida und setzte sich entnervt in die Küche, wo sich Frau Krüger gerade die Nähte der Strümpfe auf die nackten Beine malte. Wartense mal, sagte sie, die Zigarette zwischen den Lippen, was Ida hasste. Sie verschwand und kam mit einer hellblauen Bluse wieder. Sie ist mir bisschen knapp, sagte sie, in der Länge, meine ich, die müsste Ihnen doch passen.

Natürlich zierte Ida sich, von dieser losen Person eine Bluse anzuziehen, aber dann schrien Eddie und die Kinder, nun mach mal, Mutti, hab dich nicht so, und Frau Krüger nickte ihr lachend zu. Na, nu machense mal, Frau Ida! Es ist nur eine Bluse!

Die Bluse passte Ida, sie musste nur einen kleinen Druckknopf anbringen, sonst ist das Dekolleté viel zu frei, meinte sie. Der V-Ausschnitt stand ihr gut, der Kragen hatte zwei hübsche Spitzen, die Bluse war schmal, aber mit Luft geschnitten, so, dass sie sich gut darin bewegen konnte. Hellblau, murmelte sie, ich weiß nicht. Während Eddie letzte Hand an Idas Haar anlegte, lümmelten sich die Kinder auf der Küchenbank. Schließlich ging ihre Mutter sonst nie aus. Alle waren ganz aufgeregt, und Willi sagte: Jetzt wird Mami doch noch Mr. Thursday heiraten, ich habs ja gesagt!

Dann wird ja Mr. Thursday unser Vati, sagte Nanne, auweia!

Auweia, wiederholte Hannes. Auweia, sagte Kaspar.

Und wir werden dann englisch, ergänzte Karlchen wichtig.

Auweia!, machte jetzt Willi.

Was gibt's denn da zu tuscheln?, rief Ida, die mit Eddies Frisierumhang am anderen Ende der Küche saß.

Seid bloß still, zischte Nanne und fuhr Willi über die Schnüss, und Willi fing an wie irre zu husten, und alle Kinder liefen unter lautem Gejohle und Gehuste nach draußen.

Vielleicht ist es schwierig, wenn zwei Menschen tanzen gehen, die so viele Filme gesehen hatten, darin lebten, aufgingen und sie teilten, und dabei doch – zumindest Ida – ziemlich feste auf dem Boden standen.

Zum ersten Mal war Ida abends im Mönchsgarten. Sie kannte ihn eigentlich nur von den Sonntagnachmittagen. Jetzt hingen bunte Lampionketten zwischen den Bäumen, die ihr sonst nie aufgefallen waren, und Laternen machten ein warmes Licht. Die Menschen saßen an den Tischen und tranken Bier und Moselwein, die Tanzfläche war gut gefüllt, und der Big Band Sound, der schon von Weitem zu hören war, wurde von einer Fünf-Mann-Kapelle so schwungvoll gespielt, als wären sie mindesten zwanzig Leute. Ida sah sich besorgt um, ob womöglich eine ihrer englischen Bekannten da wäre oder eine Nachbarin und zuppelte nervös an der fremden Bluse. Am liebsten hätte sie den Mantel anbehalten, aber Mr. Thursday nahm ihn ihr ab. Sie setzten sich an einen Tisch, an dem es noch zwei Plätze gab, und Mr. Thursday bestellte, nicht ohne sie zu fragen, ist ein Glas Weißwein recht, liebe Frau Ida?

Sie hatte schon ewig keinen Alkohol getrunken und zögerte etwas, doch dann nickte sie. Warum nicht!, sagte sie und plötzlich fuhr ihr der Schalk in die Augen. Wenn wir schon mal hier sind!

Auch Mr. Thursday hatte sich in Schale geworfen, er trug einen hellbeigen Sommeranzug mit Weste und ein weißes Hemd. Er sah gut aus, vor allem: er strahlte. Endlich durfte er Frau Ida ausführen! Er wippte schon leicht mit dem Fuß im Rhythmus der Musik. Sie stießen an, der Wein schmeckte köstlich, kühl und fruchtig. Ida dankte Mr. Thursday für die Einladung.

You know, liebe Frau Ida, Sie müssen sich nicht bedanken. Ich muss mich bedanken.

Nein, nein, insistierte die kleine Großmutter, ich viel mehr, denn mein Leben ist durch Sie ein ganz anderes geworden.

Ein breites Lächeln ging über sein Gesicht, sie wurde rot, oh Gott, jetzt hatte sie womöglich etwas Zweideutiges gesagt?

Nur im Kino läuft alles immer so zugespitzt ab, sagte Mr. Thursday, der ihre Irritation wohl bemerkte, jedoch feinfühlig, wie er war, überspielte. Aber im Leben ... da hängt doch nix an einer einzigen Entscheidung!

Na, da bin ich mir nicht so sicher, antwortete Ida.

Mr. Thursday trank etwas Wein und überlegte. Die echten Engländer sind wirklich keine schnellen Leute, dachte Ida, obwohl sie in den Komödien so schlagfertig sind! Er zögerte auf die gleiche Weise wie Officer Smith. Wieder stieg ihr die Röte ins Gesicht, weil sie jetzt auch noch an Officer Smith denken musste. Sie hatte ihn wirklich gern, aber der Umgang mit ihm war immer viel unkomplizierter gewesen als mit Mr. Thursday, vor allem jetzt gerade.

Schade, dass Officer Smith wieder nach England zurückmusste, sagte sie.

Mr. Thursday zuckte zusammen. Wie kommen Sie denn jetzt auf ihn?, fragte er entsetzt.

Ida fing an zu husten. Oh, nur so, stotterte sie, oh Gott, dachte sie zum zweiten Mal an diesem Abend, was fällt mir hier eigentlich ein?

Ich ... ich ... musste nur so an ihn denken, weil er mir ganz am Anfang ja auch geholfen hat, so wie Sie!, brachte sie mühsam heraus.

Mh, machte Mr. Thursday. Seine Ohren glühten.

Sollen wir vielleicht eine Runde tanzen, fragte er plötzlich.

Stepp by Stepp?, fragte Ida zurück. Sie erhob sich sofort, obwohl sie sich den ganzen Tag vorgenommen hatte, auf keinen Fall mit Mr. Thursday zu tanzen. Angriff war doch die beste Verteidigung, und bevor sie noch mehr dummes Zeug redete, wäre es besser, sich einfach nur ein bisschen zusammen über die Tanzfläche zu schieben. Gerade hatte ein Foxtrott angefangen, sehr gut, etwas Flottes, und ehe Ida sich versah, schwang Mr. Thursday sie überraschend gewandt über das Parkett. Sie tanzten, die Lichter tanzten unter den Bäumen, die Töne der Musik tanzten, sie vergaßen die Zeit und den Durst und die Scheu und tanzten ein Stück nach dem anderen. Und obwohl Mr. Thursday ja einen guten Kopf größer war als Ida, hielt er sie so geschickt, dass sie sich gar nicht klein vorkam. Die gute Laune der Musik fuhr Ida in den Körper, sie lachte, die Bewegung beglückte sie, sie fühlte sich mit einem Mal so lebendig, sie ging völlig auf in den Rhythmen, sie überließ sich Mr. Thursdays Führung, seinem warmen Körper, seinen Händen, die sie mit leichtem Druck dirigierten.

Sie tanzen ja so leicht, lachte Mr. Thursday, wie eine feine Feder! Ida lachte ebenfalls, Sie aber auch, Mr. Thursday! Doch kaum hatte sie es gesagt, schoss es ihr durch die Glieder, als hätte jemand sie geweckt. Als wäre es Mitternacht und die Kutsche wieder ein alter Kürbis und die Pferde vier fiepende Schlossmäuse. Sie hatte vor lauter Freude am Tanzen Kurt vergessen! Kurt, der fünfzig Meter Luftlinie vom Mönchsgarten im Grab lag und zerfiel!

Ohne das Ende des Stücks abzuwarten, machte Ida sich vom verdutzten Mr. Thursday los, rannte zu ihrem Platz, stolperte beinahe, schnappte ihren Mantel und lief fort. Fort von der Tanzfläche, fort von den Lichtern und fort von der Musik. Er kam gar nicht hinterher, so schnell war sie verschwunden. Sie rannte ohne nachzudenken den gewohnten Weg hoch zum Friedhof, doch am Törchen angekommen, machte sie auf dem Absatz kehrt. Wie dumm von mir, soll ich es ihm womöglich auch noch erzählen? Sie rannte wieder zurück, sie rannte und rannte, bis sie in der Reitenden-Diener-Straße ankam. Sie wollte nicht nach Hause, nachher waren die Kinder noch wach oder wachten auf oder irgendjemand sonst. Sie musste allein sein, also lief sie weiter, zum Marktplatz, sie stolperte immer wieder über das unebene Kopfsteinpflaster, lief An den Brodbänken hinunter Richtung Wasser und zurück, hoch zur Nicolaikirche, wo sie schließlich völlig außer Atem innehielt. Die Kirche war natürlich geschlossen, sie lief einmal um sie herum und lehnte sich schließlich an die kühlen Backsteine. Sie fühlte Kurt ganz nah, sie sah förmlich sein Gesicht vor sich, so, wie er zuletzt ausgesehen hatte, bevor das dumme Furunkel ihn befallen hatte. Seine lieben Augen, die durch den Krieg melancholischer, weicher geworden waren, sein schmales Gesicht, sein unnachahmliches Lächeln. Seine Art, den Kopf ein bisschen schräg zu legen und die Augenbrauen ein bisschen hochzuziehen, wenn er sie lockte. Idas Puls raste, ihr Atem beruhigte sich nur langsam. Sie wusste, dass er es ihr nicht übel nehmen würde, das Tanzen, die Freude, all das, im Gegenteil, vermutlich würde er irgendeinen chinesischen Weisen zitieren, der ihr sagte: Das Leben geht weiter! Ich bin froh, wenn du einmal lachen und tanzen kannst. Doch Ida selbst war es, die es nicht schaffte so zu denken. Wenn eine Liebe sich erschöpft hat, dachte sie, dann geht es vielleicht, eine neue anzufangen, doch wenn sie einfach unterbrochen wurde, dann hängt sie wie ein offenes Ende in der Luft und man wartet, dass sie weitergeht!

Sie stand da, ihr Herz bumperte, sie fühlte noch den Arm von Mr. Thursday, seine Wärme, seinen angenehmen Geruch, und dass es so leicht und schön gewesen war, mit ihm zu tanzen. Sie hätte nie gedacht, dass der zurückhaltende Mr. Thursday ein so feines Gefühl für die Musik und sie haben könnte, dass er auch so temperamentvoll das Tanzbein schwingen würde, so lustvoll und lebensfroh. Sie war ganz überrumpelt davon, dabei kannten sie sich jetzt doch auch schon gut zwei Jahre. Sie war überrumpelt davon, dass ihr so etwas überhaupt passieren würde, sie hatte offenbar nicht mehr damit gerechnet, dass sie so etwas noch einmal erleben könnte. Ida stand an der Mauer aus Backstein und stellte fest: Sie hatte es für sich, für ihr Leben, einfach ausgeschlossen, und nun war es geschehen. Sie hatte mit einem anderen Mann als Kurt getanzt und gelacht und hatte für einen Moment alles vergessen, auch sich selbst. Sie hatte für einen Augenblick lang fast so etwas empfunden wie – Glück.

Was sollte sie jetzt tun?

Nach dem Tanzabend im Mönchsgarten wurde es etwas kompliziert zwischen Ida, die sich entsetzlich schämte, und Mr. Thursday, der hochgradig verwirrt war. Keiner sagte ein Wort über Idas misslichen Abgang. Ida entschuldigte sich nicht, Mr. Thursday fragte nicht. Er sah Ida jetzt immer so unauffällig an, das es kaum zu übersehen war, und manchmal schlich er um sie herum wie ein zum ersten Mal verliebter Junge. Einmal trafen sie sich zufällig in der Stadt und gingen ein paar Schritte miteinander. Mr. Thursday erzählte gerade etwas, als sie am *Café Raune* vorbeikamen, in dem Ida Dorothea mit dem unbekannten Mann gesehen hatte, und es schoss ihr alles durch den Kopf, diese Heimlichkeit, das schlechte Gewissen von Dorothea, und dass es eigentlich noch immer verboten war, sich auf Briten einzulassen, trotz der ersten Eheschließungen und den unzähligen Liebschaften. Es hatte sogar einen Film gegeben, *Frieda*, in dem ein Brite noch im Krieg eine Deutsche heiratete und sie mit in sein Heimatstädtchen nahm. Kein leichter Film.

Im Mönchsgarten hörte Ida die Geschichten der Engländerinnen jetzt etwas genauer an, wie das Leben in England war, sie hörte von der Armut, den Schwierigkeiten, den zerstörten Städten, die aufgebaut werden mussten, nicht anders als in Deutschland, und sie hörte auch von der Wut auf die Deutschen, die viele hatten. Da müsste eine Liebe schon sehr stark sein, um all das auszuhalten.

Ida sah Mr. Thursday manchmal von der Seite an. Sie fand sein Gesicht ansprechend. Angenehm, freundlich. Manchmal, wenn er die Brille abnahm, um sie zu polieren, wirkten seine Augen auf so anrührende Weise nackt, dass es Ida ans Herz griff. Sie mochte seine Stimme, sie hatte es gern, wenn er ihr etwas erzählte. Sie dachte nach. Nach England zu gehen, würde den Kindern garantiert gefallen, sie liebten die Filme, sie liebten die Sprache, sie lernten sie wie kleine Papageien, also würde ihnen auch das Land gefallen. Aber würde England ihre Kinder mögen? Mr. Thursday jedenfalls mochte sie, er war auf diskrete Weise fast ein bisschen väterlich, ohne ihnen den Vater jemals nehmen zu wollen. Er würde ihr und ihnen ein Auskommen bieten, das sie allein niemals bewerkstelligen könnte. Den Haushalt machte sie ihm ohnehin schon, sie kannte seine Gewohnheiten, seine Hemden, seine Wünsche beim Essen, sie wusste um seine Orangenmarmelade auf dem Toast am Morgen.

Ida merkte, wie sich etwas in ihr löste. Andere Witwen heirateten auch noch einmal. Nicht nur aus Liebe, manchmal auch aus praktischen Erwägungen. Manche bekamen sogar noch Kinder, auch mit über vierzig. Ida war keine Schönheit, sie war auch nicht so schmal und schlank wie die Ladys in den Filmen, die Frauen im echten Leben mussten ja auch nicht alle klapperdünn sein, im Gegenteil, wenn eine so klapperdünn aussah, dachte man sofort an Mangelernährung und rationierte Lebensmittelkarten. Sie war auch nicht dick, eben eine gestandene Frau im mittleren Alter, mit einem hübschen ordentlichen Busen, der ihr zusammen mit ihrer stets aufrechten Haltung beinahe etwas Stattliches gab, falls man das bei einer so kleinen Frau sagen konnte. Vielleicht war es aber genau diese irritierende Mischung, die ihr etwas Anziehendes verlieh, genauso wie ihr pfiffiges, freundliches Gesicht, das sich aber, wenn sie sich ärgerte, sofort verfinsterte und – je mehr Jahre vergingen, je mehr Erfahrungen Ida machte – jedem Respekt einflößte. Ihr widerspenstiges dunkles Haar ließ sie sich von Eddie zähmen, und auf ihre Kleidung hatte sie immer geachtet. Lange Zeit hatte Ida gar nicht in den Spiegel geschaut, außer um nachzusehen, ob die Bluse ordentlich gebügelt war. Jetzt stand sie manchmal kurz davor, es war ihr fast peinlich, um sich einfach nur mal so anzuschauen. Aber mit den Augen von Mr. Thursday konnte sie sich nur sehen, wenn er sie anlächelte oder ihr ein freundliches Kompliment machte, am allermeisten aber, wenn er sie als Gesprächspartnerin ernsthaft an seinen Gedanken teilhaben ließ oder sie um ihre Meinung bat, die er sich dann immer durch den Kopf gehen ließ, um ihr anderntags etwas dazu zu sagen.

Doch manchmal, wenn Ida abends in ihrem Bett lag und kurz vorm Einschlafen war, sah sie vor den geschlossenen Augen ihre eigene Schrift: *Liebster Kurt, mir träumte, ich trug mein dunkelblaues Kleid, das mit den Pünktchen, und wir beide gingen tanzen*, und fast hätte sie dann geweint, so sehr fühlte sie die Nähe ihres Mannes.

∿

Liebster Kurt, mir träumte –

∿

Manche Träume – ich denke jetzt an die nächtlichen, die im Schlaf – vermitteln das Gefühl von einer ganz genau bestimmten Dauer, als würde man eine Wanderung machen; der Traumablauf ist umständlich, verschachtelt und vielleicht deshalb lang; andere Träume haben eher etwas Flüchtiges, Rasches, doch auch Intensives. In meinen Träumen gibt es das, aber noch viel häufiger träume ich von Räumen. So auch in meiner dritten Nacht in Lüneburg, in meinem Baldachinbett in dem Zimmer, das ich immer mehr als *mein* Zimmer empfand.

Ich war in einer Stadt; an einer belebten, sympathischen Straßenecke lag eine Wohnung mit einem Erker, die ich besichtigen wollte, ich kam aber nicht hinein. Lief die Straße weiter hoch, ein Mix aus Berlin und Beirut, auch Paris, die alten Häuser der Jahrhundertwende. Dann bot ein Handwerker, der mir zufällig begegnete, eine Wohnung an, sie sei günstig, sagte er, und zeigte auf ein renoviertes Haus, es ist zu teuer, sagte ich, ja, sagte er, eigentlich schon, aber er sei es, der es saniere, und es gebe noch eine, die nicht fertig sei. Ich folgte ihm, der Flur war überlang, es gingen viele Zimmer davon ab, teilweise hingen Reste einer schäbigen Tapete an den Wänden, die nach altem Osten oder Vorkriegszeit aussahen, auch einige Möbel standen noch herum. Sie könnten sie teilen, schlug der Mann vor, und ich dachte an Freunde, die gar keine Wohnung suchten, nur dreihundert Euro, unfassbar günstig. Aber etwas daran schien mir nicht *koscher* (ich dachte im Traum dieses jiddische Wort), auch wäre es zweite Wahl, denn es war die erste Wohnung, die mit dem Erker, bei der mein Herz vor Freude hüpfte. In dieser preiswerteren Wohnung, dachte ich, bekäme ich garantiert Sehnsucht nach der ersten, der anderen, der eigentlichen.

In der klassischen Traumdeutung, aber auch in der Erforschung der Literatur betrachtet man die Zimmer als Räume des Unbewussten, wobei die richtig guten Psychoanalytiker natürlich immer mit ganz überraschenden Deutungen ankommen, nicht solchen einfachen. Das Vergessen von Träumen ist mir eine Qual, doch im Vergessen bilden sich die Formen des Erinnerten, wie sich im Schlaf das Gedächtnis formt.

Als ich über den Traum nachdachte, ging mir durch den Kopf, dass die Geschichte meiner kleinen Großmutter mir immer wichtiger wurde, seit ich ihr folgte, ein lebendiger, schöner Teil von mir, wie die Wohnung mit dem Erker. Dort wollte ich einziehen, auch wenn ein anderes Leben als das, in dem ich mich der kleinen Großmutter und ihrem Auftauchen in meinen Träumen zuwandte, vielleicht »günstiger« zu haben wäre, wobei dieses »günstiger« ja recht vordergründig war; es würde bedeuten, nichts Neues zu entdecken, im eigenen Leben. Vielleicht hätte es mehr mit dem Handwerk zu tun – dem Handwerk der Übersetzerin? Was machte ich hier, versäumte mein Symposion, schmiss meinen Auftrag? Der Handwerker, der mir die Wohnung zeigte, war vielleicht der blöde Iranist, wegen dem ich den Saal verlassen hatte, vielleicht musste ich da mal etwas überdenken! Vielleicht wäre das Leben in der günstigen Wohnung leichter, weil ich auf vorhandenes Material zurückgreifen könnte – Tapetenreste, Möbel: mein Handel mit alten Schreibwaren und Dingen? –, doch offensichtlich fand ich sie überkommen, unschön, würde sie abreißen. Vielleicht war es auch gar nicht so konkretistisch, mein kleiner Handel mit Schreibwaren lag ohnehin schon länger etwas brach. Außerdem hatte ich gerade angefangen, selber die schönsten Hefte voll zu schreiben. Vielleicht war ich schon gar nicht mehr in meiner Geschichte, sondern in der von Ida. Die Assoziationen dazu ließen sich nämlich leicht ergänzen, mit der Lust der kleinen Großmutter, immer etwas Neues zu beginnen, wenn sie mit dem Alten nicht weiterkam, das hatte ja etwas Ansteckendes, so wie sie eines Tages auch von Lüneburg wegziehen würde, ins wohlhabendere, und wie sie fand, viel elegantere Wiesbaden. Weil es dort Wohnungen gab mit Bad und Toilette und keinen leidigen Plumpsklos. Was bin ich froh darüber!

Je länger ich über diesen zunächst verschachtelten und absurden Traum nachdachte, desto einleuchtender erschien er mir. Entscheidend aber war: Ich war aus dem seltsamen Traum mit einem angenehmen Gefühl erwacht. Räume, die ich nicht kannte, eine Wohnung, in die ich nicht hineinkam, und doch ein beglückender Hinweis, auf den Erker und den Park. Eine Möglichkeit, dort wollte ich hin. Diese Empfindung beim Anblick der ersten Wohnung blieb sehr stark: Die ist es, die ist richtig.

Und was die Zeit betraf, in meinen Träumen und Gedanken: Ich überkreuzte die Arme vor der Brust wie die bezaubernde Jeannie, blinkerte dreimal mit den Augen, schob dabei den Kopf von links nach rechts und wieder zurück, und war – in einer anderen.

Man wächst ja irgendwie in sein eigenes Leben hinein, sagte Ida einmal aus dem Nichts zu Omi Else, die nicht wirklich verstand, wovon ihre Schwiegertochter da eigentlich sprach. Du weißt gar nicht, wie. Du fragst dich, wie hat es dazu kommen können? Wann hast du diese Entscheidung getroffen? Hat dich überhaupt jemand gefragt?

Nein. Mr. Thursday hatte nicht gefragt. Er fragte auch nicht. Er sagte freundlich hello, Frau Ida, wenn sie kam, und byebye, liebe Frau Ida, wenn sie das Kino verließ, oder wenn er sie wieder einmal nach Hause brachte, nach der Vorstellung, weil es so dunkel war. Mr. Thursday war vielleicht kein Mann der großen Worte, aber ein Mann, der ohne Worte verstand. Er trank Tee und wartete still. Er freute sich, Frau Ida in seiner Nähe zu haben, und nachdem sie eine gewisse Befangenheit nach dem Vorfall im Mönchsgarten hinter sich gelassen hatten, kamen sie allmählich wieder ins Gespräch.

Sie füllten gemeinsam die Candy Bar, hängten alte Plakate ab und neue auf. Bald amüsierten sie sich wieder damit, über die neuen Filme, die Leute im Publikum und den Tratsch aus dem englischen Club zu reden oder ihre ernsthaften Gespräche über Politik zu führen. Sie lachten über die schwarze Komödie *Kind Hearts and Coronets,* in der Alec Guiness in neun verschiedenen Rollen auftrat, und den es auch sehr bald auf Deutsch und für die Deutschen zu sehen gab, mit dem Titel *Adel verpflichtet.* Denn allmählich gingen wieder viele Menschen ins Kino und freuen sich über ein paar heitere oder spannende Stunden.

Und manchmal sah Mr. Thursday Ida fragend an, und manchmal Ida Mr. Thursday.

VII

Suspense

1
HANNES

Natürlich bewegte es die Kinder sehr, was mit ihrer Mutter gerade geschah. Sie hatten sie nach dem Tanzabend versucht auszuquetschen, doch Ida presste die Lippen zusammen, sagte nur schön, und damit war die Sache beendet. Sie beobachteten sie noch ein, zwei Tage, und dann verschwanden sie wieder in ihren eigenen Leben.

Mein kleiner Vater Hannes konnte sich seine Träume nie merken. Dafür stand er jeden Morgen früh auf, mindestens eine halbe Stunde früher als die anderen, um noch vor Schulbeginn den Anschlag der Zeitung zu lesen, die *Lüneburger Landeszeitung*. Er zog sich an, rannte hin,
    noch als ich ihn kannte, liebte er es, morgens früh drei Zeitungen am besten hintereinander zu lesen, noch vor dem Internet, das Rascheln des Papiers, das Wenden der Blätter, das Ausschneiden wichtiger Artikel,
    er lief die Reitende-Diener-Straße runter, quer über den Marktplatz, sich ein Bild zu machen, von Stadt, Land, Welt, und er begann zu träumen, wo sich ihm welche Möglichkeiten boten, mit welchen Fähigkeiten einer wie er später Geld verdienen könnte, richtig viel Geld, mit welchen Plänen, Ideen, Erfindungen, ja, Erfindungen, er wollte gern etwas außergewöhnliches Technisches erfinden, das war es, eines Tages sah er es ganz klar vor sich, er sah sich selbst, wie er bastelte und tüftelte, etwas, das die Welt wirklich brauchte, vielleicht etwas, das die Menschen miteinander verband, so wie die langen Briefe seines Vaters und seiner Mutter, er sah sie oft noch vor sich, wie sie am Ende des Kriegs immer in der Küche gesessen hatte, gebeugt über das billige Papier, den Kopf geneigt, und mit ihrer großen Handschrift,

leicht nach links geneigte, eckige Buchstaben über das Blatt schickte, bis es vollgeschrieben war, und wie sie darauf wartete, dass ihr Mann einen Brief schickte, wie sie ihn öffnete, auseinanderfaltete, darin versank, wie sie seine viel feinere, schräg nach rechts geneigte Hand in sich hineinlaufen ließ, als wäre es Nahrung, Milch, Honig, Liebe, all das.

Hannes wollte später so angesehen werden wie die Lüneburger Kaufleute auf dem Altar in der Nicolaikirche. Das Geld wurde seine Wunderlampe, seine Phantasie. Wenn er nur genug verdiente, würde die Mutter weniger traurig sein, über ihre Armut, an die sie sich nur schwer gewöhnte, obwohl sie niemals reich waren, auch nicht vor dem Krieg, aber sie hatten alles gehabt, was sie brauchten. Und wenn er später nur recht viel verdiente, würde er der Mutter einen Luxus bieten, der sie die harte Zeit dieser Jahre vergessen lassen würde. Was er spürte oder auch nicht: in Wirklichkeit litt Ida gar nicht mehr. Seit sie bei Mr. Thursday arbeitete und genug für sie alle verdiente, seit sie sah, was sie alles bewirken konnte und dass es manch anderen nicht so gut ging, die weniger Glück hatten als sie, war sie – abgesehen davon, dass ihr Mann ihr fehlte – ganz zufrieden. Hannes aber *dachte* so von ihr, etwas hatte sich da festgesetzt, und zugleich merkte er gar nicht, dass es sein eigener Traum geworden war, dass er, wenn er nur endlich alt genug dafür wäre, die ganze Welt bereisen würde, Paläste bestaunen und schließlich selber einen bauen.

Mein kleiner Vater träumte, doch sein Bruder Kaspar träumte sich noch weiter fort, wollte gar nichts mehr mit dieser Welt zu tun haben, es war ihm alles zu viel, so dass der kleinen Großmutter manchmal weh und bang ums Herz wurde, er wollte sich womöglich am liebsten von allem verabschieden. Er verschloss sich mehr und mehr. Er las die alten zerfledderten Bücher von seinem Vater, las Laotse und Konfuzius und träumte vom fernen China. Sein innigster Wunsch wurde es, ein Mönch zu werden, so wie sein Onkel Leo. Wie er wollte er zur Steyler Mission und dann als Missionar auswandern, an einen Ort, an dem es keine Flüchter gab und keine Besatzer und auch keine borniertenen Einheimischen, die ihm das Gefühl vermittelten, anders zu sein als sie, wobei anders eben hieß: weniger wert. Am allerliebsten würde er nach China wollen, wo die Philosophen herkamen, ans andere Ende der Welt. Mönch werden, das war es, ein einfacher Mann, der den Gemüsegarten versorgte, schweigend mit den Glaubensbrüdern betete und morgens sechs oder sechzehn Litaneien sang, ein Mann ohne Sorge ums Geld oder Morgen.

Wie kommt er nur darauf, dachte meine kleine Großmutter am Abend in der Küche, in ihrer Nachdenkstunde vor dem Zubettgehen, der Junge ist doch so patent! Vielleicht wird er wenigstens nur ein Pastor, das ist nicht ganz so entrückt.

Doch Kaspar blieb hartnäckig. Er sprach immer wieder von seinem Wunsch. Er fand heraus, dass es, um Mönch oder Priester zu werden, am besten wäre, in eine Klosterschule zu gehen, und lag seiner Mutter nun damit in den Ohren. Nichts mehr zu sehen von dem Lausbuben, der mit seinem Bruder den Engländern auf den Jeep hopste und den Köchinnen ein bisschen Fett von der Suppe abschmeichelte.

Und so weinte mein kleiner Vater Hannes bittere Tränen, als Kaspar noch vor Ablauf des Schuljahres, im Juli 1950, in ein Klosterinternat der Patres des Steyler Ordens an den Rhein geschickt wurde. Er schluchzte drei Tage lang immer vorm Schlafengehen, und anders als sonst klammerte er sich an seine Mutter und Geschwister. Er hing so sehr an seinem älteren Bruder, dass er viele Jahrzehnte später vier Wochen nach dessen Tod selber sterben würde, dass der Tod ihn direkt abholen würde. Sicher war er zu diesem Zeitpunkt schon erkrankt. Und für das Sterben, gab es da wirklich seelische Gründe oder war es einfach seine Uhr, die tickte?

Salz bildet sich selbst oder es wird gewonnen. Die Erzählerin muss arbeiten, nichts wird ihr geschenkt. Ich schreibe dies nachts, ich muss weiter schreiben, es hilft nichts, die Tage zerfließen, alles ist gut, doch nachts bin ich wach, und all die ungesagten Geschichten rumoren in meinen unruhigen Beinen. Ich stehe auf, ich wandere herum, ich trinke Milch, wie mein Vater, der leibliche, ich nehme den Stift, ich nehme die Fahrt auf übers Meer, das ungeschriebene Meer, ich muss mir die Wellen erfinden, nichts ist zwingender als das und nichts ist schöner.

Mein kleiner Vater suchte Trost in der Schönheit seiner unmittelbaren Umgebung. Nachdem sein Bruder fort war, schwang er sich oft allein auf sein Fahrrad und fuhr in die Lüneburger Heide, mit zwei Klappstullen in der Tasche und in einer Thermoskanne Pfefferminztee, und natürlich, dem Wichtigsten, seiner Agfa-Box. Die Mutter arbeitete im Kino oder bügelte nach wie vor die Hemden für Mr. Thursday, mit dem jetzt etwas seltsam Schwebendes in der Luft war, der ihnen, den Kindern, jetzt manchmal unsicherer gegenüber auftrat als zuvor. Oder kam ihm das nur so vor? Nanne lernte fleißig für die Schule, und die kleinen Brüder waren bei der Großmutter oder mit Nanne zusammen oder konnten auch mal allein bleiben. Also fuhr Hannes los und fotografierte Besenheide, Glockenheide, wilde Heide, Löwenzahn, Erika, Wacholdersträucher, Sanddornsträucher. Er nahm Heidschnucken, Ziegen und kleine schwarze Schafe vor die Linse, er probierte an ihnen Nahaufnahmen aus und verschiedene Blenden und manchmal redete er mit sich selbst und erfand für sie Texte, als wären die Tiere Darsteller in einem Film. Er war ein halbwüchsiger, hübscher Junge, sein dunkles Haar struwwelig, seine braunen Augen neugierig, und allmählich zeigte sich, dass er die Damenwelt leicht um den Finger wickeln würde, wie schon Frau Lydia mit ihren Waffeln, für die er noch immer die Süßwaren ausfuhr. Doch so langsam interessierte er sich mehr und mehr für elektrische Geräte, Hilfen für den Haushalt, Staubsauger, Waschmaschinen, Haarföhne; er besorgte sich irgendwo kaputte oder fortgeworfene Radioapparate, die er zerlegte und wieder zusammenbaute. Er sah zu, wenn Mr. Thursday die Wartung des Projektors vornahm und ließ sich alles noch genauer erklären, und manchmal durfte er Ida helfen, Spulen zu wechseln, oder zusehen, wenn sie einen Filmriss klebte. Er liebte seine Mutter abgöttisch, sie war sein Vorbild, nichts machte ihn so glücklich wie ihre Anerkennung.

Mit seiner Kinderhandschrift, obwohl er doch schon vierzehn war, schrieb er Kaspar Postkarten ins Klosterinternat, er bat ihn um ausrangierte Bücher, Kataloge, Schriften über technische Errungenschaften, alles, was er finden konnte. Sie standen in lebhaftem Austausch darüber, was sie bewegte, schickten Briefe hin und her. *Ich schicke dir bald auch ein paar Märker*, schrieb der jüngere Bruder dem älteren, *aber du*, ganz winzig und verschämt stand es da, am Rand der Karte, *schicke du mir doch bitte ein paar Schuhe. Vielleicht haben die Patres welche übrig*. Seine waren durchgelaufen, sie drückten, aber er mochte die Mutter nicht fragen und das Geld, das ihm blieb von seinem verdienten, brauchte er für seine Filme.

Novalis war Salinenassessor
ihr seid das Salz der Erde
am Saum der Zeit stehst du herum
und wendest deinen Blick

2
DIE GESCHICHTE VON LOTS FRAU

Die Tage waren geordnet, von einer gewissen inneren Unruhe abgesehen, und die kleine Großmutter empfand das Gleichmaß als Entlastung, denn es gab ihr Zeit zu grübeln, zu spüren, was in ihrem Herzen rumorte. Während sie Gemüse schälte und putzte, die ewigen Kartoffeln der Heide, immerhin sehr schmackhaft, dies sollte keine Klage sein, die ewigen Möhren und Petersilienwurzeln, oder wenn sie Äpfel klein schnitt für ein appetitliches Kompott oder wenn sie am Bottich stand und den Schmutz aus den Hemden von Mr. Thursday schrubbte, der sich eigentlich in Grenzen hielt, dachte sie an einen kleinen Küstenort in England, den sie nicht kannte. Sie stellte sich die Klippen vor, an die das Meer schlug, den Wind an grauen Tagen und die Farbe des Himmels an klaren. Und dann, sie wusste selbst nicht, wie, ging sie in Gedanken die Familie durch, alle Verwandten, sämtliche Familienmitglieder, von denen sie wusste, dass sie noch immer in der Heimat waren, weil sie zumindest damals gesagt hatten, sie würden bleiben, und die anderen, die geflohen waren wie sie, und von denen sie seit dem Krieg nichts mehr gehört hatte. Von wem hatte sie wann zuletzt gehört? Wer hatte überlebt, wer war in die Gefangenschaft gekommen, wer war verloren, wer gestorben? Selbst das Salz hat Geschwister, dachte sie. Und ich brauche meine.

Sie schob den Kuchen in den Ofen, nahm die Hemden von Mr. Thursday von der Leine, wusch das Geschirr, und es arbeitete weiter in ihr. Sie befand sich in einem Dilemma. Sie sehnte sich nach etwas Vertrautem, und jedem wird klar sein, dass sie Heimweh hatte, doch sie wollte es nicht, sie wehrte sich dagegen. Seit die Grenze gezogen war, von dem Tag an, hatte sie das Unwiderrufliche ihres Schicksals begriffen. *Vorwärts immer, rückwärts nimmer*, der Spruch, den Honecker vierzig Jahre später prägen würde, wäre ihrer gewesen, hätte es ihn damals schon gegeben. Du kannst nicht zurückschauen, wie Lots Frau, das hatte sie sich schon gesagt, als sie mit allen Kindern Beuthen verlassen hatte, und dann noch einmal, als sie mit Nanne und Karlchen an der Hand dem tückischen Bombenangriff nur knapp entronnen und sie durch die Straßen am Bahnhof gelaufen war, sieh dich nicht um.

Lots Frau aber wollte es unbedingt, sich nochmal umdrehen und sehen, was da los war in Sodom, oder war es Gomorrha, was doch ausdrücklich verboten war, ihr, als Frau, nicht wie dem Engel der Geschichte, den Paul Klee gemalt hat, *Angelus Novus*, der darf sich nicht nur umdrehen, der soll es sogar, ein Auge nach vorn und eins nach hinten. Aber Lots Frau, die noch nicht einmal einen eigenen Namen hat, unerhört, sie darf es nicht, warum? Weil die Zerstörung so groß war, weil sie sich anstecken könnte, an den Sünden, noch auf der Flucht, vor den Sünden? Zerstören, kreieren, Gottes Lieblingsparadoxon, der alttestamentarische ähnelt darin Shiva, seinem indischen Kollegen; also Gott, der Herr verbietet es eigentlich gar nicht Lots namenloser Frau, sondern nur Lot selber, zu Lot sagt er: Dreh dich nicht um, woher soll sie es also wissen? Sie war garantiert gerade dabei, ihre Habseligkeiten in eine Hirtentasche oder einen alttestamentarischen Lederbeutel oder Rucksack zu packen, eine Stulle zu schmieren und die Wasserflaschen abzufüllen; während der gute Lot seine ernsthafte Unterredung mit Gott führte. Wie es überhaupt dazu kam, ist ebenfalls beachtenswert: Denn Lot war wirklich ein guter Mann, er hatte zwei Gesandte Gottes bei sich aufgenommen, die ihrerseits auf der Flucht vor bösartigen Andersgläubigen waren und an sein Haus geklopft hatten, wo dann die Meute der Städter vor der Tür stand und sie herausforderte; aber Lot verteidigte sie, und Gott zeigte sich gnädig und strafte die Städter mit Blindheit, so dass sie plötzlich extreme Schwierigkeiten hatten, Lots Haustür zu finden, naja, aber Gott der Allmächtige ist kein Dauerzauberer, er sagte zu Lot, hau ab Alter, nimm deine Frau und deine Kinder und verschwinde hier, es wird nicht gemütlicher werden in Sodom, oder war es Gomorrha. Zur Hintertür rannten sie hinaus, die kleine Familie, und sieh dich nicht um, hatte Gott zu Lot gesagt, im Sinne von rette dein nacktes Leben, denk nicht drüber nach, was du da zurücklässt, denk nicht an deine Güter, dein Haus, deine Nachbarn, deine Freunde, denk an dein Leben, und schließlich hast du mich in deinem Herzen, deinen Glauben, das nimmst du mit.

Es wird auf immer ungeklärt bleiben, ob Lot es seiner Frau gesagt hat, jedenfalls laufen sie hinter dem Haus raus aus der Stadt, durch die hübschen Olivenhaine, die Lots Frau immer geliebt hat, und den Hügel hinauf, und die beiden Töchter, namenlos wie ihre Mutter, halten ihre Schleier vor ihre Gesichter, damit keiner sie erkennt, und halten ihre Beutel fest und rennen geradeaus. Es ist das Vorrecht der Jugend, nach vorn zu sehen, ohne diesen Grundoptimismus liefe sowieso gar nichts, kein Fortpflanzungsprogramm, keine Weltverbesserung, aber sie haben ja auch noch gar nicht so viel, wohin sie zurückschauen könnten, sie wollen ja ganz natürlich auch raus aus dem Nest, in ihre eigene Zukunft, und erst später, wenn sie dann selber Kinder haben und diese munter heranwachsen, dann werden sie sich wieder erinnern, an ihre Kindheit, an ihre Jugend, und haste nicht gesehn, werden sie zurückblicken,

aber jetzt gerade nicht,

aber jetzt gerade eben Lots Frau, die denkt, oh Gott, wo kommen wir da hin, was soll das werden, und was werden wir haben, keine Wohnung, keine Arbeit wie zu Hause, und was wird aus meinen Freundinnen und Tanten und Nachbarn, wenn Gottes Strafe in der Stadt wüten wird, mit Hagel und Feuersbrünsten, Schwefelregen und Heuschrecken oder sonst einem für ihn typischen Einfall,

und dann sieht sie alles, die Pein, die Not, die Gemeinheit, die Schönheit, wie Menschen eben so sind, alles sieht sie, und das, was sie zurücklässt, auch, und sie erstarrt, wie alle wissen, zur sprichwörtlich gewordenen Salzsäule. Salz: Weil ihre Tränen vor Schrecken trocken wurden, im Lauf das Flüssige verloren und nur das Salz zurückließen? Weil ihr ganzer Körper, ihre Seele, ihr ganzes Sein zur erstarrten Träne wird? Ist es Mitgefühl, ist es Trauer, ist es Schmerz?

Namenlose Frau Lots, ich nenne dich Leah, das war eine der Urmütter Israels, aber es heißt auch die Müde, die Ermüdete, obwohl es eine andere Leah schon gibt, macht aber nichts, also liebe, arme, salzige Leah, du warst sicher müde von deinem Schock, das alles zu sehen und zu fühlen und dich nicht von diesem Tabu bannen zu lassen, zurückzublicken und mit all deinen Tränen zur Säule zu erstarren.

Ich könnte jetzt sagen, die kleine Großmutter hat sich das immer ganz genau so vorgestellt, aber nein, ich sage hier, ich habe mir das immer ganz genau vorgestellt, wie diese Frau in ihrem Gewand zu einer Salzsäule wird. Ich hatte es immer genau vor Augen, seit ich zum ersten Mal von ihr in meiner Kinderbibel las. Arme namenlose Frau Lots, immer haben dich die anderen zu einer neugierigen Frau gemacht, die danach giert, die anderen untergehen zu sehen, und die deshalb von Gott bestraft wurde, in seinem unermesslichen Einfallsregister der Strafen, eine miese wie mysogyne Interpretation, miese Mysogynie, so wie das Wort Waschweib, sie war neugierig wie ein altes Waschweib; meine kleine Großmutter war auch ein Waschweib, wenn man so will, warum werden diese Tätigkeiten eigentlich immer mit Verachtung gestraft? Die Geschichte von Lot, der seine Frau Leah einfach stehen ließ, mitten auf dem Hügel, oberhalb von den Olivenhainen, vielleicht nicht mal aus bösem Willen, denn er durfte sich ja nicht umdrehen, folglich musste ihm entgehen, dass Leah nicht mehr hinterherkam, es ist also eigentlich doch besser, die Frauen, die einer schützen will, vor sich her gehen zu lassen, obwohl man das nicht tut, um sie nicht als Erste dem Feind in die Arme laufen zu lassen, wie man es auch dreht, es ist besser, die Menschen, die man liebt, an der Hand zu halten, egal ob Mann oder Frau oder Tochter oder Sohn, und miteinander zu gehen –

Jedenfalls wird die Geschichte dann noch wilder, in der die namenlosen Töchter Lots mit dem nicht ganz alten Vater Lot Richtung Zoar flohen, einer Stadt am Toten Meer, nur um mal eine ungefähre Orientierung zu geben, und sich in Ermangelung einer besseren Unterkunft in einer Höhle verbargen, auf ziemlich lange Zeit, und, wie es in Genesis 19,26 so schön umschrieben wird, sich da keine anderen Männer »nach der Welt Weise«, sprich zwecks Fortpflanzung, fanden, ein Programm, das nicht lange fragt, ob man es überhaupt haben oder an ihm teilhaben will, sondern das abläuft,

jedenfalls nachdem sie das so eine Weile durchlitten hatten, machten sie den wackeren Kerl betrunken und legten sich eine nach der anderen zu ihm, wie das in der Bibel so diskret heißt, und sie kriegten natürlich Söhne, damit es endlich wieder ein paar Namen gab, sonst verliert der arme Mensch ja die Übersicht in all diesen Geschichten, es kamen zur Welt Moab und Ben-Ammin, die natürlich wieder Stammväter wurden, von den Moabitern und den Ammoniten, denn so ist das in der Bibel, es muss immer weitergehen. Und: Nur im Notfall straft Gott mit Unfruchtbarkeit.

Es muss immer weitergehen –

entschuldige, liebe kleine Großmutter, jetzt habe ich mich schon wieder hinreißen lassen, und du hast dein Plätteisen in der Hand und es ist schon kalt geworden und du siehst mich an und schüttelst den Kopf, worauf, mein liebes Kind, willst du denn hinaus, wohin fliehen deine Gedanken, worum geht es denn hier eigentlich, vielleicht geht es nur um genau das, das Spazierengehen in Gedanken, so wie Novalis gesagt haben soll, heute tanze ich lieber in Gedanken als nach der Musik,

dabei wollte ich nur sagen, dass du nicht zurückblicken wolltest, sondern, Leben erhaltend wie du nun mal warst, nach vorn. Vorwärts immer, rückwärts nimmer.

Und weil es kein Zurück in die Heimat mehr gab, musste die Familie eben her. Nach Lüneburg. Ein großes Lüneburgisierungsprogramm hattest du im Kopf. So war das.

Ich habe es nachgesehen, es handelte sich um die Stadt Sodom, aus der die Familie Lot floh. Und Gott hatte vor seiner Ärger- und Racheattacke Abraham, der wiederum Lots Onkel war, einen Deal angeboten: Würden sich zehn gerechte Männer in Sodom (das Gleiche galt für Gomorrha) finden, würde er die Stadt verschonen. Hätte Gott mal nach zehn Frauen gesucht, ganz ehrlich, vielleicht wäre die ganze Geschichte anders verlaufen. Oder waren sie auch alle so verdorben? Es gingen später seltsame Gerüchte, dass die Sodomiten (!) und vielleicht auch die Leute aus Gomorrha deshalb so scharf auf die Gesandten des Herrn, also Engel, waren, weil sie mit ihnen Sex haben wollten, was dann bei manchen als Strafe für die Homosexualität interpretiert worden sein soll. Aber das ist vollkommener Unsinn, denn Engel haben gewissermaßen qua definitionem gar kein Geschlecht, und daher gibt es mit ihnen auch keine geschlechtlichen Handlungen, ob homo- oder hetero- oder transsexuelle.

Die kleine Großmutter hatte in ihren mit so vielen Handgriffen erfüllten Tagen gar keine Zeit, die Namen aller ihrer Brüder, Schwestern, Tanten, Onkel, Cousinen und Cousins aufzuschreiben. Es waren ziemlich viele, man darf nicht vergessen, dass allein sie das sechzehnte von achtzehn Kindern war, und fast alle hatten zumindest bis zum Krieg überlebt. Was für eine unerhörte Leistung ihrer Mutter überhaupt! Jedenfalls brauchte sie sie auch nicht unbedingt aufzuschreiben, sie notierte sie alle im Kopf. Sie entwickelte ein eigenes Ablagesystem, wie sie es im Büro von Mr. Thursday gesehen hatte, mit Fächern, Schubladen und Ordnern, und genauso ordnete sie alle nach Orten und Verwandtschaftsbeziehungen ein, sie sortierte, legte um, zog sie von hier nach da, ordnete sie neu ein, bündelte, fasste zusammen und strich durch. Bald hatte sie eine Landkarte im Kopf und nun begann sie mit der eigentlichen Arbeit. Beim Roten Kreuz erkundigte sie sich nach Gefallenen und Vermissten, Geflohenen und Verschobenen. Den meisten schrieb sie Briefe an ihre alten Adressen in Oberschlesien, Beuthen, Gleiwitz, Hindenburg, die sie in einem postkartengroßen schwarzen Büchlein aufgeschrieben hatte. Lebten sie noch immer dort, würden sie ihr antworten, antworteten sie nicht oder kamen die Briefe zu ihr zurück, würde sie wissen, dass sie dort nicht mehr lebten. Wozu hatte ihr Mann bei der Post gearbeitet? Sie wusste, wie die Dinge liefen.

Nachdem sie siebenundzwanzig Briefe verfasst, frankiert und verschickt hatte, begann sie Nachforschungen anzustellen. Sie besuchte die Vermisstenstelle der britischen Zone, schrieb Briefe an die im amerikanischen Sektor, nannte Namen, Geburtsdaten, Geburtsorte. Dann hieß es warten.

Warten fiel der kleinen Großmutter schwer, tacktacktack machten ihre Schritte in der Nacht, tacktacktack machten die Gedanken in ihrem Kopf. Die Kinder ahnten nichts davon, dass ihre Mutter wie ein Hütehund zwischen Oder und Neiße unterwegs war, um die versprengte Herde wieder zusammenzutreiben. Als ob sie ihr den verlorenen Mann ersetzen könnten.

Nein, Kindchen, das ist es nicht, er ist mir unersetzlich, das müsstest du doch jetzt wissen. Doch um wieder zusammen zu sein, um sich zu stärken in vertrautem Kreis.

Willst du sie alle zu Heidekindern machen?
Heidenkindern? Nein!
Lüneburgisieren?
Würdest du es denn nicht auch so machen?

3
KLEINE THEORIE VOM SCHWEBEZUSTAND

Und dann wurde der kleine Willi krank. Er war ja schon am Anfang seines jungen Lebens etwas hart herangenommen worden; mit der trauernden Mutter und dem ganzen Durcheinander, das zu einem verlängerten Milchschorf führte und dann zu einem komischen Husten, der sich auswuchs und immer dann auftrat, wenn er sich irgendwie aufregen musste. Was leider recht häufig vorkam, denn Willi war ein sensibler Junge, der immer auf der Hut zu sein schien, was als Nächstes geschah. Nicht so ein Kindchen, das seelenruhig in die Welt blickt also. Was heute nur mit hochkomplizierten Anträgen bei der Krankenkasse zu erreichen war, schien damals weniger Probleme zu bereiten: Man kümmerte sich offenbar um Kinder, die es brauchten, und so wurde Willi in ein Kindererholungsheim an die Nordsee geschickt, ins schöne Sankt Peter-Ording.

Er weinte jämmerlich beim Abschied, als er mit hundert anderen Kindern in Bremen in den Zug kletterte, wohin die Lüneburger Mütter ihre Kinder begleitet hatten, um mit weiteren Hunderten Kindern an die Nordsee verfrachtet zu werden, und meiner kleinen Großmutter zerriss es förmlich das Herz. Seit sie aus Beuthen fort war, auf Nimmerwiedersehn, tat sie sich schwer mit Trennungen.

Kaum zu Hause, überlegte sie haarscharf. Das Astra Cinema schloss wie immer im Sommer, und Mr. Thursday fuhr, wenn auch ungern, doch wie immer, an die Nordsee. Ida sah in ihrem Adressbüchlein nach, grübelte nochmals, um schließlich einer Cousine zweiten Grades, die sich schon vor dem Krieg nach Sankt Peter-Ording verheiratet hatte, eine Karte zu schreiben. Ob sie denn für zwei, drei Tage kommen dürfte. Den kleinen Willi besuchen.

Die Cousine, die sich freute, antwortete postwendend, und da die anderen Kinder gut zurechtkamen und zur Not ja auch Omi Else oder Eddie fragen könnten, fuhr die kleine Großmutter an die See. Und dort, ganz unerwartet, sollte meine kleine Großmutter ihre Liebe zum Meer entdecken. Schon beim ersten Anblick, als sie mit der Cousine Erna und dem kleinen Willi, der vor lauter Begeisterung, seine Mutter zu sehen, schrie und pfiff und sang, alles gleichzeitig, atonal, an den Strand spazieren ging. Oh mein Gott, wie weit, murmelte sie, was für eine grandiose Weite.

Die kleine Großmutter lief einmal durch den langgestreckten Ort, dann hatte sie, was sie wollte: Saisonarbeit in einem Café und ein winziges billiges Zimmer. Denn eines würde sie nicht mehr riskieren: Sich bei Anverwandten, seien sie noch so nett, länger als drei Nächte einzuquartieren. Fisch und Gäste stinken nach drei Tagen, und sie war mehr als ein gebranntes Kind.

Von neun bis halb vier arbeitete sie im Café, am späten Nachmittag besuchte sie ihr Kind Willi, eine Stunde durfte sie ihn haben, länger nicht, wo kommen wir denn sonst hin, eigentlich geht das überhaupt nicht, aber geht nicht, das gab's nicht für meine kleine Großmutter, Frau Ida Sklorz, schon lange nicht mehr, und fertig.

Für Willi waren diese Stunden das Kostbarste überhaupt. Zuerst hatte er sich vor den anderen Kindern ein bisschen geschämt; wie ein Kleinkind von der Mutter abgeholt zu werden, das machte sonst niemand, die anderen hatten blöd geguckt. Doch kaum waren sie um die Ecke verschwunden, hatte er die Hand seiner Mutter genommen und nicht mehr losgelassen, selbst, wenn sie durch die Dünen rannten, nicht, außer beim Eisessen oder Schwimmen oder Spielen am Meer. Ida war zutiefst gerührt; sie hatte das Kind so vernachlässigt, vor allem, als er ein Baby war und sie unter dem Schock durch Kurts Tod so außer sich gewesen war, und dann während der vielen Arbeit, es saß ihr noch tief in den Knochen, und nichts hätte sie lieber getan, als es ein bisschen wieder gutzumachen. Willi spürte es, und er nahm es in sich auf wie ein durstiges Blümchen nach einem trockenen Sommertag den Regen. Sie pfiffen und sangen um die Wette und lachten und freuten sich.

Wenn Ida Willi schweren Herzens wieder abgeliefert hatte, ging sie allein ans Meer. Schon am zweiten Abend zog sie die Schuhe aus und lief mit den Füßen ins Wasser, was so vom Wasser da war. Es war Ebbe und entsetzlich still, das machte in ihr so ein Unbehagen. Das Wattenmeer schien sich zu bewegen, als würde es schwanken, dabei waren es Rinnsale von Wässerchen, die den Eindruck der Bewegung hervorriefen. Die Ebbe stimmte sie melancholisch, und umso beglückter war sie, als aus dem Rinnen ein Rauschen wurde und das Wasser zurückkam und das Meer wieder Meer war. Am dritten Tag ging sie gleich nach der Arbeit bei den beiden Geschäften im Ort vorbei, in denen es Badekleidung zu kaufen gab: so teuer! Zwei weitere Tage lang, in denen sie sich mit dem Rhythmus des gehenden und kommenden Meeres vertraut machte, überlegte die kleine Großmutter, ob sie sich einen Badeanzug leisten konnte. Doch die Frage war ja längst bejaht. Der Anblick der Wellen, des Horizonts, das Jauchzen der Feriengäste, die in die Fluten sprangen: ein einziges Versprechen. Als Kind hatte sie Schwimmen gelernt, im Strandbad am See hinter Beuthen, von den älteren Geschwistern, und sie war immer gern im Wasser gewesen. Endlich entdeckte sie einen offenbar von der Mode vergessenen schwarzen Badeanzug, der aus selbigem Grund weit unter den Preisen der anderen lag. Er war ihr natürlich zu groß, sie hatte nicht umsonst auch bei den Kinderbadeanzügen geschaut, doch bei den Anzügen für die kleinen Mädchen fehlte natürlich der Platz für die mütterliche Ausbuchtung, genannt Busen. Aber es war ihr egal, sie nahm ihn mit, lieh sich von ihrer Vermieterin Nadel, Faden und Schere, kürzte die Träger, machte vier oder sechs kleine Abnäher rechts und links, und fertig war ihr neuer Schwimmanzug. Entschlossen lief sie am Strand ins Wasser, entschlossen warf sie sich in die Wellen, entschlossen schwamm sie los, und beinahe hätte sie laut gebrüllt, so herrlich war ihr zumute.

Comme une bête ...

So begann ihre tiefe Liebe zum Meer. Denn so ein Meer, mit hohen spritzigen Wellen, mit Schaumkronen, die sich kräuselten und warfen, das war schon etwas anderes als ein Teich in Beuthen oder die Ilmenau in Lüneburg, in der zu schwimmen sie sich selten Zeit genommen hatte.

Und mitten im Schwimmen, im Schweben im Salzwasser, traf sie eine Entscheidung. So gern sie Mr. Thursday auch hatte, es war keine Liebe. Es war einfach keine Liebe.

Und so lief sie zum Wasser so oft sie konnte, fluchte, wenn Ebbe war, stand früh auf, um das Meer zu erwischen, vier Wochen lang, bis die Mähdrescher anfingen zu dreschen, Mitte August, und sie zurückkehrten nach Lüneburg.

4
FARE WELL?

Sie waren hier, meine kleine Großmutter und ihre Kinder, sie hatten Verwandte, sie arbeiteten, gingen in die Schule und am Sonntag in die Kirche und gleich danach zum Kaffeetrinken in den Mönchsgarten. Doch irgendwie gehörten sie nicht dazu, befand meine kleine Großmutter. Vielleicht, weil es ihr nun doch zu kompliziert wurde, jeden Tag Mr. Thursdays sehnenden Blick zu sehen.

Die Kinder dachten es vielleicht nicht so. Die kleine Nanne würde später immer sagen, Lüneburg ist meine Heimat, obwohl sie eine waschechte Oberschlesierin war, wenn man darunter eine kämpferische Type versteht, mit rollender Sprache und einem Vertrauen in Gott, das sich mit einer pragmatischen Portion Skepsis mischte. Selbst Willi, der sich mit fünf Jahren im Lüneburger Rathaus auf das Salzschwein setzte und den Mann imitierte, der die Leute hindurchführte, nannte sich einen oberschlesischen Lüneburger. Nicht so gemächlich halt wie die Norddeutschen, in allen Klischees steckt ja ein bissele Wahrheit, pflegte meine kleine Großmutter zu sagen, denselben Spruch übrigens wie mein Großvater mütterlicherseits, ebenfalls ein oberschlesischer Typ. Sie hatte ihr Glück fest im Blick und das ihrer Sprösslinge noch viel mehr. Sie dachte an ihre Zukunft, ihre Ausbildung, ihre Möglichkeiten; sah sich um, hörte sich um. Der Große war ja schon mal im Klosterinternat gut aufgehoben. Nannes Lehrerin hatte einen Platz für sie in einer Handelsfachschule in Aussicht gestellt.

Wenn wir nicht dazugehören, können wir ebenso gut woanders unser Glück suchen, sagte sie sich, wenn sie die neuen Filmrollen auf die Spulen zog, die Trittleiter hochstieg und sie in den Projektor einhängte. Für sich selbst hatte sie einen Garten vor Augen, mit zwei, drei blühenden Kirschbäumen. Und mein kleiner Vater träumte von Palmen am Mittelmeer, einem Palast wie der in Monaco, in dem Grace Kelly jetzt wohnte, die Schauspielerin, von der vielleicht mehr Frauen träumten als Männer, so rein, so elegant, so jenseits jeglicher Schufterei.

In der Lüneburger Heide wurden jetzt die ersten Filme gedreht, Filme, die man Heimatfilme nannte, was Ida und ihre Kinder etwas peinlich fanden, sie waren ja auch ganz anderes im Kino gewohnt. Aber die Leute wurden ganz aufgeregt und sprachen von nichts anderem, als dass Sonja Ziemann und Willy Fritsch *Grün ist die Heide* drehten, und wenn die

Stars zum Kaffeetrinken nach Lüneburg kamen, war der Teufel los.

Das Kino erlebte einen furiosen Höhepunkt, bevor die ersten Fernseher in die Haushalte einzogen, es gab sogar Wanderkinos, die über die Dörfer zogen, so beliebt war es, Filme anzusehen, immer neue Filme, und die Filme selbst veränderten sich. Neben den Gangsterfilmen gab es nun immer mehr Spionagethriller; der Kalte Krieg brachte seine eigenen Geschichten mit sich. Die Unterhaltungsfilme wurden bunter, schneller und sie erzählten, wie Ida fand, immer weniger von tüchtigen Frauen, und immer mehr von hübschen.

Die Tommys zogen sich weiter aus der Stadt zurück. Es war, als führten sie nun ein Leben in ihrem eigenen Stadtteil, den Kasernen; die Deutschen sollten das Gefühl haben, dass sie ihnen zutrauten, alles Weitere allein zu bewältigen. Sie sicherten nur die Grenze des Westens, wie eigentlich schon immer, gegen das riesige Sowjetreich. Sie blieben unter sich, denn letztlich waren auch sie Fremde, mit Ausnahme der Officers, die eine Deutsche heirateten. Mischehen sind eben das beste Mittel der Völkerverständigung, sagte Ida.

Dann beschlossen die Engländer, sich ihr eigenes Kino zu bauen, das *Globe* in der Lindenstraße, ein modernes Lichtspielhaus mit mindestens fünfhundert Plätzen. Das Astra Cinema sollte an die alten Besitzer zurückgegeben werden, genauer gesagt an Erika Schodrowski und ihren Mann, sobald das neue Haus fertig würde.

Mr. Thursday wurde gefragt, doch Mr. Thursday wollte die Leitung des neuen Hauses nicht übernehmen.

Ida, sagte er eines Tages zu ihr, als sie gerade im Foyer die neuen Programmzettel auslegten und noch ein paar andere Handgriffe machten, ich werde zurückgehen.

Ida hielt inne, eine Hitze schoss ihr hoch, als würde ihr Ausschlag plötzlich wieder ausbrechen, nur dieses Mal am ganzen Körper.

Sie wissen, sagte Mr. Thursday, ich bin ein ungeschickter Mann, und schüchtern, aber wenn Sie sich vorstellen könnten, mit mir zusammen ein Kino in meiner alten Heimat Peacehaven aufzumachen, würde ich mich sehr freuen.

Ida hörte, was er sagte und das Herz sackte ihr bis tief hinab in die Sole unter ihren Fußsohlen. Ihr wurde schwindelig, sie wusste nicht, was sagen.

Sie können ganz in Ruhe darüber nachdenken, fügte er hinzu. Wir haben noch etwas Zeit.

Ida träumte in den folgenden Tagen von einem großen Perserteppich. Sie wusste nicht, warum, doch es waren starke Träume. Sie sah langschnäbelige Kraniche darauf und wunderschöne Blumenranken.

Sie wurde nicht gefragt, ob sie, wenn es denn dann eröffnete, im Globe mitarbeiten wollte. Ein ehrgeiziger junger Filmvorführer hatte sich den Platz schon vorab gesichert; und Kartenfräuleins hatten sie mehr als genug, lauter britische Frauen, aber Kartenabreißerin hätte Ida ohnehin nicht wieder werden wollen. Und überhaupt, ein Kino ohne Mr. Thursday in Lüneburg, das wäre ihr vorgekommen wie ein Verrat. Alles geriet in einen merkwürdigen Zustand der Ungewissheit, einen seltsamen Übergang. Mr. Thursday war zuvorkommend wie immer, und manchmal wehte es Ida wie eine frische Brise durch den Kopf, dass Peacehaven ja tatsächlich ein Küstenort war, am Meer.

Ausgerechnet in dieser schwierigen Lage hatte sie ihren ersten Erfolg bei der Suche nach der Familie. Das Zurückblicken auf die Vergangenheit wurde plötzlich zu einer Möglichkeit in der Zukunft. Sie erhielt den ersten Brief aus Bytom-Beuthen und dann eine Mitteilung der Deutschen

Demokratischen Republik, dass sie ihre Schwester Heidel aus Bitterfeld in die westliche Zone holen dürfe, wenn sie bereit sei, ihre fehlende Arbeitskraft für den jungen Staat mit einer gewissen Summe zu ersetzen. Ida empörte sich, sie sollte ihre Schwester der DDR abkaufen? Ja, war sie denn eine Menschenhändlerin? War das Gerechtigkeit? Idas Zorn schien zu vergessen, dass sie ihn eigentlich gebändigt hatte.

Doch was blieb ihr also übrig? Sie fing an, Geld beiseitezulegen, so wie sie eben konnte, wild entschlossen, die Verwandten herzuholen, die Familie zu stärken, und wenn es Jahre dauern würde, ein neues Zuhause für alle zu bauen, sie aus dem sowjetisch besetzten Gebiet, weg von den Bolschewiken, aus Schlesien, aber auch aus Magdeburg, wo ebenfalls einige gelandet waren, in den Westen zu holen, ihren Bruder Julius, ihre Schwester Heidel, Cousine Waltraud und Tante Edeltraut und wie sie alle hießen. Sie sparte sich das Geld vom Mund ab, um sie, wie sie immer wieder wütend sagte, der DDR abzukaufen. Natürlich saß sie manchmal in der Küche, legte die Füße auf den zweiten Stuhl und fragte sich, wozu. Die Wozu-Fragen häuften sich seit und dank Mr. Thursdays Vorschlag. Wozu hier bleiben? Wozu fortgehen?

Wozu atmest du, wozu wächst diese Blume, *wozu* ist die falsche Frage. Also Gesicht gewaschen, Haare gebürstet, Nachthemd an, Augen zu, und wenn der Wecker am Morgen klingelt, weiter, weiter, weiter.

Ich sehe dich, und ich will mich zu dir setzen,
 ich will nur ab und zu bei meiner kleinen Großmutter in der Küche in Lüneburg sitzen, auf dem Tisch die Decke aus Wachstuch riechen, wenn sie die Füße hochlegt und ihren Tag Revue passieren lässt, wenn sie sich glückliche Stunden mit ihrem Mann vor Augen führt, der nun schon mehr als fünf Jahre tot war. Ich will bei ihr sitzen und ihre Hand

halten, wenn sie es zulässt, und wenn sie sich grämt, weil ihre Schwägerin, die ihr beim Kirchgang über den Weg gelaufen ist, heute eine so herzlose Bemerkung gemacht hat, fast wie früher, so dass sie sofort Auf Wiedersehen gesagt und einen Haken nach links geschlagen hat, in ihre Straße. Und dann möchte ich auch gern bei ihr sitzen und mit ihr lachen, denn manchmal hat sie gute Laune, lässt ihren harten Akzent schnarren und macht so herrlich die Leute nach, dass ich mich besser amüsiere als im Kino.

Dann möchte ich zwei kleine Gläser auf den Tisch stellen, kurze, dickwandige, vom Flohmarkt in Frankreich, und uns einen Birnenschnaps einschenken und anstoßen, Großmutter und Enkelin, Enkelin und Großmutter, echt oder erfunden, erfunden *und* echt. Und sie würde mir eine Geschichte erzählen, mit einem schönen Refrain:

Es war einmal und es war einmal nicht, es war einmal ein Teppichhändler, der nannte seine Liebste mein Täubchen, sein ganzes Leben lang. Sie hatten einander gefunden, auf einem großen blauen Perserteppich, doch das Leben hatte andere Pläne mit ihnen gehabt. Viele Jahre zogen ins Land, in denen sie voneinander getrennt lebten. Nur manchmal, wenn die Mutter des Teppichhändlers ihren Geburtstag feierte, trafen sie sich und saßen eng nebeneinander und das Täubchen fütterte den Teppichhändler mit Köstlichkeiten und umgekehrt und zu ihren Füßen saß ein helles Kindchen, das hörte und sah und das Köpfchen schräg legte und lachte. Und später am Abend verlangte es eine Gutenachtgeschichte, eine Geschichte von Scheherazade aus den Tausendundeinen Nächten,

vielleicht weil die Erzählerin noch ein Gläschen und noch eins trinkt, eingedenk eines persischen Dichters.

Am Morgen erwachte ich. Ich hatte meinen Traum vergessen. Doch dieses Mal war ich nicht traurig, im Gegenteil, eine große Leichtigkeit kam über mich.

*Erinnern, wiederbeleben, phantasieren und träumen;
die Integration von Vergangenheit, Gegenwart und Zukunft.*

D. W. WINNICOTT

VIII

Flor Salis oder
Böhmen liegt am Meer

Man muss durch das Schlüsselloch gucken und fein still sein. Während man guckt, erzählt eine Stimme, die Stimme des Buchs, was gerade auf der anderen Seite vor sich geht.
HÉLÈNE CIXOUS, OSNABRÜCK

Ich hatte schon oft das Gefühl, auf mein eigenes Leben zu blicken wie ein Voyeur, eine Voyeuse, ich weiß nicht, warum, als gehörte mir ein Teil davon gar nicht, als stünde er mir nicht zu. Immer, wenn mich dieses Gefühl besonders heftig befiel, träumte ich von Häusern, Wohnungen, Zimmern, ich räumte darin um, es kamen fremde Menschen herein, ich entdeckte unbekannte Winkel – und dann musste ich unbedingt verreisen.

Mein Halbbruder sagt, du hast viel von deiner Großmutter; sie war eine Geschichtensammlerin, sie liebte Tratsch und Klatsch, es war ihre Lehre der menschlichen Komödie. Doch sie konnte auch vieles für sich behalten, so dass sich die Leute ihr gern anvertrauten. Etwas, das sie, ohne es zu wissen, mit ihrer heimlichen, inoffiziellen, nie gehabten Schwiegertochter, meiner Mutter nämlich, teilte: Auch ihr vertrauten die Menschen Dinge an, über die sie mit niemandem sonst sprechen konnten. Während meine Mutter, als wäre sie ganz hinein vertieft, Gemüse schnitt oder in einem Topf rührte, was die Bekenntnisse vermutlich leichter machte, als hätte sie die bekennende Person direkt angesehen. Sie nahm, freundlich nickend, die Geheimnisse von Fremden an, die nicht ahnten, dass sie ihr tiefstes Geheimnis für sich behielt: mich.

Flor Salis, das ist lateinisch für die Blume des Salzes, die Salzblüte. Das Salz gehört zu den Fossilien, es ist nicht sonderlich schwer. Weil das Meer so voller Salz ist, schwebt man darin so wunderbar oben. Flor nennt man auch die weiche, durch die hochstehenden Fädchen sich bildende Oberfläche eines Teppichs, auf dem sich meistens auch noch Blumen als Muster befinden, und der Faden, den wir durch unseren eigenen Lebenslauf ziehen, immer neu, verweist auf die Fädchen, die zu einem Teppich geknotet, geknüpft oder verwebt werden. Was real ist, ist die Sehnsucht.

Immer wieder taucht in mir das Bild auf, wie meine kleine Großmutter auf der Terrasse auf Zypern sitzt und auf das Meer schaut, das an jedem Tag eine andere Nuance offenbarte und dabei immer blau war, dunkelblau in der Ferne, türkisblau in der Nähe, verwaschen hellblau, grünlich schimmernd oder silbern ...

komm, kleine Großmutter, wir machen ein Spiel, ich fange einen Satz an, und du beendest ihn für mich, und dann umgekehrt, was hältst du davon?

Es gab viele Engländer auf der Insel, Privatleute in dem Dorf, in dem sich meine kleine Großmutter aufhielt, und stationierte Soldaten in Kasernen. Es gab sogar drei Astra Cinemas auf Zypern. Als sie eines davon entdeckte, rief sie, nein so etwas!, und dachte unweigerlich an ihre Zeit in Lüneburg zurück. Der eine oder andere Film fiel ihr ein, über den sie gelacht oder mit Mr. Thursday diskutiert hatte und sie fragte sich, was wohl aus ihm geworden war –

Wie die Jahre zuvor, seit er wieder nach England zurückgegangen war, hatte er auch 1954 ein Foto und einen Weihnachtsgruß aus Peacehaven geschickt, wo er jetzt das neue Kino *Star Dust* betreute. Man sah ihn inmitten einer ganzen Gruppe von *Freunden des Kinos*, wie er schrieb, vor einem geschmückten Weihnachtsbaum und einem Schild, auf dem das stand: *Friends of the Cinema – Peacehaven*. Ganz begeistert schrieb er, natürlich. Am Ende stand, wie in den drei Jahren zuvor, als PS: *Think about it, Ida, I am waiting. Denken Sie darüber nach, Ida, ich warte.* Noch immer hielt er ihr die Tür geöffnet, ihm zu folgen. Sie hatte sich nicht in ihm getäuscht, er war ein grundsolider Mann. Doch nach ihrem Umzug nach Wiesbaden hatte sie irgendwie das Gefühl, sie käme besser zurecht, wenn sie diesen Satz nicht immer wieder lesen müsste, wenn sie mit ihrem Leben in der neuen Stadt auch Mr. Thursday endgültig verließe. Und so schrieb sie ihm nur noch eine Postkarte als Dankeschön, *und behalten Sie mich in guter Erinnerung,* aber ihre neue Adresse vom Heineplatz schrieb sie ihm nicht. Dann ging sie in die Küche, nahm ein Handtuch in beide Hände, streckte sie von sich und begann, damit zu tanzen.

Nein, nein, ich kann dir den Satz nicht beenden, Kind,
  wie auch, das Leben läuft anders –

Ich möchte mich einrollen auf deinem Schoß wie eine Katze und schnurren. Allerdings, was ich so hörte, warst du nicht gerade ein Ausbund an Zärtlichkeit, eher so der Typ ruppige Liebe, und manchmal hast du auch mit der Gabel nach kleinen Händchen gehackt. Doch am Ende hast du auf keinen was kommen lassen, der zur Familie gehörte. Wie ein echter Mafiaboss.

Es gibt bei den orientalischen Teppichen streng symmetrische Muster, deren Ornamentik um das Zentrum herum der Systematik von Wiederholung und Spiegelung folgt. Doch es gibt auch diejenigen, deren Ordnung auf den ersten Blick nicht zu erkennen ist, oftmals sind es leicht versetzte, locker schwingende Ranksysteme in verschiedenen Farben, die eine große spielerische Freiheit atmen … So wie man sich manchmal das eigene Leben wünscht, und so oder so: Sie alle verweisen auf die göttliche Ordnung und den Garten des Paradieses, das für mich der Garten meines Opas war.

Lindas liebster Teppich aber wurde mit den Jahren etwas abgewetzt, und dadurch nur umso schöner. Die Farben sanfter, dabei tiefer leuchtend, ein Paradox der Schönheit, weshalb man wohl sagt: Ein echter Teppich behält seine Farben mehrere Menschenleben lang. Je kostbarer, desto länger.

Du solltest die Dinge einmal so sagen, wie du sie fühlst; das kann dir keiner abnehmen; dich selber sagen, wie du dich fühlst, in den Nächten, in der Einsamkeit, in der Wehmut, und genauso in der Freude, der Liebe, der Lust und dem Überschwang. Stell dir vor, du stirbst und hast das versäumt.

Meine kleine Großmutter saß auf der Terrasse des Hauses, umgeben von Azaleen und Rosen und sah, wie schon hundert Male zuvor, auf das weite blaue Meer, bis zum schönen Libanon, wie ihr Sohn, mein Vater, manchmal im Scherz sagte, bis zum schönen Libanon, den er liebte und kannte, in dem er Handel trieb, viele Jahre lang, und von wo aus er zum ersten Mal nach Zypern gekommen war. Eine holprige Zwischenlandung, weil ein Triebwerk des Flugzeugs ausgefallen war und sie mehrere Tage warten mussten, bis es weiterging. Damals gab es einen Flug in der Woche, nicht mehr. Ein Hotel wurde für drei Tage gebucht, und die hübsche Reiseleiterin hatte gesagt: Sehen Sie sich die Insel an, wir haben Zeit, machen Sie was draus, und das hatte sich mein Vater nicht zweimal sagen lassen. Er fuhr mit dem Bus, er fuhr per Anhalter, er lief zu Fuß, kreuz und quer herum, die Agfa-Box inzwischen ausgetauscht gegen eine praktische Pentax Automatic. Er ging am Hafen von Kyrenia spazieren, und in einem Café, das eine Engländerin mit verwegener Frisur und Haaren auf den Zähnen führte, die ihm vorkam wie aus einem Roman von Patricia Highsmith, lernte er Mr. Tomblin kennen, nebst Gattin, der viele Jahre auf der Insel verbracht hatte und nun wieder zurück wollte, nach Merry Old England. Sie redeten und kamen vom Hölzchen aufs Stöckchen, mein Vater glänzte mit seinem früh erworbenen Englisch und seiner ungewöhnlichen Kenntnis englischer Kinofilme der späten Vierzigerjahre, und Mr. Tomblin sah ihn plötzlich durchdringend an: Sagen Sie, Sir, hätten Sie nicht Lust, sich mein Haus anzusehen? Es liegt auf einem Hügel, Sie haben einen phantastischen Blick, und nachdem sie in seinem bildschönen Aston Martin einen wirklich steilen Hang in den schärfsten Kurven, die mein Vater jemals kennenlernen sollte, hochgekurvt waren, standen sie auf der Terrasse des Hauses und tranken Whisky mit frischem, perligem Wasser und mein Vater dachte an Prinzessin Gracia Patricia von Monaco mit ihrem monegassischen Fürstenpalast und schlug ein. Es war zwar kein Palast, aber eigentlich noch viel besser, so ein luftiger moderner Bungalow, und der Preis, den Mr. Tomblin nannte, von so unwiderstehlich greifbarer Größe, dass mein Vater sich einen Idioten gescholten hätte, hätte er nicht zugegriffen. Hier würde seine Familie künftig die Ferien verbringen, während er kommen und gehen könnte, zwischen seinen Handelsreisen, bei denen er den Libanon mit all seinen Waren beglückte! Hier würde seine Mutter ihre wohlverdienten Freuden des Alters genießen, ganz wie er es ihr versprochen hatte, in Lüneburg, mit Blümchenservice am Mittelmeer!

Als die kleine Linda nicht müde wurde, auf dem Perserteppich zu sitzen und das schwere, große Buch mit den Geschichten aus Tausendundeiner Nacht zu betrachten, die Seiten umzublättern und sich selbst etwas zu den phantastischen Gestalten auszudenken, gesellte sich ihre Mutter, wenn sie Zeit fand neben ihrer Arbeit, zu ihrem Töchterchen auf die weich geknüpfte dunkelblaue Insel und las ihr vor. Was für ein paradiesisches Vergnügen! Mit großen Augen, ungläubig und hingerissen, lauschte Linda und lernte das Geheimnis dieses dicken Buches kennen, die Prinzessin Scheherazade, die zum Tode verurteilt war. Die in ihrer Not auf die Idee kam, ihm, um ihren eigenen Tod – worunter sich Linda nicht wirklich etwas vorstellen konnte, was es bedeutete, tot zu sein – zu verhindern, dem Sultan die Geschichte vom Fischer und seiner Frau zu erzählen. Die Prinzessin war so schlau, dass sie die Geschichte nicht zu Ende erzählte, und der Sultan so neugierig, dass er den Zeitpunkt ihres Todes verschob und sie bat, nein, geradezu anflehte, ihr die Geschichte am nächsten Abend weiter zu erzählen. Tagsüber musste er sich ja seinen Geschäften widmen. Weiter, rief auch Linda, oder wie der kleine Häwelmann, mehr, mehr!

Was blieb ihrer Mutter übrig? Linda konnte ausdauernd sein, wenn sie etwas wollte, geradezu festbeißen konnte sie sich. Ihre Mutter dachte, es wäre eine gute Sache, Linda in ihr Bett zu verfrachten und ihr die Geschichten zum Einschlafen vorzulesen. Aber da kannte sie ihr Töchterchen schlecht! Nur auf dem Perserteppich wollte sie ihre Vorlesestunde genießen, nirgends sonst, und von Einschlafen war schon gar keine Rede. Und so brachte das kleine Mädchen ihre Mutter dazu, immer wieder eine gewisse Zeit auf jener Insel des Glücks – die zu vergessen sie eigentlich beschlossen hatte – zu verbringen, zwischen den langschnäbeligen Vögelchen und Blumenranken.

Die Kinder wuchsen heran. Die kleine Großmutter kriegte es irgendwie alles hin.

In der Reitenden-Diener-Straße wurden die Zimmer neu aufgeteilt zu kleinen Wohnungen, und jede Familie erhielt eine eigene Küche, klein, aber mein, doch ohne Bad. Nanne kümmerte sich um den Haushalt, ging einkaufen, gewissenhaft und ohne zu murren, und hütete den kleinen Willi. Für ihre Botengänge durch die Stadt bekam sie einen blauen Tretroller, der ihr großes Vergnügen bereitete. Sie blieb der Gewohnheit treu, den Vater zu besuchen, als die Brüder allmählich anderes im Kopf hatten. Sie fuhr mit dem Fahrrad zum Friedhof, goss die Blumen auf dem Grab, zupfte Verblühtes ab, harkte ein bisschen. Sie vertraute sich ihm an, fragte ihn um Rat, und niemals hörte das Gefühl auf, ihn zu vermissen.

Karlchen zog es immer häufiger zum Hafenviertel, was man in Lüneburg so Hafen nennt. Seine Mutter fing an, sich Sorgen zu machen und warnte ihn, nicht ins Rotlichtviertel zu gehen und auf dumme Gedanken zu kommen. Karlchen sah sie verwirrt an, die Frauen interessierten ihn gar nicht, ihn interessierten die Schiffe! Er war ja erst zehn oder elf. Auch wenn er es schön fand, dass die Engländer von den Schiffen in weiblicher Person sprachen, ein Schiff war bei ihnen eine »she«.

Eines Tages wurde seine Sehnsucht so übermächtig, dass er nichts anderes tun konnte als ihr zu folgen und sich ohne nachzudenken in den Zug nach Hamburg zu setzen, wo die großen Ozeanriesen im Hafen lagen. Einmal diese Schiffe sehen! Das war sein innigster Wunsch, und es war ihm ein Leichtes, sich vor dem Schaffner zu verstecken, weil er natürlich keine Fahrkarte hatte. Er fragte sich durch, bis zu den Quais, und da stand er dann, vor den riesigen Tankern und Transportkähnen, vor den Frachtern und Fischereibooten, und sein Herz schlug ihm bis in den Hals hinauf. Dummerweise oder glücklicherweise (das würde seine Mutter sagen) fiel er einem älteren Mann auf, ein Hafenarbeiter, der sich wunderte, was der allein und mit offenem Mund in der Gegend herumlungernde junge Knabe da trieb. Da er selbst der Vater dreier Buben war, schnappte er ihn am Wickel und quetschte ihn aus. Noch am selben Abend stand der fremde Mann mit Karlchen fest an seiner Hand vor der Tür in der Reitenden-Diener-Straße. Ida reagierte vor Schreck und Erleichterung ganz klassisch: Sie verpasste ihrem Zweitjüngsten eine Ohrfeige, bevor sie ihn heulend in die Arme schloss.

Immer wieder versuchte Karlchen auszubüchsen, und immer wieder wurde er aufgegriffen und nach Haus spediert. Kaum hatte er die achte Klasse hinter sich gebracht und damit seinen ersten Schulabschluss (darauf hatte seine

Mutter bestanden), heuerte er als Maat auf der *Queen Victoria* an und fuhr fortan zur See. Später, wenn er die Familie besuchte, am Heineplatz 3, würde er immer auf dem Balkon schlafen, in der Hängematte, oder im Winter auf dem ausrangierten Sofa unter einer alten Daunendecke. Im Zimmer hielt er es nicht aus, nur mit seiner Frau zusammen, die er im Hafen von Puerto Rico entdeckte, und dann auch nur für die Hälfte der Nacht.

Und der Jüngste, Willi? Willi, in frühen Jahren und auch später oft sich selbst überlassen, übte sich weiter im mütterlichen Pfeifen, und er pfiff alle Schlager nach, die der Briten und die der Deutschen, denn der Schlager boomte, erst im Kino, dann im Radio, und dann sang er sie auch nach, mit sämtlichen Texten aus dem Kopf, und er pfiff und sang und schmetterte, dass es die ganze Straße hörte. In der Schule wurde er gelobt, weil er so schön in reinstem Deutsch vorlesen konnte, und er gewann den ersten Vorlesewettbewerb der Stadt. Im Rathaus fragte der Museumsführer nun immer: Na, Willi, was ist das hier? – Und Willi antwortete: Das ist das Lüneburger Salzschwein! Und alle amüsierten sich. Später, als sie dann schon in Wiesbaden lebten, begann er in Kneipen aufzutreten, und später wurde er Sprecher im Radio, und noch heute hört man seine Stimme im Rundfunk und im Fernsehen.

Eine engagierte Lehrerin sorgte dafür, dass Nanne auf eine Handelsschule für junge Mädchen bei den Armen Schulschwestern von Unserer Lieben Frau im Kreis Höxter kam und dort ihre Reifeprüfung ablegte. Und Hannes fand über Verwandte oder Bekannte einen Ausbildungsplatz zum Elektromechaniker in Wiesbaden und wohnte dort beim Verein Christlicher Junger Männer.

Als Ida ihn dort zum ersten Mal besuchte, war sie beeindruckt, von den hohen, schönen Häusern zwischen Historismus und Jugendstil, den weitläufigen Straßen mit Bäumen. Sie war hingerissen von der »Rue«, der Wilhelmstraße, auf der die Damen vor großzügigen Porzellan-, Teppich- und Schmuckgeschäften flanierten, als wäre es Paris, oder vor dem *Café Blum* saßen und aus zierlichen Tassen Kaffee tranken. Ida wanderte durch den Kurpark, in dem es ein riesiges Kurhaus gab, in dem die Amerikaner ihr Kasino hatten, und ein Theater mit einem richtigen Säulengang davor. Sie war, wie schon lange nicht mehr, entzückt. Ihr Körper geriet in jene Aufregung, die sie kannte, die sie immer dann befallen hatte, wenn sie beschloss, dem Leben einen neuen Dreh zu geben. Vor lauter Entzücken kaufte sie sich ein neues Kleid, herabgesetzt natürlich, in zartem Grau, mit großen weißen Blüten, aus einem ganz leichten Stoff, der sich ihrer Figur schön anschmiegte, und sogar ihr Dekolleté ein wenig betonte. Vergnügt wie lange nicht mehr, erwischte sie sich beim völlig uneleganten Pfeifen auf der Straße.

Zurück in Lüneburg dachte sie immer häufiger daran, wie schön es sein könnte, in einer Stadt zu leben, in der die Nachbarn nicht wussten, dass sie eine Flüchterin war. Sie hatte im Kino so viele elegante Frauen und Männer gesehen, die in ebenso eleganten Wohnungen lebten und nicht in der Nacht oder im Winter oder im Sommer, wenn es vor Hitze stank, auf ein Plumpsklo im Hof gehen mussten, und sie spürte, dass sie sich auch danach sehnte, nach einem kleinen Stückchen Eleganz.

Sie entwickelte einen neuen Plan für sich. Die kleine Großmutter sprach mit niemandem über ihren Plan. Nachher würde nichts daraus, und dann? Seit ihr Mann gestorben war, hatte sie es sich angewöhnt, alle wichtigen Schritte im Leben mit sich selbst auszumachen. Die großen und die kleinen. Ja, Frau Ida hatte das Glück für sich und die Ihren wieder einmal fest ins Auge gefasst. Zunächst fand sie Arbeit als Sommeraushilfe in einem Restaurant in Wiesbaden, der berühmten *Mutter Engel*, die brauchte sie nämlich für Stufe Zwei ihres Plans, einen Antrag auf Umsiedlung in die amerikanische Zone. Und dann kam der überraschende Bescheid, dass Kurt für seine Tätigkeit bei den Briten eine Anerkennung erhielt – und sie daher eine Witwenrente, bescheiden, aber jeden Monat.

Kaum war sie mit Karlchen und Willi umgezogen, flog Kaspar bei den Patres raus und kam zu ihnen. Er hatte einem Mädchen in Lüneburg Briefe geschrieben, und auf die Frage der Patres hin, was er über Frauen dachte, antwortete er ohne zu zögern: Sie sind die besseren Menschen, ich bewundere sie, und täte ich es nicht, wäre ich ein schlechter Sohn, denn meine Mutter bewundere ich ohne Ende. Die Mutter, Ida, hatte soeben eine Anstellung als Telefonistin beim Landwirtschaftsministerium gefunden. Das Kino gehörte für sie zu einer anderen Zeit.

Linda lernte sie alle kennen, die schöne Scheherazade, Aladin und die Wunderlampe, Ali Baba und die vierzig Räuber, und schon bald konnte sie die Erzählungen auswendig. Wenn sie allein war, spann sie die Geschichten fort. Wie sie anders hätten verlaufen können. Was geschehen wäre, wäre der kleine Muck an jenem Morgen nicht der bösen Hexe begegnet. Oder hätte der Kalif nicht das Zauberwort *mutabor* vergessen.

Als Linda in die Schule kam und endlich, endlich lernte zu lesen und zu schreiben, stellte die Lehrerin einigermaßen verblüfft fest, dass sie schon nach wenigen Monaten in der Lage war, hochkomplizierte Wörter zu schreiben. Und wenn sie sich meldete, um eine Frage zu beantworten, streute sie in ihre kleine Rede Wörter und Wendungen ein wie *Gelehrtheit, Höflichkeit, für uns Sterbliche, bei Allah* und *wisse,* so dass sich Fräulein Bückfisch fragte, ob das Kind womöglich einen Onkel aus dem Orient habe oder persische Verwandte, es waren ja viele Händler und Ärzte aus dem Iran eingewandert, ehrbare Leute. Der Vater konnte es nicht sein, den kannte sie ja persönlich.

Der Vater aber war es, der Linda mit ins Kino nahm, er war es, mit dem sie ihre ersten Filme sah, *Das Dschungelbuch* und *Aristocats*, und deren Dialoge und Lieder sie beide, wenn sie zusammen Auto fuhren, oft und mit wachsender Begeisterung nachsprachen und sangen ... *Abigail, sieh nur, ein Kater, der schwimmen kann!* Und sich kaputtlachen konnten, wieder und wieder.

In meinem Leben gab es auch solche Weichen, wie sie sich meiner kleinen Großmutter immer wieder stellten, und manchmal frage ich mich, was geworden wäre, hätte ich an bestimmten Kreuzungspunkten anders entschieden.

Zum Beispiel am Morgen nach meiner dritten und letzten Nacht in Lüneburg, als ich beim Zusammenpacken meiner Sachen das Handy nach drei Tagen zum ersten Mal angeschaltet hatte und es prompt klingelte. Der schmierige Iranist war es, und zu meinem großen Erstaunen entschuldigte er sich wort- und blumenreich. Liebe Linda, flötete er, so dass mir ganz übel wurde, Ihr Vortrag über Friktionen und Fiktionen steht heute Nachmittag auf dem Programm, und die Kollegen und ich sind uns einig, dass unserem Symposion das Tüpfelchen auf dem I fehlen würde, wenn wir darauf verzichten müssten.

Ich sagte erst mal gar nichts, ich schaute vielmehr verdutzt in das Handy, ob ich mir das vielleicht einbildete. Aber nein,
    Sind Sie denn nicht mehr in Lüneburg?, fragte er.
    Leider nein, antwortete ich ohne nachzudenken.
    Ach, sagte er, das ist aber dumm!

Ja, wirklich, sagte ich und musste übers ganze Gesicht grinsen, das ist wirklich zu bedauerlich!

Es wird kaum nötig sein zu berichten, dass Linda nach ihrem Abitur, das sie trotz ihrer verträumten, stets ein wenig abwesenden Art nur deshalb so gut bestehen konnte, weil sie in den sprachlichen Fächern, sagen wir, schlafwandlerisch sicher war, das Studium der persischen Literatur aufnahm, und im zweiten Fach das der französischen.

Ich kannte meine Großmutter, aber nicht sehr gut, nicht sehr lang, der Faden riss ab, ohne Grund. Wir sprachen selten von ihr, es gab keine Kontinuität. Eine Kontinuität, in der man Erinnerungen gemeinsam wach halten kann, weißt du noch, weißt du noch, mir fällt da noch ein. Wie man es tut, wenn man zusammenkommt und plaudert in Familien oder bei Freundinnen. Ich erinnere mich an den Klang ihrer Stimme, ihr Lächeln. Es war nie überschwänglich, obwohl ich sie hin und wieder lachen hörte, zwischen den oberschlesischen Bemerkungen, mit denen gescherzt wurde, es war so ein trockenes Lachen, kurz, herzlich, und schon wieder vorbei. Ich erinnere mich, wie sie sich bewegte, mit dem etwas schweren Körper, wie er mir als Kind eben vorkam, ihr Kopf nicht weit fort von meinem, denn sie war sehr klein. Ich habe sie wohl ganz tief in meinen Körperspeicher aufgenommen. Ich erinnere mich an das Gefühl in ihrer Wohnung am Park, in der sie später lebte, allein, neben iranischen Nachbarn, mit Blick auf die Bäume im Park, und in der wir sie hin und wieder an ihrem Geburtstag besuchten, die einstige Nachbarin, befreundete junge Frau mit ihrem Kind.

Grenzt hier ein Wort an mich, so laß ich's grenzen.
Liegt Böhmen noch am Meer, glaub ich den Meeren wieder.
Und glaub ich noch ans Meer, so hoffe ich auf Land.

Das Haus am Heineplatz 3, in dem Ida für sich und ihre Familie eine einfache, doch schöne helle Wohnung mit eigenem Bad fand, war gerade erst bezugsfertig geworden, man schrieb das Jahr 1954. Die neuen Bewohner kamen aus Pommern, Oberschlesien, Ostpreußen, und eine Familie aus dem Sudetenland, das Haus war eigens für sie modernisiert und zur Verfügung gestellt worden. Im Hausflur traf man sich, lernte sich kennen. Neben ihnen im zweiten Stock wohnte ein junges Ehepaar, die einige Jahre bei den Amerikanern, die hier die Besatzer waren, gearbeitet hatten, und nun ein Restaurant im Grünen gepachtet hatten. Der Bruder der sehr hübschen, sehr schlanken jungen Frau wohnte mit seinen Kindern im obersten Stockwerk und ihr Vater in einer kleinen Dachwohnung zwei Straßen weiter. Meine kleine Großmutter kam mit der jungen Nachbarin leicht ins Gespräch, sie mochten sich, man half einander aus, mit einem Ei, etwas Mehl, einem guten Rat. Unten im Haus war ein Friseurgeschäft, geführt von zwei schrägen Fräuleins namens Anne und Hanne, und an der Ecke der Straße gab es ein Bestattungsinstitut ... Bald wurden Geburtstage zusammen gefeiert, Kindstaufen, Silvester. Es war eine gute Hausgemeinschaft, eigensinnig die Einzelnen, solidarisch alle zusammen. Natürlich wurde auch getratscht und getuschelt. Die Kinder, die keine mehr waren, wohnten, bis auf Karlchen, alle wieder bei Ida: Nanne, die eine Ausbildung bei einer Bank anfing, Hannes und Kaspar, junge Männer, allmählich im heiratsfähigen Alter, die studierten, der eine Jura, der andere Elektroingenieur, und der Jüngste, Willi. Mit Hochklappbetten ging das gut.

Wozu atmest du, wozu wächst diese Blume, wozu hat der Bengel diese schöne junge Frau dazu gebracht, dass nun in ihrem Bauch noch ein Familienmitglied wächst? Wozu? Wozu?

Wozu war eindeutig die falsche Frage. Wozu war die Frage, die zu stellen meine kleine Großmutter in Verlegenheit nicht kam.

Der Bengel, mein Perserteppichvater, wurde ein Mann mit vielen Ideen. Eine Zeit lang begeisterte ihn die Idee, auf einem recht hohen Berg auf Zypern eine Art Kurhotel einzurichten, man könnte sagen, zwischen Thomas Manns Zauberberg und einem Wellness Spa, lange bevor man diesen Begriff hierzulande überhaupt erst kennenlernte. Er hatte ein altes, verfallendes Anwesen entdeckt, das man hätte ausbauen können, mit einem herrlichen Blick aufs Meer. Wenn er es Investoren erzählte, gingen sie bereitwillig mit; reiche Leute, die exklusiven Kururlaub machen wollten, auszunehmen, gefiel ihnen. Auch die türkischen Stadtverwalter wollten gern aus ihrer heruntergekommenen Insel ein neues Capri oder Ischia machen und es den Griechen auf der anderen Seite der Insel mal zeigen. Doch an irgendeinem Punkt der Gespräche kam dann immer die Frage auf, wie man dieses große Hotel mit Luxusbädern und einem großen Schwimmbad mit Wasser versorgen wollte. Na, das pumpen wir in Pipelines vom Meer hinauf, antwortete mein Vater, dann haben wir Wasser, so viel wir wollen, und es kostet uns keinen Cent! Das Mittelmeer ist voll mit Wasser!

Aber noch einmal zurück, zu einem anderen Augenblick auf Zypern, auf die Terrasse mit den Azaleen und Rosen und dem Blick aufs weite blaue Meer, bis hin zum schönen Libanon, wo sie so oft gesessen und geschaut hatte, Ida, in ihrem Alter, das viel länger dauerte als gedacht, so viele Tage, Abende, Jahre. Das Meer und der Horizont sahen so aus, als wäre die Erde doch eine Scheibe, die sich gerade gefährlich neigte, ganz langsam, aber so, dass das Meer über den Rand hinaus floss. Das Meer würde einfach fort fließen, das Meer, das ihr *after all,* wie Mr. Thursday immer gesagt hatte, *after all* über so vieles hinweggeholfen hatte, das Meer, das so lange mit zärtlich salzigen Wellen ihre Erinnerungen an all die Aufregungen hinweggespült hatte, so dass sich ihr Herz beruhigte und ihr rastloser Geist, ein wenig jedenfalls, nachgab, das Leben zu nehmen, wie das Leben nun einmal war. Dass ganz allmählich auch die Pein der ersten Jahre in Lüneburg verblasste, die sie hin und wieder einmal angefallen hatte wie ein heimtückischer Hund, der immer dann hervorstürzte, wenn keiner mehr mit ihm rechnete, und sie sich eingestehen konnte und musste, dass es in dieser Zeit auch Freuden gab, viele Freuden sogar, selbstvergessene Intensitäten, und die Augenblicke, in denen sie stolz war, es zu schaffen, mit den Kindern, allein, gegen alle Widrigkeiten, und dass es schließlich doch auch ein gutes Erbe war, das sie hinterlassen würde, ihren Enkelkindern, die aufbauen könnten auf diesem tapfer erkämpften Leben –

beim Wort Erbe verschleierte sich die Landschaft, verschwamm vollständig, in Tränen, die sie die ganze Zeit versucht hatte zurückzuhalten.

Ihr Erbe, für die Enkelin, die nicht von ihr wusste und von der sie nicht gewusst hatte, die nun selber schon Kinder hatte, ihre eigenen Urenkelchen –

Die kleine Großmutter stand plötzlich entschlossen auf, stöhnte etwas, weil ihr kurz schwindelig wurde. Dann ging sie in ihr Schlafzimmer und nahm das Holzkästchen aus der Schublade neben ihrem Bett. Sie betrachtete die Dinge, die sie darin aufbewahrte, es waren nicht allzu viele Schmuckstücke, die sie besaß. Sie hatte sie längst auf- und zugeteilt, welche sie wem hinterlassen würde, der Tochter, den Schwiegertöchtern. Dann nahm sie die Kette mit den böhmischen Granaten heraus und ließ sie durch die Finger gleiten. Ihr Mann hatte sie ihr geschenkt, zu ihrem dreißigsten Geburtstag. Kurt. Die Granaten waren tiefrot, *behmisch*, hatte er gesagt, nicht böhmisch, *scheene behmische* Granaten, und das R gerollt. Die kleine Großmutter musste lachen, als sie an dieses Rollen des Rs dachte, und sein verschmitztes Gesicht, Böhmen, am Mittelmeer, da stand sie nun und er war so lebendig in ihrem Kopf, als wären die Jahre nichts, verflucht, was das Gehirn so macht, sie wischte sich eine Träne ab, schmeckte das Salz, sie wollte diese Kette ihrer Enkelin schenken, sie würde es ihrem Sohn nachher sagen, wenn er sie zum Essen abholen würde, unten im Hotel Aphrodite. Sie wickelte sie in etwas Papier, schrieb mit dem Kugelschreiber den Namen ihrer Enkelin darauf, *Linda*, und packte sie in ihre einstmals glänzende, inzwischen abgetragene schwarze Handtasche.

Ach, warum begriff man all das nur so spät? Warum hatte sie sich manches Mal so festgebissen, an dem Bösartigen und die Seele Betrübenden?

Mein Vater fand das kleine Päckchen mit meinem Namen, als er im Hotel Aphrodite, wo sie im Sessel saß, ihre Handtasche öffnete, um dem Arzt, der kam, um den Tod festzustellen, der ja nun unübersehbar war für jeden, ihren Ausweis zu zeigen. Er drehte das Päckchen in den Händen hin und her, musste sich anstrengen, nicht aufzuschluchzen. Hatte sie bei ihrem letzten Bad im Meer beschlossen, ihm dieses Päckchen zu überreichen, wenn er sie nachher abholen würde? Hatte sie dort gesessen und überlegt, was sie ihm sagen würde, während sie auf ihn wartete? Es wäre so typisch für sie, wer weiß, welche Überraschung sie für ihn parat gehabt hätte. Unter Tränen nahm mein Vater ihr den Schmuck ab, den sie trug. Sie hatte einen kleinen Kratzer auf der Hand, sicherlich von den Rosen, die sie auch an diesem Morgen, sehr früh, noch gewässert hatte, wie auch die Azaleen. Während er mit Mühen die winzige Armbanduhr am Handgelenk öffnete, sie war ja wirklich unglaublich zart und winzig, dass sie seiner Mutter überhaupt noch gepasst hatte, dachte er an Linda, sein erstes Kind, das ja nun schon selber Kinder hatte. Er stellte sich vor, wie er das Gespräch mit ihr suchen würde, und ohne groß nachzudenken, wickelte er die kleine silberne Armbanduhr, die seine Mutter Jahrzehnte lang begleitet hatte, in ein feines Taschentuch, das er ebenfalls in ihrer Handtasche fand, und legte es zu dem Päckchen, auf das seine Mutter *Linda* geschrieben hatte.

Dort sitzt sie im Foyer des Hotels Aphrodite, meine kleine Großmutter, für immer, das Haar schlohweiß, kräftig einst, jetzt rissig und zerbrechlich, all die Geschichten in ihr, von Liebe und Leid, und in ihrer Handtasche ein kleines Päckchen, für mich.

Was ist dein Lied, was meines? Was ist das Lied eines Menschen? Zusammengesetzt aus so vielem: arabischen Klängen, Sehnsucht, Regen, Farben, Wind, Lachen, Weinen, Füße kitzeln, Wangen streicheln, nicht verstehen, schwarzen Kaffee trinken, an Fernweh leiden, sich um Kinder sorgen, Kinder lieben, träumen, Sprachen lernen, den Geliebten küssen, sich erinnern, sich vergessen, schwimmen im Meer, und immer und immer die eigene Stimme suchen. Der Sinn des Lebens ist, dem Leben einen Sinn zu geben.

Kleine Großmutter, wer weiß, wieso du dich genau zu diesem Zeitpunkt in meinen Träumen gemeldet hast. Ich habe mich ungefragt auf den Weg gemacht, und ich komme wie ein Kind an den Punkt, an dem ich sage, jetzt ist es gut, so wie ein Kind sagt, das Spiel ist zu Ende. Im Spiel kann man sich unsichtbare Freunde oder eine ganze Familie erfinden. Es hat mich froh gemacht, dieses Spiel, bald eröffnet sich ein neues, das ist so, ich habe dich mir erfunden, um weiterzugehen. Du bist das unterirdische Salzkissen in mir, die Sole, über der ich schwebe. Ich unterhalte mich mit dir in meinen Geschichten, den selbst erfundenen, wenn du so willst, als wären sie real, und sie sind es, sie sind so wirklich wie ich es bin, eheliches und uneheliches Kind zugleich, eine Phantasie, die herumläuft, ihr Gefieder schüttelt, redet und lacht und träumt.

Meine kleine Großmutter war Filmvorführerin beim Direktor des englischen Kinos, und es war kein Stuhl, auf den sie kletterte, sondern eine eigens dafür vorgesehene Leiter. Und Mr. Thursday war nicht einfach ein Direktor, sondern ein freundlicher Mann aus Peacehaven, den der Krieg ans Ufer von Lüneburg gespült und der eine Leidenschaft für das Kino hatte. Und hätte meine kleine Großmutter sich getraut, was die Erzählerin uns einen Moment beinahe glauben ließ, Mr. Thursday ein bisschen mehr in die zugeneigten Augen zu sehen und mit ihm nach England auszuwandern, dann gäbe es diese Geschichte nicht und mich nicht, ich wäre nicht *donia amade*, in die Welt gekommen, doch:

Es war einmal und es war einmal nicht, so beginnen viele persische Märchen. Es war einmal ein Kind, so beginnt diese Geschichte, es spielte oft auf einem Perserteppich, wie man damals stolz sagte, dunkelblau, mit langschnäbeligen Vögeln und einem phantastisch verschlungenen Blumenmuster. Es konnte die Phantasie nicht leicht von der Wirklichkeit unterscheiden …

INHALT

I Es war einmal 7
    1 Wer spricht? 9
    2 Zypern 10
    3 Zedern 16
    4 Zeit 17
    5 Dieb 20
    6 Lüneburg 21
    7 Sehnsucht 32

II Wie meine kleine Großmutter nach Lüneburg kam 33
    1 Das Gipsbein 35
    2 Auf dem Meere 42
    3 Himmelsstreifen 49
    4 Geduld lernen mit Laotse 57
    5 Porträt 63
    6 Liebe 66
    7 Dicke Lippe 71
    8 Warten 76

III Die alte Schenke Welt 85

IV Wäsche hinten, Wäsche vorn
    oder Die Briten sind da 101
    1 Pfeifen 103
    2 Ein Teppich in Teheran 116
    3 Wäsche hinten, Wäsche vorn 120
    4 Wechsel 130
    5 Shame, shame, shame 140
    6 Angewandte Theorie 151
    7 Und dann 161
    8 ... nichts Logisches 165
    9 Und dann 177

V Kintopp oder Das Salz des Lebens 181
   1 Listen 183
   2 Fallen 193
   3 *Bezaubernde Jeannie* 201
   4 Bist du Gottes Sohn, dann hilf dir selbst 214
   5 Der Direktor des englischen Kinos 240
   6 Kintopp 252

VI Träumen, phantasieren, erinnern 273
   1 Vorspann 275
   2 Mönchsgarten (1948) 275
   3 Eine neue Währung 283
   4 Care Pakete vom Amazonas 299
   5 Schlamassel in Iran 303
   6 *Passport to Pimlico* (1949) 306
   7 Die Puppe Rita und Oum Khaltum (Umm Kulthum) 313
   8 Idas Traum 318
   9 Technicolor 325
  10 Mich träumte 334
  11 *The Fallen Idol* (*Kleines Herz in Not*) 341
  12 *Vom Winde verweht* 349

VII Suspense 367
   1 Hannes 369
   2 Die Geschichte von Lots Frau 374
   3 Kleine Theorie vom Schwebezustand 381
   4 Fare Well? 384

VIII Flor Salis oder Böhmen liegt am Meer 391

ANMERKUNGEN UND DANK

Das Astra Cinema, später wieder Schaubühne, wurde im Jahr 1964 wegen der Senkungsgefahr im Gebiet Neue Sülze abgerissen. Heute befindet sich dort ein Parkplatz.

Meine Großmutter, Margarete Nicolai (1908–1996), findet sich im Einwohnermelderegister Lüneburgs des Jahres 1948.

Ich danke:

Meiner Tante Jutta Pflaum, ohne deren archivarisches Gedächtnis ich diesen Roman nicht hätte schreiben können. Meiner Freundin Cornelia Sailer, ohne deren überaus großzügige finanzielle und mentale Unterstützung ich diesen Roman nicht hätte schreiben können. Meiner Freundin, der Künstlerin Ina Abuschenko-Matwejewa, dem Künstlerhaus Tare Steigen Air in Steigen (Line Hvoslef), Nordnorwegen, sowie Katharina und Jürgen Erbeldinger, die mir den Schreibaufenthalt in Norwegen ermöglichten und finanzierten.

Meiner Mutter Helga Neumann, die mich ebenfalls großzügig unterstützte. Meiner Tochter Zoé Langer, die meine engagierte Erstlektorin war. Dietlind und Christoph Horstmann-Köpper, die mir Aufenthalte in Lüneburg und Umgebung ermöglichten, und Maria Herrlich, die mir den Rücken frei hielt. Ich danke auch Nick Benjamin (1947–2019), meinem Verleger Roman Pliske, der mir vorbehaltlos vertraute, meiner Lektorin Erdmute Hufenreuter sowie Nuschin Mameghanian-Prenzlow, die mir das Persische nahebrachte.

Ein besonderer Dank gilt Beate Otto, die meine Arbeit mit Gesprächen begleitet hat, und meinem Freund und Anwalt, Dr. Matthias Birkholz, der mir in wichtigen Fragen zur Seite stand.

Ich danke:

Dem Stadtarchiv und der Stadtbücherei Lüneburg (Herrn Dr. Lux und Frau Bornmann), der Geschichtswerkstatt Lüneburg (Frau Hansen und Frau Gudemann), der Deutschen Kinemathek, Berlin, und Michael Wood (UK).

Für meine Recherche waren unabdingbar:

Cornelia Röhlke, *Alltagsprobleme in Lüneburg in der unmittelbaren Nachkriegszeit*, Magisterarbeit Göttingen, 1991
Christopher Knowles, *Winning the Peace. The British Occupied Germany 1945–1948*, Bloomsbury Academic, London 2018
Aleida Assmann, *Formen des Vergessens*, Wallstein Verlag, Göttingen 2016
www.baor.locations.org
Silke Elsermann, *Wir Salzstädter*. Geschichten und Anekdoten aus dem alten Lüneburg, Wartberg Verlag, 2009
Helmut C. Pless, *Lüneburg 45, Nordost-Niedersachsen zwischen Krieg und Frieden*, Verlag der Landeszeitung, Verlagsgesellschaft Lüneburger Heide m.b.H., Lüneburg, 1978
Die Zugänglichkeit vieler britischer Filme im Internet

Die Zeilen aus Ingeborg Bachmanns Gedicht *Böhmen liegt am Meer* (S. 212 f. und 404) habe ich der vierbändigen Gesamtausgabe des Piper Verlags, München 1982, Band I, entnommen.

Die Verse von Omar-y-Chayyam (Motto, S. 90 ff. und 98 f.) sind aus *Ein Wirtshaus im Jenseits. Persische Weingedichte.* Hg. Franz Gschwandtner, Verlag A. Schendl, Wien 1986

Dieser Roman entstand mit der großzügigen Unterstützung der CoSa Capital, München (Cornelia Sailer).

COSA CAPITAL GMBH

Fast alle Figuren dieses Romans sind von realen inspiriert, doch frei erfunden.

2019
© mdv Mitteldeutscher Verlag GmbH, Halle (Saale)
www.mitteldeutscherverlag.de

Alle Rechte vorbehalten.

Gesamtherstellung: Mitteldeutscher Verlag, Halle (Saale)
Layout und Satz: Stefanie Bader, Leipzig

ISBN 978-3-96311-181-5

Printed in the EU